本书得到天津市十一五重点学科
"比较文学与世界文学"经费资助

比较文学与世界文学研究丛书

孟昭毅　主编

黎跃进　著

多重对话：比较文学专题研究

Duochong Duihua:
Bijiao Wenxue Zhuanti Yanjiu

中国社会科学出版社

图书在版编目（CIP）数据

多重对话:比较文学专题研究/黎跃进著.—北京:中国社会科学
出版社,2012.9
ISBN 978 - 7 - 5161 - 1425 - 4

Ⅰ.①多…　Ⅱ.①黎…　Ⅲ.①比较文学—研究　Ⅳ.①I0 - 03

中国版本图书馆 CIP 数据核字 (2012) 第 218738 号

出　版　人	赵剑英	
责任编辑	王　茵	
责任校对	张玉霞	
责任印制	王炳图	

出　　版	中国社会科学出版社	
社　　址	北京鼓楼西大街甲 158 号（邮编100720）	
网　　址	http://www.csspw.cn	
	中文域名:中国社科网　　010 - 64070619	
发 行 部	010 - 84083685	
门 市 部	010 - 84029450	
经　　销	新华书店及其他书店	

印　　刷	北京君升印刷有限公司	
装　　订	廊坊市广阳区广增装订厂	
版　　次	2012 年 9 月第 1 版	
印　　次	2012 年 9 月第 1 次印刷	

开　　本	710 × 1000　1/16	
印　　张	22.5	
插　　页	2	
字　　数	370 千字	
定　　价	68.00 元	

序

乐黛云

随着全球化的进展，保护文化生态，发扬各民族文化特色，比过去任何时候都显得更为重要。正如著名学者恩伯特·埃柯最近在欧洲高层论坛上的发言"裂缝、熔炉，一种新的游戏"中所提出的，在全球化的过程中不同文化不会像在熔炉中一样，变成同一的"合金"，必须保护原有的文化生态，保持各自的文化基因，即原有的根本不同特点，形成不能复合，不相覆盖的"裂缝"，才能在比较中互为"他者"，促进发展。因此，恩伯特·埃柯认为在一个全球化的世界中，对多元文化理解能力的培养应当在国家的政治议程上占据重要位置，特别是教育应该从一开始就建立在多样性的"对视"之上，他坚持的是一个全球化了的世界在未来要承担的必不可缺的任务。

即将出版的"天津师范大学比较文学与世界文学研究丛书"在上述语境中可说是开风气之先，无论在理论或实践方面都有新的突破。丛书第一辑将出版 5 本，其中吕超的《比较文学新视域：城市异托邦》在福柯新空间理论的基础上大大拓展了跨文化和跨学科研究的视野。所谓"异托邦"大体是指在不同空间的边缘处或交叉处，会产生不同于原有空间的新的多变的不确定的空间，研究和言说这种新的空间，必须有特殊的方式方法，并将因此获得新的哲学构思和新的哲学能力。吕超以英语长篇小说对北京和上海两个城市不同时期的不同描写所构成的张力为例，从精神气质、城市空间和城市人三个方面剖析了老上海和老北京两个异域空间的相异、交叉和重叠，很能发人深思。

孟昭毅等的《20 世纪东方文学与中国文学》除对过去研究较多的日、

韩、蒙古、朝鲜、越南等国文学进行了新的解读外，对过去接触较少的泰国、缅甸、新加坡、菲律宾、印尼等国家的文学都有所分析；特别是辟专章讨论了南亚和西亚、北非各国当代文学与中国文学的关系。前者深入讨论了中国文学与印度、巴基斯坦、尼泊尔文学的关系；后者包含了埃及、波斯、土耳其和其他阿拉伯国家的文学状况，多是发前人所未发，带来了过去人们较少关注，但对文化多元发展十分重要的新知识。

如果说孟昭毅等的《20世纪东方文学与中国文学》是对当前东方文学现状及其与中国文学的关系作了相当全面的"散点"研究，那么，黎跃进的《东方现代民族主义文学思潮发展论》则是将150年来的东方文学作为一个地区性整体，进行了纵向的区域性历史研究，特别是对这一区域的文化发展源流、现代民族主义文学的形成、启蒙思潮的影响以及当代后殖民主义的展现都作了详尽的探讨。这种"区域史"的探讨不仅是研究"已成事实"，而且是把重点放在文化交流过程中形成的种种新的空间的交叉上，通过"自我"与"他者"的互动，人物之间的交往和物质文化的交流等，进行动态的研究，为后来者提供了新的思考平台。

另外，曾艳兵的《价值重估：西方文学经典》对一些重要的西方文学名著进行了新的现代诠释；曾思艺的《俄苏文学及翻译研究》对俄苏的诗歌、小说、文学翻译也有新的论述，都能收开卷有益之功，值得一读。

丛书第二辑列入出版计划的是赵利民的《对话与交流：中国传统文学与外国文学关系研究》、郝岚的《世界文学与20世纪天津》、甘丽娟的《纪伯伦在中国》、黎跃进的《多重对话：比较文学专题研究》和孟昭毅的《外国戏剧经典文化诗学阐释》。这些著作也是各位作者在各自研究领域的新成果，相信这批成果对文化的多元对话和比较文学的学术研究将产生促进作用，大家拭目以待吧。

于北京大学朗润园

2011 年 3 月 16 日

前　言

　　"比较文学"就名称而言是舶来品，它随着改革开放的春风，在中国学术研究传统的基础上，如雨后春笋般地在学界勃发、成长。在20世纪70年代末80年代初的学术大潮中，我校的比较文学教学与研究也如鱼得水般地发展起来。

　　最初我校是在恢复高考后的七七级、七八级中文系学生中开设了与比较文学相关的课程。自1982年开始，在收集、学习和研究当时所能得到的各种原始资料的基础上，中文系开始编写《比较文学概论》讲义，并于1983年初完成初稿。与此同时，中文系也正式开设比较文学课程。这是针对大学四年级学生开设的选修课，课时为一学期。自此以后，相继开设了"比较文学概论"、"比较诗学"等比较文学课程。1983年6月，我校与南开大学等单位联合召开了新中国成立以来第一次全国性的比较文学学术会议，从此拉开了中国比较文学腾飞的序幕。这次与会的近百余名专家学者不仅讨论了比较文学的一般原理，而且提出了"中外文学关系"、"东方比较文学"和"中国学派"等亟待深入探讨解决的问题。通过一系列学术活动，我校的比较文学研究进一步明确了方向，并逐步形成了自己的学术传统。

　　经过中文系相关教师多年的艰苦努力和各级领导的支持与关心，在季羡林先生和乐黛云先生的积极支持下，我校的比较文学学科在1993年国务院第五批学位点申报工作中取得突破性进展，成为全国最早独立申报并获批的比较文学硕士点之一（部分院校原有外国文学硕士点，当时这两个学科尚未合并）。"九五"期间，比较文学成为学校重点学科并获得了稳定快速的发展,培养了不少优秀的毕业生,出版了一批学术专著和论文,获得了不少省部级奖励和科研项目。这些比较文学的研究实绩,使学科在不事声张、实事求是、刻苦钻研的学风中茁壮成长。"十五"期间,再次成为我校重点学科的比较文学,再接再厉,在领导的关怀和帮助下,引进了赵利民、曾艳兵、曾思艺、黎跃进等中青年学者,形成东方比较文学研究、中西比较文学研究和中日文学与文化比较研究三个相对稳定、特色鲜明的研究方向,在国内比较文学界产生了广泛的影响。随之在 2003年国务院第九批学位点申报时,我校独立申报比较文学与世界文学博士学位授予权成功获批。

2006 年,我校比较文学学科获批天津市重点学科,以该二级学科为基础,2009 年中国语言文学一级学科申报设立博士后科研流动站的申请获得批准,2011 年初我校中国语言文学一级学科博士学位授予权也通过审批。"十一五"期间,该学科 12 名教授中已有 6 位博士生导师,并特聘美国讲座教授一名;国家级精品课一门、天津市精品课两门,出版学术专著 30 余部、教材 20 余部,其中国家"十一五"规划教材 4 部。现有省部级在研项目 20 余项,其中国家级科研项目 8 项。2010 年,比较文学与世界文学学科获得天津市优秀教学团队。比较文学现在已经成为我校学科建设和发展的又一支生力军。

该学科独力承办过多次国际、国内学术会议,与美国、英国、俄罗斯、日本、韩国、印度、越南、土耳其等国家以及我国台湾和澳门地区的多所大学进行学术交流,扩大了国内外的学术影响。

该学科多年来培养的数百名博士和硕士研究生,遍布祖国各地。他们中的一部分除在天津市各高校工作外,有的还在北京外国语大学、南开大学、天津大学、陕西师范大学、河北大学、湘潭大学、湖南师范大学、河北师范大学、山西师范大学、辽宁师范大学、杭州师范大学、广州大学、青岛海洋大学等高等学府任教。其中相当一部分人已成为教授、硕博士生导师和学术骨干。部分优秀硕士研究生分别考入中国社会科学院、北京大学、北京师范大学、南开大学、南京大学、复旦大学、山东大学、华东师范大学、中山大学等名校,继续攻读博士学位。此外,学科还培养了一批日本、韩国、马来西亚、泰国、越南、哈萨克斯坦、波兰、我国台湾和澳门等国家和地区的硕士、博士生,在国内外赢得了良好的学术声誉。

　　为了集中展示我们近年来的科研成果，学校支持和鼓励我们编辑出版"天津师范大学比较文学与世界文学研究丛书"，丛书共 10 本，分两辑出版。第一辑 5 本分别为孟昭毅等的《20 世纪东方文学与中国文学》、曾艳兵的《价值重估：西方文学经典》、曾思艺的《俄苏文学及翻译研究》、黎跃进的《东方现代民族主义文学思潮发展论》和吕超的《比较文学新视域：城市异托邦》。

　　《20 世纪东方文学与中国文学》全面梳理和分析了中国文学与其他东方国家文学之间相互影响、互涵互动的关系，对于确立中国文学本位意识、构筑东方文学统一性、参与世界文学对话，具有重要的理论价值和现实意义。著作既有对贯穿整个 20 世纪的纵向梳理，又有涵盖东亚、东南亚、南亚、西亚北非等整个东方范围的横向比较剖析；既有立足于中国文学与东方文学关系的宏观立论，又有针对文学流派、作家作品间相互影响的微观探析。

　　《价值重估：西方文学经典》立足于中国立场和比较文学的视野，对西方文学的部分经典之作做出新的阐释。作者从变态心理分析角度阅读和阐释陀思妥耶夫斯基，获得新的体验和收获；从现代性、后现代性等角度打量和思考西方传统文学经典，对古老的文学经典有新的认识和发现；对近年来似乎已经说尽，但其实不然的卡夫卡话题加以新的审视，获得谛听卡夫卡的新方式。作者的研究表明：所有的西方文学经典，之所以是"西方"经典，皆因为我们站在东方土地上言说，重评西方文学经典，既是重评"西方"，也是重评"我们"。

　　《俄苏文学及翻译研究》是作者多年来在俄苏文学翻译方面科研、教学心血的结晶，其主体部分对俄苏诗歌和小说进行研究，对俄国中古著名史诗和一些重要诗人及其创作提出了自己的思考；对普希金、果戈理、屠格涅夫、契诃夫、肖洛霍夫等人的小说内涵和风格做出了全新的阐发；对新中国成立以来的俄苏文学翻译，做出全面而简要的概述，并对一些成就突出、很有特色的翻译家进行了较为深入的评析，具有理论思考的独到性和资料的丰富性。

　　《东方现代民族主义文学思潮发展论》在 19 世纪中期以来现代化全球扩散、东方社会做出回应的背景下，探讨 150 余年间在亚非地区盛行的民族主义文学思潮，对这一文学思潮的文学渊源和纵向发展演变进行了系统的论述,将东方启蒙文学当作民族主义文学的早期形态,以 20 世纪初期至 60 年代东方的民族主义文学思潮发展最为成熟、典型的阶段,20 世纪 60 年代至 20 世纪末的后殖民主义文学视为思潮的延伸形态,这样把整个东方文学作为一个整体加以研究,视野开阔,并有理论的创新。

《比较文学新视域:城市异托邦》开拓了比较文学研究的新视域,该书创造性地应用法国思想家米歇尔·福柯提出的异托邦概念,整合比较文学形象学、城市文化、后殖民等理论,将研究对象聚焦到文学中的异域城市个案形象,重点论述城市异托邦的理论谱系、生成机制和研究范畴;以西方文学(特别是英语长篇小说)中的老北京和老上海形象作为案例剖析,重点分析它们分别体现的城市异托邦的两副典型面孔。

第二辑 5 本分别为赵利民的《对话与交流:中国传统文学与外国文学关系研究》、郝岚的《世界文学与 20 世纪天津》、甘丽娟的《纪伯伦在中国》、黎跃进的《多重对话:比较文学专题研究》和孟昭毅的《外国戏剧经典文化阐释》。

《对话与交流:中国传统文学与外国文学关系研究》对古代中国文学在欧洲主要国家和东方诸国的传播与影响给予比较全面的梳理与探讨,同时还注意文学交流中的个案研究。对处于中西文化激烈碰撞、相互交融过程中的中国近代文学及其观念做出了颇有创新性的研究,是该学术领域的一项新收获。

《世界文学与 20 世纪天津》从比较文学与比较文化的视角出发,系统总结了 20 世纪天津与世界文学的关系:包括近代天津文化名人、当代天津小说家与世界文学、天津翻译家与翻译活动、天津在西方戏剧进入中国进程中充当的角色等内容,将地域学术活动对世界文学的传播接受纳入研究视野加以讨论,富于创新意识。

《纪伯伦在中国》全面考察纪伯伦作品在中国的译介和研究等情况,梳理纪伯伦作品中国之行的主要脉络,展示纪伯伦及其《先知》如何在中国被确立为经典的事实,进一步分析纪伯伦在中国的多重影响,对纪伯伦创作与生活的多元文化背景进行解读,为纪伯伦研究的更加深入奠定扎实的基础,具有一定的填补学术空白的意义。

《多重对话:比较文学专题研究》立足于多元对话的文化立场,对中外文学大量彼此交流互动的文学现象进行清理和研究;对中外文学史上具有价值联系的类同现象做出平行的考察和分析；对不同文化体系的文学加以审美层面的深层思考，得出具有启发性的认识和结论。著作中对文化研究与比较文学关系的探讨，显示出理论前沿的色彩。

《外国戏剧经典文化诗学阐释》对东西方主要戏剧文本进行文化和诗学两个层面的解读，得出学理上的一些规律，是作者继《东方戏剧美学》和《印象：东方戏剧叙事》之后又一部戏剧文化的力作。

这套丛书的出版，不仅是该学科教师近年学术科研的总结，更是该学科"十一五"期间学科发展的一次检阅。其中包括 3 个国家社科基金课题，2 个省部级项目，3 篇博士学位论文。其中虽然难免有这样或那样的不足，但它们是每位作者在各自研究领域的最新研究成果，体现了他们的研究特色和专长。随着比较文学与世界文学学科建设的发展，我们的学术研究将进一步深入展开，丛书出版也还将继续。我们也愿意将此奉献给广大读者，请他们和我们一起分享学术研究带来的快乐。

回顾我校比较文学学科的发展历史，30 年来，伴随着祖国改革开放的历史脚步，涌动于解放思想的时代潮流，在天津市和学校各级领导的关怀与帮助下，在文学院全体教师的支持与努力下，在全院学生的理解与欢迎中，从零起步，从无到有，从小到大，由弱变强，筚路蓝缕，艰辛异常，走出一条顽强拼搏、努力奋斗的科学发展之路。作为整个历史发展的一个侧面，反映了祖国各项事业蒸蒸日上的大好局面。而贯穿其中的正是勇气、前瞻和向历史交代的使命感和责任感。虽然在学科的发展和建设方面，与兄弟院校相比，我们还有这样或那样的不足，但我们相信，天津师范大学的比较文学学科在不远的将来，和全国的比较文学研究事业一样，一定会取得更大的进步，不辜负所有关心它、支持它成长的朋友们的期望。

天津师范大学比较文学与
世界文学研究丛书编委会
2011 年 3 月 18 日

目　录

绪　　论

比较文学的几个关键词

　　比较文学是同时探讨人类文学共同规律和民族文学特色的文学研究学科。它不同于一般的国别文学研究，国别文学研究只是在一个文化体系内探索文学的发展演变，可以看到民族文学发展演变的独特性，但达不到寻求人类文学共同规律的目的。而且其民族文学特色没有其他民族文学的参照，只是自说自话，"特色"无从谈起。同时，比较文学也不同于一般的文学理论研究，文学理论研究的是文学的普遍性规律，忽略的是各民族文学的独特性。只有在比较文学研究中，通过跨文化的文学比较研究，在互为参照中对"人类文学的共同规律"和"民族文学特色"两个方面都作自觉的把握。在比较文学研究中，这两者是一个问题的两个方面，互为表里，互相依存，两者不容分割。讨论"民族文学特色"的时候，是在与不同文化体系的文学比较中的"特色"；概括"人类文学的共同规律"时，是建立在多种文化体系的文学特色基础上的文学共性把握。

　　任何一门独立的学科，在它明确而独特的研究宗旨之外，还有一套专门的概念术语，以支撑学科的理论构架。比较文学是一门还在发展中的学科，其理论体系有待进一步完善，但它的基本理论框架已经形成。这里就"比较文学"的几个关键词谈谈看法。

一　跨文化：比较文学的学科实质

　　不少论者在定义"比较文学"时，常用"跨国界、跨语言、跨民族、跨学科"等词汇，其实，"跨文化"才是比较文学的本质所在。"跨文化"是"比较文学"区别于别的文学研究学科的根本点，也是确定研究课题是否属于"比较文学"的根本依据。"跨国界"、"跨语言"、"跨民族"其实都是"文化"表现的外在形式，背后的内蕴都是"文化"。一种"语言"，是一种"文化"的结晶；"民族"的本质是文化问题；"国家"是人为的行政区划，在历史长河中，其分分合合变数很大。因此，"跨国界"、"跨语言"、"跨民族"等都只是一种感性的表述。在学理层面，"比较文学是跨文化的文学研究"，才是比较准确的表述，体现了比较文学的学科实质。

在研究实践中，我们可以看到大量与"跨国界"、"跨语言"、"跨民族"的界定相左的事实。如蒙藏民族文学的比较研究没有跨越国界，但这是比较文学的课题；英国文学和美国文学的比较研究，印度英语作家的创作与英国文学比较，都没有跨越语言，但都是比较文学研究；海外华文文学和中国本土文学的比较研究，也没有跨越语言，也是比较文学；印度人祖先和伊朗人祖先都是雅利安人，他们的古代文学比较，当然还是比较文学。

这里的"跨文化"，包括两个层面的"跨文化"：一是跨越文学所属的文化体系；二是跨越文化大系统中与文学同一层级子系统，即跨学科。这样对"跨学科研究"这一比较文学研究的独特类型的"跨文化"也能做出合理的解释。对于"跨学科研究"，有论者认为不属于比较文学，认为"跨学科的文学研究必须同时又是跨文化的研究，那才是比较文学，……单单'跨学科'不是比较文学研究"①。这是对"跨文化"的理解单一。

而且更重要的是，强调"跨文化"，暗寓着比较文学研究必须进入到文化层面的研究，才具有其深度和生命力。

二　对话：比较文学的方法论基础

这里说的"方法论"，不是指如何进行比较文学研究的具体操作方法，而是展开研究时对待不同文化体系的文学现象应有的基本态度和原则。这里的"对话"，是强调比较文学研究在方法论观念上的沟通、平等意识。

"对话"是一个内涵丰富的理论概念，在哲学、美学史上，产生于柏

---

① 王向远：《比较文学学科新论》，江西教育出版社 2002 年版，第 104 页。

拉图的《对话录》，在那里，苏格拉底（Socrates，公元前469—前399）通过和雅典青年的对话来思考和传达自己的思想。在20世纪，海德格尔（Martin Heidegger，1889—1976）、伽达默尔（Hans-Georg Gadamer，1900—2002）和马丁·布伯（Martin Buber，1878—1965）分别从哲学的层面阐述了对话的哲理内涵。"对话"作为文化诗学理论的概念，始于苏联学者巴赫金（Ъахтинг，Михаил Миха Йлович，1895—1975），他将"对话"这一人类语言活动，发展为一种文学批评思维模式和研究模式。他的"对话"理论，已经包含了比较文学研究中的"对话"含义。甚至可以说，比较文学研究本身就是不同文化体系之间的文学对话。巴赫金认为，文化诗学意义上的"对话"比之日常生活中的对话"更为广泛、更为多样、更为复杂。两个表述在时间和空间上可能相距很远，互不知道，但只要从含义上加以对比，便会显露出对话关系，条件是它们之间只需存在着某种含义上的相通之处（哪怕主题、视点等部分地相通）"①。比较文学研究，就是在同源或同类基础上的跨文化文学研究，事实上就是不同文化之间的文学对话。乐黛云说得非常明确："归根结底，无论是文学现象之间的事实联系，还是文学观念之间平行存在的逻辑联系，或者不同文学理论之间的互相阐释，其实都是文学对话的有机组成部分，或者，我们可以将之看作文学对话的不同方式也无不可。"②

"对话"意味着尊重，意味着参与，也意味着理解。这种尊重、参与与理解，正是人类文化转型时期召唤人文精神和人文关怀的时代所倡导的新的价值观。而且"对话"是以差异性存在为前提，并不是取消差异追求一致，而是承认差异，理解差异，在差异中反观自我，在理解中沟通交流。

比较文学研究中的"对话"，具体就是指用"非我的"和"他者的"眼光来看待研究对象，把不同文化体系的文学当作各自独立、各具特色、相互平等，能够进行沟通的双方或多方；抛弃一切形式的"中心主义"，实现不同文化体系之间文学的友好交流。它作为比较文学研究中的视角和态度，具有指向平等、开放、无中心、非定型的特征。

---

① 巴赫金：《文本·对话与人文》，河北教育出版社1998年版，第333页。
② 乐黛云等：《比较文学原理新编》，北京大学出版社1998年版，第81页。

为什么以"对话"作为比较文学研究的方法论基础?

第一,从比较文学研究的独特性看。比较文学区别于其他的文学研究的独特性,在于其跨文化。而每位比较文学研究者在文化身份上必然隶属于某一特定的文化体系,那么,如何对待异质文化和异国文学表现出来的"他者",在比较文学研究中就是一个非常重要的问题。研究者具有先在的文化身份,这种"自我"若不能以平等的对话态度看待他者,势必以先入之见而形成片面的结论。

因而,在比较文学研究中,既要充分地维护民族文化的独特性和差异性,拥有特定的视角和观点;又必须保持谦和、平等、友好的姿态,以避免不公平地抬高或贬低本民族或其他民族的文化和文学。"换言之,在比较文学研究中,存在着自我和他者这样一个二元关系。一方面,研究者必须坚定地保存自己的民族身份,从自己民族的独特视角出发去研究其他民族的文学;另一方面,又必须尊重其他民族文学的独特性,避免用自己的观点来曲解其他民族文学。这就是说,在这里,自我和他者的关系并非一种非此即彼的不相容关系,而是某种相互依存、相互尊重的伙伴关系。而要建立这样一种平等和友好的伙伴关系,就要求比较文学研究者具有宽广的胸襟与平和的心态,因为只有这样,真正意义上的比较才有可能发生。"① 从这一意义上,可以说以"对话"作为比较文学研究的方法论基础,处理好自我与他者的关系,是比较文学得以确立和发展的关键。

第二,从比较文学学科发展史实看。比较文学发展史上,曾出现危机和错误导向,其中最突出的一个问题就是"自我中心"。这种"自我中心"表现为"西方中心"和"本土中心"两个方面。

比较文学产生于西方,很长一段时期"西方中心"意识占据主导地位。具体表现为两种形式:一是西方研究者对于自身文化的扩张;二是非西方研究者对西方的盲目崇拜。西方一些比较文学学者曾经总是以"自我"为核心来解释其他民族的文学和文化,他们凭借经济上的优势地位,想当然地认为自己的经验是普世性的,是整个世界的共同经验,认为西方文化是最优秀的文化,包含最合理的行为模式和思维方式,应该普及世界,放之四海而皆准。在比较文学研究中,试图以自己的文化来代替非西

---

① 杨乃乔主编:《比较文学概论》,北京大学出版社 2002 年版,第 388—389 页。

方民族的文化。一些受到西方文化深刻影响的非西方研究者，抛弃自己的民族文化身份，把西方文化视为"中心"，从西方人认识世界的角度审视西方文化和本土文化，一味地谄媚西方文化并贬损、唾弃本土文化。

"西方中心"使得西方人妄自尊大，目中无人，从而被"囚禁在自己文化囚笼中而不自觉"，失去认识和汲取他者文化精华的机会；在"西方中心"的视野里，其他民族不再拥有独立的自身形象，而是西方的"虚构"，萨义德（Edward Waefie Said，1935—2003）认为"东方学"就是西方虚构的一个被歪曲的东方形象。法国著名比较文学家洛里哀（Frederic. A. Loliee，1856—1915）在《比较文学史》（1903）中有一段论述："西方在知识上、道德上及实业上的势力业已遍及全世界，……从此民族间的差别将被铲除，文化将继续它的进程，而地方的特色将归消灭。各种特殊的模型，各样特殊的气质必将随文化的进步而终至绝迹。……总之，各民族将不复维持他们的传统，而从前一切种姓上的差别必将消灭在一个大混合体之内——这就是今后文学的趋势。"① 洛里哀20世纪初的认识，与100余年后今天多元文化发展的趋势相比，明显是一种出于自我中心的错误认识。因而在20世纪中期巴赫金感叹："文学是文化整体不可分割的一部分，不能脱离文化的完整语境去研究文学。……在广袤无垠的文学世界中，19世纪的学术界（以及文化意识）只涉猎了一个小小的世界（我们则把它缩得更小）。东方在这个世界里几乎完全没有得到反映。文化和文学的世界，实际上如宇宙一样广大无涯。"②

"本土中心"是与"西方中心"相对的一种"自我中心"意识形态。这是一些非西方的研究者抵制西方中心，力图维护自身本土文化的"纯洁"与"本源"特色而提出的概念。本土主义强调民族与民族之间的不可通约性。但在世界文化交流越来越频繁的情势下，在多元文化格局中，本土文化主张的民族文化的"纯洁"与"本源"特色，根本不可能存在。"本土中心"不顾历史事实的存在，不顾当代纵横交错的各方面因素的相互作用，执著于在一个封闭的环境中虚构民族文化的"原貌"。这样往往导致文化的封闭性和排他性：只强调本文化的优越，而忽视本文化可能存

---

① 洛里哀：《比较文学史》，傅东华译，上海三联书店1989年版，第352页。
② 巴赫金：《文本·对话与人文》，河北教育出版社1998年版，第403页。

在的缺失；只强调本文化的"纯洁"而反对和其他文化的交往、沟通，唯恐受其"污染"；只强调本文化的"统一"而畏惧新的发展，以致对外采取文化上的隔绝和孤立政策，对内压制本土文化内部的求新变革，结果导致民族文化的停滞、衰微。①

第三，从比较文学的最终目的看。在文学研究范围里，我们认为"比较文学"是以探寻人类文学的共同规律和民族文学特色为宗旨。其实，拓展到人类文化建设和发展的领域，还可以说，比较文学的最终目的，不仅仅是探寻人类文学的共同规律，不仅仅是探寻民族文学特色，而是在文化系统之间，文学传统之间建立一种真正平等有效的对话关系，为人类不同国家民族之间的交流合作，为不同文化体系的文化互识、互补、互鉴做出努力与贡献。

比较文学学科的存在前提，正是建立在不同文学传统对话的基础上。比较文学的方法论基点，也正是通过比较研究，考察乃至建立不同文学传统之间的联系——无论是历史事实的联系还是美学价值的联系，从而达到对话、交流的目的。比较不是理由，更不是目的，对话也不是目的，只是一种方式，是在比较中达成直接或间接的对话，并通过对话达到文化间的互识、互补和互鉴的目的。

可以说，比较文学研究，就是不同文化体系、不同文学传统、不同审美倾向、不同社会理想、不同人生理念之间的多重对话。

三　比较：比较文学的根本性质

比较文学之所以称为"比较文学"，自然与"比较"密切相关。可以说，"比较文学"能从"文学研究"中独立出来作为一门学科，根本的因素就是它的"比较性"性质。美国学者亨利·雷马克（Henry H. H. Remak，1916—2009）认为："比较文学研究不必在每一页上，甚至不必在每一章里都做比较，但总的目的、重点和处理都必须是比较性的。"② 但一些论著和教材否定比较文学"比较性"的这一根本性质，提

---

① 乐黛云：《比较文学与21世纪人文精神》，《中国比较文学》1998年第1期。

② 亨利·雷马克：《比较文学的定义和功用》，张隆溪选编《比较文学译文集》，北京大学出版社1982年版，第10页。

出"比较性不是比较文学的根本属性"①。为什么？这涉及比较文学发展史上的一段公案。

19世纪末20世纪初，比较文学作为一门独立学科刚刚确立，意大利著名文艺家、美学理论家克罗齐（Benedetto Croce，1866—1952）认为比较方法在文学研究中是普遍使用的方法，是文学研究不可缺少的工具，是一种简单的历史考察性研究的方法，不能成为一门学科的基础。以克罗齐的声望和影响，确实迎面给了比较文学一盆冷水。法国的比较文学学者面对克罗齐的挑战，把比较文学的研究内容缩小到有事实联系的"文学关系"研究，基亚（Marius-François Guyard，1921—?）说："比较文学并非比较。比较文学实际只是一种被误称了的科学方法，正确的定义应该是：国际文学关系史。"② 梵第根（Paul Van Tieghem，1871—1948）则更早就在《比较文学论》（1931）中说："那'比较'是只在于把那些从各国不同文学中取得的类似的书籍、典型人物、场面文章等并列起来，从而证明它们的不同之处、相似之处，而除了得到一种好奇的兴味，美学上的满足，以及有时得到一种爱好上的批判以至于高下等级的分别之外，是没有其他目标的。这样地实行'比较'，养成鉴赏力和思索力是很有兴味而又很有用的，但却一点也没有历史的含义，它并没有由它本身的力量使人向文学史推进一步，反之，真正的'比较文学'的特质，正如一切历史科学的特质一样，是把尽可能多的来源不同的事实采纳在一起，以便充分地把每一个事实加以解释是扩大认识的基础，以便找到尽可能多的种种结果的原因。总之，'比较'这两个字应该摆脱了全部美学的含义而取得一个科学的含义的。"③ 法国学者放弃"比较"，声称比较文学研究的是"关系"，"比较文学就是国际文学的关系史"④。

这里克罗齐、基亚、梵第根对"比较"的理解，都是从方法论（把"比较"仅仅作为一种研究方法）的层面把比较文学中的"比较"与一般文学研究中的"比较"混同起来了。实际上，比较文学中的"比较"，不

① 张铁夫主编：《新编比较文学教程》，湖南人民出版社2001年版，第155页。

② 马·法·基亚：《比较文学》，颜保译，北京大学出版社1982年版，第1页。

③ 梵第根：《比较文学论》，戴望舒译，吉林出版集团有限责任公司2010年版，第4—5页。

④ 马·法·基亚：《比较文学》，颜保译，北京大学出版社1982年版，第4页。

同于一般意义上的比较:首先,比较文学的比较必须有"跨文化"的前提。其次,在操作上,"'比较文学'的'比较'不是简单的对比,不是表面化的类比,不是单纯比较异与同,而是寻求世界各国文学之间各种复杂的内在关系。"① 最后,更重要的是,比较文学中的"比较"不仅仅是方法论层面的比较,它是对文学进行跨文化研究中的一种视野,一种立场,一种观念,是超越了方法论层面的本体论。

既然"比较"在比较文学中是一种如此重要的根本性成分,我们就得肯定比较文学的"比较性",只是需要引导人们正确理解这种"比较性"的内涵。

四 汇通:比较文学的学术要求

这里的"汇通",指的是对比较研究的两方或多方都要具有整体的贯通的理解和把握,不是就事论事作局部的、表面的比附或对照。这里强调的既是一种研究的观点,也是对比较文学学者的一种高素养要求。

钱锺书先生曾借用法国学者伽列(J. M. Carre,1887—1958)提出的"比较文学不是文学比较"这一命题,对作为学科的"比较文学"和一般意义上的"文学比较"作出辨析。他说:"我们必须把作为一门人文学科的比较文学与纯属臆断、东拉西扯的牵强比附区别开来。由于没有明确比较文学的概念,有人抽取一些表面上有某种相似之处的中外文学作品加以比较,既无理论的阐发,又没有什么深入的结论,为比较而比较,这种'文学比较'是没有什么意义的。"② 这种"臆断、东拉西扯的牵强比附"就是"文学比较",它只是就一些具有相似性的文学现象加以排列类比,就事论事,就人论人,只是表面地比附同异。如《安娜·卡列尼娜》中的安娜和《雷雨》中的繁漪两个形象进行表面上的硬性比较:她们都是女性,各自都有一个有地位、富足的家庭,都有一个给她们撑脸面又缺乏爱的丈夫,都有冲破这个家庭追寻爱情自由的愿望,并大胆地找到自己的情人,却又被情人抛弃。同时也可以罗列她们的差异:安娜要冲破的是贵

---

① 王向远:《比较文学学科新论》,江西教育出版社2002年版,第7页。

② 杨周翰、乐黛云主编:《中国比较文学年鉴》(1986),北京大学出版社1987年版,第52页。

族家庭，繁漪要冲出的是封建专制家庭；安娜形象美丽，她总是以一种迷人心魄的眼光凝视着第三者；繁漪的形象苦涩，她总是以一种病态般的忧郁叩问第三者的心灵。如果仅止于此，只把两个不同文化体系中文学形象的同异加以罗列，虽然"跨文化"了，也"比较"了，但没有达到比较文学的宗旨，只是一种表面类同的比附。

那么"比较文学"呢？钱锺书先生认为："事实上，比较不仅在求其同，也在存其异，即所谓'对比文学'。正是在明辨异同的过程中，我们可以认识中西文学传统各自的特点。不仅如此，通过比较研究，我们应能加深对作家和作品的认识，对某一文学现象及其规律的认识，这就要求作品的比较与产生作品的文化传统、社会背景、时代心理和作者个人心理等因素综合起来加以考虑。"① 也就是说，"比较文学"是一种汇通性研究，是对比较两者的文学和文化作体系化的、整体的把握，即使研究课题是某两个或几个具体的现象，但必须把这些现象摆在各自所属文化的体系中加以汇通的研究和比较，由具体的现象出发（切入点）而上升到理论高度，总结规律性的结论，深化对文学现象的认识。如前述的安娜与繁漪的比较，应将她们摆到中国文化文学中的妇女和俄罗斯文化文学中的妇女形象、命运、地位，并结合各创作时代的文化语境加以汇通研究，上升到已婚女性为追寻爱情自由冲破家庭而最终被抛弃的悲剧性主题，以及这一主题在中、俄文学中的不同表现。

再如邓晓芒的论文《品格与性格——关云长与阿喀琉斯比较》②，若只是把中西两位文学英雄的勇敢、武艺、仗义等性格特点的同异加以罗列类比，这不称其为"比较文学"研究。邓晓芒把他们作为中西文化的两个符号进行汇通的整体比较，上升到中西对人的观念的不同来比较研究："如果作家把人心看作客观世界的镜子，那么他在描绘一个人物形象时，必然会把这个人的内心世界看作不动，不变或'以不变应万变'的，也必然对各种细节尽量加以简化、抽象化、白描化，以免模糊了镜子本身的单纯明彻；相反，如果外部世界是人心的镜子，那就可以放手对各种各

---

① 张隆溪：《钱锺书谈比较文学与"文学比较"》，《读书》1981 年第 10 期。

② 邓晓芒：《人之镜：中西文学形象的人格结构》，云南人民出版社 1996 年版，第 14—26 页。

样、色彩丰富的外部细节加以有声有色、细致入微的描写,并坚信这些描绘最终都是对人心的描绘,且只有尽可能生动而毫不遗漏表现出这些细节,人心才会完整地呈现出其多方面、多层次立体形象。"① 通过这样的"汇通"研究,由这两个英雄形象的描写,揭示了中国文学人物描写的概念化、白描化的深层文化原因。

五　可比性:决定比较文学研究科学性和价值的关键

比较文学的"可比性",既是比较文学学科理论的一个关键问题,也是比较文学研究实践的一个关键环节。从学科理论的层面讲,"将来自不同文化体系的'两个或两个以上文本放在一起加以比较,其理由何在?'这个问题不从理论上阐释清楚,人们就会感到'比较研究的虚妄,至少是误入歧途',从而怀疑比较文学作为一门学科存在的合理性,比较文学的危机也就由此产生了。"② 从研究实践的层面讲,可比性的把握,关涉到研究课题的价值、意义和研究深度。

比较文学的"可比性"是指:在跨文化的文学比较研究中研究对象间的同一关系。它是比较文学研究赖以存在的逻辑上的可能性,是比较文学研究对象的基本属性中最核心的,决定了文学现象与文学问题能否成为比较文学研究对象的关键,也决定研究成果的价值。简单地说,就是在比较文学研究中,用来比较的对象之间的内在联系。这种内在联系是比较文学研究的基础,是保证比较文学研究科学性的重要依据。

我们来看几个具体实例:

例一,西方和日本的一些学者以西方文学史的分期比较中国文学史的分期,得出两两对应的结论——

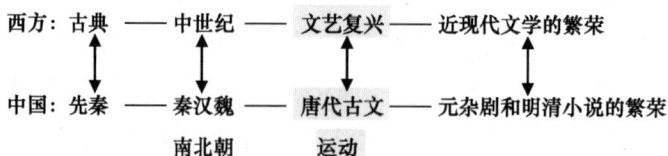

西方: 古典 —— 中世纪 —— 文艺复兴 —— 近现代文学的繁荣

中国: 先秦 —— 秦汉魏南北朝 —— 唐代古文运动 —— 元杂剧和明清小说的繁荣

---

① 邓晓芒:《人之镜:中西文学形象的人格结构》,云南人民出版社 1996 年版,第 6 页。
② 查明建:《是什么使比较成为可能?》,《中国比较文学》1987 年第 3 期。

　　这样的比较没有找到两者的可比性，其结论没有反映中国文学发展的客观实际，缺乏科学的意义。这里的关键是研究者把西方的"文艺复兴"与中国的"唐代古文运动"摆在同一层面，当作具有"可比性"的对象。尽管两者都打出"复兴古代"的旗帜，但在本质上，它们根本不是一回事。西方的文艺复兴是欧洲新兴资产阶级反对神权教会和封建统治的思想文化运动，力图建立新的世界观和一整套以"人"为中心的价值体系；而唐代古文运动只是在散文创作领域，反对六朝以来盛行的讲究排偶、辞藻、音律，大量用典，华而不实的骈文文体，倡导复兴汉代之前质朴有力、词必己出、文能达意的古文文风。无论在思想内涵还是所涉范围，文艺复兴和唐代古文运动都不具可比性。由此导致对中国文学发展阶段的错误类比。

　　例二，中国的鲁迅（1881—1936）、俄苏的高尔基（Максим Горький，1868—1936）、印度的普列姆昌德（Premachand，1880—1936）三位20世纪著名作家都在1936年逝世。如果把"都在1936年逝世"作为"同一关系"的可比性，将三位作家作比较，很难比较出本质的东西，无助于对文学规律和民族文学特色的认识。这虽然是"同一关系"，但是偶然的同一，不是内在的本质联系，这样的比较非常表面。若换一个角度，三位作家都是社会责任感很强的作家，生活在相同的时代，以此作为可比性。联系各自所处的民族文化语境，生活经历，比较他们创作中社会责任感的同和异，探寻同异背后的文化内涵和各自的人格个性，可以写成一篇很好的比较文学论文。

　　例三，《西游记》中的猪八戒和莎士比亚戏剧中的福斯塔夫都很肥胖，外形滑稽可笑，作品中也作为喜剧角色，产生许多笑料。这两个形象能否比？关键看取什么角度，能否找到"可比性"。方平先生曾将《红楼梦》里的王熙凤与福斯塔夫进行比较。他们比猪八戒和福斯塔夫差别更大：一个是俊俏漂亮的中国少奶奶，一个是肥得流油的英国破落贵族。但方平先生从人类审美创造的特殊形态：将现实丑转化为艺术美这一特定角度，把中、西文学中两个著名艺术形象联系在一起，探寻中、西审美文化的共相；同时也从两个具体形象的艺术表现，分析共相中的特殊性，显示中、西审美文化的差异。①

----

① 方平：《王熙凤与福斯塔夫：谈"美"的个性和道德化思考》，《文学评论》1982年第3期。

　　由此可见,一些具有相似性的文学现象不一定具有可比性,而一些看上去风马牛不相及的现象,在一个特定的视域里却具备了可比性。因此,准确把握可比性,是决定比较文学研究的科学性和价值的关键。在实际运用中,可比性的把握应注意几点:(1)比较研究对象之间是同一关系。这里的"同一关系",在逻辑上指对象之间外延相同内涵不相同的关系。客观存在的两个对象其外延不同,只能限定在外延相同的范围内进行比较,确定其同一的关系。(2)比较研究的对象应是具有与文学相关的美学价值联系,否则,它不是比较文学研究,可能是"比较宗教"、"比较道德"、"比较政治"、"比较文化"的研究。(3)比较对象的"同一关系",必须是内在的、本质的联系,而不是外在的、浮表的、偶然的联系。

　　总之,比较文学的学科理论还在发展完善中,许多问题有待探讨。但作为独立学科的存在,它又必须有基本的构架。比较文学理论将在框范与突破的辩证关系中向前推进。

第 一 章

中外文学相互影响

中国文学不仅体现了人类文学的基本规律和具有鲜明的民族个性，它也是在与其他民族和地区的文学相互交流中发展。从影响—接受的层面梳理中外文学的相互关系，考察异质文化冲突与交融中的文学发展轨迹，当然是比较文学研究的题中之义。

第一节　中国与西方文学关系

中西文学关系的总体面貌是：古代文学以中国文学影响西方文学为主，也有西方文学的影响。近代以来，主要是西方文学影响中国文学，也有中国文学影响西方文学的情况。

一　中国文学对西方的影响

（一）明代以前中国文学、文化的西传

中国与地中海的古希腊早在公元前 9 世纪就有交往，主要以中亚的塞人游牧部落为中介，进行古老的丝绸贸易。因而在希腊、罗马文献中称中国人为"赛里斯人"，"赛里斯"（Seres）是从"丝"字派生出的词，意

为"产丝之国"①。有学者从古希腊人物雕像的服装推测"在公元前五世纪中国丝绸已经成为希腊上层人物喜爱的服装"②。最早用文字记述中国的古希腊人是克泰夏斯（Ctesias），他公元前416年—前398年在波斯宫廷从医，听到过中国的传闻。他写道："赛里斯人及北印度人，相传身体高大，达十三骨尺云。寿逾二百岁。"③这样的记述只是传闻而已。公元前后罗马对中国和与中国丝绸交易情况的记载要确实一些。罗马博物学家普林尼（Pliny）在《博物志》中写道：

抵塔比斯山（Tabis），山悬峙海边。又行，海岸线向东北，过此乃始见人迹。由里海至此，尚未及海岸全线之半也。赛里斯人即处此。其林中产丝，驰名宇内。丝生于树叶之上，取出，湿之以水，理之成丝。后织成锦绣文艺绮，贩运至罗马。富豪贵族之妇女，裁成衣服，光辉夺目。由地球东端运至西端，故极其辛苦。赛里斯人举止温厚，然少与人接触，贸易皆待他人之来，而绝不求售也。④

古罗马的地理学家斯脱拉波（Strabo，公元前54—公元24）、梅拉（Pomponius Mele，公元1世纪）、拖雷美（Ptolemy，公元2世纪），历史学家佛罗鲁斯（Gessius Florus，公元前后）、包撒尼雅斯（Pausanias，公元2世纪）、马赛里奴斯（Ammianus Marcellinus，公元4世纪）等人的著述中都有对中国及其丝绸的描写。如马赛里奴斯在他的《史记》中描述中国情形：中国"四周有高山环绕，连续不绝，成天然保障。赛里斯人安居其中。地皆平衍，广大富饶。……山皆高峻崎岖。其中平原，有俄科达斯及包泰斯两大河流贯之。河流平易，势不湍急，湾折甚多。赛里斯人平和度日，不持兵器，永无战争。性情安静沉默，不扰邻国。气候温和，空气清洁，适卫生。天空不常见云，无烈风。森林甚多，人行其中，仰不

---

① 李约瑟认为："Seres 这个字起源于'丝'，传到欧洲成为希腊字 Serconp，因此，这个名称大概始于丝绸贸易开始的时期。"李约瑟：《中国科技史》第一卷，科学出版社、上海古籍出版社1990年版，第173页。

② 沈福伟：《中西文化交流史》，上海人民出版社1985年版，第22页。

③ 张星烺编注：《中西交通史料汇编》第一册，中华书局2003年版，第119页。

④ 同上书，第122页。

见天"①。罗马诗人维吉尔（Publius Vergilius Maro，公元前70—前19）在《田园诗》中写道："赛里斯人从他们那里的树叶上采集下了非常纤细的羊毛"；贺拉斯（Quietus Horatius Flaccus，公元前65—前8）的《希腊抒情诗集》中也有"这些放在赛里斯国坐垫上的斯多葛派论著，对你又有何用"的句子；奥维德（CPublius Ovidius Naso，公元前43—公元14）在《恋情》中有"你的秀发这样纤细，以致不敢梳妆，好像肌肤黝黑的赛里斯人的面纱一样"的描写②。这些例子表明，在公元前后的一千多年里，基于丝绸贸易的中国文化在西方传播，传说加上想象的中国形象已经出现在欧洲的文学作品中。

476年，西罗马帝国为北方的蛮族所灭，陷于蛮族部族之间的征伐。而东罗马（拜占庭）却以波斯人、犹太人和突厥人为中介，与东方的中国保持商贸和文化的交往。史料记载，中国的养蚕丝织法也传入东罗马。6世纪末的拜占庭人梯俄方内斯（Theophanes）记述："波斯人某，常居赛里斯国。归回时，藏蚕子于行路杖中，后携至拜占庭。春初之际，置蚕卵于桑叶上，盖此叶为其最佳之食也。后生虫，饲叶而长大，生两翼，可飞。"③ 拜占庭（中国古代史书中称"拂菻"）和唐朝有互派使节的交往，"拂菻国使臣入唐，据史籍可稽考者，从643年首次通使到742年最后一次使节抵唐，百年间共有7次。"④ 在中国的西部地区，常可发现拜占庭金币。

12世纪蒙古游牧部落在中国北方崛起，极大地改变了中西交通的面貌。公元1235—1241年，元军在第二次西征中实现了征服欧洲的计划，从此大批欧洲商人、探险家和基督教人士（主要是方济各会修士）来到中国，留下了不少介绍、叙述中国情况的游记和报道性作品。其中最著名的是意大利旅游家马可·波罗（Marco Polo，1254—1324）口述、作家鲁斯蒂谦诺（Rustichello da Pisa）笔录的《马可·波罗游记》。马可·波罗是世界著名的旅行家，1254年生于意大利威尼斯一个商人家庭。17岁时跟随父亲和叔叔，途经中东，历时4年多来到中国，在中国游历了17年。

---

① 张星烺编注：《中西交通史料汇编》第一册，中华书局2003年版，第149页。

② 戈岱司编：《希腊拉丁作家远东文献辑录》，耿昇译，中华书局1987年版，第2—4页。

③ 张星烺编注：《中西交通史料汇编》第一册，中华书局2003年版，第154页。

④ 武斌：《中华文化海外传播史》第一卷，陕西人民出版社1998年版，第767页。

《马可·波罗游记》记述了他在中国的见闻,激起了欧洲人对东方的热烈向往,对以后新航路的开辟产生了巨大的影响。同时,西方地理学家还根据他的描述,绘制了早期的"世界地图"。马可·波罗成为第一个系统地将中国和亚洲介绍给西方的人,他在中国 17 年的大部分时间,都是来往各地民间,为经商需要而深入社会基层,因而他的描述是深入社会而且全面的,使西方人对中国有了一幅较完整的构图。《马可·波罗游记》涉及地形、动物、植物、生产、发明、风俗、政治和宗教,在欧洲人的心目中塑造了一个富庶昌明的东方大国形象。《马可·波罗游记》既是传播中国文化的著述,也是意大利文学史上一部出色的文学作品。

蒙元帝国与当时的罗马教廷有互派使节的关系。先后来到中国的修士往往在中国大地游历,以自己的见闻和感受写下的一批纪行作品。如柏朗嘉宾(Jeande Plan Carpin,1182—1252)的《柏朗嘉宾蒙古行纪》、鲁布鲁克(Guillaume de Rubrouck)的《鲁布鲁克东行纪》、孟高维诺(Monte Corvino,1246—1328)的《中国书简》、鄂多立克(Odorico da Pordenone,约 1286—1331)的《鄂多立克东游录》、马黎诺里(Giovannidei Marignolli)的《马黎诺里游记》等。这些作品记述中国的政治、宗教、典章礼制、人情风习,为西方人士认识中国提供具体可靠的文本。

正是在这些游记和报道作品的影响下,文艺复兴时期欧洲文学中出现了中国题材的作品或中国人形象。英国散文始祖约翰·曼德维尔(Sir John Mandeville)创作于 1357 年的《曼德维尔游记》描述了一个强大、富裕又神奇的中国,这部作品拥有欧洲主要语言的各种译本,"并名列当时畅销书之冠,几个世纪以来一直拥有广大的读者面"①。意大利作家卜迦丘(Giovanni Boccaccio,1313—1375)的《十日谈》第十天故事三描写了一个宽宏大量的契丹(中国)贵族。意大利诗人阿利奥斯托(Ludovico Ariosto,1474—1533)在长诗《疯狂的奥兰多》中刻画了契丹女王安琪莉茹的形象。乔叟、莎士比亚、拉伯雷、蒙田的作品中也有涉及中国的内容。

---

① 葛桂录:《雾外的远音——英国作家与中国文化》,宁夏人民出版社 2002 年版,第 23 页。

（二）明、清时期中国文学西传与欧洲 18 世纪的"中国热"

明、清时期中国文学向西方传播，得力于一批东来的传教士。随着新航线的发现，大批出于宗教使命的传教士来到东方。他们对中国文化、文学的认识，首先不是在中国本土，而是在中国周边的南洋和日本。① 明代长时间的国禁，使得他们踏入中华本土的愿望难以实现。直到明末，西方传教士才被允许进入中国腹地。

入华传教士采用"适应"的传教策略，广泛研究了中国的传统思想文化，并试图在儒家经典中寻找上帝的影子。在此过程中，他们渐渐熟悉、掌握了中国基本文化典籍并将之译成西文，供后入华的同行和国内知识界学习中文，了解中国之用。于是第一批中国典籍就这样漂洋过海流传到了西方，其中包括文学性很高的先秦诸子散文和《诗经》。

其中做出重要贡献的传教士是意大利人罗明坚（Michele Ruggleri，1543—1607）、利玛窦（Matteo Ricci，1552—1610）、殷铎泽（Prospero Intorcetta，1625—1696），法国人金尼阁（Nicolas Trigault，1577—1628），比利时人柏应理（Philippe Couplet，1622—1692）等。罗明坚用拉丁文译出《大学》的部分章节和《孟子》，利玛窦用拉丁文翻译了《四书》，殷铎泽迻译《中庸》、《论语》和《大学》，金尼阁独力译出《五经》，柏应理的《西文四书解》包括孔子传记和儒家经典的翻译。"基督教传教士的汉籍译介产生了较大的影响。这是因为中国的传统文化和文学，博大精深，弘扬仁道，富含讽喻和哲理，为西方进步的思想家提供了救治文化危机和社会弊病的良方。"②

这些典籍构成了 17、18 世纪欧洲了解中国最重要、最直接的文献材料，同时也为欧洲文学中的中国主题提供了崭新的素材，从而导致 18 世纪欧洲的"中国热"。

欧洲"中国热"首先表现在大批有关中国的著作出版。主要有：门萨多（Conzales deMendoza，1540—1617）的《中华大帝国史》（1585），

---

① 据研究，第一部西译汉籍是传教士高毋羡（？—1592）在菲律宾用西班牙文翻译的童蒙读物《明心宝鉴》。参见周发祥等主编《中外文学交流史》，湖南教育出版社 1999 年版，第139—142 页。

② 周发祥等主编：《中外文学交流史》，湖南教育出版社 1999 年版，第 132 页。

金尼阁 (1577—1658) 的《基督教远征中国史》 (1615), 曾德昭 (Alvaro Semedo, 1585—1658) 的《中华帝国史》, 卫匡国 (Martino Martini, 1614—1661) 的《鞑靼战记》 (1654)、《中国新图》 (1655) 和《中国上古史》 (1658), 闵明我 (Domingo Fernandez Navarrete, 1610—1689) 的《中华帝国纵览》 (1676), 安文思 (Gabriel de Magalhaes, 1611—1677) 的《中国新志》 (1688), 李明 (Louis 1e Comte, 1655—1728) 的《中国近况新志》, 法国耶稣会编辑的《耶稣会士书简集》 (1702—1776, 共出版 34 集)、《北京耶稣会士中国论集》 (1776—1814, 共出版 17 集), 杜赫德 (Jean-Baptiste du Halde, 1674—1743) 编订的《中华帝国全志》 (1735), 纽霍夫 (Johan Nieuhof, 1618—1672) 的《荷兰东印度公司使华记》 (1665), 郎克 (郎喀, Лоренц Ланг, ? —1746 后) 的《俄使郎克 1721 和 1722 年使华记》, 乔治·安逊 (Lord George Anson, 1697—1762) 的《环球航行记》 (1748), 冯秉正 (Joseph-Francois-Marie-Anne de Moyriac de Mailla, 1669—1748) 的《中国通史》 (1777—1784, 12 卷) 等。其中影响最大的是杜赫德的《中华帝国全志》, 全书共四卷三千多页, 内容包括中国的历史、地理、政教、风俗, 同时又节译了四书、五经、诏令、奏章、戏曲、小说以及医卜星相之类书籍多种。"从总体上看, 这是一部质量较高的百科全书式的有关中国的著作, ……此书问世后, 立即被译成多种文字, 在欧洲广泛传播, 受到普遍欢迎, 成为 18 世纪欧洲最重要的关于中国的书籍。"①

这些有关中国的著作, 从历史到现实, 从物质文化到精神文化, 对中国作了比较系统全面的介绍和描述。从而在欧洲刮起一阵"中国风", 中国情趣成为欧洲社会的时尚, 欧洲人喜爱中国工艺品, 欣赏中国的文学艺术, 修建中国式宫殿和园林, 模仿中国人的衣着和习惯。

在文学领域, 中国的文学作品被大量翻译。除了传教士对儒学经典、四书五经、先秦诸子的译介外, 纯文学作品也受到欧洲文学界的重视, 中国的文学作品被翻译、改编、模仿, 中国的事物、意象、形象在欧洲文学中不断出现。杜赫德的《中华帝国全志》中就有一批中国作品的翻译, 其中包括元杂剧《赵氏孤儿》, 明话本小说《今古奇观》中的《庄子鼓盆

---

① 许明龙:《欧洲 18 世纪 "中国热"》, 山西教育出版社 1999 年版, 第 100 页。

成大道》、《吕大郎还金完骨肉》和《怀私怨狠仆告主》等 3 篇，还有
《诗经》中的 8 篇诗歌译作。1761 年经托马斯·柏西翻译整理的明末才子
佳人小说《好逑传》在英国出版。该书共 4 册，尽管译本对原著多有删
削，还有不少误译、漏译之处，但这是中国长篇小说第一次被译介到欧
洲，小说出版后相继又有法文、德文、荷文等转译本问世。

　　在上述中国典籍和文学作品传播的情势下，西方 17、18 世纪出现了
不少中国题材或背景的作品。1654 年意大利耶稣会士卫匡国在荷、德、
比、意等国同时出版了拉丁文版的《鞑靼战记》，这是一部以中国满清入
关为题材的小说。欧洲文学史上与此相同题材的作品还有好几部，如德国
哈格多恩（Friedrich von Hagedorn，1708—1754）的《埃关——或伟大的
蒙古人》和洛恩施坦（D. C. V Lohenstein）的《阿尔米琉斯》，以及 1673
年至 1674 年在伦敦上演的塞特尔（Elkanah Settle，1648—1724）的五幕
悲剧《鞑靼征服中国记》等。这些剧本都以复仇加爱情为故事基本框架，
属于典型的巴洛克风格，有关中国的内容乃是剧本的背景点缀。哥尔德史
密斯（哥尔斯密，Oliver Goldsmith，1730—1774）在 1762 年出版《世界
公民》，副标题为："中国哲学家从伦敦写给他的东方朋友的信札"。全书
仿效《波斯人信札》，共由 123 封信件组成，委托一位名叫李安济·阿尔
打基（Lien ChiAltangi）的中国河南人，与他北京朋友书信往来，叙述主
人公一家辗转迁徙的冒险经历。哥尔德史密斯为写作此书参考了不少中国
书籍，如郭纳爵（Inacio da Costa，1599—1666）、殷铎泽、柏应理等人的
《大学》、《中庸》、《论语》的拉丁文译本，李明的《中国现状新志》和
杜赫德的《中国通志》等。《世界公民》借用了不少中国故事、寓言、格
言、哲理批评英国的道德风尚。

　　18 世纪对欧洲文学影响最大的中国文学作品是元杂剧《赵氏孤儿》。
它的改编堪称 18 世纪中西文学交流的典范之作，意义深远。1734 年 2
月，巴黎的《水星杂志》发表了一篇没有署名的信，信里附有几节法文
翻译的《赵氏孤儿》。一年以后，杜赫德的《中华帝国全志》出版，其中
载有由耶稣会士马约瑟（马若瑟，Joseph-Henry-Marie de Premare，1666—
1701）翻译的《赵氏孤儿》梗概，译本问世后曾有过多个语种的改作，
比较有名的有 3 个剧本：英国哈切特（William Hatchett）的《中国孤儿》
(1741)，法国文豪伏尔泰（Voltaire，1694—1778）的改编本（1755）和

英国演员、谐剧作家阿瑟·谋飞（Arthur Murphy）的本子（1759）。3 个剧本题目同为《中国孤儿》，面貌却大不一样。哈切特的改写本标题全名为:《中国孤儿:历史悲剧》，保存了元曲的轮廓和主要段落，全剧 5 幕 16 场。改编的目的在于抨击当时英国的朝政腐败。献词中的首相影射当时英国首相罗伯特·沃尔波尔（Robert Walpole, 1st Earl of Orford, 1676—1745），他妒才忌能，党同伐异，受到托利党和在野人士的一致谴责。在近代欧洲文学史上，借用异国题材，或含沙射影发表不同政见，或针砭时弊，曾是一个时髦的创作手法，比较著名的作品有孟德斯鸠（Montesquieu, 1689—1755）的《波斯人信札》，斯威夫特（Jonathan Swift, 1667—1745）的《格列弗游记》和哥尔德史密斯的《世界公民》等。伏尔泰改编的《中国孤儿》只保留了原剧中搜孤救孤的基本框架，而把故事背景从公元前 5 世纪中国的春秋时期往后移了一千七八百年，把一个诸侯国内部的文武不和改为两个民族之间的文野之争。在剧本写作方面，他遵照新古典主义的"三一律"，把《赵氏孤儿》的叙事时间从 20 多年缩短到一个昼夜，同时依照当时"英雄剧"的做法，加入了一个恋爱故事，该剧于 1755 年在巴黎上演，剧本同时出版，颇受好评。伏尔泰的《中国孤儿》在巴黎演出获得成功后，英国戏剧也跃跃欲试，比较成功的改作者首推当时文艺界的活跃分子、演员和谐剧作家阿瑟·谋飞。谋飞的改本以马约瑟的《赵氏孤儿》译本和伏尔泰的《中国孤儿》为蓝本，并恢复了元剧《赵氏孤儿》的基本情节，剧本上演后也获得了很大成功。

德国文豪歌德（Johann Wolfgang von Goethe, 1749—1832）与中国文学有着很深的渊源。歌德大量阅读了有关中国历史文化的书籍，研读过《赵氏孤儿》、《花笺记》、《好逑传》等中国文学作品，并改编《百美新咏》中的四首"中国诗"。1827 年创作的《中德岁时诗》堪称中德文学交流史上的丰碑。

（三）中国文学对 19、20 世纪西方文学的影响

19 世纪的欧洲对中国有了更加深入的认识和研究，对中国文学的译介和研究也不是只停留于认识了解中国文化的表层需求，而是开始从审美和艺术的层面把握和接受中国文学。欧洲 19 世纪的中国文学译介主要不是传教士，而是汉学家，译介的不是文化典籍，而是真正意义上的文学

作品。

在法国，汉学家雷慕沙（Jean Pierre Abel Remusat，1788—1932）翻译了明代小说《玉娇梨》（1826），还编订出版了《中国短篇小说集》（1827，包括《今古奇观》中的 10 个短篇）；斯坦尼斯拉斯·于连（儒莲，Stanislas Julien，1797—1873）移译了戏剧《灰阑记》（1832）、《赵氏孤儿》（1834）、《西厢记》（1834）和小说《白蛇精记》（1834，《雷锋塔传奇》）、《平山冷燕》（1860）、《玉娇梨》（1864）等；安托尼·巴赞（Antoine Bazin，1799—1863）先后译出了元杂剧《㑇梅香》、《合汗衫》、《货郎旦》、《窦娥冤》（后合为《中国戏剧选》，1838），还翻译了南戏《琵琶记》（1841）。诗歌方面，首先是《诗经》的译介和研究有突破性进展，19 世纪法国有《诗经》的 3 种译本，即沙尔穆（Le pere La Charme）的拉丁文译本，包吉耶（G. Pauthier）的法文译本和顾赛芬（Seraphin Couvreux）的拉丁文、法文、中文对照译本；圣德尼（Hervey de Saint-Denys，1823—1892）译出《唐诗》（1862）和《离骚》（1870），前者选译了李白、杜甫、王维、白居易、李商隐等唐代 35 位诗人的 97 首诗作，是对法国 19 世纪文坛产生较大影响的唐代诗歌选集；瑞蒂·戈蒂叶（Francis Exazier Gauthier，1846—1917）的译诗集《玉笛》（1867）选译了唐宋及其以后历朝的 71 篇诗作；汉学家昂博尔·于阿里（C. Imbault-Huart）致力于宋诗和清诗的译介，前后出版了著作《18 世纪中国诗人袁子才的生平及创作》（1884）和译诗集《14 世纪至 19 世纪中国诗》（1886）、《中国现代诗》（1892）。

欧洲其他主要国家也像法国一样，出现一批从事中国文学译介的汉学家。如英国的里雅各（James Legge，1815—1897）和翟理斯（翟理思，Herbert Allen Giles，1845—1935）、德国的卫礼贤（Richard Wilhelm，1873—1930）、俄国的王西里（瓦西里耶夫，В. Л. Васильев，1818—1900）。里雅各在中国学者王韬的帮助下完成了卷帙浩繁的《中国经典》的翻译，这部译作共 5 卷，包括《大学》、《中庸》、《论语》、《孟子》、《诗经》、《书经》、《易经》、《礼记》、《孝经》、《道德经》、《庄子》、《左氏春秋》等。翟理斯出版了一部中国散文译作集《中国文学瑰宝》（1883），选译了公元前 550 年到公元 1650 年两千年间的 80 篇散文名作，之后又出版了《中诗英译》（1898），按年代顺序选译历代诗人的代表诗作。卫礼贤在中国生活学习 25 年，先后翻译出版《论语》、《道德经》、《列子》、《庄子》、《孟子》、《大学》、《易经》、《吕氏春秋》、《礼记》、《家语》等中国典籍和一些中国小说、戏剧，还出版了《中国人的生活智慧》、《孔子的生平及其著作》、《中国之魂》、《老子与道家》、《孔子与儒家》、《中国哲学》、《中国文化史》、《中国文学史》等 10 多种研究著作，他被称为"伟大的德意志中国人"①。王西里留学中国 10 年，精通汉、满、蒙、藏、梵等文字，先后主持喀山大学、彼得堡大学东方系汉语教研室，主要著作有《佛教教义、历史、文献》（1857—1869）、《10 至 13 世纪中亚东部的历史与古迹》（1857）、《中国文学史纲》（1880）、《东方宗教：儒、释、道》（1893）等，他的《中国文学史纲》被称为"世界上划时代的著作"，"它对中国文学史的宏观概括，对诗文、戏剧和小说的具体分析，以及按照现代体裁分类讲述的框架，均具有开拓意义"②。

正是这些西方汉学家对中国文学的译介和研究，在中国文学和欧洲文学之间架设起交通的桥梁。作为中国文学影响 19 世纪西方文学的结果，可以看到大量的欧美作家创作中的中国文学因素。美国超验主义哲学家、作家爱默生（Ralph Waldo Emerson，1803—1882）、梭罗（Henrv David Thoreau，1817—1862）的创作与中国先秦诸子的关系，德国诗人海泽（Paul Johann Ludwig von Heyse，1830—1914）的叙事诗《兄弟》、《皇帝和僧侣》对《诗经》和《三国演义》题材的运用，德国印象主义诗人戴默尔（Richard Dehmel，1863—1920）、比尔鲍姆（Otto Julius Bierbaum，1865—1910）对李白诗歌的改编和借用，英国浪漫主义诗人柯尔律治（Samuel Taylor Coleridge，1772—1834）阅读《马可·波罗游记》后创作的《忽必烈汗》，英国散文家兰姆（Charles Lamb，1775—1834）的《古瓷》中的中国文学意境，法国象征主义诗人马拉美（Stephane Mallarme，1842—1898）、魏尔伦（Paul Verlaine，1844—1896）、瓦雷里（Paul Valery，1871—1945）从道家灵性思维、《庄子》中获得启示等都是 19 世纪文学史上的史实。

---

① 武斌:《中华文化海外传播史》第三卷，陕西人民出版社 1998 年版，第 2022 页。
② 周发祥等主编:《中外文学交流史》，湖南教育出版社 1999 年版，第 355 页。

20 世纪西方文学中有一大批诗人、作家对中国文化和文学表现出钦慕之情，受中国文化影响，创作与中国相关的作品。如英国的迪金森（Lowues Dickinson，1862—1932）、罗素（Bertrand Arthur William Russell，3rd Earl Russell，1872—1970）、燕卜荪（William Empson，1906—1984）、奥顿（Wystan Hugh Auden，1907—1973）、法国的法郎士（Anatole France，1844—1924）、罗曼·罗兰（Romain Rolland，1866—1944）、克洛岱尔（Paul-Louis-Charle s-MarieClaudel，1868—1955）、瓦雷里、圣—琼·佩斯（Saint-John Perse，1887—1975）、亨利·米肖（Henri Michaux，1899—1984）、马尔罗（Andre Malraux，1901—1976）；德国的托马斯·曼（Thomas Mann，1875—1955）、赫塞（Hermann Hesse，1877—1962）、布莱希特（Bertolt Brecht，1898—1956）、西格斯（Anna Seghers，1900—1983）、卡内蒂（Elias Canetti，1905—1994）、沃尔夫（Christa Wolf，1929—）等。作为 20 世纪的文学流派，受中国文学影响最大的是英美的意象派诗歌。叶芝（William Butler Yeats，1865—1939）、厄洛尔（Amy Lowuell，1874—1925）、庞德（Ezra Pound，1885—1972）等都是汉诗的热心借鉴者。

二 西方文学对中国的影响

（一）19 世纪中叶之前西方文学在中国的传播

中国文学中有关西方的记载，最早见之于西汉司马迁的《史记》。据《史记·大宛列传》记载："安息……其西则条枝，北有奄蔡、黎轩"，一般认为，"黎轩"即指罗马帝国。"黎轩"后为"大秦"代替，《后汉书》卷 88 说："大秦国一名黎键，以在海西，亦云海西国。地方数千里，有两百余城，小国役属者数十。"又因"其人民皆长大平正，有类中国，故谓之大秦"。

16 世纪前，西方文学影响中国文学主要通过民间口头流传，后被文人记入文集以书面形式固定下来，其确切的流传过程已难以考察。据杨宪益先生研究，明以前中国文学作品中采用西方文学素材的至少有如下几种：唐代孙颀的《幻异志》中所载板桥三娘子的故事系来源于希腊神话中巫女竭吉的传说；唐代段成式撰《酉阳杂俎》中洞女禁限，古龟兹王的事迹分见于欧洲"扫灰娘"和日耳曼神话中英雄尼伯龙根的故事书；宋《太平广记》中"新罗长人"的记载取自荷马（Homēros，约前9世纪—前8世纪）史诗《奥德赛》中奥德修斯航海遇见独眼巨人的故事。①

唐代有基督教的一支景教传入中国，明清之际，基督教在中国迅速传播，大批具有较高文艺修养的传教士来到中国。他们既带来了宗教教义，也带来了西方的文学。随着基督教的东渐，一些异族奇事一定程度上激起了文人的创作灵感，给作品增添了奇幻的色彩。如关于域外的描写，唐杜环《经行记》说："拂菻国……不食猪狗驴马等肉，不拜国王父母之尊。不信鬼神，祀天而已。其俗每七日一假，不买卖，不出纳，唯饮酒，谑浪终日。其大秦善医眼及痢，或未病先见，或开脑出虫。"② 此类传闻散见于《玄怪录》、《续玄怪录》、《太平广记》等作品中，李白的《上云乐》中也有关于欧洲人容貌的直接描写："巉岩仪容，戍削风骨。碧玉灵灵双目瞳，黄金拳拳两鬓红，华盖垂下睫，嵩岳临上唇。不睹诡谲貌，岂知造化神……"③

西方文学流传到中国较早的一部作品是《伊索寓言》。最早对《伊索寓言》进行译介的是17世纪来华的耶稣会士利玛窦（Matteo Ricci，1552—1610）和庞迪我（Diego de Pantoja，1571—1618）。利玛窦著有《畸人十篇》（1608），其中介绍了几则伊索寓言，有"舌之佳丑辨"，"肚胀的狐狸"，"孔雀足丑"等。稍后西班牙传教士庞迪我又在《七克》中翻译介绍了数则寓言。1625年由法国传教士金尼阁口授，中国天主教士张赓笔传的《况义》一书在西安出版，书中专门翻译了伊索寓言，其中正文共22则，加上第二手抄本后面附的16则寓言，多达38则。《况义》一书称得上是伊索寓言在中国第一个选译本。

（二）19世纪中叶至20世纪初西方文学的中国影响

西方文学的大规模被译介并影响中国文学，是19世纪中叶以后的事情。鸦片战争以后，随着西方势力在中国的扩张，西方文学开始成规模地

---

① 杨宪益：《零墨新笺三则》，北京大学比较文学研究所编，《中国比较文学研究资料》，北京大学出版社1989年版。

② 张星烺编注：《中西交通史料汇编》第一册，中华书局2003年版，第212页。

③ 《全唐诗》卷21，转引自孙景尧《沟通》，广西人民出版社1991年版，第153页。

输入中国。但直到 19 世纪末期，翻译到中国的西方文学作品仍然不多。开始是报刊的兴起，一些西方文学的短篇译作得以刊发。《申报》、《中西见闻录》、《小说月报》、《教会新报》、《蒙学报》等报刊都刊发过西方译作，其中多为选自伊索（Aesop）、拉·封丹（F. D. La Fontaine，1621—1695）、莱辛（Gotthold Ephraim Lessing，1728—1781）等人的寓言创作，如《农人救蛇》、《蛇龟较胜》、《狮熊争食》、《鼠蛙相争》、《小鱼三喻》、《狐鹤赴宴》、《狗的影》、《狮鼠寓言》、《蚕蛾寓言》、《蛙牛寓言》等。[①]译介的长篇只有几种：1853 年在厦门出版的《天路历程》，1882 年画图新报馆译印的《安乐家》，1894 年广学会出版的《百年一觉》，还有连载于《申报》的《谈瀛小录》，连载于《瀛寰琐记》的《昕夕闲谈》等。西方诗歌的汉译最早的是美国 19 世纪诗人朗费罗的《人生颂》，在 1865 年以前就由董恂翻译成汉诗（先由英国驻华公使威妥玛译为汉语，董恂再根据译文加工为排律），1871 年王韬在其著作《普法战记》中翻译的法国大革命时期流行一时的《马赛革命歌》。

19 世纪对西方文学的介绍，得力于西方来华的文人和中国早期的外交官员。最早比较系统介绍西方文学的是英国人艾约瑟（Joseph Edkins，1823—1905），他毕业于伦敦大学，1848 年来到中国，曾主持墨海书馆的编辑出版工作，创办《中西闻见录》月刊，主要编译有《欧洲史略》、《希腊志略》、《罗马志略》、《富国养民策》、《西学启蒙》等书。他于 1875 年创办于上海的《六合丛谈》的第 1、3、4、8、11、12 号上发表了多篇介绍古希腊、古罗马文学的文章。创刊号上的《希腊为西国文学之祖》，介绍了荷马史诗、古希腊悲剧和喜剧。第三号刊载的《希腊诗人略说》，比较准确地介绍了荷马（和马）其人及荷马史诗的流变，提到了赫俄希德（海修达）、萨福（撒夫）等希腊诗人的作品及特点："希腊诗人和马者，耶稣诞生前九百余年，中国周孝王时人也。作诗以扬厉战功，为希腊诗人之祖。时仅口授，转相传唱而已。雅典王比西达多（庇西特拉图）时，校定成书，编录行世。其诗足以见人心之邪正，世风之美恶，山川景物之奇怪美丽。纪实者半。余出自匠心，超乎流俗。海修达与之同

---

① 《伊索寓言》在 19 世纪中后期出版过几个译本，如《意拾喻言》（1840 年《广东报》发表，后由广学会增订再版）、《海国妙喻》（1888 年天津时报馆印）。

时，所歌咏者农田及鬼神之事。周末一女子能诗，名曰撒夫，今所存者犹有二篇。"①

19世纪70年代，出使英伦的郭嵩焘、出使德国的李凤苞、出使英国的张德彝等清廷外交使节在日记或游记中谈及西方文学。1882年，一位没有留下姓名的中国人从日本去美国，后来写了反映这段旅行生活的《舟行纪略》。书中首次评述了朗费罗的诗歌创作，并将其与中国古诗相比较。1899年，单士厘随丈夫钱恂赴欧洲，以后她写了两部游记：《癸卯旅行记》、《归潜记》。在《归潜记》的《章华庭四室》和《育斯》中，比较系统地介绍了希腊神话。《章华庭四室》从介绍梵蒂冈收藏的古希腊石雕开始，这些石雕是古希腊神话传说中的神或英雄，由此叙述相关的神话。作者以优美简洁的文言，叙述了"金苹果"、"特洛伊木马"、"阿波罗射蛇"、"黄金雨"、"妖女美杜萨"、"劳奥孔之死"、"开天辟地"等神话传说，并从理论上探讨了这些神话传说的源流及其演变。"《育斯》专论Jupiter（今译朱庇特）及诸神世系，兼及神话之起源，希腊神话流传罗马后之转变，神职与仪式，神话与宗教，育斯崇拜为多神至一神所自始……实可谓为近代中国第一篇自成系统的神话学论文，在近代神话学史上有开山的价值。"②

对西方文学译介的第一个高潮是19世纪末20世纪初。这一阶段出现了一批中国自己的翻译家，诗歌、戏剧、小说的翻译全面展开。马君武、苏曼殊、辜鸿铭、陈冷血、包天笑、林纾、周桂笙、包公毅、曾朴、陈静韩、吴梼、徐念兹、周瘦鹃、伍建光、周作人等都是当时著名的西方文学翻译家。他们的译作，为中国的普通读者打开了不同于中国传统文学的另一个艺术世界。仅林纾一人就翻译出版了外国小说170多种（尚不包括未出版的80余种），影响了中国的几代作家和读者，现代学者郑振铎认为："他提高了中国人对世界和西方文学的认识与了解，打破了中国人历来看不起小说的旧传统，开了翻译世界文学风气之先。"③伍建光留英回国后大量译介欧洲文学名著，达130多种。"19世纪末叶至20世纪初叶，

---

① 艾约瑟：《希腊诗人略说》，《六合丛谈》第三号，江苏松江墨海书馆1857年印行。

② 钟叔河：《从东方到西方》，岳麓书社2002年版，第654—655页。

③ 郑振铎：《林琴南先生》，《小说月报》第15卷第11期（1924年11月10日）。

是中国有史以来翻译外国文学的最高潮时期，据《中国近代文学大系·翻译卷》，1890—1919 年的晚清 30 年，所译外国小说的数量几乎是空前绝后的"①。

这样的译介高潮，当然冲击中国文坛，西方文学产生了较大的影响，这种影响体现在多方面。首先是促使民众社会意识的觉醒，对晚清的谴责小说产生直接影响；其次是翻译的言情小说、侦探小说与中国传统的才子佳人小说、公案小说合流，形成武侠小说、黑幕小说、鸳鸯蝴蝶派小说等新的文学类型；再次，在思想内容方面为中国文学提供了新的要素，如民主科学气息、人本主义意识、资本主义社会形态等；最后在文学艺术表现手段上，各种叙述方式和手法为中国作家所借鉴。

（三）20 世纪西方文学对中国的深刻影响

20 世纪，以 20 年代的"五四"新文化运动和 80 年代的改革开放为契机，形成两次译介、借鉴西方文学的新高潮。西方文学在中国产生全面、深刻的影响。各种文学思潮汹涌而至，西方文论全面进入，以致国人满怀忧虑地大呼：中国文学失语！

"五四"新文化运动是救亡图存的文化革命运动，对旧传统进行革命性的变革。由传统文化孕育、发展起来的传统文学，已不能满足和适应新型社会人们在精神、情绪和感觉方面的需求而走向衰亡。时代要求中国的文学求新、求变。在这种大背景下，各种西方现代思潮携其经济、政治、科技方面的威势，大举进入中国，中国的传统文学在这些思潮的冲击下迅速解体，新一代作家们在胡塞尔（E. Edmund Husserl, 1859—1938）、海德格尔（Martin Heidegger, 1889—1976）、尼采（Friedrich Wilhelm Nietzsche, 1844—1900）、叔本华（Heinrich Floris Schopenhauer, 1788—1860）、克尔凯郭尔（Soren Aabye Kierkegaard, 1813—1855）、弗洛伊德（Sigmund Freud, 1856—1939）、托尔斯泰（Лев Николаевич Толстой, 1828—1910）等人思想的影响下，掀起了声势浩大的新文学运动。20 世纪的中国文学以此为起点，开始由封闭走向开放，由本土面向世界。

在西方文学的冲击和影响下，中国文学传统中的现代性因素得以凸

---

① 徐志啸：《近代中外文学关系》，华东师范大学出版社 2000 年版，第 17 页。

显，中国文学完成了由传统向现代的转型，中国文学步入世界文学进程。各种以文学自身为目的的文学思潮、流派形成，自由诗、十四行诗、话剧、报告文学、散文诗等新的文体产生。

　　鲁迅（1881—1936）、郭沫若（1892—1978）、老舍（1899—1966）、沈从文（1902—1988）、巴金（1904—2005）、茅盾（1896—1981）、周作人（1885—1967）、曹禺（1910—1996）、田汉（1898—1968）、丁玲（1904—1986）、戴望舒（1905—1950）、穆旦（1918—1977）、艾青（1910—1996）等作家、诗人，无一不受到文艺复兴以来西方文学经典作家，如莎士比亚（W. William Shakespeare，1564—1616）、歌德（J. W. Goethe，1749—1832）、伏尔泰（Voltaire，1694—1778）、拜伦（George Gordon Byron，1788—1824）、雨果（Victor Hugo，1802—1885）、普希金（Александр Сергеевич Пушкин，1799—1837）、巴尔扎克（Honoré de Balzac，1799—1850）、果戈理（Николай Васи льевичГо голь-Яновский，1809—1852）、陀思妥耶夫斯基（Фёдор-МихайловичДостоевский，1821—1881）、左拉（Emile Zola，1840—1902）、莫泊桑（Guy de Maupassant，1850—1893）、易卜生（Henrik Johan Ibsen，1828—1906）、托尔斯泰、马克·吐温（Mark Twain，1835—1910）、高尔基（Максим Горький，1868—1936）、罗曼·罗兰（Romain Rolland，1866—1944）、德莱塞（Theodore Dreiser，1871—1945）等文学大师们的影响。他们在继承和发扬中华民族优秀传统文化的基础上，汲取这些西方文学大师之长处，并融会于自己的创作思想和创作实践之中。

　　德国大诗人歌德的《少年维特之烦恼》在中译本问世之前，就以强烈的反封建精神和特有的艺术魅力，吸引了中国一些在国外留学或通晓外文的知识分子。1922 年，郭沫若把《少年维特之烦恼》译成中文出版后，神州掀起了一股炽烈的"维特热"，1928 年，上海泰东图书局还印行了一部由一名自称是"维特狂"的青年作家曹雪松改编的题为《少年维特之烦恼》的四幕悲剧，而且，相继还出现了郭沫若的《落叶》、《喀尔美梦姑娘》，许地山的《无法投递的邮件》，蒋光慈的《少年漂泊者》，冰心的《遗书》等许多很有影响的西式的书信体小说。尤其是当时颇具才华也很有影响力的女作家庐隐所创作的书信体小说《或人的悲哀》，完全可以说是中国的《少年维特之烦恼》，小说在结构上、在情节的安排和人物的刻画上，与歌德的《少年维特之烦恼》有着惊人的相似之处。

20 世纪 70 年代末，中国一度紧闭的国门重新向世界敞开，西方各种现代思潮如潮水般涌入。刚刚从十年"文革"的政治梦魇中挣扎出来的知识分子，对于来自西方的文化资源有着巨大的渴求。翻译家们为了满足国人的这些迫切的需求，开始大量地翻译和介绍西方各种现代思潮，出版社也大量地出版西方思想家和文学家的著作。如四川人民出版社率先在80 年代初期出版了百余本的"走向未来丛书"，上海译文出版社的"现代西方哲学译丛"，三联书店全力推出的《文化：中国与世界》、"学术文库"、"新知文库"等，前所未有地推动了 80 年代西方现代思潮在中国的传播。在文学领域，西方现代主义文学作品也被大量地翻译和介绍。袁可嘉主编的共四卷八册的《外国现代派文学作品选》，出版之后便风行一时，成为最热门的畅销书。其他出版社也竞相出版外国文学作品，如北京外国文学出版社和上海译文出版社联合出版的《20 世纪外国文学丛书》、《外国文学名著丛书》，广西漓江出版社出版的《诺贝尔文学获奖作家作品集》以及各出版社出版的大量的外国文学研究资料受到了广大读者的青睐。

伴随着思想界不断掀起的西学热，如萨特热、尼采热、弗洛伊德热、海德格尔热，解释学热、解构主义热、女性主义热、新历史主义热，中国当代文学也不断地产生各种文学思潮，如"伤痕文学"、"反思文学"、"寻根文学"、"先锋小说"、"新写实小说"、"新历史主义小说"、"女性文学"、"后殖民主义"等。中国的批评家们，也从中学到了各种方法论。如 1985 年被人们称为"方法论年"，现象学方法、解释学方法、西方马克思主义、女权主义方法、文艺心理学方法、弗洛伊德精神分析法、荣格神话原型法、结构主义方法等都涌进了学界。评论者运用这些新方法，分析解剖当代作品的内在要素，揭示中国人的心理结构，呈现文学作品的深层无意识，挖掘意识形态的权力运作模式，中国文学批评的面貌焕然一新。而中国作家也纷纷从纷至沓来的西方现代思潮中汲取养分，将他们从中学到的各种写作技巧及受到的启发运用到了他们的创作中。80 年代知名作家的作品中，基本上都带有模仿与学习的痕迹。如王蒙在 80 年代初创作的一系列带有实验性质的中短篇作品，受到了"意识流"小说的深刻影响；余华的作品，受启发于卡夫卡（Franz Kafka，1883—1924）、川端康成（かわばた やすなり，1899—1972）和罗布—格里耶（Alain Robbe-Grillet，1922—2008）；孙甘露、格非的作品，飘荡着博尔赫斯

（Jorge Luis Borges，1899—1986）的影子；莫言的作品，深受魔幻现实主义的影响等。

"寻根派"文学是 80 年代中国文学非常突出的文学现象。这一思潮是向中国古老传统的掘进，当然不同于中国现代主义作家向西方作横向借鉴。但"寻根派"作家不是向传统的简单回归，而是在"现代意识"之光的烛照下深挖传统之根，试图寻找当代中国文学在当代世界立足的根基。正是在这个意义上，他们比一些"先锋派"作家面对现实而发出的孤独呻吟、忧伤哀叹来得更加深刻。陈晋在专著中把"寻根派"作家归入"当代中国现代主义"的"深化派"加以论述[①]，也许不能得到学术界全体的认同，但的确有道理。因为"寻根派"作家大多不是面对当代的人生困境，逃避到传统的世外桃源，怡然自得，自我陶醉。恰恰相反，他们是以当代的困境作为向前探索的起点，为了更好地"向前"，从传统中索取能量。他们试图以自己的独特气质和品貌，与当代世界文学对话。正如"寻根派"的翘楚韩少功所说："我们有民族的自我，我们的责任是释放现代观念的热能，来重铸和镀亮这个自我。"[②]

"新写实主义"是 90 年代初中国文坛议论颇多的话题。这个由一批青年作家在 80 年代后期兴起的文学流派，公认不属现代主义，而且是对 1985 年、1986 年的"新潮文学"的"疏离"或"反拨"。但从"新写实主义"的"生活原色魅力"的美学追求中，看到使命感、责任感的淡化；在"零度感情"的创作状态中，透露出一种无可奈何的情绪；注重生活流程的描述、创作主体的自我消解、生存形态的生命体验、冷漠深沉的反讽效果和创作整体的灰色基调等，从中不难体味到某种后现代主义的意味。

第二节　中国与东方文学关系

以亚洲和非洲为地理疆域的东方，在文化上比西方世界要复杂得多。

---

① 参见陈晋《当代中国的现代主义》，中国文联出版公司 1988 年版。
② 韩少功：《文学的"根"》，《作家》1985 年第 4 期。

东方包括众多的文明古国，经过历史的演变，到公元后几百年形成东亚、南亚和阿拉伯（中亚、西亚、北非）三个各具特色的文化圈。中国地处东亚，与东亚各国和南亚、阿拉伯世界都有广泛而深入的文化、文学交流。

一 中、日文学关系

（一）中国文学对日本文学的影响

日本最早的作品是《古事记》（712）、《日本书纪》（720）。其中的神话传说，就有不少中国的成分。有的像盘古的化生神话，有的像盘瓠的故事，有的像桃枝避鬼的传说。伊邪那岐与伊邪那美兄妹婚配创造日本的神话就有女娲与伏羲兄妹成婚神话的痕迹。"日本'记纪神话'中可以解析出内涵丰富的中国秦汉文化与文学的因素，这便是依靠了从公元前3世纪到公元6世纪中国大陆向日本列岛的移民来实现的。"①

日本最古的诗文集，是汉诗汉文集，如《怀风藻》（751）、《凌云集》（814）、《经国集》（827）等。这些诗文集深受六朝、唐初骈俪文风的影响。日本现存最早的诗歌总集《万叶集》仿《诗经》的形式，以五、七调模仿中国的五、七言诗，长歌出于乐府古诗。题材多为游宴、赠答、应和、咏物、送别等，大都来自唐代诗歌意趣。

平安时代（794—1191），日本学习唐代近体诗。学问僧空海（Ku-kai，744—835）作日本最早的诗歌理论著作《文镜秘府论》（809—820），详论诗文修辞法则，论述平仄对偶和律诗作法。空海是日本高僧，804年来中国学习。他在中国不仅研究佛教，而且研究中国文学和文字学，擅长书法。他把佛教经典，中国文学、艺术、雕刻介绍到日本。

唐代传奇《游仙窟》（张鷟撰，年代不详）在中国遭受厄运，在日本却受到欢迎，为日本"奈良朝"时代的文人所爱读，《万叶集》卷四有大伴家持（Otomono Yakamochi，718—785）赠坂上大娘的歌十五首，其中有四首以此书中所述为根据。平安朝后，更为广布。源顺奉了勤子内亲王

---

① 严绍璗、中西进主编：《中日文化交流史大系·文学卷》，浙江人民出版社1996年版，第2页。

的旨令,撰《和名类聚钞》(931—938)即以该书的训为典据,引用之处达 14 条。该书的文句,又为《和汉朗咏集》(1013)等所引用,或被用为"谣物",在《唐物语》里,也以本书做材料。

从 9 世纪到 12 世纪,日本文坛崇拜白居易(772—846),将其作为创作的楷模。这期间日本的汉诗、和歌、物语、散文,都程度不等地留有白居易文学的痕迹。在日本,嵯峨天皇(Sagatennou,786—842)把《白氏文集》藏于宫廷,作为范本来考其臣民;醍醐天皇(Daigotennou,889—930)曾曰"毕生所爱《白氏文集》七十五卷是也!"《长恨歌》的结尾处有句"天长地久有时尽",日本天皇的生日为"天长第",皇后的生日为"地久第"。

平安朝时期,日本文坛女作家辈出:道纲母(Michitsunano Haha,936—995)、清少纳言(Sei syonagon,966—1025?)、紫式部(Murasaki shikibu,约 978—约 1014)、和泉式部(Iizumi shikibu,约 977—?)、小野小町(Onono komachi,约 843—?)等,成为世界文学史上的奇观。这固然有日本女性文学发展成熟的民族文学传统因素,但中国文学的影响无疑是一个重要因素。当时宫中争夺帝宠的"皇后学"促进贵族妇女汉文学素养的提高。

平安朝后期出现大量记录中国故事或编译中国传奇的和文作品,如《今昔物语集》(1120)、《唐物语》(1165—1176)等。

镰仓、室町时期(1192—1457)出现创作汉诗汉文的一个高潮——"五山文学"。日本正安元年(1299),宋僧一山一宁赴日,他的门下有虎关师炼(Kokan Shiren,1278—1346)、雪村友梅(Sesson Yobai,1290—1346)、中岩圆月(1300—1375)、梦窗疏石(Musousoseki,1275—1351)。梦窗门下又有义堂周信(1325—1388)、绝海中津(1336—1405)等,活跃于南北朝时代,达到五山文学的黄金时代。有七朝帝师之称的梦窗疏石确立了五山文学的地位。所谓"五山文学"①,是

---

① "五山文学"即对镰仓时代末至室町时代,以"京都五山"(天龙寺、相国寺、建仁寺、东福寺、万寿寺)和"镰仓五山"(建长寺、圆觉寺、寿福寺、净智寺、净妙寺)为中心的禅僧所写汉诗文、注疏、法语(讲解佛法的话或文章)等的总称。这种文学于日本南北朝时代末期达到极盛,但至室町时代后期逐渐衰微。著名作家及其代表作有雪村友梅的诗文集《岷峨集》、虎关师炼的僧传《元亨释书》和义堂周信的日记《空华集》等。

指由当时五山十刹的禅僧开创出来的文学风格。五山十刹的僧侣，一方面
与幕府关系密切而备受保护，另一方面又大量引进宋明的新文化，成为当
代文化的代表。在汉诗方面，由推崇白乐天而改崇苏东坡与黄山谷，文体
也由骈俪而转尊韩愈、柳宗元的古体。同时，还输入宋学与宋代的水墨画
等。这些对日本文化影响深远，创造了"五山文学"汉诗文、新儒学的
研究及水墨画、书道等高度的文化，这是日本汉文学中表现相当优秀的
部分。

江户时期（1603—1867）小说的发展，深受明清小说的影响。明代
传奇小说瞿佑（1347—1433）的《剪灯新话》15 世纪传入日本，被改编
成《奇异杂谈集》，从而促进江户小说第一阶段的"假名小说"流行，代
表作《御伽婢子》（1666）大部分是对《剪灯新话》和《剪灯余话》的
改编。《剪灯新话》在中国几乎失传，但它传入日本后却受到异乎寻常的
欢迎，产生了深远的影响，出现了"墙里开花墙外香"的现象。《牡丹灯
记》更是被日本作家屡屡翻改为歌舞伎、落语、小说等大众文艺形式，
成为江户时代以来怪谈小说的渊源。

明清白话小说在日本的传播，得力于一批精通汉语的"唐通事"，其
中冈岛冠山是代表人物。冈岛冠山（Kanzan Okajima，1674—1728）祖籍
长崎，幼年即从以明清白话小说作为教本的"唐通事"们学习汉语，具
有相当深厚的汉语言文学修养。他在京都完成了《通俗忠义水浒传》七
十回的日文译本（1757 年刊行），并有和训四卷十回。此外，他还创作了
《太平演义》五卷，用中国俗文来编写联缀日本的故事；创作《太阁记》，
以中国演义小说的形式写作日本小说。其后，江户文坛上中国小说的翻译
闻风而起，例如有《通俗西游记》、《通俗醉菩提》、《通俗平妖传》、《通
俗女仙外史》、《通俗孝肃传》等。冈岛冠山的学生们，更致力于中国小
说的传播。至 18 世纪中期，日本学者对中国明清白话小说"三言"加以
重编，成"新三言"（即 1743 年、1753 年冈田白驹分别选编刊行的《小
说精言》、《小说奇言》，以及 1755 年泽田一斋选编刊行的《小说粹言》）
表明中国话本小说在日本的流传进入全盛时代。江户晚期著名文学家都贺
庭钟（Teisho Tsuga，1718—1794?）出版的"古今三谈"（即《古今奇谈
英草纸》、《古今奇谈繁野话》、《古今奇谈莠句册》）将明清白话小说向
日本化的方向推进了一大步。

读本小说主要是日本借鉴中国明清话本小说而来。就如同中国的话本小说呈现了明清城市的庶民生活,日本读本小说也将江户时代的町人生活加以艺术的展现,它虽然借助中国的元素,但却体现了日本文学特有的创造力。

明治维新以后,从总体上说,日本文学受到西方影响,进而影响中国文学。但中国文学具有潜在的影响,不少作家从文化根源上接近中国文化,如森鸥外(Mori Ougai,1862—1922)、夏目漱石(Natsume Souseki,1867—1916)、幸田露伴(Kōda Rohan,1867—1947)、芥川龙之介(Akutagawa Ryūnosuke,1892—1927)、井上靖(Yasushi Inoue,1907—1991)等都是这样的日本作家。

(二) 日本文学对中国的影响

中日文学的影响是双向的。严绍璗(1940—)先生在《中日古代文学关系史稿》中写道:"中国文学作品中,出现了日本汉诗的反馈现象;中国作家突破了个人之间唱和诗的形式,开始创作以日本为题材的风情诗;日本现实政治生活中的人物,进入了中国文学作品;一些作家甚至尝试以日语进行剧本创作;作为日本民族艺术形式的和歌,开始有了汉译的选集等等。"[①]

7世纪以后,日本向中国派遣了10多次的遣隋使、遣唐使,以此引进大陆的先进文化。他们历经千辛万苦来到中国,一方面积极吸收中国的先进文明,另一方面又与中国诗人们作诗唱和,进行交流。唐代文献中,保留有近百首中日诗人间的酬唱诗歌,成为早期中日文化交流史上的宝贵资料。在交流过程中,遣隋使、遣唐使们亦将日本文化介绍到中国。"日本汉诗的反馈现象"指的是本来受中国诗歌影响的日本汉诗,成熟后反转来影响中国的诗歌创作。同时,日本本土的和歌也在唐代就传入中国。

现存遣唐使在中国所作的和歌有两首。一首为《万叶集》卷一中所收录的《山上忆良在大唐时忆本乡作歌》:

---

① 严绍璗:《中日古代文学关系史稿》,湖南文艺出版社1987年版,第280页。

归去兮同胞

大伴御津海浜松

想必等心焦

一首是阿倍仲麻吕（晁衡，Abe nakamaro，698—770）的《在大唐见月所咏》。此歌后来被收入《百人一首》，千古以来为人们所传诵：

翘首望天边

月光如洗照九天

三登山月圆

日本平安朝出现的文字也进入中国。宋代的罗大经（1196—1252后）在《鹤林玉露》（1252）中，将从留学僧安觉听来的日语单词分别用发音相近的汉字一一加以介绍。到了元末明初，著名学者陶宗仪（1329—约1412）又在其编纂的《书史会要》一书中，根据当时日本入元僧人提供的资料，按照"ぃろは歌"顺序，第一次完整记载了日语的47个假名。

在明代倭寇之患的压迫下，对日本的研究成为官方的意志。明代涌现了大量研究日本的著作，代表作有薛俊的《日本考略》（1523），郑若曾（1503—1570）的《日本图纂》、《筹海图编》，李言恭（1541—1599）、郝杰（1530—1600）的《日本考》（1593），郑舜功的《日本一鉴》（1565）等。搜集"寄语"① 成为这些著作的重要内容。所谓"寄语"，是指日语词汇的汉译。如薛俊的《日本考略》中所记"秃计、月"，"乌弥、海"，"摇落、夜"，前面为用汉字摹拟的日语发音，后面为该日语词汇的汉语意思。薛俊的《日本考略》收录了358个，郑舜功的《日本一鉴》收录了3401个，李言恭、郝杰的《日本考》收录了1186个。这样以"寄语"方式大量介绍日语单词，在中国文学史上尚属首次。也

---

① "寄语"一词，起源于《礼记·王制篇》："五方之民，言语不通，嗜欲不同。……东方曰寄，南方曰象，西方曰狄鞮，北方曰译。"薛俊在《日本考略》中亦说明道："寄即译，西北曰译，东南曰寄"，并在该书中特设"寄语略"一栏。

正因为有着如此丰富的"寄语"积累，和歌的汉译也成为可能。①

　　李言恭、郝杰的《日本考》就包含最早的汉译和歌集。《日本考》编撰于明万历年间，全书共由 5 卷组成，对当时日本的情况，从地理、风俗到文字、工艺等，皆作了较为具体而全面的介绍。其中，卷三的"歌谣"收有和歌 39 首，卷五的"山歌"收有歌谣 12 首，共计 51 首和歌，并对它们一一作了具体的汉译。每首包括歌辞（辑录原作）、呼音（对原作中的汉字注音）、读法（对整首和歌用汉字注音）、释音（日汉词汇对照解释）和切意（翻译成汉语）五个部分。这些和歌大多取《古今集》（905）、《后撰集》（951）、《拾遗集》（990—994）、《后拾遗集》（1078—1086）、《伊势物语》等处，内容丰富多样。

　　明清文学中出现了日本题材的创作。明代的宋濂（1310—1381）创作有组诗《日东曲》（10 首）。清代的沙起云《日本杂事》（16 首）序云："日本为海外诸国之声，舟楫辐辏，其中山水奇绝，景况佳好，不能尽意，偶占绝句十六首，聊记岁序、民风之意。"晚清诗人黄遵宪（1848—1905）创作了《日本杂事诗》（200 首）。清代还有文人尝试创作日文剧作，曹寅（1659—1712）为祝圣寿创作的《太平乐事》（杂剧九出，第七出《日本灯词》）就是例子：

　　　　［日本国王登场］——

　　　　红云春暖萨摩州，木琢扶桑做枕头；晓起礼天向南望，青山一发对琉球。自家日本国王是也。俺国都称紫筑，形类琵琶，读洙泗之诗书，崇乾竺之法教，向自前明负固，颇肆猖狂。今者中华圣人御极，海不扬波，通商薄赋，黎庶沾恩。俺们外国，无以答报，唯有礼佛拜天，预祝圣寿无疆。

　　　　［接下来在鼓乐声中展现日本歌舞，有"灯舞"、"扇舞"、"花篮舞"等］

　　为表现天下太平、万国朝贺的情景，剧中道白用的是日语原文。

----

①　以上材料见严绍璗、中西进主编《中日文化交流史大系·文学卷》，浙江人民出版社1996年版，第104—105页。

　　1868 年明治维新后，日本向西方学习，迅速走上现代化道路。中国与日本的关系发生了戏剧性的变化，原先的学生成了先生，中国 20 世纪文学受到日本文学的深刻影响。

　　日本文学对 20 世纪中国文学的影响，首先源于留日风潮。1896 年中国正式派遣留日学生，到 20 世纪初，中国大地上掀起了引人注目的留日热潮。日本学者青柳笃恒（Aoyagi Atsutsune，1877—1951）形象地记述了当时"留日热"的盛况："学子互相约集，一声'向右转'，齐步辞别国内学堂，买舟东去，不远千里，北自天津，南自上海，如潮涌来。每遇赴日便船，必制先机抢搭，船船满座。……总之分秒必争，务求早日抵达东京，此乃热中留学之实情也。"① 中国留日学生从落后闭塞的半殖民地半封建的旧中国，来到正在进行资本主义现代化建设的日本，顿感眼界为之开阔，心胸为之开阔。在他们中间出现了一大批著名的文学家。他们大量译介日本文学，或以日本为中介译介西方文学，用新的文学观念和创作实践，促使中国传统文学向新文学转化，推进中国文学的现代化进程。20世纪初期的"小说界革命"和 20 年代的"小诗运动"很能说明日本文学对中国现代文学的影响。

　　"小说界革命"的倡导者是戊戌变法后流亡日本的梁启超（1873—1929）。梁启超在日本研究了日本明治时代的文学，在时论《文明普及之法》中向国内介绍了日本当时的文学情况，"于日本维新之运有大功者，小说亦其一端也。明治十五、六年间，民权自由之声遍满国中。于是西洋小说中言法国、罗马革命之事者，陆续译出，有题为《自由》者，有题为《自由之灯》者，次第登于新报中。自是译泰西小说者日新月盛。其最著者则织田纯一郎氏之《花柳春话》、关直彦氏之《春莺啭》、藤田鸣鹤氏之《系思谈》、《春窗绮话》、《梅蕾余薰》、《经世伟观》等。其原书多系英国近代历史小说之作也。翻译既盛，而政治小说之普述也渐起，如柴东海之《佳人奇遇》，末广铁肠之《花间莺》、《雪中梅》，藤田鸣鹤之《文明东渐史》，矢野龙溪之《经国美谈》等"②。文中梁启超肯定了小说对推动明治维新的意义，轮廓清晰地介绍了日本文学由翻译发展到创作的

---

　　① ［日］实藤惠秀：《中国人留学日本史》，三联书店 1985 年版，第 37 页。
　　② 梁启超：《文明普及之法》、《清议报》第 25 册（1899 年）。

过程,并且概括了这种新型小说的特点:作家"皆一时之大政治家,寄托书中人物,以写自己之政见,固不得专以小说目之。而其浸润于国民脑质最有效力者,则《经国美谈》、《佳人奇遇》两书为最云"。文章最后还表明了与同道一起创作小说的愿望:"呜呼,吾安得如施耐庵其人者,日夕促膝对居,相与指天画地,雌黄古今,吐纳欧亚,出其胸中块垒磅礴错综复杂者,而一一熔铸之,以质于天下健者哉!"正是出于这种愿望,梁启超在横滨创办了小说期刊《新小说》(1902 年)。在第一期作为代发刊词,发表了著名论文《论小说与群治之关系》,并刊发了他创作的政治小说《新中国未来记》。在《论小说与群治之关系》中,梁启超把他在日本研究日本文学和西方文学后的认识、对小说的社会功能作了系统的论述,提出"欲新一国之民,不可不新一国之小说"。他的论断是基于对小说作用社会的特殊价值。他认为小说有"熏"、"浸"、"刺"、"提"四力,借助这四力,"则小说之于一群也,既也如空气,如菽粟,欲避不得避,欲屏不得屏,而日日相与呼吸之,餐嚼之矣"。中国传统小说同样显示了其效能,只是从反面发挥作用,成为"中国群治腐败之总根源"。因而在文末喊出了"小说界革命"的口号。

梁启超对小说地位的肯定,对小说价值的分析,对传统小说的批判和以小说作为社会改良的手段,这些观点都可以在日本当时的报刊上看到。类似的议论,在当时自由民权派理论家笔下经常出现。梁启超无疑受到这些理论的影响,联系中国社会和文坛实际,试图把小说当作启迪民众、变革社会的重要武器,明确提出"小说界革命"的主张。

《新小说》的出版和《论小说与群治之关系》的刊出,在晚清文坛产生强烈反响。当时的著名作家包天笑(1876—1973)后来回忆,"《新小说》出版了,引起了知识界的兴味,轰动一时,而且销数也非常发达",并且"似乎登高一呼,群山响应"[①]。《新小说》"专在借小说家言,以发起国民政治思想,激励其爱国精神"[②] 的宗旨,成为当时整个小说界的创作宗旨。著名作家吴趼人(1867—1910)几年后著文谈到当时的情形:"吾感乎饮冰子《小说与群治之关系》之说出,提倡改良小说,不数年而

---

① 包天笑:《钏影楼回忆录》,第 357 页。
② 《中国唯一之文学报刊〈新小说〉》,《新民丛报》第 14 号。

吾国之新著新译小说，几乎汗万牛充万栋，犹复日出不已而未有穷期也。"① 这样，一场轰轰烈烈的"小说界革命"在晚清文坛展开，翻译引进西方、日本的小说，创作肩负改良社会的政治任务的新小说，围绕"新小说"展开理论探讨，热闹了好些年，直到辛亥革命后才逐渐衰落。

　　20 世纪 20 年代"小诗运动"的倡导和推动者是留日归来，对日本审美情趣有所偏爱的周作人（1885—1967）。1921 年 5 月，周作人在《小说月报》第 12 卷第 5 号上发表《日本的诗歌》一文，对松尾芭蕉（Matsuo Basho，1644—1694）、与谢芜村（Yosa Buson，1716—1784）、小林一茶（Kobayashi Issa，1763—1827）、正冈子规（Masaoka Shiki，1867—1902）等的俳句，以及和泉式部、香川景树（Kagawa Kageki，1768—1843）、与谢野铁干（Yosano Tekkan，1873—1935）、晶子（Yosano Akiko，1878—1942）等诗人的和歌，逐一作了选译并加以论评，向中国文坛详细介绍了日本的和歌、俳句。周作人在文中指出，比起中国诗歌来，日本诗歌具有两大显著的特点：一是其形式较短，虽不易于长篇叙事，但若要描写"一地的景色，一时的情调"却很擅长；另一点则是，由于字数不多，所以"务求简洁精练"，须追求余韵。此后，周作人写下大量有关日本诗歌的介绍文章，提倡在中国诗坛普及小诗②，这种主张受到其他诗人的欢迎。经周作人的热情介绍和鼓动，日本诗歌，尤其是俳句受到中国诗人的注目，特别是它描写"一地的景色，一时的情调"的表现手法，成了诗人们竞相模仿的对象。20 年代初的诗人，或多或少都曾作过小诗，主要作品有汪静之（1902—1996）、潘漠华（1902—1934）、应修人（1900—1933）、冯雪峰（1903—1976）的诗集《湖畔》（1922），潘漠华、应修

---

　　① 吴沃尧：《月月小说序》，《月月小说》1906 年第 1 号。

　　② 从 1921 年 5 月至 1923 年，周作人发表的有关日本诗歌的文章分别如下：1921 年 5 月《日本的诗歌》（《小说月报》第 12 卷第 5 号）、6 月《日本俗歌五首》（《晨报》副刊 6 月 29 日）、8 月《杂译日本诗三十首》（《新青年》第 9 卷第 4 号）、10 月《日本诗人一茶的诗》（《小说月报》第 12 卷第 11 号）、10 月《日本俗歌八首》（《晨报》副刊 10 月 23 日）；1922 年 2 月《日本俗歌四十首》（《诗》1 卷 2 期）、5 月《石川啄木的短歌》（《诗》1 卷 5 期）、6 月《石川啄木的歌》（《努力周报》第 4 期）、6 月《论小诗》（《晨报》副刊 21 日、22 日）、9 月《日本俗歌二十首》（《努力周报》第 20 期）；1923 年 1 月《石川啄木的短歌》（《小说月报》第 14 卷第 1 号）、4 月《日本的小诗》（《晨报》副刊 4 月 3—5 日）。参见张菊香编《周作人年谱》，南开大学出版社 1985 年 9 月版。

人、冯雪峰的诗集《春的歌集》（1923），汪静之的《蕙的风》（1922），徐玉诺（1894—1958）的《将来的花园》（1922），何植三（1899—1977）的《农家的草紫》（1929）等。俳句表现瞬间的感觉，注重简洁精练，尽量留有余韵的特点在中国诗人的创作中得到鲜明的体现。

日本诗歌对中国文坛的影响随着中日战争和后来的社会历史演变中断了几十年，在20世纪80年代又以汉俳的形式体现出来。汉俳是80年代初由赵朴初（1907—2000）、林林（1909—）、袁鹰（1924—）等诗人开始尝试，逐渐成为中国诗坛的新兴诗型。第一首汉俳是赵朴初的《送鉴真大师像返奈良并呈森本长老》：

> 看尽杜鹃花，
> 不因隔海怨天涯，
> 东西都是家。

1980年4月，唐招提寺的森本孝顺长老带着日本国家级重要文物鉴真和尚坐像，来到鉴真的故乡扬州。在坐像返回奈良之际，赵朴初作了上述汉俳以示送别。随后是1980年5月，在欢迎以大野林火（Ōno Rinka，1904—1982）为团长的日本俳人协会访华团一行的宴会上，赵朴初又吟诵了一首汉俳：

> 绿阴今雨来，
> 山花枝接海花开，
> 和风起汉俳。①

正如赵补初这首"汉俳"所述，"汉俳"是中国诗人与日本俳人直接友好交流的产物。1981年6月，《诗刊》6月号开辟"汉俳试作"专栏，除刊登赵朴初、林林、袁鹰等所创作的汉俳外，还登载了林林所作的介绍日本俳句的文章《最短的诗——略谈日本俳句》。同年8月8日，《人民日报》亦设"汉俳试作"栏，刊登了赵朴初、林林、袁鹰等人所作的汉俳。

---

① 赵朴初：《赠日本俳人协会诸友》，《人民日报》1980年5月29日。

《诗刊》1981 年第 6 期"汉俳试作"专栏有"编者的话"：

> 汉俳（汉式俳句），是中国诗人在同日本俳句诗人文学交往中产生的一种新的诗体，（关于日本俳句，请参见本期林林《最短的诗》一文）。参照日本俳句十七字（五·七·五）的形式，加上脚韵，形成一种三行十七字的短诗，近似绝句、小令或民歌。它短小凝练，可文可白，便于写景抒情，可吟可诵。

这样的"汉俳"，借用了日本俳句的五·七·五形式，但并不关涉俳句的季题、切字的要求，却又要求脚韵，可比之中国古典诗歌中的绝句、小令及民谣。这是受到日本俳句影响又融合中国诗歌传统的小诗型。

明治后日本文学对中国文学的影响当然不只是"小说界革命"、小诗运动和汉俳的出现，日本文学影响了一大批中国作家，促进了中国现代文学思潮和流派的发展。日本明治以来的文学思潮流派，如启蒙主义、浪漫主义、自然主义、写实主义、唯美主义、人道主义、理智主义、现代主义、普罗文学都在中国现代文坛有过程度不同的影响。早在 1928 年，郭沫若（1892—1978）就说过："中国文坛大半是日本留学生建筑成的。创造社的主要作家都是日本留学生，语丝派的也是一样。……就因为这样的缘故，中国的新文艺是深受了日本的洗礼的。"①

二　中、印文学交流

中印文学关系源远流长，从先秦典籍中可以看到印度文学的蛛丝马迹，汉代随着佛教的传入，文学交流日渐频繁，到唐代达到高潮。之后成涓涓细流，延续不断，直到当代。

（一）印度文学与先秦文学

通过中国西南对印度的商业活动，印度的神话和寓言输入中国，可以从《楚辞》以及屈原（约公元前 339—约前 278）作品中找到痕迹。季羡林（1911—2009）曾说："要想追本溯源，印度文学传入中国应该追到远

---

① 郭沫若：《桌子的跳舞》，《创造月刊》第 1 卷第 11 期（1928 年 5 月 1 日）。

古的时代去。那时候的所谓文学只是口头文学，还没有写成书籍，内容主要是寓言和神话。印度寓言和神话传入中国的痕迹在中国古代大诗人屈原的著作里可以找到。《天问》里说:'厥利惟何，而顾菟在腹？'虽然在最近几十年内有的学者把'顾菟'解释成'蟾蜍'。但是从汉代以来，传统的说法总是把'顾菟'说成是兔子。月亮里面有一只兔子的说法在中国可以说是由来已久了。但是这种说法并不是国产，它是来自印度。从公元前一千来年的《梨俱吠陀》起，印度人就相信月亮里有兔子。"①苏雪林（1897—1999）也认为屈原的《天问》中有印度流行的诸神搅海的故事，《天问》中的"白蜺婴弗，胡为此堂？安得夫良药，不能固藏？天式纵横，阳离爰死，大鸟何鸣，夫焉厥体？"就是对搅海故事所提出的询问②。《战国策》中的寓言"狐假虎威"也是源出于印度。

庄子（约公元前369—前286）在《逍遥游》中描述"鹏":"鹏之背，不知其几十里也。怒而飞，其翼若垂天之云……鹏之徙于南冥也，水击三千里，搏扶摇而上者九万里……"这种情形与印度的金翅鸟（迦楼罗）相似，"鹏"在中国发展，到后来和佛教的金翅鸟合而为一，而成"大鹏金翅鸟"。《庄子》中引用了大量的印度寓言。

20世纪20年代，学界曾对"墨子是否为一婆罗门"有过一番争论。从墨子（约公元前468—前376）的主张和行径来看，这一说法确实具有令人联想的空间。他主张兼爱、非攻、尚贤、尚同、节用、节葬、非乐、天志、明鬼等，门徒团结有组织，重苦行。其学说立论，讲究方法，有其首尾一贯的论理形式，与印度的因明相似；他精于说理，曾以自己的"兼爱"观念和无可辩驳的论析，息弭鲁、宋的争战，这些都与印度婆罗门教徒有不谋而同之处。而墨子的籍贯、出身与时代迄今是个谜。宋人、楚人或是鲁人的说法，都难成定论，他自称是"北鄙之宾萌"，但也无法证明他这个"客民"，是外来客居中国者，还是往来列国的游说之士。他不详的身世和姓氏也总令人遐想。

---

① 季羡林:《印度文学在中国》，郁龙余编《中印文学关系源流》，湖南文艺出版社1987年版，第116页。

② 苏雪林:《天问里的印度诸天搅乳海的故事》，郁龙余编《中印文学关系源流》，湖南文艺出版社1987年版，第69页。

（二）印度佛教文学与中国古典文学

有论者论述佛教传入中国，对中国文化和文学产生了深刻影响："佛教兴盛以后，到中国的东汉时代，才由中央亚细亚的陆路传入，从此沟通了中、印文化的关系。中国人以虔诚的心愿，不辞艰苦地前往印度，印度人也以虔诚的心愿，不辞艰苦地前来中国，来者去者，相逐于达，通过了雪山旱海。文化便从这些人的艰苦爬涉中，传播了种子。由于宗教，更传播了印度人的哲学、诗歌、传说、寓言、民间故事、音韵学、医学、武技、幻术、音乐、舞蹈、绘画、雕刻等等，……至今还作为中国人与印度人最好的友谊的表征。"① 佛教文学对中国文学的影响，首先是大量的佛典翻译文学的出现，其次是这些佛典翻译文学为中国文学提供大量新的题材，促使新的文体类型产生，甚至为中国文学创设了新的审美范式。

1. 佛典翻译文学

迦叶摩腾（Kā śyapamātanga,？—73）、竺法兰（Dharmaratna，生卒年不详）在东汉共同译出的《四十二章经》是最早的汉译经典。之后印度和西域高僧安世高（约 2 世纪）、支谶（约 2 世纪）、竺法护（约 3—4 世纪）、鸠摩罗什（Kumārajīva，344—413）等，译出了大量佛教经典。特别是鸠摩罗什，以"陶冶精求"的精神，译出如《摩诃般若波罗蜜经》、《妙法莲华经》、《维摩诘所说经》、《大智度论》等佛典。他的译本一直对中国文学产生巨大影响。之后昙无谶（Dharmak ema，385—433）译出了《佛所行赞经》。到了唐代，译经大师辈出，而以玄奘（602—664）最为杰出，所译佛典经论达 70 余部。大量佛经被译成汉语在中国传播，直到唐代，佛教徒一直把翻译佛经当作最主要的事业，因此还出现了大规模的国立译场。据统计，到唐玄宗开元十八年（730），译出的经、律、论共计 5048 卷，到明代增至 9000 卷。

这些佛教典籍包含文学成分，其中一部分就是文学作品。《佛本生经》成书于公元前 1 世纪第四次佛教结集之时，开始以文字形式传布于世，全经以佛陀转世的框架讲述了 547 个故事，全部译为汉语足有 200 多

---

① 常任侠：《中印文化的交流》，王树英编：《中印文化交流与比较》，华侨出版社 1994 年版，第 98 页。

万字。至今《佛本生经》没有完整的汉译，但其中的许多故事散见于其他佛经中。佛教诗人马鸣（Ashvaghosa，约1世纪）所著的《佛所行赞经》叙述释迦牟尼一生事迹，把宗教故事、宗教理义用诗歌形式巧妙地表达出来，在印度文学史上也占有重要地位。《维摩诘所说经》也是一部富于文学色彩的佛经，描述毗舍离地方的富翁维摩诘，家有万贯，奴婢成群，但他勤于攻读，虔诚修行，处污而不染、无住而生心，最终修成正果，成为菩萨。一组题名为"譬喻经"（《法句譬喻经》、《杂譬喻经》、《旧杂譬喻经》、《百喻经》等）都是以短小寓言故事蕴涵深刻佛理的经卷。此外，《金刚经》、《法华经》、《楞严经》也是历代诗人作家从文学角度研读的佛典。

以佛典翻译文学为中介，印度的非佛教文学也传入中国。《吠陀》、史诗《摩诃婆罗多》、《罗摩衍那》等印度古典作品的部分内容也对中国文学产生一定的影响。

2. 佛教文学与中国古典诗歌

佛教兴起、佛典的传播和译读，对中国诗歌的形式产生了革命性的影响。音韵之学，三国时代已经出现，但还没有四声之论。南齐永明年代，沈约（441—513）、周颙（约473年前后在世）等人把字音的声调高低分为平上去入四声，这是受了佛经转读和梵文拼音的影响。在永明诗人的提倡下，诗歌的音节美被提到首要的地位，诗篇的人为韵律逐渐形成，就有了律诗的格式供人遵循。伴随佛教而传入中国的印度声明论学理，促使了古代音韵学四声的发明和诗歌格律"八病"的制定，从而开辟了唐以来律体诗的新体裁。平仄的严密运用，出现了长短句的词，以后又出现金、元散曲以及元明杂剧、明清传奇中的曲词，基本上都离不开四声的韵律。

在诗歌内容上，随着佛教和佛典文学的传播，使得许多诗作含有禅意。魏晋以来，佛教诗僧创作出大量佳作，促进了中国诗歌的多元化发展。佛僧诗人们的诗歌作品不同于世俗文人的作品，立意独特，超然飘逸。在作品中描绘的世界，是与世俗情趣迥然不同的美妙仙境、脱俗的清净之地。东晋诗僧帛道猷（具体生卒年不详，孝武帝361—396时在世）是其中的代表人物之一。帛道猷的《陵峰采药触兴为诗》，描写了诗人入山采药的情景，笔调悠闲自然。谢灵运（385—433），虽然不是佛僧诗人，但对佛学有深湛的研究，他在诗歌创作方面，进一步把山水和佛理相结合，写作了如《石壁招提精舍》、《过瞿溪山僧》等影响甚大的佛理诗。

唐代文学兴盛，更是佛教诗歌创作的"黄金时代"。王维（701—761）一生好佛，信仰禅宗，不仅以禅语入诗，而且以禅趣入诗，以禅法入诗，既能用诗的语言来表现宗教观念和感情，又能用佛教的认识方法来丰富诗的表现手法，开创了诗歌艺术的新局面，有"诗佛"之称。唐代诗僧众多，著称于世的有寒山（约691—793）、拾得、景云、护国、皎然、玄览、青江、灵澈（？—816）、贯休（832—912）、王梵志（？—约670）等人。僧诗中大都散发着佛禅意趣，其中以寒山的诗影响最大，人们称他的诗"诗中有禅，禅中有诗"。宋代受佛教思想影响的最著名的诗人要属苏轼（1037—1101），他的诗富有禅风禅味。诗中掺杂佛理的，还有如王安石（1021—1086）、黄庭坚（1045—1105）、陈师道（1053—1102）、陆游（1125—1210）等，他们都曾以佛理为诗，风格上达到"皮肤脱落尽，唯有真实在"（寒山诗）的境地。

3. 佛典文学与中国古典小说

中国古典小说从六朝志怪小说发端，经唐人传奇、宋元话本和明清章回小说，逐渐成为与诗歌分庭抗礼的新文类，而在其发展过程中，从题材来源、艺术构思到体制形式，佛典文学都对其产生不同程度的影响。六朝志怪作品盛行，如晋人荀氏（具体生卒年不详，晋安帝406—418年时在世）作《灵鬼志》、张华（232—300）的《博物志》、曹丕（187—226）的《列异传》、王嘉的《拾遗记》、刘敬叔（？—468年左右）的《异苑》、祖台之（317？—419年在世）的《志怪》、刘之遴（478—549）的《神录》、干宝（？—336）的《搜神记》、刘义庆（403—444）的《幽明录》、吴均（469—520）的《续齐谐记》、曹毗（317年前后在世）的《志怪》、托名陶渊明（约365—427）撰的《搜神后记》，托名郭宪（生卒年不详，汉光武帝25—57年时在世）著的《汉武洞冥记》，托名东方朔（公元前161—前93）著的《神异记》，托名任昉（460—508）作的《述异记》等。这些志怪作品或直接取材佛典中的故事，或者是受到佛经影响而幻想的鬼神奇异之说。不仅六朝小说如此，唐代段成式（803—863）的《酉阳杂俎》、李复言（831年前后在世）的《玄怪续录》还常常袭用印度故事，只是改主人公为中国人。裴铏（860年前后在世）的传奇《韦自东传》也是一样。宋代的话本源于佛经俗讲的"变文"，佛教文学的影响自不待言。明代许仲琳（约 1567—1620）的《封神演义》中的哪吒太子故事，源出佛书。吴承恩（1504—1582）的《西游记》中的孙悟空神猴形象出自佛典所载的印度史诗《罗摩衍那》中哈奴曼的故事。

佛经中大量的奇幻故事的描写，对小说的艺术构思有很大帮助。先秦道家哲学著作如《庄子》、《列子》之类，都有些幻想寓言，但比之佛经的上天入地下海的想象驰骋，真有小巫见大巫之感。《大方广佛华严经》写善财童子五十三参，丰富奇幻的描写为《西游记》的八十一难、《封神演义》的三十六路伐西岐，开导了先路。《观佛三昧海经》写阿修罗王进攻天帝释善见宫的神奇故事，对《西游记》孙悟空大闹天宫的构想有所启发。佛典中对龙王、龙女的大量描述，丰富了中国原有的"龙"的形象。

4. 变文及其演变

变文是唐代兴起的一种韵散结合的说唱文学，这种体裁源自佛经在中国的传播演变。唐代僧人根据佛经的内容加以铺陈演绎，以通俗有趣的说唱方式宣扬佛法，称为"俗讲"。随着佛教盛行，"俗讲"逐渐传播开来，受到大众的欢迎，于是形成用口语，又说又唱，或以唱代说的文学体裁，就是所谓的"变文"。

唐代的变文经历了讲经文、佛陀变文、世俗变文三个阶段。讲经文直接演绎佛经内容，以宣扬佛教，导俗化众为目的。随着宗教斗争日趋激烈，为争取听众，俗讲僧不得不征引一些历史故事及人物典故来阐释佛教义理，甚至专门选择有趣味的故事作为讲唱内容，便产生了佛陀变文。随着讲唱变文的进一步发展，听众的审美需求逐渐趋于多样化，他们需要更加贴近世俗人生的作品。这样，变文的内容逐渐由佛陀变文演变为世俗变文。变文由释门宣教而产生，在入乡随俗的过程中，其内涵和形式逐渐中国化和世俗化。它的发展演化体现了佛教文化在中国传统文化中的自我调适与彼此交融。

敦煌石窟藏经洞中曾发现大量的变文，这些变文多半演唱佛教故事，其内容有些取材于佛经，如鸠摩罗什译的《维摩诘经》、《阿弥陀经》等，有些则取材于中国古代故事，如"王昭君"、"孟姜女"等故事。

唐代变文发展到了宋代，渐渐发展成与佛教完全无关的作品。宋代出现了"说书"行业，所讲故事的底本叫"话本"，已经成为一种小说新类型。

5. 佛典文学与中国戏曲、弹词和宝卷

宋、元间产生的诸宫调、戏文、杂剧等，都是韵散结合的文体，是变文形式的发展。至于以唱为主的宝卷、弹词、大鼓词等民间通俗文学作品，更是变文的直接继承。其中如《香山宝卷》、《鱼篮宝卷》、《目连三世宝卷》等，宣传佛教故事，作用正和变文相同。

佛教对戏曲方面的影响，除了韵散结合这一形式外，还有佛教故事的引入。如金院本名目有《唐三藏》，元杂剧有吴昌龄（生卒年不详）《西游记杂剧》，明杂剧、传奇有《双林坐化》、《哪吒三变》、《观世音修行香山记》、《观世音鱼篮记》、郑之珍《目连救母劝善戏文》（1579）等都是。李行道（1279 年前后在世）的《包待制智勘灰阑记》，类似于《贤愚经》中阿婆罗提目结审案的故事。

6. 佛典语汇与中国古典文学

在佛经中，在禅宗僧徒的语录及其传记和《景德传灯录》（成书于宋真宗 968—1022 年）等书中，有不少佛教典故核心的词语，六朝以后特别是唐以后大量引进了文学作品，丰富了我国文学语言的宝库，有些甚至成为至今活在人们口头的语言。常用的典故，如宝塔、火宅、地狱、化城、三千世界、观河皱面、华严楼阁、弹指即现、天女散花、拈花微笑、罗刹鬼国、诸天、极乐世界、现身说法、三十三天、百城烟水、五十三参、天龙八部、口吸西江、泥牛入海、香南雪北、千手千眼、井中捞月、一尘不染、大慈大悲、三生有幸、神通广大等；还有一批富于艺术表现力的谚语、歇后语，如"小庙里放不进大菩萨"、"无事不登三宝殿"、"阎王审案子——尽是鬼事"、"蚊子咬菩萨——认错了人"等。

上面所述，是就佛典文学对汉语文学的影响而言。由于中国西部和西南与印度和深受印度文化影响的东南亚相毗邻，藏族、傣族文学受到印度古典文学的深刻影响。在佛典之外，印度史诗《罗摩衍那》、寓言故事集《五卷书》、民间故事《僵尸鬼的故事》，诗学著作《诗镜》、迦梨陀娑（Kalidas，约 3 世纪中叶—4 世纪中叶）的诗作等在藏族、傣族文学中留有深深的印迹。

（三）近现代中印文学交流

近代以来的中国和印度，是东方世界紧密相连、命运相似的患难兄弟。古老的文化在西方文明的冲击下面临挑战，政治上沦为西方的殖民地或半殖民地。在民族独立运动中，中、印的民族精英都关注对方的历史进程。中国的康有为、梁启超、孙中山、章太炎，印度的罗姆莫罕·罗易（Ram Mohan Roy，1772—1833）、甘地（Mohandas Karamchand Gandhi，1869—1948）、泰戈尔（Rabindranath Tagore，1861—1941）、尼赫鲁（Javaharlal Nehru，1889—1964）都在世界整体局势中对中国和印度的命运、相互支持，有过呼吁和论说。在文学领域，中、印近现代作家或到对方游历、学习，或通过译介，深深影响对方的文学。

苏曼殊（1884—1918）精通英文和梵文，对印度文学颇有研究。1904 年南游暹罗、锡兰（今斯里兰卡）时，曾到印度游历考察，对印度文学很感兴趣。他翻译了歌德赞颂印度古典名剧《沙恭达罗》的诗歌，并高度评价了印度两大史诗的宏丽，认为其地位如荷马史诗之于欧洲。他曾计划与梵文学者合作，翻译迦梨陀娑的《云使》。他将印度女诗人陀露多的诗译成汉文，编撰《梵文典》，为促进中印文化交流做出了贡献。康有为（1858—1927）在戊戌变法失败后，于 1901 年末避居印度大吉岭，长达 17 个月，游历了许多地区，接触了社会各界人士，在他以往对印度的理性认识之上，有了丰富的感性认识。于是写了《印度游记》，翻译了《印度致亡史》，并写有大量与印度相关的政论性文章。他在自己的著作中涉及印度内容的多达 80 余篇 200 余处。许地山（1893—1941）是中国现代文学史上深受印度文学与文化浸润的作家，早年在缅甸时期就接触过印度文学作品，1923—1926 年留学牛津大学研究印度哲学和梵文，回国途中又滞留印度从事研究，1933 年再度赴印研修印度文化和梵文。他一生对印度的哲学、宗教、逻辑学和文学都有深入的研究，翻译过泰戈尔作品和印度的民间故事，编著出版了系统介绍印度文学发展演变的《印度文学》，写作了印度古典戏剧的论文。许地山的创作中大量借用佛教典籍中的用语和意象，渗透着佛教的爱和宽容的精神，甚至直接运用印度文学的题材。

中国现代文学与印度文学交流的大事件是 20 世纪二三十年代的 "泰

戈尔热"和泰戈尔访华。泰戈尔的作品在 20 世纪 20 年代已享誉中国，除
《小说月报》、《学灯》、《觉悟》、《文学周报》、《东方杂志》等报纸杂志
大量译介了他各种体裁的作品以外，许多出版社还出版了他的作品。如剧
本《春之循环》（1921，商务印书馆）、论著《人格》（1921，大同图书
馆）、诗集《飞鸟集》（1922，商务印书馆）、论著《生命之实现》
（1922，商务印书馆）、《太戈尔短篇小说集》（1923，商务印书馆）、诗集
《新月集》（1924，泰东图书局）等。这些作品极大地促进了新文学运动
的发展，尤其是在新诗领域影响深远。郭沫若、冰心（1900—1999）、徐
志摩（1897—1931）等著名作家都深受其惠。"在新诗界中，除了几位最
有名的神形毕肖的泰戈尔的私淑弟子以外，十首作品里至少有八九首是受
他直接或间接的影响的。"① 这种说法虽不无过誉之嫌，但至少是部分地
反映了当时新文学运动中的实际情况。

　　普列姆昌德（Premachand，1880—1936）是印度现代现实主义文学奠
基人，在印度国内有"小说之王"的称誉。早在 20 世纪 20 年代，他的
作品被译成日、英、德等语言在国外出版，普列姆昌德成为印度现代文学
史上继泰戈尔之后又一位具有国际影响的作家。新中国成立后，普列姆昌
德的作品不断被翻译成汉语。普列姆昌德成为中国学界研究的重要课题，
也对中国当代一些作家的创作产生了较大的影响。普列姆昌德的创作对中
国作家的影响主要表现在对 20 世纪 50 年代登上文坛的乡土作家的影响，
其中最突出的是浩然（1932—2008）和刘绍棠（1936—1997）。

　　鲁迅重视印度文学，给印度文学以高度评价，他曾说过："天竺古有
《韦陀》四种，瑰丽幽复，称世界大文；其《摩诃婆罗多》暨《罗摩衍
那》二赋，亦至美妙。厥后有诗人加黎陀萨（Kalidasa）者出，以传奇鸣
世，间杂抒情之篇。"他还说："尝闻天竺寓言之富，如大林深泉，他国
艺文往往蒙其影响。即翻为华言之佛经中，亦随在可见。……佛藏中经，
以譬喻为名者，亦可五六种。"② 鲁迅的作品也受到过佛经文学的影响。

　　近代以来的中国作家中，鲁迅在印度的影响最大。我国外文出版社曾
将鲁迅的作品如《鲁迅全集》（共 4 卷）和《鲁迅短篇小说选》翻译为英

---

① 《小说月报》第 14 卷第 9 号（1923 年 9 月 10 日）。

② 鲁迅：《鲁迅全集》（第 1 卷），人民文学出版社 1973 年版，第 56 页。

文,也曾将鲁迅的一部分作品翻译成印地、乌尔都、孟加拉、泰米尔等印度文字,使其在印度流传。在印度,我国外文出版社有代理机构,一些大城市的书店里往往能见到中国外文出版社出版的书籍。在印度本国学习中文或被派到中国来学习中文的印度学生一般都要学习鲁迅的作品,有些学生的毕业论文就以鲁迅的作品为研究对象。印地语诗人 S. 瑟克赛纳受鲁迅的《社戏》启发,写了一首 240 行的长诗《乡村耍蛇人——读鲁迅的〈社戏〉有感》。以作者与鲁迅对话的形式,亲切地回忆了 40 年前自己家乡耍蛇人的生活情景。鲁迅写的是自己的童年,江南的水乡,却在异国引起反响,引起共鸣,这说明鲁迅对生活的深刻体验,他说出了人类共同的美好情感,说明他不仅属于中国而且也属于世界。印度著名戏剧家巴努·巴拉提编写执导的话剧《查马库》,1982 年 5 月 9—12 日在新德里首次演出,获得成功。剧本的前面有鲁迅简介,其中有这样两段话:

> 鲁迅通常被称作"中国的高尔基"。在印度,则通常把他与普列姆昌德相提并论。其原因不仅在于这些作家是同时代人,而且还在于他们像鲁迅那样在自己的作品中揭露了社会现实。
>
> 在读了《阿 Q 正传》之后,任何人都会觉得,我们大家就是阿 Q。鲁迅无情地揭露反人民的势力,向那些人民的压迫者发起进攻。同时又满怀热情地描写人们的向往、追求和他们的创造力。改造社会是惟一的出路,这就是鲁迅著作的根本旨意①。

剧本主人公查马库是个雇工,住在神庙的一间小屋里。他给富人打工,经常遭到村里人的任意嘲笑、戏弄、辱骂和殴打。每当他挨打之后,总是喃喃自语道:"这是什么世道,儿子竟然打起老子来了。"他欺软怕硬,在强者面前,他忍受屈辱,靠"精神胜利法"度日,但在弱者面前,他又不失时机地显示自己的强大,调戏女人,并以此为乐,以此为荣。他虚荣,曾夸耀自己与富人家有亲戚关系,在进了一次城之后便向村民大谈他在城里的所见所闻以自我炫耀。在他愚昧的头脑中偶尔也闪现过朦胧的革命要求,他甚至高喊要跟随甘地造反,在喝醉酒的时候大唱被他篡改了

---

① 转引自薛克翘《中印文学比较研究》,昆仑出版社 2003 年版,第 293 页。

的革命歌曲。村里的革命派"红色军队"杀了人，他立即受到感染，大喊"革命万岁"。当然，他既不是革命者，也不是杀人犯，最后被当作"暴徒"，死在警察的枪口下。从剧情介绍可以看出，查马库是印度版的阿Q，鲁迅的《阿Q正传》给了巴拉提剧本创作直接的启示。1981年，印度尼赫鲁大学组织鲁迅诞辰100周年纪念大会，3天的会议中有40位印度学者在大会宣读论文。

总之，近代以来中印的文学、文化交流频繁。1934年和1935年在印度和中国分别成立"印中学会"和"中印学会"，为中印文学、文化交流起到很大的促进作用。1937年在泰戈尔创办的国际大学建立中国学院，培养了一批从事中印文学文化交流的学者专家。

三　中、阿文学的双向交流

7世纪初，穆罕默德在阿拉伯创立伊斯兰教，很快统一半岛并向外扩张，到8世纪中叶，形成地跨欧、亚、非的阿拉伯帝国，成为与中国唐朝并峙的大帝国。从穆圣时代始，中阿两国就有广泛的交往。穆罕默德曾经告诫他的弟子们说："知识即使远在中国，亦当往求之。"阿拉伯史籍《伊本·赫勒敦的序言》中载：伊斯兰教在先知穆罕默德接受真主启示后的第二年，即公元613年始传入中国。据《阿拉伯百科全书》载：公元628年圣门弟子瓦哈卜来华，学会了汉语，适应了当地的传统习俗，在中国传播伊斯兰教。据《旧唐书·西域传》记载，唐高宗永徽二年（651），大食国（阿拉伯帝国）第三任哈里发奥斯曼派遣使节抵达长安与唐朝通好，唐高宗即为穆斯林使节敕建清真寺。

（一）中阿交往的路线与主要内容

中国和阿拉伯帝国的友好往来，从水陆两路进行。从南北朝到唐初，主要以陆上交通为主，阿拉伯人从西域到长安，交往范围主要是我国的西北地区。这条路上，驼铃之声，络绎不绝，成为闻名中外的陆上"丝绸之路"。但随着政治环境的变化，交往的路线也发生变化。中唐之后，特别是"安史之乱"以后，陆上交通往往受阻，便要求发展海上交通。这样便刺激了造船工业和航海技术的发展，使海道运输跃居为主，海上"丝绸之路"和"陶瓷之路"开始取代陆上"丝绸之路"。

　　中国和阿拉伯帝国交往的内容主要是宗教和贸易。初期以传教为主，后来则以贸易为主。他们运来了象牙、犀角、明珠、乳香、玳瑁、樟脑等物，又把我国的丝绸、瓷器等手工业品贩销出去。海外贸易迅速发展，仅泉州就有数以万计的异域人聚集，且有不少人定居下来，在原来汉族聚居的泉州地区，出现了"民夷杂处"的情况，其中以信仰伊斯兰教的阿拉伯、波斯和中亚的穆斯林为最多，包括商人、手工业者、航海事业家、学者和宗教职业者。随着西域穆斯林来到中国，伊斯兰教逐渐在中国传播。中国史籍记载：唐武德年间（618—627），穆罕默德的四位弟子来华传教。唐贞观六年（633）先知的母舅瓦戛斯奉命来华传教，唐太宗接见了他，赞扬他的学识，并在长安敕建一座清真寺，供他和他的随从使用。随后瓦戛斯又到江宁、广州传教，唐太宗又敕建清真寺于江宁和广州。

　　伊斯兰教经过唐、宋、元、明近千年的传播，在明清之际出现了一批"学通四教"的穆斯林学者，既精通阿拉伯文、波斯文、伊斯兰经典，又精通儒、佛、道经书，如王岱舆（约1584—1670）、张中（1584—1670）、马注（1640—1711）、刘智（约1655—1745）、马复初（1791—1872）等。他们用汉文著、译伊斯兰教经典，把伊斯兰教教义、哲学与宋明理学进行比较，求同存异，以儒诠经，阐释、传播伊斯兰教，保护伊斯兰教，避免儒、佛、道学说的排挤，力求伊斯兰教在中国生存与发展。这类汉文代表作有王岱舆的《正教真诠》、《清真大学》，张中的《归真总义》，伍遵契的《归真要道》，马注的《清真指南》，刘智的《天方性理》，马复初的《四典要会》、《大化总归》等。

　　商贸和宗教的交流主要在民间，其实中、阿之间官方的政治交往也很频繁。永徽二年8月25日，哈里发奥斯曼（656—664年在位）的使者抵达长安并觐见唐高宗，介绍了大食国的基本情况和伊斯兰教的基本教义。从此，中阿两国的友好往来日渐频繁，有人统计，从永徽二年至贞元十四年（651—798）的147年中，大食国遣使来唐就有36次，其中仅开元年间（713—741）就有10次。

　　至德二年（757）正月，应唐肃宗李亨的邀请，阿拔斯王朝（750—1258）派兵平息"安史之乱"。阿拔斯王朝第二任哈里发派4000人的军队来华（一说10000人，阿拉伯史籍说20000人），他们主要是驻扎在呼罗珊的波斯人和土耳其人，帮助唐朝平息"安史之乱"，恢复了唐肃宗的皇位。这些穆斯林援军大多没有回去，而是定居中国。中国和阿拉伯的交往中，也不排除冲突。公元 751 年，为争夺中亚霸权，安西都护府高仙芝（？—756）率唐朝军队与阿拔斯王朝军队在塔什干附近的怛罗斯（今哈萨克斯坦境内的江布尔）大战一场，唐军战败，被俘 2 万多人。

商贸往来和宗教传播会带来科学与文化交流。阿拉伯帝国先进的数学、天文历算与航海、地理知识逐渐为中国人所了解。他们先进的医药知识大大丰富了中医药的内涵，我们今天所使用的中药，相当一部分就是当年穆斯林商人与医药学家从阿拉伯、波斯与印度等地引进的"海药"。而中国的丝绸、瓷器及其生产技艺，早为阿拉伯人借鉴。怛罗斯战役的中国俘虏把造纸术传给了穆斯林，从而在中亚的萨马尔汗（850）、埃及的杜姆亚特（900）、北非（1100）建立了造纸厂。由此传入安达卢西亚（1100）。由西班牙传入欧洲，从而对世界文化发展带来了一次革命。836年阿拔斯王朝兴建萨马腊城，从中国雇佣大批艺术家，中国画风的花木鸟兽渗透进阿拉伯艺术。

（二）记述中国和阿拉伯的游记作品

阿拉伯人记述中国的作品亦很多，对中国的论述充满神奇色彩，富于想象力，令世人羡慕而向往之。世人对未知世界有冒险心理，哪怕倾家荡产或冒生命之虞亦甘之如饴。历代阿拉伯著述家对中国的记述生动有趣，令人神往。这类作品如伊本·胡尔达兹比赫（Ibn Khurdadhhh，约 820—912）的《道里邦国志》（844）、贝鲁尼（Achmedal-Beruni，973—1048）的《古代遗迹》（一译《东方民族编年史》，约 1000）、苏莱曼（Shilave，生卒年不详）的《苏莱曼东游记》（851）、雅古特（Yaqut al-Hamawi，1179—1229）的《地名辞典》，被誉为"阿拉伯希罗多德"的麦斯欧迪（al-Masudi，？—956）的《黄金草原》等有关中国的记载很多。

公元 10 世纪，阿拉伯商人苏莱曼的商船由巴士拉与希拉经海路驶进中国的广州港。之后，他对于中国风土人情的大量叙述，使得当时的阿拉伯世界进一步认识了中国。在阿拉伯人记述中国的游记中，最有名的是伊本·白图泰的中国游记。伊本·白图泰（Ibn Battuta，1304—1369）是摩洛哥旅行家，他在 21 岁的时候就离开家乡丹吉尔，从此开始了长达 30 年

的旅行。除了访问过西亚和北非所有伊斯兰国家和地区之外，他的旅行足
迹还远至撒哈拉以南及东部非洲、印度、孟加拉国、斯里兰卡、马尔代
夫、拜占庭、南俄等 30 多个国家，行程 12 万公里，中国是他旅行之中非
常重要的一站。在中国的杭州、泉州以及北京（元大都）等地都留下了
这位伟大的旅行家旅行、考察的足迹。他写下了《旅途各国奇风异俗珍
闻记》（5 卷，又叫《伊本·白图泰游记》）。这位摩洛哥著名旅行家与马
可·波罗、鄂多利克和尼哥罗康底等齐名，被誉为中世纪四大旅行家之
一。在行程之远、历时之久、地域之广及游记卷帙之浩繁方面，伊本·白
图泰系其中的佼佼者。他足迹遍及亚、非、欧，《简明不列颠百科全书》
给他以"蒸汽机时代以前无人超过的旅游家"的评价。

　　中国人对阿拉伯的记述也不少。在《旧唐书》、《新唐书》中都有
《大食国传》，唐代学者杜佑的《通典》里也有《大食国传》，对阿拉伯
有比较准确和全面的叙述，材料来自杜环（生卒年不详）的《经行记》。
宋代周去非（1135—1189）的《岭外代答》、赵汝适（1170—1231）的
《诸蕃志》也有大量关于阿拉伯社会情况的记载。明代随郑和下西洋的马
欢、费信分别写下的《瀛涯胜览》（1451）和《星槎胜览》（1436），也
不乏对阿拉伯世界的描述。但影响最大的是杜环的《经行记》。杜环在怛
罗斯战役中被俘，在阿拉伯伊斯兰国家游历了 11 年，足迹远至北非的摩
洛哥，后通过海路回国。他将自己在阿拉伯地区的见闻感受写成《经行
记》，书中称阿拉伯人为"大食"，记述了阿拉伯许多地区的地理位置、
气候、出产和人情风俗，概述了伊斯兰教信仰、礼拜、斋戒和伦理道德情
况，如"大食，一名亚俱罗。其大食王号暮门，都此处。其士女王不伟
长大，衣裳鲜洁，容止闲丽。女子出门，必拥蔽其面。无问贵贱，一日五
时礼天，食肉作斋，以杀生为功德"[①]。杜环是中国第一个在阿拉伯地区
作长时间游历的人，《经行记》也是中国第一部有关阿拉伯伊斯兰国家的
汉文游记作品，为中、阿文明的交往留下珍贵的记录。

（三）阿拉伯后裔在中国的创作

　　唐代阿拉伯、波斯穆斯林来华的目的不仅在于通商，也带来了伊斯兰

---

① 杜环著，张一纯笺注：《经行记笺注》，中华书局 2000 年版，第 45—49 页。

精神文化的信息。他们大多客居长安和沿海各通商口岸。唐代称外族为
"胡胡"或"蕃蕃"，这些客商称为"蕃客"，聚居地称"蕃坊"或"蕃
市"。"蕃客"与当地人通婚，传伊斯兰教，建清真寺，繁衍子孙，由侨
居之"蕃客"渐至"土生蕃客"。"土生蕃客"的子弟自幼接受中国教
育，取汉姓仿汉名，参加科举成名者不乏其人，渐至华化。848 年，阿拉
伯人后裔李彦升（907—960）由广州经长安参加科举，中进士，竟得登
第而显名。五代时，波斯人后裔李珣（855？—930？）、李舜弦（910 年前
后在世，具体生卒年不详）兄妹皆有才名。李珣字德润，梓州（今四川
三台）人，据《茅亭客话》载：其先世为波斯人。其妹为王衍昭仪。珣
是五代前蜀秀才，事蜀主王衍，国亡不复仕。李珣有诗名，"所吟诗句，
往往动人"，多感慨之音。他的词，《花间集》收录 37 首，《全唐诗》收
录 54 首。词风清新俊雅，朴素中见明丽，颇似韦庄词风。《历代词人考
略》说他"以清疏之笔，下开北宋人体格"。李舜弦，梓州人，珣之妹，
蜀王衍纳为昭仪，《全唐诗》收录诗 3 首。

　　宋代以后，穆斯林中精通汉学成绩卓然的学人甚多。高克恭
（1248—1310）诗画兼长，他的山水田园诗和山水画，意境交融，神韵
浑厚，为后人交口赞誉。词人马九皋（约 1270—1350）的散曲清高俊
逸，豪爽疏致，艺术价值很高。萨都剌（约 1272—1355）是著名回族
诗人，诗集《雁门集》及部分诗论、书画流传至今。元代作家赡思
（1277—1351）；祖先大食国人，后定居真定（今正定）。他精通儒学、
历史和法学，著述甚丰，多有独见。赡思自幼随父亲学习儒学，9 岁时
日诵经传千言，20 岁拜翰林学士王思廉（1238—1320）为师，博览群
书，尤精易学，通晓天文、地理、算术、水利等各科，著有《四书阙
疑》、《镇阳风土记》、《五经思问》、《奇偶阴阳消息图》、《老庄精诣》、
《续东阳志》、《重订河防通议》、《审听要诀》、《西域异人传》、《金哀
宗记》、《正大诸臣列传》及文集 30 卷，是元代杰出的阿拉伯裔学者和
作家。

（四）中国西域边境文学的阿拉伯影响

　　伊斯兰—阿拉伯对中国文学的影响还突出地体现在对中国西域边境文
学的影响。9 世纪，喀喇汗朝（870—1212，喀喇汗朝的疆域包括今巴尔

喀什湖以东以南地区及新疆西部）建立，穆斯林史学家伊本·阿西尔（Ibn al-Athīr，1160—1233）在《通史》中说：公元 960 年有 20 万帐突厥人皈依伊斯兰教，10 世纪喀喇汗朝伊斯兰化，其统治者自称为"桃花石汗"（"桃花石"一词指唐朝）。在喀喇汗朝时期，科学文化获得巨大发展，形成突厥伊斯兰文化（包括维吾尔伊斯兰文化、哈萨克伊斯兰文化、塔吉克伊斯兰文化）。此文化是由中国各民族共同创造的中华民族传统文化的一个分支，其成就集中表现在《福乐智慧》、《突厥语大词典》、《真理入门》三部名著中。《真理入门》的作者是盲诗人、学者阿合美提·本·马赫穆德·玉格乃克（Ahmadbn Mahmub Ynqnaki，12—13 世纪），成书于 12 世纪末或 13 世纪初，用当时的喀什噶尔语言写成。玉素甫·哈斯·哈吉甫（Yüsup Xas Hajip，1019—1080）的《福乐智慧》（1069—1070）吸收了伊斯兰文化、佛教文化和儒家文化的伦理思想，转型复合后形成新情节、新题材、新内容、新形式、新语言、新手法。作者既受柏拉图影响，又受阿拉伯哲学家阿布·穆·法拉比（Abū Nasr Muhammad al-Fārābi，约 870—950）、伊本·西那（Ibn-Sīnā，980—1037）影响。而玉素甫能以独特之见写出人生意义，个人对社会和国家的义务。此书长期在维吾尔族民间流行，是喀喇汗朝精神文化方面的百科全书，对理解维吾尔族民族的文化和心理模式有很大价值。它既是一部哲学、伦理学著作，又是一部优秀的长诗，长诗中一些绚丽生动的诗句，有很高的艺术水平。《突厥语大词典》由中国古代突厥语文学家马赫穆德·本·穆罕默德·喀什噶里（Mahmud al Kaxghari，1005—1102）著。他曾在今新疆西部及中亚各地长期旅行，对这一带突厥部落的分布情况和他们的语言、文化、风俗习惯进行大量考察，后来长期居住在阿拔斯王朝首都巴格达，用阿拉伯文写成《突厥语大词典》，书中含有丰富的伊斯兰哲学思想。该书 8 卷，所收词汇包罗万象，风土人情、轶闻掌故，应有尽有。书中收集了维吾尔族及中亚其他民族民歌数十首及大量格言、谚语。这是世界上第一部突厥语词典，是一部关于 11 世纪中亚社会的百科全书。

（五）《一千零一夜》与中国

《一千零一夜》是阿拉伯大型的民间故事集，这些故事从 8、9 世纪开始流传，到 16 世纪才定型。在这数百年里，随着中阿政治、经济、文化的广泛交流，中国的一些故事和人情风习传入阿拉伯，融会在故事集中。故事集中的大量故事也自然通过各种渠道传播到中国。

《一千零一夜》中有不少以中国做背景的故事。《懒汉穆罕默德和哈伦·拉希德》中的穆罕默德用五个金币做资本，到中国做生意，发财而归。《辛伯达航海的故事》里的主人公也来到中国，还娶了一位中国妻子。中国本土的故事经过改造，演变成阿拉伯故事的情况，有学者研究认为：《商人阿里·密斯里的故事》可能受唐人所撰《博异志》中《苏遏》的影响①。苏遏是一个贫穷的落魄书生，住在凶宅里，半夜听见烂木精与金精呼唤对答，他仗胆同烂木精对话，了解过去投宿者皆因胆小惊恐而死。苏遏却以主人自居，并称"金精合属我"而安然无恙。翌日从墙下挖出紫金三十金。《商人阿里·密斯里的故事》与此故事情节极为相似，讲述一名落魄的埃及商人在巴格达一凶宅里过夜而获得藏金。两则故事不仅情节相差无几，而且结局也基本相同。阿里·密斯里按照魔鬼的意愿释放了它，恢复了它的自由，从此大家相安无事。苏遏也答应了烂木精的请求，将它送往昆明湖，此后它再也不打扰人们。作为商人的阿里因为有了金子而有机会进入政界，最后当了宰相。作为书生的苏遏继续闭门苦读，7 年后当了刺史。

《一千零一夜》中不少故事是唐代传入中国的。唐代的《板桥三娘子》虽不是直译，却是通过部分内容的吸收，演化表现出来。《板桥三娘子》中有人变驴的故事。三娘子取木人木牛耕地，并取出荞麦子由木人种之，瞬间长成、开花麦熟，由木人用小磨子碾成面粉，做烧饼数枚。住店的客人吃了烧饼，须臾变驴。而在《一千零一夜》的《白第鲁·巴西睦太子和赵赫兰公主的故事》中，女王用带魔法的面粉做成食品如烧饼，谁只要吃了就变成飞鸟、驴骡之类。这是《一千零一夜》对中国文学直接影响的例证。

蒲姓人是阿拉伯人之后。蒲松龄（1640—1715）生活的清代初年，正是阿拉伯人之后遍及中国，伊斯兰教思想走向社会，伊斯兰教文化大发扬的时期。生活在这样的氛围之中，他很可能受到许多潜移默化的影响。于是他在大量搜集中国民间传说故事的基础上，将所见所闻综合起来，借

---

① 刘守华：《比较故事学论考》，黑龙江人民出版社 2003 年版，第 245 页。

鉴以往的题材进行艺术虚构，写出《聊斋志异》。《聊斋》故事中出现的海上仙山、阴间地狱、海底龙宫等虚无缥缈境界与《一千零一夜》中奇幻世界的影响有关。而变化无穷的狐仙、飘忽不定的鬼魂，也可能受《一千零一夜》中变形记的影响。如《渔夫和雄人鱼的故事》描写一贫穷渔夫阿布杜拉到了海底，见到了各种奇观异境，这使我们想起《聊斋》中的龙宫奇妙境界。

《一千零一夜》亦影响了其他少数民族民间故事。哈萨克民间故事《四十个强盗》与《一千零一夜》中《阿里巴巴与四十个强盗》主题情节一致。《巴哈提亚四十故事》和《鹦鹉第四十章》等框架结构，与《一千零一夜》相似，都是全书有一总故事或主题故事，而在叙述这一故事过程中不断插入新故事，大故事又套小故事。《一千零一夜》中《木鸟》故事与《维吾尔民间故事》中《李顺鸟》；维吾尔民间故事中《公主迪勒苏玫》与《一千零一夜》中《麦吉丁·各力艾里与姐夫热提》；《一千零一夜》中《飞毯》、《照妖镜》、《治疗百病苹果》、《戒指》与维吾尔民间故事中《飞毯》、《下宝石母鸡》、《金鞋》、《开毒壶》、《神奇石头》等所反映的生活内容在许多方面相似，表现形式亦有相似之处。

第二章

中国与东方国家文学宏观比较

　　东、西文学是人类文学的两大不同体系，中国文学在东方文学中具有代表性。中、西文学的比较，对认识人类文学的共同规律和两大文学体系具有重要的意义。事实上东方文学具有多元性。东方历史文化的演变，形成了东亚、南亚、东南亚、西亚北非、非洲等几个文化圈，各文化圈的文学具有自己鲜明的个性。从中国本土出发，将中国文学与东方其他文化圈的文学进行比较，对真正把握东方文学和人类文学，深入理解中国文学的本质方面，都具有重要的意义。

第一节　中、印文学比较

　　中国和印度都是亚洲的文明古国，世界屋脊喜马拉雅山脉成为天然屏障，将紧紧相连的大陆分隔成两个各自独立的地理单元。空间距离的邻近，使得两个民族很早就有文化的交流，但不同的生存环境和社会历史演进的路向不同，又使中、印的文化和文学表现出各自的民族性格。本节将中、印传统文学互为参照，以期更好地认识和理解中、印文学内在的精神和审美独特性。

一　文学传统：神话意识与历史意识

　　中国历史理性意识较早成熟，文字产生较早，史官文化发达；印度则长期采用口耳相传的传播方式，神话传说传承久远，神话思维影响深刻，历史意识相对淡漠。

印度创制和传承下来的古代神话传说在数量上堪称世界之最。四大《吠陀》本集中有大量的神话诗作，之后的两大史诗和大小 36 部《往世书》都是神话的汇集之作。印度传统文学取材史诗和《往世书》的神话题材的作品不计其数。早期梵语诗人马鸣的叙事长诗《佛所行赞》、《美难陀传》取材佛教文献中佛陀和难陀的神话传说。伟大的古典梵语诗人迦梨陀娑的长诗《鸠罗摩出世》、《罗怙世系》和戏剧《沙恭达罗》、《优哩婆湿》、《罗摩维迦与火友王》都源于神话传说。印度古典梵语作家跋娑（Bhasa，约 2—3 世纪）、伐致诃利（Bhartrhari，生卒年不详）、跋底（Bhatti，约 5 世纪）、婆罗维（Bhatavi，约 6 世纪前后）、戒日王（Siladitya，590—648）、摩伽（Magha，7 世纪下半叶）、波那（Banabhatta Bana，约 7 世纪）、鸠摩罗陀娑（Kumaradasa，约 7 世纪）、阿摩卢（Amaru，约 7—8 世纪）、王顶（Rajase Khara，约 880—920）、安主（Ksemendra，约 1025—1075）、室利诃奢（Sriharsa，约 11—12 世纪）、迦尔诃纳（Kall hana，约 12 世纪）、胜天（Jayadeva，约 12 世纪）等都创作神话题材的作品。10 世纪前后梵语衰落，地方语文学兴起，两大史诗和《往世书》的神话传说被改写成各地方语而盛行。即使到了近现代，印度作家还是热衷于神话传说题材的创作，帕勒登杜（Bharatendu Harishcandra，1850—1885）、古伯德（Meithilisharan Gupta，1886—1946）、伯勒萨德（Jayashankar Prasad，1889—1937）、纳温（Navin，1897—1960）、珀德（Udayashankar Bhatta，1898—1966）等人以神话题材创作著称。印度文学的神话意识不仅体现在神话传说题材的绵延不绝，还体现在印度传统文学把文学艺术看作是神赐予人间的美。印度古代作家经常在作品的开篇表达对神的虔诚与敬意，祈求神赐予创作才能和灵感。

中国早熟的历史意识，强化了理性思维而抑制神话的发展。中国的神话传说不成体系，散见于古代典籍，更未能形成中国文学的神话题材传统。中国的历史意识深深渗透到文学之中，中国神话很早就被历史化，形成"三皇五帝"的帝纪神话。最早的诗集《诗经》中就有一组表现周王朝兴衰的历史题材之作。中国古代诗歌的发展有"诗史"之说。所谓"诗史"，就是以短小的抒情诗的形式，反映一个时代的政治、经济、军事斗争中的大事，体现时代精神，表现民众的思想情感和生活风貌。杜甫、陆游的诗都有"诗史"之称。这种"诗史"注重写实，不事夸张、幻想的浪漫主义表现手法。如杜甫的《兵车行》、《丽人行》、《前出塞》等诗篇反映唐朝天宝年间人民的处境，"三吏三别"、《北征》等表现"安史之乱"带来的痛苦。中国古代的散文文学，发轫于历史，而且形成了中国文学的史传传统。《左传》、《国策》、《史记》、《三国志》是中国文学的组成部分，也是中国文学重要的题材来源。比如《史记》，郭沫若曾说："司马迁这位史学大家实在是值得我们夸耀。他的一部《史记》不啻是我们中国的一部古代的史诗，或者是一部历史小说集也可以。那里面有好些文章，如《项羽本纪》、《刺客列传》、《货殖列传》、《廉颇蔺相如列传》、《信陵君列传》等等，到今天还是富于生命的。"① 不仅如此，汉代小说《燕丹子》、《吴越春秋》，元代的列国故事平话，明代的《列国志传》、《东周列国志》、《西汉通俗演义》都取材《史记》。《三国演义》、《水浒传》更是著名的历史小说。中国小说被称为"野史"、"稗史"，表明历史意识对中国小说叙事方式和形态的深刻影响。中国小说作家师法历史，攀附历史，以抬高自己的身价。中国小说批评也有"拟史批评"的传统，以史学的真实和叙事要求品评小说。如金圣叹评《水浒传》："《水浒传》方法，都从《史记》中来，却有许多胜似《史记》处。若《史记》妙处，《水浒》已是件件有。"②

《诗经》和《梨俱吠陀》是中国和印度最古老的诗歌总集，是各自民族文学的源头之作。比较这两部诗集，也可以看到中印文学的历史意识和神话意识。《梨俱吠陀》以赞颂天神为主，而《诗经》以展现现实生活为主。《梨俱吠陀》中赞颂的众天神是自然现象或社会现象的人格化，即使其中有一些诗侧重描写自然现象或社会现象，也往往含有颂神的内容。《诗经》中的诗篇大多描写世俗和人情。虽然"颂诗"中也有一些用作祭祀的颂诗，但数量不多。这些颂诗主要赞颂天或帝和祖先，天或帝是自然之天或氏族始祖的神化；祖先则是传说中的氏族祖先，虽然有时带有神话色彩，但都没有将祖先视为天神。《梨俱吠陀》的颂神诗中有时也会涉及

---

① 郭沫若：《关于"接受文学遗产"》，转引自杨义《中国古典小说史论》，人民出版社1998年版，第17页。

② 林乾主编：《金圣叹评点才子全集》，第叁卷，光明日报出版社1996年版，第19页。

历史事件，但《梨俱吠陀》注重的是颂神，而不是历史事件本身，其中涉及的历史事件大多是零散的片断，如著名的"苏达斯和十王之战"散见于一些颂神诗中，并无连贯一致的完整描述，具体情节模糊不清。《诗经》中却有一些具体描写民族历史和民族战争的诗①，这些历史叙事诗是真正的"咏史诗"。

同是"洪水神话"，在印度和中国的传承就不一样。在印度史诗和往世书神话中，描写洪水来到时，大神梵天（或毗湿奴）化身为一条头上长角的鱼，牵引一条船，拯救人类始祖摩奴，让他躲过灭顶之灾。洪水过后，摩奴修炼苦行，创造各种生物。中国有"鲧禹治水"传说："洪水滔天。鲧窃帝之息壤以堙洪水，不待帝命。帝令祝融杀鲧于羽郊，鲧复（腹）生禹。帝乃命禹卒布土定九州。"② 关于大禹治水："禹尽力沟洫，导川夷岳，黄龙曳尾于前，玄龟负青泥于后。"③ 鲧治理洪水采用填堵的方法，而禹采用疏导和填堵相结合的方法。大禹在治水过程中，逐共工，杀相柳，诛防风氏，擒无支祁，历尽艰险。印度洪水传说中突出的是人类依靠大神救助，度过洪水灾难。中国的洪水传说中，突出人类依靠自身力量，顽强奋斗，克服自然灾害。屈原在《天问》中，对鲧禹治水传说中的一些神话因素提出疑问，体现理性的思维。而在《孟子·滕文公上》和《史记·夏本纪》中记载的大禹治水传说，神话因素消退殆尽，神话已全然变成历史传说。④

二　文学与现实：出世精神与入世精神

中国文化的主流是入世的，"与印度、欧洲等世界上大部分笃信宗教的民族不同，汉民族执著于现实人生，特别关心人生、社会及伦理秩序，不喜欢想入非非，不太关心来生来世的问题、永生问题、死亡问题，不太关心灵魂痛苦与内在宇宙问题，不太关心神学及形而上的问题，这种关注

---

① 描写民族历史的如：《生民》、《公刘》、《鲧》、《皇矣》和《大明》等，描写民族战争的如：《出车》、《六月》、《采芑》、《江汉》和《常武》等。

② 袁珂译注：《山海经全译》，贵州人民出版社1991年版，第336页。

③ 《拾遗记》卷二。

④ 黄宝生：《神话和历史——中印古代文化传统比较》，《外国文学评论》2006年第3期。

人生的现实主义态度集中体现在中国文化的中核——儒家思想中。"① 儒家的政治社会理想是"大同",即《礼记·礼运篇》描述的:"大道之行也,天下为公,选贤与能,讲信修睦。故人不独亲其亲,独子其子。使老有所终,壮有所用,幼有所长,矜寡孤独废疾者有所养。男有分,女有归。货恶其弃于地,不必藏于己。是故谋闭而不兴,盗窃乱贼而不作,故外户不闭。是谓大同。"② 为实现"大同"理想,儒家提出了"三纲"(明明德、亲民、止于至善)"八目"(格物、致知、正心、诚意、修身、齐家、治国、平天下)的一整套入世的伦理要求。中国文化和中国人的人生意向,都牢牢地指向入世。它把价值目标、人伦关系都奠定于现世的基础上。孔子的学生曾子说:"士不可以不弘毅,任重而道远。仁以为己任,不亦重乎? 死而后已,不亦远乎?"③ 主张士人要以刚强的毅力,以实现仁德于天下为己任,充分体现了中国文人士大夫积极入世的价值追求。基于儒家文化为主体的传统文化,中国审美传统的基本取向是世俗性的。中国文学、诗歌、戏剧等内容也大多重点描写世俗生活,即便有关于神仙和超越的描写,一般也不占重要地位。中国的小说多为写实,作者常常满足于讲述详尽的故事,读者也满意于听故事,缺乏印度文学那样奇丽的想象和深刻的灵魂探索。与"人伦中心"的生活方式相一致,中国文学作品更多的是道德说教。"文以载道"的命题被赋予较多的政治、社会和道德功能,正像印度教传统鼓励有较多宗教功能的作品一样,中国文学传统中载道说教的文学作品受到鼓励和肯定。在中国,评价作品通常同作者的政治抱负、道德修养联系起来。近代以来的中国文学作品也都有强烈的批评现实、介入现实生活的倾向。今天的"用文艺作品教育人"之类的提法,各类文学奖项的导向,仍然是中国传统入世文化价值的体现。

印度文化以宗教为核心,是一种寻求解脱的出世文化。梁漱溟认为:"印度人既不像西方人的要求幸福,也不像中国人的安遇知足,他是努力于解脱这个生活的,既非向前,又非持中,乃是翻转向后,即我们所谓第

---

① 王向远:《宏观比较文学讲演录》,广西师范大学出版社 2008 年版,第 38 页。

② 吴根友点注:《四书五经》,中国友谊出版公司 1993 年版,第 256 页。

③ 同上书,第 17 页。

三条路向。这个态度是别地方所没有，或不盛的，而在印度这个地方差不多是好多的家数，不同的派别之所共同一致。从邃古的时候，这种出世的意思，就发生而普遍，其宗计流别多不可数，而从高的佛法一直到下愚的牛狗外道莫不如此。"① 这种出世文化表现在印度文学中，印度文学强调心灵探讨和对超自然的体验，而不强调外在的实体，注重的是人类内在的、超验的和灵魂深处的震颤而不是人对自然的现实感受。印度古代的诗歌多数是用来颂神敬神的，即便是那些世俗内容的诗歌也受了太多的宗教影响。对灵魂以及解脱的探讨可以说是印度文学作品的基本主题，认为文学只有同探讨灵魂问题联系起来才是深刻的和有价值的。典型的代表是长篇史诗《摩诃婆罗多》，这部史诗穿插了长篇的宗教说教和哲学训导来探讨灵魂和解脱问题。

中国文学的入世和印度文学的出世还在作家、诗人的不同身份中体现出来。中国文学是士人文学，主流作者均是士人，即与仕途有关的人，他们不管是处江湖之远还是居庙堂之高，均心系社会，着眼于个人地位的浮沉和对民众的世俗关怀；印度文学则是仙人文学，主要是婆罗门修道士，他们钟情山林，魂向彼岸，其实践目标是对芸芸众生进行终极拯救。作者身份的不同决定了两种文学创作意向的重大差异。二者一入世，一出世，一主世俗关怀，一主终极拯救，在创作意向上有根本差别。因倡导入世的人生观，中国主流文学以明道、讽怨、抒发现世之情为主题，宗教文学仅是中国文学很小的部分，而且舶来的彼岸世界往往被改造为天上人间；由于出世的生存意向，印度作家著文以载教，寻求解脱之路，故其作品以神话和彼岸等宗教文学为主。

三 文学表现：自然含蓄与冗繁夸饰

中国传统文学作品通常追求自然素朴之美，不假雕饰，不矫情饰性，因而产生一种真实、宁静、和谐的和含蓄的艺术效果。国外有学者比较希腊、中国和印度的艺术风貌："在古希腊，艺术必须是巧言善辩的；在中国，艺术必须是简单明白的；在印度，艺术必须是煽情的。"②

---

① 梁漱溟:《东西文化及其哲学》，商务印书馆 1999 年版，第 73 页。

② Jay Taylor, *Tie Dragon and the Wild Goose : China and India* , New York, 1987, p. 153.

中国文学的自然素朴之美，源于道家的"自然之道"和儒家的"天道"观念。老子提出"人法地、地法天、天法道、道法自然"，在人、地、天、道、自然五位一体的宇宙体系里，将"自然"当作天地万物的根本。庄子提出"原天地之美"的命题："天地有大美而不言，四时有明法而不议，万物有成理而不说。圣人者，原天地之美而达万物之理。是故至人无为，大圣不作，观于天地之谓也。"① 这里的"原天地之美"，就是自然天成、自然而然，不需要人工斧凿和雕饰。这一观念对中国传统文学产生了深远的影响。鲍照（约415—470）曾比较评价谢灵运（385—433）和颜延之（384—456）的诗作："谢公诗如初发芙蓉，君（指颜延之）诗如铺锦列绣，亦雕绘满眼。"为此颜延之一辈子耿耿于心。谢灵运的"池塘生春草，园柳变鸣禽"因其"自然"而成为千古名句。陶渊明（约365—427）的诗作也因为自然平淡而备受后人赞赏，严羽（1192/1197—1241/1245）称他的诗"质而自然"；朱熹（1130—1200）认为："渊明诗平淡出于自然"；元好问赞美陶诗："一语天然万古新，豪华落尽见真淳。"李白也推崇"清水出芙蓉，天然去雕饰"。

文学主情，在师法自然之物和自然之道时还寄予着作家诗人的主观情感。要达到"原天地之美"，势必将情感隐藏其中，这就要求文学在情感的表达和文字的运用上必须含蓄。孔子主张"辞达"、"辞巧"，注重语言通达，藻饰应恰如其分，言辞巧妙贴切。庄子说"朴素而天下莫能与之争美"②。古代诗文作家在创作过程中普遍认同以自然含蓄的语言追求深长悠远的意境的审美观。魏晋时期出现"言意之辨"、"言不尽意"和"得意忘言"说，都对后来诗歌创作、修辞理论中发展起来的追求言外之意、诗外之味的审美倾向产生了深远的影响。唐代王昌龄（690—756）论诗，主张词语要自然清新，提出"不难"、"不辛苦"的观点，反对词语刻意雕琢，提倡创作中绝无"斤斧之痕"，要有自然之美，浑然天成。白居易（772—846）和元稹（779—831）共同提倡新乐府运动，白居易提出"歌诗合为事而作"的主张，指出语言要"质而径"、"直而切"③。

---

① 《庄子·知北游》。

② 《庄子·天道》。

③ 白居易：《白居易集》，中华书局1979年版，第52页。

司空图 （837—908） 在《二十四诗品》中非常推崇冲淡、自然的风格，提倡"韵外之旨"，追求超然物外、意在言外的境界，提出"不着一字，尽得风流"①，让读者通过联想，去捕捉领会其中的深意和韵味。

印度传统文学基于宗教情感和宗教想象。按照印度教的一个基本看法，世界"终极实在"本质上是平静的，而世界万象则流动不居和变化无常；灵魂的本质是平静的，而人体则不断移动变化。神明像魔术大师一样变幻出万象世界，并使它永远处在变动之中。神性本身就是一出有节奏的动态的舞剧，求动、求变是印度教突出的审美情趣。印度文学艺术的一个明显特点是追求丰富的变化和强烈的律动，对宇宙和灵魂永恒平静的追求体现在强烈的外在动感之中。印度教文学艺术强调表现表象世界的律动和变化节奏，同时又追求一种永恒的宁静。印度教艺术所追求的不是千差万别的万物之间某种和谐，而是用律动的表象来表现隐含的个人灵魂和宇宙那种永恒的宁静。灵魂的宁静才是印度教艺术的最高的目标。因此，要在文学作品中表现这样一个复杂、纷繁、矛盾、变化的世界，必须借助于大胆丰富的想象，调动各种艺术手段，强化表现的效果，其中反复、夸张是主要的修辞手段；叙事文学中不断添加节外生枝的情节，显得冗长庞杂，毫不忌讳宗教情感的渲染和宗教道德的说教；用词华美艳丽。

印度的两大史诗《摩诃婆罗多》和《罗摩衍那》篇幅都很长，其中，《摩诃婆罗多》被认为是世界上最长的史诗，篇幅超过西方两大史诗《伊利亚特》和《奥德赛》总的八倍。全诗约十万颂，译成汉文大约有四十万行。诗作的中心情节并不复杂，就是描述婆罗多族的两支围绕王位展开争夺，最后导致一场为时 18 天的大战。但在这一中心情节的展开中，穿插许多故事和道德训诫，包括许多插话。据统计，光插入的神话、民间故事、寓言童话就大约有 200 个，可以说大故事里套小故事，小故事里套更小的故事。印度古代的《森林书》、《梵书》、《奥义书》、18 部《往世书》、《伟大的故事》等都是类似《摩诃婆罗多》的鸿篇巨制。

同义反复现象在印度古典文学作品中比较普遍，一个道理，一个故事常常会再三再四地重复。印度的古代经典和文艺作品都靠口头流传，最初不是给人"看"而是给人"听"的。作品的流传主要靠师徒口口相传，

---

① 郭绍虞主编：《中国历代文论选》（第二册），上海古籍出版社 1979 年版，第 205 页。

听觉留给人的印象比视觉要短暂，重复可以加强记忆，印度文学中的同义反复起到的就是这个作用。后来这些文典形成了文字，但重复的特点仍然得以保留。同时，反复还有其宗教上的功能，"古代印度人喜欢吟诵，随着时间的推移，热衷于探究事物内质的印度人逐渐认为吟诵本身也具有了某种魔力。古代吠陀经典每一个词都具有神圣性，反复吟咏会产生神奇的力量。所谓的'日诵八百遍'、'日诵八千遍'等就是这个意思。现在印度仍有这样的教派，即相信单靠反复吟诵神的名字就可得到拯救。这种冗长、重复的吟诵令现代人难以接受，而古代印度人却是极虔诚地实践着这种方法，久而久之，竟形成了一种风格，一种审美情趣。"① 印度民族喜好对每一事都求全求尽，在表达叹咏之句时，同义反复是其习惯，这与中国文学喜欢简洁，力图避免重复恰好相反。印度佛经中有许多同义反复的地方，中国僧侣在翻译时都将其删除。中国诗词也是力戒重复，中国最长的诗歌不过一百多行，最短的五言绝句，只有 4 行 20 个音节。

浪漫的夸张也是印度文学宗教性带来的特点。与宗教紧密相连的印度文学，内容涉及三界，人物来自神人鬼，时间横跨过去、现在和未来。现实和幻想、前生和来世、此岸和彼岸、人间和神境、有限和无限，总是紧密地交织在一起，天上人间，气势宏伟，气象万千，变幻莫测。荒诞离奇的情节、神变分身的手法、转世轮回的幻想都具有极大的艺术吸引力。印度文学，常常把有限制的、合乎生活现实的夸张，扩展为无限制的、超现实的荒诞的夸饰。在印度人和印度文学中，空间无限大，时间也无限长，神力大无边。在无视时空概念和超现实的夸饰中，精神和信仰以及宗教情感都得到极大的满足。

古代印度文学理论有"庄严论"派。"庄严"（Alankara）是我国佛教的旧译用语，意为"妆饰"。其梵文原义是语言的力量性和有用性，引申为修辞，偏重于形式和表达技巧的文学理论和美学思想。"庄严论"派的代表作主要有婆摩诃（Bhamaha，7 世纪）的《诗庄严论》、檀丁（Dandin，7 世纪）的《诗镜》、优婆吒（Udbhata，8 世纪）的《摄庄严论》、伐摩那（Vamana，8 世纪）的《诗庄严经》等。庄严论者从"庄严

---

① 尚会鹏：《印度文化传统研究——比较文化的视野》，北京大学出版社 2004 年版，第104页。

是诗美的主要因素”的核心思想出发，认为经过装饰的词音和词义的结合即是诗，强调文学语言的夸饰和修辞技巧的作用，追求惊奇艳美的审美效果。檀丁在《诗镜》中认为夸张是“其他一切庄严的根基”。婆摩诃给夸张下的定义是“超越日常经验”，檀丁认为夸张是“超越日常限度”。显然，夸张这种庄严表现出言语惊奇的本质，即非凡性，超越世俗的可能。在宗教思想占统治地位的古印度，以抒发宗教感情为主的古印度诗人在创作中，运用夸张等手法表现对未知、神秘力量的崇拜，对神明的歌颂，体现神的非凡能力，引起读者的惊奇，得到共鸣。古印度诗人甚至把对神的虔信和男女爱情合为一谈，许多情诗是由歌颂大神毗湿奴的化身牧童黑天和牧女的爱情故事衍生出来的。古典梵语诗歌，还有不少早期民间流行的俗语情诗，都“追求形式，又着重‘艳情’，而以宗教感情作解释”①。有论者比较研究中国和印度古代文学中的修辞，得出结论：“印度古代学者崇拜语言，尚繁复，注重文辞修饰，曲折表达，以庄严为诗美的最高因素，追求惊奇的审美效果；而中国古代文人创作以内容为首要，尚简洁，文辞不重雕饰，强调自然天成，以题旨情境为第一要旨，追求含蓄深远的审美意境。”②

第二节　中、日文学比较

中国和日本一衣带水，自古有着密切的文化交流。在古代，日本全面学习借鉴中国，思想、制度、文化、文学、艺术都师法中国。近代以来，日本经过明治维新，在东方率先走上现代化道路，中国反转来学习借鉴日本。虽然如此，由于不同的生存环境，不同的民族心理和不同的历史发展道路，形成不同的历史积淀，使得中日在彼此影响的时候，都是从本国实际出发加以取舍，中日固有的民族精神在彼此借鉴中起着内在的主体作用。中日文学也在彼此影响中依然体现出鲜明的民族特色。

---

① 　金克木：《略论印度美学思想》，《比较文化论集》，三联书店 1984 年版，第 135 页。
② 　郁龙余：《中国印度文学比较》，中国社会科学出版社 2001 年版，第 278 页。

一　文学题材：明志载道与人情况味

中国文学基于伦理核心的传统文化，强调明志载道。"诗言志"、"文以明道"、"文以载道"的文学主张，成为中国几千年文学创作的金科玉律。在历代文学理论中，强调"情志合一"，将抒情言志的内容纳入"明道"的轨道，要求作家诗人在创作中无论是抒情还是言志，都要作伦理道德的理性思考，将个人情感与社会群体联系起来，表现"治国、平天下"的责任感和使命感，宣扬忠孝节义的伦理规范，揭露现实社会的弊端和黑暗，书写报国济民的情怀。《尚书》提出"诗言志"，孔子提出"思无邪"、"兴观群怨"、"事君事父"的诗教说，荀子在《解蔽》、《儒效》、《正名》等篇中，提出"文以明道"的思想，汉代的《毛诗序》进一步发挥："情发于声，声成文谓之音。治世之音安以乐，其政和；乱世之音怨以怒，其政乖；亡国之音哀以思，其民困。故正得失，动天地，感鬼神，莫近于诗。先王以是经夫妇，成孝敬，厚人伦，美教化，移风俗。"① 至此，"明志载道"成为中国文学主流的审美要求和创作的指导性原则。因而有屈原作品中忧国忧民、愤世嫉俗的情志，有司马迁"发愤"而作《史记》，有杜甫的"诗史"，有韩愈、柳宗元以"文以载道"为纲领的古文运动，有元稹、白居易等主张"美刺"的"新乐府运动"。

日本文学是在全面引进吸收中国文学的基础上发展的，因此，中国文学强调社会功利性和教化功能的特点在日本早期的文学理论论述中也有反映。早期的和歌理论中也不乏强调诗"动天地、感鬼神、化人伦、和夫妇"②，甚至有"邦家之经纬，王化之鸿基"③ 的论述。但日本民族的文化心理结构决定了其文学思想的特点，即注重人情况味的抒写。这一特点不仅在万叶时代就有清晰的表述，而且随着文学的发展，逐渐凸显为重要

---

① 郭绍虞主编：《中国历代文论选》（第一册），上海古籍出版社 1979 年版，第 63 页。

② 纪贯之：《古今和歌集序》，《古今和歌集》，杨烈译，复旦大学出版社 1983 年版，第 5 页。

③ 安万侣：《古事记序》，曹顺庆主编《东方文论选》，四川人民出版社 1996 年版，第 656 页。

特点并最终成为主流思潮。原田东岳认为"诗吟咏性情而已"①。本居宣长（Motoori Norinaga，1730—1801）认为："歌之本体，并非为辅助政治，并非为修身，不外是导于言心中之事。"② 内山真弓（Mayumi Uchiyama，1786—1852）记录其师香川景树的话："自诚实而为歌，即是天地之调，如空中吹拂之风，就物而为其声。所当之物，无不得其调，其触物就是，感动即发于声。感与调间，无容发之隙，自胸臆间诚意真心出之也。"③ 上述日本古代理论家的论述可以说明日本文学家对文学本质和目的论的基本观念：即"主情"，就是注重由外在事物引发的人心的感动、情绪的变化。因此，日本文学目的论往往拒绝承担主体自我抒情、感发自我胸臆之外的任何一种社会功利性，这就是日本文学传统的"物哀"观的基本内涵。

中国文学的"明志载道"与日本文学的"人情况味"的区别在于：中国文学是一种在道德理性意识作用下的创作，将个人情感与社会联系起来，升华为责任、抱负、志向和理想。而日本文学的"人情况味"，或者说"物哀"观则是接触到某一事物时不由自主地产生的感动和赞叹，是不经过大脑思考，直接由眼睛到心灵的感动。它是非理性的，纯感性的，带有很强的瞬间性，主要是对事物的表象产生的印象，而非经过深入思考后得出的对事物的本质认识。

日本学者铃木修次（Suzuki Shūji，1923—）在《中国文学与日本文学》中曾谈到日本文学的这种风格："日本文学本来就是岛国的、以同一家族的小集团为对象的文学……在这样的环境里，没有必要盛气凌人，没有必要冠冕堂皇地进行思想逻辑的说教。倒是有使人相互安慰、分担哀愁、体贴入微的必要。咏叹也最好只摘取心有灵犀的那一点。在彼此了解的同伴当中，也没有必要不厌其烦地作解释了。大约，到了这种境地便诞生了短歌的艺术世界。的确，在这样的世界里，'愍物宗情'（即'物

---

① 原田东岳：《诗学新论》，曹顺庆主编《东方文论选》，四川人民出版社 1996 年版，第 768 页。

② 本居宣长：《排芦小船》，转引自今道友信《东方的美学》，中国人民大学出版社 1992 年版，第 80 页。

③ 内山真弓：《歌学提要》，曹顺庆主编《东方文论选》，四川人民出版社 1996 年版，第 814 页。

哀'）的感受，以及对于这种感受的领会，便成了重要的文学因素。"①

　　在题材方面，日本文学不像中国文学那样，描写社会现实的政治问题或道德问题，而是游离政治、超越道德。即使像《平家物语》、《太平记》这些以表现各派政治势力之间的斗争为题材的军记物语，其重点也多放在对人物的心理刻画上，放在对盛者必衰、世事无常的审视和由此产生的幽凄和哀叹等方面，而不是着力描写惊心动魄的战争场面和双方斗智斗勇的精彩表现，以及对战争双方的道德评价上。这一点只要把中国的《三国演义》、《水浒传》加以比较就很清楚。在日本古代，不论是和歌，还是物语或随笔，作者涉足最多的是发生在自己身边的事情和日常见闻、人与人之间的感情纠葛以及对大自然的感受。即使少量作品涉及社会现实，也尽量把它掩饰在故事情节之中，或者以感叹人世无常的手法，最大限度地淡化政治、道德色彩。直到近现代，取材身边琐事的私小说成为日本纯文学的主流。这是日本文学"人情况味"传统的延续。

　　结合具体作品看。有论者比较中日文学处于奠基地位的《诗经》和《万叶集》，得出结论：两部作品在主体内容和一般倾向方面的差异性十分明显，主要表现在诗歌的社会功能——即直接或间接介入现实生活，发挥政治、道德批判作用，通过所谓"美刺"，促进社会的公正与合理等方面。显然，与《万叶集》相比，《诗经》的这一倾向是相当强烈的。而《万叶集》则更关心个人的生与死，即个体生命的意义；与此相关联，亲情、爱情、自然作为歌咏的对象，在比重上远过《诗经》，或为《诗经》所无。由此不难看出，作为文学表现的对象，就总体倾向而言，《万叶集》多一些根本性的甚或超现实的内容，而《诗经》则更注重眼前的、现实的生活——特别是公共领域的政治生活。②

　　再以王之涣（688—742）的《登鹳雀楼》为例：

　　　　白日依山尽，黄河入海流。
　　　　欲穷千里目，更上一层楼。

────────────

　　①　铃木修次：《中国文学与日本文学》，海峡文艺出版社1989年版，第67页。
　　②　胡令远、王丽莲：《简论中日诗歌特质的差异性——以〈诗经〉与〈万叶集〉为中心》，《日本学论坛》2006年第1期。

以日本"物哀"的文学传统来看,后两句似乎是画蛇添足,略去更好;但用中国文学思想来说,后两句却是点睛之句,更值得重视。因为前两句的景色描写是为后两句的志向抒发作铺垫,渐去渐远的壮阔景观是为了表现诗人心志无限高远的气概。日本人要表现的是瞬间的直觉,是对西下白日的辉煌灿烂和滚滚东去的黄河的感动,情在景中。中国人追求的是寄托在雄伟壮丽景观中的理想抱负,而且这一理想抱负是与社会、国家相联系的;而日本文学的感动却是个人的,非社会的。

二 文学功能:经国大业与游戏心态

在文学功能的理解上,中国传统文学理论虽有社会政治功能、审美娱乐功能和两者互补的三种路向,但注重文学的社会政治功能无疑是主流。"事君"、"邦国"、"劝善惩恶"、"教以化之"、"观风"、"美刺"、"文以载道"等概念都是强调文学社会政治功能的不同说法。孔子从教育的角度提出"兴于诗、立于礼、成于乐"的模式。为何"兴于诗"?宋代哲学家朱熹有过分析:"兴,起也。诗本性情,有邪有正,其为言既易知,而吟咏之间,抑扬反复,其感人又易入,故学者之初,所以兴起其好善恶恶之心而不能自已者,必于此而得之。"① 这里表明,言志之诗,具有强烈的感染力,动人心魄,感人肺腑,能唤起人们的好恶,进而引导社会的方向。汉代《毛诗序》将儒家文学功用价值论系统化、明晰化,提出了"乡人"、"邦国"说,"风化"、"教化"说,"化下"、"刺上"说等;陆贾(公元前240—前170)在《新语·道基》中指出:"礼义不行,纲纪不立,后世衰废,于是后圣乃定《五经》,明《六艺》。承天统地,穷事察微,原情立本,以绪人伦,宗诸天地,纂修篇章,垂诸来世,被诸鸟兽;以匡衰乱,天人合策,原道悉备,智者达其心,百工穷其巧,乃调之以管弦丝竹之音,设钟鼓歌舞之乐,以节奢侈,正风俗,通文雅。"这里用"承天统地,穷事察微,原情立本"、"匡衰乱"、"节奢侈,正风俗,通文雅"来说明《五经》、《六艺》的社会功能。班固(32—92)提出"润色鸿业"说;郑玄(127—200)提出"美刺"说。魏晋时期的曹丕

① 朱熹注:《论语》,转引自张文勋《华夏文化与审美意识》,云南人民出版社1992年版,第143页。

（187—226），综合前人的论述，直接提出："盖文章，经国之大业，不朽之盛事。"[1] 把文学提高到经国治世、建功立业的高度。之后，"经国大业"成为中国传统文人士大夫中的绝大多数从事文学创作的指导原则和自觉追求。

对于中国文学重视文学社会功能的传统，日本学者笠原仲二（Kasahara Chūji，1917—）从审美意识的角度加以解释。他在《古代中国人的审美意识》一书中指出，中国人审美意识的产生，与对活跃、旺盛的生命力的崇拜有关，"美"字《说文》训为"大羊"，"大羊"体现着庞大的身躯所象征的强壮与肥美的肉的甘味等感受。其次，审美意识起源于"色"。"好"字在《说文》中训为"女美"，释为"色好也"。它古来不仅与"悦"、"喜"互训，而且更与"美"互通。同时，"色"字，是男女生殖器合形之甲骨文的异体，其本意是"男女之交媾"。因此，古代中国人美的憧憬是感到生存的意义，日常生活的生机勃勃。与此相反的"死"，则是"丑恶"的，"令人悲哀"的。中国的这种审美意识在日后的发展过程中虽然有所变化，但它的精神基础一直延续了下来。正是这种基于生存意义和人生价值的肯定，中国文学以一种积极入世的精神，干预生活，引导社会，赋予其"经国大业"的使命。

日本的情形相反。由于佛教传入时，日本正处在社会思想体系的形成期，佛教的悲世人生观和无常观深深渗透进日本民族的审美意识中，因而日本人有时认为死比生更美，这是一种"灭"的美意识。它基于对世态的"祸福同道，盛衰反常"的急遽变化的感受，把现世的一切都看成烦恼和苦难，把现实看作"浮世"，人生朝生暮死，万物无常，宛如花瓣朝露。这种审美意识在文学中便是以幽寂、"侘"及遁世、对死的向往这些形式表现出来。比如樱花盛开时是美的，但樱花落的时候更美。日本传统文学中，这种"灭"的美意识到处可见。《源氏物语》的"桐壶"帖，更衣死了，作者引用古歌赞叹："生前诚可恨，死后皆可爱。"[2] 《枕草子》有一段描写："从九月末到十月初，天空阴沉，风猛烈地吹着，黄色

---

① 曹丕：《典论·论文》，郭绍虞主编《中国历代文论选》（一），上海古籍出版社 1979 年版，第 159 页。

② 紫式部：《源氏物语》（上），丰子恺译，人民文学出版社 1980 年版，第 5 页。

的树叶飘飘地散落，非常有意思。樱树的叶和椋树的叶也容易散落。十月时节，在树木很多的人家的庭院里，别有趣味。"同样是描写月亮，中国诗人经常描写皓月当空、一轮圆月洒满大地的清辉，日本诗人偏爱的是未满之月和朦胧的月光。这种"灭"的美意识在文学领域集中体现在"物哀"的审美风格。日本学者西田正好（Nishida Masayoshi，1931—1980）理解"物哀"："'物哀'从本质上看，其作为一种慨叹、愁诉'物'的无常性和失落感的'愁怨'美学，开始显出了其悲哀美的特色。"① 基于这种"物哀"、"愁怨"的美的理念，日本文学不赋予其参与社会政治和现实生活的责任，只是将文学作为一种美来创造和欣赏，只是将人生中遭遇的"感动"（偏重于"悲"的感动）力求真实地呈现出来，让读者同样获得一种"感动"足矣。因而日本的诗人、作家只是捕捉自己生活中曾经有过的"感动"，艺术地加以表现，不太考虑作品的社会效应，不太顾忌道德律条，更不把文学作为治世济民的手段，而是以一种游戏的心态对待文学。

当然，这里的"游戏心态"不是否定意义上的运用，是指一种超越功利的、悠闲的、审美的，甚至是娱乐的心态来进行文学活动。日本文学大多写作家身边的琐事，注重抒发个人感情，题材上始终以性爱为主题，通过男女间的性爱表达作家对人生的看法。对"性"的描写从古代的神话开始到现代文学都是直露的，这构成了日本文学最基本的题材。

日本文学的"游戏心态"，既体现在用闲适的、审美的眼光看待生活中的"悲感"、"悲情"，也体现在文学中的诙谐、滑稽趣味。日本诗歌由和歌发展为连歌，进而为俳谐连歌；日本戏剧有表现悲感的"能剧"，也有诙谐滑稽的"狂言"；日本小说由平安时代的物语演变为江户时期的读本，其中式亭三马（Shikitei Sanba，1776—1822）、十返舍一九（Jippensha Ikku，1765—1831）为代表的"滑稽本"是重要的一支；此外，还有以讽刺为特色的"川柳"和"落语"。周作人对日本文学的滑稽趣味甚为推崇，"滑稽，——日本音读作 Kokkei，显然是从太史公的《滑稽列传》来的，中国近来多喜欢读若泥滑滑的滑了。据说这是东方民族所缺乏的东西，日本人也常常慨叹，惭愧不及英国人。这所说或者不错，

---

① 西田正好：《日本的美——其本质和展开》，创元社 1970 年版，第 271 页。

因为听说英国人富于'幽默'，其文学亦多含'幽默'趣味，而此幽默一语在日本常译为滑稽，……这'滑稽本'起于文化文政（1804—1829）年间，全没受着西洋的影响，中国又并无这种东西，所以那无妨说是日本人自己创作的玩意儿，我们不能说比英国小说家的幽默何如，但这总证明日本人有幽默比中国人为多了。"①

三　文学风格：雄浑壮阔与纤细小巧

民族的文化心理和审美意识的萌生，与生存环境相关。中国幅员辽阔，人口众多，有大沙漠、大草原、大山脉，西边是无法自由跨越的沙漠和高耸的世界屋脊，东有波涛汹涌的大海，北有广阔无垠的草原和雄伟绵延的万里长城，南有烟波浩渺的大洋。这种生存环境形成大一统的大帝国，造成了世界中心、天下为一的信念，从而养成中国传统大气磅礴的文化心理。这种文化心理，表现在大气魄、大胸襟、大视野。"老子以一句'治大国若烹小鲜'而雄视天下，孔子半部《论语》就可治天下，真是大气魄。《周易》简洁地将世界归结为阴阳两极交合而成，还有比阴阳更大的吗？……庄周则有'鲲鹏展翅九万里'绝句。"② 这样的文化心理表现在审美意识上，形成了"壮丽"、"阳刚"、"雄健"、"宏阔"、"豪放"、"粗砺"、"风骨"等为主体的审美观念。日本学者笠原仲二认为："中国古代人的美的对象，未必只停留在对于那些味、香或者'声、色'及其他生理的、肉体的嗜好、欲求所给与的直接官能性感受的对象上，而是几乎向一般涉及自然界、人类的全部、具有已述的那种意义的美的本质、对人的精神和物质经济生活方面带来美的效果的所有对象扩大、推移。"③ 他还具体归纳了中国古代的"新鲜"、"珍奇"、"朴素"、"稚拙"、"守愚"、"调和"、"完整"、"崇高"、"善良"、"富贵"、"优秀"、"明亮"、"繁昌"、"高致"、"重厚"等17种美的对象。

在这样的文化心理和审美意识的作用下，中国文学追求的往往是博大

----

① 周作人：《谈日本文化书》，钟叔河编《周作人文类编·日本管窥》，湖南文艺出版社1998年版，第58页。

② 倪健中主编：《百年恩仇——两个东亚大国现代化比较的丙子报告》，中国社会出版社1996年版，第725页。

③ 笠原仲二：《古代中国人的美意识》，杨若薇译，三联书店1988年版，第65页。

的气势、恢弘的场面、惊心动魄的感情冲突、跌宕起伏的故事情节,强调的是"诗言志"、"载道教化"等重大社会功用,遵循的是"补察时政"、"泄导人情"、"张直气而扶壮心"(白居易)的创作准则。这些要素综合形成了中国传统文学"雄浑宏阔"的主体风格。晚唐的司空图在《二十四诗品》中以"雄浑"为首品,有论者认为"《诗品》首以《雄浑》起,统冒诸品,是无极而太极也"①。司空图对唐前的历代"雄浑"理论和创作实践用"诗话"加以总结,也成为后世文学创作的指导性理论。在中国文学发展史上,最受推崇的多半是"真骨凌霜、高风跨俗"类的作品,褒扬的往往是汉魏、建安"风骨"。"风骨"说是中国文学"雄浑宏阔"风格的具体体现,刘勰(约465—520)在《文心雕龙》中专门辟有《风骨篇》。中国文学的流派及其风格绚丽多彩,但是"风骨"精神无疑是中国传统文学的思想主潮,也是最具代表性的文风之一。

日本的情形相反。日本民族生息的世界非常狭小,几乎没有宏大、严峻的自然景观,人们只接触到小规模的景物,并处在温和的自然环境的包围中,养成了纤细的感觉和素朴的感情,对事物表现出特别的敏感,乐于追求小巧和清纯的东西。比如他们喜欢低矮但显出美的小山、浅而清的小川小河,尤其是涓涓细流的小溪。喜好纤小的花木,国人以细细的樱花作为国花,皇室以小菊作为皇家家徽,国会也以小菊图案作为国会的象征。树木则喜爱北山纤弱的杉。从建筑艺术到日常生活用品都是如此,崇尚纤细和纯朴,一切都讲究轻、薄、短、小。平安时期清少纳言的随笔《枕草子》中有一段:"可爱的东西是:画在甜瓜上的幼儿的脸;小雀儿听见人家啾啾地学老鼠叫,便一跳一跳地走来,……三岁左右的幼儿急忙地爬了来,路上有极小的尘埃,给他很敏锐地发现了,用很可爱的小手指撮来,给大人们看,实在是很可爱……从池里拿起极小的荷叶来看,极小的葵叶,也都很可爱。无论什么,凡是细小的都可爱。"②

这种"纤细小巧"的审美意识体现为日本传统文学的主体风格,具体表现在几个方面:

---

① 杨廷芝:《诗品浅解总论》,《诗品集解》附录,人民文学出版社1963年版,第62页。

② 清少纳言:《枕草子》,《日本古代随笔选》,周作人译,人民文学出版社1988年版,第186页。

第一，敏锐纤细的感受。日本文学重视的是瞬间的意境和由此产生的内心感受，强调的是"心生而立言"、"以心而求情"，追求的是感情上的纤细的体验，表现的主要是日常的平淡生活，在平淡朴素的生活中捕捉神经纤维的细微颤动，追求的是小巧、清纯的景观和物象，崇尚的是纤细、纯朴、柔和的美。这一点特别表现在对四季的感受性上，显得特别敏锐和纤细，并且含有丰富的艺术性。比如他们在对季节微妙变化的感受中育成优艳的爱，而这种爱又渗透到自然与人的内在的灵性中，从而激发人们咏物抒情的兴致；他们在四季轮回，渐次交替的过程中，纤细地感受到自然生死的轮回、自然生命的律动，这种对四季的敏感，逐渐产生季物和季题意识。

第二，缩写人生和自然的"盆景趣味"。日本人喜好将真实的自然和人生做缩微化的处理，看一滴水想象大海，由一棵树联想到森林。相对于荒漠的自然，他们更喜欢人工化的缩小的自然，庭院园林艺术、盆栽艺术、插花艺术都体现了日本人将大自然缩微的美学追求，也形成了一种浓缩了的、把大自然和人生装进最简洁文学中的极为细微的艺术。朝鲜学者李御宁（Yi Ŏ-ryǒng，1934—）在《日本人的缩小意识》一书中谈到日本的"盆栽"："把辽阔的自然简化后搬入庭园，造出假山假水，再把庭园缩小搬到房间架子上变成盆景、盆栽，使自然完全置于自己身边，终于变得抬头可见，触手可及。……而这还不仅仅是把庭园美学原封不动地缩小，盆景里的沙石不能视为一般的沙石，它表现的是高山与大海。"① 这种"盆景趣味"体现在文学作品中，就是将社会缩微为家庭，将群体简化为个体，将人物活动的场所限定在一个狭小的空间。"以《源氏物语》为代表的古典文学和以'私小说'为代表的近代纯文学，从空间上说都可以叫做'室内文学'或'家屋文学'。"②

第三，缺乏整体结构，注重局部充实和细节刻画。这是日本文学抒情性的一种特殊表现。日本传统文学观念，叫"心物交触，多愁善感"，"幽玄"和"闲寂"即以幽美为主，喜局部的充实。而那些激烈、愤怒、雄壮、崇高的风物和人事，在日本文学中几乎没有。相对而言，其长篇叙

---

① 李御宁：《日本人的缩小意识》，张乃丽译，山东人民出版社 2003 年版，第 113 页。
② 王向远：《宏观比较文学讲演录》，广西师范大学出版社 2008 年版，第 121 页。

事作品在结构上缺乏逻辑性和思想的统一性；人物塑造也缺少力度；而那些琐碎的细节则光彩熠熠。这种倾向表现在中世纪井原西鹤（Ihara Saikaku, 1642—1693）的《好色一代男》、《处世靠心计》，近代志贺直哉（Shiga Naoya, 1883—1971）的《暗夜行路》和川端康成的《雪国》等作品中。简言之，这些作品随处可告一段落，随处也可以完结。在紫式部的《源氏物语》等日本的散文物语中，这种倾向或特点体现得尤为突出。几乎所有的日本古代的散文作品，或多或少都愿意在局部的细节中游弋，而很少考虑整体的结构。《宇津保物语》从大的方面来看，虽然不能说没有整体的结构，但与其说是在整体的基础上描写局部，不如说绝大多数是在局部叙述其自身的独特的趣味。《今昔物语》汇集了许多简短的说话，并将它粗略地加以分类。然而，除了分类以外，没有概括出整体的梗概，也没有指导的思想。不过，个别插话中的若干部分确实写得栩栩如生，读起来就像独立的短篇小说佳作。加藤周一（Katō Shūichi, 1919—2008）在《日本文学史序说》中谈道："将《日本灵异记》和中国的《法苑珠林》中相同的说话加以比较，就会发现《日本灵异记》在局部的叙述上，比起中国的原著更加详细、具体而且栩栩如生。《法苑珠林》在叙说故事情节上，比日本的改写本更简洁、更得要领。就是说，《日本灵异记》和《法苑珠林》的背后有着倾向迥异的两种文化在起作用。"①

　　第四，文学形式和体制短小。由于日本文学重视的是瞬间的心灵"感动"，结构的片断化，因而日本传统文学罕见鸿篇巨制，大都形式短小。从古代开始，日本诗歌以短歌形式最为发达，而且日显短小的趋势。《万叶集》的 4561 首和歌中还有 260 首长歌（尽管最长的也只有 149 句），但长歌形式很快衰落，到《古今和歌集》中只有 31 音节的短歌了，后来发展为连歌、俳谐和俳句。俳句只有 17 个音节，是世界文学中最短小的诗歌形态。俳句的形式虽小，却可以准确地捕捉到眼前的景色和瞬间的现象，由于简练、含蓄、暗示和凝缩而使人联想到绚丽的变化和无限的境界，更具无穷的趣味和深邃的意义。铃木大拙（Suzuki Daisetz Teitaro, 1870—1966）对"俳句"有精到的议论："日本俳句不需要冗长的篇幅、

---

① 加藤周一：《日本文学史序说》（上），筑摩书房 1975 年版，第 15 页。

精丽的修饰和理性的思维。它避免一切观念的东西，因为一旦求助于观念，无意识的直接指向和直觉把握就会受到妨碍和损害而变为泡影，就会永远丧失掉新鲜感和生命力。俳句的意图，是在于创造出最适当的表象去唤醒他人心中本有的直觉。"①

日本随笔、日记文学也都是片断式的，《枕草子》、《徒然草》、《方丈记》以及日记文学《土佐日记》等都是如此。11世纪初出现的长篇小说《源氏物语》，其结构是由短篇小说连贯而成的，前后衔接松散，叙述简单，时间推移与人物性格变化没有必然的联系。在日本，即使长篇小说，其结构也是由短小形式组成的。这一特点贯穿于整个日本文学史，成为一种传统。物语体小说《竹取物语》分别由赫映姬的身世、五公子争婚与赫映姬升天三部分构成，而每部分均可独立。其核心部分"争婚"更是由五个小故事连缀而成的。歌物语《伊势物语》则更加松散，全书有短文125段，每段均以"古时有一男子"起笔，然后以和歌为主线叙述一个爱情故事，没有完整的、统一的情节。每段互相联系不大，且非常节约，多者不过三千字，少者二三十字。《八犬传》98卷180回，虽是洋洋八百万言的巨作，写了八个武士的一个个曲折离奇的故事，但从实质上说，也是一个个小故事汇合而成，如果省略某卷某回，并不影响整体结构。井原西鹤的浮世草子《好色一代男》等长篇小说，也都是由短篇故事组合而成的。现代作家川端康成的长篇小说《雪国》，明显地具有《源氏物语》的那种结构和描写方法。净琉璃、歌舞伎等古典戏曲也是分段式的小构想，很少统一的整体构思。

第三节　中、阿文学比较

中国和阿拉伯，在历史上曾经是雄居东方、相峙并立的两个大帝国。两个地区之间很早就有商贸往来，文化交往也源远流长。中国和阿拉伯属于两种不同的文明类型：中国基于河流农耕文明，阿拉伯基于沙漠游牧文明；在空间位置上，中国是东亚大陆，四周由海洋、高山、大漠、大草原

---

① 铃木大拙：《禅与日本文化》，陶刚译，三联书店1989年版，第169页。

组成相对封闭的一个地理单元，历史上的阿拉伯是一个包括中亚、西亚、北非和环地中海地区直至西班牙的大帝国，现在的阿拉伯是包括 20 多个国家、以伊斯兰教和阿拉伯语为标志的文化区域；中国以儒学礼教为文明的核心，阿拉伯以伊斯兰教为文明的核心。这样的生存环境和基本的文明事实，决定了中国和阿拉伯人不同的审美取向，中、阿文学呈现出不同的历史演进路向和不同的艺术风格。

一　文学发展：主线融合与多元复合

民族文学的演变和构成与历史上民族的融合与形成密切相关。中华民族和阿拉伯民族的形成有着不同的演变路线，其文学发展也呈不同的路向。

中华民族孕育于历史上第一次民族大迁徙、大融合的时代。根据传说和考古发掘，炎黄时代至尧、舜、禹时期，黄河中游的炎、黄两大部落，经过碰撞融合，结成联盟向东推进，战胜了以泰山为中心的太昊、少昊集团，建立起号令黄河流域各部落的大联盟，并击败江汉流域的苗蛮集团，成为可追溯的中国早期民族融合的核心。黄河中下游成为中华民族肇兴的腹地。大约到周代，随着炎黄传人向四周的发展，这个族体既有共同尊奉黄帝为始祖的夏、商、周三族的"华人"，又有华夏化了的周边民族，如戎人、氐人和夷人等。春秋战国是华夏民族融合形成时期。首先是中原各国融合认同华夏；再是秦、楚、吴、越成为中原周边不同地区的中心，他们融合了该地区的不同民族；最后是秦、楚、吴、越地区与中原各国融合认同，"华夷"走向一体，原为"蛮夷"的秦、楚已成为"诸夏"或"中国"，形成跨越黄河、长江的华夏民族，也就是汉族的基础。从秦汉到隋唐，中间有分有合，但汉、唐强大的统一政权，完成了华夏族向汉族的演进。从东汉时期开始，北部和西部的游牧民族匈奴、鲜卑、乌桓、羯、氐、羌等陆续内迁，居住于今甘肃、陕西、山西以至河北、辽宁长城以南的广大地区。北魏统一黄河流域后，北方民族大融合，各族人民共同生活，相互影响，并逐渐认同华夏文化，改变原来的游牧生活，成为农业居民。经秦汉、魏晋南北朝到李唐盛世，汉族文化核心成熟：形成以儒为主，道、佛辅之的坚实文化传统。唐之后，先后有契丹（辽）、党项（西夏）、女真（金）、蒙（元）、满（清）等军事强悍的游牧民族入主中原，建立统治政权，但深厚成熟的汉文化最终将这些少数民族同化，他们带来的原有文化丰富了汉文化的内涵，但在文化内核，他们认同了汉文化的价值体系。汉族外迁，边疆游牧民族内徙，彼此杂居融合，形成多元一体的中华民族。

阿拉伯帝国的历史比中国晚，7 世纪初，穆罕默德创立伊斯兰教，在宗教的旗帜下统一阿拉伯半岛贝都因人的各部族。经四大哈里发（632—661）和倭马亚朝（661—750）的大规模向外征伐，很快建立起一个横跨亚非欧三洲的大帝国。帝国版图东起印度、中国边境，包括中亚、西亚、北非和欧洲的西班牙。经过阿拔斯王朝（750—1258）前两百年的盛世，形成了多种古老文化融合而成的新的阿拉伯文化，阿拉伯文化以伊斯兰教和阿拉伯语为标志。在阿拉伯帝国建立后，阿拉伯人与战败国的居民杂居，共同参与社会、经济活动，相互之间通婚更为常见，形成了现代意义上的阿拉伯人。实际上，阿拉伯成了一个幅员辽阔的、多民族的集合体，除有阿拉伯人外，还有中亚的突厥人、波斯人，西亚两河流域居民、小亚细亚人、叙利亚人、埃及人，北非柏柏尔人，欧洲的西哥特人，等等。各族通过互相接触、相互影响，逐渐融合渗透，在长期的生产实践和生存斗争中认同了阿拉伯文化。

从中华民族和阿拉伯民族形成历史的简述中可以看到，各自民族文化的发展演变很不一样。第一，中华文化源头久远，连绵不断，从先秦的华夏文化到汉唐时代的汉文化，再到宋、元、明、清多民族进一步融合而形成中华文化，历时数千年，是基于华夏文化的不断发展和丰富的传承演进过程。阿拉伯文化是在几百年的时间里迅速崛起，又很快分化为地域性文化。第二，中华文化以汉族文化为主体，多民族文化的交融程度深入。在形成的早期，黄河流域和长江流域的农耕文化和北方大漠的游牧文化同时发展，经过长期的冲突与融合，在春秋战国时期形成华夏文化；以此为内核，进一步融合西方和北方游牧民族文化和南方边境民族文化，形成成熟、深厚、体系化的汉文化，之后的外来文化都被其同化而融入其中。阿拉伯文化以阿拉伯半岛的游牧部落文化为起点，凭借其军事力量征服辽阔地域，将多种古代文明程度很高的文化复合成新的文化。因其时间短，多种内部充满矛盾的文化并没有达到体系化的融合，而是在伊斯兰教的大框架下多族文化的集合，这体现在伊斯兰教内部的众多宗派和阿拔斯王朝后各地方王朝的兴起。

　　但应该看到,在文化建设上,阿拉伯人与蒙古人、突厥人等草原游牧人的做法不同。"12—13 世纪,蒙古人在远征所到之处,肆意毁灭外民族的文化;16 世纪,突厥人在原属阿拉伯帝国的土地上建立的土耳其奥斯曼帝国,只崇尚政权与武力,压制思想,窒息知识,摧残文化。与此相反,阿拉伯人从来不破坏也不压制被征服民族的文化,从而体现出它的'沙漠文化'的特性——'覆盖'而不是毁灭外族文化。所谓覆盖,就是以阿拉伯文化的外壳将外族文化包裹起来,然后积极地、如饥似渴地吸收它们为己所用。"① 阿拉伯文化的鼎盛期出现在阿拔斯王朝时期,当时的首都巴格达既是一座繁荣的国际城市,更是一处世界文化交融的学术中心,波斯、印度、希腊、罗马、犹太教、基督教、摩尼教、瑞罗亚斯德教、萨比教等,文化模式和宗教思想在这里汇合,在以阿拉伯语为主要用语的强有力的阿拉伯文化的进程中,如同百川纳海,大大丰富了阿拉伯文化的内涵,激发了帝国臣民的智慧,为阿拔斯王朝后期创造出举世瞩目、影响深远的文化成果奠定了基础。阿拔斯帝国统治者重视文化事业的创制与完善,倡导、鼓励学术活动,实行宽松的政治文化政策,吸收容纳帝国境内不同民族、不同宗教信仰者的文化和学术成果,这些作品被学者们翻译、介绍和注释,或由波斯文、古叙利亚文,或由希腊文,译成阿拉伯文。据史料记载,在阿拉伯倭马亚王朝期间,已出现自发的文化译介活动,内容局限在医学、星相学、天文学等实用科学上,很少涉及社会、人文学科。阿拔斯帝国建立后,特别是在阿拔斯朝代中期的公元 830 年至 930 年左右,在统治者哈里发的大力资助和倡导下,大规模、有组织进行译介活动,以巴格达为中心的学术研究,形成了文化史上的巴格达学派,并引发了阿拔斯王朝后期的西班牙的科尔多瓦文化中心和埃及的开罗文化中心,共同构成了辉煌绚丽的阿拔斯王朝五百年文化黄金时代。

　　这样的文化景观体现在文学中,我们可以看到,中国文学的发展有两点很突出:一是中国文学的发展始终是以华夏—汉文学为主线,其他边境民族文学或融合进主线之中,或虽然还保持其独立性,丰富了中国文学,

---

① 王向远:《宏观比较文学讲演录》,广西师范大学出版社 2008 年版,第 87 页。

但与华夏—汉文学相比，只能是黄河、长江边上的涓涓细流；二是中国南北文学虽然彼此融合，但不同的主体风格始终存在。近代学者梁启超对此有精辟论析："自唐之前，于诗于文于赋，皆南北各为家数。长城饮马，河梁携手，北人之气概也；江南草长，洞庭始波，南人之情怀也。散文之长江大河一泻千里者，北人为优；骈文之镂云刻月善移我情者，南人为优。盖文章根于灵性，其受社会四围之影响特盛焉。自后世交通益盛，文人墨客，大率足迹走天下，其界也浸微矣。"① 唐代之后虽然因交通和科举制度的发展，南北文风交融有所加强，但不同的生存环境和传统的积淀，使得南北文学风貌的差异长期存在，尤其在民间和通俗文学中表现明显。"元代北杂剧整饬刚劲，而南曲戏文却轻灵妩媚……明代北方民歌真率质朴，南方民歌则狡狯机趣……至于清代剧坛上的'南洪北孔'，更是地方文化影响作家创造的典型例证。唐明皇和杨贵妃之间负载太多政治历史内涵的爱情故事，在南方戏曲家洪昇的《长生殿》中被演绎得缠绵缱绻，如痴如梦。而本来是江南才子佳人风流韵事的侯方域、李香君的爱情故事，却被北方戏曲家孔尚任写得坚贞刚毅，大气磅礴"② 。要说明的是，中国南北文学的这种差异，只是在文学表现风格方面，"文以载道"的文学观念南北基本一致。

　　阿拉伯文学则体现出多元复合的特点。阿拉伯学者汉纳·法胡里称阿拉伯文学是"觉醒、兼收并蓄外来文化的反映"，认为"阿拉伯人善于吸收世界文化，并很快与之适应。他们善于获取一切知识，并从中获益。……阿拉伯文学循着生活的法则，随着历史的变迁，不断从一种状况发展到另一种状况。这种发展一般是阿拉伯人和其他人民、文明、文化互相混合的结果。这种混合一般是产生了具有独特倾向的文学复兴"③ 。他在著作《阿拉伯文学史》（1960）中概括了三次这样的"文学复兴"：蒙昧时期和倭马亚王朝时期的文学复兴；阿拔斯时期的文学复兴和近代的文学复兴。他分析阿拔斯时期的文学复兴："它建立在阿拉伯人和波斯人、罗马人、印度人、西班牙人和其他人的互相接触和杂居，建立在多种文化

---

① 梁启超：《中国地理大势论》，《饮冰室合集》（卷十），中华书局1989年版，第86页。
② 王齐洲：《呼唤民族性——中国文学特质的多维透视》，中国社会科学出版社2000年版，第371—372页。
③ 汉纳·法胡里：《阿拉伯文学史》，郅溥浩译，宁夏人民出版社2008年版，第17页。

和助长的融合，尤其建立在翻译引介的基础上。通过翻译引介，阿拉伯人引进了希腊的哲学和知识，波斯历史、文化和制度以及印度格言和风格。所有这些，提高了阿拉伯人的思想，扩充了他们的知识，扩大了他们的想象。思想和学问成了一切的基础，所有文学因素获得了崭新的更加深刻的内容。"① 的确如此，阿拉伯文学不仅是阿拉伯半岛的阿拉伯人的创作，阿拉伯帝国治下的众多民族诗人作家为阿拉伯文学做出了贡献，而且众多古老文明中辉煌的文学成就滋润了阿拉伯文学。如波斯的《列王记》以及散文、故事、格言、寓言作品，熏陶、启发了阿拉伯人自身固有的智慧。由于波斯与印度为邻，波斯人早已将印度文化融在自己的文化中，当波斯典籍被译成阿拉伯文时，其中的印度文学也就介绍给阿拉伯人了，如著名的文学作品《卡里莱和迪木乃》、《千篇故事》。译介成阿拉伯语的这些作品，既成为阿拉伯文学的组成部分，又使阿拉伯本土作家以全新的感受感知生活，创作出兼备不同民族风格、色彩愈加灿烂的文学作品。艾哈迈德·艾敏（Ahmad Aman，1886—1954）说："广义的包容一切文化在内的'阿拉伯文学'并不仅仅是阿拉伯民族的文学，而是一种混合体，一种带有阿拉伯—伊斯兰特性的混合体。"②

二　文学内容：世俗精神与宗教精神

中国文化是宗教意识相对淡薄的文化，而阿拉伯文化却是以伊斯兰教为灵魂的文化。

过早发达的理性文化，使得中国士人较早地走出早期的自发宗教。居于中国文化核心位置的儒家文化，重教化，养心性，尚仁义，倡中庸；重视现实世务，轻视精神灵魂的深层探索。儒家的人生观就是孟子所说的"穷则独善其身，达则兼善天下"。（《孟子·尽心》）孔子删定"诗、书、礼、乐、易、春秋"六经，教授"礼、乐、射、御、书、数"六艺，其最终目的就在实现上述人生观。"三纲八目"是系统而完备的"独善其身，兼善天下"的方略。所谓"格物、致知、诚意、正心、修身"是"独善"的要诀，"齐家、治国、平天下"便是"兼善"的最终目标。儒

---

① 汉纳·法胡里：《阿拉伯文学史》，郅溥浩译，宁夏人民出版社 2008 年版，第 18 页。
② 艾哈迈德·艾敏：《阿拉伯—伊斯兰文化史》（二），商务印书馆 2007 年版，第 12 页。

家在人间的世俗世界，建构了一个其他宗教依赖上帝与彼岸才能够获得的精神乐园。在儒家看来，幸福的生活不在彼岸，不在来世，就在你我他的现世人伦之中，就在享受天伦之乐的日常生活之中。

伊斯兰教是阿拉伯文化的灵魂，它是中世纪阿拉伯社会的精神和政治支柱，以绝对权威的架势，主宰着社会生活的一切方面。没有 7 世纪伊斯兰教的诞生，就没有统一的阿拉伯国家，就不会有地跨亚欧非三大洲的阿拉伯帝国，也就没有阿拉伯文化的问世。伊斯兰教不仅是阿拉伯统一的旗帜，也是阿拉伯文化的核心和主体。与中国儒家执著于今世世俗生活的人生观相反，伊斯兰教认定"后世"的存在，认为今世短暂，后世永久。正因为今世短暂，人们要充分把握今生的功课，为后世做准备。这种以宗教信仰体现的人生观也是积极进取的：既摒斥"人生若梦，为欢几何"的享乐生活志趣，也不赞同弃绝红尘的与世隔绝生涯。穆斯林不但要"独善"、"兼善"，还要准备来生后世的功德，他们提出"念、礼、斋、课、朝"等五善功，以"念"、"礼"两功修炼个人内在的心性与外在的体能；以"斋戒"体现人间饥饿贫苦的同情；以"课"功周济社会福利的公平；以"朝"拜天房达到人类一体，天下一家的理想世界。因而虔信真主安拉和先知穆罕默德，勤修善功是为永生来世的幸福所作的积累。

比较中国文化的入世精神和阿拉伯文化的宗教精神，至少可以从三个方面看：

第一，在人生观方面。中国文化重点在处理现实中的伦理关系，是一种执著于现世的生存哲学；阿拉伯文化重点在处理今生与来世的关系，其归依和指向是永恒的来世。

第二，在文化的原典方面。作为中国文化原典的"四书五经"，是从各个不同方面，教给人们做人治世的各种道理和训条；阿拉伯文化的原典是《古兰经》，《古兰经》为伊斯兰教的经典和法典，是穆圣在传教过程中作为安拉的"启示"陆续颁布的经文。书中论述安拉的德性、宗教信仰、教法仪式等，其中也有现实的内容，但是以宗教训诫的面貌出现。

第三，在王权与神权的关系方面。中国社会历来是皇权至上，"溥天之下，莫非王土；率土之滨，莫非王臣"①。以君主为核心的社会结构在

----

① 程俊英译注：《诗经译注》，上海古籍出版社 1985 年版，第 416 页。

中国长期践行，一切都在皇权的统治下，皇权支配着神权。中国佛教传播历史上的"三武一宗"灭佛事件就是明证。而阿拉伯帝国实行政教合一制度，哈里发既是最高行政首脑，又是伊斯兰教的精神领袖。伊斯兰世界确信一切权力来自真主，人只是真主在大地上的代治者。伊斯兰教强调，穆斯林不但要信主行善，追求后世的乐园，而且还要直面人生，干预现世，在人间实施安拉的大法，因而政治与宗教互为表里。

以儒家文化为核心的中国文化的世俗倾向深深地烙印在传统文学中。作为中国最早的文学作品《诗经》，缺乏其他民族早期文学中的超现实色彩，表现最多的是民众与王公的现世生活，所谓"劳者歌其事，饥者歌其食"，其中包括农业文明的节令气候、耕作收藏、田亩租税，王朝兴衰，民族迁徙，逃荒流浪，日常起居；战争导致的民怨，男女之间的恋情等。后来的文人诗歌抒发的是文人士大夫的胸襟和抱负，包括济世匡国的志向，亲朋赠答的感怀，吊古伤怀的悲情，伤春悲秋的愁绪，当然也有太平盛世的颂歌，离乱之世的慨叹，但更多的是对国事民生的忧患，对现实不公的愤慨与谴责。宋代诗人苏轼的一首词典型地表现了中国文学世俗性的特征：

> 明月几时有，把酒问青天。
> 不知天上宫阙，今夕是何年。
> 我欲乘风归去，又恐琼楼玉宇，高处不胜寒。
> 起舞弄清影，何似在人间！①

中国文化宗教意识淡漠，并不是说中国没有宗教；强调中国文学的世俗精神，也不能否认中国有宗教性作品。中国有崇拜自然、崇拜祖先、崇拜图腾的原始宗教，有从印度传入的佛教和在佛教刺激下产生发展的道教。中国也有宗教性作品，如玄言诗、禅诗、出家诗、变文、宝卷等。但这些作品在文学史上的地位和影响，没法与西方、印度、阿拉伯的宗教文学比肩。中国也缺少严格意义上的"宗教小说"。《三言》、《二拍》中的"善有善报，恶有恶报"，《红楼梦》中的"好了歌"，《三国演义》中的

---

① 白寿彝等主编：《文史英华》（词卷），湖南出版社1993年版，第122页。

"因果报应"，《儒林外史》中的"诸行无常"，《金瓶梅》中的"生死轮回"等观念，都与佛教有关，但不能把它们视为宗教文学。它们只是在世俗生活的表现中，体现了一些宗教色彩，与追求彼岸世界和终极关怀的宗教精神相去甚远。在中国文学史上，许多作家的作品涉及宗教，运用宗教题材或表现手法，但其用意却往往是"醉翁之意不在酒"。在封建文人仕途失意、寄情山水的诗文中，常常隐含着佛教人生虚幻、诸法皆空、隐逸出世的思想观念。如曹操（155—220）《短歌行》中的"对酒当歌，人生几何，譬如朝露，去日苦多"①；苏轼（1037—1101）的《念奴娇·赤壁怀古》中的"人生如梦，一樽还酹江月"②；陶渊明、王维（701？—761）、孟浩然（689—740）、李白（701—762）、白居易（772—846）等人都常把禅意引入诗中。但诗歌的艺术魅力，往往使人略去刻板教义的那部分。如王维的《鹿柴》："空山不见人，但闻人语声。返景入深林，复照青苔上。"③ 王维确实受了佛教清静虚空的影响，但读者更为空灵幽静的诗趣所吸引。这同陶渊明"采菊东篱下，悠然见南山"同属一类意境。诗人表达的不是宗教教义，而是对现实情景和生活境况的审美表达。一些中国现代作家受西方影响，常写基督教题材，如茅盾的《耶稣之死》、巴金的《新生》均取材《圣经》，但在作家笔下，基督的内容转化为讽刺现实黑暗的政治寓言。

以伊斯兰精神为社会意识主宰的阿拉伯，其文学自然充满浓郁的宗教色彩，可以说伊斯兰教是阿拉伯文学的决定因素。自从穆圣传播伊斯兰教以来，他便积极地推动阿拉伯半岛的统一事业。经过四大哈里发坚持不懈的努力之后，阿拉伯半岛最终完成了统一大业，因而伊斯兰教便自然而然地在阿拉伯半岛取得主导地位，成为阿拉伯半岛社会的主流精神。阿拉伯帝国建立后，伊斯兰教成为统一的阿拉伯文化的核心。作为阿拉伯社会文化载体的文学，必然要宣传国家的主流思想，体现社会文化的基本价值。首先，伊斯兰教决定阿拉伯文学的基本主题。阿拉伯文学以反映和表达伊斯兰教教义、教法，以及其社会生活为主要内容，提倡、宣扬《古兰经》

---

① 白寿彝等主编：《文史英华》（诗卷），湖南出版社1993年版，第51页。

② 白寿彝等主编：《文史英华》（词卷），湖南出版社1993年版，第132页。

③ 白寿彝等主编：《文史英华》（诗卷），湖南出版社1993年版，第273页。

重视人的思想、仁爱互助、仗义疏财、宽以待人、尊老爱幼、保持生态平衡等主张。其次,伊斯兰教的人生观、价值观决定阿拉伯文学的价值取向。不管是情意浓郁的爱情诗,还是歌颂英雄豪杰的小说与散文,都体现出对真主,对先知的无限忠诚与服从。最后,伊斯兰教决定阿拉伯文学的生存环境。在阿拉伯政教合一的社会大环境下,作为历代政权宣传工具的阿拉伯文学是无法超越这一事实的,阿拉伯文学来源于穆斯林的社会生活,又反过来指导穆斯林的生活,阿拉伯文学具有很强的政治宗教色彩。

　　阿拉伯文学深厚的宗教底蕴首先体现在《古兰经》这部经典中。《古兰经》是伊斯兰教的经典和法典,也是阿拉伯文学的第一部散文巨著,其主要内容记述了穆罕默德及其传教活动,伊斯兰教的教法教义、宗教制度和社会立场,同时也记载了因传教需要而引证的各种神话传说、历史故事、寓言、谚语、见闻等。作为宗教经典,《古兰经》是伊斯兰世界一切活动的根本依据。作为文学巨著,《古兰经》开创了一种独特的散文文体,"这种文体以显著的自由洒脱和独特的创造力,充分利用了抑扬顿挫的句法"[①]。《古兰经》的风格庄严宏伟,经文所及,纵横驰骋于天地幽冥三界,给人以庄严、神圣、幽邃玄妙之感。经文广泛运用夸张、比喻、排比、反问等多种修辞手法,加强文意表述的艺术感染力。对于阿拉伯文学而言,更重要的是,《古兰经》对后世的阿拉伯文学产生了难以估量的深刻影响。这种影响首先表现在语言上,《古兰经》将古莱氏语提升为整个阿拉伯世界标准的、统一的通用语,这种雄浑流畅、生动有力的语言,被阿拉伯人视为语言的最高典范。其次,《古兰经》成为后世许多阿拉伯作家的创作范本、题材和灵感来源。阿拔斯散文作家贾希兹(al-Jāhiz,775—868)的《方圆》是一部兼有科学和文学价值的著作,许多内容来自《古兰经》,《动物》一书中的素材主要源于《古兰经》。安达卢西亚作家伊本·泽顿(Ibn Zaydun,1003—1071)的书信体散文差不多是由《古兰经》章节、谚语和典故构成的。复兴时期的埃及诗人邵武基(Ahmad Shawgī,1868—1932)的诗作充满了对穆罕默德,对《古兰经》和对教门弟子的歌颂。大型民间故事集《一千零一夜》从善恶观念到道德标

---

　　① 汉密尔顿·阿·基布:《阿拉伯文学简史》,陆孝修、姚俊德译,人民文学出版社1980年版,第36页。

准，从神话传说到婚恋故事，均具有浓厚的伊斯兰教色彩。伊斯兰真言"安拉是唯一的主宰，穆罕默德是他的使者"在书中随处可见。

有学者将阿拔斯时期的"苦行诗"和唐宋时期的"出家诗"加以比较，研究后得出结论：主张"出世"的中国禅宗，却没有什么"苦行"的要求，"任运自在"、"无碍"、"无为"才是正道，才能彻见本性，"顿悟"成佛；而持入世倾向的伊斯兰教反而引发出了比佛教严格得多的"苦行"和禁欲主义。因为从伊斯兰教的教义中，苦行者们得出了以下结论：越是在尘世苦修苦练，越说明自己对后世的信仰忠诚，从而越会获得真主的好感，有希望得到后世永恒的幸福。① 由此也不难看出，中国文化、文学中的世俗精神与阿拉伯文化、文学中的宗教精神的不同价值取向。

三　文学结构：严谨一体与松散组合

中国文化绵延数千年，在雏形期的春秋战国时期就进入成熟期，"百家争鸣"中的各家从不同角度都涉及自我价值实现的问题，尤其是以孔孟为代表的儒家，倡导圣贤理想人格，以这一人格的完成来实现自我价值。因而有论者运用马斯洛的"需要层次"理论，认为中国文化是"早熟"的文化。② 中国文化的"早熟"，突出体现在重群体协调、轻个人欲望，重精神修炼、轻物质利益的理性精神非常发达。

阿拉伯文化虽然经过"百年翻译运动"引进古希腊、波斯和印度文化的理性意识，但阿拉伯半岛贝都因人原有的文化是阿拉伯文化的根源。伊斯兰教之前的阿拉伯人生活在沙漠旷野，还处于逐水草而居的游牧氏族阶段，过着比较原始简单的生活，相信万物有灵，侠义蛮勇，"贝都因人坚忍耐劳、热情好客、放纵不羁。他们爱好诗歌，善于用诗歌表达情意。……贝都因人往往以诗歌来衡量人的聪明才智。人口多、武力强、才智高是强大氏族部落必须具备的三大要素。劫掠、夸耀本氏族部落的光荣宗系，氏族部落之间经常发生复仇战争，这些是贝都因人根深蒂固的陋

---

① 齐明敏：《阿拉伯阿拔斯"苦行诗"与中国唐宋"出家诗"比较研究》（中），《中国文化研究》1994 年春之卷。

② 李宗桂：《中国文化概论》，中山大学出版社 1988 年版，第 290—293 页。

习。"① 阿拉伯半岛贝都因人具有几分原始野性、理性意识淡漠的民族性格成为阿拉伯文化的潜流。

中国和阿拉伯这样的文化品格体现在文学中，明显体现在结构方面：中国文学注重文学的整体结构，在章法架构、谋篇布局、遣词造句上都强调严谨、统一、协调和缜密；阿拉伯文学则缺乏整体构思、推理不精细、逻辑不严密、局部化、片断化、用语粗豪。

中国对于文学结构的意义自觉比较早。刘勰《文心雕龙》的第 43 篇《附会》就专述文学的结构问题：

> 何谓附会？谓总文理，统首尾，定与夺，合涯际，弥纶一篇，使杂而不越者也。若筑室之需基构，裁衣之待缝缉矣。……凡大体文章，类多枝派，整派者依源，理枝者循干。是以附词会义，务总纲领，驱万涂于同归，贞百虑于一致；使众理虽繁，而无倒置之乖，群言虽多，而无棼丝之乱，扶阳而出条，顺阴而藏迹，首尾周密，表里一体，此附会之术也。②

这里的"附会"说的是全篇相附而会于一，即通篇的整体结构布局，在全篇主旨的统率下万途同归、百虑一致、繁而不乖、多而不乱、首尾一致、表里一体，将整个作品结构成一个完美严谨的整体。结构是诗人作家在创作中对题材进行全面调度对各部分作出有效的安排，它既是创作过程中的重要环节，又是作品完成后的文本实体。结构的具体内容包括主次、比重、虚实、疏密、层次、节奏、悬念、衔接、开头、结尾等的构思和安排。对于这些，中国作家非常讲究，学者也不乏理论的总结。

元代人乔吉（？—1345）对作品各部分的配合提出要求："作乐府也有法，曰凤头、猪肚、豹尾是也。"引述这段话的陶宗仪解释了"凤头、猪肚、豹尾"："大概起要美丽，中要浩荡，结要响亮；尤贵在首尾贯穿，意思清新。"③ 于开头、结尾，不同论者有不同看法。清代诗人兼学者沈

---

① 郭应德：《阿拉伯史纲》，中国社会科学出版社 1991 年版，第 12 页。
② 刘勰著，周振甫注：《文心雕龙注释》，人民文学出版社 1981 年版，第 462 页。
③ 赵山林：《中国戏剧学通论》，安徽教育出版社 1995 年版，第 396—397 页。

德潜（1673—1769）在《说诗晬语》中结合一些诗作评论说："起手贵突兀，王右丞之'风劲角弓鸣'，杜工部'莽莽万重山'、'带甲满天地'，岑嘉洲'送客飞鸟外'等篇，直疑高山坠石，不知其来，令人惊绝。""收束或放开一步，或宕出远神，或本位收住。张燕公'不作边城将，谁知恩遇深'，就夜饮收住也。王右丞'君问穷通理，渔歌入浦深'，从解带弹琴宕出远神也。杜工部'何当击凡鸟，毛血洒平芜'，就画鹰说到真鹰，放开一步也。"①

　　晚明才子金圣叹（1608—1661）以对传统诗文的评点著称。他推赏《西厢》、《水浒》，堪称结构整一的典范："《西厢》之为文一十六篇，……谓之十六篇可也，谓之一篇可也，谓之百千万亿文字总持悉归于是可也，谓之空无点墨可也。"②"《水浒传》七十回，只用一目俱下，便知其二千余纸只是一篇文字；中间许多事体，便是文字起承转合之法。"③他对《水浒传》中起承转合的结构之妙，有许多精微的议论。如《水浒》第61回总评说："最先上梁山者，林武师也；最后上梁山者，卢员外也。林武师，是董超、薛霸之所押解也；卢员外，又是董超、薛霸之所押解也。其押解之文乃至于不换一字者，非耐庵有江郎才尽之日，盖特特如此以锁一书之两头也。"④第70回总评说："始之以石碣，终之以石碣者，是此书之大开阖。"⑤所谓"锁一书之两头"，所谓"大开阖"，都是用重复的情节或细节遥相呼应，以显示全书的整体性，其作用正与散文之用某一词语的重复作"关锁"相同。不仅一部作品的开头结尾要呼应，就是一段故事中也要有线索贯串其间，如其评第9回《林教头风雪山神庙》一节，便指出"此文通篇以'火'字发奇，乃又于大火之前先写许多'火'字，于大火之后再写许多'火'字"⑥。因为写的是一场大火，就用"火"字来贯串。这种线索要隐而不露，"骤看之，有如无物，及至

----

①　转引自袁行霈等《中国诗学通论》，安徽教育出版社1994年版，第961页。
②　林乾主编：《金圣叹评点才子全集》，第贰卷，光明日报出版社1996年版，第182页。
③　林乾主编：《金圣叹评点才子全集》，第叁卷，光明日报出版社1996年版，第19页。
④　林乾主编：《金圣叹评点才子全集》，第肆卷，光明日报出版社1996年版，第1106页。
⑤　同上书，第1240页。
⑥　林乾主编：《金圣叹评点才子全集》，第叁卷，光明日报出版社1996年版，第196页。

细寻，其中便有一条线索，拽之通体俱动”①，所以叫做“草蛇灰线法”。

对结构的重要性认识最清楚的当数清代作家和学者李渔（1611—1680），他在《闲情偶寄》中将“结构”作为开宗第一篇，其中写道：

> 至于“结构”二字，则在引商刻羽之先、拈韵抽毫之始，如造物之赋形，当其精血初凝、胞胎未就，先为制定全形，使点血而具五官百骸之势。倘先无成局，而由顶及踵，逐段滋生，则人之一身，当有无数断续之痕，而血气为之中阻矣。工师之建宅亦然，基址初平，间架未立，先筹何处建厅，何处开户，栋需何木，梁用何材。必俟成局了然，始可挥斤运斧。倘造成一架而后再筹一架，则便于前者，不便于后，势必改而就之，未成先毁。犹之筑舍道旁，兼数宅之巨资，不足供一厅一堂之用矣。故作传奇者，不宜卒急拈毫，袖手于前，始能疾书于后。②

这里以造物成人和建筑房屋的设计为喻，说明创作前的谋篇布局的重要性。中国古代的这些评论，既是对文学创作实践的总结，又指导和影响后代诗人作家的创作，从而形成中国文学结构严谨整一的传统。

阿拉伯文学结构的特点是：松散的组合。对此，阿拉伯学者有自己的认识。黎巴嫩文学史专家汉纳·法胡里认为，阿拉伯文学“它是不能全面透彻观察事物的贝都因人思想的反映。在其文学作品中，即兴和本能的成分多于借鉴和创造的成分，这是阿拉伯文学不发达的原因。因此诗歌和其他文学作品的逻辑性不强，结构不紧凑。然而，这正是贝都因人的思维方式及思想，它赋予了阿拉伯文学以一种独特的美学价值。注意力局限于某一具体事物上，这有助于了解它深邃的内涵。同时，阿拉伯人的竞相描述同一事物，也使它们从不同方面赋予它多种含义，尽管不深刻、不全面。在阿拉伯文学中充满了短小精辟的格言、格言式的谚语和精妙的诗句。”③埃及著名的文化史学家艾哈迈德·艾敏表述得更清楚：“阿拉伯文

---

① 林乾主编：《金圣叹评点才子全集》，第叁卷，光明日报出版社 1996 年版，第 23 页。

② 李渔：《闲情偶寄》，李忠实译注，天津古籍出版社 1996 年版，第 3—4 页。

③ 汉纳·法胡里：《阿拉伯文学史》，郅溥浩译，宁夏人民出版社 2008 年版，第 16 页。

学的共同缺点，无论诗歌或散文，就是'推理不精细、结构不紧密'。如果一首长诗——尤其是蒙昧时代的长诗，删去一部分，或将前后的句子倒置，则读者或听者，哪怕是专家，如果在先没读过原诗，也是不容易发觉的。……这种'推理不精细、结构不紧密'的缺点，在阿拉伯文学作品里面，触目皆是。阿拉伯文学受传统因袭的影响很深，所以无论读艾布·法拉吉的《诗歌集》，或读伊本·阿布德·朗比的《珍奇的串珠》，或读查哈斯（也译成贾希兹——引者按）的《动物篇》及《修辞与释义》……都看得出来。一篇文章，不围绕一个主题说话，没有一定的中心思想，无非是东鳞西爪，支离破碎的一些东西；读者便很难把握住一篇文章的中心思想。"①

中国学者王向远从阿拉伯人言语特性的角度，将阿拉伯文学结构的特点概括为"沙质结构"："阿拉伯人的语言和言语仿佛强风吹卷沙粒，呼啸而出，充满张力和冲击力，令人难以招架，同时也像沙子一样，缺乏系统与逻辑。"②他还从阿拉伯人不在谋篇布局上费心，而是在遣词造句上用力；阿拉伯文学中短小的、相对独立的"颗粒化"文学形式繁荣；诗歌结构的松散化、程式化；长篇散文作品结构"沙质化"和诗歌发达的阿拉伯没有希腊和印度那样的史诗等几个方面对"沙质结构"作了比较充分的分析。如他对阿拉伯文学的奠基之作《古兰经》的"沙质结构"作了这样的分析：《古兰经》篇幅大，计有114章，大部分章节以先知穆罕默德在不同时间和地点的演讲内容为线索编排，而章节之间既缺乏内容的逻辑关联，又没有自成体系的文体分类；一些章节虽有归类，但常常归类错综，彼此交错；经文内容话题转换频繁，思路呈发散性。而这部具有"沙质结构"的经典，对整个阿拉伯文学有着巨大而深远的影响。

阿拉伯文学为什么会表现出松散组合的特点？学者们从不同角度作了探讨。艾哈迈德·艾敏从阿拉伯人观察事物的方式层面分析："阿拉伯人观察事物不善于用深刻的思想，只能把握着足以感动他的一点：譬如观察一棵树，只注意那棵树的片面的形状，如树干的标直，树叶的扶疏；并不

---

① 艾哈迈德·艾敏：《阿拉伯—伊斯兰文化史》（第一册），纳忠译，商务印书馆1990年版，第46页。

② 王向远：《宏观比较文学讲演录》，广西师范大学出版社2008年版，第92页。

注意到树的整体。走进一个花园，犹如一只蜜蜂，由这朵花飞到那朵花，吸食花中蜜汁，并不像照相机一般，能用自己的智慧和观察，把整个园景摄了下来。""他们的思想并不长于作整体的、全面的研究与观察；他们的观察只局限于周围的事物；眼见一物，心有所感，便作为诗歌，或发为格言，或编为谚语。"① 国内有学者从思维方式角度来把握，认为阿拉伯人的思维方式是"诗性思维"，这是一种感性的、具体的、直觉的又伴随着激情的思维，"这种思维方式，对于阿拉伯人的想象力起着重要的激发作用，这种思维训练了阿拉伯人往往按照情感意愿去想象，而不顾事实的逻辑去分析、去表现。"② 西方学者汉密尔顿·阿·基布（Hamilton Alexander Rossken Gibb，生卒年不详）追溯到半岛贝都因人的生存环境和生活方式来理解："游牧人的眼界受到了限制，他们的思想圈子必然十分狭隘；同时，生存斗争是太严酷了，他们除了现实生活和日常物质需要外，无法顾及其他任何东西，更不可能对抽象概念和宗教冥想感兴趣，……他们的思想活动只能用具体字眼来表达，除了对于简单活动和自然性质之外，他们的语言几乎无法表达任何抽象。"③

　　结构是文学的形式因素，但它往往比内容更加深刻、更加恒定地融凝着民族文化的内核。

---

　　① 艾哈迈德·艾敏：《阿拉伯—伊斯兰文化史》（第一册），纳忠译，商务印书馆1990年版，第45页。

　　② 邱紫华：《东方美学史》（上卷），商务印书馆2003年版，第569页。

　　③ 汉密尔顿·阿·基布：《阿拉伯文学简史》，陆孝修、姚俊德译，人民文学出版社1980年版，第3页。

第三章

文化研究与比较文学

比较文学自形成伊始，就与其他学科有着千丝万缕的联系，它与众多学科交叉渗透。因而，随着20世纪社会文化的演变发展，学科形态的此消彼长，比较文学总伴随着"危机"、"消亡"的呼声，比较文学自身的"身份"总是在讨论中求证。当代学界"文化研究"成沛然之势，比较文学再次遭遇"危机"，有论者却认为这是比较文学新发展的极好机遇。理清比较文学和文化研究的关系，思考其中的学理路向，这是比较文学学科理论应有的题中之义。

第一节 当代"文化研究"的兴起
及其研究范式

"文化研究"有传统意义和当代意义之分。传统意义的"文化研究"指的是"文化的研究"（the study of culture），即探讨人类各种文化现象的起源、演变、传播、结构、功能、本质，文化的共性与个性，特殊规律与普遍规律的综合性学科。这一意义的"文化研究"也称为"文化学"（The Science of Culture）或"文化人类学"（Cultural Anthropology）。这一意义的文化研究的理论最早在18世纪，由意大利的维科（Giambattista Vico，1668—1774）和德国的赫尔德（Johann Gottfried von Herder，1744—1803）开启先河，伏尔泰创立文化史研究，卢梭（Jean-Jacques Rousseau，1712—1778）、康德（Immanuel Kant，1724—1804）从人与科学、道德关系的角度进行文化批判。到 19 世纪初黑格尔（Georg Wilhelm Friedrich Hegel, 1770—1831）提出了"文化科学"的概念。19 世纪中期，德国学者 C. E. 克莱姆出版《普通文化史》和《普通文化学》，1871 年英国人类学家泰勒（Edward Bernatt Tylor, 1832—1917）出版《原始文化》。之后，马克思（Karl Marx, 1818—1883）、狄尔泰（Wilhelm Dilthey, 1833—1911）、迪尔凯姆（涂尔干, Emile Durkheim, 1858—1917）、弗洛伊德（Sigmund Freud, 1856—1939）、博厄斯（Franz Boas, 1858—1942）、胡塞尔（E. Edmund Husserl, 1859—1938）、马克斯·韦伯（Max Weber, 1864—1920）、舍勒（Max Scheler, 1874—1928）、卡西尔（Enst Cassirer, 1874—1945）、克罗伯（Alfred Louis Krober, 1876—1960）、斯宾格勒（Oswald Spengler, 1880—1936）、雅斯贝斯（Karl Jaspers, 1883—1969）、马林诺夫斯基（Bronislaw Kaspar Malinowski, 1884—1942）、卢卡奇（Ceorg Lukacs, 1885—1971）、维特根斯坦（Ludwig Wittgenstein, 1889—1951）、汤因比（Arnold Joseph Toynbee, 1889—1975）、海德格尔（Martin Heidegger, 1889—1976）、马尔库塞（Herbert Marcuse, 1898—1979）、哈耶克（Friedrich August Hayek, 1899—1992）、怀特（Leslie A White, 1900—1975）、列维—斯特劳斯（Claude Lévi-Strauss, 1908—2009）、弗莱（Northrop Frye, 1912—1991）、福柯（Michel Foucault, 1926—1984）、哈贝马斯（Jürgen Habermas, 1929—）等西方哲学家、历史学家、社会学家、心理学家、经济学家、人类学家从各自的领域出发，对文化研究做出了各自的理论贡献，从而形成文化研究的进化学派、传播学派、历史学派、社会学派、功能学派、人格学派、结构学派、解释学派等不同的理论流派。其中怀特被称为"文化学之父"，他的著作《文化的科学》(1949) 和《文化进化》(1963) 在综合前人研究成果的基础上，确立了文化学研究的基本概念、理论和方法，奠定了"文化学"研究的体系构架。"文化学"或"人类文化学"研究的"文化"，包括物质文化、制度文化和精神文化的各个层面，是一个与"自然"相对应的范畴，可谓宽泛无边。

当代意义的"文化研究"（Cultural Studies）与已成传统的文化学意义的"文化研究"既有联系又有区别。它是 20 世纪 50 年代产生于英国，六七十年代盛行于欧洲，80 年代影响美国，90 年代以来遍及世界的学术思潮，至今锐势不减，成为国际性的跨学科、多向度的学术研究领域。当代的"文化研究"继承了广义"文化研究"的学理思路，又在当代现实文化语境下吸收后现代的思想资源而有所发展。

当代文化研究发轫于英国的文学研究界。当时英国一些批评家将文化学的理论引进文学研究，以拓展文学批评的范围，使之逐步发展为文学的文化批评。F. R. 利维斯（F. R. Leavis，1895—1978）是其先驱，"F·R·利维斯主张文学要有社会使命感，强调文学必须具有真实的生活价值，能够解决 20 世纪的社会危机，因此，民族意识、道德主义和历史主义以及一种侧重文学自身美感的有机审论，成为利维斯文学批评的鲜明特征。"① 他以文学作用社会的文化意义来把握作家作品的价值，他的《伟大的传统》（1948）就是以此重构英国小说史，重新确定经典，试图以经典文学来向读者大众进行启蒙，借助文学艺术经典的力量，拯救现代社会，恢复传统的社会价值观念。但真正奠定当代文化研究基础的是 50 年代和 60 年代之交出现的几部著作：理查德·霍加特（Richard Hoggart，1918—）的《文化的用途》（1958），雷蒙·威廉斯（Raymond Williams，1921—1988）的《文化与社会》（1958）、《漫长的革命》（1961），E. P. 汤普逊（Edward Palmer Thompson，1924—1993）的《英国工人阶级的形成》（1963）。几位作者在批评方法和文化观念上受到利维斯的影响，但没有接受他的精英主义的文化观念，在对待大众文化的态度上与其截然相反。

1964 年，理查德·霍加特、雷蒙·威廉斯、E.P. 汤普逊、斯图尔特·霍尔（Stuart Hall，1932—）等人在伯明翰大学成立了"当代文化研究中心"（简称为 CCCS），标志"文化研究"在学术体制内的崛起。之后，伯明翰当代文化研究中心成为英国文化研究的大本营，推动文化研究的发展。学界把在"中心"工作、学习过的成员和与"中心"具有密切学术渊源的学者称为"伯明翰学派"（Birmingham School）。除了前述的四位奠基人物之外，主要成员还有理查德·约翰生（Richard Johnson）、菲尔·科恩（Phil Cohen）、迪克·赫伯迪格（Dick Hebdige）、安吉拉·麦克罗比（Angela McRobbie）、劳伦斯·格罗斯伯格（Lawrence Gross-

---

① 陆扬主编：《文化研究概论》，复旦大学出版社 2008 年版，第 10 页。

berg)、约翰·克拉克（John Clark）、戴维·莫利（David Morley）、保罗·吉尔罗伊（Paul Gilroy）、格雷厄姆·默多克（Graham Murdock）、约翰·菲斯克（John Fiske）和托尼·本内特（Tony Bennett）等。他们对西方传统知识分子的精英主义表示不满，更加关注社会的中、下层阶级，以及与他们相关的通俗文化。他们试图使学术研究从传统知识分子的书斋走向中、下层民众的日常生活和经验之中，使之成为一种"活的"知识。

"伯明翰学派"早期（五六十年代）的精神核心是雷蒙·威廉斯，可以说威廉斯奠定了文化研究的理论基础。在《文化与社会》中，威廉斯追溯了从工业革命直至当代"文化"一词的内涵所发生的变化；在《漫长的革命》中，威廉斯对文化问题进行了更深入的思考，他摒弃了"经济决定论"，认为文化变革并不是经济发展的自发后果，而是社会整体进程的一部分。而在这进程中，人们对经验的描绘、学习、说服和交换的关系非常重要。在此基础上，威廉斯概括了文化的三种含义：（1）理想的文化定义，把文化界定为人类完善的一种状态或过程，也就是称之为伟大传统的那些最优秀的思想和艺术经典；（2）文献的文化定义，即文化是知性和想象作品的整体；（3）社会的文化定义，认为文化是一种整体的生活方式。正是这最后一种定义，奠定了文化研究的理论基础。"根据这种定义，文化研究的目的不仅仅是阐发某些伟大的思想和艺术作品，而是阐明某种特殊的生活方式的意义和价值，理解某一文化中'共同的重要因素'。"① 在他看来，这样的文化包括"生产组织、家庭结构、表现或制约社会关系的制度的结构、社会成员借以交流的独特方式等等"②。而某一文化的成员对其生活方式必然有一种不可取代的、独特的经验，威廉斯将其称作"感觉结构"，"这种感觉结构就是一个时期的文化"③。

"伯明翰学派"后期（70 年代）的核心是斯图尔特·霍尔。霍尔是

----

① 罗钢、刘象愚:《前言:文化研究的历史、理论与方法》,《文化研究读本》,中国社会科学出版社 2000 年版, 第 7 页。

② 雷蒙·威廉斯:《文化分析》,《文化研究读本》,中国社会科学出版社 2000 年版, 第 125—126 页。

③ 同上书, 第 132 页。

"当代文化研究中心"的第二任主任，在他主政的 70 年代，英国文化研究达于鼎盛。他从威廉斯的注重个人经验和人文关怀的文化研究，转向结构主义符号学的文化研究。霍尔从路易·阿尔都塞的结构主义意识形态理论和葛兰西的霸权理论中汲取思想资源，强调文化既是经验又是实践，认为社会文化是由性别、种族、宗教、地区和阶级的冲突所推动。因而，这一时期英国文化研究的内容也由前期的阶级关系、亚文化的研究拓展到性别、种族、阶级等文化领域中复杂的文化身份、文化认同等问题，关注大众文化和消费文化，以及媒体在个人、国家、民族、种族、阶级、性别意识中的文化生产和建构作用，运用社会学、文学理论、美学、影像理论和文化人类学的视野与方法来研究工业社会中的文化现象。文化研究的"文本"对象，也不只是书写下来的语言和文字，还包括电影、摄影作品、时尚、服装、发型等具有意义的文化表意系统。这一时期的研究与"后结构主义"的理论密切相关，福柯的"知识考古学"和"知识谱系学"，德里达的"解构主义"理论，波德里亚的"文化仿真"理论，以拉康等人为代表的"后弗洛伊德精神分析学"等，都对当代西方文化研究产生过重要影响。

经过几十年的努力，伯明翰学派的文化研究形成了自己独特的学术传统和研究方法。从 20 世纪 70 年代到 90 年代，伯明翰学派相继出版了《仪式抵抗》、《文化、媒体、语言》、《世俗文化》、《亚文化：风格的意义》、《切割与混和》、《躲在亮处》等一系列的学术成果，为当代文化研究开拓了新的研究领域。

在以伯明翰学派为主力的英国当代文化研究展开的同时，欧洲其他国家的文化研究也在以各自的形态展开。法国的后结构主义理论不仅成为伯明翰学派后期文化研究重要的理论来源，它本身也是文化研究重要的组成部分。法国著名思想家皮埃尔·布迪厄（1930—）的理论也为文化研究做出了巨大贡献，他跨越人类学、社会学、教育学、语言学、哲学、政治学、史学、美学、文学等众多学科，提出一系列独到的思想范畴与新颖的学术框架。他的文化理论建立在"场域"、"习性"、"资本"这三块基石上，对当代社会复杂的文化现实做出精辟而独到的阐释。在苏联，美学家 M. 卡冈（1921—）和尤里·鲍列夫（1925—）也从美学的角度进行文化研究。卡冈在《美学和系统方法》一书中强调文化系统中的艺术文化结构的形态学意义，认为当代文化美学研究不能局限于孤立地考察各种文化领域，必须同时对文化作完整的研究，以揭示艺术在世界文化发展过程中的状况、地位和功用。鲍列夫在《美学》（1975）中明确提出"艺术文化学"的概念，将文学置放到一个广阔的文化境遇中去考察。

20 世纪 80 年代以来，"文化研究"走出了欧陆，影响美国，进而产生世界性的影响。至此，"文化研究"进入全盛时期，成为一种新的显学。对以媒介文化为代表的大众文化的研究依然是热点，除此之外，还有后殖民理论、第三世界理论和性别政治等，纷纷成为"文化研究"的中心论题。"文化研究"真正形成了冲击旧有学术规范的新的潮流。

在美国，最早介绍伯明翰学派的是曾在伯明翰当代文化研究中心学习的劳伦斯·格罗斯伯格，他的《文化研究的构成：一个美国人在伯明翰》阐述了文化研究的理论取向。而在研究中文化研究受到一大批在文学理论和文学研究方面具有影响的学者的关注，包括弗雷德里克·杰姆逊（Fredric Jameson，1934—）、爱德华·萨义德（Edward Waefie Said，1935—2003）、佳亚特里·斯皮瓦克（Gayatri C. Spivak，1942—）、拉尔夫·科恩（Ralph Cohen）、希利斯·米勒（J. Hillis Miller，1928—）等，美国"大量研究后殖民主义文学、传媒文化和其他非经营文化现象的论文频繁地出现在曾以文学理论和批评著称的著名学术刊物包括《新文学史》（*New Literary History* ）、《批评探索》（*Critical Inquiry* ）和《疆界二》（*Boundary 2* ）等，并且逐步涉及西方世界以外的文化现象的研究，实际上也介入了对全球化现象的思考与研究"①。以海登·怀特（Hayden White，1928—）、斯蒂芬·格林布拉特（Stephen Greenblau，1943—）为代表的新历史主义也是美国文化研究的重要组成部分，"美国的'新历史主义'更重视分析文化中的语言叙述或表述，已成为后结构主义之后的新的批评潮流，影响深远，渗透到各文学研究领域，与读者反应批评交错汇合，展示了比读者反应批评更宏大的历史视野和现实景观。"② 1990 年在美国伊利诺伊大学举行了"文化研究：现状与未来"的大型学术讨论

---

① 王宁：《比较文学与当代文化批评》，人民文学出版社 2000 年版，第 72 页。
② 金元浦：《〈文化研究：理论与实践〉导言》，河南大学出版社 2003 年版，第 11 页。

会，聚集了世界各地 900 余名不同专业——哲学、文学、政治学、人类学、社会学、传播学等学科的学者，会后出版由劳伦斯·格罗斯伯格、卡里·奈尔逊和保拉·特莱契勒合编的论文集《文化研究》（1992），书中列出了"文化研究"的 16 个论题：（1）文化研究的历史；（2）性别与性；（3）民族性与民族认同；（4）殖民主义与后殖民主义；（5）种族与族群；（6）大众文化与受众；（7）认同的政治；（8）教学法；（9）美学的政治；（10）文化与文化机构；（11）民族志与文化研究；（12）学科的政治；（13）话语与本文；（14）科学、文化与生态；（15）重读历史；（16）后现代时代的全球文化。杰姆逊在《社会文本》上发表了 4 万余字的长文《论"文化研究"》（1994）。文章针对论文集中的主要论题，对文化研究进行了全面的评析。这些论题主要从文化和政治层面探讨了不同社会集团的认同问题、大众文化、后殖民和性别政治等。

对上述问题的讨论不仅在欧美构成研究热点，在世界其他国家地区也备受关注，尤其是那些前殖民地国家、移民国家和第三世界国家，加拿大、澳大利亚、印度、中国等地，"文化研究"都呈现出蓬勃发展之势。加拿大的文化研究关注的是民族性、文化认同、文化政策和经济发展的论题，做出实绩的是林达·哈琴（Linda Hutcheon）的后现代主义诗学研究。澳大利亚文化研究的主要学者大都来自英国，如约翰·菲斯克、托尼·本内特、约翰·哈特里（John Hartley）等，因而学界认为澳大利亚的文化研究实得伯明翰"真谛"，偏重于传媒和传媒政策研究，也关心澳大利亚社会的边缘群体（女性、亚洲移民、土著居民等）。约翰·哈特里的《文化研究简史》（2002）和西蒙·杜林（Simon During）主编的《文化研究读本》影响甚大。印度文化研究的核心是"加尔各答社会科学研究中心"，主要展开"庶民研究"（Subaltern Studies，又称为贱民研究、底层研究或次要研究），学界称之为"庶民研究学派"，该派以拉纳吉特·古哈（Ranajit Guha）、帕沙·查特吉（Partha Chatterjee）、迪皮斯·查克拉巴提（Dipesh Chakrabarty）等人为代表，他们借用葛兰西提出的"庶民"概念，致力于研究"在阶级、种姓、性别、种族、语言、文化中处于从属地位"的边缘从属群体，批评精英主义历史书写对于庶民主体性的遮蔽，主张将底层的历史经验纳入知识生产。古哈认为，庶民在历史舞台上是"自为的，也就是独立于精英的"；他们的政治构成了一个"自足的领域,既不是源于精英政治学,也不从属于它"①。自 1982 年起,印度不同学科的学者加入到该学派的讨论,出版不定期丛刊《庶民研究》12卷。中国在 20 世纪 80 年代末 90 年代初引进西方的"文化研究"思潮,90 年代中期引起批评界的广泛关注,它既是中国本土 80 年代"文化热"的延续,同时又有不同的视域和论题。大众文化的研究,后殖民主义,知识分子角色问题及性别理论等都成为中国当代文化研究探讨的焦点。

从历史演变看,当代的"文化研究"是传统文化研究的一个发展阶段,它也是对当代人类面临的现实问题做出的学术回应,与传统的文化研究相比,无论是研究对象还是研究方法上都有了很大的不同。有论者总结当代文化研究实现了三个转向:"一是从经典文化转向了大众文化的研究,或从中心转向了边缘的研究;二是从文字载体的文化研究转向了影视、图像的现代文化的研究,使广告、绘画、建筑、影视、大众传媒、消费文化成为热门话题;三是从纯文学研究转向种族、性别、阶级、民族性、差异性、社区文化、媒介文化、女性文化和后殖民文化等问题的审理。"尽管一些文化研究学者不主张给"文化研究"以学科边界和学科属性的概括,但经过几十年的发展,当代文化研究相对于传统的文化研究和相关学科,它确实已经形成一些特定的研究论题和研究范式。

第一,跨学科研究与开放意识。

文化研究以一种多元杂糅的开放意识来研究跨学科、跨地域的文化。它在文本与社会、上层建筑与经济基础之间形成一种有机的联系,通过这种联系,使中心文化和边缘文化、雅文化和俗文化整合成一种"统一的文化模式",从而为现代人的生存和文化的身份加以定位。文化研究开放性和实验性的本质决定了它的跨学科特征。关于这一特征,文化研究学者有不少论述,英国学者斯图尔特·霍尔指出:"文化研究有许多轨道,许多人过去有,并且现在还有通过它的不同轨道,它是由一些不同的方法论和理论立场所建构的,而这些方法论和理论立场还处在人们的讨论之

---

① Ranajit Guha. *Subaltern Studies Ⅰ: Writings on South Asian History and Society*, Delhi: Oxford University Press, 1982, p. Ⅶ.

中。"① 另一位学者托尼·本尼特评论说："文化研究所组成的与其说是一个具体的理论和政治传统或学科，倒不如说是一个许多知性传统已在其中找到了一个暂时的汇合点的引力场。"② 澳大利亚墨尔本大学教授西蒙·杜林在《文化研究读本·导言》中论述："它（文化研究）并非一门学科，而且它本身没有一个界定明确的方法论，也没有一个界限清晰的研究领域。"③ 澳大利亚的格瑞麦·特纳在其专著《英国文化研究导论》中指出："把文化研究看作是一个新的学科或者是互不相关的诸学科的一种组合是一种错误。文化研究是一个跨学科的领域，在这个领域中某些研究的对象和方法结合到了一起。"④ 中国学者也认为：文化研究"是一个最富于变化，最难以定位的知识领域，迄今为止，还没有人能为它划出一个清晰的学科界限，更没有人能为它提供一种确切的、普遍接受的定义"⑤。

　　文化研究的跨学科特征决定了其研究范围的广泛性，研究取向的多元化和研究方法的多样化。当代文化研究包括了以研究后殖民写作/话语为主的种族研究；以研究女性批评写作话语为主的性别研究；考察影视传媒生产和消费的大众传媒研究；以对东方和第三世界所作的多学科和多领域考察为主的区域研究（如"亚太地区研究"等）及文化全球化理论研究。⑥ 文化研究采取了旨在削弱和批判帝国主义和宗主国文化霸权的后殖民及第三世界批评取向、后结构主义的消解逻各斯中心的解构取向、女权主义者对男性世界的批判取向、马克思主义的意识形态和文化批判取向和针对某一区域的多学科考察和研究取向等。⑦ 文化研究在实践中借鉴了语言学、哲学、心理学、历史学、社会学、人类学、政治学和文学批评等的理论和方法，并将其用于自己的研究中。这样，文化研究在打破传统学科疆域和催生新的交叉学科方面显示出巨大的活力，"文化研究是多元主义时代理论与现实的前沿研究的实验地，它提供了学科越界、扩容、创新和

---

① David Morley and Kuan-Hsing Chen eds. , *Stuart Hall: Critical Dialogues in Cultural Studies*, Routledge, 1996, p. 361.

② Ibid. .

③ Simon During, ed. *The Cultural Studies Reader*, Routledge, 1999, p. 1.

④ Graeme Turner, *British Cultural Studies: An Introduction*, Routledge, 1992, p. 11.

⑤ 罗钢、刘象愚：《文化研究读本》，中国社会科学出版社 2000 年版，第 1 页。

⑥ 王宁：《比较文学与当代文化批评》，人民文学出版社 2000 年版，第 69 页。

⑦ 王宁：《超越后现代主义》，人民文学出版社 2002 年版，第 163 页。

变革的机遇与可能性。文化研究是新的学科间相互对话、相互沟通、相互溶浸、相互交叉叠合又相互对立对峙的新的对话交流的平台，在这里既有从文学出发的文化研究，也有从社会学、传播学、人类学、政治学出发的文化研究，它们在研究对象选择、研究内容设定、研究方法运用上仍然有着相当的区别。其中当然包含着学科间的融合、汇流、整合，也包含着学科的调整变革和新学科的建制以及边缘交叉学科如文学文化学、文学传播学、新文学社会学建设的积极的可能性。"①

第二，文化整体研究与关联意识。

文化研究总是把具体的研究对象摆在整个社会文化系统中做多方面的考察与阐释，关注文化与其他社会活动领域之间的联系，而不是把研究对象视作一个孤立自足的整体。霍加特在文化研究的早期经典著作《识字能力的用途》中指出：一种生活方式不能摆脱由许多别的生活实践——工作、性别定向、家庭生活等——所建构的更大的网络系统。② 威廉斯的《文化与社会》中也反对把文化从社会中分离出来，他认为把文化只理解为一批知识与想象的作品是不够的，"从本质上说，文化也是整个生活方式"③。"文化研究承担着研究一个社会的艺术、信仰机构以及交流实践这样一个整体领域的使命。"④ 然而，这里的"整个生活方式"、"整个领域"并不是各个要素的整合，探寻统贯一切的本质，而是各个要素之间的种种关联以及关联产生的意义的阐释与建构。"如果要对文化研究有所定位的话，其要点可以说是对'关系'的深度关注：它与其他学科的关系；学科与学科间的关系；不同地域不同文化间的关系；不同主体不同性别不同身份间的关系；不同范式不同话语间的关系；不同共同体间的关系；由'关系'寻求'联结'、'协同'或'共识'，又保持自身多元独立性以保持更大发展的可能。"⑤ 杰姆逊甚至提出用"协同关系网"取代

---

①　金元浦：《〈文化研究：理论与实践〉导言》，河南大学出版社 2003 年版，第 3 页。

②　参见霍加特《识字能力的用途》 (*The Uses Of Literacy*, Harmondsw orth: Penguin, 1957)。

③　威廉斯：《文化与社会》，中译本，北京大学出版社 1991 年版，第 403 页。

④　参见格罗斯伯格等编《文化研究·导言》(*Culrural Studies*, Routledge, 1992)。

⑤　金元浦：《〈文化研究：理论与实践〉导言》，河南大学出版社 2003 年版，第 3 页。

"单一作者"的观念。① 在当代文化研究者看来，任何文化文本都是在一种关系网络中由各方协同运作的结果。表面上是由作家、诗人个人创作的文学文本，实际上也是协同作用的结果，是作者与影响自己的前辈之间，作者与同时代的同仁之间，作者和出版商之间，出版商与检察官之间，作者与读者之间协同作用的结果。这样的"协同关系网"的研究是要探寻不同话语之间在具体历史语境中的约定性、相关性和相容性，找出联系和认同的客观性与可能性，它不只是一种文化事实的认定，还是一种意义的建构。

20 世纪 60 年代以后，文化研究进入有意识的建构时期，文化研究更加强调文化与其他社会领域，尤其是政治的不可分离性。文化研究的目的是要阐明：文化应当如何在与经济、与政治的关联中得到阐释与说明。由于福柯、葛兰西、阿尔都塞等人的思想影响，文化研究更加自觉地关注文化与权力、文化与意识形态霸权等的关系，并把它运用到各个经验研究领域。

第三，注重感觉结构与语境意识。

"感觉结构"是外在社会条件与内在感知交互作用下产生的某种特定的文化心理结构，是一个社会形塑的概念，既是结构性的条件结果，也是难以形容的感觉经验。文化研究理论奠基人雷蒙·威廉斯就特别注重"感觉结构"，他认为，某一文化的成员对其生活方式必然有一种独特的经验，这种经验不可取代。由于历史或地域的原因置身于这种文化之外，不具备这种经验的人，只能获得对这种文化的一种不完整或抽象的理解。这种为生活在同一种文化中的人们所共同拥有的经验，就是"感觉结构"。威廉斯把这种具体时空和语境下形成的"感觉结构"等同于文化。这样的文化观念，蕴涵着强烈的语境意识。"语境"指的是研究对象所处的时空关系，即把研究对象置于一切与它可能有关的纵横关系中考察其所指的意义，对象的意义根本上是由它的语境决定的。美国学者格罗斯伯格曾颇为极端地说，"对于文化研究来说，语境就是一切，一切都是语境"，还说应该把文化研究视作"一种语境化的关于语境的理论"，文化研究之

---

① 杰姆逊：《论"文化研究"》，王逢振等译《快感，文化与政治》，中国社会科学出版社 1998 年，第 412 页。

所以"能够对付自身历史语境的无限复杂性"，就在于它的切入现实的能力，在于它面对具体权力语境时的重新解释的能力。①

新历史主义正是在这个广阔的历史、现实之诸事物的关系的含义上汲取了"语境"一词的方法论精神。伯明翰大学的迈克尔·格林（Michael Green）认为："文化研究的特定对象既不是由文化参照物所强化了的理论评价，也不是文化的特殊形式，而是一种文化过程或要素，是为了特定目的并在特定地点和时间里对它们所进行的分析。文化既不存在于各种文本中，也不是文化生产的结果，不只是存在于文化资源挪用和日常生活世界的创新之中，而是存在于创造意义的不同形式之中，在各种场景、由变化和冲突不断标明的社会之中。文化不是体制、风格和行为，而是所有这些因素复杂的相互作用。"（《文化与批评理论辞典》）英国文化研究著名学者霍尔认为文化研究的使命"是使人们理解正在发生什么，提供思维方法、生存策略与反抗资源。"② 也就是说，文化研究依赖的是它所提出的问题，而问题则依赖于它们的背景。问题取向和将问题与其背景联系起来作全面系统的考察是文化研究方法论的重要特征，因此，文化研究具有实践性和开放性，它反对对文本作任何封闭的阅读，而是根据自己在研究中的体验，在特定时期将特定的方法综合进自己的研究，而且这也不能事先确定，因为它不能事先保证在一定的背景中什么样的问题才是重要的，还得看文化生成和研究的具体语境。

第四，积极介入现实与批判意识。

文化研究在 20 世纪的文化背景下出现，它既在精神的底蕴方面承袭了现代理论的批判气质，同时又吸收了后现代主义的解构中心、颠覆霸权的思想主张，从而立足于以边缘文化和弱势群体为阵地，质疑主流与中心文化的权力机制，反对文化霸权，进而实现其抵抗各种权力话语的宗旨。批判、解构精英主义的文化概念，致力于关注社会中弱势群体的利益，重新审视文化转型期大众弱势群体在不平等社会现实中的地位变迁和他们的文化取向。文化研究的一个基本原则，即它坚持审美现代性的批判意识和

---

① L, Grossberg, "Cultural Studies, Modern Logic and the Theory of Globalization" *Back to Reality? Socail Expense and Cultural Studies*, ed. by Angela Mcloddie, Manchester University, 1997, p. 8.

② 参见格罗斯伯格等编《文化研究·导言》（*Cultural Studies*, Routledge, 1992）。

分析方式，不追逐所谓永恒、中立的形而上价值关怀，相反，它更关注充满压抑、压迫和对立的生活实践，关注现实语境，对晚期资本主义文化制度形态进行了严肃的、不妥协的批判。在英国伯明翰文化研究的初期，这种立场表现为对于工人阶级文化的历史与形式的关注，而后来的大众文化研究、女性主义研究、后殖民主义研究等也都坚持了这一从边缘颠覆中心的立场与策略。可以说，对于文化与权力的关系的关注以及对于支配性权势集团及其文化意识形态的批判、否定和超越。文化研究从来不标榜价值中立，相反，它的"斗争精神"常常给人留下深刻的印象。"文化研究不仅以描述、解释当代文化与社会实践为目的，而且也以改变、转化现存权力结构为目的。"①

　　文化研究注重讨论各种文化实践与权力之间的关系，即文化现象和文化实践中的权力运作对文化实践的影响与干涉作用。文化研究并非只是纯粹的、具体文化类别的理论探讨，它与社会关系、政治制度有密切的联系，其使命就是分析在具体的社会关系和环境中文化是如何表现自身和受制于社会与政治制度的。文化研究致力于对当代社会文化的"道德评价"或批判，直至诉诸激进政治行动的努力。文化研究远非一门缺乏价值评判的或学究气十足的理论，恰恰相反，它旨在促使社会和文化的重建和批判性的政治介入。从这个意义上讲，它力求探寻和改变权力构成和实施，在工业化资本主义社会，其表现更加突出。文化研究在试图重新认识和纠正"文化资本"不均分布的同时，也重视关于本土文化和世界文化的价值认同，质疑"共同拥有的文化身份"。"可以说，对于文化与权力之间关系的关注以及对于支配性权势集团及其文化（意识形态）的批判，是文化研究的灵魂与精髓。"② 文化研究不是把现存的社会分化以及由此产生的各个群体之间的等级秩序看成是必然的或天经地义的。在它看来，正是文化使得社会分化与等级秩序变得合理化与自然化。因而也可以说，文化研究中的"文化"通常是指阶级、性别、种族以及其他的不平等被合法化与自然化了的现象，文化研究者正是通过"研究"，使弱势群体意识到自

---

① 斯拉里（J. D. Slary）与惠特（L. A. Whitt）：《伦理学与文化研究》（Ethics and Cultural Studies），参见格罗斯伯格等编《文化研究》，第573页。

② 陶东风：《文化研究：西方话语与中国语境》，《文艺研究》1998年第3期。

身的处境，并对支配地位主流文化加以抵制。总之，文化研究具有理论与实践的双重性，其"文化"既是理论研究的对象，同时也是进行政治批评和改造的场所。

第二节　影响、挑战与契合

当代文化研究的蓬勃发展，对文学研究和比较文学研究产生强烈的冲击和巨大的影响，文化研究的某些精神倾向、方法和视角深深地渗透到比较文学研究中。国内有论者称之为比较文学"面对文化研究的挑战"或者"文化转向"①。英国学者戴维·钱尼也曾以"文化转向"来描述当代学术研究变化的普遍趋势，认为20世纪后半叶，文化成为人文科学学术研究的焦点，并且处于核心位置，文化研究作为最有效的学术资源，促使人们重新理解当代社会生活。② 文化研究以其实践性品格、政治化倾向和非精英化追求与比较文学研究之间有所砥砺，但两者更有深层的契合。

一　影响与渗透

当代文化研究对比较文学的影响和渗透是全方位的，从组织机构、研究对象、研究方法到具体的研究选题都搭上文化研究的深刻印痕。

第一，最近20多年来，国际和国内的比较文学研讨会大多以文化研究方面的问题为主题。国际比较文学学会第12届年会的主题是"文学的时间和空间"（1987年，慕尼黑），第13届的主题是"文学的幻象"（1990年，东京），第14届的主题是"在多元文化与多语种社会中的文学"（1994年，加拿大），第15届的主题是"作为文化记忆的文学"（1997年，荷兰莱顿），第16届的主题是"多元文化主义时代的传递与超越"（2000年，南非），第17届大会的主题是"'在边缘'：文学与文化中的边缘、前沿与创新"（2004年，香港），第18届大会主题虽然是

---

① 参看王宁《比较文学与当代文化批评》，人民文学出版社2000年版，第30页；王宁《比较文学与翻译研究的文化转向》，《中国翻译》2009年第5期。

② ［英］戴维·钱尼著，戴从容译：《文化转向：当代文化史概览》，江苏人民出版社2004年版，第1—2页。

"跨越二元对立：比较文学的断裂和置位"（2007 年，里约热内卢），好像与文化无关，但其名下的与文化相关的分会主题依然引人注目，如"正在形成的身份：多元文化主义、混血、杂交"、"民族主义与性：性别、阶级与权力关系"等。第 19 届大会的主题是"扩大比较文学的边界"（2010 年，首尔），但六个议题内容涉及"比较文学的全球化：新理论与新实践"、"超文本时代的文学定位"、"不同传统中的自然、技术和人文学科"、"冲突与他者的书写"、"翻译差异与连结世界"和"比较范式变化中的亚洲"等，这些议题内容不仅涉及了传统意义上的文学内涵，更包含了与时代发展相契合的前沿文化课题。

　　每次先于国际年会一年召开的中国比较文学年会，跟踪世界比较文学的热点并调整自身发展的路向，也是十分积极的。90 年代以来的三次年会讨论主题基本都与国际学会年会中心议题相衔接。如第 4 届的"文学与文化"议题下的"中外文学中的形象学"、"中国文学与外来文化的关系"、"文学与其它文化表现形式"、"跨文化视野中的翻译研究"、"世界文化语境中的中国电影"、"少数民族文学与文化比较"、"中西诗学对话" 7 个专题，直接紧扣了"在多元文化与多语种社会中的文学"国际年会主题。第 5 届的"文学与文化对话的'距离'"，与第 6 届的"'全球化'和比较文学学科的文化立场问题"、"文学现象与文化背景的关系问题"、"比较诗学与中国文论的'话语'重建问题"的中心议题，也都是与上述国际比较文学所关注的热点问题密切相联系。90 年代中后期，中国比较文学学会在年会间歇期还举办了几个小型的国际比较文学研讨会，比较文学的文化研究走向更为突出。比如：1993 年的"独角兽与龙——在寻找中西文化普遍性中误读"（北京大学比较所），1995 年的"文化对话与文化误读"（北京大学比较所），1996 年的"文化的差异与共存"（南京大学比较所），1997 年的"未来十年中国与欧洲最关切的问题"文化国际学术研讨会（北京大学比较所）与"第三世界视角中的全球文学意识"（苏州大学比较所），1998 年的"经济全球化与文化多元化"北京大学比较所小型圆桌会议。上述一系列小型国际会议在中国的召开说明学术上的积极努力是显而易见的。

　　第二，纯比较文学研究萎缩，相关机构纷纷更名，与"文化研究"挂钩。文化研究影响比较文学的一个直接结果就是，"在一些大学里，比较文学系科不是被其他系科兼并就是改名为文化研究系科，原先属于比较文学的领地大大缩小了，比较文学又面临新的学科危机。"① 英美不少英文系削减传统的文学课程，增加文化研究课程，如女性研究、种族研究、传媒研究、身份研究等，它们原来是长期被排斥在传统的文学研究之外的"边缘话语"。曾在学术界非常活跃的比较文学系或研究中心改名为比较文学和文化研究系或研究中心。在中国，北京大学比较文学研究所也于1994 年更名为"比较文学与比较文化研究所"，2001 年北京语言文化大学的比较文学研究所也同样更名。

第三，比较文学研究的"泛文化"现象。美国学者乔纳森·卡勒（Jonathan D. Culler）认为比较文学界确实出现了漫无边际的"泛文化"倾向：除了跨文化、跨文明语境的文学之比较研究外，还涉及文学以外的哲学、精神分析学、政治学、医学等话语。作为一门学科，比较文学的领地变得越来越狭窄，许多原有的领地被文化研究所占领。不仅是比较文学，整个文学研究都在文化研究侵蚀下而显得不景气。"文化研究的兴盛同文学的衰落构成一种数学上的反比关系。文学的地盘越来越窄了，作家和文学批评家的讲坛下没什么听众了，今天的文学连同它以前的一长串历史正在逐渐蒙上尘土，……以文学为代表的文字文化显然不受时代的宠爱，文字文化的缓慢节奏，乏味形态，深度考虑和意指效果，令生产者和消费者都感到它是一种费力的劳作，这个时代所嘲弄的正是种种费劲形式，它在鼓励另一些更直接、更清晰、更简化的视觉形式，文化研究正试图对后者做出解释。如果说，文学研究试图解决文学问题，尽管其手段各各不一，但它只是在对文学说话，而文化研究则妄图解决它的同时代问题，它兑现时代的一切发言。现时代有着惊人的丰富性，它提供了层出不穷的景观，并以一种巨大的差异性并置在一起，这就为文化研究提供了无限的机会。就此而言，文化研究雄心勃勃，它是一个无限庞大而又永不枯竭的新型学术机器。"② 但比较文学学者广博的多学科知识和对前沿理论的敏锐感觉，再加上他们训练有素的写作能力，使得他们很容易越界进入

---

① 王宁：《比较文学与当代文化批评》，人民文学出版社 2000 年版，第 31 页。

② 汪民安：《文化研究的使命》，《中外文化与文论》（4），四川大学出版社 1997 年版，第36 页。

一些跨学科的新领域并发出独特的声音。一大批比较文学学者今天并不在研究文学，而是从比较的视角研究其他学科的论题，比如传媒研究、性别研究、影视研究、少数族裔研究等。在当今的比较文学青年学者中，以影视和大众文化为题撰写博士论文者，不仅在西方学界不足为奇，在中国比较文学界也频频出现。

二 挑战与危机

文化研究对比较文学的影响与渗透，使得比较文学的发展和前途面临挑战和危机，引发了学界对比较文学与文化研究关系的一场大讨论。有学者惊叹：比较文学将被文化研究取代，比较文学正面临着生存的危机，也有学者认为，文化研究对比较文学的挑战，是比较文学获取新发展的机遇。

1992 年，时任美国比较文学学会会长的伯恩海默（Charles Bernharmer）主持一个十人委员会，专门讨论比较文学的现状，并提出一份题为《跨世纪的比较文学》的报告。报告中指出："今天，比较的空间存在于通常由不同学科去研究的艺术生产之间；存在于这些学科的各种文化建构之间；存在于西方文化传统和非西方文化传统之间，不管是高雅文化还是大众文化；存在于被殖民民族与殖民者接触之前和之后的文化产品之间；存在于被界定为'阴'与'阳'的性别建构或被视为'异性恋'和'同性恋'的性取向之间；存在于种族的和民族的意指方式之间；存在于意义的阐释性言说与意义生产和流通的唯物主义辨析之间；诸如此类，不一而足。这些将文学置于扩展的话语、文化、意识形态、种族和性别等领域中进行语境化处理的方式与以前根据作者、民族、时期和文类来研究文学的老模式判然有别，以至于'文学'一词再也无法充分地描述我们的文学研究。"① 因此，报告提出了比较文学研究中心应向文化研究转移的建议，引起美国学术界的一场争论。美国著名文学理论家、时任康奈尔大学比较文学系主任的乔纳森·卡勒针对伯恩海姆的建议发表了题为《归根到底，比较文学是比较"文学"》的专论，从学科需要稳定和比较文学的

---

① "The Bemharmer Report, 1993: Comparative Literature in the Age of the Century", Charles. Bemharmer ed. *Comparative Literature in the Age of Multicultumlism* , pp. 41 – 42.

开放性特征出发，认为把比较文学扩大为全球文化研究，就会面临其自身的又一次危机，因为"照此发展下去，比较文学的学科范围就会大得无所不包，其研究对象可以包括世界上任何种类的话语和文化产品"①。他主张比较文学应该以文学研究作为自己的中心，研究方法则可以多姿多彩。

中国国内的学者对比较文学与文化研究的关系也有不同的看法。国内大多数学者都持肯定态度，对比较文学在文化研究促进下的发展前景比较乐观。如王宁认为："如同全球化与本土化是无法相互取代的一样，文化研究与文学研究彼此也不存在谁取代谁的问题，倒是在一个全球化的语境下建构一种文学的文化研究也许可以使日益处于困境的文学研究获得新生。我们过去研究文学，只孤立地研究文本，脱离它的语境，这显然是不行的，我们应该从文化的视角来考察文学。比如说研究文学作品中的人物的身份问题、人物的种族问题、人物的性格问题，虽然这都是文学研究，但是又都是文化研究的问题，所以文学和文化完全混合在一起。"② 倡导文学人类学的叶舒宪提出，"因为冷战结束，世界性市场的形成和日渐加速的全球化趋势已经对比较文学学者的自我定位产生了根本性影响。随着文化交往升级和文化对话的空前扩大，一种以多元取代一元、边缘挑战中心为特征的超学科的文化研究正方兴未艾，预示着新世纪人文社会科学新趋势和新格局的到来。我们在此时提出文学人类学的可能性，作为比较文学发展的中远期理论目标。或可借此消解'无根情结'和方向困惑，使比较文学继续发挥促进文艺学总体变革的先锋作用。"③

但是，另一些学者看到的却是比较文学的危机。刘象愚在《比较文学的危机和挑战》一文中，将"研究目的不是为了说明文学本身，而是要说明不同文化间的联系和冲撞"的比较文学研究倾向称为"比较文学的非文学化和泛文化化"。认为"这种倾向使比较文学丧失了作为文学研究的规定性，进入了比较文化的疆域，导致了比较文化湮没、取代比较文学的严重后果"。同时，他也对这种"泛文化"出现的原因作了深入的分

---

① 《中国比较文学通讯》1996年第2期，第5页。

② 王宁:《全球化、文化研究与比较文学》,《世界文学评论》2007年第2期。

③ 叶舒宪:《文学与人类学——知识全球化时代的文学研究》,社会科学文献出版社2003年版，第174页。

析，认为其哲学背景是后现代的各种思潮。"其中以解构主义思潮对文学和文学研究的消解为最烈。"当强劲的解构主义浪潮将文学的自身本质特征消解殆尽，"文学变成一堆'漂移的能指'或'语言的游戏'"之后，文学自身的失落必会令比较文学变成纯语言学、符号学、修辞学的研究，呈现出非文学化的倾向。此外，打破了学科界限却缺乏理论上的有机统一性、将文学文本与非文学文本混为一谈的新历史主义，关注焦点始终停留在文化层面上的女性主义和新马克思主义，也都是令比较文学向比较文化转型的始作俑者。他因此得出结论："比较文学必须固守文学研究的立场，比较文学的研究当然要跨越民族文学的界限、文化的界限，也可以跨越学科的界限，但不论跨到哪里去，都必须以文学为中心，以文学为本位。换言之，研究者的出发点和指归，必须是文学。在比较文学中，文化研究并非不重要，但它只能作为文学研究的补充和背景，只能居于次要的位置。只有在比较文化中，它才能成为核心。"① 事实上，比较文学不可能涵盖所有的学科，"既然什么研究都是比较文学，那比较文学就什么都不是"②。曹顺庆在一篇文章中写道："正是在国际比较文学研究日益走向文化研究的学术背景下，有学者公开打出了泛文化的旗帜，主张比较文学走向比较文化。……比较文学的'泛文化'化，必然导致比较文学学科的危机，甚至导向比较文学学科的消亡。因此我认为：比较文学的'泛文化'化，是比较文学研究的歧路。"③ 这样的看法得到了许多学者的认同。张辉认为，比较文学的无边化，对比较文学不利，因为"这不是简单的定义之争。从操作层面上说，它关系到比较文学究竟将把哪些论题纳入自己的学科领域；从认识比较文学独特的存在价值来说，则无疑更需要一种清醒的'身份认同'。没有这样一个基本的'边界'，比较文学将随时可能迷失自己，而很可能真的变成一个无所不包而又无所可包的'空无'。"④ 谢天振在《面对西方比较文学界的大争论》一文中也曾表示，"比较文学向跨学科、跨文化的研究方向发展，这是比较文学学科的本身

① 刘象愚：《比较文学的危机和挑战》，《社会科学战线》1997 年第 1 期。

② 曹顺庆：《是"泛文化"还是"跨文化"》，《社会科学战线》1997 年第 1 期。

③ 曹顺庆：《"泛文化"：危机与歧路　"跨文化"：转机与坦途》，《中外文化与文论》（2），四川大学出版社 1996 年版，第 150—151 页。

④ 张辉：《"无边的比较文学"：挑战与超越》，《中国比较文学》2003 年第 2 期。

特点所早已决定了的",但是,跨学科、跨文化的研究不应抹杀或混淆比较文学作为一门文学研究学科的性质。"比较文学的研究应该以文学文本为其出发点,并且最后仍然归宿到文学(即说明文学现象),而不是如有些学者那样,把文学仅作为其研究的材料,却并不想说明或解决文学问题"。总而言之,比较文学与比较文化之间的关系,应该定位为"以文化研究深化比较文学,而不是以比较文化取代比较文学",否则,"必然导致比较文学学科的危机,甚至导向比较文学学科的消亡"①。

有论者运用库恩的"科学哲学"和布尔迪厄的"文化社会学"理论,提出"文化研究的闯入带来了这一学术场域中资源的流动和重新配置,它不可避免地造成象征资本的再分配",认为当今消费社会和网络电子文化的出现,导致了传统的印刷媒介文化的深刻危机和转变,新的文学现象和其他相关文化实践大量涌现。传统的文学研究理路显然无法应对,文化研究面对新的情境和新的文学或文化事件,文化研究呈现出自己特有的长处和优势。而恪守文学研究的学者仍旧关注语言、文学性、审美功能等传统范畴,他们强烈要求通过厘清文学研究的边界,维护文学研究的传统和规范。文化研究大势已成,文学研究便被"边缘化"了,文学研究的传统命题和知识生产相对说来便被"冷落"了。这样,象征资本便逐渐从传统文学研究转向了文化研究。② 作为文学研究分支的比较文学,在坚持传统研究思路的学者看来,比较文学研究"文学性"的失去,当然就是面临着新的"危机"。

三　契合与互补

其实,文化研究和比较文学各有各的研究范畴,是两个有交叉但不重合的研究领域。文化研究不可能取代比较文学,两者是一种契合与互补的关系,文化研究的新理论和新方法,可以改进和充实比较文学研究。

首先,文化研究和比较文学都是跨越学科的开放性研究领域。

文化研究不是一个传统意义上的独立学科,它既在现有学科之中,但并非受制于某一学科或理论,学科界限也不确定。它本身没有一个界定明

---

① 谢天振:《面对西方比较文学界的大争论》,《社会科学战线》1997 年第 1 期。

② 周宪:《文化研究:为何并如何?》,《文艺研究》2007 年第 6 期。

确的方法论，也不局限于具体的或界限清晰的研究领域。文化研究借鉴了诸多人文与社会科学理论和方法，如语言学、社会学、人类学、心理学、政治学和文艺学等。"这种围绕着一个共同的研究对象的不同学科观点的汇集，为一个以新的分析方法为特征的独特的研究领域的发展提供了可能。正是围绕着文化这一主题的不同学科的整合，才构成了文化研究的内容，也构成了它的方法。……文化研究并不是学科海域中的一个小岛，它是一股水流，冲刷着其他学科的海岸，以产生新的变化着的形构。"① 美国学者詹姆逊讲得更直接："文化研究是一种愿望，探讨这种愿望也许最好从政治和社会角度入手，把它看作是一项促成'历史大联合'的事业，而不是理论化地将它视为某种新学科的规划图。"②

　　比较文学也是一门开放性的学科。人们常用"开放性"、"宏观性"、"跨界性"、"包容性"、"综合性"、"科际性"来描述比较文学的特征。比较文学发展的历史，就是不断拓展研究领域，在学科范围和研究对象不断争议和调整中发展的历史，甚至和文化研究一样：没有明确的学科界限，没有精确的学科定义。美国著名比较文学家勃洛克认为："在给比较文学下定义的时候，与其强调它的研究内容或者学科之间的界限，不如强调比较文学家的精神倾向。比较文学主要是一种前景，一种观点，一种坚定的从国际角度从事文学研究的设想。"③ 他在肯定比较文学可以被看作人文科学中最具活力，最能引起人们兴趣的科目之一的同时，认为给比较文学下定义，其结果是"不妥当"和"得不偿失"的。他说："除了展示一个广阔的前景的必要性，我认为任何给比较文学下精确的细致的定义，把它上升为一种准科学体系或者把比较文学同其他学科分开的企图，都是不妥当的。如果我们想给比较文学下个严密的定义，或者把它归纳在一种科学或文学研究体系里面，我们必将得不偿失。"④

---

① ［英］阿雷恩·鲍尔德温等：《文化研究导论》，陶东风等译，高等教育出版社 2004 年版，第 43 页。

② ［美］詹姆逊：《论"文化研究"》，《詹姆逊文集》第 3 卷，中国人民大学出版社 2004 年版，第 1 页。

③ ［美］勃洛克：《比较文学的新动向》，于永昌、廖鸿钧、倪蕊琴编选《比较文学研究译文集》，上海译文出版社 1985 年版，第 196 页。

④ 同上书，第 185、197 页。

　　这样两门没有明确边界的学科，在其发展中势必有所交叉，但不是谁替换谁，倒是在各自的发展中可以互相促进。"文学研究和文化研究之间不必有什么冲突。文化研究产生于把文学分析的技巧应用于其他文化物质的实践。它把文化制品作为文本来阅读，而不是作为摆在那里的物体。反过来，当文学被作为一种特殊的文化实践来研究并将作品与其他话语方式联系起来考虑时，文学研究也会从中获得巨大的好处。一般来说，由于文化研究坚持把文学作为一种与其他表意实践相同的表意实践来研究，坚持考察文学所具有的文化作用，所以文化研究可以强化文学研究，使它成为一种综合的、互为文本的现象。"①

　　其次，在学科旨趣上，文化研究和比较文学都试图跳出文本，指向文化现实和未来发展。

　　文化研究以其当代关怀和实践品格而著称。它发端于文学研究，深感传统文学研究的无力，在经历了一系列文本主义思潮之后，受到马克思批判理论的启示，将文学纳入整体文化的系统中，将其作为一种表征来阐释文化与社会，进而转向对当代文化实践的研究，"文化"的含义也有了新的理解。文化研究奠基者之一斯图尔特·霍尔指出："文化已经不再是生产与事物的'坚实世界'的一个装饰性的附属物，不再是物质世界的蛋糕上的酥皮。这个词现在已经与世界一样是'物质性的'。通过设计、技术以及风格化，'美学'已经渗透到现代生产的世界，通过市场营销、设计以及风格，'图像'提供了对于躯体的再现模式与虚构叙述模式，绝大多数的现代消费都建立在这个躯体上。现代文化在其实践与生产方式方面都具有坚实的物质性。商品与技术的物质世界具有深广的文化属性。"②文化诗学的代表人物格林布拉特也试图"对文本与文本之间的轴线进行调整，以一种整个文化系统的共时性的文本取代原先自足独立的文学史的那种历史性文本"，"过去以为文学与历史、文本与语境之间的区别是一成不变、毋庸置疑的，而新历史主义之新，则在于它摒弃了这样的看法，它再也不把作家或作品视为与社会或文学背景相对的自足独立的统一体

---

① 王逢振：《文化研究和文学研究的关系》，《天津社会科学》2000 年第 4 期。
② 转引自 Eduardo de Fuente《社会学与美学》，《欧洲社会理论杂志》2000 年 5 月号。

了"①。中国学者也认为："文化研究则总是针对特殊社会、历史和物质条件来进行理论运作。它的理论总是努力结合现实的社会政治问题。理论只有回到更广泛的物质关怀，并以此来考验它自身话语的社会作用的时候，才能在文化研究中得到廓清和促进。"②

从历史发展看，比较文学是基于对传统的文学研究的内倾化现象做出的超越性努力。比较文学产生时最初的目的十分明确，就是要将欧洲各国文学进行整体考察，"将它们用一种严密的逻辑武装起来"，"将各民族集团重新活动起来并相互沟通；它假设有一个欧洲整体，这一整体主要组成部分之间确实能够相互发生影响，尤其是靠一些比种族和环境的狭窄决定论更高的形式。"③ 法国学派最初还是欧洲中心主义的视野，随着比较文学在东方的崛起，跨越文化体系的文学沟通热情掀起持续不断的高潮，一种真正的不同文明的对话形成。乐黛云在一个新的高度看到比较文学的目的："比较文学是一种文学研究。它首先要求研究在不同文化和不同学科中人与人通过文学进行沟通的种种历史、现状和可能。它致力于不同文化之间的相互理解和沟通，并希望相互怀有真诚的尊重和宽容。文学涉及人类的感情和心灵，较少功利打算，而在不同的文化中有着较多的共同层面，最容易相互沟通和理解。从这个意义上说，比较文学的根本目的就在于促进文化沟通，避免灾难性的文化冲突以至武装冲突，改进人类文化生态和人文环境。"④

在当今文化多元和文化转型的时期，文化研究和比较文学都有着促进人类进步，建设人类新文化的自觉意识。在共同的目标下，"文化研究对文学研究并不像有人所描绘的那么可怕，近几年来的理论争鸣和实践均表明，它非但没有对比较文学和经典文学研究构成大的威胁，反而为前者开辟了一个更为广阔的跨文化和跨学科语境，使研究者的视野大大开阔了，并通过对传统的经典文学研究的挑战来扩大文学研究的范围，通过对日益

---

① 盛宁：《人文困惑与反思——本文后现代主义思潮批判》，三联书店1997年版，第156页。

② 金元浦：《〈文化研究：理论与实践〉导言》，河南大学出版社2003年版，第10页。

③ ［法］巴登斯贝格：《比较文学：名称与实质》，徐鸿译，干永昌、廖鸿钧等选编：《比较文学研究译文集》，上海译文出版社1985年版，第40页。

④ 乐黛云：《我的比较文学之路》，《中外文化与文论》（5），四川大学出版社1998年版。

变得僵化的经典的内容的质疑使得狭窄的经典文学研究领域注入了文化的因素。"① 国内有学者提出"文化研究的比较文学"的概念,认为"文化研究的比较文学,既是一种全球化与多元意识并重的文化观念,又是具体的人类精神共同性问题交流的场所。确立这样一种基点,文化之间的互动、互补意识比一味追求共识、同一性更为重要。文学的本质问题往往正是文化内层、母体的东西。生与死、爱与恨、战争与灾难、生存环境等等,人的精神体验,人的生命内容和形式,是文学表现、探寻的话题,更是文化的基因和内核。"②

再次,在研究对象"通俗化"的取向上,比较文学和文化研究并不形成对立。

文化研究把注意力从经典文本转向所有的文化文本,研究和现实生活息息相关的一切指意实践。因为"它关注的不仅是文化的内在价值,更关注文化的外在的社会关系。由此必然将历史上被主流文化忽略的文化形式纳入中心视野,那就是工人阶级的文化形式,进而视之,大众文化形式。在方法上,它一方面涉及一系列有关概念的重新定义,如阶级、意识形态、霸权、语言、主体性等等,一方面在经验的层面上,也更多转向注重实地调查的民族志方法,以及文化实践的文本研究,进而揭示大众如何开拓现成的文化话语,来抵制霸权意识形态的意识控制"③。当代文化研究的对象不仅包括各种通俗文学、文化文本,如电影、电视、广告等视觉文化,还包括畅销书(杂志)、流行音乐、时尚服装、家居艺术、购物广场、城市空间使用等日常生活实践,甚至包括有关艾滋病、生物科技、环境保护和电子信息技术的科技话语。如哈拉维对电脑网络时代出现的电子人、后人类的分析,以及罗斯对新时代技术文化的解读。批判、解构精英主义的文化概念,致力于关注社会中弱势群体的利益,重新审视文化转型期大众弱势群体在不平等社会现实中的地位变迁是文化研究基本文化取向。

从表面看,比较文学研究好像是以各民族文学的经典为研究对象,

① 王宁:《"文化研究"与文学经典研究》,《天津社会科学》1996年第5期。
② 杨洪承:《透视世纪之交的中国比较文学文化研究》,《社会科学辑刊》2001年第6期。
③ 陆扬、王毅著:《文化研究导论》,复旦大学出版社2007年版,第13页。

但比较文学是跨文化的文学研究，在研究实践中经典与非经典、高雅与通俗的把握也就往往不是那么简单。英国著名比较文学学者苏珊·巴斯奈特曾说："如果比较文学在今天想要有任何价值，那就必须把所有种类的文本包括在自己的范围内，必须超越那种认为只有有限的经典。'高雅'文化文本才能比较研究的观念。因为，当我们追寻文本跨越不同文化的行踪时，'高雅'文化与'低俗'文化对立的观点显然就站不住脚了。18世纪为糊口而粗制滥造的一本通俗小说，在某一时刻的某一文化中可能获得很高的地位，一部伟大的史诗进入另一种文化则可能成为儿童故事，一位宗教作家在另一种语言中也可能成为世俗文人。文本在跨越文化时完全可能发生各种各样的形变和质变。"① 在文学的跨文化交流史上，确实有大量的事实证明：在母文化中是通俗文学文本，在异文化中却产生远远大于"经典"文学的影响。歌德当年读到的是《老生儿》、《好逑传》、《花笺记》、《玉娇梨》这些在中国文学史上不太提及的作品；对美国现代诗影响最大的中国古典诗人是通俗诗人寒山；在中国本土散佚的唐代传奇《游仙窟》却影响日本文学几百年；完全可以推断，再过几十年，金庸小说的异域影响肯定超过中国当代文学的许多经典。

　　总之，在学科形态、研究宗旨和研究对象诸多层面，文化研究和比较文学有一种深层内在的契合，二者不是非此即彼的尖锐对立，更多的是彼此互补互动。文化研究对比较文学具有强烈的冲击和影响，但是这种冲击并不意味着两者的对立甚至是比较文学的消亡。乔纳森·卡勒在评价文化研究对文学研究的影响时指出的："从来没有过如此之多的关于莎士比亚的论文。人们从任何一个可以想象得出的角度研究莎士比亚。用女权主义的、马克思主义的、心理分析学的、历史的，以及解构主义的词汇去解读莎士比亚。"② 文化研究与文学研究归根结底是一种对话和互动关系：文化研究扩大了文学研究的视野，为其提供了更为丰富的研究路径，把全新的、宽泛的研究对象和方法融进了文学研究；而文学研究为文化研究提供

---

　　① ［英］苏珊·巴斯奈特：《九十年代的比较文学》，刘象愚译，《中外文化与文论》（3），四川大学出版社1997年版，第19页。

　　② ［美］乔纳森·卡勒：《文学理论》，李平译，辽宁教育出版社1998年版，第51页。

了成熟而规范的研究模式和学术态度，以保证文化研究不至于滑向大而无当、空泛漂浮的深渊。我国学者王宁近期甚至提出"一种与文化研究融为一体的'新的比较文学'学科"，他认为："我们已经谈论了多年的'比较文学的危机'问题终于在当今这个全球化的时代有了暂时的结论：日趋封闭和研究方法僵化的传统的比较文学学科注定要走向死亡，而在全球化语境下有着跨文化、跨文明和跨学科特征的新的比较文学学科即将诞生。"①

第三节　文化系统中的文学

考察文化研究和比较文学的关系，应该在文化与文学关系的大背景中进行。从学理层面讲，文化和文学是总分关系。把文化当作一个系统，文学则是其中的一个子系统。文学的系统功能、特征受到文化的影响和制约，与其他文化因素一起实现文化系统的总体功能。

一　文化系统观照

对于"文化"，无数的学者从不同的角度进行解说，其定义数以百计，有描述性的（如迪尔凯姆）、功能性的（如马林诺夫斯基）、价值论的（如李凯尔特）、符号论的（如卡西尔）、规范性的（如索罗金）、结构性的（如列维—斯特劳斯）、进化论的（如泰纳）、地理性的（如斯密特）、历史性的（如博厄斯）、发生论的（如皮亚杰）、社会性的（如威廉斯）等，众说纷纭。但有一点是大家都同意的，即"文化"是与"自然"对应的概念，是人的创造性体现。也许，对于"文化"最精练的表达，莫过于"文化是人类创造的总和"。

"人类创造的总和"是一个非常庞大复杂的整体，既包括动态的创造过程，也包括累积下来的形态化的成果；既有外在的物质化的制品实物，也有内在的观念形态的东西。用系统论的观点看，文化是一个庞大的系统，它由众多互相联系、互相制约的子系统，按一定的方式结构而成。美

---

① 王宁：《比较文学学科的"死亡"与"再生"》，《思想战线》2005 年第 4 期。

国人类学家克鲁克洪的文化定义，就体现了系统论的思想："文化是历史上所创造的生存样式的系统，既包含了显性样式又包含了隐性样式；它具有整个群体共享的倾向，或是在一定时期中为群体的特定部分所共享。"①

系统论的基本理论告诉我们：系统是由具有确定特性的众多元素组成的有序状态的整体，体现为一定的结构方式。这个结构不是一成不变的，而是按照一定的规律进行整体与部分、部分与部分、整体与环境以及不同的层次之间的信息、能量、物质的联系与交换，从而带给系统以灵活性和可塑性，以协调系统与另一系统的关系。系统具有层级性，一个系统对于更高一级的系统来说，它只是一个子系统；而一个子系统对于低级要素来说，它又是一个母系统。运用系统论的这些基本原理，对文化系统进行分析研究，我们可以看到：文化是一个不断创造、变迁的过程，文化按照它自身的规律演变发展；文化内部的各个要素按照各自在文化演化中的功能处于一定的地位，各要素之间既有相辅相成、协调补充的一面，又有矛盾冲突、互相排斥的一面，就是在这种协调与矛盾的辩证统一中，保持文化的动态平衡和发展。

将文化系统作静态的结构分解，一般将文化分析为物质文化、制度文化和精神文化三个子系统。这种分析当然把文学艺术列入精神文化的系统中。有论者通过深入研究，看到艺术文化的特殊性。苏联著名美学家莫·萨·卡冈认为，在艺术创作中，"其中的精神因素和物质因素不是简单地结合在一起（像物质生产和精神生产领域那样），而是有机地交融在一起，互相融为一体，产生出某种第三者的东西，某种物质上独特的现象——被称作'艺术'的精神—物质价值。……定形于艺术活动周围的艺术文化不能纳入精神文化的界限内，它在文化的'空间'中既区别于精神文化，又区别于物质文化，具有相对的独立性。而这就是说，艺术文化的内部结构具有特殊性，既区别于精神文化的结构，又区别于物质文化的结构，因为它由艺术活动本身的特性所决定。"② 国内有论者在卡冈研

---

① ［美］克鲁克洪：《文化的概念》，转引自肖川《教育与文化》，湖南教育出版社 1990 年版，第 11 页。

② ［苏］莫·萨·卡冈：《美学和系统方法》，凌继尧译，中国文联出版公司 1985 年版，第88—89 页。

究的基础上，进一步精细化，提出"整个大文化系统涵括物质文化、社会关系体系、精神文化、艺术文化等子系统，还包括作为上述四大子系统的连接中介的语言符号系统和风俗习惯系统"①，并绘制了"大文化系统——结构图"：

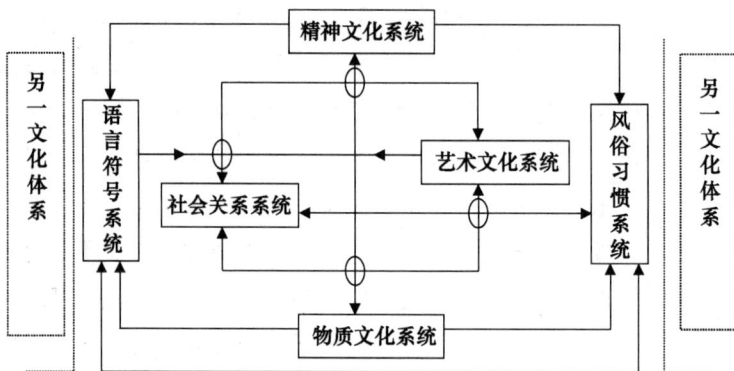

图1　物质自然生态地理大文化系统——结构图

这一"大文化系统——结构图"，力图体现各个子系统在文化大系统中所处的地位和相互之间的关系，"从外界自然环境代文化的发生及人与自然的关系，逐渐上升。从下到上，表明文化结构从外层到内核，由低级到高级，由物质世界到人世界到心世界，从物质人生到社会人生（人与人之间的关系）到精神人生。从两翼到中间，表明其他文化体系的影响可能导致系统结构的变化。"②

我们借用莫·萨·卡冈的研究成果，对艺术文化的结构再作进一步的分析。他从艺术文化结构的形态学方面，探讨了艺术文化介于物质文化和精神文化之间，各自有一个过渡地带，艺术文化本身的空间也表现出层次性，从而获得艺术文化的地带——语言结构总图③：

①　郭齐勇：《文化学概论》，湖北人民出版社1990年版，第221页。
②　同上书，第224页。
③　［苏］莫·萨·卡冈：《美学和系统方法》，凌继尧译，中国文联出版公司1985年版，第95页。

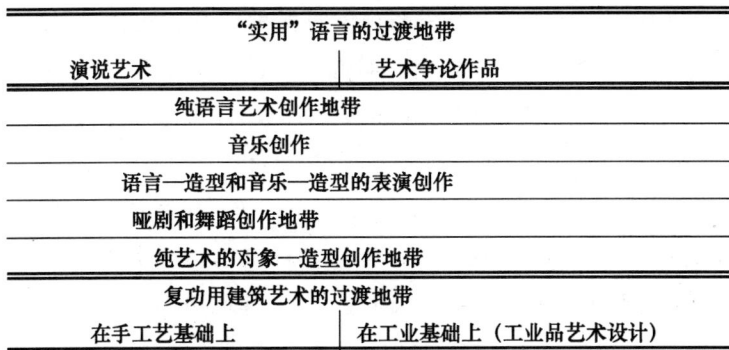

图 2

上面中、外学者的研究成果表明，作为语言艺术的文学，是文化系统中的重要因素，它虽然借助于语言组织和视觉符号等物质手段，但它最接近精神文化。

二　文学的文化制约

无论对文学作品作静态分析，还是对文学过程作动态观照，都可以看到文化对文学的制约与影响。文学不是一个自在自为的封闭系统，而是与其他文化因素互换信息与能量。从根本上说，文学受制于文化发展的规律。

一般把文学作品分析为内容和形式两个互相联系的方面。作品的内容与文化的关系无须多说。人类原始文化时期，有文学的神话内容，以幻想的方式解释人与自然的关系。农耕文化有农耕文化的文学作品，工业文化有工业文化的文学内容。文学的"时代性"、"民族性"，实际上是文学的"文化性"的代码用语。

文学形式比内容具有更大的恒久性，与文化的关系似乎不那么直接，但也同样是文化的产物，而且是更为深层、内在的产物。一个民族盛行的某种文学样式，在另一个民族文学中却是"缺类"；某一时代风行某种文学结构，体现某种风格色彩；诗歌为什么几乎是每个民族文学的第一批产品？同是古代诗歌，为何古希腊和印度是鸿篇巨制，而希伯来和中国却是短章小曲？这些经过一番艰苦认真的分析工作，都可以在文化中找到根源。18世纪英国现实主义小说与清教革命的关系，中国新诗创作与"五四"运动的关系，法国哲理小说与启蒙思潮的关系，这些都是清楚明显的史实。再如20世纪文学结构由时间性（传统的美学理论认为文学是时间艺术）向空间化发展，由线性叙事发展到散点透视，这是以20世纪心理学的成果、理性思维向非理性思维演变等文化精神作根底的。

将文学作为一个动态过程看，文学创作是作家对客观世界的信息加以主观的选择和表现，创作成作品，经过发行流通，到读者阅读接受的过程。读者的阅读活动本身是一种再创造，赋予作品以新的意义。读者的阅读效应又作为客观世界的文学信息的一部分，影响作家的文学选择和表现，形成一个环形动态流程。而且其流程也表现为逆向运动，呈双向运动的复杂态势。在文学活动过程中的几个关键环节都可以看到文化的作用和渗透。

作为文学表现对象的"客观世界"，当然不排除人类所处的自然环境，蓝天白云、湖光山色经常成为文学中的意象，但文学世界里显得更为重要的是人类的实践活动，人的精神、情感，即使是自然环境和物象，只要进入文学，也已经赋予了人的意义，投射了主观色彩，不再是"自然天成"的环境和物象。

从某种意义上说，作家是文化模塑的结果。虽然文学强调作家的创造性才能，真正伟大的作家也力图进行文化超越。但这种"创造"和"超越"是有限的，难逃"如来佛的掌心"，尤其是文化深层的东西，积淀为民族意识，作家总是自觉或不自觉地带着这种意识进行他的文学选择和表现。马克思曾说："人们自己创造自己的历史，但是他们不是随心所欲地创造，而是在直接碰到的、既定的、从过去继承下来的条件下的创造。"[①]作家总是带着前人的遗产，生活在一定的时空之中。文学史上虽有时代的叛逆者，不顾时代的风风雨雨，躲在艺术的"象牙塔"中营建永恒的美的世界，但把眼光越过具体的行为，在整个文学历史的长河中逡巡，时代的现实文化在作家的创作中留有明显的痕迹。就是我国魏晋时期的"竹林七贤"、英国19世纪的"湖畔派"诗人，他们的创作中又何尝没有时代之光的烛照？"退隐避世"本身就是对现实文化的一种选择方式。时代

---

① 马克思：《路易·波拿巴雾月十八日》，《马克思恩格斯选集》（一），人民出版社1972年版，第603页。

的重大事件直接影响作家的产生和成长，法国学者罗贝尔·埃斯卡皮（Robert Escarpit）曾对 19 世纪英国和法国作家的出身和职业进行归纳分析，得出下列表中数据①：

类别	英国		法国	
	双亲%	本人%	双亲%	本人%
悠闲的贵族	18	2	8	0
僧侣	14	4	0	4
军队、海军	4	2	24	4
自由职业、大学	14	12	16	8
工业、商业、银行	12	2	20	0
外交、高级公务人员	10	8	4	16
低级公务人员、职员	8	10	8	8

　　从上表中可以看到几个重要事实：英国出身贵族的作家比法国高 10%，英国教士后代当作家比较普遍，法国却是军人的后代当作家的比率最高。两个国家的工商业和自由职业阶层都产生了一大批作家。分析出现这些情况的原因，英法两国都经历了资产阶级革命，"第三等级"成为社会文化的主体，但英、法两国革命的程度不同，英国革命后，贵族仍享有某些特权；而法国革命几乎把贵族打翻在地。

　　"作品的发表流通"是连接作者和读者的中间环节，它把作者的个体行为引向社会群体。在文学产生发展的初期，作者本人承担起发表流通的工作，他的当众朗诵就是一种发表。以后有了"行吟诗人"，他们既吟唱自己的作品，也演唱别人的诗作，从事文学的传播。随着印刷术的出现和完善，印刷出版成为文学流通的最主要手段。现代科学技术的发展，影视、电脑作为文学流通的媒体正在发展。这种文学流通方式的变化，决定于物质文化、技术手段的发展。而文学流通方式的发展，无疑对文学的发展、文学的社会影响面、文学在文化系统中的地位和功能都有着直接的影响。

---

　　① ［法］罗贝尔·埃斯卡皮：《文学社会学》，浙江人民出版社 1987 年版，第 30 页。

出版无疑是当今文学流通最主要的方式。并不是任何作品都能进入流通，得以出版。出版部门面对呈交给他们的大量作品，首先经过一番选择工作。出版者以他想象中的读者群为选择依据，主要考虑两个问题：作品能否受到一定数量读者的欢迎？作品是否符合社会所要求的价值规范？前者是经济效益的驱动，后者是社会效益的考虑。这双重效益实质上就是一种文化的选择。在这种选择中，群体的美学——道德体系、维护现实稳定的政治体系起着重要作用。审查制度、文化市场管理制度对文学的发展产生重要影响。

世界上虽然有仅为自己阅读而写作的东西，如日记；也有过作家宣称写作只供自己看的作品，但日记不是真正的文学，只要是传世的作品，就有作家自己以外的读者。我们可以设想：如果作家写作的作品，总是锁在抽屉中，死前将它焚毁，真正写给自己看，这样的文学虽然也是人的创造，但它与文化的社会性本质相悖。作为文化因素的文学，是经过流通发行，以供文学消费的读者阅读，在审美感受中获得群体的自我审视和自我超越。

然而，读者的审美阅读活动，并非消极地被"本文"所主宰，而是在"期待视野"中积极参与创作，赋予本文符号以新的意义。因而不同的读者对同一作品有不同的审美感受，表现出审美差异。读者的这种"期待视野"，是文化综合作用在读者的文学阅读时的表现，不同的文化模式，不同的文化结构，不同的文化心理等综合成不同的"期待视野"。在文学活动的"读者阅读与接受"这一环节中，文化以"期待视野"的形式作用于文学。

事实上，作家在创作过程中，已经有一个想象中的读者群。这一虚构的读者群作为对话者，在创作过程中与作家交流信息（虚构信息），影响制约着作家的创作。作品完成后，真正的读者也许与作家想象中的读者不一致，但读者的"期待视野"作为信息反馈，一方面从表现对象——客观世界影响作家的再创作；另一方面从作品的流通发行方面，同样影响作家的创作。

匈牙利学者阿诺德·豪泽尔（Arnold Hauser, 1892—?）认为："艺术不是'人类的母语'。艺术语言的产生是缓慢的，而且是很困难的。它并不是从天上落到人的怀抱之中的，也不是自然而然地产生的。它的产生不是自然的、必然的或有机的；一切都是人为的，都是试验、变化、匡正的结果，都是文化产物。"①

　　文化作为文学的高一级系统，其整体功能制约着子系统的功能。与文学（大而言之是文艺）平级的其他文化子系统和文学也有着相互影响的关系。深入一步分析，可以看到，其他文化要素对文学的影响有亲疏的不同层次之分。

　　从共时性角度看文学与其他文化要素的关系，我们认为对文学影响最大的是道德文化和宗教文化。文学、道德、宗教作为人类认识世界（外在的和内在的世界）的不同方式，其着重点不一样，也各自有其自身的传统和演变规律，但三者在本质上有相通之处，它们是三个相交的圆，有两圆相交的部分，也有三圆相交的部分。

　　以"向善"为理想和导向的道德系统是人们在实践活动中的行为规范、社会价值和人生目标的综合系统。它以善、道德理想、道德原则、价值方针、道德动机、道德评价、良心等为主要意识范畴，成为文化大系统的核心部分，即精神文化的重要内容。"它在人类文明发展的历史长河中，既在情感节操、行为意志方面，鼓舞人们坚持进步，不断超越，又在理智良知、思想认识方面，教导人们如何生活，如何做人。它以应该、正义、合理、人道、美好、善良、高尚、幸福、光荣等伟大的人的文化旗帜，改造着社会、冶炼着人生，使人类自我创造，自我发展的道路，沿着文明的方向不断延伸。"② 和文学一样，道德也是以人和人的实践活动为反映对象。道德所追求的"善"是人的主观愿望与客观现实的高度吻合，是与社会发展规律一致并推动社会发展的普遍利益体现。文学艺术所追求的"美"，"是包含或体现社会生活本质、规律，能够引起人的特定情感反应的具体形象"③。善和美都以符合客观规律的"真"为基础，而美又以善为前提。从根本上说，作为创造美的文学，是满足人类精神生活的需要，实现人类精神追求的利益。这种"满足"和"实现"的根本依据是善——符合人类社会的发展规律，推动人的进化和完善。

　　宗教和文学是人类精神的一对孪生兄弟，它们几乎同时诞生在对茫茫

---

① ［匈牙利］阿诺德·豪泽尔：《艺术社会学》，居延安译，学林出版社 1987 年版，第 29 页。
② 胡潇：《文化现象学》，湖南出版社 1991 年版，第 350 页。
③ 王朝闻主编：《美学概论》，人民出版社 1981 年版，第 29 页。

苍穹的膜拜之中。在人类精神生活史上,文学艺术曾经在一段很长的时间里依附于宗教体系,宗教成为文艺的载体。随着对事物认识的精细化,意识部门化,文学从宗教中独立出来。但宗教对文学的影响从没间断,宗教思想、宗教传说、宗教习俗、宗教语言渗透在文学之中。无数作家从宗教中获得创作灵感,运用或改造宗教题材。宗教甚至影响到文学发展的某些规律性的东西。

道德、宗教、文学分别追求的善、灵魂拯救和美,都表现出一定的理想色彩,因而与现实文化保持一定的距离。这距离以宗教最大,道德最小,文学居其间。三者作为精神活动,知、情、意互相关联,互相作用,其中"情"扮演异常重要的角色。情感是道德、宗教、文学活动中最活跃的精神因素,它们往往是以情感的渗透、诱导、感染,让人们做出情感性选择而产生其社会效用。

从历时性的角度看,我们可以把演变发展的文化分解成为传统文化和现实文化两大部分。它们对文学的影响,随着文化环境的不同而呈现出不同的面貌。在一个比较封闭、相对稳定的文化环境里,传统文化对文学的影响比较大。传统文化,是民族文化在长期发展中保留、沉积下来,比较适合民族生态环境、民族心理的部分,往往具有较强的生命力。在缺乏内部、外部的新因素刺激的情况下,传统文化会凌驾于现实文化之上。但如果社会内部发生剧烈动荡,现实文化的影响则大于传统文化。现实文化以政治文化为代表,政治运动,政权更迭,战火狼烟,都对包括文学艺术在内的意识形态以巨大冲击。从文化角度看,社会动荡就是原有的文化系统结构发生裂变,由打破原有平衡达到新的平衡的重组过程。在重组过程中,现实文化成为异常有力、活跃的因素,它支配制约着其他文化要素。如果社会剧变的"荡源"不是出自内部,而是来自外部,两种不同体系的文化发生冲撞,这时候文化影响文学的情况就会比较复杂,传统文化和现实文化都会尽其所能地做出各自的"表演"。社会的剧变,首先是一场现实的变革;与外来文化冲突,民族传统作为文化"反弹"也得到强化。一般而言,接受主体是一种主动的"对外开放",以积极的姿态迎接、拥抱外来文化,这时现实文化起的作用很大;若接受主体对外来文化不持欢迎态度,而是迫于某种因素不得不接受这份异域"厚礼",这时文学作为一种超越现实的手段,民族传统文化之魂神游其间,传统文化的太阳高悬于文学殿宇之上。

三　文学在文化系统中的独特功能

文学作为文化系统中的子系统，既受到文化的制约和影响，同时，它又区别于其他文化子系统的独立性和自身的功能，显示其独特的价值和意义。

有论者将人类作为活动主体，分析其得到社会允许所必需的基本活动，结论有四种活动：改造活动、认识活动、评价活动和交往活动。而以人作为客体对象的艺术活动，却将上述四种活动融为一体，"它同时兼有对世界的认识，对它的价值理解，对它的理想改造（在某种程度上也是物质改造），最后包括主体之间交往的形式。"①

正是文学艺术活动融合了人类基本活动的性质，决定了文学艺术在文化系统中的独特地位：它虽然归属于文化，但又不像文化的其他部分，它不是部分地、片面地，而是完整地代表文化，是文化的全面投影。"由于文学内容的丰富性和语言的感染力，又使得它在文化中占有特殊的地位。它不是文化结构的简单元素，而是反映着人的行为方式，行为规范以及人的需要和人的心灵，即它是文化的全面投影，是一种'小文化'。"②

对于文学与生活的关系，人们常用"镜子"的映照作比喻。这里的生活，当然是人的生活，换言之也就是文化。卡冈就直接用镜子设喻文学艺术对文化的作用："艺术能够争取到文化自我意识的作用，艺术仿佛是一面镜子，文化从中照见自己，并且只有认识自己的同时，才能认识它所反映的世界。"③ 然而比喻总是蹩脚的，用"镜子"说比喻文学与文化的关系，只能是一种形象、通俗的说明，而绝非科学的表述。文学对文化的"映照"，不是囊括万物的准确定影，而是以美为终极追求的对文化的本质特征的反映，是经过作家审美过滤，抛却许多文化表象、深入到文化的内在深层，反映出这一文化区别于另一文化的独特结构、独特内涵、独特规律，从而获得对这一文化的审美的、完整的影像。

---

① ［苏］莫·萨·卡冈：《美学和系统方法》，中国文联出版公司1985年版，第269页。

② 李铁瑷：《思维·文化·现代艺术》，吉林大学出版社1989年版，第59页。

③ ［苏］莫·萨·卡冈：《美学和系统方法》，中国文联出版公司1985年版，第276页。

文学作为"小文化",它的审美性和完整性导致它两个方面的文化功能:成为文化的载体和对文化的超越。

(一) 文学的文化载体功能

文学以人、社会和自然作为表现对象,反映文化的内在本质,当然要求对文化作真实的记录,成为一种形象的文化载体,让文化主体得以观照自我、认识自我;把动态发展的文化凝固为静态的物化形态。正是在这一意义上,卡冈才称文学为"文化的自我意识",它是文化的缩影。因此,从各民族的远古神话中,可以看到各民族早期的思维方式和心理。通过荷马史诗,能够了解古希腊由原始社会向奴隶社会过渡时期的政治、经济、军事、家庭、风物等文化现象和深层的文化观念。也因此才有但丁(Dante Alighieri, 1265—1321) 的《神曲》"是欧洲中世纪的百科全书"之说,才有歌德笔下的《浮士德》"表现了新兴资产者三百多年的精神发展史"的评论,恩格斯从巴尔扎克的《人间喜剧》中"学到的比当时所有职业的历史学家、经济学家、统计学家的著作中所能学到的还要多"[①]。当然,文学的文化载体功能不仅是表现在个别作家、个别作品当中。宏观地、整体地看,一种文化模式,一种文化的历史类型,一种文化的变迁与发展,不同体系的文化冲突和交流等,都清晰、生动、完整地在文学中得以表现。

文化模式是一个文化体系内诸文化要素协调一致的整合状态,是具有一定稳定性的文化深层结构。比较中西的文化模式可以看到:在诸文化要素的构成方式上,中国传统文化是以道德和政治文化居中心地位;西方文化以宗教和科学居主导地位。西方文化的发展是以上古的希腊文明、中古的基督精神和近代以来的科学知性为潜流。西方文化源头的古希腊文明,公认为有日神精神和酒神精神两个方面。日神精神指理智的科学精神,以德谟克利特的自然哲学为代表;酒神精神指狂热、玄想的理念追求,以苏格拉底的宗教数理哲学为代表。希腊的宗教哲学思想经圣保罗(Sao Paulo, 3—67)、奥古斯丁(Aurelius Augustinus, 354—430) 等的发展,与从

---

①　[德] 恩格斯:《致哈克纳斯的信 (1888 年 4 月)》,《马克思恩格斯全集》第 37 卷,人民出版社 1992 年版,第 42 页。

希伯来引进的基督教合流，基督教成为西方人精神生活的中心。古希腊科学哲学由斯多噶派继承和发展，成为近代科学的基础。西方的近代文化，是在科学与宗教二者的冲突与激荡中发展的。对于中国文化，有人论道："通过对传统价值取向、理想人格、社会心理和思维方式等方面的考察，我们可以绎出最一般的、贯穿于中国古代文化史的、对民族发展影响最深远的本质特征：一心趋善、热衷求治。因此，可以将中国文化类型概括为伦理型、政治型。"① 这里是从"文化类型"角度，对中国文化特征的概括，如果从"文化模式"的角度看中国文化的深层结构，中国文化是以伦理道德和实用政治为主导的文化模式。中国文化成熟于以自然经济为基础的宗法社会，血缘家族成为社会基础，宗法制和宗法观念孕育了一整套道德行为规范，"三纲五常"成为人们共同遵守的准则，并泛化为普遍的社会心理。处于中国传统文化主体地位的儒家学说，以"修身、齐家、治国、平天下"为人生导向，以道德自我完善为第一价值取向。虽有人称它为"儒教"，它也有祭奉祖先的一套仪式，但其宗教意识服从于道德意识，它更是一种经世致用的伦理政治学说。中国文化思考的不是人与超自然的神灵的关系，也不是人与自然真实关系的把握，集中思考的是人与人之间的关系，如何求得大一统社会的长治久安。

中西不同的文化模式，完整生动地映现在中西文学中。

首先，从文学母题看。在西方文学里，无论古希腊的神话，还是20世纪现代主义的创作，其中一个突出的母题是：人在宇宙中的地位。作为生命个体，人显得那么渺小，人面对各种各样不知由来的敌对力量，做出苦苦的挣扎和种种抗争。这种敌对力量虽然表现为外在的命运或内在的人性中的恶魔，但实质上都是宗教中那个万能的神。因而，西方文学关注的不仅是现实中的人与人的关系，还有人与神的关系，往往表现出对人生价值的终极性关怀。这样的文学母题不仅以宗教意识为根底，也是人的真实处境的客观把握，蕴涵着科学意识。中国文学中最重要的母题是劝恶从善，文学直接承担起"教化社会"的任务，是解决现实问题的一种手段。"善有善报，恶有恶报"是中国叙事文学的基本情节模式。人生的幸与不幸，决定着自身的行为；而行为的当与不当，就看它是否符合忠、孝、

---

① 李宗桂：《中国文化概论》，中山大学出版社1988年版，第324页。

节、义等道德规范。因而,中国文学关注的是现实中的人的行为,而这又不仅是个人的幸与不幸,更关系到整个社会的太平。不少论者认定,中国文学在本质上是现实的、人间的文学。对此,我们还可以举中、西爱情诗来佐证。西方爱情诗很大一部分是对爱的力量、价值、意义作理性的探讨;中国爱情诗写实实在在的独守空房的孤寂、双双厮守的愉悦。西方诗中爱的对象多为圣洁、飘逸的女性;中国诗中爱的对象都是些普普通通的妻子或丈夫。西方爱情诗的氛围具有宗教色彩,对有情人死后的结合非常确定;中国爱情诗更具生活气息,对死后的世界表示怀疑。西方往往表现情人之爱;中国大多表现夫妻之情;西方诗人抒写对娇美、温柔的恋人的爱;中国诗人写的多为"闺怨诗"、"悼亡诗"。

其次,从文学形象看。西方文学多为抗争型人物,从古希腊的普罗米修斯、俄狄浦斯,到浮士德、鲁滨逊、于连,再到海明威(Ernest Miller Hemingway,1899—1961)笔下的硬汉,存在主义作家笔下的自由选择的人们,他们与神力、与命运、与自然、与社会、与人生的窘境做着种种抗争,在抗争中显示自己的价值和意义。中国文学多为顺从型人物,顺从于天道合一的道德律条。中国文人最大的叛逆就是弃儒从道——隐逸山林,自叹生不逢时。中国文学中显示的人生价值和意义是最大限度地克制自我、服从伦理规范,在社会为其安排的等级位置上承担起责任和义务。中国的四大古典名著,《三国演义》是典型的道德演绎,刘、关、张桃园结义并由此繁衍的故事,实质上是一曲忠和义的颂歌。刘、关、张三兄弟,刘备有野心,张飞有个性,只有事事顺从、温文尔雅又武艺高强的关羽是最理想的人格模式,因而他成了一尊受人膜拜的神——关帝。孔明虽然足智多谋、料事如神,但他并没有获得"神"的殊荣,因为孔明显示的是"才",关羽显示的是"德"。德远比才重要,无才社会可以平安(但难以发展),无德就危及"天下太平"的最高社会理想。《水浒传》、《西游记》、《红楼梦》中似乎不乏抗争的人物,梁山好汉劫富济贫,惩治朝廷命官;齐天大圣闯龙宫闹天庭,横冲直撞,唯我大圣;贾宝玉虽为七尺须眉,却偏视功名为累赘,在脂粉堆中讨愉悦。但水浒英雄最终招安纳降,不失为一面忠义的旗帜;孙猴子在紧箍咒的束缚下历经九九八十一难后终皈佛门;宝玉的叛逆,缺乏明确的目的性意识,一切行为似在梦境之中。

再次，从文学风格看。西方文学有着浓烈的悲剧色彩，中国文学更具喜剧氛围。宗教与科学、道德与政治，都是主观把握世界的文化形态。但分别居于中、西文化核心地位的两组文化形态，其相互关系不一样。宗教是对虚幻世界的盲目崇拜，科学是对客观世界的真实把握，它们运动方向相反，处于一种矛盾冲突的紧张关系之中。道德与政治都是以人的现实行为为关注对象，两者相互渗透依存，处于融合统摄的关系之中。西方文化的这种内在紧张关系，在文学中表现为浓烈的悲剧色彩：既认为人是上帝创造的软弱动物，又企图主宰这个世界，征服这个世界，以反抗、叛逆的态度来处理面临的一切，即使明知结果是悲剧，也要为自己的选择作出痛苦的追求，表现出崇高、悲壮的基调。西方文学常把人物推到二难选择的境地，又非做出选择不可，在这个艰难的选择过程中，让人性中的神性和魔性来回拉锯、辗转、撕裂人的心灵，显示出惊心动魄的悲剧力量。中国文化内在的和谐关系，加上认定祖先留传下来的道德律条与客观规律是一致的，一切无须去做自己的追求与选择，只需用道德律条去约束自己的现实行为，按自己的身份、角色做自己该做的事，说自己该说的话，整个社会都在和谐的运转中。人生，不是去奋斗、去追求，而是安于现实，享受现实的和谐。中国传统文学喜剧氛围就是这种文化氛围的映现。喜剧氛围在中国文学中最突出的表现是：大团圆的结局。"歌颂"文学的主体地位，敏于对现实的观察而少人生的形而上思考，以中和温雅见长而少西方文学的壮烈磅礴。

综上所述，从中、西传统文学的母题、形象和风格可以看到中西文化的不同模式。换句话说，中、西文化传统模式在中、西文学中得到真实的记录。不仅从文学中可以通过宏观的、静态的分析，透析出蕴涵其中的文化模式，同样，从文学中也可以看到文化的发展变化。卡冈曾以西方文艺为例说明这一点："看一下艺术从中世纪到当代的发展，那么，可以在其中——在艺术内容和形式的进化中，在方法和风格系统的变化中，在多种样式、种类和体裁的艺术的不平衡发展中，在艺术文化基本体制和艺术交际类型的改革中——清晰地看到在作为整体看待的文化中所流转的过程的反映。"[①] 他分析道：中世纪基督教文化主张信仰远远高于知识，而与之

---

① ［苏］莫·萨·卡冈：《美学和系统方法》，中国文联出版公司1985年版，第278页。

相对的资产阶级文化则是知识高于信仰,文艺复兴时期的文化显示中间性、过渡性的文化图景。从西方艺术的发展看,中世纪艺术的原则是非认识—现实主义的原则,而是以价值—意识形态原则、宗教—道德原则为指导原则,感兴趣的不是客观物质世界,而是对象的价值含义。文艺复兴时期的艺术以现实生活中的人及其周围的世界做反映对象,然而还不是后来意义的现实主义,因为文艺复兴艺术的着眼点是美,而不是真,而且并没有摒弃看待世界的宗教—神话观点,相反是借助这种观点,提高人们对日常的审美力。随着近代科学的日益发展,现实主义摒弃了价值—意识形态的局限,成为艺术宗旨,随后进一步发展为自然主义—印象主义的艺术系统。

(二) 文学的文化超越功能

文学以美为出发点和归宿,"若说'所有的美都是真',所有的真却不一定是美。为了达到最高的美,就不仅要复写自然,而且还必须偏离自然。"① 所以,文学是高于现实文化的一种文化超越。

文学的自我意识,包含两个方面的意义:自我认识和自我评价。文学完整地映现着文化,从中可以窥见自我的形象。况且,文学对文化的映现,是审美性的映现,寄寓着创造主体的价值评价。文学从而作为反馈信息,保障文化自我调节的可能性,促进文化向前发展。

文学的文化超越功能,不仅根源于文学本身的审美性和价值评价性,还和文化的功能与性质有关。文化是社会全体的创造,它把人从动物的人提升到社会的人。文化确立了种种规范,将人的行为活动限定在一定的范围内。然而,"人的塑造,人的全面再生产是文化的第一功能"②。其最终目标是让人摆脱束缚,走向自由。文化的这种现实手段和终极目标的矛盾,是文化内在结构的限制性和自由性的矛盾两重性的体现。一些文化因子在人的社会化过程中产生约束力,如伦理、道德、政治、习俗等;另一些文化因子则在人的想象力和自由意志的基础上不断突破和创新,文学就是其中异常活跃的一分子。文学创作主体根据自己的理解,依据一定的客

---

① [德] 卡西尔:《人论》,甘阳译,上海译文出版社 1986 年版,第 177 页。

② 郭齐勇:《文化学概论》,湖北人民出版社 1990 年版,第 242 页。

观必然性超越现实文化，给文化输入新的信息。在文学世界里，一切美好的东西都可以实现，塑造洁白无瑕的心灵，铸造伟大崇高的人格，描绘绚烂绮丽的理想图景，新的道德、法律、政治制度都可以在想象中实施。这在表现积极理想的浪漫主义文学中体现得最明显。

文学的文化超前性，给文化注入信息，和其他文化因子交换能量，在具备一定的现实条件的情况下，会导致现实文化的变革。我们知道在各国文学史上都有一批文学作品被禁止发行，这是文学超越现实文化的一种反证，是现实文化对文学的文化超前所做出的抗拒性反应。作为文学促进现实文化变革的成功例子，我们可以举美国作家斯陀夫人（Harriet Beecher Stowe，1811—1896）的《汤姆叔叔的小屋》（1852）为例，小说对南方黑奴悲惨遭遇的描绘，成为导致美国南北战争的原因之一，女作家也被称为"一本书引起一场战争的妇人"。

文学的文化超越和文化载体两种功能显然存在一定的矛盾：超越意味着突破和发展，呈现为一种动态趋势；载体则是反映、容纳和确定，表现为静态的积淀。这种矛盾实质上是文化系统复杂性的表现。文化既是历史的发展过程，又是文明成果的累积。文学就是以对文化的突破和认同、发展和确定、动态和静态的两极反映，真正成为文化的全面投影。

第四节 文学的文化批评

文学与文化的关系，说明了两个方面的问题：既可以看到文学在文化系统中的独特地位和价值，也说明了从文化角度研究文学具有极大的潜能。从文化角度研究文学，比单纯的"文本"研究有着更为宏阔的视野。比较文学作为文学研究的学科，文化视角显得尤其重要。

一种文学批评模式的确立，有两点非常重要，即理论基础和独特的批评视角。文化批评以文化学为理论基础。文化学萌芽于18世纪，意大利的维柯，德国的赫尔德，法国的伏尔泰、卢梭等人的工作开创了文化学的先河。19世纪中期文化学正式诞生，法国文化学家格雷姆在1854年出版了《普遍文化学》，为文化学的建立和研究打下了基础。1871年英国学者泰勒在《原始文化》中给"文化"下了一个经典性定义。此后经过进化学派、传播学派、功能学派、历史学派、社会学派、心理学派、唯物论学派、结构主义学派的文化理论探讨，丰富了文化学的材料和理论思考路径。到了 20 世纪后期，经罗伯特·怀特等文化学家的努力，现代文化学的理论体系已基本确立。至今"如果要求用电子计算机对当今处于显著地位的词语或概念进行统计，同时定出其中最优胜者，那么'文化'一词将占着头等的位置"，连教皇也在 1982 年设立了"教皇文化委员会"，因为"教会与当代各种文化对话是极其重要的东西，此事的成败关系到 20 世纪末年世界的命运"①。"文化"已经成为无处不谈的概念，"文化学"已经是一门具有完整的理论体系的综合性、边缘性、交叉性学科，有其独特的研究对象和一套概念工具，完全可以当作文学的文化批评的理论基础。

有论者依据亚伯拉姆斯（M. H. Abrams）在《镜与灯》（1953）中提出的文学的四种关系（即"世界"、"作品"、"作者"、"读者"四者之间的关系），提出批评者侧重于某一关系的研究，从这一特定视角展开批评，就形成某种批评模式，着重于作品与世界的关系，形成社会品评模式；着重作品与作者的关系，形成心理批评模式；着重作品与读者的关系，形成接受—反应批评模式；着重作品自身的研究，形成形式主义批评模式（新批评、结构主义）。② 但在这四个独立的批评视角之外，还有一个宏观视角，即同时把世界、作者、读者和作品都纳入批评视野的文化视角（如图 3 所示）。

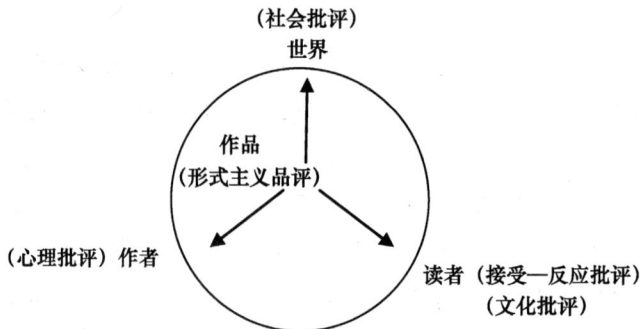

图 3

---

① ［法］路易·多洛:《个体文化与大众文化》，上海人民出版社 1987 年版，第 2 页。
② 傅修延等编:《文学批评方法论基础》，江西人民出版社 1986 年版，第 34—35 页。

作为文学批评模式，文化批评首先是把文学当作一种文化现象来研究。这不同于一般所说的"把文学摆到文化背景中来研究"，是把文学作为文化大系统中的一个子系统来理解，不是把文化仅仅当作背景作泛泛的处理，而是在系统论原则的启示下，在文化的整体系统中把握文学的本质和功能（包括元功能、原功能和构功能），研究文学在文化系统中的受制性、独立性和超越性，研究文学在文化系统结构中的层级位置，研究文学与政治、宗教、道德、法律、风习、艺术等文化子系统之间的联系与区别、渗透与分离、交融与转化等。

其次，文化批评以"文化"为核心概念，运用文化学的基本理论对文学现象进行研究。

我们前面说过，对"文化"最精练的表述，莫过于"文化是人类创造的总和"。最精练也意味着最粗疏。人类的创造总和，是个非常庞杂的集合体，有向前的正值运动，也有向后的"倒行逆施"。但文化的本质是前者，换句话说，文化的本质是人化，是人类通过自由自觉的活动，使对象打上人的目的、人的意识的烙印，成为人的自由的表现。文化是人类活动的积极成果。人类在实践中不断克服人与自然、人与社会、人与人、人与自身的各种冲突和危机，在从必然王国到自由王国的长途跋涉中，不断实现人的本质。文化的真正成果，就是人的不断进化和完善。这种进化和完善的过程永无止境，但在这一过程中，人的价值、人的完整性和全面性得到充分的展示。至于那些前进途中的暂时倒退或无意中的错误选择，虽然是人的创造，也可以称之为"文化"，但从实质上说，是文化的变异，是"反文化"。因此，文化学研究的核心"是人的本质、是对象的人化和人的本质力量的对象化，是人的社会存在的全部丰富性、完整性，是人与文化的关系即人化的过程，文化与自然、社会、人类生活的关系和文化价值论"①。

文化批评也是以"人"作为起点和终点，人的创造和选择、人的发展和完善、人的困惑与超越等，总之是文化意义上的人。这里包括双重时间的人：即指文学作品世界的人，也指创作文学、流通文学和消费文学的现实世界的人，还包括批评者本身。有论者认为"任何艺术理论、批评

---

①　郭齐勇：《文化学概论》，湖北人民出版社 1990 年版，第 30 页。

模式都是对艺术活动和艺术作品的还原",对于文化批评来说,"文化还原的起点是人的观念。它不仅把人看成是'全部社会关系的总和',而且提出更广泛的'基因与文化的组合'拓展前一公式的界限;他对人、生活现象、历史事件的分析不仅仅落实到经济关系,政治—阶级关系这一维,而且要统观人(社会集团和个人)的非经济行为、血缘亲属行为、宗教信仰行为等多种性质的活动网络,落实到人的多为关系;它不是偏重于对人物、情节、主题作意识形态的政治伦理上的绝对价值判断,而是更倾向于解释上述事例的文化整合性,从超意识形态性的立场出发作相对的价值判断。"①

以文化为批评视角的文化批评,当然有其特定的研究课题。从文学研究的整体看,文化批评要通过对人类文学遗产的分析研究,历时性地探索人类在漫长的进化发展过程中所经历的挑战、选择和适应等文化景观,展示人类前进途中显示的智慧、力量和价值。其中原始文学形态的研究和人类自身意象原型的寻找是非常诱人的题目。若对各民族文学展开共时性的"跨文化"研究,文化批评要求在民族文学的对话中,离析出各民族的文化模式,两种文化之间的冲突与调适、沟通与融合,比较文学研究实质上承担了这一任务。即使是对某部文学作品作微观的研究,也应把作品摆到人类文化的长河中,在纵横交错的坐标点上确定其位置,深入挖掘作品蕴涵的文化意义。

再次,文化批评的"人的观念",包括人的多种存在形态。第一,人作为个体经验的存在。这时候的人是文化的传承者,但各人传承的方式、所传承的文化质量不一样,又以各自的心理素质、行为模式、经验知识和价值系统体现着文化的实际存在状态。第二,人作为社会的存在。任何个人都处在一定的社会关系中,社会全体成员的文化特性构成该社会的文化模式,作为社会存在,人受到文化模式的规范和铸塑。第三,人作为类的存在。人作为一类,当然有区别于其他类的一些共同的东西。文化作为人类对自然的积极实践行为,正是人类区别他类的一个标志。但人类的共性,强调的不是文化,而是人的自然属性的一面。对于文化批评,个体经验的人具有重要的意义。因为文学活动中的人,始终以个体经验的面目出

---

① 靳大成:《论艺术人类的"文化"范畴》,《当代文艺思潮》1987 年第 3 期。

现，个性——创作个性、个性表现、欣赏个性、批评个性，是文学的永久魅力所在，也是文学实现其文化超越功能的关键所在。

最后，文化批评不仅对文学的意蕴作出文化阐释和价值评判，也对文学的本文作审美性的研究和批评。对美的追求是文学区别于其他文化因子的根本特性，审美本身也是文化形态的一种。因此，文化批评必须深深根植于文学的审美土壤中。文化批评的目的，就是通过文学的文化还原（文化心态还原、文化象征还原、人格角色还原等），展示人类的人化过程、人的本质力量的对象化。这是一种美的发掘。美有不同的范畴，社会现实的美、历史过程的美，当然是文化批评的重要方面。文学形式的美，也同样寄寓着人的创造和人的本质力量。文学形式因素的文化还原，也是文化批评的重要方面，甚至是具有特殊意义的方面。因为一个民族独特的文学形式和表现手段，往往凝聚着该民族的审美文化。因此，文学作品的体裁样式、结构布局、叙述角度、表现方式、语言技巧等形式因素，尽在文化批评的视野之中。

综上所述，文学的文化批评有两点非常突出。其一，在价值意义上，文化批评始终以人为中心，以人性的发展和完善为尺度来衡量文学世界中展现的一切，从而给现实世界的人以一种更加自觉的审美观照，回观现实，认识自我，进而按美的规律来塑造包括自身在内的整个世界。人是文化批评的起点，也是最终的归宿。从这一意义上说，文化批评是主体性和价值性很强的批评模式。其二，在思维方式上，文化批评始终以多维联系的原则看待文学现象。它所关注的人，不是局部的、单一的人，而是力图揭示不同层面的人的完整性和丰富性。它将文学作为文化子系统，考察文学与文化整体，文学与其他文化子系统之间的广泛联系，在宏阔的视野中理解文学的本质。在批评实践中，文化批评成为一个开放体系，它能接纳其他批评模式：社会批评、心理批评、原型批评、形式批评等，使之成为文化批评的某一侧面而被有机纳入其整体模式之中。

文化批评是一种在广度和深度都有新的突破的批评模式，赋予文学批评和研究理论上的科学意义和实践中的现实意义。它以系统论原则作思维依据，突破、超越文学学科本身，在文化整体中研究文学，站在一个更高的制高点上俯瞰细察，既见林又见木，因而更能把握文学的真实面目。系统论的一个重要思想，就是要认识一个事物，只有把它摆到一个更高层级的系统中，才能认识其全貌。现代认识论越来越强调事物之间的普遍联系，世间没有孤立存在的事物，对对象作静止的、割裂的认识，只能获得肤浅的表层理解。只有在动态的、复杂的关系网络中认识对象，才能接近对象的真实存在状态。

在批评实践中，由于文化批评的宏阔视野，不是就评价对象本身就事论事、循环论证，而是从多侧重、多角度作出分析研究，因而能避免一些不必要的争执，解开一些令人疑惑的难题。司汤达（Stendhal，1783—1842）《红与黑》（1830）中的于连，在我国有过几次讨论，有人说他是野心家，有人说他是英雄，各有各的论据，各找各的理由。他们都是从法国19世纪封建王朝复辟的形势下，小资产阶级的反应，这个社会—政治的角度来看待于连，各自强调他行为中的一端。如果从文化的角度，把于连当作一个承传着社会文化模式的个体经验的存在，来看他与环境的冲突和冲突过程的选择，以及最终的悲剧，恐怕就不会用"野心家"、"英雄"这类伦理—政治色彩很浓的概念来界定他，也不会为此而争论不休。从作品中感受到的是人的理想与外部力量的矛盾，两种文化价值观念的冲撞对普通人生的影响，由此对于连作审美性判断，应该说更多的是悲壮的色彩。

毫无疑问，文化批评对于简单的社会批评是一种冲击。很长一段时期，受到苏联文学批评界庸俗社会学的影响，我国文坛盛行肤浅的社会批评，把文学当作社会的机械反应，而社会关系集中体现为政治—经济关系，一切都是政治—经济的派生。文学批评成为一个简单的因果还原的过程，活生生的人成了一个抽象的政治符号。文化批评涵盖着社会批评，是对社会批评的深化和拓展。社会批评理解的人是作为群体的存在，人们的组织状态、组织关系以及不同群体在其中的地位，关注的是实证的具体的社会现象，最终把人物的社会关系归结为经济关系。文化批评关注的是具体的、表层的社会现象背后的社会价值目标，人的存在方式，"文化的还原不仅是经济范畴的人格化，而且更是文化意义上的各种人格角色的扮演者，这些复杂的人格角色同样能决定人的经济范畴的人格化的方式和内容。文化还原的人的观念，在类的层次上超出了社会历史结构理论的管界，因而能补充、扩展它的社会前提，在社会的层次上又深入、丰富了它的内容，形成了与它的互补关系。"①

第五节　比较文学与比较文化

"比较文化学是对于不同类型文化进行比较研究的学科，所谓不同类型的文化指的是不同的民族、不同的地域、不同的国家所具有的不同文化传统、文化特性、文化发展史与文化形态等。比较文化学的特性是通过不同文化的同一性和各自的差异性的辩证认识，达到发现和掌握文化发展规律的目的。"② 比较文学是文学研究的学科，它以不同文化体系之间的文学关系以及文学和其他学科之间的关系为研究对象，其目的是通过比较，在更大的范围、更高的层次上认识文学的本质和规律。两者都要跨越不同文化体系，都以规律的把握为目标，只是研究的对象一个是文化，一个是文学。但文化和文学的关系如前几节所述，处于一个系统结构的复杂关系中，在研究实践中它们彼此交织渗透，互动互补。

中国学者钱林森从中西文学交流中看到一个事实，"如同文学是文化的独特部分一样，比较文学也是比较文化独立而又不可分割的组成部分。就我有限的阅读面而言，从 18 世纪法国的孔夫子伏尔泰惊呼'呵，文王！'预言'世界文学来临'的伟大的歌德，到 20 世纪以'世界公民'为己任的近代大作家罗曼·罗兰和提出'比较不是理由'的当代西方比较文学大师艾田蒲（René Etiemble）及许许多多的比较文学学者、东方学（中国学）家，当他们以开放的东方视野和全球意识，将东方（中国）和西方（欧洲）文学进行比较的时候，通常很少作纯文学的观察，总是把文学作为瞭望中国文明、中国精神的窗口；不管他们是属于经院学派还是由论证而闻名的学者，其中西比较文学研究，从某种意义上总是一种比较文化的研究，一种跨文化的研究，致力以求的，就是跨越东西方文化壁垒，追寻中国精神、中国灵魂。这似乎是一个不容忽视的历史事实。"③

---

① 靳大成：《论艺术人类学的"文化"范畴》，《当代文艺思潮》1987 年第 3 期。

② 方汉文：《比较文化学》，广西师范大学出版社 2003 年版，第 29 页。

③ 钱林森：《比较文学中国学派与跨文化研究》，《中外文化与文论》（2），四川大学出版社 1996 年版，第 138—139 页。

对于比较文学与比较文化这种深层的内在关系,著名学者叶舒宪说得非常清楚:"如果比较文学不愿停留在它的起点——对超越国界的文学现象中表层的异同事实的认识,那么它也责无旁贷地面对着文化人类学和文化哲学所面对的深层解释的课题。所以说从比较文学到比较文化是自然而然、顺理成章的,它符合学术发展自身的认识逻辑。如果不是出于职业饭碗的考虑,我们大可不必为文学研究的拓展性变革而担忧,与其那样,不如以宽容而坦然的心境去静观其变,进而调整自己的思维习惯和观念定式,以求有效地适应我们这个日新月异的时代的发展和变革。"①

如何看待比较文学和比较文化的这种关系?我们从学理层面进一步展开。

比较文学诞生以来的一百余年里,一直有人对比较文学是否具有一门独立学科的价值、比较文学的发展方向等根本性的问题提出质疑,"危机"之声不绝于耳。综合各种"危机"论其主要论据是:(1)"比较"是文学研究普遍使用的方法,只是一种研究"工具",不能独立作为一门学科的基础;(2)比较文学研究一国文学对另一国文学的影响,研究"已完成作品"的外在历史,既不能触及艺术创作的核心,也不能探究"文学作品的美的由来",一种事实考证,整理出文学的"外贸关系",对文学学科的理论毫无建树;(3)如果不把研究对象限定在两种文学的"事实联系",而是随便把两种毫不相干的文学现象硬扯到一起"比较",怎么保证其科学性?"无限可比性"和"X+Y的浅薄比附"能得出科学的结论吗?(4)事物的比较,要有其同一性才有可比的基础,文学与其他的学科各有独自的传统和规律,怎能进行比较?一只猫和一棵树怎么比?(5)文化研究的汹涌波涛,淹没了"文学",比较文学研究的是文化课题。

前面四个问题的提出,说明了比较文学本身的理论建设还有一个需要完善的过程。在比较文学研究的实践中,也的确存在牵强比附,滥用胡比的情况。但这只能说明比较文学还是一门尚在发展当中的学科。而第五个问题,是前述的文化研究冲击下提出的"文化淹没文学"的危机。这是

---

① 叶舒宪:《从比较文学到比较文化——文学研究新趋势展望》,《新东方》1995 年第 3 期。

对文学与文化关系缺乏深入把握而产生的疑虑。"比较文学研究者的'危机'意识完全是学科本位主义的产物。'淹没'表象背后的实质是文学研究的深化。文化绝不只是文学的背景或'语境',也是文学构成的整合性要素。如果说'比较'本身并不构成比较文学存在的理由和目的,那么,文化整合作用机制的发现和认识理应成为比较文学的核心任务之一。"①如果这样理解文学与文化、比较文学与比较文化的关系,也就能回答上述的前四个问题:在比较文学研究中,只有突破文学本身的研究,上升到文化的研究,即把文学当作文化实践,在两种或多种文学现象的比较中,探寻背后的文化意义,再以这一文化意义反观文学现象,才能对文学本身获得一种更深刻的认识。换句话说,只要将比较文学上升到比较文化研究的层面,比较文学研究就进入了文学研究的新层面。

比较文学研究有着比较开阔的研究视角。它是文学研究的双重横向展开:地域上超越国界;学科领域突破文学本身的界限。实质上,这"双重横向展开"是从文学本身的研究向文学的文化研究的展开。前者是文学的跨文化研究,后者是文学作为文化子系统与其他文化子系统之间的比较研究。可以说,比较文学是以比较文化和文化研究为基础的文学研究。

人们一般将比较文学分成"影响研究"、"平行研究"和"跨学科研究"三类,我们依此分类来验证上面的观点。

第一,影响研究。影响研究是研究一国文学对另一国文学产生影响的情况,影响就有"放送者"、"接受者"和联结他们的"中间媒介",按照研究的着重点不同,又有"流传学"、"渊源学"和"媒介学"之分。但它们都是以两种文学的影响事实为研究对象。

如果影响研究仅仅是一种历史事实的再现或还原,的确其意义不大,它只是说明了一个历史事实。但如果不是停留在事实上的考证与描述,而是更进一步探讨影响和接受背后的东西:为什么会产生这样的影响?接受者从放送者那里接受了一些什么,又拒绝了一些什么,中间有些什么变异?为什么产生这样的选择和变异?这就涉及接受者的文化心理等深层的东西了。国内有论者将接受美学理论引进比较文学的"影响研究",赋予

---

① 叶舒宪:《从比较文学到比较文化——文学研究新趋势展望》,《新东方》1995年第3期。

影响研究以新的意义。一种文学现象被接受而产生影响，这是一个非常复杂的过程。接受者的接受，不会是原原本本的照搬，已有的传统所形成的"接受屏幕"和"期待视野"在产生作用。不同文化体系的接受者有不同的"接受屏幕"和"期待视野"，从这种不同中反映出不同的文化模式和文化心理。接受者对放送者的变异，正可以看到传统所起的作用，从中可以看到不同的文化传统。这样，与接受美学结合起来，进入到文化层次的影响研究，可以看到放送者和接受者所处的文化体系的文化特点，进入到两种文化类型、两种文化心态的认识。就文学本身的研究而言，就像乐黛云教授认为的那样，这样的研究"提供了编写完全不同于过去体制的新型文学史的可能"。"新文学史"由"创造"、"传统继承"和"引进"三个要素组成。"着重考察各种思潮、文类、风格、主题以至修辞方式，诗歌的格律等等文学的构成要素在不同民族文学史中的继承、发展、影响和接受。"①

第二，平行研究。平行研究是对并无直接接触联系或无法证明有因果联系的不同因素的文学进行比较研究。这一研究类型是由美国学者针对法国学者"影响研究"的狭窄范围提出来的，它扩大了比较文学的研究范围，同时也为比较文学研究的科学性带来了令人不安的因素。平行研究不是对有过事实联系的文学现象作历时性的因果关系考察，而是对两个事实上毫不相干的文学现象作共时性的价值关系的比较研究。那么，首先要找到确定两者之间的价值关系的共同基础。找到这个共同基础，平行研究就有了科学保证。这一共同基础到哪里去寻找？只能突破文学本身，进入到文化层面寻找。因为人类虽有不同的文化模式，不同的社会，但人类的生命形式、体验形式和文学经验都有共通的一面。有些文学作品表面看似风马牛不相及，但从文化深层看，却有其内在的相似性。

例如歌德的《浮士德》和我国的《西游记》两部作品。从表面看，一部诗剧，一部小说，前后相距三百多年。主人公一个是老学者浮士德，一个是神猴孙悟空。从素材看，一个是典型的西方民间传说，一个是印度教和佛经中的一些故事结合中国的民间故事广为流传。但有论者从人类的终极寻求这一文化母题上来比较这两部中、外名著，发现它们内在的叙事

① 参见乐黛云《比较文学原理》(第三章)，湖南文艺出版社1988年版。

结构相似，都是寻求者遭遇到各种阻力，经多方艰苦奋斗，终于达到目的。在这一相似的结构模式的比较当中，又可以看到中、西文化的一些不同的价值观念，如在共同寻求时，浮士德与靡菲斯特、孙悟空与唐僧所形成的不同伙伴关系，前者是契约关系，后者是师徒关系。① 再如《红楼梦》里的王熙凤和莎士比亚笔下的福斯塔夫两个人物，一个是俊俏漂亮的中国少奶奶，一个是肥得流油的英国破落贵族，当然毫不相干，但方平先生从人类审美创造的特殊形态：将现实丑转化为艺术美这一特定角度，将中、西文学中两个著名的艺术形象联系起来比较，探寻中西审美文化的共相；同时也从两个具体形象的艺术表现，分析共相之中的特殊性，显示中西审美文化的差异。②

平行研究从具体的文学现象出发，通过跨文化的比较研究，探讨人类文化发展的共同规律，同时通过同中之异的研究，加深对不同系统的文化特质的认识。应该说，平行研究较之局限于"事实联系"的影响研究，有着更大的发展潜力和美妙前景。

实际上，比较方法的运用，不论是平行研究还是影响研究，其直接目标总是指向"异"和"同"。文学上的"异"和"同"的认识固然重要，但毕竟还只是停留在"知其然"的层面上，至于为什么"异"，或为什么"同"的进一步探究，则往往不是文学自身能够解决的，这势必将比较文学学者引向更深一层的"所以然"的层面，以求得理性的阐释。列维—斯特劳斯认为这种深层的东西就是"文化"，"它是构成我们社会生活的无意识基础"③。作为"文化缩影"的文学研究，怎能离得开"文化"？

第三，跨学科研究。跨学科研究是把文学与其他学科领域进行比较。有人将"跨学科研究"说成是"猫和树"的比较，并责问"猫和树怎么比较？"其实，猫和树分属动物和植物两个领域，好像连不到一块儿，但如果上升到更高层级的系统，在生物学领域当中就可以看到两者作为生命体的共同性了，只是生命形式不一样而已。同样，将文学和其他学科摆到

---

① 张德明：《东西方两种灵魂的终极寻找》，《外国文学评论》1991年第4期。

② 方平：《王熙凤与福斯塔夫》，《文学评论》1982年第3期。

③ 列维—斯特劳斯：《结构人类学》，雅各布逊英译本，纽约，基础图书公司1963年版，第18页。

一个更高层级的系统——文化系统中，摆到人类对世界的认识这一哲学认识论的高度，当然就可以"相提并论"了。

人与世界的关系，具体说有人与自己的关系，人与社会的关系和人与人的关系，人们一般按所处理的关系不同的侧重点而把人类知识整体分为自然科学、社会科学和人文科学。但它们都是人这一主体对世界的认识，因而有共同的规律可循。事实上，作为人类文化的整体，各个部分是互相交叉、渗透的，都不是独立的、分割的部分。

因此，跨学科研究至少有两个研究层次。首先是从历史角度研究历史上文学与其他科学之间的相互融合、渗透的关系。比如诗歌与音乐，在早期诗歌都合乐演奏、吟唱，之后虽然分野，但诗歌韵律对音乐特性加以保留，直到现代一些诗人借用音乐结构来构思诗歌作品（如艾略特的《四个四重奏》）。这一层次的研究，虽然要在两个领域中去发掘资料，做大量的归类、整理工作，但还是一种表层的研究。另一种深层次的研究，是通过两个领域的比较，探寻人类认识世界的共同规律，同时，对文学认识世界，表现人的本质的独特规律有更高层次的自觉把握。这一层次的研究，才是跨学科研究的根本目的。

从这一意义上看学术界对于"比较文学消亡论"的议论，我们持不同看法。"消亡论"者认为，随着文化意义上的空间距离缩小，文学交流频繁，一种跨国度、跨民族的"世界文学"将出现，文学研究的跨文化研究也将没有必要，比较文学的最终任务是"消灭"自己。对于这种世界一元的"世界文学"的出现，我们持怀疑态度，这与审美的个性化、丰富性相悖。而"跨学科研究"的消亡，只有人类全部知识处于混沌一团的时候才有可能，除非人类又回到初民时代的原始思维状态。不同学科知识的彼此渗透，是当代知识发展的趋势；但在认识和把握方面，随着知识的精细化，人们还是会分门别类地来处理知识体系。系统论思维强调整体性，同样也强调整体内部的结构，强调各子系统的独特性。因而，只要存在知识分野，就有比较研究人类不同认识角度的必要；只要人类有审美需要，就有从不同认识角度比较研究审美意识的必要，就有比较文学的一席之地。

比较文学不会消亡，比较文学与文化研究的结缘是学科的幸事。"'文化'视角的引入是解放学科本位主义囚徒的有效途径，使研究者站得更高，看得更远，因而是利而非弊，它带来的将是新的'契机'而非新的'危机'。从某种意义上甚至可以这样说：比较文化研究未必是比较文学，但有深度有'洞见'的比较文学研究自然也是比较文化。换言之，比较文学研究若能得出具有文化意义的结论，那将是其学术深度的最好证明，应视为比较文学之大幸，而不是不幸。"① 中国著名比较文学学者曹顺庆有过精到的论述："我们不应当反对文化研究介入文学之中，而应当将比较文学与文化研究相结合。这种结合，是以文学研究为根本目的，以文化研究为重要手段，以比较文化来深化比较文学研究。把握住文学与文化的这种目的与手段的关系，那么，文化研究不但不会淹没比较文学，相反，它将大大深化比较文学与研究，并将比较文学推向一个更高的阶段。"②

当然，比较文学和比较文化是两个不同学科，比较文学不等于比较文化。比较文学以文学为出发点，但比较文学只有进入文化研究的层面，而不是就事论事地比附异同，才能给比较文学注入生命，获取它的存在价值。

---

① 叶舒宪：《从比较文学到比较文化——文学研究新趋势展望》，《新东方》1995 年第 3 期。

② 曹顺庆：《"泛文化"：危机与歧路　"跨文化"：转机与坦途》，《中外文化与文论》(2)，四川大学出版社 1996 年版，第 152 页。

第四章

世界文学与中国当代文学

当代世界各国的文化交流频繁，世界性经济市场的发展趋势和发达的交通工具、先进的传播手段等综合形成一种冲击力，撞击着封闭的城墙。文学要发展、繁荣，就得介入世界文学的发展进程，在不同价值体系的参照下获得充实和发展。当代的国别文学不可能处于封闭状态。

从总体看，中国当代文学接受外国文学的影响，可以分作两个大的阶段，即前17年的苏联、亚非文学影响和新时期的外国文学影响。由于中苏历史上的一段政治亲缘关系，20世纪50年代中国在禁止其他资产阶级国家文学的同时，向苏联"一边倒"。苏联的文学理论、文学作品大量引进、翻译、介绍，苏联文学对中国当代前17年文学的影响不能低估。遗憾的是影响中国当代前期的苏联文学仅限于现代和战后初期的苏联文学，其中的庸俗社会学、教条主义、机械唯物主义也深深影响了中国当代文学。"二战"后亚非拉各国（日本例外）同属"第三世界"家庭的成员，有一种亲近感。尤其是20世纪50年代亚非会议和亚非作家会议的召开，加强了亚非各国的文学、文化交流。中国翻译出版了一批东方文学名著，对中国文学的创作产生了一定的影响。

在我们看到前17年外国文学对中国文学的有益影响的同时，更应该看到17年中国对外国文学的接受是片面的、单一的。对外国文学真正全面的、合理的接受是以改革开放为文化背景的新时期文学。从20世纪70年代末80年代初以来，欧美文学、俄苏文学、日本文学、拉美文学、东欧文学，古典的、现代的，现实主义的、浪漫主义的、现代主义的，都一齐涌入，在中国的诗歌、戏剧、小说中留下印痕。

第一节　苏联当代社会主义现实主义
文学对中国文学的影响

苏联文学深深影响了"五四"一代作家。鲁迅、周作人、瞿秋白、郁达夫、田汉、夏衍、曹禺、巴金等现代作家都得到苏联文学的滋润。而且"20 世纪 20 年代的'革命文学'思潮、40 年代的'解放区文艺运动',都是苏联革命文艺在中国文坛上产生的回声。塑造工农兵英雄形象,呼唤革命的暴风骤雨,有意识地引导读者了解革命、参与革命,树立远大的革命理想,成了从 20 年代的'革命文学'、40 年代的'解放区文艺'到 50—60 年代的'社会主义文艺'、60—70 年代的'文革文艺'一脉相承的革命现实主义的传统。"① 着眼于中国当代文坛的接受,新中国建立后苏联文学影响中国文学经历了三个阶段:蜜月期、疏离期和深化期。

一　蜜月期（40 年代末至 50 年代）

新中国刚建立,急于建设新中国文学的当代文坛外求借鉴时,在当时的政治气候下,自然将目光投向了苏联文学。1949 年 10 月新创刊的《人民文学》发刊词就写道:"我们的最大的要求是苏联和新民主主义国家的文艺理论,群众性文艺运动的宝贵经验,以及卓越的短篇作品。"② 随后整个 50 年代,中国文坛和中国读者对苏联文学表现出巨大的热情,苏联作家及其作品成了中国作家、读者关注的主要对象。

这一阶段苏联文学对中国文学的影响有几点很突出:

（一）中国文坛紧随苏联文学的步子,苏联文坛的事件大都在中国有及时的回应

1946—1949 年,联共（布）中央为加强文艺的领导,做了一系列的

---

① 樊星:《当代文学与多维文化》,武汉大学出版社 2005 年版,第 109 页。
② 《人民文学·发刊词》,《人民文学》1949 年第 1 期。

决议,如《关于〈鳄鱼〉杂志》、《关于〈旗〉杂志》等,它们在 20 世纪 40 年代末就被译成中文,在 1951 年底开始的文艺运动中,它们与日丹诺夫 (Андре й Алекса ндровичЖда нов, 1886—1948) 的《关于〈星〉和〈列宁格勒〉两杂志的报告》,以及斯大林 1930 年 12 月 12 日给杰米杨·别德内依 (1883—1945) 的信等,被指定为专门的学习材料,得以介绍。

1951 年 3 月苏联第二届青年作家会议召开,会议中的专题报告很快被译成中文在《光明日报》、《文艺报》等报刊发表,给当时中国的青年作家以思想和艺术的指导。

1952 年,苏共 19 大召开,中国《文艺报》1952 年第 21 期便转载了马林科夫 (Гео ргий Максимилиа нович Маленков, 1902—1988) 等在大会上所作的关于文学艺术问题的报告,并加了"编辑部的话",要求文学艺术工作者"尤其应该着重地认真地学习"。同期,还专门刊发了冯雪峰的《学习党性原则,学习苏联文学艺术的先进经验》,冯雪峰写道:"我们学习苏联不仅指最先进的科学技术,同样指最先进的苏联的文学与艺术,……无论从现实的基础或文艺的任务出发,社会主义现实主义是我们的康庄大道。为了今后取得更大的成就,学习马列主义和斯大林的近著,学习列宁、斯大林和联共党中央对文学艺术的指示,是重要的保证。"①《人民日报》10 月 7 日社论《苏联共产党第 19 次代表大会的国际意义》,也强调了马林科夫的报告对于中国文化建设的指导意义。《文艺报》也在 1952 年重点译介了马林科夫在 19 大报告中对于典型的界说,诸如典型"是最充分、最尖锐地表现一定社会力量的本质的事物","典型是党性在现实主义艺术中表现的基本范畴。典型问题是一个政治性问题","必须创造正面的艺术形象"等等。在苏共 19 大文艺精神的影响下,1952 年底,周扬写了《社会主义现实主义——中国文学前进的道路》,要求作家以苏联的社会主义现实主义为旗帜,以创造新中国文学。

1952 年苏联《共产党人》第 21 期刊发专论《苏联文学的当前任务》,《文艺报》1953 年第 2 期登载了该论的译文,给年轻的中国社会主义文学一个参照。

1953 年中国第二次文代会召开,会议仿效苏联,将社会主义现实主

---

① 冯雪峰:《学习党性原则,学习苏联文学艺术的先进经验》,《文艺报》1952 年第 21 期。

义确定为创作与批评的"最高准则"。周扬在会上作了《为创造更多的优秀的文学艺术作品而奋斗》的报告，进一步阐述、倡导马林科夫的典型理论。马林科夫的典型理论在这一段时期里成为中国创造"典型"的指导理论，在理论上"典型"被概括为一定社会力量的本质，甚至被简化成创造正面人物、英雄人物。

1953 年苏联《真理报》、《共产党人》等刊物发表批判格罗斯曼的长篇小说《为了正义的事业》的文章，1953 年《文艺报》对苏联的讨论和批判做出专门的报道，意在给中国文艺界提供正确的批评标准。

1954 年、1955 年，苏联文艺界两次讨论巩固、提高农业问题，召开"全苏描写集体农庄生活作家会议"。当时中国正展开轰轰烈烈的农业合作化运动，文艺界要求作家、艺术家学习借鉴苏联经验，深入农村，表现合作化运动过程中的各种矛盾。1955 年第 23 期《文艺报》专门译载了奥维奇金（В. В. Овечкин，1904—1968）在"全苏描写集体农庄生活作家会议"上的报告，为中国作家提供借鉴。

50 年代中国文坛对苏联文学的亦步亦趋不仅表现在文艺政策、指导理论的仿效，还表现在一些文艺运动及其操作方式上。40 年代末苏联以联共中央"决议"的形式，批判左琴科（МихаилМихайлович-Зощенко，1895—1958）、阿赫玛托娃（АннаАндреевнаАхматова，1889—1966）等著名作家；中国有 1951 年底的"整风运动"和对《武训传》、萧也牧的批判。20 世纪 50 年代中期，苏联有反"无冲突论"、修正"社会主义现实主义"内涵的思潮；中国也有反"公式化、概念化"倾向，提出"社会主义时代的现实主义"命题①。

（二）中、苏作家互访频繁

1949 年 10 月，新中国刚成立，中国文协邀请法捷耶夫与中国作家座谈文学创作问题，参加座谈的中国作家有茅盾、周扬、丁玲、郑振铎、胡风、柯仲平、冯乃超、俞平伯、赵树理、冯雪峰、曹靖华、黄药眠、巴

---

① 这一命题由秦兆阳、周勃、刘绍棠、从维熙等青年作家提出。参见秦兆阳《现实主义——广阔的道路》，《人民文学》1956 年第 9 期；周勃：《论现实主义及其在社会主义时代的发展》，《长江文艺》1956 年第 12 期；刘绍棠：《现实主义在社会主义时代的发展》，《北京文艺》1957 年第 4 期；从维熙：《对"社会主义现实主义"的几点质疑》，《北京文艺》1957 年第 4 期。

金、周立波、田间、艾青、冯至、钟敬文、刘白羽、何其芳、陈企霞等。他们就生活与文学创作的关系、怎样描写人物、外国文学翻译等问题展开讨论,但主要是听取法捷耶夫的指导意见。

1951 年 9 月,爱伦堡与智利诗人聂鲁达(Pablo Neruda,1904—1973)应中华全国文学艺术界联合会之邀,在北京与两百多位作家、诗人聚谈,就文学创作质量、青年作家培养、诗人的社会责任与诗作技巧等话题听取了两位客人的主题发言。

1954 年 6 月,张光年、杨翰笙、方纪、柯仲平等组团访问苏联,与苏联作家波列伏依(Борис Николаевич Полевой,1908—1981)、西蒙诺夫(Константин Михайлович Симонов,1915—1979)等就文艺问题广泛交换意见。

1955 年 3 月,苏联作家考涅楚克(АЕКорнейчук,1905—1972)和华西列夫斯卡娅(1905—1964)访问中国,与中国作家茅盾、老舍、刘白羽、曹禺举行会谈,交流了各自文艺界的新情况,苏联客人特别介绍了苏联文艺界批判错误思想和反对教条主义的经验。

1955 年 10 月,苏联作家协会书记处第一书记、诗人苏尔科夫(Алексей Александрович Сурков,1899—?)率领苏联文化代表团访问中国。中国作协请苏尔科夫为首都文艺界作了一场报告。报告总结苏联文学的发展历程,认为苏联文学"走过了一段非常复杂的道路,在这条路上,积累了很多经验,这对于中国文学艺术的发展将多少会有帮助"。

1959 年 5 月,苏联第三次作家代表大会召开,茅盾率领中国作家代表团与会。茅盾在会上宣读的《祝词》中写道:"苏联文学是把自己的一切创造献给无产阶级革命和社会主义建设的文学,中国人民对苏联文学有着极为深厚的感情,把它当作良师益友。"①

从上述材料可以看到:在中、苏文艺界频繁互访交往的过程中,中方是以虚心谦逊的态度,向"老大哥"学习;苏方显然是以传经送宝的姿态出现。

---

① 以上材料参见李岫、秦林芳主编《二十世纪中外文学交流史》,河北教育出版社 2001 年版,第 565—569 页。

（三）全方位译介文学作品

出于中国文学借鉴、发展的需要，这一阶段全方位地译介俄苏文学。所译作品无论是数量还是类型，均是空前的，"在苏联文学作品中，几乎没有一种重要著作不曾被我国翻译家译介过来的，许多重要作家的多卷集也开始出现"①。"仅从 1949 年 10 月到 1958 年 12 月止，我国翻译出版的苏联（包括俄国）文学艺术作品共三千五百二十六种，占这个时期翻译出版的外国文学艺术作品总种数的 65.8％，总印数八千二百万五千册，占整个外国文学译本总印数 74.4％ 强。"② 而其中主要是苏联文学作品，俄国古典文学翻译种数从 1949 年到 1953 年出版了 114 种。③

这一阶段对苏联文学的全盘接收和盲目照搬的结果是泥沙俱下，这时期译介过来的作品中有不少平庸之作。另外，由于亦步亦趋和政治价值取向，又将如帕斯捷尔纳克、阿赫玛托娃和纳博科夫等非主流派作家的优秀作品排除在视野之外。

（四）苏联文学影响了一批中国作家

在"蜜月期"里，中国的一代作家，尤其是 50 年代登上文坛的青年作家，满怀着对苏联文学的热情，在向苏联文学的学习借鉴中挥洒自己的才情，正如有论者所论述的："在 20 世纪五六十年代，王蒙受到《拖拉机站站长和总农艺师》的影响写出了《组织部新来的年轻人》；周立波、刘绍棠从《被开垦的处女地》中汲取了创作的灵感，《山乡巨变》、《青枝绿叶》就显示出《被开垦的处女地》的影响；李国文在少年时代因《铁流》、《毁灭》的启蒙而走上文学道路；贺敬之、郭小川的'楼梯体'诗歌明显脱胎于马雅可夫斯基的'楼梯体'诗歌；……苏联文学的理想主义热情、集体主义精神、现实主义品格哺育了新中国一代作家和一代青年。"④

---

① 陈玉刚主编：《中国翻译文学史稿》，中国对外翻译出版公司 1989 年版，第 347 页。
② 卞之琳：《十年来的外国文学翻译和研究工作》，《文学评论》1959 年第 5 期。
③ 国家出版事业管理局版本图书馆：《1949—1979 翻译出版外国古典文学著作目录》，中华书局 1980 年版。
④ 樊星：《当代文学与多维文化》，武汉大学出版社 2005 年版，第 111 页。

二　疏离期（六七十年代）

从 20 世纪 50 年代末开始，中苏政治关系逐步冷却，走向疏离。20 世纪 60 年代至 70 年代，两国在一系列原则问题上剧烈碰撞，中苏文学关系也进入了长达 20 年的疏远、对立，乃至严重冰封的时期。

1962 年以后，不再公开出版任何苏联当代著名作家的作品；1964 年以后，所有的俄苏文学作品均从中国的公开出版物中消失。不过即使是在这样的环境中，作家出版社、中国戏剧出版社等以"黄皮书"形式，出版了大量的苏联当代作品，如肖洛霍夫（Михаил. А. Шолохов, 1905—1984）的《被开垦的处女地》（第 2 部）、爱伦堡（Эренбург, Илвя Григоревич, 1891—1967）的《解冻》、阿克肖诺夫（ВасилийАксенов, 1932—2009）的《带星星的火车票》等。它们大都是苏联当代文学中那些所谓的非社会主义现实主义的作品。译介目的不是为了正面学习，而是作为文化批判的反面教材，专供高级干部阅读，是当时反对修正主义的内部参考资料。这种情况一直持续到 1970 年代末。

在正面疏离苏联当代文学的同时，1960 年代初却一度大力介绍俄国 19 世纪别林斯基（Виссарио н Григо рьевич Бели нский, 1811—1848）、车尔尼雪夫斯基（Николай Гаврилович Чернышевский, 1828—1889）和杜勃罗留波夫（Николай Але ксандрович добролюбов, 1836—1861）的现实主义美学，用别、车、杜的美学理论观点，阐释、发挥毛泽东文艺思想体系。当然，别、车、杜的美学理论不是以完整的体系进入中国，而是在 20 世纪 60 年代中国特定话语场景中加以讲述。

这一阶段苏联文学对中国的影响，可以从官方和民间两个层面看。随着中、苏政治关系的疏离，中国开展"反修"运动，苏联文学也被视为"修正主义"文学并被当作反面教材，中苏文坛活动形成一种逆向对应关系，与前一阶段恰成鲜明对照。"当苏联文坛以开放的格局对待文学遗产和外国当代的文学成就时，中国文坛立即大批'厚古薄今'和'崇洋媚外'，并认为这是'我们同修正主义者'的一个'尖锐分歧的问题'；当苏联文坛讨论人道主义问题，肯定'个人具有自身价值'时，中国文坛则大批'人性论'和'人情论'；当苏联文坛大力塑造具有丰厚的性格内涵的人物形象时，中国文坛却大反'中间人物论'，并以'高大全'的人物形象取而代之；当苏联文坛号召描写'科技革命时代的当代英雄'——企业家形象时，中国文坛则在'帮派文艺'中大批'走资派'，认为苏联的'当代英雄'与中国'走资派'一样，都是'新生的资产阶级分子'；当苏联文坛对国内日益严重的社会弊端和危机做出深刻反思时，中国文坛却在为'文革'大唱赞歌……"① 这是意识形态的对抗带给文学的深刻影响。

民间的情况相反。虽然俄苏文学被官方视为"修正主义文学"，"文革"中苏联文学作品成为"禁书"。但是，不少青年偷偷传阅着那些被禁的苏联政治、文学书籍：从托洛茨基（Лев Давидович Троцкий，1879—1940）的《被背叛了的革命》、赫鲁晓夫（Никита Сергеевич Хрущёв，1894—1971）的《没有武器的世界：没有战争的世界》到爱伦堡的《人，岁月，生活》、《解冻》，索尔仁尼琴（Александр Исаевич Солженицын，1818—2008）的《伊凡·杰尼索维奇的一天》，叶夫图申科（Евгений. А. Тимошенко，1933—）的《"娘子谷"及其他》，阿克肖诺夫（Василий Аксенов，1932—2009）的《带星星的火车票》，西蒙诺夫的《生者与死者》，沙米亚金（Эван Ша Мия короля，1921—）的《多雪的冬天》，柯切托夫（Всеволод Анисимович Кочетов，1912—1973）的《你到底要什么?》，李巴托夫（Липатов）的《普隆恰托夫经理的故事》，艾特玛托夫（Чингиз Торекулович Айтматов，1928—2008）的《白轮船》等。在"文革"中的"地下读书"活动中，苏联文学作品较之西方现代派作品显然更加受到中国青年的喜爱。

三　深化期（八九十年代）

到了1980年代，中国再次出现大规模译介、研究俄苏文学的高潮。中国的改革开放，使得中、苏政治关系改善，文化交流日趋频繁，20世纪六七十年代的"禁书"重见天日。活跃于苏联当代文坛的著名作家：艾特玛托夫、邦达列夫（ЮрийБондарев，1924—2008）、拉斯普金（Валентин-Распутин，1937—）、舒克申（Василий Макарович Шукшин，

---

① 陈建华：《中俄文学关系》，曹顺庆主编：《世界文学发展比较史》（下），北京师范大学出版社2001年版，第361页。

1929—1974）、阿斯塔菲耶夫（В. П. Астафьев，1924—2001）、贝科夫
（Василий Владимирович Быков，1924—2003）、瓦西里耶夫
（Борис. Л. Васильев，1924—）、叶夫图申科（Евгений. А. Евгушенко，
1932—）等作家的作品在中国拥有广大的读者群，他们的优秀作品大都被
介绍到了中国，为许多中国作家和读者所熟知，并产生重大影响。19 世纪
俄国作家的作品得到系统的译介和深入的研究。中国作家和学界对苏联文
学不再是盲目的接受或排斥，而是有了接受主体的选择和系统深入的把握。

（一）从政治价值取向转向文学自身的价值

前面两个时期里，无论是对苏联文坛的亦步亦趋，还是"逆向对
应"，都是出于政治价值取向，把苏联文学或是当作指导思想的文化资
源，或是作为我们时代主旋律的反面教材，而不是从文学自身的审美视角
来接受苏联文学。随着中国改革开放的深入和文化多元化氛围形成，中国
文坛意识到文学不是政治的依附，有其自身的规律和价值，因而对俄苏文
学的接收和借鉴主要不是着眼于政治，而是回到了文学本身。从俄苏文学
中看到的是人情人性的深厚底蕴、人类社会历史的深层反思、艺术风格的
浑厚深沉。在陀思妥耶夫斯基那里，看到的是他小说中的"复调艺术"；
从托尔斯泰作品中借鉴的是他史诗般的叙事手段和人道主义的深情；肖洛
霍夫启示我们的是他驾驭风云变幻复杂时代的文学才能；艾特马托夫
（Чингиз Торекулович Айтматов，1928—2008）影响中国作家的是他创作
中的象征原型。

最能说明这种"转向"的是 1990 年代出现的"白银时代"文学热。
"1996—1999 年间，作家出版社、学林出版社、云南人民出版社、三联书
店、辽宁教育出版社纷纷推出了俄罗斯'白银时代'的文化与文学著作。
曼德尔施塔姆（Осип Мандельштам，1891—1938）、阿赫玛托娃（Áнна
Ахмáтова，1889—1966）、布尔加科夫（Михаил Афанасьевич Булгаков，
1891—1940）、别尔嘉耶夫（Н. А. Бердяев，1874—1948）……这些在思想
与艺术的探索中坚忍不拔、孤独前行的知识分子以自己的写作表达了在苦
难中追求灵魂获救、在忧伤中抒发高贵情感的思考。他们的书在 90 年代
的中国流传开来，耐人寻味：在世俗化、商业化大潮高涨的时代，在
'后现代主义'狂欢节的喧哗声浪中，在'知识分子边缘化'的叹息中，

中国的知识分子正在从俄苏文化遗产中汲取精神力量。"① "白银时代"的文学一直受到苏联文坛主流话语的排斥，也与中国长时期的意识形态相悖。但那是艺术含量很高的文学，是文化转型时期俄苏知识分子面对纷繁时势复杂心态的艺术表达。

（二）突破主流话语的限制，力求全面系统把握

1980 年代以来中国文坛以自己的眼光审视俄苏文学，不再囿于某种单一的声音，力图还原苏联文学的历史原貌。

首先，在 20 世纪二三十年代俄国文学认识的基础上进一步深化拓展，俄国文学与苏联文学并重，将两者当作一个历史文化传统来把握。这一时期翻译出版了普希金、莱蒙托夫（Михаил Юрьевич Лермонтов, 1814—1841）、果戈理、托尔斯泰、陀思妥耶夫斯基、屠格涅夫（Иван Сергеевич Тургенев, 1818—1883）、涅克拉索夫（Некрасов Николай Алексеевич, 1821—1877）、高尔基、肖洛霍夫、艾特马托夫等著名作家的全集或多卷本文集，为读者、作家提供系统全面的文本翻译。

其次，对 70 余年的苏联文学，也全面考察其不同的方方面面。正如有学者指出："构成苏联文学境内整体景观的有：主流性的'体制内'文学（从肖洛霍夫到列昂诺夫、邦达列夫和拉斯普京等），力图成为另一种主流的反体制文学（从普拉东诺夫到索尔仁尼琴等），以及永远处于边缘位置却不反体制的文学（从普利什文到巴乌斯托夫斯基），而且每一种文学都取得了重大成就；就时间而言，构成苏联时代 70 年来文学全部遗产的则不仅包括上述境内部分，而且不能忽视境外的各种侨民文学（包括延续俄国斯拉夫文化传统或现代主义传统，因为反体制而在战后流亡国外却更直接批判苏联体制的文学家，以及因勃列日涅夫上台后加强意识形态控制而被迫流亡的一批作家）。"② 中国学界还有"重新发现俄苏文学"的学术研究，如蓝英年在《读书》杂志、《文汇读书周报》发表的系列文章《寻墓者说》，就介绍了那些在苏联时代遭受厄运的作家们的命运：从革命作家高尔基的精神苦闷与神秘之死（《高尔基回国》）、法捷耶夫因为

---

① 樊星：《当代文学与多维文化》，武汉大学出版社 2005 年版，第 114 页。
② 林精华：《中俄、中苏文学关系的历史省思》，《深圳大学学报》2002 年第 3 期。

对斯大林失望而自杀（《作家村的枪声》）、马雅可夫斯基因为绝望而自尽（《被现实撞碎的生命之舟》）到不理解十月革命的俄国女诗人茨维塔耶娃因为生活困难、家破人亡而自杀（《性格的悲剧》）、莫名其妙受到不公正批判的作家左琴科（《倒霉的谢皮拉翁兄弟》）等，将俄苏文学鲜为人知的另一面发掘出来。

再次，即使是同一个作家，也力求多层面、多角度加以揭示，以还历史本来面目。如对高尔基的理解，很长时期里人们只是认同他是世界文学史上最伟大的无产阶级文豪、苏联社会主义革命文学的奠基人，甚至将他神化、偶像化。但这一时期中国的高尔基研究，呈现出多样化态势：他在十月革命期间的情况，《不合时宜的思想》的翻译出版①，他与斯大林的矛盾和精神痛苦等都进入中国学者的视野。俄罗斯学者瓦季姆·巴拉诺夫的著作《高尔基传：去掉伪饰的高尔基及作家死亡之谜》很快在中国翻译出版。②

（三）对文学创作的深刻影响

王蒙在一篇文章中写道："我们这一代中国作家中的许多人，特别是我自己，从不讳言苏联文学的影响。……在张洁、蒋子龙、李国文、从维熙、茹志娟、张贤亮、杜鹏程、王汶直到铁凝、张承志的作品中，都不难看到苏联文学的影响。……这里，与其说是作者一定受到某部作品的直接启发，不如说是整个苏联文学的思路与情调、氛围的强大影响力在我们的身上屡屡开花结果。"③

的确，俄苏文学对中国 20 世纪八九十年代文学创作的影响是普遍而内在的。虽然这一时期的中国文坛受到西方现代主义、后现代主义的强烈冲击，但检视当时的创作，可以看到大量的事实：冯骥才的《啊！》令人想起契诃夫（Антон Павлович Чехов，1860—1904）的《一个官员的死》；张贤亮的《邢老汉和狗的故事》与屠格涅夫的《木木》颇有相似之处，他的《绿化树》则是阿·托尔斯泰（Алексей Николаевич Толстой，

---

① 高尔基：《不合时宜的思想》，朱希渝译，江苏人民出版社 1998 年版。

② 瓦季姆·巴拉诺夫：《高尔基传：去掉伪饰的高尔基及作家死亡之谜》，张金长等译，漓江出版社 1998 年版。

③ 王蒙：《苏联文学的光明梦》，《读书》1993 年第 7 期。

1883—1945）的《苦难的历程》和陀思妥耶夫斯基的《死屋手记》的奇
特结合；王蒙的《布礼》、《如歌的行板》、《恋爱的季节》、《失态的季
节》、《蹰躇的季节》、《狂欢的季节》中，俄苏文学的情调总是那么浓郁；
从维熙的"大墙文学"是索尔仁尼琴的"大墙文学"的某种折射；蒋子
龙的"改革者文学"中，有李巴托夫的《普隆恰托夫经理的故事》的影
子；张炜的《古船》中的隋家父子身上，体现出托尔斯泰的《复活》中
的列文的精神；徐怀中的《西线轶事》，也显然受到了瓦西里耶夫的《这
里的黎明静悄悄……》的启迪。90 年代是世俗化大潮高涨的时代，而在
这大潮的冲击中高举起了理想主义和批判现实主义旗帜的作家们，例如张
承志、张炜、梁晓声、史铁生、陆天明等人，都有相当鲜明的俄苏文学背
景。在《九月寓言》、《年轮》、《务虚笔记》、《泥日》这些作品中，都弥
漫着热烈而深邃、感伤又温馨、博大亦绚丽的气息。"新生代"作家余华
从布尔加科夫在厄运中写成的《大师和玛格丽特》中了解了"真正的写
作"。①

　　梁晓声对俄苏文学情有所钟。他作为知青在北大荒时，就创作过一篇
"俄罗斯小说"：故事框架出于《杜十娘怒沉百宝箱》，背景却放在一个俄
罗斯村庄，人物全部套用苏联名字。这虽是出于填补精神空虚的"自
娱"，但可见其受俄苏文学的影响。他在一篇文章中说："我对俄罗斯文
学怀有敬意。一大批俄国诗人和小说家是我崇拜的对象——普希金、莱蒙
托夫、果戈理、赫尔岑、屠格涅夫、陀思妥耶夫斯基、托尔斯泰、契诃
夫、高尔基等等。……高尔基之后或与高尔基同时代的作家，如法捷耶
夫、肖洛霍夫、马雅科夫斯基等，同样使我感到特别亲切。更不要说奥斯
特罗夫斯基了——《钢铁是怎样炼成的》，几乎就是当年我这一代中国青
年的人生教科书啊！"② 从梁晓声的《这是一片神奇的土地》、《今夜有暴
风雪》等知青小说中的理想追求与人性探讨，不难看到俄苏文学的影子。

　　国内有学者曾撰写专文论述张炜与俄苏文学的关系，做出很有说服力
的论证，得出结论："张炜前期创作受屠格涅夫《猎人笔记》影响较大，
那种将自然人格化，物我相通的风景描绘，与张炜本人那种亲近自然的心

---

①　樊星：《当代文学与多维文化》，武汉大学出版社 2005 年版，第 113—114 页。
②　梁晓声：《致友人》，《外国文学评论》1989 年第 4 期。

态是非常契合的。《古船》时期的张炜与列夫·托尔斯泰的深沉执著的道
德探索和深广博大的人类爱哲学也有一定的联系。张炜 1986 年以后的作
品《海边的风》、《九月寓言》等则受苏联当代文学中道德—自然哲理流
派的小说家艾特玛托夫、阿斯塔菲耶夫的创作影响较大。这主要体现为人
与自然的关系的主题与道德主题的融合,对褊狭的人类中心主义的反馈,
对工业文明所造成的人的心灵的偏枯,道德沦落的关注和忧虑。张炜之借
鉴俄苏文学,不只得其皮毛,而且得之神韵。他从俄苏文学汲取的主要是
俄苏作家那种崇高的人格力量、博大的人道情怀,以及对人类前途和命运
的深沉关注。"①

　　当然,俄苏文学对中国新时期文学的影响,不只是对一些作家的影
响,更表现在整体的、氛围化的影响。俄苏文学表现出的强烈的反思意
识,以及对人性、人情和人道主义的热忱呼唤,成为新时期中国作家重要
的借鉴对象。苏联当代文学对历史的深刻反思,对民族健康心态的追寻,
对杂色生活底蕴的开掘,对不可逆转的改革趋势的揭示,以及对当代
"人的命运"的多侧面的描摹等,几乎都可以在新时期的中国文学中找到
极为相似的对应面。

第二节　20 世纪 80 年代文学与西方现代 主义、后现代主义文学

　　现代主义文学以关注人的感性生命和生存境遇为本质特征。这一源于
西方的文学思潮在 20 世纪二三十年代就传入中国,出现了李金发
(1900—1976)、戴望舒 (1905—1950) 等人的象征主义诗歌和刘呐鸥
(1905—1940)、穆时英 (1912—1940)、施蛰存 (1905—2003) 等人为代
表的新感觉派。但在随后的战争岁月和历次政治运动中,现代主义文学被
冲淡。直到 20 世纪 80 年代,伴随着改革开放的时代进程,西方现代主
义、后现代主义文学为中国作家广泛接受,产生深刻的影响。

---

　　①　耿传明:《张炜与俄苏文学》,《外国文学研究》1995 年第 3 期。

一　两个创作高潮与三次论争

在西方现代主义和后现代主义文学的影响下，中国 20 世纪 80 年代文学出现了两次中国意义上的现代主义文学创作高潮；围绕着对待西方现代主义文学的态度和中国的现代主义文学创作，有过三次声势颇大的理论论争。

1982 年前后出现了中国现代主义文学的第一个创作高潮。主要表现为 70 年代末兴起的朦胧诗，以王蒙为代表的意识流小说，以宗璞、谌容为代表的怪诞小说和以高行健为代表的探索戏剧。

诗歌是一种敏感的文学形式，新的文学因素的萌芽往往发生在诗歌领域。以北岛、顾城、芒克、舒婷、梁小斌等人的创作为代表的"朦胧诗"最早透出现代主义的信息。这群在"文革"动乱年代成长的青年诗人，以他们的独特感受表现他们经历过的迷惘和伤感，他们摒弃了现代诗歌直抒胸臆的抒情方式，将激越的情感作冷调处理，普遍采用客观对应物和诉诸直觉的象征手法，广泛运用幻觉、错觉、通感、超感、变形和反逻辑等西方现代主义诗歌表现手段，由现实主义诗歌注重外在世界的描绘转向主体内在世界的抒写，强调"自我"世界的建构，追求隐晦、朦胧的审美效果。"文革"创伤的情感体验，西方现代主义艺术手法和中国古典诗歌凝练蕴藉的审美追求是"朦胧诗"的三个要素。有人根据朦胧诗作在朦胧纱幕下表现的济世思想、民族责任感、道德价值追求和崇高的人格境界，认为"朦胧诗"不属于现代主义文学，但它得到西方现代主义诗歌，尤其是象征主义诗歌的某种启迪，并借鉴了某些表现技巧是毫无疑义的。

如果说"朦胧诗"的表现技巧更多是这批青年诗人内在情感的形态化和得益于中国古典诗词，那么 80 年代初的意识流小说和荒诞小说则可以说是西方现代主义文学技法自觉的横向移植。1979 年和 1980 年，王蒙相继发表了《布礼》、《春之声》、《风筝飘带》、《夜的眼》、《海的梦》、《蝴蝶》等几篇"意识流"小说，在文坛引起强烈反响，一度形成"人人争说（以至争写）意识流"的盛况。王蒙的这些小说大胆模仿西方意识流小说的自由联想、内心独白、时空交错、视角变换等艺术技巧，以人物意识流程的展示代替外在环境的描绘和典型性格的塑造。在王蒙的带动下，一批年轻作家紧随其后，如张承志（《绿夜》、《老桥》）、谌容（《玫瑰色的晚餐》）、陈建功（《被揉碎的晨曦》）等，纷纷品尝这只文学

"蜗牛"。

正当王蒙等人在品尝意识流这只"蜗牛"的肥嫩细滑的时候，宗璞等一批作家却在试着砸开卡夫卡创作这颗"核桃"，食取其中的肉仁——借鉴学习卡夫卡创作中的表现主义、超现实主义手法。宗璞在一封公开信中说她"有意识地用两种方法写作，一种是现实主义的，如《三生石》、《弦上的梦》等；一种姑且名之为超现实主义的，即透过现实的外壳去写本质，虽然荒诞不成比例，却求神似"①。她先后发表了《我是谁》、《蜗居》、《泥沼中的头颅》等具有怪诞意味的小说，通过荒诞离奇的超现实情节，以夸张变形等艺术手段，表现浩劫年代的荒谬本质和作家的孤独感、灾难感。在宗璞的影响下，一批年轻作家创作了一批当时引人注目的怪诞作品，如祖慰的《蛇仙》、王兆军的《不老佬》、谌容的《减去十岁》等。

中国当代的探索戏剧是从 1980 年马中骏、贾鸿源、瞿新华合作的《屋外有热流》开始的。1982 年高行健、刘会远合编的《绝对信号》以其探索性震动了戏剧界和评论界。这两部剧作都着重于戏剧形式的探索与革新，突破易卜生的戏剧传统模式，而从梅特林克（Maurice Polydore Marie Bernard Maeterlinck，1862—1949）的象征剧，斯特林堡（August Strindberg，1849—1912）、奥尼尔（Eugene O'Neill，1888—1953）的表现主义戏剧和布莱希特（Bertolt Brecht，1898—1956）的"陌生化"理论中汲取新的东西，改变传统戏剧的完整情节和起承转合的戏剧冲突，使现实时空与心理时空叠化交错，表现人物的幻觉意识，过去与现在、现实与梦幻、活人与鬼魂交织在一起，大量运用象征性场面或道具。

当代中国第一个具有现代主义色彩的创作高潮是开创性的，它是中国大陆现代文学中新感觉派、九叶诗派等现代主义文学间断几十年之后的重新接续，是对几十年来雄霸文坛的现实主义美学原则叛逆心理作用下，对西方现代主义文学的新的认同与选择。这种"开创性"，决定了这种新文学的稚气，表现为对西方现代主义文学接受时采取"一种本末倒置的态度"②，即着重于形式和技巧的借鉴，作品的内容与当时的伤痕文学、反

---

① 宗璞:《给克强、振刚同志的信》,《钟山》1982 年第 3 期。
② 邹平:《新时期文学中的现代主义渐进》,《文学评论》1987 年第 1 期。

思文学一样，批判极"左"路线和封建主义残余，清算"文革"罪恶，反映干群关系、知识分子遭遇，宣传不可丧失的理想和信仰等。因而有论者称之为"中山装式"的现代主义文学。① 但不管怎样，这些诗人和作家的开拓性工作，为后一阶段中国现代主义文学的发展铺设了道路，由于这些作品而引起的文艺界的讨论，扩大和深化了现代主义对中国文学的影响。随着1983年的"清除精神污染"，对异化理论和西方现代主义文学的批判，第一次创作高潮告一段落。

第二次创作高潮是1985年至1987年前后的事情。这是一次对西方现代主义、后现代主义文学更为深刻、内在的接受。评论界对这次高潮中的一些作家作品颇多非议，认为他们距传统的现实主义道路越走越远，这表明他们更加接近现代主义，创作了一批具有现代主义品位的作品，主要为新生代诗派、现代主义新潮小说和进一步发展了的探索戏剧。

新生代诗派（又称"崛起后诗群"，他们自称"第三代诗人"）的诗人大多在大学就读时参与诗歌活动，编印诗刊，结集诗社，写作诗歌诗论，铅印诗集。主要包括《大学生诗报》、《中国当代诗歌报》、南京的《他们》、《诗歌报》与《深圳青年报》联合展出的"中国诗坛1986现代诗群体大展"、四川的《非非主义》等报刊的诗歌作者。代表人物有于坚、王小龙、韩东、柯平、车前子、廖亦武、蓝马、伊甸、瞿永明、张烨等。这是一批在"文革"初年出生的青年诗人，他们反对"朦胧"诗人的社会意识和价值追求，反对权威，反对价值，反对理性，"把一切都当作偶像打倒（包括自己），然后冷笑着溜走。他们嘲笑时代嘲笑别人也嘲弄自己，他们似乎什么都不是了，他们灵魂里只剩了一缕本能之烟袅袅上升"②。个体生命本能的体验是"新生代"诗作的基本主题，以一个侧面对当代青年心灵搏动的轨迹作了真实的展示。艺术上注重生活流、印象流、感觉流的展示，运用黑色幽默的反讽、非意象化和口语化，努力把"朦胧诗"的贵族化拉入世俗生活。从"新生代诗派"的价值解体、对现实的消极认同和玩世不恭的冷嘲中，我们不难看出西方后现代主义文学的

---

① 许子东：《中国当代小说探索与西方文学影响》，《比较文学讲演录》，陕西师范大学出版社1987年版，第197页。

② 徐敬亚：《崛起的诗群》，同济大学出版社1989年版，第135页。

影响。

80 年代中期中国文坛的现代主义新潮小说包括两个相互联系又有区别的小说热点。一是在 1985 年"小说爆炸"中爆出来的以刘索拉的《你别无选择》和徐星的《无主题变奏》为代表的轰动效应，二是稍后于他们的马原、洪峰、残雪等人对文坛的震动。他们是一批青年作家，不像第一次高潮的作家们先已经有一套现实主义的创作模式，而后才努力借鉴西方现代主义的手法，在创作具有现代主义色彩的作品的同时，也创作现实主义作品。这批青年作家在大量接触西方现代哲学、文化理论著作和文学作品后形成自己的创作思想和审美意识，以反现实主义的面目登上文坛，没有现实主义的沉重负荷，明朗轻松地直奔现代主义。他们的创作不再是"中山装式"，不再停留于"技巧模仿"，而是观念的横移和情绪的共鸣。如果深入一点观察，这股新潮小说的两次"热点"，还是有些区别。

刘索拉和徐星的小说主要表现在新旧交替时代青年一代的独特心境和感受，面对着变革的现实和种种规范框框所形成的矛盾，他们看到了生活中荒谬滑稽的一面，因而以戏谑冷漠的态度对待生活，什么都激不起热情，但骨子里又在寻找着自我。《你别无选择》中的一群唠叨不休，甚至恶作剧的大学生，《无主题变奏》中的主人公"我"都是这样的青年。从他们作品中调侃戏谑的闹剧情节、玩世不恭的行为方式和语言的恶谑格调，可以看到美国黑色幽默对他们的深刻影响。

马原、洪峰和残雪为代表的青年作家被称为"先锋派"。之所以称他们为"先锋派"，恐怕主要是他们在小说文体和叙述语言方面的创新和实验。他们与刘索拉、徐星的最大差异，表现在刘和徐主要在内容上表达真正的现代意识，而"先锋派"在文学形式上获得现代主义意义，但又决不同于第一次高潮中在形式上向西方现代主义的借鉴。"先锋派"的形式，是"获得了意义的形式"。形式就是文学的一切，叙述本身高于故事。因而他们对现实、社会更加冷漠，以更加超越、抽象的叙述，来表现他们怪诞、尖锐的自我感觉。马原的《冈底斯的诱惑》、《虚构》，洪峰的《奔丧》、《极地之侧》，残雪的《苍老的浮云》、《山上的小屋》，孙甘露的《我是少年酒坛子》，苏童的《一九三四年逃亡》，余华的《四月三日事件》，格非的《褐色鸟群》等是代表性作品。艺术上注重新异感觉、讲求叙事策略、运用反讽手法和拼贴剪辑手段，叙述角度多变，形成一种综合、混乱、新奇的风格。给“先锋派”文学以直接影响的是法国“新小说”。

中国新时期的探索戏剧在80年代中期又有新的发展，由80年代初的形式技巧探索发展到超越时空的哲理探索和戏剧综合艺术潜能的挖掘。1985年推出的《野人》（高行健）、《一个死者对生者的访问》（刘树纲）和《魔方》（陶骏、王哲东）三部剧作，在剧坛和文坛引起反响。1986年推出的“荒诞川剧”《潘金莲》（魏明伦）也兴起风波。这些剧作在对西方荒诞派戏剧某些手法的借鉴中，表达的是理性的主题，对人生处境的哲理性思考，艺术上时空自由变换，将歌、舞、曲艺、小品等表演形式熔于一炉，扩大了戏剧的表现能力。

从80年代“现代主义文学”创作的两个高潮可以看到，西方现代主义对中国当代文学由表及里的“渗透”，当然这是从影响这一面而言；从接受的角度看，80年代中国文学始终是以一种主动的姿态看取现代主义的，不是被动地受其影响。因而有论者用“渐进”来描述西方现代主义与中国80年代文学的关系①。无论是“渗透”还是“渐进”，其说法不一样，所指的事实是一致的：在西方现代主义、后现代主义启迪下，中国当代的“现代主义”文学以其反叛性、探索性出现在80年代的文坛，令人刮目相看——或者惊异，或者欢呼，或者惶惑。

20世纪80年代末以来，中国的现代主义文学处于低谷，有人评说为“新潮文学的终结”②。但随着改革开放的进一步深入和发展，探索文学还有发展，“新潮文学”之后还有新潮。90年代议论颇多的“王朔现象”和“新写实主义”、“新体验”等与西方后现代主义就有着内在的联系。

当代中国“现代主义”文学的创作，始终是文学评论界的批评焦点，并由此展开理论论争。80年代的三次论争，第一次是1982年开始，由徐迟的《现代化与现代派》引起的关于“现代化与现代派”的讨论，这场论争持续近三年，中间还夹杂着对冯骥才、李陀、刘心武放出的几只“小风筝”的争议，对谢冕、孙绍振、徐敬亚关于“朦胧诗”的“三论”的批判。第二次是何新于1985年在《读书》杂志发文，谴责“当代文学中的荒谬感与多余者”，又引起了批评界的一次不大不小的震动。第三次

① 邹平：《新时期文学中的现代主义渐进》，《文学评论》1987年第1期。

② 刘芳、白莳：《新潮文学的终结》，《文学自由谈》1991年第2期。

是 1988 年《北京文学》辟专栏讨论黄子平提出的"伪现代派"的概念，一些评论家又从各自的角度对中国的现代主义的"伪"与"真"发表了自己的看法。这三次讨论"呈现了一个极有意思的发展脉络，一开始是文化政策和文化心理的调整，后来是借文学精神价值的讨论来关注当代青年文化心态，再后来才出现对新时期文学自身的性质的质疑。倘用最简单的方式来概括这三次论争，那就是'我们要不要现代派'、'我们文学中的现代派好不好？'、'我们究竟有没有真正的现代派？'"①

对于三次讨论中的主要观点，许子东在他的长篇论文《现代主义与中国新时期文学》中，联系当代中国文化的发展、变迁和逻辑轨道与 80 年代中国现代主义文学的创作实践，作了独到深刻的论析，这里不再作妄议。只是特别提出几点：第一，这些讨论既是对新时期现代主义创作的总结，同时又逐步加深了对现代主义的理解，指导、推动了现代主义文学的发展；第二，与中国 80 年代社会文化的变化一致，关于现代主义的讨论也经历了一个虽然从文学出发（因为这是文学问题的讨论），但实际讨论的是政治文化，转了一圈再回归到文学本身这样的一个过程；第三，几次讨论涉及中国当代文学的一系列重大理论问题：文学与政治、文学与民族传统、文学与异质文化、文学与生命个体、中国文学的发展方向等，从中可以看到，在一个变革转折的历史时期不同价值观念的冲撞。清理这份刚刚成为过去的"遗产"，不仅有利于对中国现代主义文学的理解，也不仅限于对中国当代文学的意义，对于一种文化的转型整合也具有重要的启示意义。

二　接受、冲突与变异

一种文学对另一种文学的接受，是一个非常复杂的过程，绝不是一种完整的横移。鲁迅说的"拿来主义"，不是照抄照搬。文化的"眼镜"在接受或者"拿来"的过程中起着巨大的作用。接受主体溶凝着民族、社会的文化性格，这种文化性格给接受主体的认识水准、思维模式、欣赏习惯规定了一定的标准和取向，形成一种接受视野：认同的，接受过来；不认同的，视而不见或者拒绝、排斥。即使认同后，也还有一个消化、变异

---

①　许子东：《现代主义与中国新时期文学》，《文学评论》1989 年第 4 期。

的过程，直到化为"我"的一部分。当然，标准和取向不是一成不变的，某种新元素的出现，会导致整个文化结构的重组，"标准和取向"相应发生变化。文学与文化的传统与革新，就是接受视野的"防守"与"突破"的矛盾及其演变。

一个社会有不同的文化群体和文化层级。我们这里引进"主流文化"的概念。台湾著名人类学家陈其南论及"文化"时说："'文化'的意义并不能局限在精致的范畴，也不能单纯地解释为生活方式而已，它必须是全民所'共享'的。所谓共享不只是说要在实际生活中为大家普遍实行，而是其意义和价值标准必须为大家所了解和认可。因此如果一项艺文活动仅为少数专业人员或者菁英分子所能参与或欣赏，顶多只能算是次文化，而非这个社会的主流文化。"① 不同的文化层对同一文学现象有不同的接受视野，前面叙述的中国80年代的"现代主义"作家和参与讨论的部分批评家对西方现代主义文学所表现出来的是一种接受视野。那么，作为当代中国"主流文化"对西方现代主义文学的认识与接受，呈现出怎样的景况？从两个角度看：

其一，广大普通读者的情况。他们面对现代主义文学的"新、奇、怪"，大多感到茫然。著名作家刘心武曾说："……他们的文化教育程度和作为审美趣味的欣赏习惯，恐怕也很难消化'现代派'的文学作品。"② 且不说异质文化的西方现代主义文学，就是中国当代的现代主义文学作品，又有多少普通读者能解码和接受？20世纪90年代新潮文学的寂寥，原因固然很多，恐怕缺乏读者基础也是重要原因之一。"嬉皮士"在西方是大众文化，在中国却有学院式的贵族化倾向。

其二，1980年代对现代主义的评论情况。作总体观照，对现代主义的价值评判有五种结论：1.从局部到整体作绝对肯定；2.局部有问题，总体要肯定；3.局部有积极意义，整体要否定；4.从局部到整体作彻底否定；5.不作总体判断，局部作具体分析。其中以第三种为"主流评价"。其主要论据是：虽然西方现代主义文学在内容和艺术上都有可取之处，但总体上说，"现代派文学是资本主义发展到帝国主义时代的产物，

① 陈其南：《文化的轨迹》，春风文艺出版社1987年版，第7页。
② 刘心武：《需要冷静地思考》，《上海文学》1982年第2期。

是西方日益严重的社会危机和精神危机的表现……就其作品的基本倾向而言，现代派仍属于资产阶级、小资产阶级旧文学的范畴，它的社会作用基本上仍然是在维护旧的、阻碍生产力发展的资本主义生产关系"①，"它们在哲学思想上是唯心主义的，在政治观点上是反对一切社会组织即无政府主义的，在创作方法上是反对现实主义传统，搞非理性化、非性格化、非情节化的"②。"现代派作品就其总的创作倾向而言，是在把人们引向悲观厌世，神秘主义和不可知论的绝境。"③ 总之，就"主流评价"看来，唯心主义、悲观主义、表现自我、非理性、反传统的特征，加上维护资本主义生产关系的社会效果，西方现代派文学应该否定，不能接受他们的影响，以免污染社会主义文艺。这种以"情感愿望"代替学术研究的评价虽在 1985 年以后略有减弱，但仍然占有很重的分量，尤其是它往往与现实文化结合在一起，显示其决策性和权威性。80 年代对西方现代派的几次"清理"、"整顿"，萨特等人的作品几次从图书馆的书架上拿下来，打捆封存，都显示了现实文化对西方现代主义的鲜明态度。

对西方现代主义文学，我国普通读者的阅读效应是"读不懂"，多数评论者的批评结论是"否定"，充分显示了西方现代主义的文化指令与我们主流文化之间某些观念的冲突。我们择其要者，略作阐析。

（一）个体的人——群体的人

西方现代主义文学是一种深刻的人的文学——尽管在表象上呈现出逆向性。人，是西方文学从古代到现代一以贯之的突出主题，古希腊文学中表现出人类童年时期的天真稚态，蓬勃向上的精神；文艺复兴时期的人文主义文学充满着人的乐观和自信；17、18 世纪表现人的高贵理性；19 世纪初的浪漫主义赞美人的情感；19 世纪中后期开始，尤其是 20 世纪的现代主义文学，表现的是人的失望、焦虑、痛苦与孤独，是人的非人化。有人以此为据，认为现代主义文学是一种反人的文学。此说大谬。现代主义文学中的人是更为深刻的人。第一，文艺复兴时期人文主义文学对人性觉

---

① 陈慧：《论西方现代派文学及其他》，南开大学出版社 1987 年版，第 2 页。
② 李准：《现代化与现代派有必然联系吗?》，《文艺报》1983 年第 2 期。
③ 嵇山：《关于现代派和现实主义》，《华东师范大学学报》1981 年第 6 期。

醒的礼赞到现代主义文学对人性泯灭的哀悼，其间一脉相承，是人的自我意识在两端的显现；第二，在这两端中，文艺复兴时期人的观念虽然美好，但过于天真而显得肤浅，现代主义文学人的观念虽然痛苦但深刻，因为日益发展的自然科学和人们越来越多的经验体验都证实了人的局限、人的矛盾；第三，现代主义文学中的"人"和文艺复兴的"人"一样，都是真实的、感性的、多元的个性，以个性解放、自我意识为中心内容。但在对人的"矛盾"的理解上，现代主义文学表现出内在化倾向：不仅看到人与外在环境、"我"与"他们"之间的矛盾，更注视着个体自身人格多元的冲突。现代主义文学就是这样一种以非人的表象寄寓着深刻的人的精神的文学，对人的悲惨处境、人的无望追求作了深刻的真实的揭示。萨特说："存在主义文学的目的，就是让人类重新找到自己。"①

在中国文化的研究中，历来认为中国文化富于人的精神，是一种人文文化，重视礼让人伦、人际关系，以情为贵，富于人情味。"仁爱"是中国传统主体的儒学的重要观念。直到当代提倡的"雷锋精神"、"全心全意为人民服务"的口号都体现了人的精神。但前些年的文化讨论中，不少论者作出了新的思考，认为儒家文化中"讲的人是理想化了（或者说神化了）的人，而不是肯定实有的人和事"②。这种"理想化"的人就是以"人性善"为假设前提，把个人淹没于群体之中。以"群体"、"社会"、"人民"的概念来代替具体的个体。中国文化从古代到当代，都是重社会轻个人，强调稳定服从。1949 年新中国诞生，实现了国家统一和民族独立，在文化认同基础上新的文化重心形成。这种"文化认同"是对传统文化的认同。很快又引进了苏联的体制模式，建立了集权经济体制和相应的政治体制，这样的现实文化更强化了传统文化中的"群体意识"。虽然随着改革的深入，注重生命个体的"次文化"圈在逐渐扩大（所以有中国的现代主义文学），与主流文化的"群体意识"剧烈冲撞，但无力动摇主流文化的稳固地位。

西方现代主义文学在非人的表象中蕴涵着深刻的人的精神；中国主流文化在对人的神化中丧失了具体的活生生的人性。正是这种"人"的观

---

① 萨特：《存在主义是一种人道主义》，《外国文艺》1980 年第 5 期。
② 王润生：《我们性格中的悲剧》，贵州人民出版社 1988 年版，第 41 页。

念的冲突，使得我们的主流文化对现代主义文学持排斥的态度。

(二) 忧患意识——麻木乐天

西方现代主义文学是一种具有强烈的忧患意识和危机感的文学。忧患意识，在不同的范畴有不同的解释。从人格心理学角度讲，它是自主型人格的复合物，由于强烈的自我意识，对面临的苦难特别敏感，而又有着极力摆脱苦难的强烈欲望，由此产生危机感，唤起忧患意识。从社会学角度讲，它是民主社会的产物，民主使其重视自己的权益，因而只要危及其中某一成员的利益，他们就以敏锐、阔大的眼光，看到自己的未来将受到侵害，因此产生危机感，西方现代主义文学的忧患意识，就是产生于现代人对人的处境的真实认识而又不甘沉沦的文化心态和比较民主的社会氛围。现代主义文学中表现了深沉的失落感和浓郁的悲剧色彩：卡夫卡"无路可走"的慨叹，奥尼尔的"永恒悲剧"，福克纳笔下现代世界的"喧哗与骚动"，萨特"他人就是地狱"的等式，贝克特永无尽期的"等待"，海勒"二十二条军规"中的悖论……这些汇集成西方上空的一声呼号——我们已临深渊！

这就成了"主流评论"分析西方现代主义"颓废"、"没落"的论据。在我们的文化体系的符号中，"忧患"就是"颓废"，"危机"就是"没落"。因为我们没有西方现代主义文学意义上的"忧患"、"危机"的概念，只好指鹿为马。加上庸俗社会学作祟，把现代主义文学与西方资本主义的没落联系起来，自然作出否定性判断。

许多事实经验证明，中国虽不乏忧国忧民之士，但更多是麻木乐天的表现。即使有"道路曲折"的喟叹，也总有"前途光明"的激励。远古精卫遇难，尚能化鸟填海；在现代，鲁迅笔下出现大量的"漠然的看客"的形象。

麻木乐天意识的形成，究其远因，是历史上长期专制统治形成的顺从心理，锁关闭国、小农经济形成的"坐井观天"的文化心理和儒家传统重理想轻现实的总体文化精神；探察近因，无疑与连续不断的各种政治运动的冲击、民主与法制的不太健全和片面强调正面理想教育有关。作为这些近因和远因的综合体，我们害怕"忧患"和"危机"，赋予它们极端的贬义。其实，从进化、变革的角度讲，忧患和危机意识自有它的积极意义。有论者论述西方现代文化中的危机意识："危机常常是深刻变动之前的必然阶段。在这个意义上说，文化悲观主义所构成的总体危机意识，就不只是西方现代文化外在的风貌与特征，而成为这一文化之所得以重新铸造的深层原因了。"①

（三）求真——求善

康德在《判断力批判》中，曾为判定人类理智的基本结构寻找到一个标准：知性不可避免地要在事物的可能性与现实性之间做出鲜明的区分。人有别于自然界的一般动物，知道什么是现实性（真实的存在），什么是可能性（主观设想的愿望）。但作为不同的文化体系，有的偏重于现实性的真，有的偏重于可能性的善。大体上，西方现代文化属于前者，中国文化属于后者。西方文化的科学精神和中国文化的伦理精神正是在求真、求善的不同取向上体现出来。

西方文化求真的取向表现在现代主义文学中。说现代主义文学是"求真"的文学，与我们的"主流评论"相悖。他们否定现代主义的一个重要论据，就是现代主义唯心主义地表现主观的自我，反对反映客观现实，是扭曲的、病态的、不真实的。我们认为：第一，自我与真实不是一对矛盾的构成，自我与真实可以统一；第二，镜子式地反映现实，不一定就是真实；第三，现代主义文学是强调真、重视真的文学。现代主义文学的真是在现实主义的典型化理论基础上进一步发展的"真"。典型化理论要求把握纷乱的生活表象背后的客观规律、时代本质，杂取种种，刻画典型，在"杂取"、"刻画"的过程中已经融合了主体的自我。现代主义文学同样主张把现实表象打乱，按"真实"加以重新组装拼合，把主观的真实与客观的真实统一起来。它不同于典型化理论的真实是在最后的表现上：现实主义仍然按生活表象的样子表现，而现代主义文学则不还原为表象，直观地把"真实"显现出来。现代主义和现实主义的最大区别，就是在表现上是否还原为生活表象。

西方现代主义文学对真实要求的深化，至少从下面三点可以得到证明。首先，从创作主体方面说，不少现代主义作家反对传统文学（包括

---

① 　罗务恒：《现代西方文学艺术与近代西方文化主题》，《文艺研究》1986 年第 6 期。

现实主义）中作者全智全能地操纵摆布作品的人物，让人物按其本性和自由意志行动，作品叙述的观察点由以往的"外在视点"变为"内在视点"，福克纳、康拉德的一些作品是这方面的代表。"内在视点"的运用，缩短了作品人物与读者的距离，产生高度的真实感。其次，从表现对象方面说，现代主义文学突破传统文学过分注重表现对象的外在表层，深入开掘其内在深层，运用意识流手法刻画人物千变万化的内在世界。现代主义的创作在不同程度上都运用意识流手法，其中以乔伊斯（James Augustine Aloysius Joyce，1882—1941）、普鲁斯特（Marcel Proust，1871—1922）、伍尔夫（Virginia Woolf，或译弗吉尼亚·伍尔芙，1882—1941）为最突出。意识流通过自由联想、内心独白和感官印象等手段，改变传统文学中明晰的理性、逻辑秩序和单线发展的叙述结构，打破物理时间序列以心理时间代替，显意识与潜意识交织，注重矛盾冲突、因果联系的众多层面，形成主体的经验结构和叙述结构，在人物的内心"集成线路"上，真实表现现代世界和现代人的复杂性。再次，现代主义文学特别注目生活中的丑，呈现出以丑代美的倾向。在传统文学中，丑不能步入文学的殿堂，即使涉笔，也只是作为美的陪衬、对照。但真实的生活不都是美，在现代主义看来，更多的是丑——平庸、琐碎、无聊、喧闹、阴谋、疯狂、残杀等。现代主义文学以怯弱庸俗的"非英雄"代替以往文学中伟岸英武的英雄，以"恶心"的感受代替纯洁的爱情。以"真"作标准，现代主义文学偏向丑也和传统文学偏向美一样，表现出片面性。但以变革、发展的眼光看，它无疑是一种突破，一种深化。

中国的文化是以道德为中心的伦理文化，其突出的特点有二：一是在实践行为上特别强调道德规范的约束力，二是思维方式上对善的追求。求善的本身是种正值，体现了人的创造力。问题是在善与真的关系上，中国文化是以善伤真的文化，"其特点是对价值的重视远甚于对事实的重视，对目的的重视重于对手段的重视，对理想的关注远甚于对可行性论证的关注"①。其结果妨碍对事物客观规律、对真实人性的正确认识，演出了不少滑稽喜剧或壮美的悲剧，不是建立在真的基础上的善，它会走向真的反面——伪善、欺瞒、哄骗、浮夸。

---

① 王润生:《我们性格中的悲剧》，贵州人民出版社1988年版，第229页。

　　"主流评价"对现代主义的否定，就是从"善"出发，但我们理解的善，是"只有与社会发展规律相一致并推动社会发展的普遍利益才是真正的善"①。这里"与社会发展规律相一致"又是一个"真"的问题，为要从根本上否定现代主义，努力寻找论据，证明其"不真"，这本身就是以善伤真的例证。

　　由于文化观念的冲突，中国当代主流文化对西方现代主义表现出一种拒斥态度。但一部分中国当代作家、评论家和读者（主要是青年人）对西方现代主义又采取不同于主流文化的态度，赞赏推崇、借鉴学习西方现代主义文学，形成一股中国现代主义思潮。这种次文化是对主流文化的叛逆和超越，表现其超前性和先锋性（评论界把 1985 年以后的一批年轻的探索作家称为先锋派）。

　　然而，当这部分作家学习模仿西方现代主义，创作中国现代主义作品时，已经发生了某种变异，仍然带有中国当代主流文化的某些色彩。其原因大概有二：第一，超前性的次文化虽然是对另一种文化的认同，并与由传统文化演变而来的主流文化对抗，但它毕竟是从传统文化走过来的，因而与主流文化有着割不断的深层联系；第二，文学活动是作家创作、作品流通、读者接受的双向活动过程，现实的主流文化干预、影响作家的创作，因而，作家从表层到深层都难以摆脱主流文化的约束。

　　在上述的社会文化期待下，中国当代作家的接受屏幕显示的"现代主义"究竟有何变异？

　　第一，在世界本质、主观和客观、个体与整体关系等基本问题的看法上，中、西现代主义作家都强调主观感受，个体的独特感受。在他们看来，世界的本质不是客观存在的"对象"，而是"我"对"对象"的感觉。但西方现代主义以传统哲学的二元对立认识论为基础，把世界分裂成对立的两面而强调一端。他们对自我感觉的强调，显示出"片面的深刻"。而中国现代主义作家纵向承传的传统认知模式是"天人合一"、"一元化"、"大一统"。当代中国的制度文化和"文革"后的历史条件也要求中国的现代主义作家不能脱离社会群体，必须考虑社会效果，因而他们大多把自我与社会整体两方面结合起来考虑自我表现，或以小我为前提来融

---

　　①　王朝闻主编：《美学概论》，人民出版社 1987 年版，第 33 页。

合个体与群体；或认为小我即大我，个体的心理意识渗透着集体无意识；或承认小我与大我的可分性，但主张两者独立共存。①

第二，中、西现代主义作家都以荒谬、变形、非理性来表现他们理解的真实世界。但西方现代主义是在本体论意义上放弃直观的现象世界来展示背后的本质真实。荒谬、扭曲、没有秩序、混乱是世界真实的本相，因而他们超越现实表象而直陈世界的本质，所以近在眼前的城堡，却永远无法走进（卡夫卡《城堡》），有日复一日的永远等待，却不知等待什么（贝克特《等待戈多》），有到动物园与毛猿寻求沟通的孤独者（奥尼尔《毛猿》），有半截埋在土里却精心打扮，赞叹"生活多美好"的老年夫妇（尤奈斯库《啊，多么美好的日子》）。而中国当代现代主义所表现的荒诞、超现实、非理性，主要是基于方法认识论的考虑。他们反对现实主义对现实的贴近，认为只有与现实保持一定的距离，超越表象世界，才能找到支配历史发展更深层的规律，表现出更为本质的人生真理。因而，他们的超现实、荒诞仅是一种手段，非理性当中蕴涵着理性。所以，同是"荒诞感"、玩世不恭和黑色幽默式的嘲讽，刘索拉、徐星表达的只是对僵死规范的挑战，对高雅时尚中的庸俗趣味的揭示，说到底是一种在社会中找不到理想位置的"多余人"式的迷惘和怨愤情绪，而不是西方现代主义文学中淡漠旁观人类危机的"局外人"。

第三，对于文学主题的处理，中、西现代主义都超越了现实的政治需要和低廉的功利目的，从而获得深厚的文化意义。但西方现代主义似乎获得"文化人类学"的底蕴，中国当代现代主义则含"文化社会学"的内容。西方现代主义作家往往超越具体存在的社会生活表象以及由此而来的具体社会问题等，从哲理的高度表现人类的困惑、痛苦、荒谬存在和情绪意识等，对主题作形而上学的超越性思考，如戈尔丁的《蝇王》。故事发生在一个人迹罕至的封闭海岛上，在一种寓言性的氛围中看不到时代的、社会的具象，而是极力从哲理意义上做人性的探索。中国当代的现代主义作家在内心深处难以拒绝现实的魅力，总是自觉不自觉地被召回到现实生活严厉提出的问题的回答，往往稍具超俗性却又悄悄回到社会性上来。同是危机意识，西方现代主义来自对生命的怀疑，对本体荒谬的认识和死亡

① 陈晋：《当代中国的现代主义》，中国文联出版公司1988年版，第48—49页。

无法摆脱的恐惧，因而自我的渺小感、焦灼感和孤独感显得异常强烈。而中国当代现代主义的危机意识，从根本上说来自实现现代化这一母题，来自两种价值观念的冲突，是对封建的价值系统扼杀人的创造性的抗争，是对生命价值难以实现的焦躁和烦闷。且不说第一次创作高潮以王蒙为代表的"中山装式"现代主义，用"意识流"的技巧表现的是以理性剪辑拼贴的现实政治错乱感，就是第二次高潮中的残雪们，在隐喻、象征的意象里，政治批判、民族自审的社会内容显然多于对人类命运的哲理思考。

　　第四，上述的各个方面体现在中、西现代主义文学的基调上，虽然都呈现出内心的骚动，个体的孤独，由人生的困惑所带来的忧郁、伤感、纷乱、玩世不恭、悲观失望等情绪形态，但中国当代现代主义在其情感基调上发生了变异，不像西方现代主义从根本上理解生存的荒诞而对人生彻底绝望。中国当代作家把这种荒诞、混乱看作是时代性的、社会性的，换言之，是暂时的、可以改变的。因而在他们笔下，悲观中显出乐观，孤独中不乏自信，否定中有肯定，焦躁中蕴涵追求。"寻觅"主题在中、西现代主义文学中都是重要主题，卡夫卡的《城堡》里的主人公K，为进城堡作了种种努力，但结果是一场空，甚至连他自己为什么要进城堡也不知道。一切行为都是盲目的，一切盲目的行为都是徒劳，更可悲的是明知是徒劳，人们还得做出各种行动，生活在"无望的希望中"。这种"寻觅"的理解，可以说是"到底了"的悲观。在中国现代主义作家笔下，寻觅不是盲目的行为，希望也不是无法实现的虚妄。希望与现实相距虽然遥远，但希望之光总在远处闪烁。邓刚的《迷人的海》中海碰子们祖祖辈辈都在寻找神秘的宝物，虽然还没找到，但已距宝物越来越近了。刘索拉的《你别无选择》虽然模仿《第二十二条军规》，但不是后者的"绞刑架下的幽默"，虽然揭示了现实生活中的滑稽荒唐，但否定中又有肯定，森森最终在国际比赛中获奖，给一群玩世不恭的学生以极大的鼓舞。季红真在谈到西方现代主义影响下的中国当代作家时说："所有的作家对生存的意义、人的价值、生命的价值，都有或潜在或明朗的肯定倾向。而且，无论其价值倾向或东或西，但基本的人文传统，或人文精神是普遍存在的，最多只有活人的颓废，而没有彻底的绝望，更没有色情的和反人道倾向。

和西方现代主义文学中一些流派的哲学基础，是南辕北辙的。"①

三　相关问题的思考

前面简略描述了西方现代主义文学影响下，中国 20 世纪 80 年代的现代主义文学创作和理论探讨，论析了在不同文化指令下，中国 80 年代文学对西方现代主义文学接受中的变异。为使分析更加缜密和完整，我们结合中国 80 年代的文化历史背景、文学演变发展的事实和学术界的某些论争，对与论题有关的几个问题作进一步的思考。

从前面的论述中也许会产生一个疑问：既然中国当代主流文化对西方现代主义持拒斥态度，为什么西方现代主义对 80 年代的中国产生影响，以致出现两次创作高潮，"现代主义"成为理论界的热点话题，形成一个声势颇大的文学思潮？任何一种文学影响，都必须有接受主体的内在接受条件。中国"文革"后赞赏、推崇西方现代主义文学的次文化圈形成了接受其影响的内在条件。随着 80 年代的社会变迁，这种次文化对主流文化的冲击越来越大。上面的问题可以换成——为什么在 80 年代这种次文化圈得以形成？

大体上有三个主要原因。首先是改革开放的文化环境，这是一个外在的却非常重要的条件。其意义表现在两个方面：一方面中国文化不再是封闭的，为接触、了解、研究异质文化提供了条件。80 年代对西方现代主义文学的大量翻译、评价，填补了对西方文学了解介绍中断几十年所形成的空白。另一方面，改革开放的氛围活跃了思想，打破了僵化的价值体系，作出种种新的思考、探索和追求，变单一为多元的文化格局。这就成为次文化圈形成的社会文化土壤。

其次是对"文革"浩劫的痛苦记忆和改革面临的新问题产生的困惑。中国新时期对现代主义文学的接受，最初是与控诉"文革"的"伤痕文学"结合在一起的。对那个混乱、是非颠倒、梦魇般的时代的回忆，与西方现代主义文学表现的荒谬、人性异化、孤独隔膜等主题获得共鸣。阅读西方现代主义文学作品，强化对"文革"的悲剧性体现，触发中国作家的创作灵感。西方现代主义舍弃表面事象，直接进入本质的超现实手

---

① 季红真：《中国近年小说与西方现代主义文学》，《文艺报》1988 年 1 月 2 日。

法、意识流手法，为中国作家表达"文革"的悲剧体验提供了范本。因而新时期的第一批借鉴现代主义的作家是以西方艺术技巧来表现"伤痕文学"的内容。80 年代中期，中国的改革初见成效，商品经济的发达改组了人们的真实生存条件，经济利益实际上已经超出其他利益占支配地位，原有的价值体系面临挑战。在旧体系崩溃、新体系尚未确立的过渡时期，人们感到惶惑，一种不知"干什么"的空虚和倚靠坍塌的失落感弥散开来，敏锐的青年人感受尤深。因而再一次在更深的层次上与西方现代主义产生共鸣。如果说前一次是社会政治层次上的共鸣，这一次则是文化层次上的共鸣。

　　再次是文学自身发展的内在因素。这有两层意思。一是就文学的一般规律而言。"艺术创新"的压力总是一把高悬于作家头顶的"达摩克利斯之剑"，有成就的作家总在不断地超越过去，不断地寻求探索。在改革开放的文化环境下，中国作家超越正宗的现实主义，尝试借鉴现代主义，自在必然之中。另一层意思是就中国文学史的发展情况而言。中国古代文学有过几千年的封闭性发展，20 世纪在西方文化的冲击下，被迫步入"世界文学"进程，从而导致"五四"以来中国文学的巨大变化。与西方文学的进程相比，中国文学的世界化已有了一段时差，20 世纪的中国文学承担起西方 18 世纪文学的"启蒙"的任务（其实是历史时差在文学中的体现），加上 20 世纪中国社会接连不断的政治实践，"就这样，启蒙的基本任务和政治实践的时代中心环节，规定了中国 20 世纪文学以'改革民族的灵魂'为自己的总主题，因而思想性始终是对文学最重要的要求，甚至也左右了对艺术形式、语言结构、表现手法的要求。"[1] 因而在向外部的寻找中，找到了"现实主义"，经过一个"数典认祖"、"主动邀请"、"剥离技巧"、"证实同化"的过程，"最后由赵树理民间文艺趣味的加入和毛泽东《讲话》的政治权威作用，现实主义'我们化'的过程终于完成。"[2] 现实主义也就成了"五四"以来中西文化剧烈碰撞所造成的文化失落心理的补偿，它也的确很好地配合了"五四"时期的"启蒙"和三四十年代的"救亡"任务，因而更巩固了它在中国文学艺术中的正

---

① 黄子平等：《论"二十世纪中国文学"》，《文学评论》1985 年第 5 期。
② 同上。

宗统治地位。直到"文革"后,人们才看到,排斥"异端"的现实主义,形成一个封闭自足的体系,并不利于文艺的发展。一旦国门打开,发现又落后于世界文学。一种新的失落感和"振兴民族"的责任感激励着部分作家、理论家面向世界,作出新的探索。

在这样的文化背景、接受主体的文化心理和文学本身内在机制的综合作用下,现代主义在中国扎下了根,并逐渐形成了一个不可阻挡的大潮。西方现、当代文学的各种思潮流派纷纷涌进中国,短短的几年里,几乎浏览了西方一个世纪的思想成就和文学成果。

在这样的文化和文学背景下,中国 80 年代对西方现代文学的接受显示出过程匆忙的特点,没有了西方现代主义——后现代主义这样的发展阶段性,往往是一种综合性的接受,对现代主义和后现代主义以及它们的各种流派,更多的是看到它们相同的一面,而没有细致地考察它们的相异。

要特别提出来的是关于现代主义和后现代主义的问题。由于对西方现代主义、后现代主义引进的初期,外国文学学术界也更多看到它们之间相同的一面,而笼统地称之为"现代主义"或"现代派"。事实上,现代主义和后现代主义不是一个思潮的两个发展阶段,虽然它们有继承的一面,但后现代主义是有其特定的文化背景和哲学基础的文学思潮,在很多方面是对现代主义的反动。

"后现代主义是战后西方后工业后现代社会的产物,它不仅同战前的'现代主义'有着一些相对的延续关系,而且在更大的范围和程度上'超越'了它。"① 后现代主义与现代主义的差异和特质,根源于后现代主义作家对西方后工业社会文化的态度。在对世界与人生的理解上,后现代主义与现代主义一脉相承,认为世界是荒诞的、丑恶的,它带给人只有痛苦、悲哀和迷惘。但在对待这一切的态度上,后现代主义者与前辈大不一样,他们不是为了"创造",不是追求"价值",而只是把文学创作当作一种享受生活的方式,因而表现出泛生活化、平面化、过程化、游戏化的特点。

由于接受过程的匆忙和理论上的混乱,80 年代中国的文学批评和创作都没有作"现代主义"和"后现代主义"的区分,一些作家在借鉴笼

---

① 许子东:《现代主义与中国新时期文学》,《文学评论》1989 年第 4 期。

统的"现代主义"时，面对其矛盾难免产生惶惑。好在作家的创作是从
主体对生活的感受出发。大概人类对其外在世界的心灵感受在本质上有其
一致的规律，就在这种理论混乱的情况下，中国 80 年代的"现代主义"
文学还是缩影式地反映了现代主义和后现代主义前后相继的阶段性。大体
上第一次创作高潮主要是对现代主义的借鉴，第二次创作高潮主要是对后
现代主义的接受。陈晋在他的专著《当代中国的现代主义》中，通过对
创作实践的总结，区分了"前崛起派"和"后崛起派"，但没有从对现代
主义和后现代主义的接受角度加以论析。直到 90 年代初，王宁才提出了
这一问题。① 实际上，西方现代主义（包括后现代主义）对中国 80 年代
文学的影响，不仅仅是两次具有现代主义色彩的创作高潮和理论论争本
身，"更重要"的恐怕是通过这些创作和论争，促使现代意识在 80 年代
中国文学中的"普遍渗透"和一些"文学观念的深刻变化"。季红真在她
的长篇论文《中国近年小说与西方现代主义文学》中，从"心智的启
发"、"风格的暗示"、"形式技巧"三个方面归纳西方现代主义对 80 年代
小说的影响，颇具启发意义。比如她解释"心智的启发"："是指现代主
义文学及其哲学背景，对中国当代小说家思维惯性的冲击，对中国小说中
深层的心智模式的启迪性影响。"②

可以说，现代主义所包含的具有强烈现代意识的观念，在不同的程度
上冲击着每一位当代中国作家。真正死守原有旧模式的作家很难找到。这
既有时代变化、生活之潮的冲击，也有现代主义直接或间接影响的因素。
因而，在一些不是现代主义而更接近传统的作家、流派的创作中，也或多
或少可以看到现代主义影响的痕迹。

"新写实主义"是 90 年代初中国文坛议论颇多的话题。这个由一批
青年作家在 80 年代后期兴起的文学流派，公认不属现代主义之列，而且
是对 1985 年、1986 年的"新潮文学"的"疏离"或"反拨"。但从"新
写实主义"的"生活原色魅力"的美学追求中，看到使命感、责任感的
淡化；在"零度感情"的创作状态中，透露出一种无可奈何的情绪；注
重生活流程的描述、创作主体的自我消解、生存形态的生命体验、冷漠深

---

① 王宁：《西方文艺思潮与新时期中国文学》，《北京大学学报》1990 年第 4 期。
② 季红真：《中国近年小说与西方现代主义文学》，《文艺报》1988 年 1 月 2 日。

沉的反讽效果和创作整体的灰色基调等，从中不难体味到某种后现代主义的意味。

"寻根派"文学是 80 年代中国文学非常突出的文学现象。这一思潮是向中国古老传统的掘进，当然不同于中国现代主义作家向西方作横向借鉴。但"寻根派"作家不是向传统的简单回归，而是在"现代意识"之光的烛照下深挖传统之根，试图寻找当代中国文学在当代世界立足的根基。正是在这个意义上，他们比一些"先锋派"作家面对现实而发出的孤独呻吟、忧伤哀叹来得更加深刻。陈晋在专著中把"寻根派"作家归入"当代中国现代主义"的"深化派"加以论述，[①] 也许不能得到学术界全体的认同，但的确有道理。因为"寻根派"作家大多不是面对当代的人生困境，逃避到传统的世外桃源，怡然自乐，自我陶醉。恰恰相反，他们是以当代的困境作为向前探索的起点，只是为了更好地"向前"，从传统中索取能量。他们试图以自己的独特气质和品貌，与当代世界文学对话。正如"寻根派"的翘楚韩少功所说："我们有民族的自我，我们的责任是释放现代观念的热能，来重铸和镀亮这个自我。"[②]

对此，我们简略比较一下中国"寻根派"文学与日本著名作家川端康成向传统回归的情况，则能更清楚地认识"寻根派"文学的现代意识和现实意义。川端康成早年积极投身文学实验，是"新感觉派"的主要成员，模仿、追求西方文学的新奇形式。经过一段时间的探索，战后他走向了传统，他哀叹传统美的失落，以恢复日本传统美为己任。他曾说："我强烈地自觉做一个日本式作家，希望继承日本美的传统，除了这种自觉和希望外，别无什么东西了……我把战后我的生命作为余生，余生不是属于我自己，而是日本的美的传统的表现。"[③] 但他对日本传统的态度不同于"寻根派"，是把传统与现实对立起来，在对现实的否定中追寻传统，一味沉溺在日本的传统美之中。关于川端对待传统的态度，日本有论者指出"这种对待文化遗产的态度特征归根结底是非生产性的和消费性的"，"文化遗产在他笔下只是鉴赏和享乐的对象。这种鉴赏和享乐又不

---

① 参看陈晋《当代中国的现代主义》，中国文联出版公司 1988 年版。
② 韩少功：《文学的"根"》，《作家》1985 年第 4 期。
③ 川端康成：《独影自命》，《川端康成全集》，新潮社 1955 年版第 33 卷，第 268—269 页。

具备再生产的条件，因此只能作为徒劳的消费而告终……这里有忘我和陶醉，却没有批判和创造。"① 川端满足于把日本传统美表现出来，至于传统对现实的意义，不是他所关心的。他的代表作之一《古都》展现了京都的风物人情，写到处处古迹名胜，各种节庆礼仪，充分体现了日本情趣和传统美。但其意义仅限于与现实的对照中，发出一种"美在消失"的慨叹。正是川端康成这种对待传统的消费性、享乐性、感伤性的态度，日本有论者称之为"伟大的小诗人"，"因为他不触及世界、国家大事，不问大自然与社会的构造，经常从以历史为主体的事件中逃避，一味想把世界局限在眼前这块地方，用眼睛看，用手指抚摸女人肌体，冷的温的、干的湿的，使人迷惑在稀落的混合色彩里"②。

中国 80 年代的"寻根派"文学与川端相反，以一种文化建设的欲望和激情，努力将传统和现实联结起来，在"现代意识"的光照下，获得深厚的民族底气和思想意蕴。

由"寻根派"文学的民族传统与现代意识的融合而导致文学"深化"的议论，很自然令人联系到关于当代中国现代主义文学的"真"与"伪"的讨论。

"中国没有真正的现代主义"的判断，当然是以西方现代主义作为参照系，衡量中国的现代主义之后提出的。虽然对于这一判断，不同的人有不同的情感投入（庆幸、不满、指责），但这个提法的科学性值得推敲。

西方现代主义与中国现代主义是影响与接受的关系。任何一种接受都会发生变异，不可能完全不走样地重复与翻印。以西方现代主义作为标准，中国确实没有"真正的现代主义"，而且永远不可能有"真正的现代主义"。

但中国新时期存在一种在西方现代主义的启发影响下，完全不同于传统的现实主义和浪漫主义的文学思潮，这是谁都不否认的。至于这种思潮用什么名称——新潮文学、探索文学、先锋文学、现代主义或别的什么称法——只要约定俗成，大家接受就可以使用。依我们的看法，既然这种文学思潮与西方"现代主义"有亲缘关系，且"现代主义"在中国文坛比

---

① 杉浦明平：《川端康成论》，见《川端康成作品研究史》，教育出版センタ1984 年版，第231 页。

② 加藤周一：《永别了，川端康成》，《日本文学》1985 年第 2 期。

较通用，还是用"现代主义"比较合适。

在确定这一术语的前提下，再来回答"中国有没有真正的现代主义"？我们回答：有。但不是以西方现代主义作衡量标准，而是以中国当代文学内部其他文学思潮作参照系。从这一思路看，对西方现代主义模仿得越像（理念和概念的完整横移），越不是中国"真正的现代主义"，中国"真正的现代主义"是扎根在中国民族文化土壤上的。依此，我们对"中国真正的现代主义"作这样的描述：

> 受到西方现代主义文学的启迪和影响，表现新旧交替时期中国文化失落的心理危机感和复兴民族文化的责任感，艺术上突破传统、不断创新的文学思潮。

以此检点新时期文学创作，当然不乏真正的现代主义作品，但像《百年孤独》那样，将深厚的民族文化底蕴与真正的现代意识和感受有机融合，在精湛的现代技巧中表现的是真正中国人的深层困惑，是中国民族的脉搏律动，这样的第一流世界名作还有待中国当代作家们的努力。

第三节　亚非拉文学对当代中国文学的影响

在中国 20 世纪五六十年代的语境下，"亚非拉"不仅仅指亚洲、非洲、拉丁美洲这样的地理概念，还有着突出的政治含义：深受帝国主义、殖民主义、霸权主义压迫剥削的亚非拉人民，团结起来，互相支持，结成坚强的统一战线，争取反帝、反殖、反霸的胜利和民族的真正独立。因而，亚非拉虽然地域广阔，有着各自不同的文化传统，但在共同的历史遭遇中有了共同的语言。1955 年"万隆会议"①召开，1958 年"亚非国家作家会议"召开，都具有这样的政治含义。亚非国家作家会议发出的

---

　①　1955 年 4 月 18—24 日在印尼万隆召开的第一届亚非会议，29 个亚非国家和政府的首脑出席，会议通过《亚非会议最后公报》。公报强烈谴责殖民主义，并倡议以和平共处十项原则作为国与国之间和平相处、友好合作的基础。

《亚非国家作家会议告世界作家书》中写道：

> 最近二百年来我们这些国家的文学巨著就是在亚非人民反对外国统治和殖民主义压迫的斗争中产生的。这些作品充满着反抗这些毒害的深仇大恨以及人民有权利决定自己的命运和我们这些民族有权利自由生活的深刻信心。现代的许多文学作品自豪地确认了每个人的尊严和每个民族的尊严。现代的许多好作品和好诗歌，反映了我们这些民族的战斗精神和反抗外国统治的决心。①

在这样的社会文化氛围中，亚非拉文学的译介受到重视。1958 年《译文》9 月、10 月号均为"亚非国家文学专号"，11 月号则设有"现代拉丁美洲诗辑"专栏。1959 年《译文》更名为《世界文学》，2 月号上主要是亚非拉文学，4 月号开辟了"黑非洲诗选"栏目。亚非拉文学成为这一时期译介的一个重要内容。中国作家在向外借鉴中，亚非拉文学也进入他们的视野。尤其是当代一些亚非拉作家获得诺贝尔文学奖，刺激了中国作家的"诺贝尔情结"，相同境遇的亚非拉文学自然激起中国作家的几许灵感。

一　拉美文学的中国影响

在亚非拉国家（20 世纪 70 年代称"第三世界"，80 年代后称"发展中国家"）中，对中国当代文学影响最大的是拉美文学。

中国最早译介拉美文学是 20 世纪 20 年代。茅盾从英文转译了鲁文·达里奥（Ruben Dario，1867—1916，尼加拉瓜）等拉美作家的一批短篇小说刊发于当时影响很大的《小说月报》上；周子亚的评介文章《拉丁亚美利加的文学》登载于《真善美》第 6 卷第 6 期。这些只是中国译介拉美文学的尝试，只是零星的译介，谈不上影响。对拉美文学有规模、有系统的译介是在当代。

五六十年代的社会文化背景中，中国文坛译介拉美文学专事以巴勃罗·聂鲁达和若热·亚马多（Jorge Amado，1912—2001）为代表的"承

---

① 《亚非国家作家会议告世界作家书》，《译文》1958 年第 12 期。

诺文学"。他们创作中的政治色彩，暴露批判现实的态度，反帝、反封建，要求推翻旧制度，解放劳苦大众的内容，正与中国当时的主体选择一致。

智利诗人巴勃罗·聂鲁达（Pablo Neruda，1904—1973）是一位活跃于世界进步文学界的著名诗人。1945 年他加入共产党，随后受到政治迫害而流亡国外，致力于世界和平运动，出访欧洲、美洲和亚洲的许多国家，曾于 1951 年、1957 年两次访问中国，与中国诗人、作家有广泛的交往。50 年代中国出版了《聂鲁达诗文集》（袁水拍编译，人民文学出版社1954 年版）和诗集单行本《葡萄园和风》、《英雄的赞歌》等。苏联学者库契希奇科娃的专著，传记《巴勃罗·聂鲁达传》也于 1957 年由作家出版社出版，聂鲁达的一些诗论、政论也在报刊翻译发表，中国一批诗人、作家的评论文章也见诸报刊。聂鲁达的思想和诗作对艾青、萧三、袁水拍、臧克家有着直接的影响。

用葡萄牙语创作的巴西作家若热·亚马多与聂鲁达一样，也是一位有过参政和流亡国外经历的进步作家，也在 1952 年和 1957 年两次来到中国。他创作于 40 年代后期的名著"三部曲"（《无边的土地》、《黄金果的土地》、《饥饿的道路》），50 年代在中国翻译出版，得到文学界的好评和读者的喜爱。

20 世纪 60 年代，一批拉美作家相继发表作品，引发了著名的拉丁美洲"文学爆炸"，产生世界性的影响。但中国正在进行轰轰烈烈的"文化大革命"，与拉美之间的文学交流受到阻隔。直到"文革"结束，美国一代表团访问中国社会科学院，他们说起博尔赫斯（Jorge Luis Borges，1899—1986），中国却几乎无人知道。

随着 80 年代中国改革开放的深入，西方文学、拉美文学、亚非文学的各种思潮一起滚滚涌入中国。而与中国文化处境相似，又在世界文坛取得极大成功的拉美文学在中国产生震动性的影响，出现译介、研究、借鉴拉美文学的高潮。

先看翻译的情况。20 世纪 70 年代末以来，中国译界对拉美文学做了比较全面、系统的翻译：从殖民时代到"爆炸"文学后的"新一代"，各个时期、各种思潮的代表性作家的代表作品都经翻译出版。1979 年，《外国文艺》发表了由王央乐翻译的多篇博尔赫斯的短篇小说：《南方》、《交叉小径的花园》、《马克福音》、《一个无可奈何的奇迹》，这些作品后来成为中国作家们学习与模仿的经典范本。1980 年，外国文学出版社出版了阿斯图里亚斯（Miguel Asturias Rosales，1899—1974）的《总统先生》。在这期间，《外国文学动态》上先后发表了《博尔赫斯答记者问》、《博尔赫斯就诺贝尔奖金问题答记者问》等博尔赫斯谈话的文章。1982 年，魔幻现实主义作家马尔克斯（Gabriel José de la Concordia García Márquez，1927—）的《百年孤独》获得了诺贝尔文学奖，这一事件激发了中国作家对魔幻现实主义的兴趣。同年，《世界文学》杂志发表了《百年孤独》的选译片段，上海译文出版社出版了《加西亚·马尔克斯中短篇小说集》，1984 年，高长荣翻译的《百年孤独》全译本由北京十月文艺出版社出版。在这期间，《当代拉丁美洲短篇小说集》（中国社会科学出版社），《拉丁美洲名作家短篇小说选》、《拉丁美洲短篇小说选》（中国青年出版社）也纷纷出版，中国作家对魔幻现实主义的了解渐渐深入。1985 年前后，随着中国文坛"寻根热"的掀起，魔幻现实主义作品及相关的研究论著的出版也出现了高潮，如《族长的没落》（山东文艺出版社）、《霍乱时期的爱情》（漓江出版社）。从 1987 年起，云南人民出版社与中国西葡拉美文学研究会正式签约翻译出版"拉美文学丛书"：当年 10 月，丛书的第一本《弗洛尔和她的两个丈夫》出版，风靡全国，再版发行到 15 万册；之后云南人民出版社每年出版"拉美文学丛书"5—7 本，已经出版60 多种。这些译本中，包含在世界文坛上产生过重要影响的"魔幻现实主义"、"结构现实主义"等文学流派的作品。还有"拉美作家谈创作丛书"（10 种），这套丛书由来自高校、社科院、新华社等单位的 40 多人担任翻译，全部从西班牙及葡萄牙语原文译出，被专家认为翻译准确、权威，原汁原味，为拉美文学的全景提供了不同的视角。

　　次看研究的情况。全面、系统的拉美文学翻译，为研究的深入提供了平台。20 多年里，中国的许多知名的报纸杂志，如《外国文学动态》、《外国文学报道》、《外国文学研究》、《外国文学评论》、《当代外国文学》、《译林》、《文艺研究》、《文学评论》、《世界文学》、《人民日报》等，发表了大量的研究文章，研究拉美文学的发展模式、当代拉美文学崛起的奥秘，分析重要的作家与作品。中国的专家学者推出了几部拉美文学通史著述，如吴守琳的《拉丁美洲文学简史》（中国人民大学出版社 1985

年版),赵德明、赵振江、孙成敖合著的《拉丁美洲文学史》(北京大学出版社 1989 年版)。从 1984 年至 2000 年,中国出版拉美文学的研究著作、论集(含作家研究)已达近 20 种。其中,影响较大的有:张国培编《加西亚·马尔克斯研究资料》(南开大学出版社 1984 年版)、陈光孚的《魔幻现实主义》(花城出版社 1986 年版)、徐玉明的《拉丁美洲"爆炸文学"》(复旦大学出版社 1987 年版)、陈众议的《南美的辉煌——魔幻现实主义》(海南出版社 1993 年版)、陈众议的《拉美当代小说流派》(社会科学文献出版社 1995 年版)、李德威的《拉美文学流派的嬗变与趋势》(上海译文出版社 1996 年版)、段若川的《安第斯山上的神鹰——诺贝尔奖与魔幻现实主义》(武汉出版社 2000 年版)、残雪的《解读博尔赫斯》(人民文学出版社 2000 年版)等。这些著述既从整体上论述了拉美文学,包括魔幻现实主义在内的拉美文学流派的产生与发展,同时又具体分析和评述了阿斯图里亚斯、卡彭铁尔(Alejo Carpentier,1904—1980)、彼特里(Arturo Uslar Pietri,1906—?)、鲁尔福(Juan Rulfo,1917—1986)、马尔克斯、富恩特斯(Carlos Fuentes Macías,1928—)、科塔萨尔(Julio Cortázar,1914—1984)、略萨(Mario Vargas Llosa,1936—)、博尔赫斯等作家的代表性作品,总结了他们的艺术价值。

再看对中国当代创作的影响。80 年代以来,拉美文学对中国文学的影响是多层次,而且是深刻的。著名的拉美文学翻译家、学者赵振江在一次接受媒体采访时说:"等到加西亚·马尔克斯的《百年孤独》、博尔赫斯作品集还有《人鬼之间》这批著作被翻译出来之后,中国作家都大开眼界,才知道原来小说还可以这样写。拉美文学对上世纪 80 年代达到创作高峰期的作家有影响是肯定的,比如格非、莫言等一些作家,你可以感受到他们作品中魔幻的成分。虽然那时候其它国家和地区的名著也被介绍进来,但因为相较欧洲发达国家,拉美社会无论是题材还是人们的心态都和我们最接近,所以应该说中国作家受拉美文学的影响最大。"①

---

① 赵振江:《"文学爆炸"已成历史》,www.xinhuanet.com,2005 年 01 月 12 日 14:59:58,来源:《新京报》。

　　早在 20 世纪 80 年代中期，有学者对中国的"拉美文学热"的原因做出分析，"中国作家对拉美文学感到亲切，贴近，很重要的一个原因是，解放前的中国在遭受殖民统治以及外国的渗透和掠夺方面，和今天的拉丁美洲各国有着几乎相同的命运。在反对外来压迫和剥削、维护民族权益的斗争中，中国和拉丁美洲人民有着共同的语言。因此，中国作家和拉丁美洲作家对文学所起的作用以及作家的使命的认识，观点很容易接近。……拉丁美洲作家令中国同行钦佩的另一个原因是，他们感知和认识现实的新的角度、他们运用各种流派艺术手法的大胆尝试以及他们在作品中所一贯追求并保持的浓郁的民族特色"①。这两方面的原因若从文学流派的层面看，前一方面表现的是魔幻现实主义对"寻根文学"的影响，后一方面正是结构现实主义对"先锋文学"的影响。

　　魔幻现实主义的代表作家马尔克斯在 1982 年获诺贝尔文学奖，在中国文坛引起了巨大的反响。出自第三世界的马尔克斯竟然以其魔幻现实主义长篇小说《百年孤独》获此殊荣，使得中国作家对其作品进行深入分析，最终得出结论：中国文学要走向世界，必须立足本土，放眼世界，吸收西方现代的艺术手法，表现本土的社会现实，深入挖掘民族文化之根。于是，中国文坛在 80 年代中期"文化热"的背景下，涌起一股"寻根文学"潮流。"寻根文学"以小说成就最高。根据作品展现的内容及对民族传统文化的态度，评论界一般把寻根小说分为四派，即原始生命派、民俗文化派、忧患意识派和美学观照派。原始生命派在题材上多写边疆少数民族风光，以草原、沙漠、深山老林为背景，到原始的生荒时代去追寻原始部落生生不息的生命力，作品的主人公多秉性强悍、充满野性和力量、狂放不羁、热爱自由、具有追求理想的信念。代表作是张承志的《黑骏马》、郑万隆的《异乡异闻》系列小说和扎西达娃的《系在皮绳扣上的魂》。民俗文化派则重在展示民俗民风，多对传统文化、民族精神加以赞美，如汪曾祺的《受戒》、邓友梅的《烟壶》、冯骥才的《神鞭》。忧患意识派则与民俗文化派相反，具有明显的文化批判精神，他们多以汉民族古典、规范、正统的生活为题材，集中解剖封闭地域环境中近乎原始状态下的文化生活，指出中国传统文化的精髓和要害的弊端，如王安忆的

---

　　①　林一安：《拉丁美洲当代文学与中国作家》，《中国翻译》1987 年第 5 期。

《小鲍庄》、郑义的《老井》、贾平凹的《天狗》。美学观照派追求背景的
朦胧性、人物的神秘性、气氛的含蓄性和语言的多义性,代表作品有来自
楚文化源头的韩少功的《爸爸爸》,有来自儒文化中心的莫言的《红高粱
家族》,以及深受道家文化影响的阿城的《棋王》等。

    魔幻现实主义对"寻根文学"的影响是多方面的。

    第一,中国作家通过马尔克斯、鲁尔弗等人创作及其成功,看到了中
国民族文化走向世界的可能性,投合了他们急于同世界文化对话的渴望,
以及让中国文学走向世界的追求,从而给中国作家一种民族自信心和振兴
民族文化的责任感。在魔幻现实主义作品中,现实与幻想,历史与神话熔
为一炉。印第安传统,东方神话,圣经故事与欧美现代派的夸张、荒诞、
象征等技法完美结合在一起,亦真亦幻地建构了一个神奇的现实世界和当
代的象征寓言,生动地展现了拉美特殊的地域文化和神秘莫测的自然景
观,拉美人民的反抗意识、批判精神、悲凉情绪乃至绝望心理。中国长期
受俄苏文学观的影响,文学沦为狭隘的阶级反映。当急于开拓新的艺术空
间的中国作家第一次读到《百年孤独》时,震惊不亚于马尔克斯在读到
卡夫卡作品时的感叹:"原来小说可以这么写。"莫言说:"我认为《百年
孤独》这部标志着拉美文学高峰的巨著,具有惊世骇俗的艺术力量和思
想力量。它最初使我震惊的是那些颠倒时空时序,交叉生死世界,极度渲
染夸张的艺术手法,但经过认真思索之后,才发现,艺术上的东西,总是
表层。《百年孤独》提供给我的值得我借鉴的给我的视野以拓展的,是加
西亚·马尔克斯的哲学思想,是他独特的认识世界、认识人类的方式……
加西亚·马尔克斯使用一颗悲怆的心灵去寻找拉美迷失的、温暖的、精神
的家园。"① 中国的寻根作家寻找中华民族"迷失的、温暖的、精神的家
园",阿城的《棋王》,将故事的内涵置于极为庞大的传统文化空间中,
始终将王一生下棋与传统文化的悟道紧密地关联在一起,使得这部小说对
传统哲学中人的生存方式与理想有着更为深远的观照;陆文夫的《美食
家》,取材于苏州小巷的凡人琐事,从整体氛围上反映出历史悠久的吴越
文化的底蕴;张承志的《黑骏马》,礼赞了积极入世、忧患天下的儒化
人生。

---

    ① 《世界文学》1986 年第 3 期。

　　第二，中国作家受到魔幻现实主义文学的启示，在对中国文化理性分析的基础上，将目光投向了民间文化，转向了一个广阔的民间历史世界。贾平凹以秦汉文明发祥地陕西为文化视点，在浓郁的民情风俗中体验人生人性的彻悟；多热尔图写下了东北密林中鄂温克人的野性魅力；郑万隆在黑龙江大山褶皱里关注着猎人和淘金者的命运；扎西达娃的系列小说，反映了带有浓厚宗教神秘色彩的高原藏民文化心态；韩少功的"湘楚文化"系列，展现了湘楚之地的原始信仰、蛮勇迷信与闭塞；王安忆的《小鲍庄》，描写大刘庄与小鲍庄里的仁义村，以现代眼光省察传统道德；李杭育的葛川江系列，致力于吴越文化的追溯。此外，山东半岛上的张炜，北京的阿城，山西的郑义等也都在各自的领地内孜孜不倦地开垦着脚下厚积的"文化岩层"。作家们立足于土生土长的家园，从中挖掘出一个地区、一个民族的古老而深邃的文化积淀。

　　第三，魔幻现实主义对拉美神奇文化与历史的艺术展现，为中国作家打开了一扇全新的用艺术的、审美的方式来思考中华文化的窗口。寻根作家在探寻民族文化之根，把笔触伸向地域文化、远古文化时，发现神秘性本身就是中华文化的一个重要构成部分。中国辽阔的疆域，广袤的农村，悠久的历史文化，多种宗教并存，都使得现实充满了变异怪诞的色彩。这一切使寻根作家意识到对神秘性的探寻和艺术表现，经过现代性转换，有益于作品内容的深化与主题的开掘。于是作家们或根据原生态反映生活，如实地描写现实的神秘性；或借助神话传说，幻觉和宗教观念创造出非现实的神异世界，致力于创造一个神秘与现实双重复合的世界。于是，在一大批浸染着浓郁神秘色彩的作品中，印第安神话换成了中国远古文化和地域文化中的神话传统、巫术鬼魂、预感占卜。寻根作家用民间故事，寓言，借助传统和荒诞建构起了他们的民族文化寻根之路，对现实作出了独特的文化观照，反映了地域文化的独特性。正和《百年孤独》中的马孔多，寻根小说的故事大多发生在完全封闭或基本上封闭的环境中，如狸洼镇，鸡头寨，天外天，小鲍庄，桑树坪，甄家寨，古堡，鼓里镇等，这些村寨都掐断了与外界的信息联系，呈现出古老的文化氛围和缓慢的生命节奏。不论是远古蛮荒还是现实中的地域，都笼罩着一层神秘色彩。

　　如果说"寻根文学"主要是从振兴民族文化、促使中国文学走向世界的使命感与责任感层面，接受拉美文学的影响，那么，80年代后期的

"先锋文学"则更多是从文学形式的变革和艺术技巧的层面上借鉴拉美文学，而且影响最大的不是马尔克斯，而是结构现实主义的博尔赫斯和巴斯加斯·略萨。

"自 80 年代中期以来走红中国文坛的'先锋小说'，曾深受西方现代主义和后现代主义文学的影响，尤其是拉美'魔幻现实主义'的感召……在加西亚·马尔克斯获诺贝尔奖（1982）这一事件的有力推动和感召下，马原、苏童、格非和余华等作家从以拉美魔幻现实主义为中心的西方语言中获得了新的写作灵感，投身于一场自发的或不约而同的'先锋'运动。以新的语言为焦点实施突破，不失为这些'先锋'小说的鲜明特色之一。而引导他们历险的主要范本，正是以拉美魔幻现实主义为代表的西方后现代主义及现代主义语言。"① 先锋派作家余华、格非、残雪等受博尔赫斯影响较大，"博尔赫斯是对中国当代先锋小说家影响最大的作家之一，也是先锋作家心仪的精神导师。格非回忆过当时的情形：'在 80 年代中后期的文学圈子里，博尔赫斯这几个字仿佛是吸附了某种魔力，闪耀着神奇的光辉，其威力与今天的村上春树大致相当。'② 马原、残雪、余华、苏童、格非、孙甘露、北村、潘军等作家都曾在发表的文字中谈论过博尔赫斯。博尔赫斯的艺术观念和在小说叙事方式上的实践，直接影响到当代先锋作家的文本形式实验。"③ 有论者从"重复与循环"、"叙事迷宫"、"元小说"等几个方面对博尔赫斯影响中国当代"先锋文学"的具体情况作了比较充分的论析。④ 的确，我们可以说，以博尔赫斯和巴斯加斯·略萨为代表的拉美文学结构现实主义为中国作家提供了丰富的写作经验与写作技巧。在"先锋文学"中，中国文学开始由"写什么"转向"怎么写"。拉美文学"化腐朽为神奇"的奇特想象，极大地刺激了中国作家的想象力，为中国作家带来了新的灵感和冲动。许多作家在创作时，有意识地借鉴拉美作家的经验，在语言、文体、叙事等方面进行不同于传统文学的试验性实践。"先锋文学"作家在小说的叙述形式及故事的处理

---

① 王一川：《借西造奇——当代中国先锋小说语言的审美特征》，载《外国美学》第 16 辑，商务印书馆 1999 年版，第 51 页。

② 格非：《博尔赫斯的面孔》，《十月》2003 年第 1 期。

③ 张学军：《博尔赫斯与中国当代先锋写作》，《文学评论》2004 年第 6 期。

④ 参看张学军《博尔赫斯与中国当代先锋写作》，《文学评论》2004 年第 6 期。

方式上，深受博尔赫斯、卡彭铁尔、巴斯加斯·略萨等人作品的影响，使小说成为真正的关于"谎言"的艺术。如孙甘露的《访问梦境》中靠梦境来造成叙事迷宫；格非在《褐色鸟群》中，将时间、幻想、现实等形而上的思考与循环往复的叙事相结合，制造出晦涩难解的谜团；残雪小说通过打破梦幻与现实之间的界限，形成意义的模糊性和不确定性。中国的"先锋文学"出现了"形式革命"，远离了"意义"或者说形成了"有意义的形式"，在"叙事的圈套"中再也没有传统小说关于因果关系、本质理解的暗示，也没有对社会生活、道德、终极关怀的说教或引导。

　　当然，"先锋文学"借鉴拉美文学和西方现代主义文学，还是以民族本土为根，即使像残雪这样看上去比较"洋化"的作家，在其文本的深层，依然可以看到民族文化的底蕴。正如有论者论述的："残雪以其创造性文本说明她理清了民族文学与世界文学的辩证关系。从她酷爱博尔赫斯，受其下意识影响可知，残雪一面认真总结和吸收外国现代派文学的长处，一面又回到本土寻求民族之根培养自己独特的文学理念。《与虫子有关的事》应该说是她回到本土寻根的结果。《苍老的浮云》也如此，更善无和慕兰、老况和虚汝华这两对小人物，两对凡俗夫妻，他们没完没了、日复一日进行着答非所问的无聊对话，但在对话中的日常人生表演，正是典型的从灵魂裸露出的契入中国国民性格的浮世绘，其客观生活图景虽已作过夸张、置换、变形等非理性处理，却是作者生存历验分裂的本土化，读者依稀可见故乡市井生活场景，特别是其人伦、风化、单位、邻里等等，都可映现出故乡本土人文生态圈的斑驳印象。"[①]

　　20世纪90年代以来，作为流派的"寻根文学"已成历史，"先锋文学"也成颓势，但拉美文学的内在影响依然不可否认。2004年初人民文学出版社出版发行了长篇小说《水乳大地》，三个月内，初版4万册销售告罄，众多文学评论家撰文高度评价该书为"少见的品位高、难度大，一本深刻的书"。作者范稳在回答记者提问时说："《水乳大地》在创作上肯定是受了以《百年孤独》为代表的一大批拉美魔幻现实主义的影响。我从加西亚·马尔克斯那里学会了如何观察神界与现实，处理传说与历

---

　　① 黎跃进等：《湖南20世纪文学对外国文学的接受与超越》，湖南文艺出版社2006年版，第453—454页。

史，化解虚幻与真实等。应该说我们这一代作家都是魔幻现实主义的学生。我也许不是学得最好的，但幸运的是我找到了一片让外来的魔幻现实主义与本民族独具特色的文化相融合的基地，那就是西藏。我所反映的藏东地区的生活现实和精神领域，在一个看过拉美文学的人看来，也许是一种魔幻现实主义的模仿和再现，而于藏区的人们，甚至包括我来说，与其说那是一种魔幻现实主义，不如说是'神灵现实主义'。因为用藏族人的眼光看，这片浸淫藏传佛教文化的山水，都是有神性的。……我始终把《百年孤独》视为我的创作'圣经'，当做开启我的智力进入自由王国之门的金钥匙。"①

二 亚非文学对当代中国文学的影响

亚非文学影响当代中国文学是以翻译为中介的。在 20 世纪 50—70 年代冷战对峙的局面下，出于反帝、反殖、团结亚非人民的政治诉求，译介了一批亚非文学作品，当时的作家出版社出版了"亚非文学丛书"，当时的《译文》（《世界文学》的前身）杂志刊发了几期"亚非文学专号"，后者编排"亚非文学专辑"。但当时译介的选择标准是政治取向、民族意识和无产阶级立场，译介的主要作家有日本的小林多喜二（Kobayashi Takiji，1903—1933）、德永直（Tokunaga Sunao，1899—1958）、宫本百合子（Miyamoto Yuriko，1899—1951）、夏目漱石，朝鲜的李箕永（Yi Ki-yǒng，1894—1984）、韩雪野（Han Sǒr-ya，1900—？）、赵基天（Cho Ki-chǒn，1913—1951），土耳其的希克梅特（Hikmet，1902—1963），印度的泰戈尔、普列姆昌德、安纳德（Mulk Raj Anand，1905—2004）、钱达尔（Krishan Chandar，1914—1977），印度尼西亚的普拉姆迪亚·阿南达·杜尔（Pramoedya Ananta Toer，1925—2006），泰国的西巫拉帕（Sriburabha，1905—1974），埃及的塔哈·侯赛因（Taha Husayn，1889—1973），伊朗的赫达雅特（Sadike Hedayat，1903—1951）等。

随着中国社会的发展，20 世纪 80 年代以来，中国的亚非文学译介不再局限于政治意识，而是以"东方文学"的学科意识来译介亚非文学。

---

① 中国西藏新闻网 http://www.chinatibetnews.com/BIG5/channel2/27/200404/24/23673.html。

从古代到当代，各种不同体裁、不同思潮流派的作家作品都有程度不同的译介，力求按亚非文学发展演变的史实和体系，加以系统的译介。人民文学出版社出版了"日本文学丛书"、"印度文学丛书"，外国文学出版社出版了"非洲文学丛书"，北岳文艺出版社出版了"东方文学丛书"。在中国翻译出版了"多卷文集"（甚至"全集"）或大部分作品已被译成汉语的亚非现当代作家有：日本的川端康成、夏目漱石、芥川龙之介、三岛由纪夫（Yukio Mishima，1925—1970）、大江健三郎（Ōe Kenzaburō，1935—）、谷崎润一郎（Junichir Tanizaki，1886—1965）、安部公房（Abe Kōbō，1924—1993）、横光利一（Yokomitsu Riichi，1898—1947）、井上靖（Lnoue Yasushi，1907—1991）、村上春树（Haruki Murakami，1949—）、渡边淳一（Watanabe Junichi 1933—），印度的泰戈尔、普列姆昌德，埃及的马哈福兹（Najīb Mahfūz，1911—2006），黎巴嫩的纪伯伦（Kahlil Gibran，1883—1931），南非的库切（Ashton Kutcher，1940—）等。

对中国当代文学创作影响最广泛的亚非作家当属川端康成。川端康成（1899—1972）是日本著名作家，是继泰戈尔、阿格侬之后第三位荣获诺贝尔文学奖的东方作家，也是当代中国翻译出版量最大、研究最深入、接受最深刻的外国作家之一。从 80 年代初开始，川端康成的作品以单行本、作品选集、丛书等各种形式不断翻译出版。1981 年侍桁翻译的《雪国》由上海译文出版社出版，1981 年叶渭渠、唐月梅合译的《古都·雪国》由山东人民出版社出版。之后《舞姬》（唐月梅译，外国文学出版社 1984 年版），《川端康成小说选》（叶渭渠、唐月梅合译，人民文学出版社 1985 年版），《古都》（侍桁、金福合译，上海译文出版社 1985 年版），《千之鹤》（郭来舜译，陕西人民出版社 1985 年版），《雪国·千鹤·古都》（高慧勤译，漓江出版社 1985 年版），《花的圆舞曲》（陈书玉、隋玉林合译，湖南人民出版社 1985 年版），《川端康成散文选》（叶渭渠译，百花文艺出版社 1988 年版），《日本新感觉派作品选》（杨晓禹、耿仁秋合译，作家出版社 1988 年版），《川端康成谈创作》（叶渭渠译，三联书店 1992 年版）。90 年代，叶渭渠主编出版了四套川端康成的作品丛书：10 卷本的《川端康成文集》（中国社会科学出版社 1996 年版）；3 卷本的《川端康成集》（东北师范大学出版社 1996 年版）；10 卷本的《川端康成作品》（漓江出版社 1998 年版）；2 卷本的《川端康成少男少女小说集》

（中国文联出版社 1999 年版）。2000 年河北教育出版社作为"世界文豪书系"的一种，推出由高慧勤主编的《川端康成十卷集》。这样，20 年里，川端康成的主要作品都译成汉语出版，而且是大规模、高密度的出版，推动了中国文坛持续的"川端康成热"。

川端康成及其创作不仅是中国翻译、研究的"热门"，也很受中国作家的青睐。评论家吴亮和程德培曾在《探索小说集·代后记》中列举了包括川端康成在内的 6 位外国作家的名字，认为他们对中国当代文学创作产生的影响最大，其中写道："川端康成是近来小说创作的一个重要依据和榜样，是他唤醒了某些气质内向的作家的智慧和灵识，把他们的感觉能力磨得更细更敏锐。"①

上海作家王晓鹰谈到川端康成影响她的情形："初登文学殿堂之时，心境迷乱。那时给予我的艰难跋涉以直接影响的外国文学大师是川端康成。《伊豆的舞女》、《雪国》和《古都》，一读便觉得意味无穷悠悠不尽，入迷般地爱上了文中露出的那股孤独的清新的淡淡的忧愁，以及那文章的工整、绚丽、精美。……川端作品的清新自然真让人耳目为之一新。川端的作品中那种古典风格的美，遣词造句的精巧都让人尽情感受着艺术的无穷滋味。特别是川端并不以故事情节取胜，只着重对人物的感情和内心的描写，心理与客观、动与静、景与物、景与人的描写是那样地和谐统一，对我有很大的启发，触动了我的创作灵感。"② 就是这样，王晓鹰仿效川端的细腻、忧郁风格，创作了《前巷深，后巷深》，借鉴川端选取题材的方法，以真实感情描写引起自己心有所感的身边的凡人凡事，以单纯、清新、自然的笔致，写出了《翠绿的信笺》、《别》、《闪亮、闪亮、小星星》、《净秋》等作品。

余华创作初期，是一个川端康成的崇拜者，他在一篇文章中写道："1982 年在宁波甬江江畔一座破旧公寓里，我最初读到川端康成的作品，是他的《伊豆的舞女》。那次偶然的阅读，导致我一年之后正式开始的写作和一直持续到 1986 年春天的对川端的忠贞不渝。那段时间我阅读了译

---

① 吴亮、程德培：《当代小说：一次探索的新浪潮》，《探索小说集》，上海文艺出版社 1986 年版，第 644 页。

② 王晓鹰：《从川端康成到托尔斯泰》，《作家谈译文》，上海译文出版社 1997 年版，第 9 页。

为汉语的所有川端作品。他的作品我都是购买双份，一份保藏起来，另一份放在枕边阅读。后来他的作品集出版时不断重复，但只要一本书有一个短篇我藏书里没有，购买时我就毫不犹豫。"① 那么，川端令余华如此着迷的是些什么？从余华的相关议论中可以看到，它们是：（1）人物情感细微变化的描述；（2）结构的散文化倾向；（3）哀婉的抒情风格。这些因素正是余华早期小说的风格，如《月亮照着你，月亮照着我》、《竹女》、《老师》等作品中所体现出来的。而细腻的描写手法给余华后来的创作带来深刻的影响。他说："由于川端康成的影响，使我在一开始就注重叙述的细部，去发现和把握那些微妙的变化。这种叙述上的训练使我在后来的写作中尝尽了甜头，因为它是一部作品是否丰厚的关键。"②

　　王晓鹰和余华对川端康成的学习借鉴，是从文本审美的层面，在创作风格、表现手段、选材结构等方面加以自觉地接受。中国当代文学中还有一些作家，他们是在文学精神、文学理念上受到川端康成的影响，我们以莫言和贾平凹为例稍加议论。

　　莫言创作初期，"遵循着教科书里的教导，到农村、工厂里去体验生活，但归来后还是感到没有什么东西好写"③。但川端康成《雪国》中的秋田狗却唤醒了他的灵感，他《雪国》没读完，就抓起笔写道："高密东北乡原产白色温驯的大狗，绵延数代之后，很难再见一匹纯种。"这是他创作中首次出现"高密东北乡"。这就是后来赢得台湾联合文学奖并被翻译成多种外文的《白狗与秋千架》。从此以后，他高高地举起了"高密东北乡"这面大旗，"就像一个草莽英雄一样，开始了招兵买马、创建王国的工作"④。还有莫言作品中重视感觉的叙述——在描述中，心理的跳跃、流动、联想，大量的感官意象奔涌而来，创造出一个复杂的、色彩斑斓的感觉世界，这种叙述风格不排除川端文学的影响。有论者说："给我印象很深的是莫言，在我读他的作品时，总会联想起川端康成或横光利一。他

　　① 余华：《川端康成和卡夫卡》，《不灭之美——川端康成研究》，中国文联出版社1999年版，第136页。

　　② 余华：《我的写作经历》，《灵魂板》，南海出版公司2002年版，第146页。

　　③ 莫言：《我变成了小说的奴隶——莫言在日本京都大学的演讲》，《检察日报》2000年3月2日。

　　④ 同上。

们对视觉效应（特别是色彩）的侧重惊人地相似，对超常感觉也有强烈的兴趣，我相信，随着感觉小说的崛起，日本新感觉派的作家对我们文学的影响，将会表现得更为普遍和深刻。"[1] 又有论者说："由于莫言小说立足于表象、感觉等新的小说表现范围，因而也导致了新的物我关系的建设。在这里，物与我，主体与客体，自在与他在，开始失去截然的界限，成为互渗的'共在'。"[2] 莫言的"物与我的共在"与川端康成提倡的"物我合一主义"可谓异曲同工。

从表面看，贾平凹的创作风格与川端文学差异甚大，但实际上，川端康成是贾平凹喜爱的外国作家之一。他曾说："我喜欢他，是喜欢他作品的味，其感觉，其情调完全是川端式的。"[3] 但他关注的不是这种"味儿"，而是川端文学中"融合与创造的精神"。他说："川端康成作为一个东方的作家，他能将西方现代派的东西，日本民族传统的东西，糅合在一起，创造出一个独特的境界，这一点太使我激动了。读他的作品，始终是日本的味，但作品内在的东西又强烈体现着现代意识，可以说，他的作品给我启发，才使我一度大量读现代派哲学、文学、美学方面的书，而仿制那种东西才有意识地又转向中国古典文学艺术的学习。到了后来，接触到拉美文学后，这种意识进一步强化，更具体地将目光注视到商州这块土地上。"[4] 因而，商州系列小说是贾平凹由早期追求乡野之美转变到注重将现实与文化寻根巧妙融合的尝试，其中就有川端康成创作的成功经验给他的启示。

---

[1] 李子顺、庚钟银：《在写作中发现检讨自我——莫言访谈录》，《艺术广角》1999 年第 4 期。

[2] 彭晓丰：《一种新小说形态：感觉世界中的思索与惶惑》，《当代文坛》1987 年第 3 期。

[3] 贾平凹：《平凹答问录》，《商州：说不完的故事》（4），华夏出版社 1995 年版，第 526 页。

[4] 同上书，第 527 页。

第 五 章

个案研究:平行研究

平行研究是比较文学研究的基本类型。它是对不同文化体系的文学现象基于内在价值同类而展开的比较研究。不同文化体系的文学尽管蕴涵的文化意义、价值取向或审美观念有所差异,但都是文学,都是创作主体对周边世界的情感化诉说,而且人类面临的基本问题和生存境遇、人生环节大体相似,这就决定了人类不同人群、不同文化的文学具有可比性。

第一节　波斯中古哲理格言诗与《增广贤文》比较

波斯和中国——亚洲东部和西部的两个古老民族,他们都有各自光辉而灿烂的古代文明,对人类的本质的理解充满着智慧和洞察力。古代波斯留传下来的古经《阿维斯塔》作为琐罗亚斯德教的典籍,把宇宙善恶二元观推及人类,认为人类是善恶二元素斗争的目标,人类本为善神阿胡拉·玛兹达(Ahura Mazda)所造化,但他又给人以自由意志,人又有服从各种恶势力的可能,人的一生受到善、恶两种力量的吸引。但人有今生和来世两个生命,今生向善者,末日审判时能顺利通过横架火狱之上的长桥,达到彼岸的乐园;而今生向恶者,必堕入火狱,成为恶神的奴隶,经受种种痛苦和折磨。这是在宗教教义中论述的人生行为选择标准。以后的摩尼教发展为"二宗三际"说,体现了古代波斯人对宇宙和人生进一步的理解。伊斯兰教传入波斯后,又有强调禁欲苦行、注重内心修炼、主张人神合一、人与真理统一的苏菲派,为人生模式提供了新的范例。

中国的人生哲学没有与宗教合流,"做人"的学问是中国传统文化的主体内容。春秋战国时期出现中国历史上第一次人的意识大觉醒,诸子百家展开剧烈论争,论争的焦点就是"做一个什么样的人"。各自从自己的理论思辨和人生实践出发,提出不同的人生理想,创设不同的人生模式。对后世影响较大的主要有三家:归仁养德、谦谦君子的儒家模式;顺天从性、静虚淡泊的道家模式;赖力仗义、无私任侠的墨家模式。后经历代统治者的扶持推行、文人士大夫的补充调整,形成以儒家模式为主、道家模式辅之的普遍模式。

我们无意于对波斯和中国的人生哲学理论作全面评析,只是在文化大背景里,选择波斯古典诗歌黄金时代(9—15世纪)诗人笔下的人生哲理格言和中国传统蒙书之一的《增广贤文》作一简略比较,从一个侧面透视中国和波斯传统文化的内蕴。

一 探讨人生哲理的不同形式:哲理诗格言与语录体格言

波斯文明源远流长。大约在公元前4至3千纪,波斯本土已出现原始文明,当地土居的狩猎、农耕部落与来自中亚细亚的游牧部落混合,得"雅利安人"之称。他们大概在公元前9、前8世纪时进入比较成熟的奴隶制。到阿契美尼德王朝(公元前558—前330)时,已成为一个征服小亚细亚、巴比伦、中亚细亚和埃及与印度的部分领域的大帝国,代表东方文明与地中海的希腊相抗衡。之后波斯不断地遭到异族侵略或发生内乱,波斯人民在兵燹战火中艰难地建设自己的文明,为人类留下一笔宝贵的精神遗产。古代波斯的医学、天文学、数学、史学和地理学,还有建筑艺术、手工艺术和音乐都有突出的成就。但具有世界影响,为后世所称道的还是诗歌。西方诗坛巨擘歌德曾称波斯为"诗国"、"诗人之邦"。①

古代中国也有"诗国"之称。但中国诗歌不像波斯古典诗歌"身兼多职"。"诗言志"是中国诗歌创作的原则,也是中国古诗的基本任务。波斯古诗不限于"言志",诗人用它来记录历史(菲尔多西《王书》)、叙述生动的故事(内扎米《七美人》、《莱伊丽与马季农》)、讨论宗教教义(鲁米《宗教双行哲理诗》)。更多的诗人是用诗歌形式探讨人生的哲

---

① [德]歌德:《西东诗集·序诗》,《歌德诗集》,上海译文出版社1982年版,第303页。

理。被称为"波斯古典诗歌奠基人"的鲁达基（Abu Abdollah Ja'far Ruda-ki，850—941）在清新、朴素的诗风中表述人生哲理，科学家兼诗人的海亚姆（Omar Khayyám，又译莪默·伽亚谟，1048—1122）以朴素的唯物主义观念写下他的人生哲理诗，"彼岸世界的喉舌"哈菲兹（Hafiz，1320—1389）早期创作的世俗抒情诗，在对传统价值的怀疑和对自由的讴歌中探讨人生，苏菲诗人鲁米（Molang Ja-laluddin Rumi，1207—1273）和贾米（al—Jami，1414—1492）也在宗教的神秘氛围中不乏现实人生的曲折表现。尤其是被誉为"人生导师"的萨迪（Moshlefoddin Mosaleh Sa'di，1208—1291），其代表作《蔷薇园》和《果园》"是指导人们思想修养与规范言行举止的道德手册"①。他们的人生哲理诗作，既扎根于波斯文化传统，又打上诗人生活时代的印记，而且也成为波斯文化传统的组成部分。波斯（伊朗）人不仅把他们的诗作当作艺术欣赏，还用来指导现实的人生实践，甚至用诗行来预卜人生道路上的吉凶祸福。现在的伊朗把他们的诗作用作各级学校的教材，伊朗人从小就受到这些古典诗人人生价值观的熏陶。古典诗人的一些哲理诗句，"从日常生活中采取某一个别事例，但使它具有一种较普遍的意义"②，融凝成人生的格言警句，具有强大的生命力，至今为人们所运用。

　　波斯古典诗人的人生哲理诗，从宽泛的意义上说也是"言志"，但与中国古典诗歌比起来，更多理智因素，"以理入诗"是中国诗歌创作的一大忌讳。讲述人生哲理、人伦规范，在中国有另外的散文论著，其中最富传统性的是语录体，即由门生或后人对先贤哲人的言论加以摘录整理，分类汇编，供人们在生活实践中运用。一些文人士大夫为了把这些传统的价值观念普及于民，对这些语录加以改写，结合日常生活事例使之通俗化，运用简练通俗的语言，使之格言化，流行于民间，在潜移默化中指导着人们的人生行为。

　　《增广贤文》就是这类格言的汇编。作为中国传统蒙书的一种，在很长的时期里，它对中国的价值观念、处世交往、为人准则等都有很大影

---

　　① 王家瑛：《哈菲兹的抒情诗》，《外国文学研究集刊》（8），中国社会科学出版社1984年版，第208页。

　　② 黑格尔：《美学》第二卷，商务印书馆1981年版，第114页。

响,对中、下层社会的影响尤深。从文化学角度讲,《增广贤文》属于民俗文化。它不是出自一人之手,不同版本各有增删,其思想也非一家之言,儒释道的观念都能从中找到,它着眼于处世的实际功用而众采各家,并非考虑完整的理论体系。然而《增广贤文》却能代表中国文化中人生探索的本质方面:(1)仔细研究后不难看出,它是以儒家观念为主,其他各家辅之,这是中国文化的实情;(2)注重人生实践,轻视理论思辨,这正是中国文化的特质之一,《增广贤文》选编改写先哲言论,大都与实际生活密切相连,其编选目的和效果都在指导人们的日常实践。周谷城先生在谈到这类传统蒙书时说:"当时普通人所受的教育及他们通过教育而形成的自然观、神道观、伦理观、教育观、价值观、历史观,在这类书中,确实要比在专属文人学士的书中,有着更加充分而鲜明的反映。"①

二　人生的形而上探讨:人与自然、命运、人生态度

对人生的探讨,有表层和深层的不同层次。表层指的是伦理规范,即为人们提供一整套动机和行为的准则,指导人们的生活实践。深层的探讨超越具体的生活实践,探索人在宇宙中的位置,人生的目的和价值,人性的由来和构成等真正具有普遍哲理意义的问题。

对宇宙奥秘的探讨,对人与自然关系的思索,古代的波斯人和中国人都作了很多努力。从波斯古典诗人笔下我们可以看到,他们用"世界"、"天地"的概念来指代人之外的自然,它在不停地运转,瞬息万变:

> 世界的命运就是这样循环旋动,
> 时光流动着,有如泉水,有如滚滚洪流。
>
> 　　　　　　　　　　　　　　(鲁达基)
>
> 人世沧桑不足恃,
> 天地变化更无常。
>
> 　　　　　　　　　　　　　　(哈菲兹)

这个变动不居的世界,很难把握。因而波斯一些古典诗人往往以"怀疑

---

① 周谷城:《〈传统蒙学丛书〉序》,岳麓书社 1989 年版。

论"的态度,述说宇宙奥秘的不可知:

> 关于这个色地朴素的天幕的底蕴,
> 世界上的任何学者都对它一无所知。
>
> （哈菲兹）
>
> 大地没有回答,滚着紫波的大海,
> 哀悼被弃的主公,也说不明白;
> 天地回旋,虽然把它的十二宫
> 日夜吞吐,这个谜却也没解开。
>
> （海亚姆）

人在这个"循环旋动"而不可知的世界中,显得异常渺小,而且它根本不顾人的愿望,追求。自然与人的关系不是和谐共振,而是矛盾相抗:

> 当你和我消失在帷幕的后边,
> 这世界还将长久地往前推行;
> 在它眼里,我们的到来和别离,
> 像颗小小的石子溅落在海面。
>
> （海亚姆）
>
> 你要使这个世界变成静止,
> 而这个世界偏偏想要环转不息。
>
> （鲁达基）

在《增广贤文》里,我们看到的是另外一种人与自然的关系:

> 顺天者昌,逆天者亡。
> 人有善愿,天必从之。
> 死生由命,富贵在天。
> 随分耕助收地利,他时饱暖谢苍天。

这里,天人不是对抗性的,而是感应相通,和睦相处。古代中国人认为人的生命形体、性情、禀赋,悉由天成。大儒董仲舒说:"人之形体,化天数而成,……人之性情,有由天者矣。"① 不仅如此,还将茫茫苍天道德化,成为善德的天道,而且天道之善成为人性善的本源。这样,天仪同德,不是对抗性的,而是相亲相爱的关系。大自然养育着人类、主宰着人类,人类顺应着大自然、膜拜着大自然。

波斯诗人的"不可知论"和《增广贤文》的"顺应论"当然有其区别。"不可知"则还有进一步探讨的余地和必要,怀疑还有走向真理的希望。而"顺应论"自认已把握住真理,瓦解了往前探究的热情。然而,这两种不同的宇宙观,至少在两个方面是一样的:第一,两者都没有把自然界作为一种应该被征服的客体和力量来思考,都意识到宇宙的神秘和巨大力量,但波斯诗人感到的是人的渺小卑微,中国人采取的是一种旷达的态度——以不违抗它来求得人生的平和。在精神深处,波斯诗人和中国文人都对人的力量缺乏信心;第二,殊途同归,"不可知论"和"顺应论"都往前顺延一步,就是"宿命论"。

宿命论是人类对世界缺乏科学了解的必然结果。人们只看到现象,不知背后的原因和规律,无法做出理性的解释,只好归结为命运。这是人类理智发展中蒙昧的一面。

萨迪常常通过一些具体事件的描写,最后做出抽象的概括:

> 人应该预防灾难避免危险,
> 但命运的运数你不要企图改变。
>
> (《果园》故事139)
>
> 人如时来运转便事事如意,
> 赤膊对敌钢刀也伤不了身体。
>
> (《果园》故事90)
>
> 当我们还躁动于母腹之中,
> 祸福机缘都已笔笔注定。
>
> (《果园》故事93)

---

① 董仲舒:《春秋繁露》,苏舆撰,钟哲点校《春秋繁露义证》,中华书局1996年版,第318页。

即使像海亚姆这样具有朴素唯物主义思想的诗人，也由"不可知论"和现实人生的悲苦走向了"宿命论"，发出"乐天知命"的呼喊：

> 因为你的衣食生计皆由命运的上苍注定，
> 所以你不要妄想减少或企图增添，
> 对你眼下所有的应该感到满意，
> 对你所没有的也要乐天知命。①

《增广贤文》中的有关宿命的格言遍布书页，俯拾即是：

> 大家都是命，半点不由人。
> 命里有时终须有，命里无时莫强求。
> 运去金成铁，时来铁似金。
> 万事分已定，浮生空自忙。
> 万事不由人计较，一生都是命安排。

"宿命论"最大的危害是消融、抑制了人的本质力量，把人应有的创造能力导向消极地安于现状，在知命、畏命、达命当中把人变成了命运的奴隶。但仔细体味波斯诗人笔下和《增广贤文》中的"命运"，摆在波斯和中国传统文化中分析，可以看到两种"命运观"的区别，其中两点可作依据：（1）波斯诗人的命运观念往往与伊斯兰教结合在一起（尤其在萨迪和苏菲诗人笔下），真主安拉成为命运的主宰。宗教有它完整的教义体系，伊斯兰教继承了西亚古代宗教（包括犹太教和琐罗亚斯德教）和基督教的一些东西，有末日审判和来世说，即人的今生行为决定来世的处境，所以波斯诗人在抒写人生今世的消极命运的同时，也有来世的希望对今生的积极鼓励。而中国文化中没有来世的宗教，只有天数的当世安排，

---

① 笔者手中有海亚姆的四行诗中译本两种：郭沫若译《鲁拜集》和黄杲炘译《柔巴依集》，文中引海亚姆哲理诗大多出自黄译本，少数出自郭译本。该诗引自王家瑛《论海亚姆四行诗》，载《中亚学刊》第二辑，中华书局1987年版。

人们只有消极顺从的份了,因而《增广贤文》中的命运观是"大家都是命,半点不由人"的"看破人生的消极"。(2) 在对待命运的态度上,波斯诗人显然认为命运是不公正的,"在应该有祸害的地方,他看见自己的鸿福;在生灵万物痛苦的地方,他却是兴高采烈"(鲁达基),因而他们对不公正的命运常加谴责,或者在精神上对错误的命运不屑一顾,以现实生活的享乐来实现精神上对命运的抗争,如海亚姆的一首四行诗:

> 不要为时运的不公正而使你身心受苦,
> 不要让怀念故友的哀思渗入你的心灵深处,
> 犹如握住情人的卷发那样把握住自己的心灵,
> 人生不能无酒,切莫虚度年华。

从诗中我们可以看到波斯诗人笔下的命运观和对命运的态度有着"知其不可为而为之"的悲壮色彩。而《增广贤文》中表现出来的宿命论,在"不由人"、"莫强求"、"空白忙"的反复告诫中,训练人的奴性,以一种对物质利益的超脱,获取精神上的自娱。

上述的宇宙观和命运观,必然导致波斯古典诗人笔下和《增广贤文》中不同的人生态度:前者以消极的方式表现对人生的执著,后者以积极的方式表现对人生的鄙弃。这点鲜明地表现在对"酒"和"死"的不同态度上。

波斯古典诗歌和《增广贤文》都有不少涉及"酒"的文句。波斯诗人的"酒"往往与爱情、欢乐、享受连在一起:

> 如今欢乐地生活吧,
> 举起醇醪美酒畅饮,
> 情人相会时刻已到,
> 他们注定要喜相连。
>
> (鲁达基)
>
> 那令我热恋的情侣,
> 赞赏醉酒的快意,
> 因而我把生命的主宰,

交到酒神的手里。

（哈菲兹）

《增广贤文》中的"酒"总是伴随着"愁":

今朝有酒今朝醉，明日愁来明日忧。
药能医假病，酒能解真愁。
三杯通大道，一杯解千愁。

表面地看，波斯诗人沉湎酒色，采取的是一种颓废的生活方式，但本质地看，这是他们的一种内心发泄，以一种淡漠和忘却忧患的人生情态来曲折地体现对人生的悲剧体验，在放浪形骸的行为里传达出一种执著、热爱人生的严肃态度，只要把他们的命运观联系起来就能很好地理解这一点。《增广贤文》中以酒解愁，好像是一种主体的积极行为，但人生总是愁!愁!愁!这种"解愁"的人生又有何意义？——积极的行为里隐藏着对人生的本质否定。

对于时光流逝、人生短暂，谁也无法超越死亡的归宿，波斯古典诗人和《增广贤文》都有一种难言的惆怅。"闲坐小溪旁，静观得三昧，人生如流水，一去不覆回"（哈菲兹）；"生命的存灭有如晨风去来，哀乐美丑都难永远存在"（萨迪）；"唱彻阳光上小舟，你也难留我也难留"（《增广贤文》），就是这类无可奈何的感叹。人生的归宿是毁灭，那人生有什么意义？怎样度过这短暂的人生？对于这些由"死"而引出的"生"的问题，波斯诗人和中国文人有不同的答案。

对《增广贤文》作整体把握，联系中国传统文化，可以看到，中国文人的答案是：要珍惜这短暂的人生，要勤奋努力，通过内省、慎独的道德修炼，成为圣人贤士，这样死后还会被人提起，虽死犹生。基于此，一般论者认为中国传统文化是积极入世的文化。其实不尽然，我们认为它是"入世"的没错，但并非"积极"。只要深入一步看看传统文化要求"勤奋"、"努力"的内容和"圣人贤士"的标准，就可以清楚地看到：在对仁爱善德的片面强调和虚幻美名的过分追逐中否定了个体人生的意义。当然个体人生与社会密切相关，协调群体与个体的关系是永恒的人生课题，中国传统文化为探索社会稳定途径做出了积极贡献。

波斯诗人的答案有二：部分诗人认为人生既是如此短暂，就得好好享受，现实的享受是唯一的真，其他都是假，看那些名人伟人、富豪大家，死后不都一样成为尘土。另一部分诗人遵循伊斯兰教义，以死后的来生激励今生的行为，为了来世的幸福，今生必须去恶从善。这两个答案看似南辕北辙，但其根基都是"自我"：一个及时消费，一个先放利钱，获益的都是"自我"。波斯诗人从自我出发来肯定人生的意义。

三　人生的实践性层面：人生理想和行为准则

在具体的人生实践中，伦理规范有着重要的指导意义。伦理规范包括两个层面，即人"应该如何生活"和"怎样去生活"。前者是人生理想，后者是行为准则。

什么样的人生才是理想的人生？这在任何民族文化的人生哲学中都占有重要地位。《增广贤文》作为民俗文化，对人生理想议论不多，更多的是日常行为规范。但从为数不多的有关格言以及全文整体透出的信息，可以明了其大体轮廓：在仁爱礼义的社会氛围中，学习领悟前人留下的知识（主要是做人的知识）；放弃对物质利益的追求和生理感官的享乐，获取内心世界的宁静安乐；在天命与现实秩序的顺从中，调整自己的行为，省却忧烦，知足常乐，行善积德，以达至善的最高境界。下列格言是有代表性的：

> 钱财如粪土，仁义值千金。
> 积钱积谷不如积德，买田买地不如买书。
> 知事少时烦恼少，识人多处是非多。
> 黄金非为贵，安乐值钱多。
> 为善最乐，作恶难逃。
> 竹舍茅篱风光好，道院僧房总不如。

这种人生理想自孔子以来经历代儒家巨子不断充实完善，积淀于民族精神之中。

波斯中古诗人的人生理想，可从几位诗人的哲理诗中略见端倪。鲁达

基对肉体与灵魂的追求:

> 引诱肉体的是金钱、领地、闲散的休憩,
> 吸引我灵魂的——是科学、知识和理智。

海亚姆描述了他的"天堂":

> 在枝干粗壮的树下,一卷诗抄:
> 一大杯葡萄美酒,加一个面包——
> 你也在我身边,在荒野中歌唱——
> 啊,在荒野中,这天堂已够美好。

贾米的"生活企求":

> 只要健康、平安、宁静和粗茶淡饭
> 再加上推心置腹无话不谈的挚友——
> 我的生活再也没有其他任何企求。

从上述引例看,中古波斯诗人的人生理想与《增广贤文》中的人生理想有相同的一面,如对知识的向往(但不仅是做人的知识),纯朴、宁静的生活理想等。但区别也是很明显的:"我"的音调比中国文化高昂得多。"我"是具有理智、情感、独立意志的个体,爱情、友谊、感官享乐都是"我"的追求目标。有论者论到中国文化中"人"的观念时写道,中国人"习惯于在关系中去体认一切,把人看成群体的分子,不是个体,而是角色,得出人是具有群体生存需要、有伦理道德自觉的互动个体的结论,并把仁爱、正义、宽容、和谐、义务、贡献之类纳入这种认识中,认为每个人都是他所属关系的派生物,他们的命运同群体休戚相关"①。这种群体本位观,通过伦理规范表现出来,即个体服从群体,个体成为群体的附属物,个体的独立意志被消解在群体观念之中。这与波斯诗人笔下具有独立

---

① 庞朴:《良莠集——中国文化与哲学论集》,上海人民出版社1988年版,第126页。

意志的个体形成对照。在中古波斯，即使像苏菲派的诗歌，虽然强调禁欲、苦行、内心修炼，那也是一种主体意志的体现，是一种道德自律。中国古代的"内省"表面看来也是道德自律，但"内省"并非从个人意志、愿望出发，而是服从外在的群体秩序，从根本上说还是他律。中国传统文化中这种人的观念以及由此引申的人生理想，适应中国几千年以小农经济为基础的一统大国和身、家、国统一的社会政治结构，对民族的稳定和人心的安定起了很大作用，也铸造了忍耐、勤劳、节俭、敦厚等民族美德。但也为这种宁静和睦的气氛付出了沉重的代价，这种代价不仅是个体意志的消融、创造性的窒息，也可能是整个群体的停滞。

与中国的人生哲学形成鲜明对照的是西方近、现代的人生哲学。他们以宇宙主宰的姿态出现，把征服改造大自然作为人类的目标，高扬科学、理性、自由的旗帜，倡导个性解放和自由，在搏斗与竞争中获得自我价值的实现。这种从个人出发立论的人生哲学，引起大自然报复（如环境污染等），也导致个性膨胀，在享受科学带来的物质财富的同时，也带来疲惫和烦恼。也许，在中、西人生哲学的两端中，波斯古代诗人的思考能给我们某些启示：他们寻求宁静和纯朴，对不可知的宇宙有趋同的一面，但并不排斥自我的独立意志；他们也探寻群体秩序，以安拉的名义调整各种关系，但他们的安拉不像中国的礼义对世俗生活直接干预，也不像中世纪西方的耶和华那样专制，无须委派圣子去拯救人类，人的净化也无须牧师的救赎，人与神之间无须中介而完全合一，这给人的自我行为以很大自由。宁静淡泊就是自我实现和享乐的内容，人伦规范不是一种外在的束缚而是一种道德上的自律——这也许是一种比较理想的人生。

人生的理想决定行为规范。《增广贤文》中大量的格言集中在人生行为的忍、慎、和、勤、俭、温、诚等几个方面，如"忍得一时之气，免得百日之忧"、"念念有如临敌日，心心常似过桥时"、"只有和气去赢人，那见相打得太平"、"少壮不努力，老大徒伤悲"、"常将有时思无时，莫把无时作有日"、"灭却心头火，剔起佛前灯"、"万事劝人休瞒昧，举头三尺有神明"。意思相似的格言在波斯诗人，尤其是萨迪笔下也能读到，如"谁若做事鲁莽率然动手，日后难免自食苦果悔恨烦愁"，"谁在平日节衣缩食，在穷困时就容易渡过难关；谁在富足时豪华奢侈，在穷困时就会死于饥寒"，"不应骄傲要谦虚谨慎，不应以恶意去揣度别人"，"生活中明智的人不计前嫌,受了委屈能够以德报怨","谁若是播种季节不辛勤劳动,收割时就空着双手没有收成"。

由于人生面临着许多同样的问题,波斯诗人和中国文人把同样的生活感受格言化,一些格言非常相近:

> 虚心听取劝告无害而且有益,
> 比如良药苦口却可以治病疗疾。
>
> （萨迪）
>
> 忠言逆耳利于行,良药苦口利于病。
>
> （《增广贤文》）
>
> 把贪婪从心中驱走,对世界根本不要期待,
> 那你就会立刻觉得世界是无限地慷慨。
>
> （鲁达基）
>
> 用心计较般般错,退步思量事事宽。
>
> （《增广贤文》）
>
> 如若见有谁总是背后论人,对这等人你可要存有戒心。
>
> （萨迪）
>
> 来说是非者,便是是非人。
>
> （《增广贤文》）

但人生理想的差异,决定了行为准则的差异。至少在下列四个方面《增广贤文》和波斯中古哲理诗中表现的人的行为准则差异明显:

第一,对待统治人物的态度。波斯诗人对统治人物的残暴、专横、腐败加以指责,认为普通民众是统治者生存的基础,只有关心人民、依靠百姓,他们的统治地位才能巩固,"君王犹如树木,农夫好像树根;树要高大挺拔,根要植得很深","暴君不可以为王,豺狼决不可牧羊"。中国文化在"忠"的传统中,特别忌讳犯"上"。整个《增广贤文》没有涉及最高统治者的文句,有几条与"官府"相关的格言,集中体现的是一个字——"怕":"惧法朝朝乐,欺公日日忧"、"见官莫向前,做客莫在后"。而官府所为,总是对的,"官有正条,民有私约"。普通百姓需要官法的管束,"人心似铁,官法如炉"。如此看来,《增广贤文》中的"衙门

八字开，有理无钱莫进来"，只是客观上显示了衙门的腐败，作者主观上是劝告人们不要与衙门打交道，本质上还是一个"怕"字。

第二，对待现实纷争的态度。人生在世有各种各样的烦恼，中国传统的人生理想就是要从这些烦恼中摆脱出来，行为准则取清静无为、消极避世的立场："是非只因多开口，烦恼皆因强出头"，"触来莫与竞，事过心清凉"，"近来学得乌龟法，得缩头时且缩头"，"是非终日有，不听自然无"。波斯诗人虽然不主张在纷争喧闹中求生存，但比《增广贤文》的态度积极得多，"你要使心灵自由奔放，别像众人一样活着！你的理智和心灵都闪耀着光芒，你要像圣贤那样活着" 这是鲁达基的自勉，其中显现了主观的力量。"我的死灰也要长出葡萄，卷须在空气中高飘，信仰真理之人路过我时，无意之间却要被它缠绕"，海亚姆至死还是要"为"，何惧区区生死烦恼？萨迪说："你的生命已消逝了五十个年头，这剩下的五天你应牢握在手"；而《增广贤文》中却有"月过十五光明少，人到中年万事休"。

第三，对待坏人的态度。波斯诗人对坏人不太留情，他们意识到"怜悯恶人便是亏负好人，宽容恶霸便是欺压平民"（萨迪），因而主张置之死地以免祸患好人——"种植友谊之树可以收获心愿的硕果，拔掉敌意的祸根可以减少烦恼痛苦"（哈菲兹），"如若得知一个恶人的丑行，最好把他除掉免得对你行凶"（萨迪）。中国文化主张宽恕忍让，当然不会采取激烈行动，"饶人不是痴汉，痴汉不会饶人"，但这种"饶恕"不是基督教式的博爱，而是与"天道报应"观念结合在一起，"善恶到头终有报，只争来早与来迟"，"但将冷眼观螃蟹，看你横行到几时"，反正苍天有眼，将惩罚恶人，我们只需"冷眼旁观"就行了。

第四，对待激情的态度。人有理智，也有感情。感情有时强烈地表现出来，不顾一切、丧失理性。在理与情的矛盾中，中国传统文化强调以理胜情；波斯诗人对感情，尤其是真诚热烈的青春爱情，予以充分的肯定和赞美。莱伊丽与马季农的爱情被波斯诗人反复吟咏。理性成分较浓的萨迪也认为"人无激情岂不是像驴一样"，他对爱的力量也有热烈的赞叹，"谁在夜晚被醇酒醉死，未到天明便会清醒；可是若为爱情所醉，末日才是黎明"。中国传统主张"中庸"，为人做事适可而止，过分则是"失礼"，《增广贤文》中有"受恩深处宜先退，得意浓时便可休"，"爽口食多偏生病，快心事过恐生殃"的格言，一切以"礼"为准绳，理性成为行为的依据和基础，当然也就没有激情的地位。

四　两种人生模式:"春"与"秋"及其成因略探

考察中古波斯诗人和《增广贤文》中的人生哲理格言，总在眼前浮现出两个智慧老人的形象。他们都有着宽阔的前额，眼睛同样闪着睿智的光芒，清癯的面容显出几分和蔼，直垂胸前的白发又给他们平添几分威严。但仔细看，两位老人差别不小，白肤色的那一位，和蔼的面容透出几分稚气，他显得有些局促不安，经常东张西望，睿智的眼神中夹杂一丝不满足的神情，他不苟言笑，若惹他生气，也会怒发冲冠。而黄皮肤的那一位，表现得异常通达稳静，老成温厚，他和蔼的脸庞洋溢着幸福的光彩，显得对一切都很满意。他经常闭目养神，享受着大自然赐予的清新空气和阳光，内心里默念着苍天的恩惠。

早在20世纪30年代，林语堂（1894—1976）在考察中国人生活的各个方面后，用"秋"的景色和氛围来形容中国人的生活。我们考察《增广贤文》中的人生格言，的确可以嗅到浓郁的秋的气息。秋天，金碧辉煌的收获季节，"展示的不是春天的单纯，也不是夏天的伟力，而是接近高迈之年的老成和良知——明白人生有限因而知足"[1]。这种"知足"，使得人生不是去奋斗，去创造，而是收获，享用已有的。人生不是在希望里，而是在知足常乐的境界里，耳闻窗外秋蝉的鸣叫，眼看秋风中颤悠悠飘落大地的片片树叶，它有收获带来的满足和喜悦，也有深秋的暮气和冬之将至的抑郁。这是一种沉甸甸的生活和人生。

与《增广贤文》"秋"的气息相比，波斯诗人笔下的人生更具"春"的色彩。春天，清风拂煦，和日融融，新芽缀满枝头，鲜花开遍大地。它带来的是欢欣和希望。波斯诗人虽然也有人生的悲伤和哀叹，但更多的是人生的欢快和享乐。他们的诗作意境往往是在春天的背景里，夜莺歌喉婉转、蔷薇花香阵阵，诗人高举粗质陶制酒杯，身边陪伴着卷发细腰的美丽女郎，咏叹现世生活，也畅想未来岁月。黑格尔（Georg Wilhelm Friedrich Hegel，1770—1831）在《美学》中谈到波斯诗人的这种欢乐心态:

---

① 林语堂:《中国人》，浙江人民出版社1988年版，第309页。

"……显示出他们特有的自由欢乐的内心生活，他们尽情地向神，向一切值得赞赏的对象抛舍自己，但是在这种自我抛舍中却仍保持住自己的自由实体性，去对付周围的世界。所以我们看到他们在火热的情感生活中的狂欢极乐，迸发为无穷无尽的丰富华严的灿烂形象和欢乐、美丽、幸福的音调。"①

有论者曾指出"古波斯诗歌离不开悲感"，此说颇有道理。菲尔多西（Hakīm Abol-Qāsem Ferdowsī Tūsī，935—1020）笔下的鲁斯塔姆亲手杀死儿子的悲剧，海亚姆对命运的慨叹，内扎米（Nezami Ilyas Jamalddin，1141—1209）描绘的莱伊丽与马季农不幸的爱，萨迪对不平世道的严厉谴责，哈菲兹对情人和酒侍发出的哀怨等，都是"悲感说"的例证。但这里的"悲感"是就审美意义而言的，而不是人生观上的悲观。就像古希腊悲剧表现出强烈的悲剧意义，但恰好体现了人对命运的思考和抗争，表现的是古希腊人对人的力量的赞美，是人生的乐观。相反，中国传统文化的家族血缘的亲善关系，社会群体的仁爱氛围，超脱现实困境的达观心境等，令许多论者称，中国文化是"乐感文化"，但这种"乐感"，并不等于人生的乐观。

中古波斯诗人和《增广贤文》对人生的思考为什么会有这种不同的"春"、"秋"模式？各自的思考有各自民族传统文化的基础，因而对这一问题的探讨必须摆到民族文化传统的大范围中。顺着这一思路，下面三点可作我们探讨的出发点。

首先，波斯地处亚、非、欧三大洲的交集处，既是两大洲往来的交通要道，也是古代东西文明的汇合点。这样的位置，至少给波斯文化带来三个后果：其一，形成古波斯人的开放性心态；其二，到中世纪时，由于东西贸易往来，波斯产生了一个势力甚大的工商业阶层；其三，四邻高度发达的古代文明影响波斯本土文明。发源于幼发拉底河和底格里斯河流域的古巴比伦、亚述文明，成为波斯文化的重要基础，东方的中国、东南的印度、西南的埃及和后来强大的阿拉伯，西方的希腊罗马等高度发达的文明都给波斯以程度不同的影响。其中影响最大的当数古希腊和阿拉伯，而从文化源流上看，古希腊的影响尤甚。早在公元前阿契美尼德王朝时期，地

---

① 黑格尔:《美学》第 2 卷，商务印书馆 1987 年版，第 87 页。

中海海岸的两个大国互相争雄,发生历史上著名的波希战争,在军事冲突中,两国文明有相互交流。而继阿契美尼德王朝兴起的安息王朝,有过一次对古希腊文化的大输入,大量译介希腊学术著作。希腊文化中的"人"的观念、理性、自由的思想,深深影响了波斯古代文化。阿拉伯人统治波斯后,从8世纪到12世纪,大量的古希腊著作又译成阿拉伯文,古希腊文化中的人文精神与伊斯兰教义发生冲突,"意志自由"、"个性解放"等观念对一些伊斯兰世界的文化人产生巨大影响。

中国在亚洲东部,东临苍茫大海,西北横亘漫漫戈壁,西南高耸青藏高原,在古代交通条件不利的情况下形成一个封闭圈。而且内部活动回旋余地非常开阔,黄河、长江流域的农业生产条件很好。这样的自然环境和自给自足的经济条件,促成了中国与外界的相对隔绝状态,在文化心态上满足于大自然的恩赐,在与自然的趋同和乐气氛中,无视其他民族的文明。

其次,中国文化是典型的农耕文化,波斯文化是农业与游牧文化的混成。中国文化发源于黄河、长江流域,有着肥沃的土地、充足的水源和适宜农耕的气候。这种农耕文明,在文化上的特征,正如很多论者分析过的,由于治理水源为第一要务,势必形成一统制度和推崇集体力量的观念;由于收成依赖自然条件,当然产生顺从自然、"天人合一"的观念;农耕以土地为本,有一种执著乡土的观念和求静、求稳的普遍心态。

古代波斯的生活、生产方式不像中国那样单一。在两河流域早有高度发达的农业文明,但在民族发展的历史上屡为游牧部落统治,波斯的好几个王朝都是游牧部落开创的,既有外邦的游牧部落入侵,也有波斯本土的游牧部落取得统治的时期。波斯历史上,游牧部落经常袭击定居的农民,破坏农业灌溉设施。游牧民常被视为优于定居的农民,他们成为统治者依赖的军事力量。其结果,一方面农耕文化同化着游牧文化,另一方面游牧文化的强悍勇敢、向往自由、缺乏统一意志、个性主义等特征又渗进波斯文化中。波斯文化在农耕与游牧两种文化类型的冲突、融合中发展。

再次,古代波斯的宗教生活有着重要意义。波斯历史上兴起过马兹达教、琐罗亚斯德教、摩尼教,在伊斯兰教统治时期,又产生了独具特色的苏菲派。在一个国家的历史上盛行这么多的宗教,在世界文化历史上并不多见。对于宗教的认识,很多人认为它是以神的世界否定人的世界,德国文化哲学家卡西尔有不同看法,他认为"一切较成熟的伦理宗教——以色列先知们的宗教、琐罗亚斯德教、基督教——都给自己提出了一个共同的任务。它们解除了禁忌体系的不堪承受的重负，但另一方面，它们发现了宗教义务的一个更为深刻的含义：这些义务不是作为约束或强制，而是新的积极的人类自由理想的表现。"① 这种"人类自由理想"在波斯宗教中表现得非常明显。古波斯宗教以善恶二元论为基础，世界一切均由善恶构成，善恶二神一直在不停地斗争。人的向善向恶都有可能；而善神最终战胜恶神，这中间人以各种仪式给善神以很大帮助。从中可以看到对人的自由意志和人的力量的肯定。摩尼教在琐罗亚斯德教的基础上与社会现实联系起来，把宇宙的纵向发展分为初际、中际和后际，初际善恶二神各自拥有独立的王国，中际善恶相混，后际是善将恶赶离善的王国。摩尼教对中际（即现在）的解释，认为善恶混淆不清，在于人们怎么去看，如果以慈悲的眼光观察，则世间的一切都是光明和善良；若以残忍的眼光去看，则一切都变得黑暗和丑恶。这种善恶相对论，无疑从认识论上为人们开了自由之门。公元 5 世纪出现琐罗亚斯德教的异端派——马兹达克派，把社会生活中的平等与善神、压迫与恶神联系起来，号召建立一个平等、自由、正义的社会，苏菲派作为伊斯兰教的一个派别，宣扬神秘的爱、泛神论和神智思想，奉行内心修炼，沉思入迷以至与安拉合一，实际上在神秘主义的外衣下，掩藏着自由思想的观点。

中国历史上没有产生严格意义的宗教，只有祖先崇拜。"在中国，被国家宗教所认可和控制的对祖宗的这种崇拜，被看成是人民可以有的唯一宗教。"② 由于中国传统社会身、家、国三位一体的社会结构，对祖先的崇拜又转向对统治人物的崇拜，正如美国学者肯尼迪所说："中华民族是那种从野蛮状态到文化与文明之高级阶段尚未发展成神灵观念的民族之一。……对于任何超自然力量的崇拜都归属于作为最高统治者帝王或国家祭司身上。"③ 所以，中国的宗教情感与忠、孝、礼、义等伦理内容和由宗法制引申的等级政治结合在一起，只有服从和膜拜。

总之，我们通过对中古波斯诗歌和《增广贤文》中人生哲理格言的

---

① ［德］恩斯特·卡西尔：《人论》，上海人民出版社 1985 年版，第 139 页。

② 同上。

③ ［美］J. M. 肯尼迪：《东方宗教与哲学》，浙江人民出版社 1988 年版，第 150 页。

粗略考察，从人生探讨这一角度，揭示中、波传统文化的不同内涵。我们无意于对两种文化作价值判断，中国和波斯这两个古老民族都为人类文明做出了贡献，而且也将继续为人类文明的发展做出各自的努力。不过，在民族文化发展过程中，拓展视野，在不同的文化体系的比照中扬长避短，对于传统文化在新的历史条件下的整合，无疑具有积极意义。这也是比较文学、比较文化学的意义所在。

第二节　中印近代民族主义诗歌的共同宗旨

中国和印度是东方的两个文明古国。它们光辉灿烂的古代文化，是人类文明史上的重要篇章。但近代以来，随着西方世界的崛起，中国和印度落后了，逐渐沦为西方的殖民地或半殖民地。面对西方列强的军事侵略、政治压迫和经济掠夺，两个东方巨人从沉睡中醒来，背负着沉重的历史包袱，开始它们艰难的近代历程。在东、西文化的剧烈冲撞和"救亡图存"、"独立自治"的民族解放运动中，中国和印度的一批敏感的诗人，或低吟、或高亢；或兴奋、或悲伤，写作了一篇篇富于民族激情的诗作，形成各自近代文学史上的民族主义诗歌潮流。

中、印近代民族主义诗歌以确立民族自我为宗旨。怎样才能实现这一宗旨？中、印近代诗人从几个方面做出了努力。

一　歌颂民族传统、赞颂祖国河山、弘扬民族精神

英国学者安东尼·D. 史密斯（Anthony D. Smith，1939—）认为："民族主义远不只是一种意识形态。它与其他现代信仰体系不同，权威不仅仅存在于民族的普遍意识中，而且存在于此民族和彼民族的特有现象和特性之中。民族主义使这种形象和特性变成了绝对性的东西。因此，民族主义的成功有赖于特殊的文化和历史环境。"[①] 中国和印度近代的诗人早就深知其中"三昧"，在民族独特的自然、风习、文化和传统中寻求精神

---

① ［英］安东尼·D. 史密斯：《全球化时代的民族与民族主义·序》，中央编译出版社2002年版，第6页。

力量。

在 1857 年印度民族大起义时流行的无名氏诗作中就有这样的诗行：

> 我们是这个国家的主人，印度属于我们。
> 她比天堂还可爱，她的土地无比神圣。
> 这是我们自己的财产，印度属于我们。
> 她的道义使全世界放光明。
>
> 　她与众不同，多么古老又多么新，
> 　恒河叶木纳河的流水使她变成肥沃的田地，
> 　北方积雪的山峰是我们的哨兵，
> 　大海的波涛在南方海滨奏鸣。
>
> 她出产金银、宝石、水银，
> 全世界都称颂她的光荣和昌盛。

诗行中洋溢着民族自豪感。通过富于民族特征的人文、自然的描绘，唤起民众的集体记忆。印度近代民族主义诗人对印度境内一些标志性的山川风物、人文景观反复加以歌咏，从北面高耸的雪峰，到南面汹涌的大海，"喜马拉雅山"、"文德亚山"、"德干高原"、"俱卢原野"、"恒河"、"印度河"、"朱木纳河"、"孟加拉湾"、"鹿野苑"、"泰姬陵"等是诗人经常表现的对象。泰米尔语诗人巴拉蒂（Subramaniya Bharati, 1882—1921）身居南印度，远离雪山与恒河，但他同样为它们而骄傲："这宏伟的雪山是我们的，/世界上有什么能和它相比？/这慈祥的恒河是我们的，/有哪条河这样富有魅力？"

印度不仅有雄伟的山脉、浩瀚的海洋和奔腾的江河，更有久远的历史和丰富的人文遗产。印度近、现代的诗人作家当然引以为豪。伊克巴尔（Muhammad lqbal, 1877—1938）在他的著名诗作《印度人之歌》中将古老的印度文明与其他文明比较："希腊、埃及、罗马都已从大地上消逝，/但我们的名字和标志依然留存至今。/我们的标识不灭自有其原因，/尽管时代变迁，我们多少次抵御过入侵的敌人。"谢利特尔·巴特格（Shridhar Patak, 1859—1928）的代表诗作是歌颂印度光荣历史的《印度之歌》。迈提里谢仑·古伯德的《印度之声》2500 行，其中的《往事篇》以极大的热情"歌颂了印度古代文明和文化,她讴歌古代的高亢调子很能激励起青年人的热情"①。巴拉蒂的诗作《向祖国致敬》、《我们的祖国》、《我们的母亲》、《婆罗多国之歌》等都是对祖国印度的赞美诗篇,缅怀古老印度的悠久历史,颂扬民族文化的优秀传统,是其基本主题。

中国近代诗人在列强侵略日益加剧、中华民族危亡日深的形势下,对祖国生死存亡表现了极大的关注和忧虑,他们力图以祖国的伟大传统来唤醒民众救亡图存的爱国热情。维新领袖康有为(1858—1927)曾经写了一首《爱国短歌行》:

> 神州万里风泱泱,昆仑东南海为疆。岳岭回环江河长,中开天府万宝藏。地兼三带寒暑凉,以花为国丝为裳。百品杂陈饮馔良,地大物博冠万方。
>
> 我祖黄帝传百世,一姓四五垓兄弟。族谱历史五千载,大地文明无我逮。全国语文同一致,武功一统垂文治。四裔入贡怀威惠,用我文化服我制,亚洲独尊主人位。
>
> 今为万国竞争时,惟我广土众民霸国资,遍鉴万国无似之。我人齐心发愤可突飞,速成学艺与汽机。民兵千万选健儿,大造铁舰游天池,舞破大地黄龙旗。

诗中对中国的地大物博、人口众多、历史悠久和灿烂的古代文明激情赞美,歌颂伟大的祖国。尽管诗中有着"天朝中心"的传统思维定式,但在当时的局势下,诗篇对于增强人们的民族自信心,激发人们的民族自豪感和爱国热情,有着积极的意义。

梁启超创作了《爱国歌四章》,其中有二章:

> 泱泱哉!吾中华。最大洲中最大国,廿二行省为一家。物产腴沃甲大地,天府雄国言非夸。君不见,英日区区三岛尚崛起,况乃堂堂吾中华。结我团体,振我精神,二十世纪新世界,雄飞宇内畴与伦。可爱哉!吾国民。可爱哉!吾国民。

---

① 刘安武:《印度印地语文学史》,人民文学出版社 1987 年版,第 251 页。

彬彬哉！吾文明。五千余岁历史古，光焰相续何绳绳。圣作贤述
代继起，浸濯沉黑扬光晶。君不见，去曷来欧北天骄骤进化，宁容久
扃吾文明。结我团体，振我精神，二十世纪新世界，雄飞宇内畴与
伦。可爱哉！吾国民。可爱哉！吾国民。

诗作以祖国的磅礴和文明的久远而自豪，并在中西对比中强化自豪
感，极富感染力和鼓动性。中国近代诗人也和印度诗人一样，尽量从标志
性的神话、英雄、山川、风物、人文景观中升华民族精神，"长城"、"长
江"、"黄河"、"五岳"、"洞庭"、"中原"、"黄帝"等在诗人笔下往往
成为中华民族的象征，从中寻求"神州魂"。

二　赞美献身民族解放的英雄，树立现实中的榜样

民族传统是民族历史的积累。在反帝反殖的过程中，涌现出大量可歌
可泣的民族英雄。他们或在抗击外国入侵的战场上为国捐躯，或在民族解
放运动中以其意志智慧和人格魅力受到人们敬仰。他们是民族精神在现实
中的具体体现，具有榜样的无穷力量。赞美、颂扬他们，能激发民众的民
族情感，形成民族聚合力。因而，呼唤民族英雄、歌颂民族英雄，是近代
中、印民族主义诗人创作的题中之义。

印度乌尔都语诗人阿扎德在长诗《爱国者》中深情呼唤：

喂，爱国的太阳，你在哪里？
为什么如今见不到你？
没有你，祖国家家户户一片漆黑，
没有你的光辉，我们心中的积郁重新泛起。

中国近代诗人也感叹"安危谁是救世才"（延清《都门杂咏二十七首》）。
但事实上，中、印近代史上涌现了不少可歌可泣的英雄。

在印度1857年的民族起义中，无数爱国志士献身于抗击英国侵略者
的战火。当时就有不少诗人创作了英雄颂歌。其中有一首歌颂森赫王的诗
作非常著名："我见过勇士千千万，/只有森赫王是无敌英雄汉。/赶跑了
英国佬，/使他们亡魂又丧胆。/四海闻名的勇士，/在王面前好似星星见

了白天。/啊! 森赫王，/你使拜斯族芳名万古传。/东印度公司心惊又胆战，/森赫王沉着又勇敢，/他抢了敌人的大炮万万千。/啊! 森赫王身穿威武的将军甲，/真正给人民幸福安全的只有他。"影响更大的起义英雄是占西王后，关于她的事迹的诗作当时就广为流传。20 世纪初，印地语女诗人苏帕德拉·古马利·觉杭（Subhadra Kumari Cauhan，1904—1948）还创作了长诗《占西王后》，开头一节写道:

> 宝座摇摇欲坠了，/王子皇孙义愤填膺。/古老的印度，/又恢复了新的青春。/每个人都认识到了，/失去的自由多么可贵。/人人都下定决心，/从国土上赶走英国人。/一八五七年，/古剑发出了光辉。/从祷念湿婆大神的崩德拉人口中，/我们曾听说过她的事迹:/是她——占西王后，/曾奋勇战斗到底。

　　中国近代经历了两次鸦片战争、甲午战争和庚子之变等中外战争，中国军民以大刀长矛搏击外国的长枪大炮，注定了失败的结局。但战争中不少军民勇赴国难，成为诗人赞颂的英雄。张维屏（1780—1859）的《三元里》是一首最著名的反帝诗篇。"诗人以饱满的爱国主义热情，以大型浮雕般的构图和笔法，描绘了三元里人民群起反抗外国侵略的波澜壮阔的战斗场面，歌颂了中国人民的英勇斗争精神，展现了普通劳动者的英雄群像。"[1] 他的另一名篇《三将军歌》，歌颂了在鸦片战争中与外国侵略者浴血奋战、英勇捐躯的陈联升、陈化成和葛云飞三位将军。

　　朱琦（1803—1861）的《关将军挽歌》歌颂了关天培等爱国将士英勇抗敌、壮烈殉国的英雄行为:

> 飓风昼卷阴云昏，巨舶如山驱火轮。番儿船头擂大鼓，碧眼鬼奴出杀人。粤关守卒走相告，防海夜遣关将军。将军料敌有胆略，楼橹万艘屯虎门。虎门粤咽喉，险要无比伦。峭壁束两峡，下临不测渊。涛泷阻绝八万里，彼虏深入孤无援。鹿角相掎断归路，漏网欲脱愁鲸鲲。惜哉大府畏坐失策，犬羊自古终难驯。海波沸涌黯落日，群鬼叫

---

① 郭延礼:《中国近代文学发展史》（第一卷），山东教育出版社 1990 年版，第 159 页。

啸气益振。我军虽众无斗志,荷戈却立不敢前;赣兵昔时号骁勇,今胡望风同溃奔! 将军徒手犹搏战,自言力竭孤国恩;可怜裹尸无马革,巨炮一震成烟尘。臣有老母年九十,眼下一孙未成立,诏书哀痛为雨泣。

从鸦片战争中的陈化成 (1776—1842)、陈连升 (1775—1841)、关天培 (1781—1841)、葛云飞 (1789—1841)、王锡朋 (1786—1842)、郑国鸿 (1777—1841),直到晚清的徐锡麟 (1873—1907)、陈天华 (1875—1905)、刘道一 (1884—1906)、沈荩 (1872—1903) 等民族英雄,他们的英雄事迹在民间广为传诵,成为中国近代诗人争相吟咏赞颂的题材。通过诗人的笔,这些民族英雄的事迹已转化成民族精神的宝贵财富。

三 描写殖民侵略和统治的暴行,表现人民的悲惨处境

中国和印度的近代史,是屈辱史,也是灾难史。西方殖民主义的军事侵略、政治压迫和经济掠夺以及东、西文化的剧烈碰撞,给被强行拉入资本主义世界的中国和印度带来了深重的苦难。尽管西方的入侵,客观上为中国和印度从漫长的封建社会中觉醒,步入近代社会起到催化的作用,但这种不是自然而然的觉醒付出了惨重的代价。

西方列强以武力入侵中国,逼迫清王朝订立"城下之盟",割地赔款,民族尊严丧失;入侵者在中国的土地上恃强欺弱,烧杀淫掠,无恶不作;民众在战火中流离失所,备遭凌辱;知识分子痛感亡国在即,经受文化冲突带来的迷惘和伤感。这些在近代诗人笔下都得到生动的表现。如张际亮 (1799—1843) 的《东阳县》:

荒涂苦风雨,夕就城中宿。可从宁波来,为言堪痛苦。八月廿九日,夷船大如屋。

直抵宁波城,云梯赴城角。官兵各逃亡,市井杂忧辱。请陈一二事,流涕已满目。孀妇近八十,处女未十六。妇行扶柱杖,女病卧床褥。夷来捉凶淫,十数辈未足。不知今生死,当时气仅属。日落夷归船,日出夷成族。笑歌街市中,饱掠牛羊肉。库中百万钱,搜取尽以

烛。驱民负之去，行迟鞭挞逸。啾啾鼠雀语，听者怒相逐。百钱即强
夺，千室尽宁伏。九月初三日，我逃幸未觉。传闻同逃者，白刃已加
腹。可怜紫华土，流血满沟渎。吾闻起按剑，悲愤肠断续。萋萋篱菊
黄，枝叶自交簇。民苦不如花，离散背乡曲。中霄吁呼天，彼苍一何
酷？哀歌戒诸将，戍鼓动朝旭。

诗人以朴实客观的描述，揭露宁波沦陷后侵略者的暴行，是一篇血泪的控
诉。这类诗作还有如姚燮（1805—1864）的《哀雁》、《兵巡街》，黄燮清
（1805—1864）的《吴江妪》等，都是哀鸿遍野、嗷嗷待毙的流民生活的
艺术反映，读之催人泪下。王闿运（1833—1916）的著名长诗《圆明园
词》描述了咸丰十年（1860）英法联军攻占北京，纵火焚毁圆明园，大
肆劫掠园中珍宝，一代名园只剩断垣残壁的惨境。黄遵宪（1848—1905）
的《夜起》："千声檐铁百淋铃，/雨横风狂暂一停。/正望鸡鸣天下白，/
又惊鹅击海东青。/沉阴疃疃何多日，/残月晖晖尚几星。/斗室苍茫吾独
立，/万家酣梦几人醒。"诗作抒发的是诗人为外寇屡屡入侵，山河破碎
而夜难成寐、忧心如焚的痛苦心境。

　　印度近代诗人对殖民统治者带给印度的种种灾难和痛苦同样有生动具
体的表现。伊克巴尔的长诗《痛苦的画卷》（1904）以悲愤的笔致，真实
地展示了他耳闻目睹的殖民主义对印度人民的残酷剥削和压迫，描绘了当
时社会满目疮痍，农村凋敝、手工业破产、灾荒不断的悲惨境地。古伯德
的早期长篇叙事诗《农民》（1916），主要描写现实社会的残酷，农民受
到的种种压迫和剥削，暴露了英国警察、英国人贩子相互勾结、为非作歹
的丑恶嘴脸。

　　但从整体看，印度近代诗人对殖民统治罪恶的揭露，主要不是在生活
事象的描写上，更多的是从政治独立和精神自由方面加以表达。阿尔达
夫·侯赛因·哈利（Altaf Husain Hali，1837—1914）有一首《英国人的
自由和印度的被奴役》："据说只要呼吸一下英国的空气，奴隶们就可以
获得自由，/这就是英国的奇迹。/只要一跨上英国的国土，/奴隶们的
脚镣就会自动断裂脱离。/如果说英国是个奇妙的炼金术士，/那印度也
毫不逊色不比它低。/自由的人到了这里马上变得不自由，/一接触这里
的空气，就会立刻变成奴隶。"诗作将英国与印度鲜明对比，即英国殖

民主义对印度的奴役。伊克巴尔在《奴隶之歌》中，就把殖民主义称
为"奴隶制度"："殖民主义奴隶制度窒息人们的心灵，/灵魂一旦被奴役
就成为躯体的重负。/奴隶制使人未老先衰，/把一头雄狮变成孱弱
动物。"

在近代印度诗人看来，殖民统治真正的危害，还不是殖民地人们生活
的贫困和战争的创伤之类，而是对殖民地人们的精神奴役，使其丧失斗志
和反抗的能力，成为"笼中鸟"郁闷而死。乌尔都语诗人杰格伯斯德
（P. B. N. Chakbast，1882—1926）写道：

> 周围弥漫着一片不满的气氛，
> 只听到整个花园如诉如泣。
> 窝里的鸟儿如今被关在笼中，
> 独立变成了一股香气消失在花园里。
> 在这样的环境中花儿怎能开放？
> 花儿笑不出声，充满了忧郁。

不管是中国诗人对帝国主义入侵的血泪控诉，还是印度诗人对殖民统
治精神奴役的表现，都是对外来者侵略本性的揭露，都是站在民族主义立
场上看待西方列强的东来，以"同仇敌忾"的书写，唤起同胞的民族
意识。

四　呼吁国内民族团结，向往独立的统一民族国家

"'民族'是一个历史性的概念。在不同的历史时期，'民族'的内涵
和外延都不相同。"① 从早期的血缘宗族，到基于血缘的部落联盟，再到
一定地理单元的利益共同体，发展到具有共同文化传统的社会群体，"民
族"的范围、规模不断扩大。随着社会历史的演变，东亚大陆的中国和
南亚次大陆的印度，近代社会成员的构成已经非常复杂。不同的种族来
源、不同的宗教信仰、不同的社会阶层、不同的利益群体，彼此联系，又
彼此冲突。在中国，最突出的是作为统治者的满清王室贵族与汉族之间的

---

① 黎跃进：《文化批评与比较文学》，东方出版社 2002 年版，第 48 页。

矛盾；在印度，最突出的是穆斯林与印度教徒之间的宗教分歧。然而，面对西方列强的入侵，这些矛盾和冲突，是民族国家发展过程中的内部矛盾和冲突。

中、印近代的民族主义诗人，敏锐地意识到：大敌当前，只有放弃内部冲突，大家团结一致，齐心协力，才能赶走侵略者；只有建立起独立的统一民族国家，才能寻求建设和发展，才有与西方平等对话的资本。

焦希·莫利哈巴迪（1898—1982）被称为"争取印巴次大陆解放的旗手"①，他在诗集《火焰与露珠》中有一首诗："欢笑吧！亚洲，金光闪闪的大地，/印度觉醒的时刻已经来到。/欢乐吧！印度，这人间的乐园，/流血在眼前，敌人剑出鞘。铁石心肠的疯子准备血染你的旗帜，/印度教徒穆斯林要保卫你的每一寸土地，/祖国人民的希望之花含苞欲放，/两大民族的鲜血将合流于祖国大地。"诗作充满着团结战斗、迎接胜利、为祖国不惜流血牺牲的豪情。

伊克巴尔早期的诗作中主张建立统一的印度民族国家，把"印度斯坦"当作印度人的祖国，这在他的长诗《印度之歌》中得到体现。他创作于1905年的《新湿婆庙》也有鲜明的表现：

> 啊，婆罗门！倘若你不介意请容我直言，
> 你寺庙里的偶像早已陈旧不堪。
> 从神像那里你学会了自相残杀，
> 真主也默示他的教长明争暗斗，
> 我深感厌恶，终于把神庙和清真寺全抛弃，
> 教长放弃布道，你舍弃讲经。
> 你把每座石雕塑像视若神明，
> 你把每撮泥土供作神祇。
> 来吧！把猜疑的帷幕再次揭去，
> 让被隔离的人重新团聚，抹去分歧的裂纹。
> 心灵的深处已被长久废置荒芜，

---

① ［巴基斯坦］阿布赖斯·西迪基：《乌尔都语文学史》，山蕴译，中国社会科学出版社1993年版，第219页。

来，在这国度里重修一座湿婆庙。

让我们的神庙超越世界上一切神庙，

让新神庙的尖塔高接云天。

每天清晨神庙传出甜蜜的圣歌，

给全体信徒都斟上爱的美酒。

信徒的赞美诗蕴涵和平与力量，

世间居民在爱中可以重获新生。

诗作抨击印度教和伊斯兰教极端分子的宗教分裂，"号召印度教徒和伊斯兰教徒以民族利益为重，视祖国的存亡高于一切，消除民族隔阂和宗教纠纷，把印度变成一座新湿婆庙，在'爱'的基础上团结救国"①。这里对"新湿婆庙"的描绘，就是新的民族国家——独立统一的印度的艺术表达。遗憾的是，后来的历史证明：这只是伊克巴尔的早期理想，独立后的印度最终分治。

中国近代诗人的情况显得比较复杂。1644 年满清入主中原，经过与汉民族的不断融合，文化上逐渐被汉文化同化。但在满清统治中国的两百多年里，从早期坚贞的汉族士大夫的"华夷之分，大于君臣之义"，到太平天国的"奉天讨清"，再到 20 世纪初的"反清革命"，一直存在满清和汉族的民族矛盾。到了近代，满清统治日趋腐朽，面对西方的入侵，不仅不能组织人民抗击，反而是妥协投降，表现出腐败无能。因而近代中国诗坛对清朝统治者加以谴责、批判的诗作不少。但也有诗人在外辱当前的局势下，看到清朝完成了汉、唐、元、明以来民族融合事业的事实，将满汉矛盾与西方列强入侵区分开来，用"中华民族"来统一中国境内各民族，以联合力量共御外辱。

鸦片战争时期的老诗人张维屏有一首《书愤》："汉有匈奴患，/唐怀突厥忧。/界虽严异域，/地实接神州。/渺矣鲸波远，/居然兔窟谋。/三生惟痛愤，/洒涕向江流。"诗人从中华民族的整体出发，认为匈奴、突厥虽然是汉、唐时期的边境之患，但那是同一地域的民族融合历史过程中

① 李宗华：《伊克巴尔和他的诗歌浅谈》，《印度文学研究集刊》（第 1 辑），上海译文出版社 1984 年版，第 183 页。

的一个环节，他们是中国境内的兄弟民族，而今天侵略中国的却是远隔重洋的西方殖民主义者，与汉、唐时期的边境冲突是两回事。这种新的民族意识不仅汉族诗人有，少数民族诗人也有共识。贵州布依族诗人莫友芝（1811—1871）有一首《有感》："海腥吹入汉宫墙，/无复门关亦可伤。/杂种古来忧社稷，/深仁今日太包荒。/羽林说卫存文物，/车驾巡秋冒雪霜。/卧榻①事殊南越远②，/可容鳞介溷冠裳！"诗人在诗作中强调：殖民主义者的入侵，不是古代南唐、朱崖能够比拟的。南唐事只是本民族内改朝换代的事情，朱崖当时虽系"蛮夷"，那也是地壤相接的民族融合中的一支。有论者认为："这两位分处鸦片战争前线和后方的诗人都一致指出：近代以反帝反殖为主要内容的反侵略战争，是和古代中国境内诸民族间的反侵略、反压迫的战争具有不同的爱国主义内容。这种观念上的变化，正反映了鸦片战争时期的文学家中华民族整体意识的萌生和强化。"③

20世纪初，以小说著称的李伯元（1867—1906）创作了一首"仿时调叹五更体"的《爱国歌》（1905）：

> 一更里，月初生，爱国的人儿心内明，
> 锦绣江山须保稳，怕的是人家要瓜分。
> 二更里，月轮高，爱国的人儿胆气豪，
> 从今结下大团体，四万万人儿是同胞。
> 三更里，月中央，爱国的人儿把眉扬，
> 为牛为马都不愿，一心只想那中国强。
> 四更里，月渐西，爱国的人儿把眉低，
> 大声呼唤唤不醒，梦中的人儿着了迷。
> 五更里，月已残，爱国的人儿不肯眠，
> 胸前多少血和泪，心里头一似滚油煎。④

---

① 宋太祖兴兵灭南唐，南唐遣使徐铉请求缓兵。宋太祖说："天下一家，卧榻之侧岂容他人鼾睡耶？"

② 指远离京师的南方。汉元帝时，朱崖（今海南岛）背叛汉政权，元帝欲征讨，贾捐之谏阻："南越为禽兽之地，不击也不损威。"元帝遂从之。

③ 郭延礼：《中西文化碰撞与近代文学》，山东教育出版社1999年版，第315—316页。

④ 薛正兴主编：《李伯元全集》（5），江苏古籍出版社1997年版，第8—9页。

诗作在通俗的歌体形式和平实晓畅的语言中蕴涵着激越的民族情感,提出
"从今结下大团体,四万万人儿是同胞"。这里的"大团体",就是统一的
中华民族,在中国境内的各个民族成员,四亿民众都是"中华民族"大
家庭的"同胞"。1911 年辛亥革命推翻了清帝国的腐朽统治,中华民国成
立,孙中山改变了"驱逐鞑虏、复兴中华"的早期民族主义思想,提出
了"五族共和"的原则,奠定了民族国家的基本政治架构。

　　总之,中、印近代诗人在民族压迫与反抗、侵略与反侵略的现实背景
下,自觉承当民族解放"号角"的使命,"诗人"的身份被"民族成员"
的身份压倒,使诗歌工具化,为民族的痛苦而痛苦,为民族的灾难而悲
愤,为民族的前途和命运而鼓与呼。

　　"民族主义是一个民族(潜在的或实际存在的)成员的觉醒,这种觉
醒是与实现、维持与延续该民族的认同、整合、繁荣与权力的欲求结合在
一起。它作为一种意识形态,是指一种心态,即一个人以民族作为最高效
忠对象的心理状况,它包含着本民族优越于其他民族的信仰。"① 这一表
述,揭示了"民族主义"的某些本质方面。但对于中、印近代民族主义
诗人而言,最重要的问题是唤醒国民的民族意识,给民族的"自我"一
个准确的定位。因而他们从过去、现在和未来的各个层面来描绘、塑造这
个"民族自我":在民族伟大传统的追述中,激发民族自豪感;在独立、
统一的民族国家的描绘中,激励民族自信心;在民族英雄和外国入侵者的
现实行为的刻画中,给"民族自我"一个伦理定位,通过"忠诚、勇敢、
大义"和"残暴、压迫、贪婪"的两极行为的描述,在鲜明的对比中表
现民族的道德价值。

　　诗歌是时代的喉舌。近代中国和印度的诗歌尤其如此。

第三节　《妮摩拉》与《祝福》比较

　　古今中外,妇女在文学画廊中,真可谓千姿百态,或温雅端丽,或妩

---

① 　乔治·皮博迪·古奇:《民族主义》(*Nationalism*),纽约 1920 年版,第 5 页。

媚妖冶，或泼辣刚强，或欢愉嬉笑……不可尽说。然而也许最多的是这一类：她们凄凄惨惨，满脸愁容，在悲苦中度过一生。最早的要算是伊甸园里的夏娃吧，她因为吃了"智慧"果，也让她的男人亚当吃了，使人类知道了善恶和羞耻，而被专横的上帝惩罚：永远受男人的管辖。神话又何尝不是社会生活的反映呢？以后的美狄亚、娜拉都是著名的反抗这一惩罚的形象。而真正令人深切同情的是生活在封建制度下的妇女，政权、神权、族权、夫权四条绳索套在她们脖子上，紧紧勒住，多少纯洁善良的妇女被活活勒死。不少文学巨匠生动地刻画了这类妇女形象。

1924 年，鲁迅写出《祝福》，小说中的祥林嫂作为封建礼教和迷信的牺牲品，在我国人人皆知。比鲁迅早两年，印度现代文学的先驱普列姆昌德创作了中篇小说《妮摩拉》，这是一幕在印度舞台上演出的同样的悲剧。

一　封建礼教下"夏娃"的悲剧

妮摩拉死了，祥林嫂也死了。妮摩拉死在病床上，死时只有一位老寡妇和瘦弱的小女孩相伴。死前，她哭了整整三天，哭自己"一生坎坷不平的遭遇"①。她带去阴司的只有痛苦、眼泪和悲伤。祥林嫂死得更惨，她被"大户人家"赶出家门，变成乞丐，在除夕年夜、祝福的爆竹声中死在冰冷的雪地里。临死时，她已麻木的心灵上还担着死后的安宁。

她们是怎么死的？鲁迅和普列姆昌德都通过艺术形象回答：她们是被封建樊篱囚死的。她们有相同的命运，她们是封建制度下的女人。

结婚，是封建礼教对广大妇女进行摧残压迫的一大"关"。妮摩拉和祥林嫂的不幸遭遇是从结婚开始的。婚前，妮摩拉是一个天真活泼的少女，爸爸是位有名的律师，家里有弟妹和堂兄表妹一大群，常在一起"热热闹闹替洋娃娃办喜事"，和妹妹乘马车出去遛遛。《祝福》中鲁迅没有直接写祥林嫂的婚前生活，但我们从她"后半生事迹的片断"中可以看出，她生长在一个农民家庭，"手脚都壮大"，且勤快有力，至少没有失去一个"人"的资格，也许辛劳之余，还能得到一点父母的温暖吧。

---

① 普列姆昌德:《妮摩拉》，索纳译，人民文学出版社 1959 年版，第 177 页。小说引文均出自该译本。

　　然而,那种由不得自己作主的婚姻,把她们送进了"烂泥塘"。先看妮摩拉:本来父母包办,给她找了夫家,是一位酒业管理部的高级官员的儿子。后因父亲偶然出事丧命,寡母无力操办陪嫁,势利的夫家毁约拒绝婚事。妮摩拉只得再由寡母作主,嫁给了不要陪嫁的律师孟西。孟西已经年近40,前妻刚死,有三个儿子。大儿子孟萨拉姆比妮摩拉还大一岁。祥林嫂呢,也是不明不白地出嫁了,丈夫比她小10岁。妮摩拉的丈夫大20岁,祥林嫂的丈夫小10岁,然而又有什么办法! 在这样的婚姻制度里只有忍受、屈从。长期的封建礼法教育,也使她们想到只是屈从、忍受。要是命运给她们一点宽容,她们会像生活在封建制度下的印度、中国其他妇女一样,苟且度过这毫无幸福可言的一生。

　　不合理的婚姻制度给妇女带来的痛苦,是生活在封建制度下的妇女所共同遭受的。作为大师笔下的艺术典型,在妮摩拉和祥林嫂身上集中体现了封建制度、封建礼法、封建迷信等各个方面对妇女的束缚、压迫和摧残。"恶运"不断向她们扑来,封建樊篱层层加厚,把她们活活囚死。

　　婚后的妮摩拉,过着怎样的生活? 孟西娶继室,当然不是为了爱情,而是为了"享它两三年福",因而一切都为了"享福"。妮摩拉对他"没有爱情,只有尊敬。她尽量想法避开他,一见到他就觉得索然无味"。但她默默地忍受着,开始想从对孩子的照顾中得到满足,得到安慰。"跟孩子们在一块儿欢笑能使她产生做母亲的幻觉",孩子们的天真无邪使她很高兴(她自己也还是个孩子啊!),她尤其喜欢勇敢、倔犟而又英俊的孟萨。虽然她从来没有对孟萨产生过非分之想,没有出现过越轨的念头,而是决心以自我牺牲来尽到自己的责任,顺从孟西的"享福",但她还是本能地希望跟孟萨在一起,看到他青春的面影,听到他优雅的声音。她关心他,爱护他,借口学英语跟他在一起。作为孟西的妻子,她"默默地担负着这痛苦的担子";作为孩子的后母,她有照顾他们的责任,并从中得到一点儿欢乐。在她心目中,这是应该的,也是天经地义的。但为了"享福"的孟西,看到儿子跟妮摩拉在一起,怀疑儿子要分享他的"福",把儿子当成情敌,要把儿子赶出家门,送到学校去寄宿。这里,普列姆昌德以他娴熟的笔触,把妮摩拉推到矛盾的尖端,在矛盾中表现她的痛苦。一方面她内心纯正无邪地爱着孟萨,她盼望孟萨回来,每天打听孟萨的情况,当孟萨病重需要输血时,她一听到就赶到医院,要求输她的血。另一方面，封建礼法又使她必须服从丈夫，因而当着丈夫的面，当着孟萨的面，她只得装作冷若冰霜，内心却是"遭受着无名的折磨"。她内心的痛苦谁也不了解，孟萨起初不了解，老寡妇还奚落她。丈夫因嫉恨赶走了儿子，世人却认为是后母从中作梗，而她又不能道出真情。她是哑巴吃黄连，有苦不能言。小说中有一个生动的比喻：

> 妮摩拉这时就像一只没有翅膀的小鸟，看见一条蛇朝自己面前爬过来。想飞，可是飞不起来，跳起来又掉了下去，扑扑地拍着自己的翅膀。

后来孟萨拉姆发现了父亲的疑心，感到蒙受了耻辱，决心以生命来洗雪妮摩拉的冤屈，只求速死，内心的忧闷加上故意的放荡，终于死了。这里，"醉翁之意不在酒"，作者写孟萨的死，其意在表现妮摩拉心灵上的痛苦：没有欢乐还不算，已失去了一个人的基本人格，得以两副面目出现，而又无人了解，更无人同情。最后还要背上一个害死继子的罪名。

普列姆昌德刻画了妮摩拉心灵的痛苦，鲁迅也展示出祥林嫂的一颗创伤累累的灵魂。婚后不久，小丈夫死去了，祥林嫂成了寡妇。封建社会里的寡妇意味着孤独、凄苦。寡妇不能再嫁，正如鲁迅在一篇杂文中愤怒批判封建礼法的谎言时说的："再嫁以后，便被前夫捉去，落了地狱，或者世人个个唾骂，做了乞丐，竟也求乞无门，终于惨苦死去。"然而这一打击并没有熄灭淳朴、坚毅的祥林嫂生活下去的火光。她从严厉的婆婆那里逃出来，当了鲁家的佣人，几个月后，她被婆婆卖到山里去了（婆婆代表着家族，她本身也是个受封建压迫的劳动妇女，她行使家族权利是得到封建礼教支持的），她身不由己地再嫁了。封建礼教的熏陶，使她认为这是一种不幸，她挣扎过。然而事实上她再婚后的这一段是她悲苦的一生中稍为轻松一点的日子，丈夫同样是个善良、忠厚、勤劳的人，他们还有了一个儿子。但命运对她太不公平，她的第二个丈夫又死于疾病，更惨的是她的全部希望——儿子也被狼吃掉了。她的希望破灭了，她再次来到鲁家。出现在我们眼前的是一个憔悴不堪、精神失常的人，逢人就哭诉自己的悲哀。但她不仅得不到同情，反而招致奚落和侮辱，更可悲的是，祥林嫂努力去争得一个人的价值，用全年的工价到土地庙去捐门槛，以赎自己再嫁的罪孽，使自己成为一个"人"。但她到头还是一个不干不净的人，祝福的祭品她仍不能动。这宣告了她的努力是徒劳，也宣告了她生前是罪人，死后还得被锯成两半，今生之苦已够受了，死后还得遭受更大的苦难，这一击把她完全击垮了，小说中也有一个比喻：

> 这一回她的变化非常大，第二天，不但眼睛凹陷下去，连精神也更不济了。而且很胆怯，不独怕暗夜，怕黑影，即使看见人，虽是自己的主人也总惴惴的，有如白天出穴游行的小鼠；否则呆坐着，直是一个木偶人。

她完全不中用了，丧失了劳动的能力，被赶出了鲁家，求乞无门。欲活，不可能；想死，又不敢。在这种战栗和矛盾中死在雪地里。

祥林嫂是被封建社会折磨到死而又使她死不瞑目的。妮摩拉又何尝瞑目呢？但她不是不敢死，而是不甘死。她为她短暂的一生遭受的痛苦和委屈而不平。虽然她身上的反抗近乎于无，但她临死前的三日痛哭，多少表示了她的不平吧。普列姆昌德还通过孟西另外的两个儿子，吉姆的出逃和西雅拉姆被游方僧拐走来表现封建社会加给妮摩拉的痛苦。这里举吉雅拉姆的出逃看。吉雅拉姆在大人先生们的唆使下，故意与后母对着干，发展到最后竟偷了妮摩拉的首饰箱。这首饰箱寄托着她生活的希望，这时孟西害死长子后陷于良心的自责而不能自拔，身体垮了，不能工作，收入断了来源，生活没有着落。妮摩拉知道是吉雅拉姆偷的，但她只有干着急，她说出来人家不会相信，还会落得个陷害儿子的罪名。这种内心的痛苦是怎样的一种痛苦？后来孟西请警察侦破了案子，作案的吉雅拉姆逃走不敢回家。这时孟西又怪妮摩拉不早说："你做的事自己以为做得对，可是比起我的仇人还要毒辣。"说，不能，不说也是罪过，反正她是个罪人，因为她是个女人！

二　主题学的考察：境界与追求

从上面简略的介绍中我们可以看到，普列姆昌德和鲁迅都以哀婉的深情，描写了封建樊篱囚禁下妇女的悲惨命运，分别刻画了妮摩拉和祥林嫂两个受压迫、被摧残的妇女典型，对不合理的社会制度提出愤怒的控诉。

普列姆昌德和鲁迅都是现实主义文学的巨匠，在他们的创作中，都用现实主义方法，反映、分析、探讨现实，抨击社会丑恶，同情弱小者。印度和中国，都是几千年的封建古国，对妇女束缚最紧、压迫最深。早在纪元初年，印度的《摩奴法典》就规定妇女必须服从丈夫，丈夫可以随便抛弃妻子，寡妇却不能再嫁。以后又形成童婚制，陪嫁制，还有残酷的殉焚制。由于印度特殊的社会原因，到普列姆昌德时代，妇女地位还是没有根本的改变。中国历代统治者推崇的"三纲五常"、"三从四德"、"从一而终"等"雷峰塔"也沉重地压在中国广大的"白娘娘"身上①。因而，普列姆昌德和鲁迅的创作中，有不少反映妇女痛苦，探讨妇女问题的篇章。在普列姆昌德的 12 部中、长篇，250 多个短篇的小说中，除《妮摩拉》外，还可数出长篇《誓言》、《救济院》，短篇《憎恶》、《避难所》、《失望》、《改造》、《到地狱之路》等篇，都是反映生活在封建制度下的妇女的悲惨生活的。在鲁迅为数不多的小说创作中，也可以随便举出这一类的作品，如《明天》、《伤逝》等。《妮摩拉》和《祝福》是两位大师各自在这类创作中最有代表性，对妇女问题反映得最深刻、最集中的作品。

《妮摩拉》和《祝福》表现了相同的主题，塑造了同一类型的悲剧形象。这是就反映"妇女悲惨"这一大范围而言的。其实，小说中塑造的主人公形象，描绘的画面，表现的某些思想倾向都在相同中又相异。这里，我们在前面的简单比较中再作进一步的分析。

首先从塑造的主人公形象看，妮摩拉和祥林嫂有许多相同的地方。她们都勤劳善良，为生存不惜力气，为成全别人的欢乐，自己默默地忍受痛苦。这些在今天看来，当然是不觉悟，缺乏斗争性，然而对她们的这种品质是不好否定的。小说中，她们都没有觉悟，她们对自己一生遭受痛苦的根源到死也没明白，妮摩拉总认为事情都是天老爷安排定的，死前还在唠叨"我不知道前生作了什么孽，这一辈子得到这样的报应"。祥林嫂再醮时的反抗，后来诚心诚意地去捐门槛，这一些都表明封建礼法和迷信对妇女的精神奴役，使她们全然麻痹，甘心顺从。大师们正是通过形象的这一面，来抨击封建礼法和迷信。还有什么比这更可悲呢：受苦受难，自己还

---

① 鲁迅：《论雷峰塔的倒掉》，《鲁迅杂文全集》，河南人民出版社 1994 年版，第 55 页。

觉得这是应该的。又有什么比这更可恨：割了人家的心，还要止住人家
的疼。

妮摩拉和祥林嫂又有她们相异的地方。妮摩拉是印度社会的中层妇
女，祥林嫂是生活在中国社会底层的劳动妇女。妮摩拉出生于一个有名的
律师家庭，丈夫也是一个每月有几百卢比收入的律师，她不像祥林嫂那样
沦为奴仆，除了受封建礼法和迷信的精神奴役外，还受到经济上的剥削，
因而妮摩拉的所作所为，所遭受的痛苦是一个中层妇女的。而祥林嫂的生
活却是一个底层妇女所遭遇的一切。妮摩拉所痛苦的是不能做一个自由的
人，不能自己想怎么做就怎么做的人，这也许在她的心灵里（是淳朴还
是麻木？）从来没有出现过吧。两位大师都三次勾画了她们的形象：妮摩
拉最初出现在我们眼前是在娘家，那是一位美丽可爱纯洁天真的少女；祥
林嫂第一次出现，是一个身强力壮，两颊还是红色的小寡妇。第二次写妮
摩拉是婚后四年，她回到娘家，母亲看去："没有了青春的活力，丧失了
动人的情笑，从她身上找不到半点豪华生活所带给她的妩媚与娇柔。面黄
肌瘦，气色消沉，形容枯槁。"第二次写祥林嫂是她再次守寡来到鲁镇：
"她仍然头上扎着白头绳，乌蓝夹袄，月白背心，脸色青黄，只是两颊上
已经消失了血色，顺着眼，眼角上带着泪痕，眼光也没有先前精神了。"
第三次，都是在死前不久。妮摩拉"现在变得非常泼辣，成天骂人，她
说话的温柔都不知跑到哪儿去了"，连温顺的仆人也辞退了，这时妮摩拉
是以一位饱尝生活之苦，内心苦闷无处发泄而烦躁的女主人出现的。祥林
嫂呢，还是在鲁镇，她手里挎着破篮子，挂着一根下端开裂了的长竹竿，
"五年前的花白头发，即今已经全白，全不像四十上下的人，脸上瘦削不
堪，黄中带黑，而且消尽了先前悲哀的神色，仿佛是木刻似的，只有那眼
珠间或一轮，还可以表示她是个活物。"这时祥林嫂是以一位被赶出大户
人家，挨门行乞的乞丐出现的。从这外在的变化我们可以看出这两个形象
的区别。最后一个死在病床上，一个死在雪地里，这正是一个中层妇女，
一个是底层妇女的最好注明。

正因为她们所处的地位不同，表现在她们性格中的反抗精神也有区
别。妮摩拉对自己遭受的痛苦是有清楚的认识的，当然不是指认识到痛苦
的根源，而是指认识到：这是痛苦的。但她对痛苦只是忍受、顺从。她希
望的是一切都在相安无事中度过。如果说她临死前的三日痛哭是对不平的

遣责,那也是无可奈何,以求得相安无事的谴责。而祥林嫂是比妮摩拉更麻木,有许多痛苦临在头上她还不知道是痛苦(这是对劳动妇女奴役得更厉害的结果)。但她的反抗精神比妮摩拉强,只要她一旦认识到这是痛苦的话,她会抗争,会以行动来抗争。她从婆婆处逃出来,婆婆强迫她再嫁时的挣扎(在她看来,再嫁是一种痛苦,故而反抗),捐门槛也是为摆脱痛苦的一种行动,临死对灵魂有无的怀疑又何尝不是对封建迷信的一种抗争呢!

其实,普列姆昌德和鲁迅一样,他最熟悉的、塑造得最成功的是农村中的底层人物,如《戈丹》中的何利,《舞台》中的苏尔达斯。一般来说,他笔下塑造的中层人物是不很成功的。妮摩拉是个例外,这个被封建樊篱囚禁致死的中层妇女形象是生动的,尤其是她那种痛苦心理的深刻分析。

其次,从小说中展现的画面看。就主体讲,《妮摩拉》和《祝福》都是写的家庭生活。写妇女,总离不开家庭、丈夫、孩子、日常杂务、婚姻嫁娶等。仔细看,二者有区别。

《祝福》写的是祥林嫂"后半生的几个片断",主要事件都发生在鲁镇。她两进鲁镇,死于鲁镇。她的两次结婚,就在距鲁镇不远的偏僻山区。通过祥林嫂的活动,把鲁镇与山区农村连接起来,组成小说中的一个小小的天地。就在这个小小的天地里,鲁迅展示了一幅广阔的社会生活画面:封建统治的罗网笼罩在这块小天地上,封建礼法和封建迷信随着爆竹的香烟在上空缭绕。世人的麻木,家族的威权,大户人家的虚伪,劳动者的艰辛,甚至山区野兽的伤人,市镇"祝福"的风习都融于画中。这是落后的封建中国的缩影。

《妮摩拉》涉及的社会面似乎宽些,情节展开在几个城市。然而普列姆昌德的创作基本上没有离开家庭生活,展示画面都在家庭里。通过妮摩拉不幸的婚姻,孟西三个儿子的情况,一直到她死,表现她悲惨的一生。故有人说"《妮摩拉》是一幅老头子和少女结婚的图景。全家人都因此遭殃"①。如果把这说成小说的主题,这是只看到表面现象,没有深挖现象掩盖的本质。如果说这是小说的材料,这是对的。为了与妮摩拉的不幸对

---

① 刘安武编译:《印度现代文学研究》,中国社会科学出版社1980年版,第231页。

比，小说中还写了辛赫夫妇的生活和妹妹克里希娜的结婚，这些同样写的是家庭里的活动。普列姆昌德这种单纯、一面的写法，表现了他的创作的淳朴的风格。同时，也是由塑造妮摩拉这个年轻、单纯的中层妇女形象决定的。这样的环境正是一个中层妇女所处的环境，仅有家庭生活这一面，就足以表现她这悲苦的一生。

再次，从小说中次要情节看。我们这里说的次要情节指与表现主人公的悲惨遭遇无关或关系不大的情节。这类情节两部小说中都有，并且都直接表露出作者的思想感情。但二者安排这些次要情节和通过这些情节表现的思想是不同的。《祝福》中关于"我"的活动及内心冲突是为引出主要情节，直接抒发作者的感情。《妮摩拉》中关于辛赫夫妇的情节是为了和主要情节对比，直接表明作者改变现实的看法。

《祝福》中的"我"，在小说的首、尾出现，他是祥林嫂悲剧的见证人。"我"借助祥林嫂悲剧的回溯，用激愤的反语，尖锐的讽刺，把强压着的对社会的怒火喷射出来，这正是鲁迅的思想感情。鲁迅对封建社会的深刻批判众人皆知，无须多叙。《祝福》中的"我"，是否是鲁迅本人？众说不一。我们认为，"我"就是鲁迅本人，他以一个反封建民主战士的无畏精神，在小说中直接抒发了对社会的激愤，对苦难人民的无限深情。当然，小说中没有给生活在樊篱里的广大妇女指明出路，但正如鲁迅自己所说的："将旧社会的病根暴露出来，催人留心，设法加以疗治。"① 这在20 世纪 20 年代初期的中国，已是难能可贵的了。

鲁迅在《祝福》中没有为广大妇女指明出路，普列姆昌德在《妮摩拉》中却开出了改造社会的药方。这个药方就体现在辛赫医生夫妇生活的情节上。辛赫医生就是那个贪图陪嫁而毁弃了与妮摩拉的婚约的青年。小说开始时，他是个只要钱，不管女人好坏的人，他说"谁还在乎奶牛的蹄子"。但在小说后面，他和妻子苏塔夫妻恩爱，相敬如宾，两个人过着幸福快乐的日子，致使妮摩拉看到他们的生活而为自己的情况感到悲伤。更甚者，妻子苏塔指责他，说妮摩拉的不幸是由于他当初贪图钱财、毁弃婚约所致后，他良心发现，采取了一个赎罪的办法：让弟弟娶妮摩拉的妹妹，并说服了家里人，不要一点陪嫁。后来，他竟因一时控制不住本

---

① 鲁迅：《〈自选集〉自序》，《鲁迅杂文全集》，河南人民出版社 1994 年版，第 464 页。

能的冲动，说了几句不得体的话后羞愧服毒自杀。普列姆昌德通过这个形象意在说明：给妮摩拉带来痛苦的现实要改变。怎么改变呢？就像辛赫医生一样，有罪赎罪，自我改造，按良心办事，夫妻敬爱，尊重妇女。这个药方是个改良的药方。

　　为什么会有这些同异？这要从两位大师的生活经历和所处的社会状况中去寻找答案。他们都出生"小康之家"，但普列姆昌德幼年丧母，16岁丧父，从小挑起家庭生活的重担。鲁迅也是13岁就"从小康人家而坠入困顿"，从小就饱尝世态炎凉。他们都广泛接触了中下层人民，对他们的痛苦有深刻的了解。封建中国和印度的黑暗、腐朽，使他们一方面予以猛烈的抨击；另一方面又为祖国的前途担忧。他们苦苦探索，积极行动，积极参加反对封建黑暗，建立新制度的活动。他们一边用自己的文学创作，开创了中国现代文学和印度现代文学的新时代，一边创办杂志，组织进步作家，培养青年作家，为发展繁荣进步文学呕心沥血，死而后已。为此，人们把他们称为"中国的高尔基"和"印度的高尔基"[①]。碰巧的是，三位文豪虽不是同年生，却都在1936年去世。遗憾的是，高尔基是无产阶级文学的奠基人，鲁迅也在后期跨进了无产阶级作家的行列，而普列姆昌德却没有达到这个高度，到死还是一个民主主义作家，这是由于印度特定的社会时代造成的。

　　自17世纪以来，英国殖民主义者逐步侵入印度。18世纪中叶，印度沦为英国的殖民地。英国殖民者为了自己的利益，扶持印度的封建势力，对印度人民实行愚民政策。这样，印度人民面临着反帝反封建的艰巨任务。1857年民族大起义以来，印度民族解放运动轰轰烈烈展开。到了普列姆昌德创作时期的20世纪初，民族解放运动出现了几个高潮。普列姆昌德积极投入了运动，1908年出版的短篇小说集《热爱祖国》强烈表现了反抗异族压迫的爱国主义思想，遭到殖民当局的查禁，售余的存书被焚之一炬。就在这个时期，印度民族独立运动史上的圣雄甘地登上了政治舞台，他主张"非暴力抵抗"，发动不合作运动。由于帝国主义的残酷压迫，加上甘地的改良渐进主张，正在成长中的印度无产阶级力量发展缓

---

　　① 李霁野：《鲁迅先生与未名社》，人民文学出版社1984年版，第228页；刘安武编译：《印度现代文学研究》，中国社会科学出版社1980年版，第226页。

慢，直到 1933 年才成立印度共产党，成立后不久也因遭到严重迫害而转入地下。处在这样的历史条件下，普列姆昌德没有找到马克思主义，而是深受甘地主义影响，在他的创作中塑造了不少甘地式的英雄（如《舞台》中的维奈·苏尔达斯）。改良主义是他创作中的一个重要思想，尤其在早期创作中表现得非常突出。普列姆昌德创作《妮摩拉》的时候，在甘地的发动下，印度正开展一场"坚持真理运动"，即到处宣传演说不与帝国主义合作，坚持民族独立的思想，用正义、忍让战胜不义和邪恶。普列姆昌德以自己的创作，愤怒抨击帝国主义扶持、提倡的封建礼法和制度，对被侮辱被损害的弱小者寄以深切的同情，以此来参加斗争。他的作品，也深深地打上了时代的烙印。

三　纯朴明晰与冷峻凝重

在艺术表现和艺术风格上，《妮摩拉》和《祝福》也表现出其相同和相异。

要表现出封建统治下的妇女的悲惨命运，从什么角度去表现呢？两位大师用的是同一个角度，着重于精神痛苦。妮摩拉作为一个中层妇女自不必说，祥林嫂这样一个靠卖劳力维持生计的奴隶，鲁迅也没有写她的肉体之苦。我们完全可以想象，祥林嫂在鲁家的劳作，在深山坳的辛劳，但作品里没有一个这样的场面，小说着重展示的是她想做一个"人"而做不成的这样一颗滴着血的灵魂。这样通过精神痛苦的剖析，来表现她们看似平常，而实际悲惨的一生，以此来感化读者，引起情感上的共鸣，从而达到揭露抨击封建礼法和迷信的目的。

下面简单谈谈小说在艺术表现上的相异。

《妮摩拉》用第三人称叙述，按照时间顺序，从妮摩拉 15 岁将要结婚写起，写她结婚，婚后的不幸，一直到死。这样冷静的客观方式，把一个天真活泼的少女，被封建礼法摧残致死的过程缓缓道来，一步一步呈现在读者面前。这种单一明晰的情节结构有它的优点：清楚明白。加上作者往往抓住人物的感情冲突，小说也不显得平淡呆板。《祝福》用第一人称叙述，"我"亲眼看到了这一切，故事都在"我"心中。故事的主体是一段插叙。开头写"我"见到将死的祥林嫂和听到祥林嫂的死讯，把悲惨的结局提到开头，然后再一步一步分析她是怎样死的。这样不仅小说结构严谨,把表现祥林嫂的一生的内容凝缩成一个短篇,表现出鲁迅的构思天才;更把作者对封建黑暗的仇恨,对祥林嫂的同情融进情节的叙述中。正如冯雪峰(1903—1976)所说:"在对于祥林嫂的描写中,我们也更难于辨别哪里是鲁迅的悲痛和悲愤的不可遏止的流露,哪里是科学的分析,只觉得处处都是爱和科学分析交织在一起的。"[①] 也就是说,鲁迅由于对社会黑暗的炽烈愤怒和对劳苦人民的深切同情,已不能以平静、冷漠的纯客观方式来描写生活。有趣的是:普列姆昌德那种纯客观的冷静态度往往有炽热的表现,如小说中常在情节的关键处用些充满激情的比喻。而鲁迅的那种激烈的感情,往往以"冷静"的方式出现,如小说中常常使用的反语。

在表现方法上,《祝福》用白描手法,通过简洁的语言,把祥林嫂痛苦的一生勾勒出来。鲁迅作品中的白描,早为我们熟知,这里不复赘述。《妮摩拉》中,表现妮摩拉痛苦的一生用了一种比较独特的方法,即通过甲来表现乙。小说中写的是孟西三个儿子的情况,而表现的却是妮摩拉的悲惨际遇。写孟萨拉姆的死,他由一个品学兼优的青年,受到父亲的疑心,深感受辱,忧闷成病而死。在这一过程中,妮摩拉受的苦又有多少?她同样受到怀疑、感到受辱,但她不能发作,只能强作笑颜,这是一苦;她对孟萨有着纯洁的爱,但在孟西面前只能装得若无其事,甚至凶狠。自己的人格被扭曲,这是二苦;孟萨不了解她,怨恨她,这是三苦;孟萨死后,世人认为是她干的好事,她得负担这冤屈的罪名,这是四苦;孟西逼死了儿子,为偿还良心的债务,身体垮了,不能工作,生活无着,这是五苦。写吉雅和西雅都一样。写的虽是孟西的三个儿子,读者感受的却是妮摩拉的辛酸,这种手法其他作家也有用的,但用得这样自然,这样成功的却不多见。

在人物刻画上,《妮摩拉》和《祝福》也是各有所长。《妮摩拉》中人物刻画有两个突出特点。一个是人物性格的发展变化与情节的发展演进自然融合。妮摩拉由一个天真活泼的姑娘,到一个憔悴忧闷的少妇,进而发展到凶狠粗暴,最后在眼泪中悲惨死去。她的性格一步一步发展,与故事情节的发展紧密联系,性格作为情节发展的依据,情节发展又促成性格的变化,这样把妮摩拉刻画得既真实自然,又血肉丰满。她的纯洁、善良

---

① 冯雪峰:《鲁迅的文学道路》,湖南人民出版社1980年版,第169页。

和温顺与孟萨的死相联系，孟萨的死更加强了她的忧闷。同样，她的首饰失窃，使她变得贪啬粗暴，而她的贪啬粗暴又为西雅的被拐走作了铺垫。这一点，可以说，它比《祝福》更胜一筹。另一个特点是熟练的心理分析。小说中妮摩拉对孟萨的纯真的爱为丈夫的疑心所阻的矛盾心理，对孟西的厌恶而又顺从加上一点怜悯的心理，本意为孩子们好而偏偏遭到社会非议的受屈心理，饱含辛酸而又无处申诉的痛苦心理，这些都一一真切地展现在读者眼前。我们似乎可以看到她痛苦凝思的愁容，听到她暗自吞声的饮泣。在这一点上，《祝福》更高一着。鲁迅把祥林嫂这颗被损害的灵魂刻画得淋漓尽致，但不是作直接的心理分析（这样不符合这个淳朴的劳动妇女的实际），而是用"画"眼睛的办法达到目的。小说中写祥林嫂的眼睛达 16 次之多，在不同的时候，不同的情况下祥林嫂眼光的变化。通过这些变化，打开了她的心窗，让读者看到了她的那颗创伤累累的灵魂。

　　从比较文学角度看，《妮摩拉》和《祝福》是"无影响再现"。两位大师之所以表现出同一主题，塑造了同一类型的悲剧形象，是由于他们都是现实主义巨匠，对封建黑暗有着强烈的愤慨，对受压迫的弱小者寄予深切的同情。之所以表现出一些不同的思想倾向，是由于作家不同的经历、思想、个性和各自所处的社会背景不同使然。他们虽然都是现实主义文学大师，但总的艺术风格却各有千秋，《妮摩拉》淳朴明晰，《祝福》冷峻凝重。这风格是普列姆昌德和鲁迅创作中很有代表性的。

第四节　巴尔扎克、托尔斯泰小说艺术特征比较

　　托尔斯泰和巴尔扎克是文学天宇中两颗明亮的恒星。他们都是 19 世纪现实主义的杰出大师，对世界文学的发展做出了各自的伟大贡献。他们都坚持文学表现生活的艺术主张，都探究并把握住了文学创作的某些本质规律。他们的创作都气势磅礴，构思宏伟，都深刻地表现了人性和社会本质的某些方面，具有阔大深邃的艺术风格。但在艺术表现的许多方面，两位大师又具有各自的特点。

　　塑造人物，是叙事文学的重要内容。托尔斯泰和巴尔扎克无疑都是刻画人物的能手，在他们笔下活跃着成百上千的人物。在文学世界里，他们

的人物以各自的音容笑貌，各自的性格、语言，表演着各自的一切，"美丽的脸颊透露出沉重的凄凉"的爱米莉（《苏城舞会》），已身无分文、病榻上期待女儿前来探望的高里奥（《高老头》），随拿破仑出生入死、死里逃生，却被逼得丧失做人的尊严，连名字都不敢承认的夏倍上校（《夏倍上校》）；旗帜下眺望蓝天，沉入无尽遐想的安德烈，舞会上和青年军官跳着华尔兹，成为全场注目的中心，脸上露出兴奋的光彩，眼中又透露出凄凉神色的安娜，四处奔走，渴求新生的聂赫留朵夫等等。这些人物群分别组成"巴尔扎克社会"和"托尔斯泰世界"。同时，这些人物都参与人类的现实生活，被人们模仿、叹慕、嘲弄，一些人物名字成为专门词汇，连普通老百姓都能使用。

　　然而，巴尔扎克和托尔斯泰在人物塑造上表现出很大的不同。巴尔扎克笔下的人物性格，往往比较固定，很少发展，而且一般来说是单一的。葛朗台是吝啬鬼的典型，吝啬得毫无人性，以至于对自己亲身女儿的幸福也毫不顾惜，他除了吝啬就是吝啬。《高利贷者》中的高布赛克连外貌都是那样丑陋，显出"金钱味"。托尔斯泰的人物性格不是自始至终定型不变的，通常是随着情节的推进一步步深化、发展，甚至到小说终了，人物还在不断地思索。聂赫留朵夫由一个纯真的学生，成为堕落军官，渐而成为悔罪贵族，在拯救玛斯洛娃的过程中发展了人物的思想；安娜对沃伦斯基由回避、追求到失望，也是一个发展过程。

　　可以说，巴尔扎克是借环境和人与人之间的关系来显现人物早已形成的性格，而托尔斯泰是随小说情节的展开，人物一步一步形成自己的性格，托尔斯泰甚至对人物的外貌也不作静止的描写，在变化发展中时而闪现，而且托尔斯泰的人物往往复杂多样，不能简单用一个词来界说。

　　用英国作家、评论家弗斯特（E. M. Forster, 1879—1970）的"扁平人物"和"圆形人物"理论来衡量，巴尔扎克塑造的人物属于前者，托尔斯泰的人物属于后者。无疑，对于生活反映的真实来说，"圆形人物"胜过"扁平人物"，现实中的人总不是那么简单，体现出多面性，而且随着情况、环境的变化，思想性格也有所变化。从这一角度看，托尔斯泰比巴尔扎克胜过一筹。但也不能因此否定"扁平人物"，文学毕竟不是现实生活，它是经过作家主观折射的现实。为突出某一点，集中概括某些特征于一人身上，也不是不可以，这样效果更强烈。"扁平人物"自有其美学基础。

不过,随着对复杂的自然认识的深化,由原子时代进入质子、中子时代,现代人的意识结构也显出多元性,单一、静止的事物往往显得单薄、呆板,而对复杂多面的事物怀有好感。文学创作不满足于传统的现实主义,把"测不准原理"用于创作实践:写作朦胧诗;人物塑造不仅有"圆形人物",还有"立体人物",这是现代意识的反映。20 世纪以来,对巴尔扎克和托尔斯泰的人物塑造艺术,表现出越来越重视托尔斯泰的趋势。

一个作家的创作,往往有他特定的视角,作家表现出对某一视角的特殊爱好,形成自己创作中的鲜明特色。

巴尔扎克喜欢环境描写。他认为环境对于人物性格的形成具有特殊意义,而且他主观上要反映整个时代的面貌,因而往往在小说中大量地对环境进行静态描写:城市面貌、农村风光、街道楼房、沙龙卧室、招牌张贴、家具什物……样样俱全,都是精细入微、具体逼真的描写。如《高老头》中伏盖公寓的描写,从外到内,街道、公寓外观、阴沟到公寓走道、肮脏的餐厅,再介绍餐厅的每位房客,不厌其烦,娓娓道来,勾画出一个下等旅馆的恶俗不堪,表明了高里奥和穷大学生拉斯蒂涅的处境,为后来情节的发展打下基础。《幽谷百合》中幽静恬美的自然环境,《欧也妮·葛朗台》中对葛朗台的住宅以及家具陈设的描写,《都尔的本堂神甫》中对迦玛小姐出租房间的描写,都是不厌其烦,细腻确切。巴尔扎克主张真实细致地描绘社会结构形态,广泛地展示生活的风俗史。这是他潜在的心理欲求,他的小说就是这种心理欲求的客观化,明显具有外倾特征。而且"他总是把环境描写与人物描写结合起来,把人物放在一定的社会关系和一定的生活环境中去展开自己的性格,而又在环境的描写中注意烘托与表现人物的性格,这两种描写在他的作品里有机地结合在一起,达到一种统一的艺术效果"①。

托尔斯泰注重人物的心理分析,也就是车尔尼雪夫斯基概括的"心灵辩证法"的特色。他不仅注重心理活动的结果,而且注重心理活动过程本身,揭示出人物紧张热烈的内心探索,通过人物的外在动作,他人的

---

① 柳鸣九:《巴尔扎克的小说艺术》,《外国文学研究》1985 年第 1 期。

观察和感受,人物的内心独白等多个角度,深刻地把人物的内心世界展现出来。例如《安娜·卡列尼娜》中,作者描绘出安娜在理智支配下外界环境在她心灵上的投影,如在火车上与渥伦斯基的邂逅;也勾勒出她在理智失调时散乱的、片断的内心波动,如观看赛马归来时的反常情绪;还渲染出她在特定境遇中半理智、非理性状态下意识翻腾的轨迹,如卧轨之前的畸形心理和多次梦幻的失态写照。托尔斯泰把动与静、理智与非理智、逻辑与非逻辑、肯定与否定协调地统一在主人公的心理流程之中,展示出安娜痛苦心情变化的全过程。列文寻找出路、探索改革的心理,《复活》中聂赫留朵夫的悔罪心理,都非常深刻真切地展现在读者的眼前。

巴尔扎克把眼光盯住外在的物质世界,托尔斯泰把眼光透视到内在的精神世界,视角不一样,但都是伟大艺术家的眼光,细腻、真切,都为后人提供了借鉴的范例。

托尔斯泰和巴尔扎克在小说结构方面也表现出明显的差异。巴尔扎克的小说结构是封闭式的结构,即每部小说围绕一个中心事件或一个人物经历展开,有一个完整的结局,小说中提出的问题得到完美的解决,小说情节的发展明显可以看出开端、发展、高潮、结局几个阶段。在一个自成圆形的结构里,对现实作客观的描绘。《欧也妮·葛朗台》写葛朗台老头吝啬的一生,最后的篇幅写女儿欧也妮的不幸,是老头造下的罪孽,作为小说的尾声。《幻灭》写发明家大卫的遭遇和野心家吕西安的失败。

托尔斯泰的小说结构是开放式的结构。整部小说就像生活一样,没有人为的开头和结尾,没有故作惊人的情节冲突,而是普通的平凡的生活,甚至于人们的内心生活在缓缓地流动。小说表现的是生活过程本身和人物性格在生活之流中的变化。往往是多线索齐头并进,互相交叉、互相联系。小说结尾也似完非完。《战争与和平》前方和后方生活交替,四大家族的人物活动交错叙述,小说不止于写到1812年的战争,战争胜利后还写了彼埃尔和娜塔莎的结婚和婚后幸福。《安娜·卡列尼娜》中安娜和列文两条线索平行推进,写到安娜卧轨后,还花了不少笔墨描写列文和吉提的生活。

考察欧洲小说的发展,19世纪以前的小说结构一般比较松散,往往以一个人物的经历为情节结构的线索,随着人物走到哪里就写到哪里。所谓流浪汉小说、恶棍小说、路上小说、哥特小说以至于18世纪英国的写实小说，都基本上是这样的结构模式。这些小说结构表现出单一性、随意性和松散性。19 世纪的小说，尤其是中、后期的现实主义小说的结构，则很少依靠一个线索人物，即使写人物经历，人物的性格与情节发展有着内在的联系，结构受制于性格的塑造，显出它的严整性和圆满性，以福楼拜达到高峰。

托尔斯泰小说的结构更接近 19 世纪以前的小说，看上去显得松散。但不是简单的重复。它不是单一的、随意的，就像从生活之流中截取一段搬上纸页，和生活一样深厚、流动。

巴尔扎克小说的结构，也有他独创的地方，他的多卷连环式结构，显出历史的广阔性，对后世的小说创作影响很大。前述巴尔扎克小说的封闭式结构，是就每一部作品的内在结构而言的。

托尔斯泰和巴尔扎克现实主义小说的艺术风格都表现出宏伟阔大的特点。但巴尔扎克像一座耸立大地、令人仰视的高峰，悬崖陡起，山梁峋嶙；托尔斯泰则像是浩瀚无边，又在汩汩流动的大海。巴尔扎克的小说滞重而带点粗糙；托尔斯泰的小说流转而精熟。

为什么两位现实主义大师会表现出这种艺术风格和艺术特征的巨大差异性？无疑与他们个性气质以及创作的不同文化背景有关。巴尔扎克出生于中产阶级家庭，他走上文学创作道路经过了一段曲折的过程。父母亲反对他从事文学创作，希望他当一名有固定收入的律师。他是在家庭拒绝提供经济支持的情况下，在一个简陋的斗室中开始他的创作生涯的。为生计，他头 10 年创作了一些后来自己都不敢承认的流行作品。后来一生希望发财，但一生都债台高筑。写作、经商、挥霍、躲债是他的生活内容。他满怀着"完成拿破仑用剑没有完成的事业"的壮志，以惊人的精力从事创作，但常不得不为躲避债务而中断工作。金钱的追逐和逼迫，锻炼了他敏锐的目光，他正是从金钱这一特殊窗口来审视整个时代，历史地把握时代的变迁。他的目光，是历史家的目光。

托尔斯泰出身名门望族，在慈爱和睦的家庭氛围中度过少年时代。青年时代上学，服役，走的是一般富裕贵族走的道路。但他对情感的体验比较细腻，常为自己的某些过失而不安，躬身自省。他不必为衣食而奔波，更多的是陷入精神的追求。后来他把对自身的思考扩及整个人民，思索俄国人民、整个人类的命运，对不合理的社会现实进行评析，设计人类获救的方案。托尔斯泰的目光是思想家的目光。

历史家的巴尔扎克和思想家的托尔斯泰，是他们不同创作个性的主观根源。巴尔扎克看到的是历史的现实，看得见、摸得着的"这一个"特定时代的现实，他是记录法国社会生活的"书记"。托尔斯泰看到的不仅是现实，还有现实蕴涵的思想，包括人们流动着的意识世界，而且还有着"人应该这样生活"的理想目标，因而他笔下流动的现实又往往流过"这一个"特定的时代，流程更远。

托尔斯泰比巴尔扎克晚出生近30年，又多活了50年。从创作看，他们相差近半个世纪，而且这半个世纪是现实主义小说发展的半个世纪。

巴尔扎克时代，法国几乎没有近代意义的小说。巴尔扎克和他的朋友司汤达、雨果等都处于探索阶段，在他们手上完成了真正的近代小说。托尔斯泰创作时期已不大一样，已有大量的范例，前辈们积累了丰富的创作经验，俄国小说已由普希金开始，经果戈理的发展，在屠格涅夫、陀思妥耶夫斯基笔下成熟。托尔斯泰在前人的基础上发展，他的小说艺术更接近现代小说。从一定意义上说，他是由古典现实主义小说向现代小说的过渡。

第 六 章

个案研究:影响—接受研究

"影响—接受研究"也是比较文学研究的基本类型。它研究不同文化体系文学之间影响—接受的历史事实关系,但不能满足于影响—接受的历史事实的考察与梳理,还要进一步探究影响—接受背后的内涵:影响的契机、期待视野中的选择、有意无意的误读、误读中的创造性叛逆,揭示出影响—接受这一事实体现的不同文化之间的对话,从而深化人类文学的共同规律与民族文学特色的认识。

第一节 普希金与 20 世纪中国戏剧

普希金(Александр Сергеевич Пушкин,1799—1837)不仅是伟大的诗人,他还创作了《驿站长》、《上尉的女儿》等优秀小说,同时他还是俄国文学史上历史悲剧的创始人。他的历史悲剧《鲍里斯·戈都诺夫》(1824—1825)和几部"小悲剧"开创了俄国 19 世纪戏剧的新局面,成为世界戏剧文学的珍贵遗产。

中国戏剧从古典戏曲体系向现代形态的戏剧转变,始于 20 世纪初,梁启超的新传奇剧本,春柳社在日本东京演出的文明新戏是其标志。尔后,中国现代戏剧的发展、成熟,始终离不开"外力"的推动,是借鉴学习外国近、现代戏剧观念和技巧的结果。对中国现代戏剧影响最大的外国剧作家是莎士比亚、易卜生、歌德、席勒、梅特林克、霍夫曼(Ennst Theodon Amadeus Hoffmann,1776—1822)、萧伯纳(George Bernard Shaw,

1856—1950）、王尔德（Oscar Wilde，1854—1900）、奥尼尔（Eugene O'Neill，1888—1953）等人。俄国的果戈理、契诃夫、奥斯特洛夫斯基（Александр Николаевич Островский，1823—1886）、高尔基的剧作，也是中国现代剧作家模仿借鉴的范本。至于普希金，主要是作为小说家和诗人来接受的，他的戏剧对中国的影响不及果戈理和契诃夫的影响明显，但潜在的影响是存在的。

一　普希金戏剧影响中国的途径

我们可以从下列五个方面来考察普希金戏剧影响中国的途径：

第一，小范围的演出。普希金的剧作在中国没有像果戈理的《钦差大臣》、契诃夫的《万尼亚舅舅》那样面向广大观众在舞台公演，但小范围的演出有过不少。主要是中国一些大学俄语专业的戏剧爱好者作为节日联欢或在普希金纪念活动中演出。如俄苏文学专家高莽回忆："我忘不了在哈尔滨读书时，全校举行纪念普希金逝世一百周年的情景。我们的教务长阿·格雷佐夫是当地的一位诗人，笔名阿恰伊尔。大会上他宣读了一篇关于诗人生平创作的报告，还朗诵了自己写的献给普希金的诗。大班校友演出了普希金的诗剧，演唱了根据他的诗谱的歌曲。"[1] 1947 年由中华全国文艺协会、剧作家联谊会等七个进步文艺团体联合举办"纪念普希金逝世 110 周年"纪念大会，会上"苏侨艺术家用俄语演出了诗剧《石客》中唐璜和安娜的一幕"[2]。1999 年为"纪念普希金诞辰二百周年"，中俄友好协会、中国俄罗斯文学研究会、中国普希金研究会、北京大学俄罗斯语言文学系在北京联合主办大型学术研讨会。会议期间，北京大学俄语系师生举行"普希金诗歌朗诵会"，"一年级研究生在语文学副博士、外教叶莲娜的亲自辅导下，极其成功地演出了音乐诗剧《茨冈人》"[3]。这种小范围演出的影响虽然不是全局性的，但其影响却不容否认。尤其是普希金逝世 110 周年纪念会上的演出，观众不少是文艺界、戏剧界的圈中人，据

---

① 高莽：《探寻诗人的心声》，《普希金与我》，人民文学出版社 1999 年版，第 65 页。

② 葛一虹：《这个大诗人的铜像永存在中国》，《普希金与我》，人民文学出版社 1999 年版，第 170 页。

③ 查晓燕：《百年的对话——"纪念普希金诞辰二百周年"学术讨论会综述》，《中国比较文学通讯》1999 年第 2 期。

说"演出效果不错,很受欢迎",其影响当然不可忽视。

第二,留学俄苏的学者对普希金戏剧的介绍。中国学生留学俄国,始于1899年,而大批学子赴俄是在十月革命之后。这些留俄学生后来大都成为革命家或社会政治活动家,其中也有一些对文学艺术很感兴趣,在俄期间大量阅读,甚至研究俄国文学,也包括对普希金戏剧的研习。作为早期的代表,我们简单论及张西曼和瞿秋白。

张西曼(1895—1949),湖南长沙人,13岁加入同盟会,1911年至1914年,1918年至1919年多次赴俄学习考察,精通俄语,是我国俄罗斯语言文学教学、研究,中俄文化交流事业的开拓者。1918年他从俄国致函李大钊(1889—1927),建议充实北京大学图书馆的俄文文学书籍,"唯是研究一国之文学,必涂资乎参考,而参考又必藉乎图书,此图书之设置势必周且备矣。"① 1920年他努力促成北京大学俄国文学系的创设,1925年他又创立国立中俄大学,长时间在大学教授俄语和俄国文学。在讲台上他曾满怀激情地讲授包括剧作在内的普希金的文学创作,我国最早评介普希金的专文《俄国诗豪朴思径传》(《少年中国》第1卷第9期,1920年3月)就是出自张西曼之手。1935年他发起创建"中苏文化协会",积极从事俄苏文化的介绍和中俄文化交流。1936年他在上海组织了"苏联版画展览会",还组织编辑了《普式庚逝世一百周年纪念文集》。上海左翼戏剧组织者于伶后来回忆:"陪着他跟商务印书馆的关系人接洽,跟一些有关作家联系,编辑《纪念普希金文集》。好多同仁翻译了普希金的部分诗、剧、文,由商务印书馆出版了大开本的厚厚一大本。"② 张西曼自己翻译了一些普希金的诗作,文集中刊出了普希金的剧本《莫萨特与沙莱里》(郑振铎译)。

瞿秋白(1899—1936),中国现代史上著名的政治活动家和马克思主义理论家,也是著名作家。1920年他以《晨报》记者身份赴俄访问,滞俄的两年里,深入考察、广泛研究俄苏社会文化的各个方面,既写作了《俄乡纪程——新俄国游记》和《赤都心史》这样的散文作品,也撰写了《俄国文学史》这样的评介性文字。后者于1927年作为蒋光慈(1901—

---

① 张西曼:《扩充俄文图书之意见书》,《北京大学日刊》1918年11月27日。

② 于伶:《怀念张西曼教授》,《人民日报》1985年9月11日第8版。

1931）的《俄罗斯文学》的下篇由上海泰东图书局出版。在《俄国文学史》中有"普希金"的专节，其中论述普希金的戏剧创作：

> 戏剧的著作最重要的有：《白黎斯·哥杜诺夫》和《吝啬的武士》等。戏剧之中没有当代的社会现象，著者都是取之于历史的；然而运用题材的方法却很新颖。他得莎士比亚的文风："自由而且广泛的描画"，所以已经扫尽古文派的谬见，朴实的形容，丝毫不加讳饰。譬如悲剧《白黎斯·哥杜诺夫》里，切实的"复现"十六七世纪时的习俗，剧中引用古时的言语，写官廷的谀媚，僧侣的专横，平民的屈服，都很注意。普希金晚年的历史研究，对于他的戏剧作品显然是很有影响的。[①]

这些早期留俄学者对普希金戏剧的介绍，总体上说比较表面，甚至不太准确，但以他们的俄语优势和进步倾向，加上当时中国文坛对俄苏革命的向往，他们对普希金戏剧的推荐介绍，对进步戏剧界的影响很大。

第三，中国戏剧艺术家对苏俄考察访问、演出的过程中，对普希金戏剧演出进行了观摩与了解。中国现代剧作家和戏剧表演艺术家中不少人赴苏俄进行考察访问，有的是参与外交活动，有的是出于戏剧艺术的缘由。但不管赴俄的目的如何，在俄期间都以不同方式接触了俄苏的戏剧情况，或是观看演出，或是与苏联文艺界交流。其中普希金的戏剧，尤其是《鲍里斯·戈都诺夫》，俄方往往作为保留节目供中国同行观摩、交流。

1935 年，梅兰芳（1894—1961）率领京剧团访问演出，同行的还有戏剧艺术家张彭春和余上沅。这次访问演出获得极大成功，受到苏俄戏剧界和广大观众的热烈欢迎，是中俄戏剧艺术交流史上的盛事。这次访问，一方面把中国传统戏曲精粹送出国门，展示于世界（梅剧团于 1919 年和 1924 年两次访日演出，1930 年访美演出，都获得成功）；另一方面也是向苏俄戏剧学习交流的好机会。访俄的 40 多天里，中国戏剧艺术家"除演出之外，参观了工厂学校，名胜古迹，还观看了许多苏联戏剧、歌剧和芭蕾，……他们还参观了戏剧学院、电影学院和莫斯科历史博物馆举办的

---

① 瞿秋白：《瞿秋白文集》第二卷，人民文学出版社 1954 年版，第 481 页。

苏联十七年戏剧艺术展览会等。为了丰富知识，扩大眼界，提高自己的艺术修养，他们孜孜不倦地吸收苏联人民优秀的文化成果，以充实自己艺术创造的基础"①。他们观摩的戏剧中就有普希金的《鲍里斯·戈都诺夫》。更令中国戏剧艺术家意外的是俄国大导演梅耶荷德（Vsevolod Emilevich Meyerhold，1874—1940）的一番话。梅耶荷德观摩梅兰芳的表演后，不无惊喜地发现：梅兰芳的舞台艺术同普希金的戏剧观念完全一致，他甚至设想："如果用梅兰芳的艺术手法来表演普希金的悲剧《鲍里斯·戈都诺夫》将会怎样？"名震世界的大导演梅耶荷德的"惊喜发现"当然给中国戏剧艺术家以启示，使得普希金与中国戏剧联系更为紧密。张彭春（1892—1957）访苏回国后写下了长篇论文《苏俄戏剧的趋势》，文中努力解答三个问题："一、苏俄戏剧为什么值得注意？二、苏俄戏剧有什么样的趋势？三、由苏俄戏剧想到我们在戏剧上有哪些方面的努力？"文中还深有感触地写道："概括此次访苏，一方面是想把中国的戏曲介绍到国外，另一方面也是借此观摩吸收外国戏剧艺术以丰富我们的民族艺术。"②这里张彭春由苏俄戏剧而考虑到民族戏剧艺术的建设，当然包含着普希金戏剧观念和艺术的启示。张彭春作为南开话剧运动的支柱，访苏归来的思考落实到戏剧实践中，从中也就潜隐着普希金戏剧的影子。

第四，对国外普希金戏剧研究成果的译介。据笔者不太完全的统计，翻译国外关于普希金戏剧方面的论文有 7 篇，具体篇目和出处如下：

1. 《评普希金的〈波利斯·哥东诺夫〉》，白恩斯坦作，文修译，载《中苏文化》"普希金逝世百年纪念号"（1937）。

2. 《剧作家的普式庚》，G. 维弩古尔作，吕荧译，载《普式庚论》，桂林远方书店 1942 年版；又有李葳、邹绿芷的译文，载《普式庚论集》，重庆商务印书馆 1943 年版。

3. 《普式庚与戏剧艺术》，M. 查郭尔斯基作，李葳、邹绿芷译，载《普式庚论集》，重庆商务印书馆 1943 年版。

4. 《论〈鲍里斯·戈都诺夫〉》，别林斯基作，《春风文艺》1979 年第 3 期。

---

① 黄殿祺：《张彭春同梅兰芳赴苏演出的盛况》，《戏剧》1991 年第 3 期。
② 同上。

5. 《论悲剧〈鲍里斯·戈都诺夫〉中贵族与自称为皇者的形象》,拉甫列茨卡娅作,三川译,载《外国文学欣赏》1985 年第 3 期。

6. 《论〈鲍里斯·戈都诺夫〉》,卢卡契作,韩耀成译,载《普希金评论集》,上海译文出版社 1993 年版。

7. 《普希金的戏剧作品》,C. 邦迪作,张学增译,载《普希金文集》第四卷,人民文学出版社 1995 年版。

这些论文大都为俄国学者所作,虽然是对普希金戏剧创作的阐释,缺少原作的直感魅力,但经过理性的分析,能更加清晰地理解普希金戏剧的特点、风格和思想。这些论文的译介,对扩大普希金戏剧在中国的影响起到一定的作用。如 G. 维弩古尔的《剧作家的普式庚》一文,在抗战后方的桂林和重庆分别翻译刊出,论文译自苏联对外文化协会 1939 年出版的论文集《普希金》。经过 30 年代的左翼文学运动,中俄文学艺术交流增强,戏剧界对俄国大诗人普希金已经比较熟悉,论文当然会引起中国戏剧界的重视。论文对普希金一生的戏剧创作作了全面的评介,从他 1821 年最早的戏剧尝试,到晚年只完成了一半的《骑士时代的几个场景》——加以论析,完整明晰地梳理了普希金的戏剧创作发展道路,尤其是文中结合普希金剧作论述的一般理论问题,与当时中国戏剧的现实正好契合。首先是民众文艺运动的问题。文中分析《鲍里斯·戈都诺夫》:"沙皇,贵族和人民被普式庚在一种不可避免的敌对状态中描写了出来。并且,在这个历史上的冲突中,占决定地位的乃是人民的运动。人民,大众,在普式庚的戏剧里并不是仅仅为了舞台效果才出场的;他们在事件中间是一个活跃的分子而且对冲突的结果有直接的影响。在《波里斯·戈杜诺夫》里的人民大众,即群众的场面,在世界上所有的剧本中都是最独创的。"[①]姑且不论这种分析是否准确,但中国抗战的现实,要求戏剧紧紧拥抱生活,成为动员民众、鼓舞士气的有效手段,戏剧中如何表现人民大众的力量?维弩古尔的议论自然会诱发起中国剧作家借鉴、探讨《鲍里斯·戈都诺夫》的兴趣。其次是戏剧民族化与现代化关系的问题。文中论及普希金的小悲剧时写道:"选择西欧的题材来做他的题旨,普式庚无疑的是

---

① G. 维弩古尔:《剧作家的普式庚》,《普式庚论》,吕荧译,桂林远方书店 1942 年版,第134 页。

受着这个希望的指引的:提高他的作品达到世界文化传统的水准,并且解除掉这些题旨的国家的局限性的印迹。如果普式庚的全部作品真的是代表着俄国文化中俄国的与欧洲的诸因素的最高综合,那末,他的这些小悲剧应该被看做是这种综合的最浮雕的灿烂的表现。"① 尽管这段译文有些别扭,但中心意思还是明确的:即普希金的小悲剧是西欧文化与俄国民族文化融合的结晶。当时后方戏剧界正在开展"话剧民族化"和"民众形式"的大讨论,郭沫若、茅盾、田汉、以群 (1911—1966)、胡风 (1902—1985)、张庚 (1911—2003)、黄芝岗 (1895—1971)、葛一虹 (1913—2005) 都在讨论中发表自己的见解,围绕着怎样使舶来的话剧符合中国民众的审美情趣和欣赏习惯各抒己见。普希金小悲剧的成功实践,当然会给中国戏剧界的深入探索提供借鉴和启示。

第五,普希金剧作的翻译。这是普希金戏剧影响中国最重要的途径。有了剧作译文,可以深入体悟其剧作的内涵和风貌,即使不懂俄语也有了可供探究的文本,影响面也大大拓展。

普希金完整的戏剧只有历史悲剧《鲍里斯·戈都诺夫》,五个小悲剧,未竟之作《骑士时代的几个场景》和一些戏剧片断。普希金戏剧最早的汉译出版于 1921 年,至今已全部译出,而且都有多种版本。到目前为止,我们见到的汉译普希金戏剧专集有漓江出版社 1982 年出版的《普希金戏剧集》(戴启篁译,以下称"戴译本");人民文学出版社 1995 年出版的七卷本《普希金文集》中的第四卷(林陵、张学增译,以下称"林张译本");浙江文艺出版社 1997 年出版的八卷本《普希金全集》的第四卷(冀刚译,以下称"冀译本");上海译文出版社 1999 年出版的十卷本《普希金文集》的"戏剧卷"(冯春译,以下称"冯译本")。还有一些译本刊发于报刊,各剧的译作版本大致如下:

1. 历史悲剧《鲍里斯·戈都诺夫》:1)杨骚译《波利斯·哥东诺夫》,载《中苏文化》第二卷第 2、3 期 (1937 年);2)林陵译《鲍里斯·戈都诺夫》,载《普希金文集》(戈宝权编辑),上海时代出版社 1947 年版;3)陈绵译《鲍里斯·戈都诺夫》(柴可夫斯基改编的四幕八

---

① G. 维弩古尔:《剧作家的普式庚》,《普式庚论》,吕荧译,桂林远方书店 1942 年版,第 137 页。

场歌剧），音乐出版社 1954 年版；4）林陵译《鲍里斯·戈都诺夫》，作家出版社 1956 年版（该版 1957 年人民文学出版社重印）；5）戴启篁译《鲍里斯·戈东诺夫》，载"戴译本"；6）林陵译《鲍里斯·戈都诺夫》，载"林张译本"；7）冀刚译《鲍里斯·戈都诺夫》，载"冀译本"；8）冯春译《鲍里斯·戈都诺夫》，载"冯译本"。

　　2. 小悲剧《吝啬的骑士》：1）戴启篁译《吝啬的骑士》，载"戴译本"；2）张学增译《悭吝骑士》，载"林张译本"；3）冀刚译《吝啬的骑士》，载"冀译本"；4）冯春译《吝啬的骑士》，载"冯译本"。

　　3. 小悲剧《莫扎特与沙莱里》：1）郑振铎译《莫萨特与沙莱里》，载《小说月报》第 12 卷"俄国文学专号"（1921 年）；2）郑振铎译《莫萨特与沙莱里》，载《普式庚逝世百周年纪念集》，商务印书馆 1937 年版；3）戴启篁译《莫扎特与沙莱里》，载"戴译本"；4）张学增译《莫扎特与沙莱里》，载"林张译本"；5）冀刚译《莫差特和萨利埃里》，载"冀译本"；6）冯春译《莫差特和萨利埃里》，载"冯译本"。

　　4. 小悲剧《石雕客人》：1）耿济之译《石客》，载《文学》"新诗专号"（1940 年）；2）耿济之译《石客》，载《普希金文集》（戈宝权编辑），上海时代书报社 1947 年版；3）戴启篁译《石雕客人》，载"戴译本"；4）张学增译《石雕客人》，载"林张译本"；5）冀刚译《石客》，载"冀译本"；6）冯春译《石像客人》，载"冯译本"。

　　5. 小悲剧《鼠疫流行时的宴会》：1）戴启篁译《鼠疫流行时的宴会》，载"戴译本"；2）张学增译《鼠疫流行时的宴会》，载"林张译本"；3）冀刚译《鼠疫流行时期的宴会》，载"冀译本"；4）冯春译《鼠疫流行时期的宴会》，载"冯译本"。

　　6. 小悲剧《水仙女》：1）戴启篁译《美人鱼》，载"戴译本"；2）张学增译《水仙女》，载"林张译本"；3）冀刚译《美人鱼》，载"冀译本"；4）冯春译《鲁萨尔卡》，载"冯译本"；5）冯春译《女落水鬼》，载《俄罗斯文艺》1999 年第 2 期。

　　7.《骑士时代的几个场景》：1）戴启篁译《骑士时代的几个场景》，载"戴译本"；2）张学增译《骑士时代的几个场景》，载"林张译本"；3）冀刚译《骑士时代的几个场景》，载"冀译本"；4）冯春译《骑士时代的几个场景》，载"冯译本"。

8. 《浮士德中的一场》: 张学增译, 载"林张译本"。

9. 片断及草稿: 冀刚译, 载"冀译本"。

还有河北教育出版社即将出版的《普希金全集》中也有"戏剧卷",普氏每篇剧作还将多一个汉译版本。这些译本中只有杨骚 (1900—1957) 所译《波利斯·戈东诺夫》和郑振铎 (1898—1958) 所译《莫萨特与沙莱里》分别是从日译和英译转译, 其余都从俄语译出。从时间上看, 《鲍里斯·戈都诺夫》、《莫扎特与沙莱里》、《石雕客人》在 1949 年以前就有翻译出版, 这几个剧作译本数量也多, 当然对中国影响也最大。

二 《鲍里斯·戈都诺夫》和郭沫若的战国史剧

那么, 普希金戏剧对中国戏剧究竟产生了什么样的影响? 应该说, 在戏剧观念、剧作思想和戏剧艺术多方面都可以看到普希金戏剧影响的痕迹。对此, 我们不作空泛的议论, 只将普希金的历史悲剧《鲍里斯·戈都诺夫》和郭沫若 40 年代创作的战国史剧加以简略比较, 从中透视普希金戏剧的影响。

《鲍里斯·戈都诺夫》取材俄国 16、17 世纪之交一段混乱历史时期的事件。剧作中的戈都诺夫谋杀皇太子, 登上沙皇宝座。尽管他精明强干, 但他的专制统治导致民众的不满, 一个满怀野心的道院小僧冒充当年被杀的太子, 得到邻国波兰的支持, 他利用民心向背, 率波兰军攻下莫斯科, 推翻戈都诺夫王朝而成为沙皇, 民众依然生活在专制统治下, 又加上波兰的占领。这是俄国社会的悲剧。剧中的民众没有自觉意识, 是一种本能状态下的生存, 成为王朝更迭的工具。这是当时的历史状况。但剧中客观地显示了民众潜在的强大力量, "民心"、"公意"决定着皇位的更迭。当然可以延伸剧作题材蕴涵的思想——如果民众有了主宰自我的自觉意识, 无疑他们就是历史的主人。因而, 自由意志便是结束俄国专制悲剧的关键。万变不离其宗——呼唤自由、歌颂自由、反抗专制是普希金创作的一贯主题。只是在这部历史悲剧中, 普希金以一种理性的历史眼光凝视社会现实, 没有诗歌中的澎湃激情。

郭沫若在 1941 年底和 1942 年的一年多里, 连续创作了《棠棣之花》、《屈原》、《虎符》、《高渐离》、《孔雀胆》、《南冠草》六个历史剧。其中前四部都取材战国时期的历史。这些战国史剧是在中国抗日战争最为艰苦的时期，受到现实的触发而创作的。郭沫若是把它们当作"反纳粹、反法西斯、反对一切暴力侵略者的武器"①。

比较《鲍里斯·戈都诺夫》（以下简称"《鲍》剧"）和郭沫若的战国史剧，可以看到许多相似的东西。

首先，在选取题材、提炼主题方面，两者异曲同工。普希金曾经谈到《鲍》剧的创作过程："在对莎士比亚、卡拉姆津的著作和我国古代编年史进行研究之后，我产生了用戏剧形式体现现代史上最富于戏剧性的一个时代的念头。"② 16 世纪末 17 世纪初，被称为俄国历史上的"混乱时代"，沙皇专制统治残酷，波兰、瑞典多次入侵，宫廷谋杀和政变，使得皇位更迭频仍，民众起义暴动不断发生。可谓风起云涌，鱼目混珠。普希金当时流放在偏僻的乡村米哈伊洛夫斯克，在孤寂中他思考俄国的前景和命运。在这段"富于戏剧性"的历史当中似乎悟到了一点什么。当时的十二月党人只看到民众的消极作用，普希金在剧作中也表现了当时民众的盲目，但在这种历史情景的再现中，却让人深切地感受到民众潜在的巨大力量；在俄国社会悲剧命运的展示中，令人体悟到从专制统治下解放、追求自由民主的历史的时代意义。

郭沫若 40 年代的战国史剧取材于中国历史上的混乱时代。单从剧作情节表象看，郭沫若的战国史剧和《鲍》剧一样，主要人物都是帝王将相，戏剧冲突都是围绕统治权而展开的争斗、谋杀、战争、邻国关系等。郭沫若也曾揭示他的战国史剧的内涵："战国时代，整个是一个悲剧时代，我们的先人努力打破奴隶制的束缚，想从那铁的桎梏中解放出来，但整个的努力结果只是换了另一套的刑具。……谁个料到打破枷锁的铁锤，却被人利用来打破打破枷锁者的脑天呢？"③

从社会层面着眼，郭沫若揭示的战国史剧的内涵与《鲍》剧的悲剧内涵何其相似：俄国沙皇鲍里斯换成了"季米特里"，民众依然生存在专

---

① 郭沫若：《今天的创作通路》，《沫若文集》第十二卷，人民文学出版社 1959 年版，第136 页。

② 普希金：《悲剧〈鲍里斯·戈都诺夫〉序言草稿》，《普希金文集》第七卷，人民文学出版社 1995 年版，第 177 页。

③ 郭沫若：《献给现实的蟠桃——为〈虎符〉演出而写》，《沫若文集》第十三卷，人民文学出版社 1961 年版，第 127 页。

制统治的残酷之下；中国众多先人摧毁桎梏的努力，"只是换成了另一套刑具"。普希金和郭沫若都是从历史题材中展示民族的悲剧命运，只是普希金的悲剧是以历史情景的冷静再现来刺激人们醒悟，唤起改变民众命运、反抗专制统治的自由意志；郭沫若的悲剧是在对先人悲壮人格的赞美中获取抗敌御侮的力量。

其次，在历史、历史剧和现实三者的关系上，郭沫若和普希金如出一辙。历史剧创作的特殊性之一，就有一个历史与现实的关系问题。发生在过去的历史事件，今天来写，应该是与现实有着深刻的内在联系。普希金创作《鲍》剧，着眼点是现实的政治的问题，即专制与自由、俄国命运、统治者与民众关系等问题。普希金曾经提醒人们注意剧中的现实意义："悲剧充满了绝妙的笑话和对当时历史的微妙的影射，类似我们基辅和卡敏卡的双关语。应该了解它们——这是必不可少的条件。"[1]　正是由于《鲍》剧的这种现实精神，沙皇当局极力阻止剧本上演和公开发表。普希金在给出版人的一封信中说："您想知道还有什么妨碍我发表自己的悲剧吗？就是其中有些地方可以使人联想到影射、暗示、讽谕。"[2]

郭沫若的战国史剧也是"古为今用"。当时有人反对写历史剧，认为不去正面写抗战，是逃避现实。郭沫若针锋相对地提出："我们要知道，一个剧本的现实不现实，是不能以题材的'现代'或'历史'来分别、来估计，而是要看其剧中的主题是不是现实或非现实的，用历史的题材也许更能反映今天的现实。"[3]　在《棠棣之花》中，作者将历史题材中原有的"为知己者死"的思想深化为"望合厌分"的现实主题，对"皖南事变"所表现的国内党派之争提出历史的警醒，表达了团结合作，共同抗日的时代呼声。《屈原》一剧也把屈原个人的悲剧摆在楚国危亡的背景中揭示，剧中蕴涵的是 40 年代初的时代精神。郭沫若曾谈到大敌当前，却有人忙于内耗，"全中国进步的人们都感受着愤怒，因而我便把这时代的愤怒复活在屈原的时代里去了。换句话说，我是借了屈原的时代来象征我们当前

---

① 普希金：《关于〈鲍里斯·戈都诺夫〉的一封信》，《普希金文集》第七卷，人民文学出版社 1995 年版，第 172 页。

② 普希金：《致〈莫斯科通报〉出版人的信》，《普希金文集》第七卷，人民文学出版社 1995 年版，第 165 页。

③ 郭沫若：《在上海市立戏剧学校的演讲》，《文汇报》1946 年 6 月 26 日。

的时代。"① 在《虎符》的创作中，郭沫若以魏安厘王"消极抗秦，积极反信陵君"来影射当时的现实。剧本因此受到统治当局的"严格检查，在重庆演出过一次也没有得到多大的自由，而且在一次演出之后便再也不能重演了"②。

再次，在艺术表现上，普希金和郭沫若的历史剧也不乏相似之处。其中最突出的一点，就是剧中艺术表现"真实性"的把握与理解。历史剧创作的"真实性"问题，在国内、外学界都有不同的看法。但普希金和郭沫若无论是作为历史剧观念还是剧作中具体的艺术表现，在"真实性"这一点上非常接近。他们都反对历史剧对历史表象的"逼真"要求，不拘泥于事件表面的真实，而是追求一种内在的真实。普希金曾在一篇论文中探讨"我们究竟应当向剧作家要求什么样的逼真"，他的结论是："假想环境中激情的真实和感受的逼真——这就是我们的理智对剧作家的要求。"③ 在一封书信中他写道："真正的悲剧天才总是非常关心性格和情景的逼真。"④ 他要求的是"激情"、"感受"、"性格"、"情景"的真实，因而在《鲍》剧中，普希金采用没有确凿历史根据的传说：鲍里斯谋杀了皇太子，虚构了季米特里和波兰公主玛琳娜的爱情，表现了鲍里斯内心深处的痛苦和矛盾。这些用历史的"逼真"衡量，也许有些走样，但它们却突现了人物的性格，深入到人物的内在世界。

郭沫若在40年代提出"失事求似"的史剧表现方法。他曾针对有人指责他的史剧不符合历史事实而撰文论辩："历史研究是'实事求是'，史剧创作是'失事求似'。史学家是发掘历史的精神，史剧家是发展历史的精神。"⑤ 郭沫若在历史剧中往往对史实作出符合历史本质真实的虚构、

①　郭沫若:《序俄文译本史剧〈屈原〉》,《郭沫若全集·文学编》(第17卷),人民文学出版社1989年版,第250页。

②　郭沫若:《由〈虎符〉说到悲剧精神》,《郭沫若全集·文学编》(第17卷),人民文学出版社1989年版,第252页。

③　普希金:《论民众戏剧和波果津的〈玛尔法女市长〉》,《普希金文集》第七卷,人民文学出版社1995年版,第235页。

④　普希金:《关于〈鲍里斯·戈都诺夫〉的一封信》,《普希金文集》第七卷,人民文学出版社1995年版,第175页。

⑤　郭沫若:《历史·史剧·现实》,《沫若文集》第十三卷,人民文学出版社1961年版,第16页。

推测，甚至改动。《屈原》中虚构了婵娟这个人物和南后陷害屈原的情节；《虎符》中让如姬在父亲墓前痛诉肺腑，壮烈自刎；史实中高渐离的复仇情绪在剧作中成了为民除暴的自觉意识。在郭沫若看来，这种"失事"是为了历史的"神似"。他认为"剧作家的任务是在把握历史的精神而不必为历史的事实所束缚"①。这里郭沫若提出的"把握历史的精神"和普希金提出的"激情的真实感受的逼真"虽然具体内涵有差异，但舍弃表象"逼真"而追求内在真实的表现是一致的。

此外，《鲍》剧和郭沫若的战国史剧都场面宏大，场景变换多，时间跨度大，多线索展开剧情，悲剧当中穿插喜剧成分，具有莎士比亚式的丰富多彩。

普希金和郭沫若都是各自民族文学史上杰出的浪漫主义诗人，都具有充满激情的个性、敏锐的感受力和多方面的表现才能；他们都生活在反抗专制，追求自由的时代；在戏剧创作上，都受到莎士比亚等西欧剧作家的深刻影响。这些是普希金和郭沫若的历史剧具有内在相似性的多方面成因。现在的问题是：郭沫若的战国史剧与《鲍》剧的相似，是一种偶然巧合，还是有着影响与接受的关系？

在我们有限的阅读范围内，没有找到郭沫若史剧受到普希金戏剧影响的直接证据。郭沫若写过纪念普希金的文章，也谈到过普希金的戏剧，但都是在他创作战国史剧之后。然而，间接证据是有的。第一，1946 年 11 月 18 日郭沫若应戈宝权（1913—2000）之邀，为普希金纪念日题词，1947 年 2 月 10 日在上海各文艺团体联合举行纪念普希金逝世 110 周年纪念大会上发表《向普希金看齐!》的演讲。从题词和演讲的内容看，郭沫若对普希金不是一般的了解，而是有比较深入的研究。尤其是在演讲中，对普希金创作的地位、特点、思想、性格都作了全面的评述，其中谈到："他的成就是很宏大而且广泛的，他写诗、写小说、写剧本、写历史研究，在各方面的成就不仅多而且精。"② 这里不仅提到普希金"写剧本"，而且联系郭沫若本人的成就看，这样的表述大有引为同道之慨，其喜爱之

---

① 郭沫若：《我怎样写〈棠棣之花〉》，《沫若文集》第十三卷，人民文学出版社 1961 年版，第 168 页。

② 郭沫若：《向普希金看齐!》，《普希金与我》，人民文学出版社 1999 年版，第 500 页。

情溢于言表。第二，且不说《鲍》剧在 1937 年已有杨骚的汉译本行世，也许更早，郭沫若通过德文或日文译本就读过普希金的剧本。包括《鲍》剧在内的普希金作品早在 1838 年就介绍到德国，19 世纪中期就有了德译普希金作品三卷集，译者弗·博登斯泰德还改编《鲍》剧题材，写了一部悲剧《季米特里》①。日译普希金的作品始于 1883 年，在 1893 年出版了残月庵编译的《脚本　伪皇子》。1936 年纪念普希金逝世百周年，改造社出版了五卷本的《普希金全集》，收录了普希金的主要作品。当时流亡日本的郭沫若，对自己喜爱的俄国大诗人不会不关注。第三，还有一个更能说明问题的证据。1936 年 6 月高尔基逝世后不久，在东京的文学青年臧云远（1913—1991）和邢桐华去拜望居住在千叶县的郭沫若，他们从高尔基谈起，谈到歌德、席勒、托尔斯泰，"郭先生又谈到普希金的诗，说是了不起。普希金以前，俄国人用法语写诗，普希金把俄语诗化了"②。可见，郭沫若在第二次滞日的时期里，对普希金有过一番比较深入的研究。

　　总之，郭沫若 40 年代初的战国史剧中确实烙有《鲍》剧影响的痕迹。但这种影响不是外在的，而是一种潜移默化的影响。

第二节　日、欧自然主义文学比较

　　自然主义在 19 世纪末 20 世纪初的欧洲和日本文坛，是甚为流行、很有势力的文学思潮。两种"自然主义"，有影响与接受的关系，又各具自己的文化内涵。

　　日本的自然主义文学是在欧洲自然主义文学的影响下产生发展的。

一　接受：日本自然主义文学的欧洲影响

　　日本学者高须芳次郎（Takasul Yoshijirō，1880—1948）在分析日本自然主义文学兴起的原因时说："在法国，雨果的浪漫主义文艺达到了隆盛

---

① 参见张铁夫《普希金的生活与创作》，北京燕山出版社 1997 年版，第 387 页。
② 臧云远：《东京初访郭老》，《悼念郭老》，三联书店 1979 年版，第 218 页。

的顶点，接下来是作为对抗力量而产生的自然主义倾向。写作《包法利夫人》的福楼拜站在前列，出现了左拉、都德、龚古尔、巴尔扎克、莫泊桑等作家。其次是俄国也促进了现实性倾向，被视为自然主义思想，由果戈理开始，冈察洛夫（Иван Александрович Гончаров，1812—1891）、陀思妥耶夫斯基、屠格涅夫、托尔斯泰等高举着新的旗帜，尔后涉及德国，遍及整个欧洲……结果是我们的文艺受到上述的欧洲科学精神、唯物哲学和自然主义文学的影响和刺激，从白日梦中醒来，以至于大力倡导自然主义。"[1]

对日本自然主义文学影响最大的是自然主义发源地的法国自然主义文学。法国自然主义文学鼎盛期大约在 1877 年至 1887 年的十年间（左拉创作《卢贡·马卡尔家族》的十年），日本自然主义盛行于明治末年（1906—1912），晚于法国 20 余年。在这 20 年里，日本作家对法国自然主义文学有一个了解、接触、消化、吸收的过程。最初是通过英文报纸杂志的介绍获得一定的了解，通过英译本阅读原著，逐渐接受其思想影响，加以模仿、改写，与日本当时的时代、现实的要求和传统审美文化融合，最后形成具有日本特点的自然主义文学。

左拉（Emile Zola，1840—1902）的理论和莫泊桑（Guy de Maupassant，1850—1893）的创作给日本自然主义文学直接而深刻的影响。

左拉的名字首次出现在日本，是在中江兆民（Nakae Chōmin，1847—1901）翻译的《维氏美学》（1844）中，1888 年尾崎奥堂在《法国的小说》里对左拉作了评价，接下来是内田鲁庵（Roan Uchida，1868—1929）、长谷川天溪（Hasegawa Tenkei，1876—1940）等著文推崇左拉，肯定其排斥道德、宗教偏见，科学研究人生的意义。1900 年森鸥外撰写《出自医学的小说论》，较为全面地介绍了左拉运用实验医学的观察方法和实验方法的理论和创作。但森鸥外从德国留学回国，是抱着理想主义来反对自然主义的观点，认为"左拉缺乏理想"，与坪内逍遥（Tsubouchi Shōyō，1859—1935）等展开论争（1891—1892）。这些评介和讨论，加深了文坛对左拉自然主义理论的理解。当然"德莱福斯案件"中，左拉表现出为正义而斗争的勇气和品质，也在人格上赢得一些日本知识分子的敬

---

[1] 高须芳次郎：《日本现代文学十二讲》，新潮社 1930 年版，第 354—355 页。

佩与崇拜,客观上也促进了左拉理论对日本文坛的影响。1901 年高山樗牛 (Takayama Chogyū, 1871—1902) 发表《论美的生活》,提出"本能满足"的观点,把宇宙看作自我欲望的对象,其中留下了左拉的痕迹。1902 年小杉天外 (Kosugi Tengai, 1865—1952) 的《流行歌·序》、永井荷风 (Nagai Kafū, 1879—1959) 的《地狱之花·跋》明确提出了自然主义的文学主张,天外的《流行歌》和荷风的《地狱之花》也是对左拉小说的模仿之作。以后的自然主义理论家岛村抱月、长谷川天溪更是在全面把握左拉理论的基础上建立起日本自然主义的理论体系。

莫泊桑在日本的最初介绍是森鸥外在《当今的英吉利文学》(1890) 一文中,把他当作当代西欧富于人道的作家提出来的。其次是岛崎藤村 (Shimazaki Tōson, 1872—1943) 的《论小说的实际派》(1892) 中,谈到左拉的《实验小说论》时一并提到莫泊桑的《小说论》。1893 年德富芦花的《法国文学:写真派小说》详细地介绍了莫泊桑的思想、文体和创作。莫泊桑的小说最初出现在日本,是由说书艺人三游亭圆朝改写的人情话本《指物师名人长次》(1894),这是对莫泊桑的短篇《弑亲》的编译。以后,由上田敏通过英译本译出过几个短篇。而真正发现莫泊桑的是田山花袋。1901 年他在丸善书店的二楼购得一套 11 卷本的莫泊桑短篇小说集,读了其中 50 余篇就感到了"像木棒敲击脑袋"[1] 的强烈震动,为他从现实人生中取材,加以大胆、直率、毫不修饰地表现所形成的艺术风格所折服,随即在自己的创作中大量摄取、吸收莫泊桑的一些东西,也编译改写了一些莫泊桑的作品。1902 年发表的《重右卫门的末日》一改以前的抒情风格,毫不顾忌人的本能和兽性的一面。不久后发表的《露骨的描写》(1904) 是日本自然主义的重要文论。同是日本自然主义主将的岛崎藤村的创作也受到莫泊桑的启示,他的早期短篇《旧东家》(1901)、《爷》(1902)、《黄昏》(1906)、《船》(1910) 等,都可以看到莫泊桑小说的深刻印痕。

此外,被认为属于法国自然主义作家之列的龚古尔兄弟 (Edmond de Goncourt, 1822—1896 和 Jules de Goncourt, 1830—1870)、福楼拜

---

[1]　田山花袋:《东京三十年》,转引自宫城达郎等《近代文学潮流》,双文社 1977 年版,第 12 页。

（Gustave Flaubert，1821—1880）、都德（Alphonse Daudet，1840—1897）的创作也在当时的日本文坛产生较大的影响。如福楼拜的《包法利夫人》，日本学者中村光夫认为："这部对法国自然主义具有内在的深刻影响的作品，在我国也被视为经典，被当作近代小说的标准范式。"①

日本自然主义文学是在欧洲自然主义的刺激和影响下发展起来的，当然它具有欧洲自然主义文学的基本品貌，两种自然主义文学具有一些共同的根本性特质。这些共同点主要表现在三个方面：排斥理想主义，反对人为的技巧，追求现实生活原本的"真"；重视科学实验的精神，运用心理学、遗传学理论剖析人性，注重人的自然本性的描写；突破传统美学中"美"的概念，拓展表现领域，更多着笔于平凡、琐细，甚至猥亵、肮脏、丑恶的生活现象和画面。

二　变异：日本自然主义文学的独特性

任何一种外国文学影响的接受，都不会是一种原原本本的照搬，接受者所处的社会时代风潮的冲击，传统文化的审美意识的制约，形成接受过程中的某种变异。一种成功的对外来文化的学习，是经过自身的消化，根植于本民族的文化土壤之中的。以此来看日本自然主义文学，它又具有区别于欧洲自然主义文学的特征。

第一，欧洲自然主义是对浪漫派的反动，日本自然主义继承和融合了浪漫主义的本质性因素。

欧洲的浪漫主义在法国大革命后的 18 世纪后期和 19 世纪初期，曾成席卷之势，盛行整个欧洲，但随着资本主义制度的确立和巩固，人们以冷静的理性眼光代替了革命后那急风骤雨般的狂热。在 19 世纪中期出现现实主义文学思潮。但现实主义紧承浪漫主义，在一些现实主义创作中还保存有一些浪漫主义的色彩。以法国为例：司汤达的激情，梅里美（Prosper Mérimée，1803—1870）笔下的原始野性和异域情调等都是浪漫主义的痕迹。从福楼拜开始，强调更客观、具有科学意义的现实主义，他排斥任何浪漫色彩，成为自然主义的先驱。左拉进一步引进自然科学的理论和方

---

①　中村光夫：《日本近代文学和福楼拜》，《日本近代文学大事典》第 4 卷，讲谈社 1978 年版，第 371 页。

法，形成了自然主义理论体系。欧洲文学由浪漫主义到自然主义，中间间隔着现实主义思潮。现实主义是对浪漫主义的反拨，而自然主义是对现实主义的客观性、写实性的一种极端的发展。无疑，自然主义和浪漫主义走的是逆向的两条路线。

左拉曾经谈到他对浪漫主义的态度:"它（指浪漫主义）是对古典文学的一个猛然的反动;它是作家们以其重获的自由，通过革命的形式，应用于文学的结果。……古典的公式至少持续了两个世纪，为什么取而代之的浪漫的公式反而没有同样长的生命呢? 这里真理出现了。浪漫主义运动只不过是一场小战罢了。……时代属于自然主义者，浪漫主义的危机是不可避免的，因为它适应着法国革命的灾难，正如我要把胜利的自然主义比之于法兰西共和国，它目前正通过科学和理智而处于建立的过程中，那便是我们今天所在的场合。浪漫主义不曾适应永恒的事物，只是患思乡病，怀念着一个旧秩序和一声战斗的号角，于是在自然主义面前就崩溃了。"①

日本的自然主义和浪漫主义是前后相接的两个文学思潮。自然主义的中坚作家，大多来自浪漫主义阵营。日本明治社会缺乏浪漫主义文学生长的土壤，明治维新的不彻底，形成专制的明治政府，虽然在现代科技、军事上全面西化，但在意识形态上却强化专制统治，封锁自由、平等、民主思想的传入，日俄战争更强化了这一政治氛围，使得刚刚兴起的浪漫主义文学夭折，北村透谷的自杀是一个包含着这一时代意义的象征性事件。这样，日本浪漫主义文学没有完成它的历史使命，没有把自我主体意识确立起来，因而紧接着兴起的自然主义不得不承担起"确立自我、唤醒自我"的任务。

这样，按欧洲自然主义的理论原则，本应是彻底排斥主体自我意识，完全服从客观事实的自然主义，在日本却以强烈的自我意识为一大标识。从这一层意义上说，日本的自然主义是浪漫主义的延续和发展。日本自然主义作家摒弃外在的规范，选择自我的内在要求;追求个性的彻底解放，对阻碍个性发展的传统习俗和家族制度表示不满。藤村的《破戒》、《家》，花袋（Tayama Katai, 1871—1930）的《乡村教师》，白鸟

---

① 左拉:《戏剧上的自然主义》,《西方文论选》（下），上海译文出版社 1979 年版，第 246 页。

（Masamune Hakuchō，1879—1962）的《向何处去》，秋声（Tokuda Shūsei，1872—1943）的《新婚家庭》无疑在这方面具有积极的意义，就是花袋的《棉被》、藤村的《新生》、泡鸣（Iwano Hōmei，1873—1920）的《耽溺》也应从真诚地坦露自己的灵魂，无视旧的伦理道德，从而确认自我价值这一意义上来理解它们在日本近代文学史上的意义。

欧洲自然主义反对浪漫主义的主观抒情，极力隐蔽自我。作为自然主义先驱的福楼拜曾与浪漫主义作家乔治·桑（George Sand，1804—1876），以书信展开论争，桑极力要求福楼拜应在作品中站出来表明自己对人物事件的态度，福楼拜回答："说到我对于艺术的理想，我以为就不应该暴露自己，艺术家不应该在他的作品中露面，就像上帝不该在自然里露面一样。"①日本自然主义作家虽然主张"平面描写"，"无想无念"，不是作家以"我"的口气站出来议论，但从整体上说，是以他们内在要求的表白为核心，他们都是在写自己，写自己的生活、自己的感受，形成了日本自然主义由"告白小说"向"私小说"的清晰发展轨迹。

第二，日本自然主义文学缺乏欧洲自然主义文学的自然科学根底。

左拉的自然主义，说到底是"写实主义 + 科学主义"，自然科学观点、方法是左拉自然主义的基础。欧洲自然主义的出现，是以自然科学的发展为前提的。欧洲的近代科学经过 17 世纪的"成年期"②，到 18 世纪已经"综合了过去历史上一直是零散地、偶然地出现的成果，并且揭示了它们的必然性和它们的内在联系。无数杂乱的认识资料得到清理，它们有了头绪、有了分类，彼此之间有了因果的联系；知识变成了科学，各门科学都接近完成，即一方面和哲学，另一方面和实践结合起来了"③。19 世纪欧洲的科学技术突飞猛进，各门基础学科都日趋完整、系统，技术科学和应用科学日趋发展，尤其是细胞学说、能量转换定律和进化论三大科学发现，促进了唯物论的发展，科学思维和科学观念已经成为一种时代精神。特别是 19 世纪中期关于"人"自身的科学研究的深入发展，实验医学、遗传学、生理学、心理学都有突破。左拉就是在这样的科学背景下，

① 福楼拜：《致乔治·桑》（1875 年 12 月），《西方文论选》（下），上海译文出版社 1979 年版，第 210 页。

② D. 贝尔纳著：《历史上的科学》，科学出版社 1959 年版，第 255 页。

③ 《马克思恩格斯全集》第一卷，第 656—657 页。

直接凭借和参考相关的科学成果而提出了"自然主义"的文学理论体系。他曾谈到"科学"时代的特点:

> 我们这个时代的特点在于这种狂热,这种无所不包的狂热的活动,科学的活动、商业的活动、艺术的活动,一切领域里的活动:铁路、电报、汽船、上天的飞艇。①

是科学的时代诞生了左拉的自然主义。左拉要求文学科学化、要求作家也是科学家。他说:"作家与科学家的任务一直是相同的。双方都需以具体代替抽象、以严格的分析代替单纯经验所得的公式。因此,书中不再是抽象的人,不再是谎言式的发明,不再是绝对的事物,而只有真正历史上的真实人物和日常生活的相对事物。"②

日本的自然主义是在欧洲自然主义的启发和刺激下发展起来的,并非科学所催生。虽然维新以来日本倡导西方的科技,但注重的是实用技术,20世纪初期日本尚未真正建立起自然科学、哲学体系,生理学、遗传学的理论仅仅是从法国自然主义的传入而了解到,并未进行实质性的研究,因而无法像左拉那样将自然科学导入文学创作之中。被称作早期自然主义作家的小杉天外创作的《初姿》、《流行曲》当中,也写到遗传对人的影响和作用,但模仿左拉的痕迹非常明显,遗传理论的运用非常生硬。

自然科学对文学的影响,不仅是某种科学理论在创作中的导入和运用,更重要的是一种氛围对作家的感染,一种唯物精神在创作中的渗透。我们不妨稍深入一点探究左拉自然主义和日本自然主义中"真实"的不同含量。

从字面看,日本自然主义作家、理论家都主张以"纯客观"、"科学"的态度来创作,但仔细研读他们的作品和理论后就可以发现:他们所主张的纯客观、科学的态度,并非左拉所主张的自然科学或社会科学意义上的客观、科学的态度,而是始终忠实于自我,对自己的所见、所感不作任何

---

① 左拉:《致巴伊的信》(1860年6月2日),《西方文艺思潮丛书·自然主义》,中国社会科学出版社1988年版,第41页。

② 左拉:《戏剧上的自然主义》,《西方文论选》(下),上海译文出版社1979年版,第247页。

歪曲，而又排除一切空想地进行描述的态度。也就是说，表现对象必须是一种"经验性"的题材，只有忠实于这种"经验性"，抛弃功利性、世俗观念和有意识美化，才能达到文学的"真实"。左拉也是把真实当作文学的生命，强调"客观"、"科学"，把文学创作比之为科学实验。他说"小说家既是观察者又是实验者"，"作为观察者，他照观察到的那样提供事例，确定出发点，建立使人活动和展开现象的坚实基地"。但更重要的是作为"实验者"，实验要以观察到的事实为基础，但又有所超越。"实验本身就包含有加以变化的想法，我们从真正的事实出发，这正是我们坚不可摧的基础。然而若要指出这些事实内在的联系，我们必须摆出现象并引导它们。这是需要我们在作品中发挥创造性和才智的。……实验的方法不仅不会把小说家禁锢在狭小的圈子里，反而可以使小说家充分发挥他思想家的睿智和创造者的天才，他必须观察、理解、创造"①。可见，左拉的"真实"，他的实验创作方法，不是仅限于自我的经验性，而且要升华，在观察、理解的基础上，依据事物的"内在联系"，按照科学的规律，予以"创造"。

日本自然主义局限于"经验性"，因而作品题材大多局限于自我告白、自我忏悔和个人生活的记录。而左拉的自然主义小说不局限于经验性观照，实验中包含着创造，因而他创作的巨著《卢贡·马卡尔家族》能"成为一个已经死亡了的朝代的写照，一个充满了疯狂和耻辱的奇特时代的写照"②，具有广阔的社会面。而日本自然主义虽由具有社会意义的《破戒》揭开序幕，但主流却是《棉被》所代表的私小说倾向。

总之，日本自然主义停留于自我生活、经验性的观察阶段，而左拉自然主义上升到整个社会的实验性的创造阶段，是有无自然科学根底的明显表现。

第三，日本自然主义和欧洲自然主义都偏爱"家"这一题材，但表现的侧重点不一样，前者往往表现"家"对个性的摧残和压抑，后者往往表现"家"中女性的"堕落"。

---

① 左拉：《实验小说论》，《西方文艺思潮丛书·自然主义》，中国社会科学出版社 1988 年版，第 470—472 页。

② 左拉：《〈卢贡·马卡尔家族〉序》，《西方文艺思潮丛书·自然主义》，中国社会科学出版社 1988 年版，第 66 页。

　　"家"是人们生存的重要空间。在文学中，"家"是表现人生和人性的最好视角。作为以客观、冷静地剖析人性的自然主义文学，自然不会放过这一题材。从福楼拜的《包法利夫人》开始，莫泊桑的《一生》，日本岛崎藤村的《家》，花袋的《棉被》、《生》、《妻》、《缘》，秋声的《新婚家庭》，白鸟的《微光》、《泥娃娃》等都是以家庭、婚姻为题材的作品，作品中家庭成员的关系构成作品情节的中心。然而，深入探讨这一题材在日、欧自然主义作家的笔下，可以看到有不同处理，前述的"有无科学根底"而导致作家视野的不同，在这里又得到反映。大体上欧洲自然主义是以"家"去透视社会，日本自然主义作家从"家"去洞察自我。

　　欧洲自然主义作家笔下的"家"，是作为社会的一个细胞，"家"与社会发生各种各样的联系，女人往往是作品的中心，叙述她们在社会的诱惑或自身情欲的召唤下，怎样一步一步"犯罪"或"堕落"。当然，作家并不是从道德角度去裁决这些女性的行为，而是以真实、细腻的叙述去透视社会的面貌、剖析人性的奥秘。这点只要读读《包法利夫人》（福楼拜），《黛莱丝·拉甘》、《娜娜》（左拉）、《玛德莱拉·费拉》、《杰米尼·拉赛朵》（龚古尔），《一生》、《温泉》（莫泊桑），《小弗乐蒙和大里斯勒》（都德）等作品，就会获得清晰的具体生动的印象。

　　日本自然主义作家所描写的"家"就是他们所理解的"社会"，因而他们的笔触往往限于"家"的内部而不再拓展到"家"之外。藤村在《〈家〉跋》中说"写作中省略了屋外发生的事情，仅限于描述屋内的景象"，是非常有名的，也是很有代表性的。时代的专制政治氛围和科学根底的缺乏，使得日本自然主义作家在观察社会、希望在社会中发展自我的时候，就只是发现了束缚自我发展、体现封建压迫、存在于个人与社会之间的"家"，而未能发现社会。因而他们的不满是针对"家"而来的。"家"与自我的冲突，在"家"的压迫下，"我"的痛苦和哀伤成为日本自然主义作家笔下的重要主题。而且与欧洲自然主义创作恰好相反，小说的中心人物不是女性，而是有了清醒的自我意识，却在苦闷无聊中的男性青年知识分子。他们极力挣脱"家"，但又只是一种徒劳的努力。女性在日本自然主义小说中都是勤劳、善良、美好的形象，该押上道德法庭的倒是那些追求个性解放的男性知识青年。日本自然主义作家在"家"的题材中表现的是一种矛盾心态:要确认自我，追求个性解放，但对自己的行为往往从道德角度加以自责,以"忏悔"来净化自己的灵魂,从而获得精神的"新生"。读《棉被》和《新生》大概最能感受到日本自然主义作家的这种复杂的心境。

第四,日本自然主义比之欧洲自然主义,其基调显得忧伤、悲观。

日本自然主义理论家长谷川天溪把"暴露现实的悲哀"看作自然主义文学固有的特质,他引述别人的歌谣"世间一年复一年,悲伤随之也增多",接下来说道:"这种有增无减的悲哀背景,才是真正近代文艺的生命。离开这一背景就不可能产生有血有肉的文艺。"① 的确,与法国自然主义文学比较,悲观忧伤的基调是日本自然主义文学的一个突出的特征。

欧洲自然主义虽然有像莫泊桑作品中的悲观色彩,但从整体上看,左拉、都德、龚古尔兄弟等的创作都有着自然科学在背后支撑,显示出他们的自信。他们显然看到了社会丑恶的一面,也表现了世间阴暗的东西,但激励着他们创作、确立起人生价值的是探索人生、人性奥秘的热情,掌握某种社会规律的欲望。左拉认为自然主义的文学创作是"人类最有用、最道德的创造者从事的工作",通过对人和社会的冷静剖析,"对人进行实验",从而使人成为"控制善与恶的主人,调整生活,匡正社会",到那时候,"我们将进入一个人类有无比能力,足以驾驭自然界的时代,那时人类将利用自然界的规律,让最大的自由和最完全的正义主宰大地。再没有任何目标比这更崇高、更伟大。我们在精神方面的任务便是,渗透事物的所以然,从而支配万物,使之成为听由人类操作的齿轮"② 。这样的表述洋溢着理想的激情。这里有盲目崇信科学的偏颇,有忽略人文科学、文学创作自身特点的不足。但怀抱着这样的事业责任感和人生目标的作家,其创作无疑会以自信和乐观作为底蕴。因而他能建构起规模恢弘的文学世界,具有磅礴的气势。

日本自然主义文学相反,往往是在自我内在世界的一隅,向壁叹息。物质生活的贫困、精神生活的压抑、生理本能的骚动、家庭内部的纷争,

---

① 长谷川天溪:《暴露现实的悲哀》,转引自宫城达郎等《近代文学潮流》,双文社1977年版,第66页。

② 左拉:《实验小说论》,《西方文艺思潮丛书·自然主义》,中国社会科学出版社1988年版,第480页。

交汇成一支哀伤的低吟曲。藤村小说中背负沉重家庭桎梏的主人公，花袋笔下年轻伤感的"乡村教师"，秋声作品中前途迷茫的各色妇女，白鸟塑造的徘徊现实之外的知识分子，泡鸣表现的肉欲煎熬下的人们，都是一颗颗痛苦、哀伤的灵魂。他们看不到前景、寻找不到自我的位置，怀抱着哀伤的情怀，忧伤度日。花袋和泡鸣最后都走向了宗教的虚无和神秘之境。

　　法国自然主义作家中，对日本自然主义创作影响最大的是莫泊桑而不是左拉，这正是因为莫泊桑的悲观色彩容易获得日本自然主义作家的共鸣。

　　日本自然主义忧伤、悲观的基调，首先是窒息时代的投影。同时代的著名诗人石川啄木（Ishikawa Takuboku，1885—1912）曾这样描绘这一时代："今天我们所有青年都具有内讧自毁的倾向，极其明确地说明了这种丧失理想的可悲状态——这确是时代窒息的结果。"① 其次是自然主义作家处于觉醒状态。麻木也就无所谓悲哀，只有清醒地意识到处境的可悲不幸，才能产生阴郁伤感的情绪。再次是日本文学传统审美意识的作用。从总体上说，自然主义是破坏传统的文学，但传统总在不知不觉中缠住破坏者的手足，在革新中刻上传统的印痕。日本文学自平安朝以来，讲究"物哀"、"幽玄"、"余情"，悲即美，美必悲，在单薄平淡的表层下余韵悠深；花落鸟鸣，潜藏着人世的辛酸。日本自然主义文学着意刻画人物的感遇情怀，孤苦忧伤，往往以潇潇春雨、古刹坟冢、落日暮霭、河川流逝等意象加以烘托映衬。这些无疑是传统审美意识作用的结果。

　　通过比较可以看到，日本自然主义作家们对欧洲自然主义的接受，做出了他们自己的选择，作了某些变异和改造，形成了日本自然主义的独特性。上述的强烈的自我确立意识、局限于自我经验的题材、对家族制度的批判以及忧伤悲观的基调就是日本自然主义文学的独特性。

　　导致日本自然主义这种独特性格的原因，固然可以从社会、时代精神方面去考察，也可以从传统的审美观中去探讨。但更本质、更深层的原因是日本自然主义作家处于文化的变革转型时期。明治时期是日本由传统封建文化向现代资本主义文化发展的时期，新的文化模式尚未确立，旧的文化模式已经解体；制度文化、物质文化已"全盘西化"，而深层的价值观

---

　　① 石川啄木：《时代窒息之现状》，《文学思潮》，筑摩书房1965年版，第199页。

念封建文化还起着很大作用，甚至由于"文化反弹"而在某些方面得到强化。生活在文化转型时期的作家们活得非常沉重：新的价值观念在召唤他们，旧的传统意识又在羁绊着他们，观念的矛盾导致他们行为的矛盾和情绪上的无奈。

欧洲自然主义作家所处的欧洲 19 世纪后期情况大不一样。欧洲封建文化和资本主义文化的冲突在文艺复兴开始，经过几百年的交锋，由法国大革命的战火而完成了这种转型。欧洲自然主义作家已经处于资本主义文明确立、发展时期，他们面临的不是自我的确立、自由平等的呼吁，也没有传统旧文化的沉重包袱，而是以新的工业文明推动人类的发展，以及由此而导致的人的内在需求的满足等问题。因而他们要解决的是如何运用科学的原理来解决人们的精神问题。

不同的文化阶段，决定了日、欧自然主义文学的不同面貌。日本自然主义虽然师法欧洲自然主义，但不是肤浅的照搬和模仿，而是扎根于日本的土壤。也正因为如此，日本自然主义文学体现了日本近代社会的本质方面，学界才把自然主义文学运动当作日本近代文学成熟的标志。

第三节　接受与超越:湖南留日作家的日本文学影响

留学，无疑是文化、文学交流的重要途径。一国的学子，来到异域学习研究，自然将异域文化糅合进自己的知识结构，并且输入母国文化，直接或间接地给母国文化增添新的因子，甚至促进传统文化的转型变革。20世纪上半期湖南留学日本的作家，无论是留学后成为作家，还是成了作家再留学，都因他们的留学经历而自觉或不自觉地受到日本文学的影响。尽管受到影响的程度有深有浅，影响的表现形式也不尽相同，但受到日本文学的影响是不争的事实。

一　从日本文学中汲取创作灵感

留日作家在日期间大量研读日本文学作品，将其中的某些东西吸收涵化，积淀于意识结构之中。在以后的创作中，一经某种触媒的促动，某种意象、某类题材或某个观念,便激活作家的创作灵感,日本文学的某些因子就内化在湖南作家的创作当中。这是一种比较内在的影响。

欧阳予倩(1889—1962)滞日8年,对日本文学,尤其是戏剧创作和舞台演出有比较深入的研究,受到日本戏剧理论家、表演艺术家河合武雄、木下吉之助的诸多影响,在日本参加春柳社的演出活动。这些为他回国后的戏剧创作、戏剧实践活动奠定坚实基础。日本文学和戏剧常常成为他创作灵感的来源。1922年欧阳予倩创作了独幕剧《回家之后》,描写留学生的婚恋题材,表现接受西方文明的知识分子应该如何严肃对待爱情的问题。留美学生陆治平,在外隐瞒已婚真相,与"新式女子"刘玛利成婚。回国与家人团聚的日子里,又感受到发妻吴自芳温良贤慧的美德。正在内疚和歉意之中,刘玛利追踪来到,揭穿治平的骗局,并以蛮横傲慢之态对待治平一家;而吴自芳则显得大方得体,善解人意。陆治平陷入更深的痛苦和悔意。

说到留学生婚恋题材的作品,让人联想到日本作家森鸥外1890年发表的小说《舞姬》。小说描写留德学生丰太郎与德国舞女爱丽丝之间的爱情悲剧。丰太郎与爱丽丝真诚相恋,但面对传统和现实的巨大压力以及出于前程的考虑,丰太郎放弃已经怀孕的爱丽丝,但痛苦异常,大病一场后,只身归国,爱丽丝因此而神志失常。

留学生的爱情,在当时的中日文学中都有表现。《舞姬》比《回家之后》早30余年发表,森鸥外在20世纪初的日本文坛如日中天,欧阳予倩留日期间应该读过这篇小说,而且从情节模式看,不难看出《舞姬》影响的痕迹。更能说明问题的是两篇作品中男主人公精神上的内在联系,明显可以看到森鸥外对欧阳予倩的启示。丰太郎和陆治平作为留学西方的知识青年,受到"爱情自由"、"个性解放"的价值观念熏陶,对国内的传统守旧心存不满,尝试以行动来反抗,但骨子里浸润着传统道德的丰太郎和陆治平都犹豫、矛盾和痛苦。国内有论者认为《回家之后》写了陆治平的矛盾,从而削弱了作品"批判留学生喜新厌旧的不良作风"的力量,"似乎还找不到更为有力的思想武器"①。其实,比较丰太郎和陆治平,丰太郎的痛苦更为内在和深刻。影响《回家之后》思想深度的因素,不是

---

① 陈白尘、董健主编:《中国现代戏剧史稿》,中国戏剧出版社1989年版,第126页。

写了陆治平的矛盾和痛苦，而是在于欧阳予倩把思想寄托于传统道德，把中国封建农村的朴实之美与资本主义文明对立，美化前者，谴责后者。而森鸥外是把西方的人性、个性与日本传统对立，却赞同前者、批判后者。难怪留学欧美的洪深谈到《回家之后》时说："这出戏，演得轻重稍有不合，就会弄成一个崇扬旧道德、讥骂留学生的浅薄的东西。"①

1928 年夏，田汉以一夜之功，创作了独幕剧《古潭的声音》。1930年田汉将该剧收入《田汉戏曲集》（第五集），在《自序》中谈到他的创作动机：

> 这动机是由偶读日本古诗人芭蕉翁的名句——furuike ya, Kawazu tobikomu, mizu no oto. 古潭蛙跃入，止水起清音。——得来的。这十七个假名是芭蕉翁留给后人的宝玉……②

元禄文豪松尾芭蕉被称为俳圣，他以严肃的艺术追求来写俳句，以静观闲寂的心态来面对自然风物和人生世相，在"心"和"情"的层次上达到物我合一，超越世情俗念；他的俳句以"闲寂"为主调，自然朴素又意境深远。他的名句《古池》如果直译，译文应是："古池呀/青蛙跃入/水声响。"句作以青蛙跳进幽寂古池激起水声清响的瞬间画面，以动写静，写出了宁静表面下大自然生命的律动与诗人心境的变化，幽邃深远，余韵袅绕。这种幽深渺远的瞬间画面，给读者无限的想象和再创造空间。田汉认同的是日本学者松浦一氏在《生命之文学》中的理解：

> 俳人芭蕉在此三昧境以"古潭蛙跃入，止水起清音"之句开文学的悟道，在天地大寂寞中突然破之，扬悠然之声，这一声之中真具足了人生之真谛与美的福音。饱和常使人睡眠，游乐于天地之大的艺术至上主义者恐怕不愿意饱和于美而懒惰之眠罢。他们的世界是美梦的世界，而非安眠的世界，真在安眠之时便没有美梦了，睡得太好的

① 洪深：《中国新文学大系·戏剧集·导言》，上海良友图书印刷公司 1935 年版，第 70 页。

② 田汉：《〈田汉戏曲集〉第五集自序》，《田汉文集》（2），中国戏剧出版社 1983 年版，第 416 页。

时候连愉快的醉意也消失了。他们求饱和的瞬间,但他们不会想跃入古潭的蛙,他们求蛙与水相触而发音的那一刹那。就是那一刹那,那一刹那就是悟入文艺与人生真谛的最贵重的门。

田汉正是从松浦一氏"游乐于天地之大的艺术至上主义者"的立场来接受芭蕉的这一名句,从中感受到的是美的瞬间的向往,一种超越凡俗尘念的美梦世界的追求。他说得很明白:"在我想象中的这脚本,做那跃入古潭的蛙的是一诗人,而在将要跃入的刹那留住他的是他的老母,于是这里有生与死、迷与觉、人生与艺术的紧张极了的斗争——这是我最初想要抓牢的呼吸。"① 正是在芭蕉俳句以及松浦一氏解说的启示下,激发出田汉创作《古潭的声音》的创作灵感。剧作中的诗人将一个叫美瑛的女子从尘世的诱惑当中拯救出来,安置在超尘绝俗的高楼上,为她营造一个不乏生活雅趣和艺术品位的环境,以促使她灵魂的觉醒,意识到生命的短暂和艺术的不朽。但美瑛有着一颗不满足于已知世界而向往未知的漂泊无着的灵魂。她被高楼下古潭里春花舞动、月光潜沉、深不可测所诱惑,纵身跃入古潭。旅行归来的诗人,出于对古潭的复仇,决心听听捶碎古潭的声音,步美瑛后尘而纵身古潭。这"是对某种法定的结局的不满和反诘,对一种'静'的状态所作的'动'的抗争。静谧幽暗的潭水中,这一声轰响,带着玄机,带着神秘,是生命的绝唱,是一种极致的美,它使得生命所具有的一切的庸烦琐碎,都净化为哲理和宗教般的意味,在瞬间得以升华"② 。我们可以看到,剧中追求超越的美,一种"游乐于天地之大"的艺术至上主义者的情怀,与芭蕉俳句的意蕴一脉相承,笼罩剧作的神秘主义氛围,与芭蕉俳句中的玄妙禅思也是相通的。当然,剧作中熔铸了田汉自己的生活感受和生命体验。

至于孙俍工(1894—1962)的《续一个青年的梦》(1932),从题目看就可以得知是在武者小路实笃(Mushanokōji Saneatsu,1885—1976)的《一个青年的梦》(1916)影响下创作的,这里不作赘述。

---

① 田汉:《〈田汉戏曲集〉第五集自序》,《田汉文集》(2),中国戏剧出版社1983年版,第418页。

② 宋宝珍:《关于田汉南国戏剧的再思考》,《中国现代文学研究丛刊》1998年第5期。

二　日本近代文学思潮或某种文体的影响

近代日本文学在对西方文学的借鉴中发展,西方近代几百年的文学思潮几乎同时涌入日本。在短短的几十年里,西方近代文学的各种思潮都在日本文坛匆匆演示了一遍。湖南留日作家在日本感受到文坛的潮涌之势,以各自留日期间的主潮影响和各自性格气质的主体性选择,在自己的创作中留下日本近代文学思潮影响的烙印。

随着明治维新后自由民权运动的兴起,日本文坛流行政治小说。政治小说作者借用普通民众喜欢的小说形式,把开设国会、伸张国权,自由人权等从西方引进的观念普及于民,日本政治小说的代表性作品是矢野龙溪(Yano Ryūkei,1851—1931)的《经国美谈》(1883—1884)、东海散士(Shiba Shirō,1853—1922)的《佳人奇遇》(1885—1897)和末广铁肠(Suehiro Tetchō,1849—1896)的《雪中梅》(1886—1887)。这些作品经梁启超等留日人士的推介,在国内影响很大,模仿创作也不少。湖南早期留日作家投身革命,对国内清朝统治不满,也意识到政治小说是将革命思想普及国内百姓的好途径,因而日本政治小说也成为他们借鉴的范本。其中典型的例子是陈天华创作的《狮子吼》(1904—1905)。

陈天华对文学的经世功能有深刻的认识,他认为:"救中国之前途,唤醒世人之迷梦者,报之力最大。"[①]他在报刊上发表系列政论散文,还刊出了民间说唱本《猛回头》、具有说唱特点的白话散文《警世钟》和章回体政治小说《狮子吼》。

《狮子吼》原载《民报》第2—9期,只刊出8回,因陈天华跳海而没有完成。作品以浙江舟山群岛中的一个民权村为人物活动的中心舞台,描叙一群革命者推翻封建君主专制、建立共和政体的革命活动,交织叙述了当时轰动全国的"苏报案"、"沈荩案"等社会事件,融政论、时评、写实、幻想为一体,充满着革命的激情。题材、背景、情绪是中国的,但在写法上是对日本政治小说《雪中梅》的模仿。

《雪中梅》开篇描写公元2040年纪念帝国议会成立150周年的热闹庆典,日本一派繁荣、国力强盛、政治开明、文化发达。然后倒叙当年为

---

①　陈天华:《陈天华集》,湖南人民出版社1982年版,第17页。

开设国会而努力奋斗的一代，他们的思想、生活、爱情等，展开不同政治观点的论争，与当局的冲突等。《狮子吼》也同样，在"楔子"中以梦境的方式，描写"光复五十周年纪念会"，都市异常繁荣，然后来到"共和国图书馆"，其中有一巨册《共和国年鉴》，上面记载着全国学校、军队、武器、铁路、邮政局、轮船吨位、税收的各种统计。其中还有一本《光复纪事本末》，作者正是以此书为素材而写作小说，原书封面上画有一只雄狮，小说也以《狮子吼》为题。和《雪中梅》的叙述结构如出一辙，后面叙述民权村孙念祖、孙绳祖、孙肖祖、狄必攘、文明种等人的各种革命活动。

甲午战争（1894）后，日本文坛流行观念小说，"这是个人主义意识觉醒的一种表现。它特别注重主观意识，通过主观认识来刻画生活，而不是通过实际生活来反映现实，因而带有刻板的概念化的特征。……观念小说反映的是甲午战争后，日本社会出现的诸种问题。年轻的一代人面临所谓社会责任、义务以及如何对待秩序、道德等问题"①。观念小说的代表作家是泉镜花（Izumi Kyōka，1873—1939），他师从砚友社的通俗小说作家尾崎红叶（Ozaki Kōyō，1868—1903），好读上田秋成（Ueda Akinari，1734—1809）的神怪小说《雨月物语》。1893 年发表处女作《冠弥左卫门》，以《义血侠血》（1894）、《夜间巡警》（1895）、《外科病室》（1895）等作品奠定文坛地位，而代表他创作成就的作品是《照叶狂言》（1896）、《高野圣僧》（1900）、《妇系图》（1907）和《和歌灯》（1910）。

泉镜花的小说对向恺然创作产生影响的材料有待发掘，但做出肯定性的推断应该是没问题。首先，向恺然在 1907—1909 年，1913—1915 年两次留学日本，当时正是泉镜花在日本文坛大红大紫的时候，本来喜欢文学，留日期间开始创作《留东外史》的向恺然不会注意不到泉镜花的作品。其次，两人性格气质中的共通处很多，都喜欢神怪之事，搜求怪异极端的素材加工创作；都对侠义之人、对自己的理想而执著追求的人持敬仰之情；都对有一技之长的江湖漂泊者（泉镜花笔下的能乐演员、艺伎、流浪艺人；向恺然笔下的武侠奇士、异人）特别关注。最后，也是最重

① 吕元明：《日本文学史》，吉林人民出版社 1987 年版，第 203—204 页。

要的,从他们的作品中可以看到许多影响—接受的痕迹。例如泉镜花的
《琵琶传》中的鹦鹉和向恺然的《黑猫奇案》中的黑猫,都是通人性的灵
物。前者帮助谦三和阿通这对恋人互通款曲;后者帮助知县破获了一起谋
杀亲夫的命案。再如《高野圣僧》中那位月光下诱惑男人的妖妇和《蛤
蟆妖》里的妖妇的描写,可谓如出一辙:

> 　　不知什么时候,妇人已将米淘净,挺着丰满的胸脯站在那儿。她
> 的和服领口凌乱,隐隐约约露出奶头。她是高鼻梁,抿着嘴,仰望着
> 山顶出神。月亮依旧映照着半山腰上的累累岩石。……只觉得水光照
> 耀下,妇人那益发娇美的姿容,挂上了透明的苍白色,在水雾迷蒙
> 中,映在对岸那被水溅湿而发黑的光滑的巨石上。①
>
> 　　偶抬头见一绝色女子,亭亭玉立在另一块大岩石上,笑盈盈地望
> 着自己。……女子笑了一下,如花枝招展的向山上走去。蓝法师一手
> 提着单刀,一手握着火把,缓缓的跟在女子背后。大约跟踪了半里来
> 路已入万山丛错之中,并没有路径可以遵循。此时夜气沉沉,万籁俱
> 静,朦胧夜光,照得那些奇松怪石的影子,都像是山鬼伸着臂膊要攫
> 人的样子。②

　　当然,泉镜花和向恺然的小说在神奇怪异的描述中又有很大的差异:
泉镜花往往在怪异中思考人性与道德、责任的冲突,冲突的结果多为悲
剧,表现出人的无奈和伤感;向恺然的怪异描写以猎奇为本,兼有善恶相
报的观念表达。这里大概是日本文学的"物哀"传统和中国文学的志怪、
载道传统在起作用。另外,泉镜花小说中以普遍人性与民族、国家观念对
立,具有超越民族主义的情感(如《海城发电》、《琵琶传》),而向恺然
作品中的爱国主义、民族认同色彩浓郁。

　　20世纪的最初10年,自然主义成为日本文坛主潮。这一在法国左
拉、莫泊桑的自然主义创作影响下的文学思潮,既具有与法国自然主义共
同的特质,又有与日本传统文学融合后的特点。日本自然主义文学的特点

---

① 泉镜花:《高野圣僧——泉镜花小说选》,人民文学出版社1990年版,第194—198页。
② 中国现代文学馆编:《平江不肖生代表作》,华夏出版社1999年版,第181—183页。

有四点非常突出:（1）强调真实；（2）写作家自身或身边的日常琐事；
（3）"觉醒者的悲哀"，即描写意识到个体与社会冲突，感受到压抑和苦
闷者的伤感，悲哀；（4）文字表达质朴，不求华丽雕饰。在日本文学史
上，认为自然主义是日本近代文学得以真正确立的标志，并奠定了日本
20世纪文学的发展方向。

　　自然主义文学对湖南留日作家的影响，主要表现在对辛亥革命后留日
作家群的影响。辛亥革命前的留日作家虽然留日期间正是自然主义盛行的
时期，但一方面这批留日作家的主要关注点是反清革命，对这种写身边琐
事、儿女情长的文学缺乏接受期待；另一方面，文学影响有一时间差的问
题。因而，辛亥革命后湖南留日作家群的一些作家创作中自觉或不自觉地
受到日本自然主义文学的影响。这在刘大杰（1904—1977）、白薇
（1894—1987）、谢冰莹（1906—2000）的一些自传性小说中痕迹明显，
其中以白薇的长篇《悲剧生涯》（1936）最为典型。这部自传性作品主要
取材作者与杨骚的恋爱经历，白薇在《序》中谈到写作小说的情况，从
中不难看出与日本自然主义文学的内在联系:"这篇东西，是写一个从封
建社会势力脱走后的'娜拉'，她的想向上，想冲出一切重围，想争取自
己和大众的解放、自由，不幸她又是陷到什么样的世界，被残酷的魔手又
是怎样毁了她的一切，而她还在苦难中挣扎，渡着深深的想前进的长长的
悲惨生活。是用速写、用素描，用大刀阔斧，真实地，纯情地，热烈地，
赤裸裸毫不加掩饰地记录下来的可歌可泣的'人生'，不过我是凭着这悲
剧发展的日常生活中，重重复复的事实里面，努力提炼出精华，把它简单
化，客观化，朴朴质质地记录下去，表现这事实的真实，真实，十分的真
实。"① 对于《悲剧生涯》，当时的左联女作家关露（1907—1982）提出
批评:"她这本作品，全然是根据了爱情故事作题材，叙述着爱情的纠
纷，仿佛是把爱情生活作为生活的大部分。社会生活的思想，只穿插在里
边。这种只从爱情故事出发，对于一般的女人是可以的，而作者白薇女士
分明是一个在女性中站在抗争的线上，努力社会工作的人。那么她的写法，
是应该以社会生活作中心，私生活只是一种片断的报告；因为爱情和私生

---

① 白薇:《〈悲剧生涯〉序》,《白薇作品选》,湖南人民出版社1985年版,第13—14页。

活，只是整个生活中极小的一部分，不是应该偏重它的。"① 这样的批评，当然是批评作者的"自由主义"写法。其实，白薇自己已经意识到这一点，她在《序》中谈到"缺憾"："不能将社会激流的动态，和书中主要人物有关的事交织，生动地描写出来，使它像一面时代的镜子，贡献在读者面前。那因为她在写它的时候，是黑云惨压得不能透气的时候，又为着是用速写把它去投杂志，容不下那许多题材，所以把社会关系全抛开了，只集中在悲剧的发展。"② 应该说，导致"缺憾"，除了时代和"速写"的原因外，还有她留日期间研读自然主义文学的潜在影响，这一点，也许白薇是不自觉的。

三　留学日本前、后创作风格发生很大变化

20 世纪二三十年代留学日本的几位湖南作家，留日前已经走上文学创作道路，但经过留日期间的学习与研究，对文学有了许多新的认识和理解，从而导致文学创作风格转型。留学日本，成为他们文学创作的转折点。这一点最突出地表现在刘大杰、谢冰莹等人的创作中。

刘大杰在国立武昌师范大学中文系学习时期已经开始小说创作，留日前已写出了两部短篇小说集：《黄鹤楼头》和《渺茫的西南风》。这些小说的创作直接得到当时在武昌师大执教的郁达夫、张资平的指导，也深受其浪漫感伤的文风影响，属于主观抒情的浪漫主义小说。这些作品"多为带自叙自传性质的主观抒情作品，记录'生命途中的创伤'，宣泄个人内心的苦闷；仿若一个背井离乡的游子，在黄鹤楼头，在渺茫的西风里，伤吾恼我，或忧郁，或哀寂，或苦闷，或悲伤，或啜泣，回首生命的苦旅和心灵的伤痕。"③ 刘大杰 1926 年留学日本，在日本系统学习欧美文学，拓展了文学视野，对欧美 19 世纪现实主义文学，特别是托尔斯泰和易卜生有深入研究（著有《托尔斯泰研究》和《易卜生研究》等专著）。刘大杰的文学创作向现实主义倾向转变：从自我的感伤发展到对社会问题探索；由早期的主观抒情演化为客观写实。留日初期创作的短篇小说集

---

① 关露：《评白薇的〈悲剧生涯〉》，转引自白舒荣等《白薇评传》，湖南人民出版社 1983 年版，第 148—149 页。

② 白薇：《〈悲剧生涯〉序》，《白薇作品选》，湖南人民出版社 1985 年版，第 18 页。

③ 吴康等著：《湖南文学史》（现代卷），湖南教育出版社 1998 年版，第 129 页。

《支那女儿》,已经明显表现出创作风格的转变。作者在《序》中也说:"这里面的几篇,全是我在日本时候写成的。脱离了爱的苦闷环境,也没有昔日悲伤身世的情怀。所以里面除了《樱花时节》以外,其余的眼光又放开了一点。"① 其中的一篇《姐姐的儿子》,描写了湖南、湖北遭受自然灾害后民不聊生的苦难情景。《"妹妹,你瞎了"》叙述了革命者为事业奔波,不惜抛头颅、洒热血的事迹和场面。以后出版的两本创作集《昨日之花》和《她病了》,现实主义倾向有进一步的发展,题材领域更加广阔。如《新生》描写留学欧美的知识女性事业和家庭的矛盾;《春草》叙述高喊自立自强、劳动神圣的知识女性经受不了贫困的磨难,放弃理想而出嫁有权有势之人;《疼》的主人公是一位为生计而在生命线上挣扎的少年车夫。

需要说明的是,刘大杰的创作风格由主观抒情发展到客观写实,固然欧美19世纪现实主义文学的影响是重要的因素,但不能忽略,日本近代以来的现实主义文学也给他以影响。他在日本研究欧美文学,也曾翻译日本文学作品(如新现实主义作家菊池宽的剧作)。由大正进入昭和,日本文坛现实主义文学(无产阶级文学)成为大势。这样的氛围当然会给研究、创作文学的刘大杰以潜移默化的影响。

谢冰莹以自己对生活的敏锐感受和对文学的热爱走上创作道路,北伐军中写成的《从军日记》,以其充沛的激情和自然朴素的笔致获得读者喜爱,得到林语堂、罗曼·罗兰等大家的肯定。之后她坚持创作,到1931年留学日本时,已经有散文集、短篇小说和长篇小说出版。但这些早期创作都是取材自身经历,大多描写青年男女的恋爱经历,着重表现的是一个走出家庭,欲自由独立的青年女子的种种情感纠葛。留日时间虽然不长,但当时日本无产阶级文学处于热潮,给向往平等自由的谢冰莹的情绪以感染。回国后,她的创作文风大变,不再局限于两性的情感纠葛和自己的恋爱体验,而是放眼社会的弱小阶层,描写他们的苦难,创作中明显带上"阶级意识"。

像刘大杰、谢冰莹这样留日后整个创作风格发生转型,说明域外文学对他们的影响是内在结构性的。当然,这种变化也包括作家创作自身的成

---

① 刘大杰:《〈支那女儿〉序》,北新书局1928年版,第1页。

熟和发展等因素。

四　田汉：湖南留日作家群中接受外来影响的代表

田汉是湖南留日作家群中创作成就和对后世影响最大的作家。他的成就的取得，其中一个重要因素就是他对外国文学广泛而深刻的借鉴，而他对外国文学的接受与借鉴，正是留日的 6 年奠定了基础。

有论者对田汉译介外国文学的情况做出统计，"田汉一生完成的文学译介有 60 多篇（部），其中发表外国文学评论 33 篇，出版翻译剧本 11 部，译作 17 种，改编外国原著剧本 6 部"，而且"60 多种译介中，完成于早期的占 70% 以上"①。田汉主要的文学活动在戏剧领域。他的戏剧创作和活动都始于留日时期。当时日本剧坛引进西方话剧的新剧运动正轰轰烈烈地展开，"田汉这位后来的中国话剧奠基人此时到了日本，可以说是恰逢其时，一方面得到了西方话剧精粹的滋养，另一方面目睹了日本话剧家接受外来话剧样式的经验与艰辛"②。田汉自己也说"到东京后适逢岛村抱月和名优松井须磨子的艺术运动盛期，上山草人与山川浦路的近代剧协也活动甚多"③，因而田汉全身心投入戏剧活动，观看戏剧演出，参加戏剧座谈，拼命阅读莎士比亚、易卜生、萧伯纳、梅特林克和日本近代剧作家的作品，研究中国戏剧的变革和发展。当时，他致函郭沫若谈到自己的心情，"我一回顾中国之文坛及其他艺术界真感痛心无比。岂止与西欧文界之距离，相隔甚远。即欲赶到日本的现文坛，已非易事"，"我除热心做文艺批评家外，第一热心做 Dramatist。我尝自署为 A Budding Ibsend in China"④。正是以这种成为"中国本土的易卜生"的志向和愿望，从留学东京时期开始，到后来的南国戏剧运动、左翼戏剧运动和抗战的戏剧活动中，田汉一方面组织领导着中国的戏剧发展，另一方面始终没有放弃对日本和西方戏剧的借鉴。我们只要粗略列出田汉译介或改编过的外国剧作家的名单，就可以看到他对外国戏剧学习借鉴的深度和广度：日本剧作家——岛村抱月、小山内薰（Osanai Kaoru，1881—1928）、菊池宽

---

① 王林、杨国良：《论田汉早期的外国文学接受与译介》，《中国比较文学》2003 年第 2 期。
② 田本相等著：《田汉评传》，重庆出版社 1998 年版，第 59 页。
③ 田汉：《创作经验谈》，《田汉论创作》，上海文艺出版社 1983 年版，第 139 页。
④ 田汉：《蔷薇之路》，《田汉文集》第 14 卷，中国戏剧出版社 1984 年版，第 35 页。

（Kikuchi Hiroshi，1888—1948）、山本有三（Yamamoto Yūzō，1887—1974）、武者小路实笃、谷崎润一郎、佐藤春夫（Satō Haruo，1892—1964）、中村吉藏（Nakamura Kichizo，1877—1941）、秋田雨雀（Akita Ujaku，1883—1962）、金子洋文（Kanek Yōbuno，1894—1985）、村松梢风（Muramatsu Shōfū，1889—1961）、里村欣三（Satomura kinzō，1902—1945）、佐佐木孝丸（Sasaki Takamaru，1898—?）、坪内逍遥、久米正雄（Kume Masao，1891—1952）、冈本绮堂（Okamoto Kidō，1872—1939）等；西方剧作家——莎士比亚、易卜生、王尔德、萧伯纳、高尔斯华绥（John Galsworthy，1867—1933）、斯特林堡（August Strindberg，1849—1912）、梅特林克（Maurice Polydore Marie Bernard Maeterlinck，1862—1949）、约翰·沁孤（John Millington Synge，另译约翰·辛格，1871—1909）、托尔斯泰、歌德、席勒等。就是在对东、西方戏剧的广泛借鉴中，形成自己独特的戏剧美学，成为中国现代戏剧史上的一座丰碑。如果说田汉的戏剧创作"与中国现代戏剧的发展基本上是同步的"，"田汉本人的身上生动地体现着中国现代戏剧的历史"[①]，我们也可以说，田汉对外国戏剧成功的学习与借鉴，也是中国现代戏剧学习借鉴外国戏剧的成功经验。

第四节　普列姆昌德在中国:译介、研究与影响

普列姆昌德（Munshi Premchand，1880—1936）是印度现代现实主义文学奠基人，在印度国内有"小说之王"的称誉。早在 20 世纪 20 年代，他的作品被译成日、英、德等语言在国外出版，普列姆昌德成为印度现代文学史上继泰戈尔之后又一位具有国际影响的作家。新中国成立后，普列姆昌德的作品不断被翻译成汉语。普列姆昌德成为中国学界研究的重要课题，也对中国当代一些作家的创作产生了较大的影响。

一　译介：期待视野中的选择

中国首次翻译出版普列姆昌德的作品是短篇小说《顺从》。1953 年上

---

① 陈白尘等主编：《中国现代戏剧史稿》，中国戏剧出版社 1989 年版，第 223 页。

海潮峰出版社出版了由俄文转译的《印度短篇小说集》,其中收录了普氏的这篇小说。小说描述一个机关公务员为保住差使、免遭英国老爷的侮辱,谨小慎微,恪尽职守。尽管如此,他还是遭到酗酒的英国老爷的凌辱。最后在妻子的激励下,他战胜了怯懦,杖击老爷,傲然宣布辞职,获得"他生活中的第一次胜利"。这篇小说的前半部分,很容易让人联想到果戈理、契诃夫笔下的小公务员。也许正因为这一点,俄文译者将标题译成了《顺从》。但作者在小说中的本意不是表现"顺从",而是从一个侧面表现对殖民主义者残酷统治的反抗和民族自尊心。因而后来1984年人民文学出版社出版的《普列姆昌德短篇小说选》中将标题照原文译为《辞职》。虽然小说标题翻译不太准确,但小说表现的思想在普列姆昌德的创作中有代表性,也符合一个刚从三座大山压迫下解放的国家的文化选择。

之后,对普列姆昌德及其创作的译介,在中国有过两次高潮:50年代中后期和80年代。50年代对普列姆昌德的译介,《译文》① 成为主要阵地。首先是1955年第4期《译文》刊出普列姆昌德小传和两个短篇《一把小麦》、《村井》。两个短篇让中国读者看到普列姆昌德思想的另一方面:揭露印度社会封建统治的残酷。一个贫苦农民借了婆罗门老爷一把小麦,为偿还这"一把小麦"的债务却成了老爷的终生奴隶。低种姓的妇女为了病中的丈夫能喝上一口新鲜水,只能偷偷摸摸到地主井中去取,却被地主一声吆喝而吓得魂飞魄散,水没得到,还丢失了水罐。两篇小说的译者严绍端在同期《译文》上对普列姆昌德作了评介,称他是"印度进步文学的旗手",对他创作中的反帝、反封建思想作了简要介绍,并扼要介绍了他的代表作《戈丹》,认为"他的长篇杰作《戈丹》是印度农村的一面镜子,是印度农民生活的一部史诗"②。这篇篇幅不长的"简介",对普列姆昌德的思想和创作作了比较扼要而确切的介绍。

《译文》1955年第10期在"世界文艺动态"栏目中以动态报道的方式刊出短文《印度进步文学先驱普列姆昌德诞生七十五周年》,报道了当时印度和苏联报刊纪念普列姆昌德的一些活动和文章观点,突出普列姆昌

---

① 《译文》即《世界文学》的前身。

② 严绍端:《普列姆昌德小说二篇》,《译文》1955年第4期。

德创作中的爱国主义、现实主义艺术成就，短文对普列姆昌德的生平经历和创作魅力作了简要评述，认为他成为著名作家的原因，"首先是因为他善于抓住并且表达出国内广大的人民大众对政治觉醒的那种不可克服的渴望。他创作最鲜明的特点是从普通人民的生活中汲取题材、情节和人物"。文章摘引苏联《文学报》的一篇论文观点，称"普列姆昌德的艺术遗产是巨大的，它不仅属于印度，而且也是属于全人类的"①。《译文》1956 年第 10 期又刊出普列姆昌德两个短篇《讨债》、《文明的奥秘》。这两篇作品是对人性的艺术拷问:《讨债》描写贪婪吝啬的高利贷商人面对女色的难以自持;《文明的奥秘》描叙文明掩盖下的罪恶，以艺术画面探索"文明"的真义。

中国最初对普列姆昌德作品的译介，从其思想内涵看，由反帝爱国主义思想，到反封建民主主义思想，再到超越民族和现实的人性思索，步步深化拓展。也许这纯是一种偶然的巧合，却无意中为中国读者展示了作为短篇小说作家的完整的普列姆昌德。

而后，普列姆昌德的短篇小说结集翻译出版。首先是 1956 年上海少年儿童出版社出版的《变心的人》（正秋译），其次是 1957 年人民文学出版社出版的《普列姆昌德短篇小说集》（袁丁译），再次是 1958 年作为人民文学出版社"文学小丛书"第一辑中的一种推出的《一把小麦》（懿敏译）。其中以《普列姆昌德短篇小说集》篇幅最大，影响最广，它收录了 20 篇作品，包括了另外两种选本的大部分，也大多是普列姆昌德短篇小说的上乘之作。虽然大部分从英语转译过来，但基本上能反映普列姆昌德短篇小说创作的面貌。五六十年代一些中国作家受到普列姆昌德短篇小说的影响，主要是以该译本为影响源。

1958 年和 1959 年人民文学出版社先后出版普列姆昌德的长篇小说《戈丹》（严绍端译）和《妮摩拉》（索纳译）。普列姆昌德作为长篇小说作家的面貌从此为中国读者认识。他驾驭纷繁生活场面的艺术能力、朴实厚重的现实主义风格和变革现实的强烈愿望为中国读者展示了一个新的艺术世界。尤其是《戈丹》，作为普列姆昌德优秀的长篇，其生动而典型的形象塑造，准确娴熟的农村生活描绘和深厚的人道主义情怀，很快获得中

---

① 《印度进步文学先驱普列姆昌德诞生七十五周年》，《译文》1955 年第 10 期。

国读者的普遍欣赏和广泛共鸣。

80 年代中国对普列姆昌德的译介是第二个高潮。比之 50 年代,80 年代的普列姆昌德译介有几点很明显:

第一,普列姆昌德优秀的短篇小说几乎全部译成汉语出版。普列姆昌德一生创作的短篇小说有 300 余篇,刘安武 (1930—) 教授以数年的心血,经过精心挑选,先后出版了四本集子:1)《新婚》,贵州人民出版社 1982 年版,辑录 23 篇作品;2)《如意树》,上海译文出版社 1983 年版,收入 22 篇作品;3)《普列姆昌德短篇小说选》,人民文学出版社 1984 年版,包括 41 篇小说;4)《割草的女人》,湖南人民出版社 1985 年版,选择了 27 个短篇。四个选本共计译出 113 篇,包括了普列姆昌德各个时期、各种题材的代表性短篇作品。

第二,组织国内印地语学界的集体力量,译介普列姆昌德的长篇小说。普氏计有 12 部长篇小说,大多译成汉语。70 年代末,《戈丹》再版。80 年代又先后翻译出版了普列姆昌德的《舞台》(庄重译,广东人民出版社 1980 年版)、《一串项链》(庄重译,山西人民出版社 1983 年版) 和《仁爱道院》(周志宽、韩朝炯、雷东平译,新华出版社 1983 年版,该作品的另一译本译为《仁爱院》,周志宽译,上海译文出版社 1986 年版)。据悉,普列姆昌德的另外两部长篇《服务院》和《圣洁的土地》也已译竣交给出版部门。这些译作是国内印地语学界集体合作的成果。

第三,不仅译介普列姆昌德的文学作品,还译介他的文学理论著作。1981 年中国社会科学出版社出版的《东方文学专辑》(二) 刊出了周志宽翻译的《文学在生活中的地位》和《文学之目的》两篇文学论文,这是普列姆昌德两篇最重要的文论文章,集中概括了他对文学的价值意义和功能的认识。1987 年漓江出版社出版了《普列姆昌德论文学》(唐仁虎、刘安武译),书中选译了 27 篇文学论文,其中有对印度作家作品的评论,有创作经验的总结,有文学基本理论问题的阐发等。虽然全书篇幅不大,译成汉语只有 12 万余字,但是从普列姆昌德 100 多篇文论文章中挑选翻译的,基本上能体现普列姆昌德文学思想的全貌。

第四,介绍印度国内对普列姆昌德的研究成果,为中国读者理解普列姆昌德提供借鉴。1980 年普列姆昌德诞辰一百周年,印度各大中城市从 1979 年 7 月至 1980 年 7 月一年里举行各种纪念活动。《国外文学》对活动作了简要的报道，突出介绍了1980年3月在新德里举行的为期三天的纪念大会。印度广播宣传部长在会上发言，称赞"普列姆昌德非常精彩地描写了当时的社会，……他的作品有深厚的爱国思想，反对殖民统治和经济上的不平等"，称他是"印度大地之子，他和普通人民紧紧相连，并刻画了最下层的人民"①。1981年外国文学出版社组织翻译出版了《印度现代文学》（黄宝生、周志宽、倪培耕译），该书"是现代印度十五种主要语言文学概况的汇编"，原书由印度文学院出版。书中"印地语文学"和"乌尔都语文学"两篇对普列姆昌德的文学创作和思想都有精到的介绍，称他"是印地语的第一位符合现代意义的小说家"②，认为"普列姆昌德把短篇小说从浪漫主义的泥坑中拯救了出来"③，从普列姆昌德的作品中看到印度人民的经济斗争和精神觉醒，他对于长篇和短篇小说家来说，就如一盏明灯。④ 这些材料的介绍，为中国读者认识理解普列姆昌德，推动中国学界深入研究普列姆昌德，提供了新的视角和启示。

外国文学的译介，都是一种期待视野中的选择。翻译介绍什么样的作家，什么时候加以译介，都与接受国家的现实社会文化有关。我国50年代中后期和80年代的两次普列姆昌德译介高潮，也可以从我国社会文化的发展中得到说明。

50年代形成"二战"后的冷战格局，中国紧随苏联"老大哥"，成为社会主义阵营的主力，以对抗西方资本主义社会。亚非国家在近代以来大多沦为西方殖民地，"二战"后殖民体系开始瓦解。50年代民族解放运动高涨。亚非国家需要团结合作，弘扬自己的民族文化，以巩固政治上的独立和求得民族的发展。万隆会议（1955）和亚非作家会议（1958）的召开是其标志。当时担任文化领导工作的茅盾在一篇文章中写道："东风压倒西风。殖民主义的末日是无法挽回的，战争狂人的阴谋是一定要破灭的。中国人民全力支持世界任何地区的反殖民主义和保卫和平的斗争；中国的文学工作者将和亚非各国的同行们站在斗争的前线，为和平、为各国人民的团结和友谊、为文化交流而努力。……我们宝爱自己的文化传统，

① 刘安武:《印度各地隆重纪念普列姆昌德诞生一百周年》,《国外文学》1981年第1期。
② 黄宝生等译:《印度现代文学》,外国文学出版社1981年版,第93页。
③ 同上书,第316页。
④ 同上书,第320页。

也珍视人家的文化传统。我们乐于把自己所珍贵的东西提供人家欣赏,也孜孜不倦地把人家的美好的东西介绍过来,以丰富我们的文艺修养。"[1]在这样的政治文化氛围中,亚洲作家作品成为我国50年代中后期译介的重点,尤其是像普列姆昌德这样以反帝反封建为主要创作内容的作家,当然更受欢迎。

"十年动乱"结束后的80年代,随着对外开放和中国社会的发展,外国文学的翻译介绍形成高潮。但译介的主体,不再是50年代的苏俄文学,也不是亚非文学,而是西方现代主义文学。西方现代主义文学以非人的形式呼唤人性的复归和艺术形式上实验色彩,正与"文革"结束后中国社会寻求心灵创伤的抚慰,向往自由创造的心理相适应。但这不再是一个"一边倒"的单调时代,而是多元混融的时代。作为对西方现代主义的补充,一些东方现实主义作家也受到中国学界和读者青睐。像普列姆昌德这样在50年代受到欢迎的作家自然引人注目,普氏作品汉译本的发行量也许能说明问题:80年代四种短篇小说选集出版发行10万余册;长篇小说《仁爱道院》新华出版社印刷5.7万册,三年后上海译文出版社又出新版;《一串项链》山西人民出版社发行3.7万册,1992年又由北岳文艺出版社再次印行;篇幅恢弘的《舞台》也发行了2.5万册。

二 研究:概况、论争与方向

外国作家研究是在译介基础上的深化,不再满足于语言转换的横移和被动、消极的接受,而是渗透着主体意识的解读、剖析和再创造。我国普列姆昌德研究起步于80年代初。

我国普列姆昌德研究的第一步是对印度普氏研究成果的借鉴。1980年刘安武先生编选的《印度现代文学研究》作为"外国文学研究资料丛刊"的一种由中国社会科学出版社出版。该书翻译西沃丹·辛赫·觉杭的《印地语文学的八十年》和印度学者对普列姆昌德、伯勒萨德的专题性研究成果。其中普列姆昌德专题有6篇论文,选自四五十年代印度学者的有关论著,内容涉及普氏的生平思想、小说艺术、民族精神、代表作论析等。引进和借鉴这些出自印度著名批评家之手的研究成果,为我国的普

---

[1] 茅盾:《为了亚非人民的友谊和团结》,《译文》1958年第9期。

列姆昌德研究奠定了一个较高的起点。

1980 年至今的 30 多年里，我国的普列姆昌德研究取得一定的成绩。回顾总结普氏研究的情况，有三点不能不谈及：一次学术讨论会、一本翻译传记和一位研究专家。

一次学术讨论会。为纪念普列姆昌德逝世 50 周年，于 1986 年 10 月 7 日至 12 日在南方都市广州举行"普列姆昌德和印度现实主义文学研讨会"，来自全国 15 个省市的 60 多位学者对普列姆昌德的创作、现实主义文学理论和印度现代文学发展等论题展开热烈讨论。这次研讨会是对我国起步不久的普列姆昌德研究的检验与展示，可喜的是讨论中的有些话题已经达到了相当的深度，如普列姆昌德的现实主义与理想主义的关系，普列姆昌德创作的文化内涵，普列姆昌德创作中的民族性格，普列姆昌德创作的价值分析等问题的探讨，虽有浮泛之嫌，却带上中国 80 年代中期"文化热"的色彩，拓展了思维空间，对普列姆昌德研究具有有益的启示。

一本翻译传记。王晓丹、薛克翘翻译的《普列姆昌德传》于 1989 年由北京师院出版社出版。原书是普列姆昌德的儿子拉耶所著，以大量鲜为人知的第一手材料充分展示普列姆昌德其人其文。翻译虽然不是严格意义上的研究，但它是研究的基础。两位译者以自己的辛勤劳动为中国的普列姆昌德研究做了一项基础性工作。

一位研究专家。北京大学外国语学院东方语系的刘安武教授长期从事印度文学研究，专治印地语文学，他于 1987 年出版的《印度印地语文学史》（人民文学出版社）起事于 50 年代末，中经"文革"动乱，集十多年之功而著就，以其翔实的资料和公允的分析深获学界好评，了解内情的季羡林先生评说："他是占有大量的原始材料，形成了自己独到的看法，并经过多年研究，几易其稿，才得以成书。"① 刘先生是在研究印地语文学通史的基础上研究普列姆昌德的。70 年代末以来，他以极大的精力倾注于普列姆昌德研究，致力于印度学者研究成果的引进，普氏短篇小说和文学理论的翻译，在充分占有材料的基础上展开深入研究，已经发表了《丰富多彩的生活画卷——谈普列姆昌德短篇小说题材》（《国外文学 1981 年第 1 期》）、《普列姆昌德和鲁迅的短篇小说创作》（《中国比较文

---

① 　季羡林：《印度印地语文学史·序言》，人民文学出版社 1987 年版，第 1 页。

学》1988 年第 3 期)、《普列姆昌德的文学观》(《印度文学研究集刊·三》,上海译文出版社 1997 年版)等系列论文,出版专著《普列姆昌德和他的小说》(北京出版社 1992 年版)。近年刘先生又主持承担国家社科九五规划课题"普列姆昌德研究",已经完成 30 多万字的专著《普列姆昌德评传》,专著是刘先生潜心普列姆昌德研究的总结性成果,也是世界"普学"的重要成果。刘安武先生以其对普列姆昌德研究的坚实业绩,确立了他在中国普列姆昌德研究的权威地位。

据笔者不太完全的统计,我国发表的普列姆昌德研究论文有 60 余篇,大体分布情况是:生平 6 篇;思想(包括文艺思想)8 篇;创作综论 13 篇;作品论 24 篇(其中论《戈丹》12 篇、论《舞台》1 篇、论《仁爱道院》2 篇、论《妮摩拉》1 篇,论《圣洁的土地》1 篇,论短篇小说 7 篇);比较研究 10 篇;要特别提到的是有 3 篇硕士学位论文以普列姆昌德为研究对象。另有几种印度文学、东方文学论著中的有关章节论及普列姆昌德。这些论析普列姆昌德的文字,有些停留在介绍阶段,有些是研究性成果,有些因研究主体的知识结构和研究视角的不同而得出不同结论、作出不同评价。下面就两个争议的问题略作评述。

第一,关于普列姆昌德的创作方法及其评价。从 50 年代开始,我国一直把普列姆昌德作为现实主义作家来认识和理解,80 年代中期的学术讨论会议题有"普列姆昌德和印度现实主义文学"。有论者认为:"在印度近现代文学史上,普列姆昌德是一位最富于民主性的优秀现实主义作家。……他是印地语现实主义文学的奠基人;而且他以自己富有特征的创作,把印度现实主义文学推进到一个新的阶段,提高到一个新水平,并对印度现实主义文学产生深刻的影响,形成一种进步的现实主义传统",而且"朝下的广角镜,土生的济民心,再加上解剖的造型术,构成了普列姆昌德的现实主义三个主要特征"[①]。但当人们研究普氏的文学理论时看到他主观上更注重理想主义。有论者在梳理普氏的文学理论后总结:"普氏认为文学应该描写理想,描写典范;文学应该通过其理想的人物形象来改造、升华人的心灵;文学不能只是反映黑暗,只描写赤裸裸的丑恶,文

---

① 吴文辉:《〈仁爱院〉与普列姆昌德的现实主义》,《印度文学研究集刊》第三辑,上海译文出版社 1997 年版,第 43 页。

学应该是一盏灯,是善与美的化身,应该给人带来光明和信念。……他的现实主义是'理想主义的现实主义',他所遵循的原则是'印度古代文学的理想原则'。"①

这是否说普列姆昌德的理论与创作存在矛盾?有论者肯定这一点,认为:"他的心倾向于理想原则,在呼唤善与美,但他的笔却悄悄地背离着这个原则,这种分裂的趋势逐渐增强。"② 其实,普列姆昌德的创作,尤其是长篇小说中不乏理想的内容,他曾多次讲到他的中长篇小说中都有他理想的人物。即使是被一些论者认为"背离他的理想主义原则"的《戈丹》,也可以看到代表作家理想的梅达、戈文蒂这样的形象。在印度国内,有论者认为普列姆昌德创作的本质是理想主义,"有批评家称普列姆昌德的创作为现实主义,但这并不是他用来描绘艰难时世或抨击社会的一种手段,而是关于伦理和仁爱价值的深情表述。……相反,可以确切地把他的现实主义概括为理想主义"③。我国学界也有论者看到普氏创作中的理想主义内涵,但结合作品分析其理想的虚幻性,用"真实性"的标准对普氏的理想主义做出否定评价。④

普列姆昌德的创作实质是现实主义还是理想主义?他创作的基本主题是"揭示苦难"⑤,还是"伦理和仁爱的深情表述"?他主观上追求的"理想主义的现实主义"对其创作是促进还是促退?这些问题已经提出来了,对这些问题的深入探讨,恐怕首先要在观念上明确:现实主义与表现理想是否截然对立?托尔斯泰在当时的现实条件下追求宗法制农村理想社会,并有大批信徒实践其"新村"理论,谁也不否定他是伟大的现实主义作家。

第二,关于普列姆昌德创作的思想倾向、文化内涵及其评价。对这一问题我国学界大致有五种观点:其一,普氏创作表现了反帝反封建的时代

---

① 王晓丹:《论普列姆昌德的文学观和创作实践》,《南亚研究》1990 年第 3 期。

② 同上。

③ 《普列姆昌德二十四篇短篇小说》英译本序言,新德里发展出版社 1980 年版。

④ 参见高慧勤、栾文华主编《东方现代文学史》,海峡文艺出版社 1980 年版。

⑤ 陈融:《强烈的现实批判力和深沉的历史洞察力——评普列姆昌德的小说》,《印度文学研究集刊》第三辑,上海译文出版社 1997 年版。

精神,独立和民主是其创作的基本主题,具有极大的进步意义①。其二,在肯定普氏创作反殖反封建的积极意义的同时,也充分注意到普氏创作中甘地主义的影响和改良主义思想。新近出版的一本文学史著作就把普列姆昌德作为"甘地主义影响下的现实主义文学"的代表作家加以论述②。其三,普氏创作的深层底蕴是对印度传统农业文明的认同和回归,而且这种文化取向不是进步和发展,而是保守与倒退,是以落后的农业文明否定现代工业文明,否定个性意识,否定人对自然束缚的挣脱,只有将印度社会引向倒退和悲剧③。其四,普氏创作的基本倾向是东西文化冲突中的艰难选择和探索。"他既对传统失望,又不满于近代西方工业文明为核心的生产生活方式,也没有对二三十年代苏联已实行的社会主义制度有深刻的理解与赞同。于是他在传统、近代、现代三维纠葛中彷徨四顾,最后又企图在传统精神文明中寻求希望",因而普氏创作"不仅描写了印度农民在新的历史条件下的苦难,而且反映了印度人面对受到冲击的传统农业文明所产生的复杂心理状态和对未来出路的艰难探索"④。其五,普氏创作中表现普氏的思想处于一个动态发展过程,他是以复兴传统文化为出发点,但现实主义的深化和思想探索的发展又背离这一出发点,在矛盾中实现了自我超越。普列姆昌德经历了早期在传统文化中寻求理想、中期理想与现实的尖锐矛盾。"他后期的创作中不仅对社会现实观察认识更深刻,描写更客观、更冷峻,不再虚构一个矛盾的解决方法,而且不再面向过去,在传统农业文明的圈子里寻找理想",他的思想探索也经历了宗法制农民立场,到受到十月革命的影响和最终对宗法制农民立场的超越,抛弃改良主义幻想。⑤

　　这五种观点对普氏创作的思想意义从社会学阐释到文化视角的转换,从单向认识到多向把握,从静态的理解到动态的分析,应该说是愈趋深

---

　　① 金易:《印度文苑的一轮明月——试论普列姆昌德的创作》,湖南省外国文学学会编《外国文学专刊》,1985年。

　　② 参见石海峻著《20世纪印度文学史》第七章,青岛出版社1998年版。

　　③ 黄超美:《普列姆昌德创作的二重组合》,《外国文学评论》1989年第3期。

　　④ 王向远:《东方文学史通论》,上海文艺出版社1994年版,第303页。

　　⑤ 侯传文:《普列姆昌德现象——近代文化复兴意识的自身矛盾与超越》,《东方丛刊》1992年第2期。

入，越来越向普列姆昌德的心灵世界和艺术堂奥迈进。一个有深度、真正表现文化转型时期的时代精神的作家总是丰富而复杂的，人们可以从不同的侧面、在不同的层次上加以接受与阐释。也许越复杂的认识越接近研究对象的本来面目。至于对普氏创作价值评价的分歧，恐怕有一个批评标准和批评方法的问题。从概念出发，在对象中选择能说明自己观点的材料，反之则回避，在社会—阶级关系的层面上作公式化的演绎，这是我国很长时期流行的批评模式，缺乏批评洞察力和创造性，更是形而上学的思维方式。文学是文化的缩影，包含着人类文化整体的丰富性和生动性。文学研究应是多侧面、多方位的展示，单一视角难免失之片面。但文学批评有两个标准是非常重要的：一是真实性，二是感染力。以这两个标准衡量普列姆昌德的创作，其价值难以否定。50 年代苏联作家爱伦堡赴印度参观考察，回国后发表一篇长文，文中谈到普列姆昌德："普列姆昌德的小说写得很真实，有时很动人，有时相当残酷，但总是富于人情味。……普列姆昌德对生活是毫不粉饰地加以描写的，但除了那些恶习、贫困、压迫者的凶残、官吏的怯懦无能之外，他还看到了另一种东西——印度的灵魂。"① 爱伦堡作为一个作家，对文学的感受的确很准确。文学，能够真实地表现那个时代的民族的灵魂，能以人情味感动人，这就够了。至于变革社会，设计社会发展的路线方针，那是政治家的事情。

　　综观我国的普列姆昌德研究，有的课题在学术对话的基础上走向深入，有的课题刚开始起步，有的课题还是空白。我认为我国的普列姆昌德研究至少应在已有的基础上向下列几个方面努力：（1）普氏创作的艺术审美研究。文学区别于其他文化因子的根本特质在于它以美为价值追求。但对普列姆昌德的研究，其创作的艺术美却被忽略，只在作品研究时顺便提及。（2）普氏小说与印度古典文学美学的关系研究。学界公认：普列姆昌德是乌尔都语和印地语现代小说的奠基人，他开创了印度现代小说的新局面。但任何文学的新时代都不是从零开始，都是对民族文学传统的继承和发展的结果。更何况普列姆昌德是位与民族传统文化有着深层联系的作家，他在很多场合下论述过对印度古典文学、美学的认识。（3）普氏

---

① 伊里亚·爱伦堡：《印度印象》，《译文》1957 年第 4 期。

创作与西方文学的关系研究。普列姆昌德一生没有离开过印度北方，但他生活在东、西文化碰撞交流的时代。他奠定印度现代小说的基础，离不开对西方近现代文学的借鉴。在他的一些论说性文字中，经常谈到一些西方作家，尤其是像狄更斯（Charles John Huffam Dickens，1812—1870）、哈代（Thomas Hardy，1840—1928）、巴尔扎克、莫泊桑、托尔斯泰、高尔基等现实倾向突出的作家。但我国仅有两篇普氏与莫泊桑比较的文章。

（4）普氏与中国关系的研究。这一课题包括两个方面：一是普列姆昌德对中国的认识。这方面刘安武先生做了一些工作，在其专著《普列姆昌德和他的小说》中有"普列姆昌德与中国"一节，评析了普氏对帝国主义入侵中国的愤慨，称他为"中国人民真诚的朋友"。二是普氏对中国的影响。普列姆昌德与中国文学的关系，我国有 5 篇论文将普氏与鲁迅作比较研究，但只是以两位作家在各自国家文学的地位的相似性作为基点加以比较，还不是真正意义上的"关系"研究。真正从影响—接受的角度，探讨普氏对中国的影响，还是空白。

三　影响：乡土作家的接受

普列姆昌德的创作对中国作家的影响，主要表现在对 20 世纪 50 年代登上文坛的乡土作家的影响。其中最突出的是浩然（1932—2008）和刘绍棠（1936—1997）。

在中国当代文坛，浩然和刘绍棠都以"土"著称，一直描写农村题材。对他们来说，孕育滋养他们的乡村故土是取之不尽的生活和创作之泉。20 世纪 50 年代他们以富于才情的"土气"迈进文坛，同时他们也是满怀着成功立业和求知欲望的青年作家。他们在提炼挖掘熟悉的生活的同时，也向国内和国外的作家借鉴。当时特定的政治文化氛围，使他们借鉴国外作家时，更多注目的是苏联作家和亚非作家。以描写农村题材见长、以农村普通人的生活和命运真实描写感染人的普列姆昌德的创作自然在他们的视野之内。他们敬佩普列姆昌德，学习借鉴他描写农村生活的艺术技巧。20 世纪 80 年代浩然和刘绍棠谈到他们与外国文学的关系，都颇具感情地谈到他们和普氏的这种"师承"关系：

浩然写道："在长篇方面，我喜欢巴尔扎克的《高老头》、《欧也妮·葛朗台》和英国狄更斯的《大卫·科波菲尔》、《艰难时世》。短篇方面，我喜欢印度普列姆昌德的作品和保加利亚埃林·彼林的作品。前者的长篇《戈丹》描写农村生活的部分也因其高湛的艺术性和真实感使我折服，爱不释手。"①

刘绍棠说："外国文学，我以俄为师。……法国文学，我读巴尔扎克的作品最多，感情上最爱的却是梅里美。英国和德国小说，我读着没有俄国和法国小说亲切。凡是具有深厚美国佬儿气味的小说，我都爱读。印度文学，我崇敬泰戈尔，但更愿与普列姆昌德接近。"②

他们与普列姆昌德的"师承"关系，使得他们的创作或隐或显、或浅或深地烙有普氏艺术的印痕。限于篇幅，这里不能展开检点、探讨两者关系的全部，仅就浩然50年代末的一个短篇和80年代初的一个中篇与普列姆昌德的《戈丹》的关系略作评说，以斑窥豹。

《往事》创作于1959年③，收入短篇小说集《苹果要熟了》。作品以回忆往事的叙事视角，追述农民朱大成梦想购得一头毛驴帮助生产，经过几十年的奋斗和努力，梦想终于未能实现，反而饱经磨难与凌辱，落下一身病痛。在这过程中，有天灾的打击，更有人为的灾难。其中乡村地主的高利借贷，粮食商人的投机买卖是农民苦难的根本原因。小说情节几乎是《戈丹》中何利梦想一头母牛而奋争一生的浓缩，加上小说中大量来自生活中的朴素比喻和简练捷达，很好地烘托人物心境的自然描写，与《戈丹》如出一辙。

《弯弯的月亮河》创作于1981年④。中篇在中国抗战前后、穷人受难的背景下，刻画了长工柳顺的形象。父辈、乡亲的生活遭遇形成了他的人生哲学"忍为贵、和为高、安分守己"，成为远近闻名的"老实人"，他只知拼命干活，宁愿自己吃亏，但求平安无事，他心爱的女人被少东家追逐，姑娘逃到他家要他娶她，他却怕惹是生非而拒绝。他宁愿挨穷，绝不"鼓捣"东家的东西。他的老实本分，被人利用，做了不少蠢事。他的老实中又包含善良，相爱的姑娘远走他乡，他却把姑娘患病的老父接来奉

　　① 浩然:《小说创作经验谈》，中原农民出版社1989年版，第10页。
　　② 刘绍棠:《乡土文学四十年》，文化艺术出版社1990年版，第182页。
　　③ 参见《〈苹果要熟了〉后记》，《浩然文集》（一），春风文艺出版社1983年版，第568页。
　　④ 浩然:《弯弯的月亮河》，百花文艺出版社1982年版。

养,直到送终入土。柳顺的形象叠印着何利的影子。何利也是忍让屈从,信守"人家踩在我们头上,我们只能给他脚底板挠挠痒",他也同样善良,即使遭受长老会的处罚,也要收留走投无路的裘妮娅。柳顺身上似乎流淌着何利的血脉。

当然,浩然的创作不是对普列姆昌德小说的模仿,而是经过消化吸收,与中国农村现实融为一体。他曾具体谈到接受普氏影响的情形。当年他创作农村题材作品,忽然产生一个念头:读读外国作家写农民的作品,定能有所启发。因而他读了不少这类作品,但吸引他的只有保加利亚的埃林·彼林(Elin Pelin,1877—1949)和印度的普列姆昌德,"读着他们的作品,既陌生,又觉得熟悉和亲切;既新奇,又能引起联想和深思,他们是真正了解农民的作家,而不是那些站在高高的位子上,用同情心为农民唱颂歌或悲歌的作家所能相比的",接下来回忆阅读普列姆昌德给他的震动:"拜读过《普列姆昌德短篇小说》和长篇《戈丹》,我激动不已,由此及彼地加深了对中国农民的激情和信心",并认为"普氏是印度的鲁迅,完全有资格与托尔斯泰的名字排列在一起"①。

普列姆昌德的小说之所以对浩然、刘绍棠这样的乡土作家产生影响,主要原因有二:首先是普氏对印度农村生活的准确、深入的描写,具有印度民族的乡土风格。刘绍棠曾说:"许多优秀的外国文学作品之所以吸引我们,是因为它们表现出它们本国和本民族的风格、特色和气派。"② 在浩然看来,普氏是"钻到农民心里的作家"。其次是普列姆昌德小说的现实主义表现。普氏创作中有理想的因素,但中国乡土作家对其理想的因素视而不见,看重的是他的现实描写的成分,刘绍棠曾把泰戈尔与普列姆昌德加以比较,"泰戈尔的小说不亚于他的诗歌,长篇小说《沉船》是多么完善的艺术精品。但是这个老头儿太超凡、太空灵了;所以,阅读了普列姆昌德的小说我才落到实处"③。因而,中国乡土作家接受的普列姆昌德是现实主义的普列姆昌德。

---

① 浩然:《我常到那里遛遛弯儿》,《外国文学评论》1989 年第 2 期。
② 刘绍棠:《我是一个土著》,《乡土与创作》,吉林人民出版社 1982 年版,第 139 页。
③ 刘绍棠:《我不是"义和团大师兄"》,《外国文学评论》1998 年第 1 期。

第五节　谢冰莹与外国文学

　　谢冰莹（1906—2000）受到"五四"新思潮的冲刷而走出偏僻的新化山镇，追求自己的自由人生。也是"五四"新文学的影响，使她走上文学创作道路。其中作为"五四"新文学重要组成部分的外国文学名著译本，给她以潜移默化的影响。20世纪30年代，她两度留学日本，与当时的日本文学界有广泛的接触，结交了一批作家、学者朋友，在与这些日本文人的交往访谈、讨论过程中，日本文学的某些因子也渗入了她的创作之中。

　　谢冰莹的文学创作以散文为主，也有小说、电影剧本和儿童文学。她的创作总体上具有浓重的自传色彩，与她生活的时代、生活体验密切相关，充满着主观感受和澎湃的激情，表达质朴真诚，可以说，她的创作是她坎坷、丰富的人生经历的智慧磨砺。但外国文学作为早期的智慧积淀和创作中的借鉴，在其创作中依然有迹可循。

一　激情时代与世界名著的双重浸润

　　谢冰莹的青少年时代，是中国社会经历近代洗礼，在睡眼蒙眬中觉醒，扫除传统封建价值观念的革命时代。辛亥革命推翻了在中国延续数千年的封建专制王朝，实行民主共和。之后在新旧势力反复较量冲突中迎来了更为彻底的革命运动——"五四"新文化运动。这场运动从文化的深层促动中国的转型变革，从思想观念行为方式风俗习俗等各方面荡涤着传统的封建文化。

　　正是在这样的一个变革时代，使得偏居湖南新化山镇、出身书香门第的谢冰莹能够以绝食的方式争取上学读书的权利，为逃避包办婚姻而投身革命，参加北伐军，从而在求学、从军的生涯中开阔自己的眼界，感受到时代的澎湃激情。

　　正是这种时代的激情，激荡着这个走出山镇的少女的心灵，使她在战场救护的间隙，把自己的充盈感受和难抑的激情行诸笔端，写出了虽然文字有些稚嫩，却满篇激情的《从军日记》。后来她谈到写作《从军日记》

的动机："我便想多多利用我这支笔，写一些当时轰轰烈烈、悲壮伟大的革命故事出来，以反映当时青年们是怎样地爱国，民众们是如何地拥护我们的革命军和革命政府；妇女们是如何地从小脚时代，进步到天足时代，她们从被封建锁链捆得紧紧的家庭里逃出来，不知经过了多少侮辱和痛苦，经过了多少挣扎和奋斗，才投入革命的洪炉，和男子站在一条战线上，共同献身革命。"① 从中不难看出谢冰莹投身革命洪炉的自豪感所焕发的激情。

当然，促使谢冰莹走上文学创作道路还有一个重要因素：世界文学名著给她的熏陶。伴随着反帝反封建的"五四"新文化运动，以白话文为载体，表达民主科学思想和张扬个性意识的新文学兴起。"五四"运动前后，各种新文学期刊涌现。其中对世界文学名著的译介也成为新文学产生、发展的重要环节。在"五四"新文学洗礼下成长的文学青年与外国文学有着深刻的联系。

谢冰莹早在县立高等女子小学校时就接触了外国文学作品，而且表现出浓烈的兴趣。那是她二哥从外地邮寄来的一本由胡适翻译的短篇小说集。她在《女兵自传》中追忆当时的情景："书收到的当天晚上，我就开始看短篇小说，这是胡适翻译的，文字很流利，我一口气看完了半本；最使我感动的是《最后一课》、《二渔夫》；老实说，《一件美术品》和《梅吕里》那时还看不懂是什么意思。我开始对新文学产生无限的好感和崇拜，这本薄薄的短篇小说集，我一连看了三遍还觉得不满足，好像越看越有兴趣，越看越不忍释手似的。"②

在引导谢冰莹阅读世界文学名著的过程中，有两位可以称为"导师"的人物，第一位就是她的二哥。这位名叫赞尧的二哥，聪明博学，思想进步，因不满包办婚姻而长年漂泊在外。就是这位二哥，给冰莹学业上和精神上以无微不至的关怀，成为兄妹中最亲近的亲人。他支持她上学，赞成她从军，指导她学习，鼓励她创作。直到1966年她在回忆"我的启蒙老师"时写道："第一个引导我走上阅读世界名著之路的是我的二哥。"③ 在

① 谢冰莹：《谢冰莹文集》（上），安徽文艺出版社1999年版，第289页。
② 谢冰莹：《谢冰莹散文》（下），中国广播电视出版社1993年版，第48页。
③ 谢冰莹：《谢冰莹文集》（中），安徽文艺出版社1999年版，第53页。

《自传》中，谢冰莹满怀深情地写道："我们虽然有五兄妹，但和我最要好的就是二哥。我在小学读书时，他就介绍新小说给我看，写了很多有趣味的白话信给我；考进女师之后，他极力诱导我走上文学之路。那时他在山西进山中学教课，薪水并不多；可是每年他至少寄二十元或三十元来给我买书；后来回到长沙，更介绍许多中外文学名著给我看，如果我有不理解的地方，他详细地替我讲述。"①

第二位导师是著名法国文学翻译家李青崖（1886—1969）。谢冰莹在长沙女子师范就读时，李青崖正好担任她们班的国文教师，给她们介绍法国文学。只是当时李青崖同时兼任几个学校的课程，没有给谢冰莹及其他同学更多细致、深入的指导，甚至没有批阅谢冰莹一篇长达万余字的作文而给她的作文记了零分。尽管当时谢冰莹有些失望，甚至懊恼，但她后来回忆起来，还是感到从李先生的教学中受益不少，是一位必须感谢的"好老师"②。以后谢冰莹还写过一篇专文，对年轻时的意气表示歉意，对李老师的宽宏度量和献身文学事业的精神加以肯定和赞美。③

谢冰莹集中阅读世界文学名著是在中学时期。在兄长和老师的引导下，她满怀着求知欲望，如饥似渴地阅读文学名著，沉迷在文学世界当中，课堂上读、课余读、寝室熄灯后躲在厕所偷着读。她后来回忆，"在中学五年，我读了五百多本文学名著"④。其中狄更斯的《块肉余生录》、雨果的《悲惨世界》是她最为喜欢的作品。这些世界文学名著不仅满足了她的求知欲，更开阔了她的眼界，启悟了她的人生，陶冶了她的性情，还为她成为作家奠定了基础。直到1974年，她还在一篇文章中写道："那时候，我是湖南省立第一女子师范学校的学生，一个初从新化谢铎山乡下出来的井底之蛙，脑子里空空洞洞，什么都不知道；唯一的特点是爱看书，不管古代的、现代的、中国的、外国的，小说、散文、诗歌、戏剧，什么都抓来看，这就是后来为我铺成走上写作之路的基石，使我废寝忘食，热烈地爱上文艺的原因。"⑤

---

① 谢冰莹:《谢冰莹文集》（上），安徽文艺出版社1999年版，第110页。

② 谢冰莹:《谢冰莹文集》（中），安徽文艺出版社1999年版，第9页。

③ 同上书，第147—150页。

④ 同上书，第9页。

⑤ 谢冰莹:《谢冰莹散文》（下），中国广播电视出版社1993年版，第449页。

二　留学日本的"伤心"及与文学人士的交往

20 世纪 30 年代，谢冰莹两次留学日本。30 年代的中日关系已不同于 20 世纪初期，20 世纪初期的中国留日学生虽然也受到日本人的歧视（鲁迅、郁达夫的作品中都有表现），但中国古代文化对日本文化的抚育还深深保留在很多日本人的记忆中。30 年代日本在进一步发展，中国却内乱不断，无力抵御外侮；日本占领东北，正在准备全面进攻中国的战争。自然，谢冰莹在日本的感受比 20 世纪初的留日学生的感受更糟。她两次在日本待的时间都不长，更谈不上完成学业。

1931 年谢冰莹在上海完成了两部小说稿，即《青年王国材》和《青年书信》，得到 650 元稿费。她以此为旅资，满怀求学愿望来到日本，却正遇上"九一八"事件，日本侵占东北，日本小孩也骂中国留学生"支那人、亡国奴"，一些日本教师在课堂上宣称"日本人占领东北，是中国人的幸福"。这自然激起中国留学生的爱国激情，大批留日学生回国以示抗议。谢冰莹也结束了短短几个月的留学生活回到上海。1934 年冬再度留学日本，这次在日本待了一年多，学业上也较前次有所精进。但因她与日本左翼文学作家有所接触而受到日本警察的注意，在伪满洲皇帝溥仪访问日本的 1936 年 4 月被捕，受到刑讯逼供，被关押三个星期，经柳亚子（1887—1958）和中国驻日大使馆援救才得以释放，谢冰莹在一些中日朋友的帮助下"逃"离日本回国。

谢冰莹在北平女子师范大学学习期间有过日语的启蒙，两次留学日本当然首先是日语的学习。同时与日本文学界有着广泛的交往。第二次留学就学于早稻田大学文学研究院，师从著名教授本间久雄（Honma Hisao，1886—1981），教授给谢冰莹留下了深刻的印象，她后来回忆："他译的《欧洲文艺思潮》，好几年前我就看过，他的文笔流利有力，是我最钦佩的作家之一。他是个很有修养的学者，态度非常诚恳，没有丝毫教授架子，对我们中国留学生的态度，尤其客气……"① 留学期间，谢冰莹与日本文学界交往最多的是《妇女文艺》和"中国文学研究会"的一批编辑、作家和批评家。

---

① 谢冰莹：《谢冰莹文集》（上），安徽文艺出版社 1999 年版，第 259 页。

　　赴日之前,谢冰莹已发表了不少作品,尤其是处女作《从军日记》经林语堂译成英文刊出后,产生了世界性影响,也很快译成日文在日本出版,《从军日记》在一些日本大学作为汉语教材使用,因而谢冰莹作为作家在当时的日本文学界有一定的影响。她来到日本便受到日本文学界的一些朋友的欢迎。她的一些作品在日本的刊物刊出,经常参加文学座谈会,拜会一些日本作家。《妇女文艺》是一个具有左翼倾向的刊物,谢冰莹的小说《前路》及她的生平经历都在该刊发表。谢冰莹与主编神近市子(Kamichika Ichiko,1888—1981)及杂志编辑成为朋友。后来冰莹被捕,《妇女文艺》的朋友四处奔走援救,冰莹逃离日本时,她们到车站送行。

　　"中国文学研究会"是东京大学中国哲学、文学专业的一批年轻学者组织的研究团体,1933 年由竹内好(Takeuchi Yoshimi,1910—1977)、武田泰淳(Takeda Taijun,1912—1976)、冈崎俊夫(Okazaki Toshio,1909—1959)发起,包括增田涉(Masuda Wataru,1903—1977)、松枝茂夫(Matsueda Shigeo,1905—1995)、实藤惠秀(Sanetō Keishū,1896—?)等 30 多位作家和学者。冰莹第二次留学日本,正值"中国文学研究会"的创建发展时期。在冰莹到达东京不久后,竹内好、武田泰淳和冈崎俊夫主动找到她,邀请她参加"中国文学研究会"的座谈会。1934 年 12 月 9日,谢冰莹参加了研究会的欢迎会和座谈会,会上作了题为《我的文学经历》的演讲。从此,冰莹与竹内、武田、冈崎成为熟识的朋友,经常聚在一起讨论文学问题。为了与武田交换教授中、日文,冰莹从原来的"樱之家"搬到与武田居家很近的大鸟公寓。

　　竹内好是"中国文学研究会"的核心,他热情善良,热爱中国文化,可以说把毕生精力献给中国文化和文学的研究。他主编《中国文学月报》,多次到中国考察,成为日本研究鲁迅的权威。他在 1935 年 4 月的《中国文学月报》上撰文介绍几位中国现代作家,其中之一就是谢冰莹,文中对谢冰莹的创作特点作出概括,文章不长,全文译出如下:

　　　　关于冰莹,在去年的座谈会上已经作了介绍,之后有关她的作品、经历也有一些译介(如《妇女文艺》及《传记》二月号),这里也还有必要再作略述。一言概之,她的特质体现在纯朴的热情之中。《从军日记》的成功,大多得力于很好地将生活经验原原本本喷涌于笔端,有一种歌咏而出的自然之感。她写的都是些"芜杂"的书简、日记的辑录,但这种原生态的形式,若换成小说式的结构,反而会失却"被技巧、结构束缚的文人难以企及的新鲜、活泼、勇敢的风格"(章依萍语)。所以,在她后来的一些将经验加以润色的作品中,可以看到有些概念没有消化,最近写的东西明显表现出自传的定势。

她有"今后多读少写"(座谈会上的讲话)的宣言,在这一意义上,我们对这个作家的将来寄予着新的期待。①

武田泰淳和冈崎俊夫是"中国文学研究会"的中坚。武田内向深沉,思想深刻,早年参加左翼运动,几次被捕入狱。谢冰莹被捕的同时,武田也被捕入狱。每次狱中相遇,他总是以坚毅的微笑勉励冰莹,给她以精神的慰藉。冈崎俊夫活泼开朗,感受敏锐,组织活动能力强,"中国文学研究会"的对外活动大多由他出面。他是郁达夫、丁玲、巴金、李广田、赵树理作品的最早日语翻译介绍者。在冰莹与他们交往的过程中,冈崎的活泼和热情给她留下了深刻的印象。

1977 年竹内好逝世,侨居美国的谢冰莹满怀悲伤和哀思,写了一篇题为《无限的悲伤——缅怀几位日本朋友》的长文,刊发在香港的《当代文艺》1977 年 7 月号。文章被译成日文,用作纪念竹内好逝世一周年而编定的文集《方法としてのアジア》的《跋》。文章追述了与竹中繁子、竹内好、武田泰淳、冈崎俊夫等日本文人的交往后,不无深情地写道:

他们都是天生具有人类最高情操的人。他们不是受狭隘的爱国思想的支配,而是重视人道、追求真理、主张正义。他们热爱中国,对中国人友好,无非是因为他们理解:中国人诚实、热爱人类、重视友情。他们倾注毕生精力研究中国文学。②

---

① ［日］竹内好:《方法としてのアジア》,日本创树社 1978 年版,第 74 页。
② 同上书,第 441—442 页。

三　"红色三十年代"的印痕：日本无产阶级文学的中介作用

作为作家，谢冰莹在 20 世纪 20 年代末 30 年代初的中国文坛颇有几分尴尬。她作为一个受到"五四"浪潮洗礼的新女性，反抗封建意识，追求自由，向往新的社会制度，以极大的热情从军北伐。虽然她历经艰难，有过情感上的痛苦体验，也有生计无着的困窘，但不愿回到老家，在乡镇上做一个衣食不愁的大家小姐。而是在生活的磨炼中本能地同情弱小者，充满着正义与善良。但她并没有和她的湖南老乡丁玲走上同一条道路。当丁玲加入左联、创作普罗文学的时候，冰莹却自费留学日本，回国后辗转于闽西厦门，离开当时的文学中心上海；丁玲创作"革命加恋爱"的《韦护》时，冰莹在创作取材自身经历的《女兵自传》。因而左翼作家认为她"右"，右翼作家认为她"左"。

但谢冰莹确实受到日本无产阶级文学的深刻影响，只不过她不是一种理论上的自觉接受，而是从生活体验出发的一种情感上的认同。第一次留学日本时，日本的无产阶级文艺运动经过整个 20 年代的发展正处于顶峰时期，成为日本文坛的主导性文学思潮。谢冰莹虽然在日本的时间不长，但情绪受到感染，也参与了一些活动。一次参观普罗诗展后，写了一篇表达革命情绪的《感想》，由日本普罗作家藤枝丈夫译成日文刊发于《普罗诗刊》。她事后还回忆："在东京，我的革命的情绪特别高涨。"① 她这种"高涨的革命情绪"，从她当时由东京写给朋友的信中可以感受到：

> 剑，为了我们是异于常人的人，为了我们是创造新社会的战士，在时代前面掌管车轮——时代之车——的主人，是有钢铁般意志，烈火般热血的人，所以无论在什么时候，在什么地方我总觉得快乐，觉得高兴，同时也觉得骄傲！这种骄傲，绝对不是虚荣的所谓以一个革命者自居的骄傲，而是在有钱人的面前，在他们鄙视我们痛恨我们的眼光里，我们要向他们示威，表示我们的骄傲，告诉他时代快转过来的，属于整个的被他们鄙视，被他们鞭打，被他们怒骂，被他们枪杀

---

① 谢冰莹：《谢冰莹作品选》，湖南人民出版社 1985 年版，第 17 页。

的新人类了！①

　　没有材料能说明谢冰莹第一次留日期间阅读了日本无产阶级文学全部代表作家的作品，恐怕她当时的日语也还没有达到阅读原文的程度。但阅读了其中部分作家的部分作品是可以肯定的。叶山嘉树（Hayama Yoshiki，1894—1945）、平林泰子（Hirabayashi Taiko，1905—1972）、德永直、小林多喜二的部分作品在谢冰莹留学日本前已有汉语译本在上海出版。更重要的是，保持着北伐革命热情又本能地向往新社会的谢冰莹，自然受到日本无产阶级文学的气氛感染。我们可以将谢冰莹第一次留学日本前和回国后的创作作一个比较，就可以看到她"在东京，革命情绪特别高涨"的氛围中对日本无产阶级文学的深刻认同与接受。

　　谢冰莹离国前的创作大都是以处理感情纠葛为基本主题，只有《从军日记》中表现了一种"少不更事，气宇轩昂，抱着一手改造宇宙决心"②的朦胧激情，其他作品则大多写青年男女的恋情，表现叛逆封建旧式婚姻、追求自由恋爱的青年女子，面对茫茫社会真正行使这种"自由"的艰难：真爱难得、幸福何倚？既不能把青春作赌注，又不愿贪一时之乐而敷衍感情。收入《麓山集》中的《不自由，毋宁死》抒写宁愿以死来抗争母亲安排的婚姻和纪念与情人的纯洁爱情，以图"谋救已堕入苦海和牢狱中的青年男女"。《给S妹的信》、《月》、《巧云之死》、《老五与妻》、《刑场》这几篇创作于1929年的作品都是以男女恋情为题材，从不同角度表现了作者对真正的男女之爱的寻求与思索，甚至把这种男人对女性的真爱寄托在白痴身上（《老五与妻》），那些有文化、有思想、机巧灵泛的男人，要么爱得死去活来，要么虚情假意，要么冷酷深沉得令人无法把握，让女人爱得胆战心惊，爱得异常痛苦。倒是那位智商不高的老五，爱得坦然，爱得忠实，爱得让人踏实，让人放心。中篇小说《青年王国材》表现了打破恋爱梦的幻想。这种情感纠葛最集中地表现在赴日前写下的《清算》。这是一封长达3万余字的书信，以向误会了自己感情的爱人倾诉的方式，对几年里与她交往的诸多男性的感情纠葛作了一次总的

－－－－－－－－－－

①　谢冰莹：《谢冰莹散文》（上），中国广播电视出版社1993年版，第128页。

②　同上书，第32页。

"清算",这是谢冰莹真实的生活经历和情感体验,写得情真意切,痛苦和欢乐都跃然纸上。

回国后创作的作品有了明显的变化:不再只是描写两性的情感纠葛和自我的恋爱体验,而是由自我的痛苦延伸到深受压迫的弱小者的痛苦,并且表现出一种知识分子的内疚和反省。散文《女苦力》、《挑煤炭的小姑娘》,小说《梅姑娘》、《新婚之夜》、《林娜》、《抛弃》都是回国后创作的这类作品。一个十一二岁的小姑娘为赚两毛小洋,挑着沉重的煤担子行走在山路上,那担子"我"只能一试就惭愧地放下,文章接下来写道:"她(指小姑娘)比我们每个人都强,中国今日的男女学生,这些没有用的有闲阶级的知识分子,文不能做录事,武不能做挑夫的人,都应该尊敬她们,钦佩她们。"①《梅姑娘》叙述温柔美丽但家境贫寒的梅姑娘被迫嫁给一个无骨软体的富家子弟,最终投水自杀的悲惨故事。

"红色三十年代"在谢冰莹身上也烙下印痕,而这是以日本无产阶级文学为触媒。

谢冰莹第二次留学日本时,日本无产阶级文学已由于当局的镇压而衰退。1932年大批无产阶级作家被捕,1933年出现"转向文学",1934年日本无产阶级文学运动全面瓦解。虽然如此,无产阶级文学所传播的思想意识不可能消失,只不过成为"暗流"而已。谢冰莹密切交往的《妇女文艺》就是一个具有左翼倾向的杂志。日本著名的无产阶级女作家宫本百合子在狱中坚持创作,坚持斗争,成为谢冰莹心目中的楷模。1936年冰莹被关在日本的监狱中,就想到了百合子,"中条(宫本百合子原名是中条百合子,后与宫本显治结婚)女士是一个最勇敢最令我佩服的女性,她曾两次入狱,第一次在狱中死了母亲,第二次死了父亲,一个弟弟早就自杀了的,如今只剩下孤零零的她在和万恶的环境奋斗……中条百合子的确是一个勇敢的女性。"②宫本百合子早期的短篇小说和20年代的代表作《伸子》(1924—1926),描写狱中生活的《一九三二年春》(1933)等作品,毫无疑问给冰莹的创作以精神的启示和灵感。

---

① 谢冰莹:《谢冰莹散文》(上),中国广播电视出版社1993年版,第145页。
② 谢冰莹:《谢冰莹文集》(上),安徽文艺出版社1999年版,第354页。

四　林芙美子:心仪的日本作家

谢冰莹第二次留学日本时,与女作家林芙美子（Hayashi Fumiko, 1904—1951）有过比较深入的交往,至少通过三次信,有过两次面谈。她后来回忆最后一次见面的情景:

> 在林芙美子那里足足地坐了三个钟头,谈到她的生活,和她创作的经过,以及《放浪记》拍成了电影等等,回来后觉得很疲倦,进门就往席子上一倒,想睡觉。①

由此可见,冰莹留日期间,除了与前述的《妇女文艺》和"中国文学研究会"的一些朋友深入交往,作为作家的交往,谢冰莹选择的是林芙美子,而且是主动的交往,见面一谈就是一个上午,谈生活,谈创作,从中不难看出谢冰莹对林芙美子的敬佩和两位女作家的相知和投缘。

为什么谢冰莹在日期间选择交往的作家是当时日本文坛刚刚崭露头角的林芙美子?两人又会如此相知投缘?我们先介绍一下她们交往之前,林芙美子的生活经历和文学创作的简要情况,从中不难找到答案。

林芙美子真正来自社会下层。父母是居无定所的行商走贩,从小辗转奔波于九州各地,小学教育在非正常状态下完成,先后换了 7 所学校,因为要帮助父母贩货而经常辍学。1918 年进入尾道市立高等女子学校学习,还在帆布工厂上夜班,假期做女佣人,挣钱维持生计;同时沉醉于文学世界,从学校图书馆读到大量国内外文学名著,并尝试诗歌创作,在地方报纸发表早期作品。1922 年女校毕业后跟随情人冈野军一起来到东京,两人都是文学爱好者,议定准备结婚。但翌年冈野军回归故里,毁弃了婚姻。经历了失恋的情感创伤,林芙美子发生了很大变化,"从这时开始,她的人生观和性格一起变化了,男女关系抱着听天由命的无所谓态度"②。以后为维持生计,做过女佣人、女工、售货员、代笔、办事员、女招待,生活艰难,在社会底层挣扎,却追求精神的自由,坚持文学创作,先后得

---

① 谢冰莹:《谢冰莹散文》（下）,中国广播电视出版社 1993 年版,第 375 页。
② [日] 日本近代文学馆:《日本近代文学大事典》,讲谈社 1984 年版,第 1203 页。

到大作家宇野浩二（Uno Kōji，1891—1961）和德田秋声的指导。1926 年
与诗人野村吉哉（Nomura Yoshiya，1901—1940）同居，因患结核病而变
得狂暴的野村经常殴打林芙美子，一年多后分手。随后与贫穷画家手绿敏
结婚，经历了一段物质生活极度贫困但精神生活不乏幸福的日子。1928
年经作家三上於菟推荐，林芙美子取材自身流浪经历的《流浪记》在
《妇女艺术》连载，受到读者欢迎，次年连载续编，依然好评如潮。与
《流浪记》相辅相成的诗集《看那灰色的马》也得到朋友资助出版。1930
年《流浪记》作为《新锐文学丛书》的一种由改造社出版，发行超过 50
万册。林芙美子由此名声大振。接下来发表了《九州煤窑流浪记》、《清
贫之书》（1931）、《浅春谱》（1931）、《风琴和渔镇》（1931）、《莺》
（1933）、《好哭的学徒》（1935）、《牡蛎》（1935）、《稻妻》（1936）等
一系列作品。丰厚的稿酬结束了林芙美子贫困的生活，1930 年至 1931 年
赴中国、欧洲旅行考察将近一年。

　　由林芙美子的早期生活和创作，联系谢冰莹的经历与创作，我们可以
看到中日两位女作家的生活遭遇、个性气质和创作生涯某些惊人的相似。
第一，两人都经历了许多的坎坷，在青年的奋斗时期四处奔波，经历过刻
骨铭心的恋情波折，遭遇到食不果腹的凄惨日子。第二，两人都意志坚
强，都执著于文学事业，都是在中学时期沉迷文学世界，得到名师指点与
帮助，以后在各种挫折艰难面前不放弃对文学的挚爱和热情。第三，两人
都具有自由的个性，不能忍受来自任何方面的束缚，不管是家庭的还是社
会的或精神的束缚。第四，她们的创作与生活的选择完全一致，早期都是
以自己的生活经历作为创作素材，成名作都是用日记体叙述自己的日常生
活。第五，在与无产阶级文学的关系上，她们都是从生活经历和体验出
发，同情弱小者，与无产阶级文学有着天然的联系；但由于自由的个性，
难以接受模式化理论的规范，往往又不为左翼作家所认同。谢冰莹 50 年
代回忆早期创作的短篇小说集《前路》："有几篇小说，是在上海动荡不
安的环境里写的，为了这本书，也曾经给我带来不少麻烦：左翼作家批评
它是小资产阶级的玩意儿；右翼作家说它有左倾嫌疑。"[1] 林芙美子也有
过类似的体验。一方面她和平林泰子（日本 30 年代左翼文学重要作家，

―――――――――

[1]　谢冰莹：《谢冰莹作品选》，湖南人民出版社 1985 年版，第 739 页。

代表作是《在免费病室》）关系密切,参加过无产妇女同盟,另一方面又感到"这个妇女团体对于我这种人是很不适应的"①。一方面因捐款资助日本共产党的机关刊物《战旗》而被捕入狱,另一方面她的《流浪记》被"冠冕堂皇的左翼人士把它当作衣衫褴褛的流浪儿付之一笑",她感觉到:"无产阶级文学日益兴起,我处于孤立无援的状态。"②

正是这些共同点,使得谢冰莹对林芙美子的创作有一种内在的共鸣。林芙美子的《流浪记》在1932年就经崔万秋翻译,由上海新时代书局出版,谢冰莹即使第一次留日期间没有读过《流浪记》的原文,回国后到第二次留日前读到汉译本是完全可能的。这样也就可以想象:谢冰莹读过了林芙美子的作品,以一种精神相通、同声相气的心情在日本与林芙美子交往。而林芙美子当时在日本文坛正以新进作家的面目显示出旺盛的创作力,自然更强化了谢冰莹对她的敬佩和心仪之情。当然,曾到中国旅行考察的林芙美子,对找上门来的同类型中国女作家,自然也有亲切感。

这里有一个问题:既然林芙美子是冰莹心仪的作家,又在日本有直接的交往,为什么在《怀念几位日本友人》的文章中对她只字未提?其中的主要原因是后来日本侵华战争中,林芙美子作为从军笔部队成员来到中国,写作战地报道,成为中国人民的敌人。当时的著名作家郑伯奇(1895—1979)在文章中写道:"大多数的文艺工作者是在日本军部的威逼利诱之下才被动员起来的。但是在日本军部刺刀之下跳舞的一些作家,不是文坛的二、三流的脚色,便是虚荣心极大的投机分子。如林房雄、上田广、林芙美子、火野苇平都不过是这样的家伙而已。"③ 正是这样的时代政治原因,冰莹的那篇写于战后的文章自然不可能把林芙美子当"友人"看待。战中写作的《在日本狱中》提到拜访林芙美子时,还特意加括号说明:"现在她已成了我们的敌人。"④ 正是这个特意的说明,似乎又隐含着一个信息:在那样的时代政治背景下写作充满对日本军阀仇恨的《在日本狱中》,仍然不回避她被捕的当天上午是去拜访了林芙美子,这不正好说明了林芙美子在谢冰莹心目中的重要位置。

---

① [日]林芙美子:《文学自传》,《日本文学》1986年第1期。
② 同上。
③ 郑伯奇:《略谈二年的抗战文艺》,《中苏文艺》1940年第7期。
④ 谢冰莹:《谢冰莹散文》(下),中国广播电视出版社1993年版,第375页。

比较林芙美子早期创作和谢冰莹留日后的创作，可以看到冰莹对林芙美子自觉或不自觉的借鉴。这只要对照地读读《流浪记》和《女兵自传》，《清贫之书》和《抛弃》，就可以获得具体而明晰的感受。

第六节　沈从文对外国文学的借鉴

沈从文（1902—1988）以他对生活的敏锐感受和观察著称。他没有正规的高学历，却在那个"永远无从毕业的学校"，勤勉刻苦"学那课永远学不尽的人生"①。但在他成为著名作家的道路上，外国文学名著和外国作家的人生经验，以一种"人生"的间接形式或者艺术借鉴的范本，内化为他生命体验的某种激素、艺术探索的某种灵光。

一　"学历情结"：压力与动力

20 岁时，沈从文从湘西来到都城北京。他后来写道："一九二二年左右，'五四'运动的余波到达了湘西。我正在酉水流域保靖县一个土著部队中，过了好几年不易设想的痛苦怕人生活，也因之认识了些旧中国一小角隅好坏人事。在这种情形下，来和新书报接触，书报中所提出的文学革命意义，和新社会理想希望，于是煽起了我追求知识、追求光明的勇气，由一个苗区荒僻小县，跑到百万市民居住的北京城。"② 来到北京"追求知识、追求光明"的沈从文多次投考大学都因学力不逮而名落孙山。但沈从文以山里人的倔犟而奋发，刻苦锻炼自己的写作能力。经过几年的努力，20 年代末，他为中国文坛接受，成为大学教师。

当时活跃中国文坛的是一批留学欧美或日本的作家诗人，只有小学学历的沈从文要和他们一起"竞走"，甚至走到前列，其中付出的努力可想而知，承受的心理压力当然很大，以至于在他的心灵世界，纠缠着一个"学历情结"，既是他内心的隐痛，又常常成为他奋进的鞭策。这个"学

---

① 沈从文：《从文自传》，《沈从文文集》（9），花城出版社 1984 年版，第 224 页。

② 沈从文：《〈沈从文小说选集〉题记》，《沈从文文集》（11），花城出版社 1984 年版，第 67 页。

历情结"贯穿他的整个创作生涯。

为改变"学历",沈从文做了不少努力。到北京初期多次报考大学就是最好的说明。他也曾在外语学习上作过尝试。据说,戏剧家丁西林(1893—1974)和英语教授陈源(1896—1970)都教过他英语,希望送他上剑桥。但沈从文力不从心,自己笑话自己"连英文字母都背不上来"①。沈从文与丁玲、胡也频还在北京大学旁听过日语,"原来三人还在北京汉花园公寓住下时,各人文章都有了出路,都以为凭了稿费收入,将来可以过日本去读书。这种好梦是三个人睁着眼睛同做的"②。但也只是一时兴起而已。

沈从文终生不懂外语,开口就是湘西方言。对学习的"力不从心",沈从文自己归结为"兴趣"。他曾在文章中写道:"说到学历,我没有读过什么书(引者按:这里的'读书',不是指'阅读书籍',而是指南方方言中的正规学校教育),另外我有点话。我没有读书,与其说是机会,不如说是兴趣罢。……我小时候生活过于散漫,我自己看我自己;即或头脑还像极其健康,我已经成为特别懒于在世俗所谓'学问'上走路的人了。鞭策也不成。生活的鞭策就非常有力,然而对我仍旧是无用。要我在一件小事上产生五十种联想,我办得到,并不以为难。要是要我把一句话念五十遍,到稍过一时,我就忘掉了。为这个我自己也很窘。"③

经过努力仍然达不到目的,尽管可以用"兴趣"、"脾气"之类给自己安慰,但心灵深处总难免一丝自卑。在西南联大与沈从文一起教书的钱锺书(1910—1998)就认为"沈从文这个人有些自卑感"④。但自卑不是沈从文性格的主导面,"学历情结"以沈从文的性格表现出来,更多是另一面:学历不高,却要比高学历的人读更多的书;不懂外语,却要比懂外语的读更多的外国文学作品;没有出国留过学,却要写出比留洋作家更欧化的文章,连徐志摩都惊叹沈从文文章句子的欧化。美国沈从文研究专家金介甫(Jeffrey C. Kinkley, 1948—)认为,"他读过当时很多翻译作品,

① 金介甫:《沈从文传》,湖南文艺出版社 1992 年版,第 62 页。

② 沈从文:《记丁玲》,《沈从文别集·记丁玲》,岳麓书社 1992 年版,第 123 页。

③ 沈从文:《阿丽思中国游记·后序》,《沈从文文集》(1),花城出版社 1984 年版,第 203—204 页。

④ 金介甫:《沈从文传》,湖南文艺出版社 1992 年版,第 309 页。

对语法并不在意"①。

　　沈从文没有出国留过学，不懂外语，但他是中国 20 世纪文学史上受到外国文学影响最广泛的作家。他的创作中学习、模仿、借鉴过的外国文学作家作品可以列出很多:《圣经》、日本的古代戏剧、印度的佛教文学、泰戈尔、狄更斯、斯威夫特、哈葛德（Henry Rider Haggard，1856—1925）、斯特恩（Laurence Sterne，1713—1768）、卡洛尔（Lewis Carroll，1832—1898）、卜迦丘（Giovanni Boccaccio，1313—1375）、歌德、卢梭、小仲马（Alexandre Dumasfils，1824—1895）、莫泊桑、都德、法朗士、福楼拜、纪德（André Paul Guillaume Gide，1869—1951）、王尔德、劳伦斯、普鲁斯特、屠格涅夫、托尔斯泰、陀思妥耶夫斯基、果戈理、契诃夫、高尔基、易卜生、安徒生（Hans Christian Andersen，1805—1875）等。可以说，"五四"前后译介到中国的外国文学作品，大都给沈从文的创作以程度不同的影响。

　　沈从文后来回忆到北京头几年的情形:"当时想读书，无学校可进，想工作也无办法，只有每天到宣武门内京师图书馆分馆去看书，不问新旧，凡看得懂的都翻翻。"② 正是没有受到正规教育，也少成见的束缚;正是不懂外语，也就没有语种的限制，广闻博览，既多且杂。加上沈从文对艺术执著的探索精神，各种艺术因素都能为"我"所用，化合成沈从文文学世界的有效成分。

二　纵向考察:从模仿到化用

　　纵向看，外国文学对沈从文的影响与其创作发展相应，也经历了三个阶段。

　　粗疏把握，沈从文 1949 年之前近三十年的文学创作可以按年代分为三个阶段。20 年代是创作的联系阶段，联系各种文体，尝试各种风格，运用各种艺术手法，题材杂而多。有论者概括沈从文早期创作的特点:"一种特殊的民情、风俗、自然风物的表象展览"，"一种朴素而简陋的忆

---

① 　金介甫:《沈从文传》，湖南文艺出版社 1992 年版，第 310 页。

② 　沈从文:《〈沈从文小说选集〉题记》，《沈从文文集》（11），花城出版社 1984 年版，第 67 页。

往记实"，"自然主义的印象捕捉"，"主题表达过于直露，粗略的叙述淹没了某些必要的精详描写"①。虽然早期创作中也表现了贯穿沈从文整个创作的一些要素（如对生活的敏锐感受、生命意义的思索，与现代世界的隔膜产生的孤独等），但总体上还没有形成自己的艺术独特性。这一阶段沈从文对外国文学的借鉴也主要是模仿，如模仿伏尔泰的《老实人》写了一篇《老实人》；模仿《少年维特之烦恼》写了书信体的《信》；模仿周作人翻译的日本《狂言》创作了独幕剧《鸭子》、《过年》、《野店》等；模仿《旧约·雅歌》，以羔羊、百合花等意象写作牧歌恋曲《春》、《迷路的小羔羊》、《颂》。

　　30 年代是沈从文创作的成熟阶段。20 年代末 30 年代初的大学教书经历，对郁达夫、许地山、废名、老舍等当时中国作家创作的评论研究，也使沈从文对自己的创作作了一番理性的清理和反省，从而为其创作的独特风格奠定了理论基础。《凤子》、《边城》、《月下小景》、《湘行散记》、《湘西》、《八骏图》等作品问世，使沈从文成为现代文学的杰出作家。他的小说散文化和散文小说化的文体、优美而忧伤的"乡土抒情诗"格调、澄澈灵巧的艺术风格，成为现代文学史上独辟蹊径、自成一格的实绩。这一阶段沈从文对外国文学的借鉴主要是活用，即将外国文学中某些要素嵌入自己创作的艺术世界，虽然可觅借鉴痕迹，但成为艺术整体中的部分，适度又相称。如活用普鲁斯特《追忆流水年华》中回忆与象征性比喻结合的手法创作了《凤子》；活用屠格涅夫《猎人笔记》"糅游纪散文和小说故事而为一"的方法，创作了散文长卷《湘行散记》和《湘西》；活用契诃夫"用同情幽默笔调强调作品的讽刺力量"，创作了系列描写城市市民和知识阶层的小说；活用《圣经》的博爱意识和泰戈尔的"泛神论"思想，融化为创作中的生命意识；活用《十日谈》的框架结构，衔接《月下小景》各篇的故事情节。

　　40 年代是沈从文创作新的探索阶段。沈从文是一个不满现状的作家，实际他的创作一直处于探索当中，当 30 年代他的创作得到同行公认和读者赞赏后，他仍不满足，40 年代在继续探索新的艺术形式和表现风格。一方面，他继续创作 30 年代风格的作品《长河》；另一方面，他从事现

---

　　①　凌宇：《从边城走向世界》，三联书店 1986 年版，第 186—187 页。

代主义的创作实验,把对现实人生的怀疑和战争带来的社会混乱上升到形而上的人生悲剧层面,深入到人物的潜意识当中,创作了轰动文坛的《看虹录》、《摘星录》和《烛虚》。"这是沈从文受弗洛伊德、乔伊斯影响下在写作上进一步的实验。他想学现代派手法使他的文学技巧达到一个新境界。"① 这样的实验性创作与当时抗战氛围极不协调,遭到文坛的否定,但沈从文坚韧地在他的艺术世界中探索。这一阶段沈从文对外国文学的借鉴主要是化用,即从整体上将外国文学的现代意识、人性观念和危机感融入创作当中,这些似乎是外来的观念与沈从文几十年的人生体验合一,成为他的自觉认同,已经很难辨识影响接受的痕迹。应该说,沈从文的艺术探索和努力,为中国文学步入现代世界文学进程做出了可贵的贡献。

三 横向观照:外国文学借鉴的类型分析

横向看,沈从文对外国文学的借鉴,主要有几种类型:

第一,表现方法的借鉴。在 50 年代沈从文谈到外国文学对他小说创作的影响时说:"特别是从翻译小说学作品组织和表现方法,格外容易大量吸收消化,对于我初期写作帮助也起主导作用。"② 就翻译小说在表现方法上给沈从文影响最大的当属狄更斯、莫泊桑、契诃夫和屠格涅夫的作品。

狄更斯的小说经林纾翻译而流行中国,也是沈从文最早接触到的外国作品。那是入京之前在湘西沅州一个亲戚书房中读到了狄更斯的《冰雪因缘》、《滑稽外史》、《贼史》,他很欢喜这些小说,特别喜欢小说的写法,"他不像别的书尽说道理,他只记下一些生活现象。即或书中包含的还是一些陈腐的道理,但作家却有本领把道理包含在现象中。"③ 以后接触到莫泊桑、契诃夫的作品,也有同样的感受,看到他们的创作"凡事从实际出发,结合生活经验,用三五千字把一件事一个问题加以表现……许许多多事情,如果能够用契诃夫或莫泊桑使用的方法,来加以表现,都

---

① 金介甫:《沈从文传》,湖南文艺出版社 1992 年版,第 239 页。

② 沈从文:《我怎样就写起小说来》,《沈从文别集·阿黑小史》,岳麓书社 1992 年版,第 26 页。

③ 沈从文:《从文自传》,《沈从文别集·自传集》,岳麓书社 1992 年版,第 112 页。

必然十分活泼生动"①。正是这些 19 世纪西方作家现实主义的表现手法，含而不露，让人生状态来说话的叙述风格，使沈从文认识到小说创作的规律和特点。沈从文也是用这种方法创作，强烈的情感融注于"现象"描绘、故事叙述的字里行间。在他笔下，沅水两岸男男女女的悲欢离合，繁华都市知识分子的心灵纠葛，都以鲜明生动的场景与形象加以显现。

沈从文在回答"外国文学给您什么影响"的提问时，他说："较多地读过契诃夫、屠格涅夫作品，觉得方法上可取之处太多。契诃夫等的叙事方法，不加个人议论，而对人民被压迫者同情，给读者印象鲜明。屠格涅夫《猎人笔记》把人和景物相错综在一起，有独到好处。"② 契诃夫的小说在平淡、客观中对笔下的人物寄予深切的同情，或以冷峻幽默的笔致强调讽刺效果，具有"含泪的笑"的创作风格。沈从文描写城市生活的系列短篇中，可以看到契诃夫这种写法的深刻影响，《岚生和岚生太太》（1926）、《重君》（1926）、《绅士的太太》（1931）、《都市一妇人》（1932）等都是这类作品。沈从文曾在一篇文章中写道："神圣伟大的悲哀不一定有一滩血一把眼泪，一个聪明作家写人类痛苦或许用微笑来表现。"③ 这既是对契诃夫等西方作家"含泪的笑"这一写作方式的认识，也是他自己创作特色的表述。

屠格涅夫的《猎人笔记》是沈从文最喜爱的外国作品之一，而且有意识地学习其中把游记与小说融合，把自然描写与人物命运交错的写法。沈从文曾经坦言："用屠格涅夫写《猎人笔记》的方法，糅游纪散文和小说故事而为一，使人事凸浮于西南特有明朗天时地利背景中，一切还带点'原料'意味，值得特别注意。十三年前我写《湘行散记》时，即有这种企图，以为这个方法处理有地方性问题，必容易见功。"④ 对读《猎人笔记》和《湘行散记》，的确可以看到一种内在的相似。尽管《猎人笔记》中是以猎人在俄罗斯草原与森林的足迹为叙述线索，《湘行散记》以回乡旅人沅水行船为叙述框架，但其中自由灵活的结构、美好的大自然风光，

---

① 沈从文：《我怎样就写起小说来》，《沈从文别集·阿黑小史》，岳麓书社 1992 年版，第 21 页。

② 沈从文：《答凌宇问》，《沈从文别集·柏子集》，岳麓书社 1992 年版，第 14 页。

③ 沈从文：《给一个写诗的》，《沈从文文集》（11），花城出版社 1984 年版，第 303 页。

④ 沈从文：《新废邮存底·二十三》，《沈从文文集》（12），花城出版社 1984 年版，第 67 页。

现实场景与历史人物的渗透，描述与抒情紧密结合的表达方式等，简直如出一辙，明显表现出沈从文对屠格涅夫艺术方法的师承。其实，不仅《湘行散记》是如此，长篇小说《长河》在辰河两岸自然事物中描写老水手和长顺一家的命运，字里行间融凝着对民族前途的深层忧患，从中不难看到《猎人笔记》对沈从文的深刻启示。

第二，艺术形式的借鉴。有论者认为："善于吸收艺术的养分和文思的敏捷，在沈从文来说，确实是非凡的。"① 的确，沈从文善于从古今中外优秀的文学创作中吸收有用的东西，丰富自己的艺术世界。从形式方面看，沈从文以小说著称，但他也创作诗歌、散文、戏剧。就是他的小说，其形式的丰富多样，是中国现代作家中少见的。书信体、对话体、游记体、日记体、传记体、故事体、冥想体，应有尽有。即使是传统的叙述体小说，叙述视角也是灵活多变，第三人称，第一人称人称交错，叙述方式的顺叙、倒叙、插叙的运用变换自由，形成沈从文小说形式的纷繁多姿。这其中有些艺术形式是中国传统文学中所没有的，是沈从文直接或间接对外国文学借鉴的结果。具体举例来看：借鉴歌德的《少年维特之烦恼》，创作书信体小说《信》，按书信习作顺序编排，表达一个青年对爱的执著和内心矛盾的心理过程。学习卜迦丘《十日谈》而创作的《月下小景》，以一伙旅客消磨长夜讲述故事的方式组织各篇，首篇加上一个副标题《新十日谈之序曲》，明确表明对《十日谈》的借鉴。1926 年周作人翻译日本古代戏剧《狂言十卷》出版，沈从文随后模仿写出了《赌徒》、《宵神》、《野店》、《过年》等"拟笑剧"。20 年代泰戈尔访华，中国文坛掀起"泰戈尔热"，沈从文也借鉴泰戈尔的"小诗"，创作了语言平易、风格清新的《灰烬》、《对话》等短小新诗。英国作家卡洛尔的儿童文学作品《阿丽思漫游奇境》以丰富的想象和幽默风趣、寓意深长而受到广大读者喜爱，沈从文写作了《阿丽思中国游记》，让阿丽思和她的兔子伙伴来到中国，在同样的幽默中对中国的社会现实予以嘲讽。

第三，文学精神的借鉴。将外国文学的某些精神因素融入创作当中，比之于"方法"和"形式"的借鉴更为内在。沈从文结合自己的人生经验，将从外国文学中体悟到的一些思想化为自己的创作整体中的部分，成

---

① 荒芜编：《我所认识的沈从文》，岳麓书社 1989 年版，第 199 页。

为一种自觉的认同。沈从文对外国文学精神的汲取，最重要的体现在下列几个方面：（1）《圣经》文学博爱、向上的思想；（2）印度文学的泛神论观念；（3）弗洛伊德的精神分析学说；（4）西方现代主义文学的精神特质。下面仅就第一和第四个方面略作展开。

《圣经》是历经苦难的希伯来人出于宗教目的而汇集的文献和文学创作的总集，是犹太教和基督教的经典。贯穿全书始终的一个重要思想就是"博爱"，以上帝之爱拯救人生的苦难、慈爱、悲悯、向上成为人们的道德要求。沈从文进京初期熟读《圣经》，声称"喜欢那个接近口语的翻译……得到极多有益的启发"①，"博爱、向上"思想就是"有益的启发"之一。

沈从文在多种场合讲道："一个伟大的作品，总是表现人性最真切的欲望！——对于当前黑暗社会的否认，对于未来光明的向往。一个伟大作品的制作者，照例是需要一种博大精神……表现多数人在灾难中心与力的向上，使更大多数人浸润于他想象和情感光辉里，能够向上。"② 在创作中，沈从文对湘西民众，尤其是苗民在军阀争斗、外族入侵中的不幸命运表现了极大的同情，对于清乡掠夺、滥杀无辜的野蛮表示出极大的愤慨，而总是满怀深情地描述在艰难困苦中追求生命价值、憧憬美好未来的抗争故事和人物。

西方现代主义文学产生于 19 世纪后期、盛行于 20 世纪上半期，包括象征主义、表现主义、意识流小说等众多流派。在 20 世纪 20 年代至 40 年代，中国文坛产生了象征主义、新感觉主义等现代主义文学创作。沈从文不属于任何"派"，但他确实受到现代主义的影响，而且这种影响不仅仅是视角变换、打乱传统结构章法等形式因素，而是思想、精神层面的影响。西方现代主义文学的精神特质，最突出的有两点：反对传统的价值观念；对现代人性和人生的深刻反省。沈从文从自身的经历出发，一直以"乡下人"自居，在道德价值评估上，与当时的社会主流评估相左，这成为他接受西方现代主义文学精神的潜因。

---

① 沈从文：《〈沈从文小说选集〉题记》，《沈从文文集》（11），花城出版社 1984 年版，第 67 页。

② 沈从文：《给志在写作者》，《沈从文文集》（12），花城出版社 1984 年版，第 110 页。

40 年代，沈从文对现代主义有所共鸣。据金介甫先生研究，"在 40 年代，只有卞之琳等人翻译过乔伊斯的部分作品，但沈在听到这种新思路后，就在讲课教材中作了介绍。"① 而且创作了《烛虚集》、《看虹摘星录》、《水云——我怎样创造故事故事怎样创造我》、《绿魇》、《黑魇》等具有现代主义精神的小说、散文。这些作品不仅采用现代主义文学的散点透视、内心独白、自由联想的表现手法，对人性和人生的反思也非常深刻。我们试读《烛虚》中的一段文字：

> 我发现在城市中活下来的我，生命俨然只淘剩下一个空壳。正如一个荒凉的原野，一切在社会上具有商业价值的知识种子，或道德意义的观念种子，都不能生根发芽。个人的努力或他人的关心，都无结果。试仔细加以注意，这原野可发现一片水塘泽地，一些瘦小芦苇，一株半枯桎柳，一个死兽的骸骨，一只干田鼠。泽地角隅尚开着一丛丛小小白花紫花（报春花），原野中唯一的春天。生命已经被"时间""人事"剥蚀快尽了。天空中鸟也不再在原野上飞过投个影子。生存俨然只是烦琐继续烦琐，什么都无意义。②

这样的文字仿佛出自西方现代主义作家笔下。

当然，沈从文对外国文学的借鉴，是立足于主体性的选择。这种主体性就是人性的尺度。沈从文说："这世界上或有想在沙基或水面上建造崇楼杰阁的人，那可不是我，我只想造希腊小庙。选山地作基础，用坚硕石头堆砌它。精致、结实、匀称，形体虽小而不纤巧，是我理想的建筑。这种庙供奉的是'人性'。"③ 这是沈从文一生的艺术追求，也是他借鉴选择外国文学的依据。这一依据的形成，是他的人生经历和"五四"运动后时代精神遇合的结果。

---

① 金介甫：《沈从文传》，湖南文艺出版社 1992 年版，第 355 页。
② 沈从文：《烛虚》，《沈从文文集》（11），花城出版社 1984 年版，第 276 页。
③ 沈从文：《〈从文小说习作选〉代序》，《沈从文文集》（11），花城出版社 1984 年版，第 42 页。

附 录

比较文学学习研究参考书目

一 比较文学基本理论、教材

1. 乐黛云著：《比较文学原理》，湖南文艺出版社1988年版。

2. 乐黛云主编：《中西比较文学教程》，高等教育出版社1988年版。

3. 乐黛云等著：《比较文学原理新编》，北京大学出版社1998年版。

4. 乐黛云等著：《比较文学简明教程》，北京大学出版社2003年版。

5. 乐黛云、张文定著：《比较文学》，中国文化书院出版1987年版。

6. 乐黛云、陈惇主编：《中外比较文学名著导读》，浙江大学出版社2006年版。

7. 陈惇、孙景尧、谢天振主编：《比较文学》，高等教育出版社1997年版。

8. 陈惇、孙景尧、谢天振主编：《比较文学》，高等教育出版社2007年版。

9. 陈惇、刘象愚著：《比较文学概论》，北京师范大学出版社2000年版。

10. 卢康华、孙景尧著：《比较文学导论》，黑龙江人民出版社1984年版。

11. 孙景尧著：《简明比较文学》，中国青年出版社1988年版。

12. 孙景尧著：《简明比较文学——"自我"和"他者"的认知之道》，中国青年出版社2003年版。

13. 孙景尧主编：《比较文学经典要著研读》，上海文艺出版社2006年版。

14. 曹顺庆等著：《中外文学跨文化研究》，北京师范大学出版社2000年版。

15. 曹顺庆等著：《比较文学论》，四川教育出版社2002年版。

16. 曹顺庆著：《比较文学论》，扬智文化事业股份有限公司2003年版。

17. 曹顺庆主编：《比较文学教程》，高等教育出版社2006年版。

18. 张铁夫主编：《新编比较文学教程》，湖南人民出版社1997年版。

19. 张铁夫主编：《新编比较文学教程》，湖南人民出版社2001年版。

20. 张铁夫、季水河主编：《新编比较文学教程》（第三版），湖南教育出版社2009年版。

21. 孟昭毅著：《比较文学探索》，吉林大学出版社1991年版。

22. 孟昭毅编著：《比较文学通论》，天津人民出版社2000年版。

23. 孟昭毅编著：《比较文学通论》，南开大学出版社2003年版。

24. 孟昭毅、翟津壮著：《比较文学理论与实践》，天津人民出版社1997年版。

25. 孟昭毅、黎跃进、郝岚编著：《简明比较文学原理》，北京大学出版社2010年版。

26. 王向远著：《比较文学学科新论》，江西教育出版社2003年版。

27. 王向远著：《宏观比较文学讲演录》，广西师范大学出版社2008年版。

28. 刘圣效著：《比较文学概论》，湖南人民出版社1989年版。

29. 叶绪民、朱宝荣等主编：《比较文学理论与实践》，武汉大学出版社2004年版。

30. 张弘著：《比较文学的理论与实践》，华东师范大学出版社2004年版。

31. 徐扬尚著：《什么是比较文学》，中州古籍出版社1998年版。

32. 吴家荣主编：《比较文学新编》，安徽教育出版社2004年版。

33. 吴家荣主编：《比较文学经典导读》，安徽教育出版社2008年版。

34. 杨乃乔主编：《比较文学概论》，北京大学出版社2002年版。

35. 方汉文主编：《比较文学基本原理》，苏州大学出版社2002年版。

36. 方汉文著：《比较文学高等原理》，南方出版社2002年版。

37. 方汉文主编：《比较文学学科理论》，北京师范大学出版社2011

年版。

38. ［罗马尼亚］亚历山大·迪马著，谢天振译：《比较文学引论》，上海译文出版社 1991 年版。

39. ［美］弗朗西斯·约斯特著，廖鸿钧等译：《比较文学导论》，湖南文艺出版社 1988 年版。

40. ［日］大塚幸男著，陈秋峰、杨国华译：《比较文学原理》，陕西人民出版社 1985 年版。

41. ［日］渡边洋著，张青译：《比较文学研究导论》，中国社会科学出版社 2007 年版。

42. ［美］乌尔利希·韦斯坦因著，刘象愚译：《比较文学与文学理论》，辽宁人民出版社 1987 年版。

43. ［法］马·法·基亚著，颜保译：《比较文学》，北京大学出版社 1983 年版。

44. ［法］布吕乃尔等著，葛雷等译：《什么是比较文学》，北京大学出版社 1989 年版。

45. 李标晶、黄爱华著：《比较文学与中国现代文学》，岳麓书社 2000 年版。

46. 刘献彪主编：《中西比较文学十讲》，时代文艺出版社 2005 年版。

47. 刘献彪、刘介民主编：《比较文学教程》，中国青年出版社 2001 年版。

48. 王喜绒、李新彬编著：《比较文化概论》，兰州大学出版社 1999 年版。

49. ［德］胡戈·狄泽林克著，方维规译：《比较文学导论》，北京师范大学出版社 2009 年版。

50. 陆扬、王毅著：《文化研究导论》，复旦大学出版社 2007 年版。

51. 王晓路等著：《当代西方文化批评读本》，四川大学出版社 2004 年版。

52. 谭桂林主编：《现代中外文学比较教程》，湖南师范大学出版社 2009 年版。

53. 陆扬主编：《文化研究概论》，复旦大学出版社 2008 年版。

54. 陶东风、徐艳蕊著：《当代中国的文化批评》，北京大学出版社

2006 年版。

55. 赵小琪主编：《比较文学教程》，北京大学出版社 2010 年版。

56. 高旭东主编：《比较文学实用教程》，北京大学出版社 2011 年版。

57. 李达三著：《比较文学研究之新方向》，联经出版事业公司 1978 年版。

58. 张汉良著：《比较文学理论与实践》，东大图书公司出版 1986 年版。

59. 陈挺著：《比较文学简编》，华东师范大学出版社 1986 年版。

60. 赵毅衡、周发祥编：《比较文学研究类型》，花山文艺出版社 1993 年版。

61. 续枫林著：《什么是比较文学》，新疆人民出版社 1989 年版。

62. 梁工、卢永茂、李伟昉主编：《比较文学概观》，河南大学出版社 2000 年版。

63. 刘介民著：《比较文学方法论》，天津人民出版社 1993 年版。

64. 王福和著：《比较文学原理与实践》，辽海出版社 2002 年版。

65. 赵炎秋主编：《比较文学原理教程》，中南大学出版社 2004 年版。

66. 孟庆枢、王宗杰、刘研著：《中国比较文学十论》，吉林文史出版社 2005 年版。

67. 刘萍著：《比较文学论纲》，安徽人民出版社 2006 年版。

68. 张隆溪著：《比较文学研究入门》，复旦大学出版社 2008 年版。

二　中外文化、文学交流与比较

（一）综合

1. 中国文化书院讲演录编委会编：《中外文化比较研究》，三联书店 1988 年版。

2. 黄俊英著：《二次世界大战的中外文化交流史》，重庆出版社 1991 年版。

3. 武斌著：《中华文化海外传播史》（三卷），陕西人民出版社 1998 年版。

4. 郑传寅著：《古代戏曲与东方文化》，武汉大学出版社 2007 年版。

5. 朱云影著：《中国文化对日韩越的影响》，广西师范大学出版社

2007 年版。

6. 王小甫等编著:《古代中外文化交流史》,高等教育出版社 2006 年版。

7. [英] 约翰·霍布森著,孙建党译:《西方文明的东方起源》,山东画报出版社 2009 年版。

8. [法] 杰·德·奈瓦尔著,王玥、曹丹红译:《东方之旅》,国际文化出版公司 2008 年版。

9. 何芳川主编:《中外文化交流史》,国际文化出版公司 2008 年版。

10. 周发祥、李岫主编:《中外文学交流史》,湖南教育出版社 1999 年版。

11. 楼宇烈、张西平主编:《中外哲学交流史》,湖南教育出版社 1998 年版。

12. 冯文慈主编:《中外音乐交流史》,湖南教育出版社 1998 年版。

13. 王镛主编:《中外美术交流史》,湖南教育出版社 1998 年版。

14. 楼宇烈、张志刚主编:《中外宗教交流史》,湖南教育出版社 1998 年版。

15. 王锦厚著:《五四新文学与外国文学》,四川大学出版社 1996 年版。

16. 李岫、秦林芳主编:《二十世纪中外文学交流史》(上、下),河北教育出版社 2001 年版。

17. 曾小逸主编:《走向世界文学——中国现代作家与外国文学》,湖南人民出版社 1985 年版。

18. 张荣翼、杨从荣主编:《中国文学对外国文化的选择》,西南师范大学出版社 1998 年版。

19. 刘介民著:《从民间文学到比较文学》,暨南大学出版社 1998 年版。

20. 夏康达、王晓平主编:《二十世纪国外中国文学研究》,天津人民出版社 2000 年版。

21. 陈元恺著:《二十世纪中国文学与世界》,山西人民出版社 1987 年版。

22. 孟昭毅著:《东方文学交流史》,天津人民出版社 2001 年版。

23. 王向远著：《东方各国文学在中国——译介与研究史述论》，江西教育出版社 2001 年版。

24. 敏夫著：《东方情结——东方文学与中国》，海南出版社 1993年版。

25. 张玉安主编：《东方民间文学比较研究》，北京大学出版社 2003年版。

26. 张哲俊著：《东亚比较文学导论》，北京大学出版社 2004 年版。

27. ［法］克劳婷·苏尔梦著，颜保等译：《中国传统小说在亚洲》，国际文化出版公司 1989 年版。

28. 饶芃子主编：《中国文学在东南亚》，暨南大学出版社 1999 年版。

29. 王青著：《西域文化影响下的中古小说》，中国社会科学出版社2006 年版。

30. 葛桂录著：《跨文化语境中的中外文学关系研究》，上海三联书店2008 年版。

31. 何云波等著：《跨越文化之墙——当代世界文化与比较文学》，湖南人民出版社 2004 年版。

32. 胡良桂著：《世界文学与国别文学》，湖南人民出版社 2004 年版。

33. 王列生著：《世界文学背景下的民族文学道路》，安徽教育出版社2000 年版。

34. 高旭东著：《比较文学与二十世纪中国文学》，人民文学出版社2002 年版。

35. 韦建国等著：《陕西当代作家与世界文学》，中国社会科学出版社2004 年版。

36. 黎跃进等著：《湖南 20 世纪文学对外国文学的接受与超越》，湖南文艺出版社 2006 年版。

37. 黎跃进著：《文化批评与比较文学》，东方出版社 2002 年版。

38. 姜智芹著：《当东方与西方相遇——比较文学专题研究》，齐鲁书社 2008 年版。

39. 扎拉嘎著：《比较文学：文学平行本质的比较研究——清代满汉文学关系论稿》，内蒙古教育出版社 2002 年版。

40. 孟长勇著：《从东方到西方：20 世纪中国文学与世界文学》，复旦大学出版社 2007 年版。

41. 乐黛云著:《比较文学与中国现代文学》,北京大学出版社 1987年版。

42. [美] 米列娜编,伍晓明译:《从传统到现代——19 至 20 世纪转折时期的中国小说》,北京大学出版社 1991 年版。

43. 应景襄等著:《世界文学格局中的中国小说》,北京大学出版社 1997 年版。

44. 季羡林著:《比较文学与民间文学》,北京大学出版社 1991 年版。

45. 张京媛主编:《新历史主义与文学批评》,北京大学出版社 1993年版。

46. 张京媛主编:《后殖民理论与文化批评》,北京大学出版社 1999年版。

47. 叶舒宪著:《文学与人类学》,社会科学文献出版社 2003 年版。

48. 孟昭毅著:《20 世纪东方文学与中国文学》,中国社会科学出版社 2011 年版。

49. 郝岚著:《世界文学与 20 世纪天津》,中国社会科学出版社 2011年版。

(二) 中国—西方文化、文学比较

1. 徐行言主编:《中西文化比较》,北京大学出版社 2004 年版。

2. 何云波主编:《中西文化导论》,中国铁道出版社 2000 年版。

3. 王前著:《中西文化比较概论》,中国人民大学出版社 2005 年版。

4. 周宁主编:《2000 年西方看中国》(上、下),团结出版社 1999 年版。

5. 周宁著:《风起东西洋》,团结出版社 2005 年版。

6. 郝侠君等主编:《中西 500 年比较》,中国工人出版社 1996 年版。

7. 沈福伟著:《中西文化交流史》,上海人民出版社 1985 年版。

8. 张星烺编注:《中西交通史料汇编》(四册),中华书局 2003 年版。

9. [法] 安田朴著,耿昇译:《中国文化西传欧洲史》,商务印书馆 2000 年版。

10. 刘红星著:《先秦与古希腊——中西文化之源》,上海古籍出版社 1999 年版。

11. 朱狄著：《信仰时代的文明——中西文化的趋同与差异》，中国青年出版社 1999 年版。

12. 唐善纯著：《华夏探秘——上古中外文化交通》，江苏人民出版社 2000 年版。

13. ［美］谢弗著，吴玉贵译：《唐代的外来文明》，中国社会科学出版社 1995 年版。

14. 荣新江著：《中古中国与外来文明》，三联书店 2001 年版。

15. 沈定平著：《明清之际中西文化交流史》，商务印书馆 2001 年版。

16. 林仁川、徐晓望著：《明末清初中西文化冲突》，华东师范大学出版社 1999 年版。

17. 张国刚著：《从中西初识到礼仪之争——明清传教士与中西文化交流》，人民出版社 2003 年版。

18. 朱静编译：《洋教士看中国朝廷》，上海人民出版社 1995 年版。

19. 顾卫民著：《基督教与近代中国社会》，上海人民出版社 1996 年版。

20. 王晓朝著：《基督教与帝国文化——关于希腊罗马护教论与中国护教论的比较》，东方出版社 1997 年版。

21. 邹振环著：《影响中国近代社会的一百种译作》，中国对外翻译出版公司 1996 年版。

22. ［法］阿兰·佩雷菲特著，王国卿等译：《停滞的帝国——两个世界的撞击》，三联书店 1993 年版。

23. 许明龙著：《欧洲 18 世纪“中国热”》，陕西人民教育出版社 1999 年版。

24. 范存忠著：《中国文化在启蒙时期的英国》，上海外语教育出版社 1991 年版。

25. 刘登阁、周云芳著：《西学东渐与东学西渐》，中国社会科学出版社 2000 年版。

26. 丁伟志、陈崧著：《中西体用之间》，中国社会科学出版社 1995 年版。

27. 王宁、钱林森等著：《中国文化对欧洲的影响》，河北人民出版社 1999 年版。

28. 朱谦之著:《中国哲学对欧洲的影响》,河北人民出版社 1999 年版。

29. 黄见德著:《20 世纪西方哲学东渐问题》,湖南教育出版社 1998 年版。

30. 张立文等主编:《中外儒学比较研究》,东方出版社 1998 年版。

31. 姚新中著,赵艳霞译:《儒教与基督教——仁与爱的比较》,中国社会科学出版社 2002 年版。

32. 姚新中、焦国成著:《中西方人生哲学比论》,中国人民大学出版社 2001 年版。

33. [新加坡]联合早报编:《第四座桥——跨世纪的文化对话》,新世界出版社 1999 年版。

34. 许倬云著:《中国文化与世界文化》,贵州人民出版社 1991 年版。

35. 许思园著:《中西文化回眸》,华东师范大学出版社 1997 年版。

36. 张隆溪著:《道与逻各斯》,四川人民出版社 1999 年版。

37. 冯天瑜著:《新语探源——中西日文化互动与近代汉字术语生成》,中华书局 2004 年版。

38. 忻剑飞著:《世界的中国观》,学林出版社 1991 年版。

39. [加]保罗·埃文斯著,陈同等译:《费正清看中国》,上海人民出版社 1995 年版。

40. [美]许烺光著,彭凯平、刘文静等译:《美国人与中国人——两种生活方式比较》,华夏出版社 1989 年版。

41. 吴孟雪、曾丽雅著:《明代欧洲汉学史》,东方出版社 2000 年版。

42. [法]戴仁主编,耿昇译:《法国当代中国学》,中国社会科学出版社 1998 年版。

43. 冯晓著:《中西艺术的文化精神》,上海书画出版社 1993 年版。

44. 金丹元著:《比较文化与艺术哲学》,上海文艺出版社 2002 年版。

45. 刘成林著:《祭坛与竞技场——艺术王国里的华夏与古希腊》,社会科学文献出版社 2001 年版。

46. 胥建国著:《精神与情感——中西雕塑的文化内涵》,商务印书馆 2003 年版。

47. 李银河著：《性·婚姻——东方与西方》，陕西师范大学出版社1999年版。

48. 何兆武著：《中西文化交流史论》，湖北人民出版社2007年版。

49. ［美］孟德卫著：《1500—1800种西方的伟大相遇》，新星出版社2007年版。

50. ［美］哈罗德·伊罗生著，于殿利、陆日宇译：《美国的中国形象》，中华书局2006年版。

51. 张星烺著：《欧化东渐史》，时代文艺出版社2009年版。

52. 赵毅衡著：《对岸的诱惑：中西文化交流记》，上海人民出版社2007年版。

53. 肖锦龙著：《中西文化深层结构和中西文学的思想导向》，中国社会科学出版社1995年版。

54. 陈厚诚、王宁主编：《西方当代文学批评在中国》，百花文艺出版社2000年版。

55. 葛桂录著：《雾外的远音——英国作家与中国文化》，宁夏人民出版社2002年版。

56. 张旭春著：《政治的审美化与审美的政治化——现代性视野中的中英浪漫主义思潮》，人民出版社2004年版。

57. 姜智芹著：《文学想象与文化利用——英国文学中的中国形象》，中国社会科学出版社2005年版。

58. 钱林森著：《法国作家与中国》，福建教育出版社1995年版。

59. 卫茂平著：《中国对德国文学影响史述》，上海外语教育出版社1996年版。

60. 陈铨著：《中德文学研究》，辽宁教育出版社1997年版。

61. 智量等著：《俄国文学与中国》，华东师范大学出版社1991年版。

62. 汪剑钊著：《中俄文字之交——俄苏文学与二十世纪中国新文学》，漓江出版社1999年版。

63. 李学著：《中国晚明与欧洲文学——明末耶稣会古典型正道故事考诠》，三联书店2010年版。

64. 孙景尧著：《沟通——访美讲学论中西比较文学》，广西人民出版社1991年版。

65. 邓晓芒著:《人之镜——中西文学形象的人格结构》,云南人民出版社 1996 年版。

66. 张卫忠著:《母语的魔障——从中西语言的差异看中西文学的差异》,安徽大学出版社 1998 年版。

67. 李平著:《西方人眼中的东方文学艺术》,上海教育出版社 2004 年版。

68. 吴锡民著:《接受与阐释——意识流小说在中国 (1979—1989)》,中国社会科学出版社 2008 年版。

69. 张石著:《庄子与现代主义》,河北人民出版社 1989 年版。

70. 白海珍、汪帆著:《文化精神与小说观念——中西小说观念的比较》,河北人民出版社 1989 年版。

71. 高旭东著:《生命之树与知识之树——中西文化专题比较》,河北人民出版社 1989 年版。

72. 高旭东、吴忠民等著:《孔子精神与基督精神——中西文化纵横谈》,河北人民出版社 1989 年版。

73. 王生平著:《天人合一与神人合一》,河北人民出版社 1989 年版。

74. [捷克] 马立安·高利克著,伍晓明译:《中西文学关系的里程碑》,北京大学出版社 1990 年版。

75. 乐黛云、勒·比松主编:《独角兽与龙——在寻找中西文化普遍性中的误读》,北京大学出版社 1995 年版。

(三) 中国—印度文化、文学比较

1. 季羡林著:《中印文化交流史》,新华出版社 1993 年版。

2. 薛克翘著:《中印文化交流史话》,商务印书馆 1998 年版。

3. 谭中、耿引曾著:《印度与中国——两大文明的交往和激荡》,商务印书馆 2006 年版。

4. 季羡林著:《中印文化交流史》,中国社会科学出版社 2008 年版。

5. 郁龙余著:《中国印度文学比较》,中国社会科学出版社 2001 年版。

6. 郁龙余编:《中国印度文学比较论文选》,中国美术学院出版社 2002 年版。

7. 郁龙余等著:《梵典华章:印度作家与中国文化》,宁夏人民出版社 2004 年版。

8. 薛克翘著：《中印文学比较研究》，昆仑出版社 2003 年版。

9. 王向远等著：《佛心梵影——中国作家与印度文化》，北京师范大学出版社 2007 年版。

10. 刘安武著：《印度文学和中国文学比较研究》，中国国际广播出版社 2005 年版。

11. 唐仁虎、魏丽明等著：《中印文学专题比较研究》，北岳文艺出版社 2007 年版。

12. 季羡林著：《中印文化交流史》，新华出版社 1993 年版。

（四）中国—日本文化、文学比较

1. 王晓秋、大庭修主编：《中日文化交流大系·历史卷》，浙江人民出版社 1996 年版。

2. 刘俊义、池田温主编：《中日文化交流大系·法制卷》，浙江人民出版社 1996 年版。

3. 严绍璗、源了圆主编：《中日文化交流大系·思想卷》，浙江人民出版社 1996 年版。

4. 杨曾文、源了圆主编：《中日文化交流大系·宗教卷》，浙江人民出版社 1996 年版。

5. 马兴国、宫田登主编：《中日文化交流大系·民俗卷》，浙江人民出版社 1996 年版。

6. 严绍璗、中西进主编：《中日文化交流大系·文学卷》，浙江人民出版社 1996 年版。

7. 王勇、上原昭一主编：《中日文化交流大系·艺术卷》，浙江人民出版社 1996 年版。

8. 李廷举、吉田忠主编：《中日文化交流大系·科技卷》，浙江人民出版社 1996 年版。

9. 王勇、大庭修主编：《中日文化交流大系·典籍卷》，浙江人民出版社 1996 年版。

10. 王勇、中西进主编：《中日文化交流大系·人物卷》，浙江人民出版社 1996 年版。

11. 严绍璗著:《中国文化在日本》,新华出版社 1993 年版。

12. 周一良著:《周一良集》第四卷,《日本与中外文化交流史》,辽宁教育出版社 1998 年版。

13. 王文亮著:《圣人与中日文化》(上、中、下),社会科学文献出版社 1999 年版。

14. [日] 江上波夫等著:《日本与中国——民族特质的探讨》,小学馆,昭和 57 年版。

15. [日] 藤家礼之助著,张俊彦等译:《日中文化交流二千年》,北京大学出版社 1982 年版。

16. 浙江大学日本文化研究所编:《中日关系史论考》,中华书局 2001 年版。

17. 户川芳郎先生古稀纪念论文集编辑委员会编:《中日文化交流史论集——户川芳郎先生古稀纪念》,中华书局 2002 年版。

18. 沟口三雄著,徐滔等译:《日本人视野中的中国学》,中国人民大学出版社 1996 年版。

19. 严修撰:《严修东游日记》,天津人民出版社 1995 年版。

20. 李卓主编:《家族文化与传统文化——中日比较》,天津人民出版社 2000 年版。

21. 尚会鹏著:《中国人与日本人——社会集团、行为方式和文化心理的比较研究》,北京大学出版社 1998 年版。

22. 郑彭年著:《日本中国文化摄取史》,杭州大学出版社 1999 年版。

23. 张爱萍著:《中日古代文化源流——以神话比较研究为中心》,浙江大学出版社 2005 年版。

24. [日] 饭野孝宥著,俞国宜等译:《弥生的日轮——虚浮的传说于古代天皇世家》,光明日报出版社 1994 年版。

25. 陈建勤著:《民俗视野:中日文化的融合与冲突》,华东师范大学出版社 2006 年版。

26. [日] 大宫镇人著,任大海译:《屈赋与日本公元前史》,海南出版社 1994 年版。

27. 徐静波著:《东风从西边吹来——中华文化在日本》,云南人民出版社 2004 年版。

28. 王金林著：《汉唐文化与古代日本文化》，天津人民出版社 1996 年版。

29. 王家骅著：《儒家思想与日本的现代化》，浙江人民出版社 1995 年版。

30. 〔日〕堀敏一著：《隋唐帝国与东亚》，云南人民出版社 2002 年版。

31. 〔日〕真人元开、李言恭著：《唐大和上东征传·日本考》，中华书局 2000 年版。

32. 苌岚著：《中日文化交流的考古学研究》，中国社会科学出版社 2001 年版。

33. 李寅生著：《论唐代文化对日本文化的影响》，巴蜀书社 2001 年版。

34. 汪向荣、汪皓著：《中世纪的中日关系》，中国青年出版社 2001 年版。

35. 张立文等主编：《中日文化交流的伟大使者——朱舜水研究》，人民出版社 1998 年版。

36. 张洪祥主编：《近代日本在中国的殖民统治》，天津人民出版社 1996 年版。

37. 〔日〕大庭修著：《江户时代中国典籍流播日本之研究》，杭州大学出版社 1998 年版。

38. 〔日〕狭间直树：《梁启超·明治日本·西方》，社会科学文献出版社 2001 年版。

39. 于桂芬：《西风东渐——中日摄取西方文化的比较研究》，商务印书馆 2001 年版。

40. 王克非著：《中日近代对西方政治哲学思想的摄取——严复与日本启蒙学者》，中国社会科学出版社 1996 年版。

41. 〔日〕卫藤沈吉、李廷江编著：《近代在华日任顾问资料目录》，中华书局 1994 年版。

42. 赵军著：《折断了的杠杆——清末新政与明治维新比较研究》，湖南出版社 1992 年版。

43. 王芸生著：《六十年来中国与日本》（1—8 卷），三联书店 1979

年版。

44. 倪健中主编:《百年恩仇——两个东亚大国现代化比较的丙子报告》,中国社会出版社 1996 年版。

45. 高乐才著:《日本"满洲移民"研究》,人民出版社 2000 年版。

46. 李玉等主编:《中国的日本史研究》,世界知识出版社 2000 年版。

47. 林昶著:《中国的日本研究杂志史》,世界知识出版社 2001 年版。

48. 李玉等主编:《中国的中日关系史研究》,世界知识出版社 2000年版。

49. 〔美〕任达著,李仲贤译:《新政革命与日本:中国（1898—1912)》,江苏人民出版社 1998 年版。

50. 汪向荣著:《中国的近代化与日本》,湖南人民出版社 1987 年版。

51. 孙雪梅著:《清末民初中国人的日本观——以直隶省为中心》,天津人民出版社 2001 年版。

52. 郑匡民著:《梁启超启蒙思想的东学背景》,上海三联书店 2003年版。

53. 〔日〕野村浩一著,张学锋译:《近代日本的中国认识:走向亚洲的航踪》,中央编译出版社 1999 年版。

54. 俞辛燉著:《孙中山与日本关系研究》,人民出版社 1996 年版。

55. 韩东育著:《日本近世新法家研究》,中华书局 2003 年版。

56. 〔日〕依田熹家著,卞立强等译:《日中两国近代化比较研究》,上海远东出版社 2004 年版。

57. 赵德宇著:《西学东渐与中日两国的对应——中日西学比较研究》,世界知识出版社 2001 年版。

58. 刘岳兵著:《日本近代儒学研究》,商务印书馆 2003 年版。

59. 刘岳兵著:《中日近现代思想与儒学》,三联书店 2007 年版。

60. 刘岳兵著:《明治儒学与近代日本》,上海古籍出版社 2005 年版。

61. 郑翔贵著:《晚清传媒事业中的日本》,上海古籍出版社 2003 年版。

62. 〔日〕富田升著,赵秀敏译:《近代日本的中国艺术品流转与鉴赏》,上海古籍出版社 2005 年版。

63. 吕长顺著:《清末浙江与日本》,上海古籍出版社 2001 年版。

64. 胡令远、徐静波编:《近代以来中日文化关系的回顾与展望》,上海财经大学出版社 2000 年版。

65. 王承仁主编：《中日近代化比较研究》，河南人民出版社 1994 年版。

66. 王如绘著：《近代中日关系与朝鲜问题》，人民出版社 1999 年版。

67. 俞辛燉编：《黄兴在日本活动秘录》，天津人民出版社 1998 年版。

68. 诸葛卫东著：《战后日本舆论、学界与中国》，中国社会科学出版社 2003 年版。

69. 李文著：《日本文化在中国的传播与影响（1972—2002）》，中国社会科学出版社 2004 年版。

70. 钱婉约著：《从汉学到中国学——近代日本的中国研究》，中华书局 2007 年版。

71. 王晓平著：《日本中国学述闻》，中华书局 2008 年版。

72. 王晓秋著：《近代中国与日本——互动与影响》，昆仑出版社 2006 年版。

73. 王建民主编：《中日文化交流史》，外语教育与研究出版社 2007 年版。

74. 郑匡民著：《西学的中介：清末民初的中日文化交流》，四川人民出版社 2008 年版。

75. 王晓秋著：《近代中国与世界——互动与比较》，紫禁城出版社 2003 年版。

76. 张石著：《寒山与日本文化》，上海交通大学出版社 2011 年版。

77. 童晓薇著：《日本影响下的创造社文学之路》，社会科学文献出版社 2011 年版。

78. 李媛主编：《飘洋过海去日本：中国文化在异国生辉》，金城出版社 2010 年版。

79. 吴光辉著：《日本的中国形象》，人民出版社 2010 年版。

80. 林文月著：《中国文化对日本文学的影响》，（台湾）中央研究院 2002 年版。

81. 刘伟著：《"日本视角"与中国现代文学研究》，人民出版社 2011 年版。

82. 雷骧著：《文学飘鸟：雷骧的日本追踪》，吉林出版集团有限责任公司 2011 年版。

83. 徐冰著:《20世纪三四十年代中国文化人的日本认识——基于〈宇宙风〉杂志的考察》,商务印书馆2010年版。

84. 严绍璗著:《中日古代文学关系史稿》,湖南文艺出版社1988年版。

85. 王晓平著:《中日近代文学交流史稿》,湖南文艺出版社1988年版。

86. 王晓平著:《梅红樱粉——日本作家与中国文化》,宁夏人民出版社2002年版。

87. 李树果著:《日本读本小说与明清小说——中日文化交流史的透视》,天津人民出版社1998年版。

88. 王向远著:《中国题材日本文学史》,上海古籍出版社2007年版。

89. 张哲俊著:《中日古典悲剧的形式》,上海古籍出版社2002年版。

90. 高文汉著:《中日古代文学比较研究》,山东教育出版社1999年版。

91. 张哲俊著:《中国古代文学中的日本形象研究》,北京大学出版社2004年版。

92. 王福祥编著:《日本汉诗与中国历史人物典故》,外语教学与研究出版社1997年版。

93. 〔日〕松浦友久著:《日中诗歌比较丛稿》,民族出版社2002年版。

94. 张步云辑注:《唐代中日往来诗辑注》,陕西人民出版社1984年版。

95. 〔日〕中西进著,王晓平译:《水边的婚恋——万叶集与中国文学》,四川人民出版社1995年版。

96. 〔日〕辰巳正明著,石观海译:《万叶集与中国文学》,武汉出版社1997年版。

97. 中西进、王晓平著:《智水仁山——中日诗歌自然意象对谈录》,中华书局1995年版。

98. 〔日〕中西进著,孙浩译:《源氏物语与白乐天》,中央编译出版社2001年版。

99. 姚继忠著:《〈源氏物语〉与中国传统文化》,中央编译出版社2004年版。

100. ［日］丸山清子著，申非译：《源氏物语与白氏文集》，国际文化出版公司 1985 年版。

101. ［日］关森胜夫、陆坚著：《日本俳句与中国诗歌——松尾芭蕉文学比较研究》，杭州大学出版社 1996 年版。

102. 陈智超编撰：《旅日高僧东皋山越诗文集》，中国社会科学出版社 1994 年版。

103. 王晓平著：《佛典·志怪·物语》，江西人民出版社 1990 年版。

104. 中国比较文学学会编：《中国比较文学》（中日文学比较专号），1991 年第 1 期。

105. 赵乐生等主编：《中日比较文学论集》，时代文艺出版社 1992 年版。

106. 秦弓著：《觉醒与挣扎——20 世纪初中日"人"的文学比较》，东方出版社 1995 年版。

107. 何德功著：《中日启蒙文学论》，东方出版社 1995 年版。

108. 王向远著：《中日现代文学比较论》，湖南教育出版社 1998 年版。

109. 王向远著：《二十世纪中国的日本翻译文学史》，北京师范大学出版社 2001 年版。

110. ［日］伊藤虎丸著，孙猛等译：《鲁迅、创造社与日本文学》，北京大学出版社 1995 年版。

111. ［日］伊藤虎丸著，李冬木译：《鲁迅与日本人——亚洲的近代与"个"的思想》，河北教育出版社 2001 年版。

112. 刘柏青著：《鲁迅与日本文学》，吉林大学出版社 1985 年版。

113. 董炳月著：《国民作家的立场——中日现代文学关系研究》，三联书店 2006 年版。

114. 王中忱著：《乐界与想象——20 世纪中国、日本文学比较研究论集》，中国社会科学出版社 2001 年版。

115. 山田敬三、吕元明主编：《中日战争与文学——中日现代文学的比较研究》，东北师范大学出版社 1992 年版。

116. 林祁著：《风骨与物哀——二十世纪中日女性叙述比较》，陕西人民教育出版社 2002 年版。

117. 于长敏著：《中日民间故事比较研究》，吉林大学出版社 1996

年版。

118. 谭雯著：《日本诗话的中国情结》，中国社会科学出版社 2007 年版。

119. 陈春香著：《日本文学·中日文学比较》，北岳文艺出版社 2008 年版。

120. 王虹著：《中日比较文学研究》，厦门大学出版社 2008 年版。

121. 赵京华著：《周氏兄弟与日本》，人民文学出版社 2011 年版。

122. 刘军著：《日本文化视域中的周作人》，上海文艺出版社 2010 年版。

123. 张哲俊著：《杨柳的形象：物质的交流与中日古代文学》，人民文学出版社 2011 年版。

（五）中国—朝鲜（韩国）文化、文学交流

1. 拜根兴著：《七世纪中叶唐与新罗关系研究》，中国社会科学出版社 2003 年版。

2. 崔莲等编：《中国朝鲜学—韩国学研究文献目录 1949—1990》，中央民族大学出版社 1995 年版。

3. 陈尚胜著：《中韩交流三千年》，中华书局 1997 年版。

4. 杨通方著：《中韩古代关系史论》，中国社会科学出版社 1996 年版。

5. 黄枝莲著：《天朝礼治体系研究》（上、中、下），中国人民大学出版社 1994 年版。

6. 刘金质著：《当代中韩关系》，中国社会科学出版社 1998 年版。

7. 魏常海著：《中国文化在朝鲜半岛》，新华出版社 1993 年版。

8. 翁敏华著：《中日韩戏剧文化因缘研究》，学林出版社 2004 年版。

9. 陈蒲清著：《韩国古典文学与中国古典文学》，海南出版社 2001 年版。

10. 李秀雄著：《朱熹与李退溪诗比较研究》，北京大学出版社 1991 年版。

11. 高令印著：《李退溪与东方文化》，厦门大学出版社 2002 年版。

12. 李岩著：《中韩文学关系史论》，社会科学文献出版 2003 年版。

13. 陈蒲清著：《韩国古典文学与中国古典文学》，海南出版社 2001年版。

14. ［韩］闵宽东著：《中国古典小说在韩国之传播》，学林出版社1998年版。

15. 陈蒲清著：《古代中朝文学关系史略》，湖南人民出版社 1999年版。

16. 韦旭升著：《中国文学在朝鲜》，《韦旭升文集》（3），中央编译出版社 2001年版。

17. 翁敏华著：《中日韩戏剧文化因缘研究》，学林出版社 2004年版。

18. ［韩］苏仁镐著：《韩国传奇文学的唐风古韵》，民族出版社 2007年版。

19. 刘胜利著：《半岛唐风——朝韩作家与中国文化》，宁夏人民出版社 2004年版。

20. 魏常海著：《中国文化在朝鲜半岛》，新华出版社 1993年版。

（六）中—阿（拉伯）文化交流

1. 江淳等著：《中阿关系史》，经济日报出版社 2001年版。

2. 安惠侯等主编：《丝路新韵：新中国与阿拉伯国家五十年的外交历程》，世界知识出版社 2006年版。

3. 孟昭毅著：《丝路驿花：阿拉伯波斯作家与中国文化》，宁夏人民出版社 2002年版。

4. 林丰民等著：《中国文学与阿拉伯文学比较研究》，昆仑出版社 2011年版。

5. 葛铁鹰著：《天方书话——纵谈阿拉伯文学在中国》，首都师范大学出版社 2007年版。

（七）其他

1. ［法］阿·玛扎海里著，耿昇译：《中国—波斯文化交流史》，中华书局 1993年版。

2. 北京大学非洲研究中心编：《中国与非洲》，北京大学出版社 2000年版。

3. 陈益源:《王翠翘故事研究》,西苑出版社 2003 年版。

三　比较文学史与资料集

1. 曹顺庆主编:《世界文学发展比较史》(上、下),北京师范大学出版社 2001 年版。

2. 曹顺庆著:《比较文学史》,四川人民出版社 1991 年版。

3. 曹顺庆等著:《比较文学学科理论研究》,巴蜀书社 2001 年版。

4. 曹顺庆主编:《比较文学学科史》,巴蜀书社 2010 年版。

5. 方汉文主编:《东西方比较文学史》(上、下),北京大学出版社 2005 年版。

6. 乐黛云、王向远著:《比较文学研究》,福建人民出版社 2006 年版。

7. 徐扬尚著:《中国比较文学源流》,中州古籍出版社 1998 年版。

8. 徐志啸著:《中国比较文学简史》,湖北教育出版社 1996 年版。

9. 徐志啸著:《近代中外文学关系》,华东师范大学出版社 2000 年版。

10. 刘献彪等著:《新时期中国比较文学编年史稿 1978—2004》,中国档案出版社 2005 年版。

11. 刘献彪主编:《中国比较文学艰辛之路》,人民日报出版社 2005 年版。

12. 邓时忠著:《大陆台湾比较文学理论研究》,巴蜀书社 2006 年版。

13. 王福和、吴家荣、刘献彪主编:《穿越比较文学的世纪空间——新时期比较文学教学 30 年》,安徽大学出版社 2008 年版。

14. [法]洛里哀著,傅东华译:《比较文学史》,上海书店 1989 年版。

15. 王向远主编:《中国比较文学论文索引 1980—2000》,江西教育出版社 2002 年版。

16. 贾植芳、陈思和主编:《中外文学关系史资料汇编 1898—1937》(上、下),广西师范大学出版社 2004 年版。

17. 北京大学比较文学研究所编:《中国比较文学研究资料 1919—1949》,北京大学出版社 1989 年版。

18. 刘献彪主编:《比较文学自学手册》,湖南文艺出版社 1986 年版。

19. 上海外语学院外国语言文学研究所编：《中西比较文学手册》，四川人民出版社 1987 年版。

20. 唐建清、詹悦兰编著：《中国比较文学百年书目》，群言出版社 2006 年版。

21. 北京师范大学中文系比较文学研究组选编：《比较文学研究资料》，北京师范大学出版社 1986 年版。

四　专题性著作

（一）主题学

1. 王立著：《中国文学主题学：母题心态史丛论》，中州古籍出版社 1995 年版。

2. 王立著：《中国文学主题学：意象的主题史研究》，中州古籍出版社 1995 年版。

3. 王立著：《中国文学主题学：悼祭文学与丧悼文化》，中州古籍出版社 1995 年版。

4. 王立著：《中国文学主题学：江湖侠踪与侠文学》，中州古籍出版社 1995 年版。

5. 叶舒宪著：《高唐神女与维纳斯——中西文化中的爱与美主题》，中国社会科学出版社 1997 年版。

（二）形象学

1. 郭少棠著：《旅行：跨文化想象》，北京大学出版社 2005 年版。

2. 尹锡南著：《英国文学中的印度》，巴蜀书社 2008 年版。

3. 尹锡南著：《印度的中国形象》，人民出版社 2010 年版。

4. 李荣建著：《阿拉伯的中国形象》，人民出版社 2010 年版。

5. 张旭东著：《东南亚的中国形象》，人民出版社 2010 年版。

6. 吕超著：《东方帝都——西方文化视野中的北京形象》，山东画报出版社 2008 年版。

7. 吕超著：《比较文学新视域：城市异托邦》，中国社会科学出版社 2011 年版。

8. 张志彪著:《比较文学形象学理论与实践——以中国文学中的日本形象为例》,民族出版社 2007 年版。

9. 孟华等著:《中国文学中的西方人形象》,安徽教育出版社 2006 年版。

10. 孟华主编:《比较文学形象学》,北京大学出版社 2001 年版。

11. [美] E. A. 罗斯著,公茂虹、张皓译:《变化中的中国人》,时事出版社 1998 年版。

12. [美] 明恩溥著,午晴、唐军译:《中国乡村生活》,时事出版社 1998 年版。

13. [英] 阿绮波德·立德著,王成东、王皓译:《穿蓝色长袍的国度》,时事出版社 1998 年版。

14. [英] 麦高温著,朱涛、倪静译:《中国人生活的明与暗》,时事出版社 1998 年版。

15. [英] 约·罗伯茨著,蒋重跃、刘林海译:《十九世纪西方人眼中的中国人》,时事出版社 1999 年版。

16. [英] 雷蒙·道森著,常绍民、明毅译:《中国变色龙》,时事出版社 1999 年版。

17. [美] M. D. 马森著,杨德山译:《西方的中华帝国观》,时事出版社 1999 年版。

18. [美] 哈罗德·伊萨克斯著,于殿利、陆日宇译:《美国的中国形象》,时事出版社 1999 年版。

19. 乐黛云、张辉主编:《文化传递与文学形象》,北京大学出版社 1999 年版。

20. [美] 史景迁著,廖世奇等译:《文化类同与文化利用——世界文化整体对话中的中国形象》,北京大学出版社 1990 年版。

(三) 译介学

1. 谢天振著:《译介学》,上海外语教育出版社 1999 年版。

2. 王向远著:《翻译文学导论》,北京师范大学出版社 2004 年版。

3. 傅勇林著:《文化范式——译学研究与比较文学》,西南交通大学出版社 2000 年版。

4. 许钧著：《翻译论》，湖北教育出版社 2003 年版。

5. 陈福康著：《中国译学理论史稿》，上海外语教育出版社 1992 年版。

6. 费小平著：《翻译的政治——翻译研究与文化研究》，中国社会科学出版社 2005 年版。

7. 蔡新乐著：《翻译的本体论研究》，上海译文出版社 2005 年版。

8. 王宏志编：《翻译与创作——中国近代翻译小说论》，北京大学出版社 2000 年版。

9. 奚永吉著：《文学翻译比较美学》，湖北教育出版社 2000 年版。

10. 马祖毅、任荣珍著：《汉籍外译史》，湖北教育出版社 1997 年版。

11. 马祖毅著：《中国翻译史》，湖北教育出版社 1999 年版。

12. 孙慧双著：《歌剧翻译与研究》，湖北教育出版社 1999 年版。

13. 孟昭毅、李载道主编：《中国翻译文学史》，北京大学出版社 2005 年版。

（四）文类学

1. 李万钧著：《中西文学类型比较史》，海峡文艺出版社 1995 年版。

2. 蔡茂松著：《比较神话学》，新疆大学出版社 1993 年版。

3. 谢选骏著：《神话与民族精神》，山东文艺出版社 1988 年版。

4. 高福进著：《太阳崇拜与太阳神话》，上海人民出版社 2002 年版。

5. ［英］维·艾恩斯著，杜文燕译：《神话的历史》，希望出版社 2004 年版。

6. 陈柏松著：《中西诗品》，中州古籍出版社 1997 年版。

7. 邵毅平：《中国诗歌：智慧的水珠》，浙江人民出版社 1991 年版。

8. 辜正坤著：《中西诗鉴赏与翻译》，湖南人民出版社 1998 年版。

9. 赵毅衡著：《诗神远游——中国如何改变了美国现代诗》，上海译文出版社 2003 年版。

10. 钟玲著：《美国诗与中国梦——美国现代诗里的中国文化模式》，广西师范大学出版社 2003 年版。

11. ［美］宇文所安著，程章灿译：《迷楼——诗与欲望的迷宫》，三联书店 2004 年版。

12. 刘小枫著:《拯救与逍遥——中西方诗人对世界的不同态度》,上海人民出版社 1988 年版。

13. 蓝凡著:《中西戏剧比较论稿》,学林出版社 1992 年版。

14. 李强著:《中西戏剧文化交流史》,人民音乐出版社 2002 年版。

15. 余秋雨著:《戏剧审美心理学》,四川人民出版社 1985 年版。

16. 牛国玲著:《中外戏剧美学比较简论》,中国戏剧出版社 1994 年版。

17. 乔德文著:《东西方戏剧文化历史通道》,湖南文艺出版社 1991 年版。

18. 朱栋霖、王文英著:《戏剧美学——一种现代阐释》,江苏文艺出版社 1991 年版。

19. 陈岗龙著:《蒙古民间文学比较研究》,北京大学出版社 2001 年版。

20. 刘守华著:《比较故事学论考》,黑龙江人民出版社 2003 年版。

21. 饶芃子等著:《中西小说比较》,安徽教育出版社 1994 年版。

22. 杨星映著:《中西小说文体形态》,中国社会科学出版社 2005 年版。

23. 杨星映主编:《中西小说文体比较》,中国社会科学出版社 2008 年版。

24. 周英雄著:《比较文学与小说诠释》,北京大学出版社 1990 年版。

25. 赵毅衡著:《言不尽意:文学的形式—文化论》,南京大学出版社 2009 年版。

(五) 比较诗学

1. [美] 厄尔·迈纳著,王宇根、宋伟杰译:《比较诗学》,中央编译出版社 1998 年版。

2. 陈跃红著:《比较诗学导论》,北京大学出版社 2005 年版。

3. [法] 让·贝西埃等著,史忠义译:《诗学史》(上、下),百花文艺出版社 2002 年版。

4. 曹顺庆著:《中西比较诗学》,北京出版社 1988 年版。

5. 曹顺庆著:《中外比较文论史(上古时期)》,山东教育出版社 1998 年版。

6. 狄兆俊著：《中英比较诗学》，上海外语教育出版社 1992 年版。

7. 余虹著：《中国文论与西方诗学》，三联书店 1999 年版。

8. 杨乃乔著：《悖立与整合——东方儒道诗学与西方诗学的本体论，语言论比较》，文化艺术出版社 1998 年版。

9. 周发祥著：《西方文论与中国文学》，江苏教育出版社 1997 年版。

10. 王晓平、周发祥、李逸津著：《国外中国古典文论研究》，江苏教育出版社 1998 年版。

11. 潘知常著：《中西比较美学论稿》，百花洲文艺出版社 2000 年版。

12. 邓晓芒、易中天著：《黄与蓝的交响——中西美学比较论》，人民文学出版社 1999 年版。

13. 王正著：《悟与灵感——中外文学创作理论比较研究》，上海社会科学院出版社 2003 年版。

14. 李家骧著：《中西文论——源流纵横论》，上海社会科学院出版社 2005 年版。

15. 曹卫东著：《交往理论与诗学话语》，天津社会科学院出版社 2001 年版。

16. 殷国民著：《20 世纪中西文艺理论交流史论》，华东师范大学出版社 1999 年版。

17. 刘圣鹏著：《叶维廉比较诗学研究》，齐鲁书社 2006 年版。

18. 蔡镇楚、龙宿莽著：《比较诗话学》，北京图书馆出版社 2006 年版。

19. 刘介民著：《中国比较诗学》，广东高等教育出版社 2004 年版。

20. 张法著：《中西美学与文化精神》，北京大学出版社 1994 年版。

21. 代迅著：《西方文论在中国的命运》，中华书局 2008 年版。

（六）跨学科研究

1. 乐黛云、王宁主编：《超学科比较文学研究》，中国社会科学出版社 1989 年版。

2. 金吾伦主编：《跨学科研究引论》，中央编译出版社 1997 年版。

3. 杜昌忠著：《跨学科文化批评视野下的文学理念》，北京大学出版社 2004 年版。

4. ［美］理查德·A. 波斯纳著，李国庆译：《法律与文学》，中国政法大学出版社 2002 年版。

5. 范忠信著：《中西法律文化的暗合与差异》，中国政法大学出版社 2001 年版。

6. 余宗其著：《外国文学与外国法律》，中国政法大学出版社 2003 年版。

7. 高旭东著：《中西文学与哲学宗教》，北京大学出版社 2004 年版。

（七）中外作家、作品比较研究

1. 孙乃修著：《屠格涅夫与中国》，学林出版社 1988 年版。

2. 宋永毅著：《老舍与中国文化观念》，学林出版社 1988 年版。

3. 钱满素著：《爱默生和中国——对个人主义的反思》，三联书店 1996 年版。

4. 肖明翰著：《大家族的没落——福克纳和巴金家庭小说比较研究》，广西师范大学出版社 1994 年版。

5. 许光华著：《司汤达比较研究》，华东师范大学出版社 1991 年版。

6. 杨玉珍著：《东方神韵——东方文学与文化视野下的沈从文研究》，中国文史出版社 2006 年版。

7. 曾艳兵著：《卡夫卡与中国》，首都师范大学出版社 2006 年版。

8. 史锦秀著：《艾特玛托夫在中国》，河北人民出版社 2007 年版。

9. 童真著：《狄更斯与中国》，湘潭大学出版社 2008 年版。

10. 罗璠著：《残雪与卡夫卡小说比较研究》，人民出版社 2006 年版。

11. 魏韶华著：《〈林中路〉上的精神相遇——鲁迅与克尔凯郭尔比较研究》，中国社会科学出版社 2004 年版。

12. 倪正芳著：《拜伦与中国》，青海人民出版社 2008 年版。

13. 高鸿著：《跨文化的中国叙事——以赛珍珠、林语堂、汤亭亭为中心的讨论》，上海三联书店 2005 年版。

14. 孟华著：《伏尔泰与孔子》，新华出版社 1993 年版。

15. 甘丽娟著：《纪伯伦在中国》，中国社会科学出版社 2011 年版。

（八）流散文学与海外华文文学

1. 潘亚暾著：《海外华文文学现状》，人民文学出版社 1996 年版。

2. 韩方明著：《华人与马来西亚现代化进程》，商务印书馆 2002 年版。

3. 尹晓煌著：《美国华裔文学史》，南开大学出版社 2006 年版。

4. 乔国强著：《美国犹太文学》，商务印书馆 2008 年版。

5. 钱超英著：《流散文学：海外与本土》，海天出版社 2007 年版。

6. 王列耀著：《隔海之望：东南亚华人文学中的"望"与"乡"》，中国社会科学出版社 2005 年版。

7. 梅晓云著：《文化无根：以 V. S. 奈保尔为个案的移民文化研究》，陕西人民出版社 2003 年版。

8. 张德明著：《流散族群的身份建构：当代加勒比英语文学研究》，浙江大学出版社 2007 年版。

9. 姜飞著：《跨文化传播的后殖民语境》，中国人民大学出版社 2005 年版。

10. ［美］伯纳德·W. 贝尔著，刘捷等译：《非洲裔美国黑人小说及其传统》，四川人民出版社 2000 年版。

11. 郭少棠著：《旅行：跨文化想象》，北京大学出版社 2005 年版。

12. 石海军著：《后殖民：印英文学之间》，北京大学出版社 2008 年版。

13. 吴前进著：《美国华侨华人文化变迁论》，上海社会科学出版社 1998 年版。

五　论文、译文集

1. 张隆溪、温儒敏编选：《比较文学论文集》，北京大学出版社 1984 年版。

2. 温儒敏编：《中西比较文学论集》，北京大学出版社 1988 年版。

3. 金克木著：《比较文化论集》，三联书店 1984 年版。

4. 陈秋峰编选：《比较文学理论辑要》，上海师院印刷厂 1984 年版。

5. 深圳大学比较文学研究所编：《比较文学演讲录》，陕西师范大学出版社 1987 年版。

6. 徐京安等编：《宗教、虚无、性爱、死亡及其他——中外文学比较研究》, 漓江出版社 1993 年版。

7. 曹顺庆主编:《比较文学新开拓——四川国际文化交流暨比较文学研讨会论文集》, 重庆大学出版社 1996 年版。

8. 乐黛云、张铁夫主编:《多元文化语境中的文学——中国比较文学学会第四届年会暨国际学术讨论会论文集》, 湖南文艺出版社 1994 年版。

9. 饶芃子主编:《比较文艺学论集》, 学林出版社 2003 年版。

10. 黄维樑、曹顺庆编:《中国比较文学学科理论的垦拓——台港学者论文选》, 北京大学出版社 1998 年版。

11. 李达三、罗钢主编:《中外比较文学的里程碑》, 人民文学出版社 1997 年版。

12. 王宁著:《比较文学与当代文化批评》, 人民文学出版社 2000 年版。

13. 郁龙余编:《切磋集——深圳大学比较文学二十年论文集》, 北京大学出版社 2005 年版。

14. 张思齐著:《中外文学的比较与共生》, 湖北人民出版社 2005 年版。

15. 高旭东著:《跨文化的文学对话——中西比较文学与诗学新论》, 中华书局 2006 年版。

16. 孟昭毅著:《比较文学与东方文学》, 中国社会科学出版社 2006 年版。

17. 陈惇著:《陈惇自选集》, 山东文艺出版社 2007 年版。

18. 中国社会科学院文学研究所科研处编:《比较文学论文选集》, 内部印刷 1982 年版。

19. 上海师大学报编辑部编:《比较文学译文选》, 内部印刷 1985 年版。

20. 周发祥编:《中外比较文学译文集》, 中国文联出版公司 1988 年版。

21. 干永昌等编选:《比较文学研究译文集》, 上海译文出版社 1985 年版。

22. 刘介民编:《比较文学译文选》, 湖南人民出版社 1984 年版。

23. 孙景尧选编:《新概念、新方法、新探索——当代西方比较文学论文选》，漓江出版社 1987 年版。

24. ［法］艾田伯著，胡玉龙译：《比较文学之道：艾田伯论文选集》，三联书店 2006 年版。

25. 郁龙余主编：《承接古今汇通中外——中国比较文学学会第八届年会暨国际学术研讨会论文集》，宁夏人民出版社 2008 年版。

26. 刘象愚著：《从比较文学到比较文化》，复旦大学出版社 2011 年版。

27. 严绍璗著：《比较文学与文化“变异体”研究》，复旦大学出版社 2011 年版。

28. 朱维之主编：《中外比较文学》，南开大学出版社 1992 年版。

29. 刘献彪、吴家荣、王福和主编：《新时期比较文学的垦拓与建构》，安徽大学出版社 2007 年版。

30. 张隆溪编选：《比较文学译文集》，北京大学出版社 1982 年版。

后　记

20世纪80年代初，我大学毕业留校任教。学校安排我担任中文和外语专业的"外国文学"课程的教学。当时"比较文学"在中国大陆刚刚开始复兴，而且有这样一种说法：一个中国人，从事外国文学的阅读、教学和思考，这本身就是比较文学。因而，我和"比较文学"就有了"脱不了的干系"。

最初听说"比较文学"这个概念，是学校请来华东师范大学的陈挺老师，作了一场关于"比较文学"的学术报告。当时对比较文学的印象是：这是一门新兴的、交叉性边缘学科，它视野宏阔，突破国别文学研究的框框，令人耳目一新。随后，我到上海师范学院中文系（上海师范大学文学院前身）进修"外国文学"课程。当时上海师院中文系的陈秋峰、杨国华老师正在给学生开设"比较文学"选修课，翻译了大量的国外资料，内部印发了大塚幸男的《比较文学原理》、《比较文学译文选》和《比较文学理论辑要》等资料。同时，我还到华东师范大学旁听过陈挺老师、倪蕊琴老师的"比较文学"相关课程，为我进一步了解比较文学奠定了基础。

80年代中后期，我也为学生开设"比较文学概论"。为准备教案收集资料，到湖南文艺出版社的库房中找到他们出版的"比较文学丛书"中的几种，包括乐黛云的《比较文学原理》，弗兰西斯·约斯特的《比较文学导论》，西利尔·白之的《白之比较文学论文集》，芦蔚秋编的《东方比较文学论文集》，郁龙余编的《中印文学关系源流》，严绍璗的《中日古代文学关系史稿》，王晓平的《近代中日文学交流史稿》等。这些著作、论集成为我备课和学习思考的主要资料。

　　20世纪80年代中期学界兴起的"文化热"给我的比较文学和世界文学的思考以观念上的冲击，使我对传统的"阶级分析"和"庸俗社会学"批评加以反思，试图从文化层面理解文学、探讨文学现象。我主持的第一个科研项目就是"比较文化视野中的当代中外文学名著"，在研究中探讨文学与文化的关系，提出了"文学的文化批评"模式，无意中与比较文学的文化研究趋势合拍。项目成果以《当代中外文学名著导论——一种比较文化的透视》为书名，于1992年由香港新世纪出版社出版。

　　近十几年我先后在湘潭大学、湖南大学和天津师范大学为本科生、研究生开设"比较文学"相关课程，主持和参与比较文学相关的研究项目，如主持湖南省社科规划项目"湖南20世纪文学与外国文学"，天津市社科规划项目"日本文学与中国现代旅日作家"，参与国家社科基金项目"20世纪东方文学对中国文学的影响"（孟昭毅主持）、"当代中国文学与先进文化"（张炯主持）、"纪伯伦在中国的传播与影响"（甘丽娟主持）；应约参加"比较文学"相关著作或教材的写作，如《新编比较文学教程》（张铁夫主编）、《世界文学发展比较史》（曹顺庆主编）、《比较文学基础教程》（陈惇主编）、《简明比较文学原理》（孟昭毅主著）、《20世纪东方文学与中国文学》（孟昭毅主著）、《比较文学学科理论》（方汉文主编）等。在教学和写作的过程中，我对比较文学的一些专题有些自己的思考和理解。这次以"对话"为基本命题，立足于多元对话的文化立场，将近些年的研究专题加以整合，对中外文学大量彼此交流互动的文学现象进行清理与探讨，对中外文学史上具有价值联系的类同现象做出平行的考察与分析，对不同文化体系的文学加以审美层面的深层思考。

　　"比较文学"是以"汇通"为学术要求的学科，要求研究者具有渊博的学识、开阔的视野和敏锐的学术眼光。我知道自己和这样的要求肯定有距离，但经过自己努力探索得来的"一孔之见"，或许对于后学有所启发。当然，也真诚地希望学界同仁批评指正，共同将有关问题的研究推向深入。

　　感谢在比较文学探讨中给我教诲和启示的前贤同仁；感谢"天津师范大学比较文学与世界文学研究丛书"编委会，将本书列入丛书之一种；

感谢本书的策划编辑和责任编辑王茵女士，她为书稿的出版付出了辛勤的劳动！

黎跃进

2012 年 2 月 10 日，于天津西郊